삶을 가꾸는

문학상담

이론과 실제

이금희 · 장만식

보고사
BOGOSA

들어가는 말

삶이 어렵지 않은 사람은 없습니다. 삶이 아프지 않은 사람도 없습니다. 가난한 이도 부유한 이도 갓난아기에서 머리 흰 어르신들까지 마음이 아프지 않은 사람은 없습니다.

다만 먼저 아팠던 사람이 현재 아픈 사람을 돌보는 것이고, 현재 덜 아픈 사람이 더 아픈 사람을 위로하고 있는 것입니다. 자신의 아픔을 이겨내며 함께 이겨내기 위해 손을 내밀어 어루만지는 것입니다. 그것이 우리들의 삶이고 공동체인 것입니다.

사실 온 땅과 하늘과 우주에는 생명에 대한 믿음과 희망과 사랑이 가득 차 있습니다. 온통 그런 믿음과 희망과 사랑의 힘과 의지로 모든 것들이 창조되고 있기 때문입니다. 마찬가지 우리 모두도 그런 보살핌으로 태어난 생명입니다. 각각이 그 피어날 바대로 무궁한 성장·변화와 가능성이 허락되고, 무한한 가치를 품어 지니고 태어난 것입니다. 그러므로 어느 것도 소중하지 않는 존재는 아무것도 없습니다. 어느 것 하나도 사랑스럽지 않을 수 없는 존재는 없습니다. 우리가 삶을 살아가는 한, 존재하는 한, '지금 여기'에서부터 분명 그렇습니다. 그렇기에 또한 우리 중 어느 누구도, 온 우주의 어느 것도 어떠한 비참한 처지와 환경 속에서도 '한낱 먼지'와 같은 존재가 아닙니다. 이리저리 굴러다니며 버려져야만 하는 먼지도 아닙니다. 함부로 취급되어서도, 버려짐을 당해서도 안 되는 온 땅과 하늘과 우주의 사랑으로 태어난 소중한 존재인 것입니다.

우리는 이따금 구석진 골목에서 작게 피어 난 민들레꽃을 보고, 또는 담장 건너편에서 고개를 내밀어 우리를 물끄러미 쳐다보고 웃고 있는 개나

리나 목련을 보고, 문득 반가움에 환한 웃음을 그 꽃들에게 보낸 적이 있을 것입니다. 그러면서도 늘 그렇게 피어나 그 자리를 굳게 지키고 서서 자신을 통해 다른 자신을 환한 웃음 지을 수 있게 한다면 행복한 그런 꽃의 마음을 헤아려본 적도 있을 것입니다.

또, 구석진 자리, 넓고 화려하게 펼쳐진 자리가 아닌 무엇이었든지 간에 가려진 자리에서 소박한 모습일지라도 오직 그 삶 자체에 행복한 그런 우리들의 삶 같은 그런 꽃의 마음을 헤아려본 적이 있을 것입니다. 작고 낮은 곳에서 자신의 삶을 빛내, 주위를, 동네를, 우리 고장을, 나라를, 세상을 그리고 이 우주 전체를 묵묵히 맑고 밝게 빛내주고, 아름답게 꾸며주고 있는 그런 꽃의 마음을 우리는 헤아려 본 적이 있을 것입니다.

그런데 온 땅과 하늘과 우주는 그런 아름다운 삶을, 모습을 우리들의 삶 속에서 보고, 가슴 설레는 마음으로 두근거립니다. 보이지 않은 곳에서 작지만 소중한 삶들 속에서, 자신의 꿈과 희망을 노래하고, 춤추며 부지런히 자신의 사랑과 사명을 삶 속에서 살아내어 이 세상을 우주를 맑고 밝게 아름답게 만들어 주는 그런 꽃들을 사랑스레 기뻐합니다. 그런데 그 꽃들이 바로 우리들 자신이라는 것입니다. 우리들의 삶이라는 것입니다.

그러므로 우리 모두는 먼저 우리 자신을 사랑해야합니다. 자신에 대한 진정한 사랑을 깨달아 우리 삶을 피워내야 합니다. '기회와 상황'이 힘들고 어렵고, 고통스러울지라도 온 땅과 하늘과 우주의 은혜로운 사랑을 품고 자신의 삶을 빛내어 나가야한다는 것입니다. '남이 보든지 보지 않든지'간에 자신의 삶을 온전히 사랑으로 가득 채워 꿋꿋하게 살아나가야 한다는 것입니다. 왜냐하면, 우리가 우리 자신을 진정으로 사랑하지 않으면, 누구도 어떤 것도 우리 자신을 사랑할 수 없기 때문입니다. 그리고 사랑이 없으면 우리는 아무것도 아니기 때문입니다. 사랑이 없는 것들은 아무리 화려하고 훌륭한 듯하지만, 모든 것이 공허한 메아리일 뿐인 것입니다. 반면, 사랑은 생명입니다. 모든 것을 창조합니다. 오직 그 사랑의 힘만이 우리를 성장·변화시키고 무한한 가능성을 실현할 수 있게 합니다. 그러므로 우리는 우리 자신을 진정으로 사랑해야합니다.

더불어 자신 외에 모든 것들을 진정으로 사랑해야합니다. 사람은 본래 가깝게는 가족과 넓게는 이웃 마을 사람, 세상, 우주의 모든 것과 더불어 상호작용하며 그물망과 같은 관계를 맺어 살고 있습니다. 서로 분리될 수 없을 만큼 하나로 연결되어 있습니다. 왜냐하면 우리뿐만 아니라 주변의 모든 것들도 온 땅과 하늘과 우주의 믿음과 희망과 사랑의 힘과 의지로 창조되었기 때문입니다. 하나로부터 나왔기 때문입니다. 그런데 각각이 그 피어날 바대로 무궁한 변화와 가능성이 허락되고, 무한한 가치를 품어 지니고 태어났기에 모양이 다를 뿐입니다. 본질적으로 사랑의 씨앗, 생명인 것입니다. 싸고 있는 껍데기들을 모두 제거하고 나면, 모든 것들은 바로 '사랑'만으로 남는 그런 존재인 것입니다. 결국 이러한 사실은 우리뿐만 아니라 우주의 모든 것들이 하나라는 것을 나타냅니다. 온 우주의 모든 '너'와 '나'가 본질적으로 하나라는 것입니다. '너와 내'가 다르지 않고, 다르지 않은 '너와 내'가 하나라는 것입니다. 사랑으로 하나인 것입니다.

그렇기 때문에 자신 외에 모든 것들을 진정으로 사랑해야합니다. '너와 나'가 다르지 않고, 하나이기 때문입니다. 뜯기고 찢기는 아픔은 나에게만 있는 것이 아닙니다. 인간의 삶에만 있는 것도 아닙니다. 다만 우리가 그 아우성과 절규를 듣지 못하고, 그 눈물을 보지 못하기 때문입니다. 그런데 그 아픔과 아우성과 절규, 눈물들이 모두 나의 아픔과 아우성과 절규와 눈물들이라는 것입니다. '너와 나'가 다르지 않고, 하나이기에 '너'의 아픔과 슬픔과 괴로움 모두가 결국 '나'의 것이기 때문입니다. '나'에게 돌아오기 때문입니다.

이렇듯 문학상담의 바탕에는 위와 같은 믿음과 소망과 사랑이 있습니다. 그래서 문학상담은 사랑을 구현해 가는 작은 옹달샘입니다. 나로부터 시작하여 우리들의 상처와 아픔을 위로하고 치유하는 사랑의 샘물입니다.

골짜기를 울리며 희망으로 살아 큰 강과 바다까지 맞닿는 대장정의 길을 찾아 살아가려는 의지의 몸짓입니다. 그리고 이러한 과정을 통해 사랑 넘치는 건강하고 행복한 삶을 찾고자 하는 꿈과 희망입니다.

감사합니다.

이렇게 글을 맺어나가면 나갈수록 감사한 마음들이 새록새록 떠오릅니다. 모두 열거할 수 없어 다만 감사한 마음만 남기려합니다. 감사합니다. 모두의 건강과 평안을 기도합니다.

2019년 2월

강릉에서 저자 씀

차례

첫 번째 마당

문학상담의 이해

•

Ⅰ. 문학상담이란 무엇인가?

이 장에서는 문학상담의 개념과 원리에 대해 이야기하고자 한다. 물론 많은 부분 기존의 시치료, 독서치료, 문학치료 등의 학문적, 실천적 전통과 성과를 함께 공유한다. 그래서 얼핏 보면 문학상담의 개념과 원리에 대한 언급과 유사한 점도 많다. 자칫 구분되지 않기 때문에 굳이 이야기해야 할 필요성을 느끼지 못한 부분도 있겠다. 하지만 근본적인 작은 차이라도 과정과 결과에서 큰 차이를 가져올 수 있기에 이에 대해 궁금함을 해소하고 다음 단계로 이어갈 필요가 있다.

그래서 이 장에서는 먼저 문학상담의 개념에 대해서 이야기하고, 이를 바탕으로 한 문학상담의 원리에 대해 이어서 설명한다.

1. 문학상담의 개념

문학상담은 문학과 상담의 합성어다. 더 엄밀히 말하면, 융합합성어다. 각각 뜻을 가진 '문학'과 '상담'이 서로 어울려 하나의 단어로 쓰이고 있지만, 원래의 뜻을 벗어나 한 덩어리의 새 뜻을 나타내기 때문이다. 이는 곧 기존의 '문학'과 '상담' 개념이 결합하여 '문학상담'이라는 새로운 개념으로 형성되었음을 의미한다. 그렇기 때문에 문학상담의 개념은 '문학'과 '상담'의 개념과 밀접히 관련되어 있으면서도 새로운 관념이다.

따라서 문학상담의 개념을 규정하기 위해서는 '문학'과 '상담'의 개념에 대해 먼저 살펴봐야 한다. 하지만 '문학'과 '상담'의 개념과 관련하여 불필요하거나 장황한 설명은 기존의 다른 문헌에 맡기고, 이 절에서는 '문학상담'의 개념과 연관된 부분만을 밝힌다. 즉 '문학상담'의 개념의 한정된 범주를 바탕으로서만 '문학'과 '상담'의 개념을 언급한다.

"문학의 정의 역사는 오류의 역사다."

사실 문학에 대한 정의는 아리스토텔레스의 『시학』에서 현재의 다양한 문학논의들에 이르기까지 수없이 시도되어 왔으나 객관적이고 보편적인 정의는 아직까지 이뤄지지 않았다. 물론 문학 개념이 없는 것은 아니다. 협의의 문학 개념으로는 ①언어라는 매체를 통하여 ②인간의 사상과 감정과 체험을 ③상상적, 허구적 방식으로 재구성하여 표현함으로써 ④우리 인생을 탐구하여 삶의 본질과 숨겨진 의미를 더욱 정직하게 인식하게 해주고 ⑤보다 의미 있게 하는 것으로 정의되어 있다. 하지만 광의의 문학 개념으로는 기록된 모든 것으로 정의하고 있다.

예컨대, Rene Wellek과 Austin Warren은 『문학의 이론(theory of literature)』에서 문학의 범주를 ①문학을 인쇄된 모든 것, ②문학을 위대한 책, 즉 주제가 무엇이든 문학적인 형식이나 표현으로 된 유명한 책에 한정, ③문학을 문학예술, 즉 상상적 문학(Imaginative literature)에 한정할 때 가장 좋을 것 같다는 등으로 정의하였다. 또한 Mattew Arnold는 "문학이란 거대한 말이다. 그것은 문자로 기록되거나 책으로 인쇄된 모든 것을 의미한다."라고 하였고, Long Gabriele Margaret는 "인간의 손이 나무나 그 제품이나 그 대용품 위에 기록한 모든 것이 문학이다."라고 하였고, Joseph Worcester는 "문학이란 기록으로 보존된 학문과 지식과 상상의 결과이다."라고 하였다. 그 외에도 H. Posnett, De Quincey, Harold Osborne, W. H. Hudson, 최재서 등등 많은 문학비평가, 문학 작가들도 각각의 문학 개념을 피력하고 있다.

이렇듯 문학의 개념이 각 개개인의 삶과 문학 경험, 나름의 세계관, 인생관, 가치관, 시대와 환경, 개성에 따라 달라질 수 있다. 그리고 그 많은

밥딜런 노벨문학상./ 자료=CNN 홈페이지 캡쳐

정의들이 나름대로의 근거와 타당성을 갖추고 있기 때문에 일방적으로 재단할 수 없다. 즉 이 말은 누구나 문학에 대한 정의를 내릴 수 있음을 의미하기도 하고, 동시에 그 어느 것도 문학이라는 실체를 총괄적으로 설명할 수 없다는 것을 뜻한다. 그렇기 때문에 대표작 〈황무지〉로 1948년 노벨문학상을 수상한 20세기 현대시의 선구자, 영국의 T. S. 엘리엇도 "문학의 정의 역사는 오류의 역사다."라고 한다. 그 정도로 문학의 개념이 절대적이지 않다고 할 수 있다. 모든 인류에게 다 수긍될 수도 보편타당하지도 않다는 것이다. 뿐만 아니라 2016년 스웨덴 한림원도 이러한 점을 확인하듯 "미국 노래에서 새로운 시적 표현을 창조해 내며 귀를 위한 시를 썼다."는 수상 이유를 밝히며, 미국의 싱어송라이터인 밥 딜런(Bob Dylan)을 노벨 문학상 수상자로 선정한다. 이는 "파격적이다.", "고정관념을 깼다." 등의 반응과 함께 신선한 충격을 준 반면, "가사가 문학인가?"라는 논란을 야기하기도 한다. 즉 미국의 포크 록의 전설적 인물이 과연 음악 전통에서 시적 표현을 창조했다고 해서 노벨 문학상을 수상할 만한가에 대한 의문을 제기하기도 한다.

따라서 "문학이란 무엇인가?"라는 물음에 대한 답도 "인생이란 무엇인가?", "사랑이란 무엇인가?"라는 물음과 마찬가지다. 개개인의 삶과 문학 체험을 통해서 획득될 수 있는 귀납적인 개념일 뿐이다.

문학은 인간이고, 인간의 삶, 그 자체이다.

한편, 문학상담에서 '문학'의 개념은 정운채의 '문학치료학'의 문학 개념에서 비롯한다. 문학이 곧 인간이고, 인간이 곧 문학이며, 문학이 인간의 삶, 그 자체라는 개념이다. 협의의 문학 개념에서 인간과 삶 전체를 담보하는 확장된 개념으로 정의한다. 사실 문학의 '문'은 아래 그림과 같은 변천 과정에 의해 완성된 글자다.

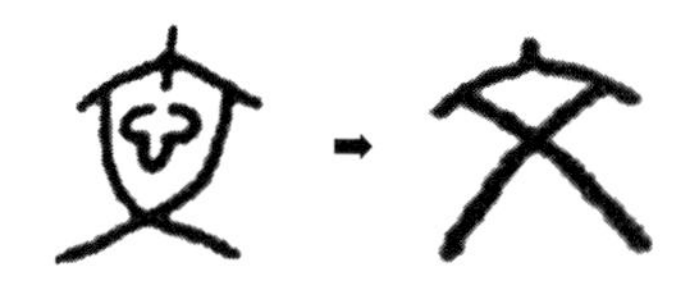

사전의 뜻을 살펴보면, 글월, 문장, 어구, 글, 글자, 문서, 서적, 책 등의 뜻도 있지만, 채색, 빛깔, 무늬, 학문이나 예술 등의 뜻도 있다. 즉 인간의 삶 속에서 드러나는 빛깔, 무늬 등 삶의 흔적 모두를 담아내는 문자라고도 할 정도다.

그리고 동양에서는 문학이라는 용어를 『논어』의 「선진편」에 "言語, 宰我·子貢, 政事, 冉有·季路, 文學, 子游·子夏"라는 표현이 처음 보인다. 주자는 이 문장을 "시서예악에 대한 학식이 갖추어져 있을 뿐만 아니라, 그것을 언어로써 능히 표현할 수 있는 사람을 지칭해서 문학이라 한다."라고 해석한다. 따라서 중국을 중심으로 한 동양에서는 소위 무에 대립되는 문의 뜻으로 '문학'이라는 용어를 사용한다. 〈논어〉외에도 〈사기〉, 〈삼국지〉, 〈당진〉 등의 문헌이나, "당송팔대문장가"라는 말에서 보듯이 시문경사(詩文經史) 등 모든 학문, 모든 문장(文章)을 문학이라고 한다.

서양에서는 라틴어의 'litera'에서 유래된 'literature'를 주로 문학의 용어로 사용한다. 그런데 'literature'의 원뜻은 문자로 표기된 것. 모든 저술, 학문, 인쇄물, 문헌 등을 총칭한다. 그래서 'literature'는 구비문학을 포괄할 수 없는 난점이 있기도 하다. 우리나라에서도 개념의 혼동이 일어나고 있지만, 'literature'라는 용어를 문학이라고 번역해 사용한 것을 일본을 따라 1910년 〈대한흥학보〉에 실린 「문학의 가치」라는 춘원 이광수의 논문에서 처음 사용한 그대로 수용하여 통용하고 있다.

이렇듯 우리나라의 경우 문장이라는 용어가 문학을 대신해 왔다가, 개화기 이후부터 '문학'이란 용어가 사용되고 있다. 뿐만 아니라 동서양 모두 인간의 삶을 포괄적으로 담고 있는 개념으로 '문학'을 사용하고 있다.

인간은 문학적 존재이다.

그런데 인간은 문학적 존재라 할 수 있다. 예컨대, 인간은 태어나기 전부터 이야기를 품고 태어난다. 즉 한 인간을 둘러싼 여러 사람들의 삶의 이야기, 꿈과 소망이 담긴 이야기 속에서 태어난다. 그리고 삶을 영위해 나가면서는 스스로의 삶을 통해 이야기를 만들며 살다가 한편의 이야기를 끝맺으면서 생을 마감한다. 물론 그 뒷이야기가 무성하기도 한다.

이렇듯 인간은 자신이 원하든지 원하지 않든지 간에 살아가는 동안 내내 자신만의 이야기를 쓴다. 그리고 그 이야기는 다시 자신의 삶에 바탕을 이루고 영향을 주어, 자신의 삶을 구성해 나가는 원동력이 된다. 이처럼 인간은 이야기 속에서 역동적으로 변화하고, 발전하면서 살아간다. 그러므로 사람이 사는 곳에 이야기가 있고 이야기가 있는 곳에 삶이 있으며, 인간의 삶은 곧 이야기고, 이야기는 곧 삶이라고 말할 수 있다.

따라서 인간은 태어나기 전부터 그 삶이 능동적이든지, 피동적이든지 간에 자신만의 이야기를 써나가는 존재이다. 뿐만 아니라 자신만의 삶의 이야기를 써나가는 유일한 존재이기도 하다. 원하지 않더라도 어느 누구도 대신해 줄 수 없는 자신의 이야기를 써나가는 존재이다.

그런데 이 이야기들은 모두 문학이다. 비록 이 이야기가 언어적이든지 비언어적이든지, 표현되었든지 표현되지 않았든지, 상상이든지 아니든지, 그리고 작든지 크든지 모두가 문학이다. 그렇기 때문에 인간의 삶 자체가 문학이 된다. 왜냐하면, 인간의 삶이 곧 한 편의 이야기이기 때문이다. 그리고 이 이야기는 인간의 탄생, 성장과 발달, 죽음에 이르기까지 한 인간의 삶 모든 것에 관한 이야기이기 때문이다.

한편 인간은 자신의 삶의 과정 속에서 다양한 경험을 축적한다. 이러한 다양한 경험, 즉 '생로병사'의 삶의 과정에서 느끼는 '희노애락'과 통찰을 통해 인간은 자신의 성장과 발달을 이뤄나간다. 또한 인간은 세상, 즉 인간과 사회, 자연과 우주 속에서 삶을 살아간다. 조금씩 자신과 세계를 알고, 이해하고, 관계를 맺고 상호작용하면서 살아간다. 그 과정속에서 자신의 존재 의미와 세계와의 관계를 더욱 깊이 있게 깨달으며 살아간다. 이렇듯 인간은 스스로의 삶을 자신을 둘러싼 관계, 즉 자신을 둘러싼 모든 인간과 사회와 자연과 우주와의 관계 속에서 자신의 삶을 영위해 나간다. 결국 인간의 삶과 그 이야기는 더욱 풍부해지고, 그 의미 또한 깊고 넓어질 가능성은 많아진다.

살아가는 그 자체가 작품 활동이다.

이러한 삶의 과정 속에서 한 인간의 이야기는 개별적이고, 편협한 이야기를 넘어 보편적인 이야기로 자리매김 될 수 있다. 물론 이런 보편적인 이야기 중에 일부는 많은 사람들에게 간접적인 경험과 감동과 깨달음을 준다. 개개인의 삶의 이야기를 더욱 풍부하게 하고, 그 의미 또한 깊고 넓게 한다. 영향을 주었던 모든 문학 작품이 다 그런 경우이다. 특히나 이렇게 보편성을 띤 문학 작품들 중 일부는 어떤 이에게 강력한 영향력을 발휘하여 삶의 이야기 방향과 흐름을 더욱 긍정적으로 바꾸기도 한다.

따라서 비록 이야기가 언어적이든지 비언어적이든지, 표현되었든지 표현되지 않았든지, 상상이든지 아니든지, 그리고 작든지 크든지, 창작자이든지 향유자이든지 누구나 문학을 하고 있는 것이며, 태어나기 전부터 죽은 뒤에까지도 문학은 이어진다. 그렇기 때문에 인간은 누구나 쉴 새 없이 이야기를 창작하며 살아가는 문학적 존재이고, 삶의 이야기가 곧 문학이며, 살아가는 그 자체가 작품 활동이다. 결국 문학이 곧 인간이고, 인간이 곧 문학이며, 문학이 인간의 삶, 그 자체라는 결론에 도달한다. 그래서 정운채는 인생을 아는 것이 바로 문학을 알고, 이해하는 것이라고 하면서, 그 과정이 곧 인생의 과거, 현재, 미래를 훤히 들여다보는 과정이라고 한다.

인간이 그 자체로 문학이며, 서사이다.

그런데 정운채는 인간이 그 자체로 문학이며, 서사라고 하면서 서사라는 개념을 문학치료 영역에 등장시킨다. 문학이 서사를 바탕으로 하기 때문이기도 하지만, 서사도 인간의 삶, 그 자체이기도 하기 때문이다. 즉 인간을 서사적 존재라고도 할 수 있다는 것이다.

물론 서사에 대한 개념도 다양하게 정의될 수 있다. 제라르 주네트(Gerard Genette)는 『서사담론』(Narrative Discourse, 1980)에서 첫째, 서사는 '하나의 사건이나 일련의 사건들을 글로 된 것이거나 말로 된 담론'으로 진술하는 것, 둘째, 서사는 실제적인 것이든 허구적인 것이든 연속적인 사건들이 담론의 주제가 된 것, 셋째, 서사는 사건들이 연결되고 대립되고 반복되는 여러 관계들을 가리키는 것, 넷째, 서사는 어떤 사건을 다시 한 번 언급하는 것을 말하는 것, 다섯째, 서사는 어떤 사건을 누군가가 어떤 것을 이야기하는 식으로 되어 있는 것 등으로 정의한다. 즉 담론으로서의 서사, 스토리로서의 서사, 화자가 꾸미는 서사 등이다.

제랄드 프랭스(Gerald Prince)는 『서사학 사전』(A Dictionary of Narratology, 1987)에서 서사를 하나 또는 그 이상의 실제 또는 허구적 '사건들'이 하나,

둘 또는 그 이상의 '서술자'에 의해서 하나, 둘 또는 그 이상의 '피서술자'에게 전달되는 재진술로 정의한다. 즉 서술자와 피서술자가 있어야 하고, 실제 또는 허구적 사건들이 전달 서술자에서 피서술자에게 전달되는 상황이나 장면이 있어야 한다. 그렇지 않으면 서사가 될 수 없다는 의미가 함축되어 있다. 또한 제럴드 프랭스는 사건들을 재현한다고 해서 연극 공연이 서사를 구성한다고 정의 내리긴 어렵다고 한다. 그런데 그 이유가 이러한 사건들이 재진술되기보다는 무대 위에서 직접 발생하기 때문이라고 한다. 그러면서도 첫째, 소리, 기록, 신체언어, 정동화상, 몸짓, 음악 등과 같이 이야기를 전달할 수 있는 매체의 다양성을 인정한다. 둘째, 장편소설, 로망스, 중단편소설, 역사, 전기, 자서전, 서사시, 신화, 민담, 전설, 담시, 신문기사 등 서사양식이 다양하다고 말한다. 제라르 주네트에 비하면, 서사를 확장된 개념으로 정의하고 있다. 글, 말로 된 것뿐만 아니라 다양한 종류의 이야기 전달 매체를 인정하고 있고, 다양한 서사양식을 포함하고 있기 때문이다.

스잔나 오네가와 호세 가르시아 란다도, 『서사학 개론(Narratology, 1996)』에서 서사를 '시간적이며, 인과론적인 경로'에 따라 의미 있게 연결된 일련의 사건들을 기호로 표상한 것으로 정의한다. 시간적이며, 인관론적인 경로에 벗어나지 않는 한, 비언어매체에 대해서도 인정한다. 즉 언어매체에만 의존하는 것이 아니다. 그렇기 때문에 영화, 연극, 코미디, 소설, 신문기사, 서사시, 역사, 뉴스영화, 일기, 연대기 등도 모두 넓은 의미의 서사에 포함된다. 언어적이든, 연극적이든, 회화적이든, 영화적이든 모든 것이 서사텍스트인 것이다.

삶이 서사로, 서사가 삶 그 자체로 존재한다.

한편 롱랑 바르트(Roland Barthes)는 『서사구조분석』(Introduction to the Structual Analysis of Narrative, 1982)에서 "이 세상에 서사는 셀 없이 많다. 서사는 무엇보다도 먼저 엄청나게 많은 장르를 가지고 있으며, 수많은 내

용들 사이에 퍼져 있다. 세상에 존재하는 모든 것들이 다 이야기의 제재나 도구가 될 수 있다는 말이다. 유기적으로 긴밀하게 연결된 언어로, 말로 구술된 언어 또는 글로 기술된 언어로, 고정된 이미지로 또는 움직이는 이미지들로, 몸짓들로, 그리고 이러한 모든 재료들의 질서정연한 혼합으로, 그 어떤 것으로도 서사는 이루어질 수 있다."라고 말한다. 즉 신화, 전설, 우화, 이야기, 중편소설, 서사시, 역사, 비극, 드라마, 희극, 마임, 회화, 스테인드글라스, 영화, 만화책, 뉴스 기사, 대화 그리고 그 밖의 것들로 표현되는 것 모두가 바로 서사인 것이다.

그렇기 때문에 거의 무한대에 가까운 형식들을 통해, 서사는 모든 시대와 모든 장소, 모든 사회에 걸쳐 나타난다고 할 수 있다. 인류 역사의 시작과 함께 출발했고, 서사가 없었던 시공간에 살았던 사람들은 그 어디에도 없는 것이다. 즉 모든 계층, 모든 인류 집단이 그들 자신의 서사를 가지고 있다는 것이다. 뿐만 아니라 여기에서는 좋은 서사와 나쁜 서사를 구분 짓지도 않는다. 단지 거기에 삶 그 자체처럼 존재한다고 한다. 예컨대 위의 사진도 서사가 존재한다는 것이다.

그런데 삶 그 자체처럼 존재한다는 의미는 무엇인가? 매우 의미심장한 말이다. 삶의 다양성과 서사의 보편성을 가늠할 수 있는 말이기 때문이다. 그렇기 때문에 비록 삶이 서사로, 서사가 삶 그 자체로 존재한다고는 직접적으로 언급하지 않았지만, 대체로 유사한 맥락으로 읽힌다. 물론 더 적극적으로 해석하여 읽는다면, 삶이 서사이고, 서사가 곧 삶 자체로 존재한다고 할 수 있다. 왜냐하면, 롤랑 바르트가 서사라며 열거했던 모든 것들과 삶의 서사를 분리할 수 없기 때문이다. 애써 억지로 분리한다면 그럴 수도 있겠지만, 그렇지 않고는 나눌 수 없기 때문이다.

그렇다면 창작자 자신의 개인적인 감동과 정서를 주관적으로 표현한 서정시는 과연 어떤가, 서사인가 하는 의문이 생긴다. 아쉽게도 롱랑 바르트는 이에 대해 언급하지 않았다. 다만, 이 세상에 서사는 셀 없이 많고, 거의 무한대에 가까운 형식들을 통해, 서사는 모든 시대와 모든 장소, 모든 사회에 걸쳐 나타나며, 삶 그 자체처럼 존재한다고 말한다. 하지만 삶 그 자체로 존재한다는 말을 더 적극적으로 해석하여 읽는다면, 삶이 서사이고, 서사가 곧 삶 자체로 존재하므로 당연히 서정시도 서사라 할 수 있다.

예컨대, 김소월의 "엄마야 누나야 강변살자/ 뜰에는 반짝이는 금 모래빛/ 뒷문밖에는 갈잎의 노래/ 엄마야 누나야 강변살자"라는 시도 서사가 있다. 시적화자가 있고, 시적청자가 있어 시적화자가 시적청자인 엄마와 누나에게 강변살자고 청유하는 장면을 담은 서사가 있다. 또한 한용운의 님의 침묵 중 "님은 갔습니다. 아아 사랑하는 나의 님은 갔습니다."도 마찬가지이다. 독백같은 말로 시적화자의 개인적인 감정을 표현했지만, 님이 있었고, 적어도 시적화자는 님을 사랑했고, 그렇지만 그 님이 어떤 이유에서인지 떠나갔다는 서사를 갖고 있다.

뿐만 아니라 이들 작품의 창작 전과 후에 있을 법한 하나 이상의 사건들을 추론해 본다면, 개인적이고 단순한 감정을 표현했을지라도 그 표현의 배경에는 서사가 있을 수밖에 없다. 적어도 개인적인 감정이 일어나게 한 장면과 표현된 뒤 장면이나 상황의 변화는 반드시 있기 마련이기 때문이다. 포터 에벗(Porter Abbott)은 이것을 그의 책 『서사학 강의』(The Cambridge Introduction to Narrative, 2002)에서는 미시서사 또는 서사적 상황이라고 한다. 이 미시서사 또는 서사적 상황들이 서로 연결되거나 결합되어 하나의 서사를 구성한다고 한다. 그러므로 위에서 언급한 김소월과 한용운의 시에도 미시서사 또는 서사적 상황이 존재하고, 이들이 연결되고, 결합되어 하나의 서사를 이루고 있다고 할 수 있다.

그런데 문학상담에서 서사는 본질적 속성에 따라 두 가지로 나뉠 수 있다. 즉 서사(敍事, narrative)와 서사(敍事, epic)다. 서사(敍事, narrative)는 인간이면 누구나 가지는 자신의 삶의 이야기를 뜻한다. 살아가는 동안 자신의 삶의 시간과 공간 속에서 원하지 않더라도 창작해 나가는 서사이다. 문학적 존재, 서사적 존재이기에, 살아가는 자체가 작품 활동이기에 인간이라면 벗어날 순 없는 숙명적인 삶의 과정이기도 하다. 그렇기에 그 서사(narrative) 안에는 단순한 사고, 감정, 행동 등이 발현된 서사뿐만 아니라 복잡다단하게 전개된 서사까지 다양하다. 즉 자질구레하고, 사소한 서사들부터 중요하고, 핵심적인 서사들까지 한 인간의 삶이 닿는 대로 무궁무진할 수 있다.

한편, 서사(敍事, epic)는 근원적이고 심층적인 '서사'를 말한다. 정운채에 의하면, 이 서사(epic)는 장르를 가리키는 용어가 아니다. 문학 일반 및 인생살이 전반을 포괄하는 개념이다. 문학 일반과 인생살이 전반을 나타내는 서사(narrative)의 핵심이며, 곳곳에 두루두루 영향을 주는 근원적이고 심층적인 '서사'를 일컫는다. 예컨대, 뇌와 신경계, 신경전달물질 등과 심장과 혈관계, 혈액 등과 유사한 역할을 하는 개념이다. 이는 문학과 인간을 '서사'라는 동일한 기제로 이뤄진 존재로 이해하기 때문에 가능하다. 즉 인간이 문학적 존재이고, 문학이 또한 서사를 바탕으로 이뤄졌기 때문에 인간을 달리 서사적 존재라고도 할 수 있기 때문이다.

따라서 문학상담에서는 첫째, 서사는 서사(敍事, narrative)와 서사(敍事, epic)로 구분할 수 있는 개념이다. 둘째, 서사(敍事, narrative)는 서사(敍事, epic)를 포함한다. 셋째, 서사(敍事, narrative)는 인간의 삶 또는 인간의 삶의 서사 전체를 포괄하는 개념으로 규정하고, '삶의 서사' 또는 '자기 삶의 서사'로 명명한다. 넷째, 서사(敍事, epic)는 삶의 지향, 또는 삶의 서사의 지향을 나타내는 개념으로 규정하고, '서사' 또는 '자기 서사'로 명명한다. 물론 한자로는 같다. 하지만 개념이 서로 다르기 때문에 번역에 있어서는 달리 쓴다. 따라서 이것을 그림으로 나타내면 다음과 같다.

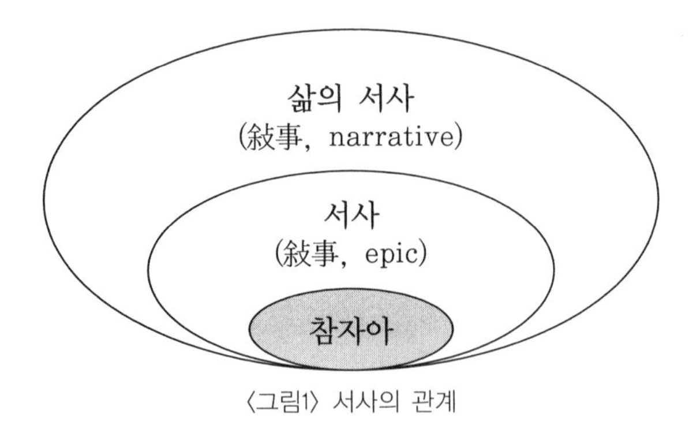

〈그림1〉 서사의 관계

그런데 위의 〈그림1〉에서 보면 '참자아'라는 용어가 있다. 문학상담에서 '참자아'라는 개념은 매우 중요한 개념이다. 왜냐하면, 문학상담의 인간관과 결부된 철학적 개념이기도 하고, 문학상담이 추구하는 참된 자아이기 때문이다. 그렇기 때문에 〈그림1〉에서 표현된 '참자아'라는 개념에 대해서는 문학상담의 원리를 밝히는 장에서 따로 더 자세한 설명이 되어 있다. 다만 여기서는 '자기 삶의 서사'의 '자기' 개념이 단지 자기 자신을 나타내는 의미로 쓰였음만을 밝힌다. 즉 '자기 삶의 서사'의 '자기'는 '자기 자신'과 같은 의미로 심리적 '자아'를 나타내고, 융이 언급한 '자기'의 개념과는 전혀 다르다. 오히려 융의 '자기' 개념은 위의 그림에서도 보이듯이 동양에서의 '참자아'와 대동소이하다. 이보다 더 자세한 설명은 다음 장에 맡기고, 이 정도의 설명만으로 갈음한다.

상담은 서로 돕는 과정이다.

한편 사전에 의하면, 상담은 도움을 필요로 하는 사람에게 전문적 지식과 기능을 가지고 내담자 자신과 환경에 대한 이해를 증진시키며, 합리적이고 현실적이며 효율적인 행동양식을 증진시키거나 의사결정을 내릴 수 있도록 원조하는 활동이다. 즉 이러한 정의는 첫째, 상담은 도움을 필요로 하는 사람에게 하는 원조 활동이다. 둘째, 상담은 전문적 지식과 기능을 가진 사람이 하는 원조 활동이다. 셋째, 상담은 상담자가 내담자에게 자신과 환경에 대한 이해를 증진시키도록 하는 원조 활동이다. 넷째, 상담은 상담자가 내담자에게 합리적이고, 현실적이며 효율적인 행동양식을 증진시키도록 하는 원조 활동이다. 다섯째, 상담은 상담자가 내담자에게 의사결정을 내릴 수 있도록 하는 원조 활동이다. 결국 상담은 삶의 어떤 문제적 상황과 국면에서 상담자가 내담자를 원조하는 활동 과정이다. 이 과정에서는 상담자가 중심이다. 내담자는 상담자의 도움을 받는 수혜자일 뿐이다.

그런데 사실 '상담'은 한자로 '相談'이다. 여기서 '相'은 회의문자로, 재목을 고르기 위해 나무(木)를 살펴본다는(目) 뜻이 합(合)하여 생성된 한자인데, 나무와 눈이 서로 마주본다는 데서 「서로」를 뜻하게 된다. '談'은 형성문자로 뜻을 나타내는 말씀 언(言)과 음(音)을 나타내는 염(炎)으로 이루어졌는데, 화롯가에 둘러 앉아 조용히 이야기를 함께 나눈다는 뜻이 합하여 「말하다」를 뜻한다. 따라서 한자의 뜻대로라면, '상담'은 서로의 눈을 마주보면서 따뜻한 마음으로 이야기를 함께 나누는 과정이라고 해석할 수 있다.

그런데 이 '상담'은 서로 눈을 마주 보기 때문에 위아래가 없으며, 따뜻한 마음으로 이야기를 함께 나누는 과정이기에 어느 한 쪽이 일방적이지 않다는 의미를 내포하기도 한 말이다. 서로의 눈을 마주하고, 마음으로 함께 이야기 나누는 과정이기에 동등한 입장과 위치가 아니고서는 이뤄질 수 없는 상태이기도 하다. 즉 동반자 관계이다. 그렇기 때문에 결국 상담은 서로 돕는 과정일 수밖에 없다. 서로의 마음을 작용하여 서로 긍정적인 영향을 주고 돕는 과정이다. 일방적인 관계는 절대로 될 수가 없는 상태이다.

예컨대, '치료'라는 용어는 주로 의학 분야에서 쓰이며, '치료자'와 '환자'가 존재할 때 성립하는 말이다. 사실 치료는 한자로 '治療'다. 여기서 료(療)자는 형성문자로 뜻을 나타내는 병질 엄(疒)과 음(音)을 나타내는 글자 尞(료)가 합하여 이루어진다. 병상에 드러누운 모양과 횃불을 밝힌 상황을 결합하여 생성된다. 즉 횃불을 밝혀 병상에 드러누운 환자를 밤새 간호하는 모습을 형상화한 문자다. 따라서 치료라는 단어에는 치료자가 환자를 잘 돌봐 병을 다스려 낫게 하는 과정이다. 그러므로 치료자가 우월적 위치에 있고, 환자를 치료하는 관계이다. 즉 환자가 일방적, 수혜적인 입장과 처지에 놓여 있다. 물론 미술치료, 음악치료, 문학치료, 독서치료, 예술치료 등에 붙은 '치료'의 의미는 의학 분야에서 쓰이는 용어와는 약간 다르다. '치료자'와 '내담자'의 관계이다. 치료자가 내담자와의 관계에서 우위에서 시작하지만 경과와 상황에 따라 동등한 관계로 얼마든지 전환될 수 있는 관계이다.

하지만 '상담'와 '치유'라는 용어는 그렇지 않다. '환자와 치료자'의 관계가 아니다. 특히나 '치유'의 장에서는 '안내자'와 '참여자'라는 용어를 쓰며, '안내자'와 '참여자'의 관계는 '상담'의 장에서의 경우보다 더욱 동등한 관계이다. 왜냐하면, '치유'의 장에서 안내자는 참여자의 자유의지와 선택을 최대한 보장해 주고, 그 책임 또한 참여자가 질 수 있게 하기 때문이다. 사실 치유는 한자로 '治癒'인데, 여기서 유(癒)자가 '병 나을 유'자다. 형성문자로 뜻을 나타내는 병질 엄(疒)과 음(音)을 나타내는 兪(유)가 합하여 이루어진 문자다. '병 고칠 료(療)'자와 달리 스스로의 내적힘을 더 강조한다.

그리고 '상담'의 장의 경우도 특별한 상황을 제외하고는 대부분 평등한 관계이다. 즉 심리적 장애로 인해 심하게 위축되어 있는 경우처럼 상담자가 주도권을 갖고 상담의 장을 이끌어 갈 경우를 제외하고는 평등한 관계이다. 그래서 상담의 장에서는 상담자와 내담자라고 하는 용어와 같이 대등한 관계라 할 수 있다.

따라서 치료, 상담, 치유 등의 관계를 종합하여 그림으로 나타내면 아래 〈그림2〉와 같다. 이 그림에서 독특한 점은 상담을 두 가지로 나누어 표현한 것이다. 두 가지 모두 상담으로 번역되어 혼용하여 쓰이고 있지만, 상담의 장에 임하는 양쪽의 관계에 있어 차이는 분명하다. 상담(counselling)

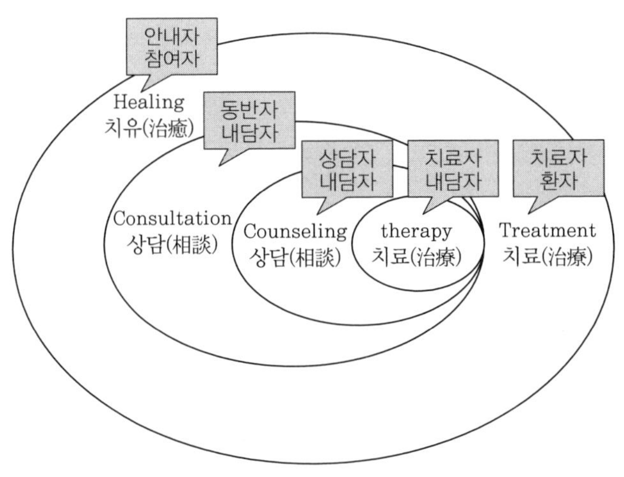

〈그림2〉 치료와 상담, 치유의 관계도

는 상당자와 내담자의 관계로, 처음은 상담자가 주도권을 가지고 있지만, 점차로 동등한 관계로 발전한다. 그리고 상담(counsulting)은 내담자와 동반자 관계로 애초부터 동등한 관계에서 시작한다. 물론 차이를 중심으로 더 엄밀히 말하여 부각하자면 끝도 없지만, 함께 혼용하여 쓰일 정도로 유사한 부분이 더 많다.

그러므로 '상담'의 장에서는 대체로 양쪽 모두 동등한 입장과 처지에 놓여 있다고 말할 수 있다. 먼저 아팠던 사람이 상담자의 위치에서 현재 아픈 사람을 돌보는 과정이고, 현재 덜 아픈 사람이 또한 상담자의 위치에서 더 아픈 사람을 위로하고 있는 과정이다. 자신의 아픔을 이겨내며 함께 이겨내기 위해 손을 내밀어 어루만지는 과정이기 때문이다. 결국 이는 양쪽 모두 건강한 삶을 회복해 나가는 과정에 놓여 있는 상태이고, 인격적 성숙을 이룩해 나가는 과정에 놓여 있는 상태이며, 참된 자아를 찾는 과정에서 서로를 격려하며 동행하고 있는 관계임을 의미한다. 즉 상담자도 내담자도 건강한 삶, 인격적 성숙의 길을 가고 있는 중이고, 상담의 장에서 함께 깨달음의 길을 가고 있는 중이다. 상담자는 이렇게 먼저 상처받은 사람이고, 먼저 회복한 사람이며, 먼저 길을 떠난 사람일 뿐이다. 그렇기에 다만 상담자는 내담자가 자신과 함께 건강한 삶, 인격적 성숙의 길을 갈 수 있도록 안내하고, 동반자로서 줄 수 있는 도움을 줄 뿐이다.

긴 여름과 장마 속에서 닥쳐오는 비와 바람과 뜨거운 볕은
스스로 혼자서 견디어 내어야만 열매를 맺을 수 있다.

예컨대, 농부가 고추 농사를 짓는 것과 같다. 농부는 밭을 갈아 고추 모종을 심고, 물과 거름을 주고, 북돋기를 해 주고, 지줏대를 세워 묶어줄 수는 있다. 하지만, 키를 늘려주고, 입과 꽃과 열매를 달아줄 수는 없다. 이렇듯 농부가 도움을 줄 수 있는 것에는 한계가 있다. 고추는 스스로 성장하기 위해 자신의 내적힘으로 땅 속에 뿌리를 넓게 뻗어 물과 영양분을 섭취해야 한다. 또한 햇빛을 받아 광합성을 해서 스스로 성장과 발달을 이뤄내야만 한다. 농부가 흙을 북돋고, 웃거름을 주고, 풀을 매고, 고랑을 매어 물빠짐을 잘 만들어 줄 수는 있지만, 긴 여름과 장마 속에서 닥쳐오는 비와 바람과 뜨거운 볕은 스스로 혼자서 견디어 내어야만 열매를 맺을 수 있는 이치와 같다.

이처럼, 내담자도 자신의 내적힘을 바탕으로 스스로 성장과 발달을 이뤄내야만 한다. 농부가 고추에게 해 줄 수 있는 것과 없는 것이 있듯이 그렇다. 오로지 자신의 힘과 의지, 선택만이 자신의 삶을 가꿀 수 있다.

또한 상담자도 내담자에게 해 줄 수 있는 도움만을 함께 나눌 수 있을 뿐이다. 누구든 가지고 있는 것만을 줄 수 있기 때문이다. 뿐만 아니라 상담자도 내담자와 함께 삶의 과정에 있는 사람이기 때문에 앞선 자신의 삶의 경험에서 얻은 지혜와 깨달음을 나눠주기도 하지만, 서로 다른 삶의 경험 속에서 얻은 것들을 서로 나누며, 도움을 받기도 한다. 상담의 과정속에서 서로에게 채워지지 못한 부분을 발견하고, 이해하고, 수용하는 등 긍정적인 영향을 주어 동반 성장한다. 예컨대 '교학상장(敎學相長)', 즉 가르치는 자와 배우는 자가 서로 북돋는다라는 사자성어와 같은 이치다.

물론 초기 단계에서는 상담자가 내담자의 '지푸라기'가 될 수 있다. 당연히 상담자에게 매달려 의존하려 든다. 심지어 종속적인 관계에 빠지기도 한다. 그렇지만 앞에서 언급한 상담의 가치와 지향을 뚜렷이 한 후, 매우 중요하고 소중하게 다뤄져야만 한다는 원칙을 지킨다면, 의존 관계는 상담의 과정에서 점차로 극복된다. 결국 함께 성장의 길을 걷는 동반자가 되기 마련이다. 로저스도 어떤 사람이 이전보다도 더 성숙한 사람이 되었는지, 그렇지 않은지를 우리가 과연 어떻게 알 수 있겠는가라고 말한다. 우리가 그것을 알 수 없다는 말이다. 자신의 성숙조차도 가늠하기 어려운 우리가 다른 사람을 평가할 수는 더더욱 없다는 뜻이다. 결국 상담자가 내담자보다 성숙한 사람이고, 그 상담자가 미숙한 내담자를 성숙한 사람이 되도록 촉진해 줄 수 있는 전문가라고 확인해 줄 수도 없다는 말이다. 그렇기 때문에 로저스(Carl Rogers)는 내담자가 상담의 중심이 되어야 함을 역설한다. 내담자가 자신의 내부에 잠재해 있는 치료적 힘을 스스로 발견해야 하고, 이를 통해 이전에는 이해할 수 없는 자신을 조금 더 잘 이해할 수 있도록 스스로 도와야한다고 한다. 그럼으로써 진정 자신이 원하는 변화를 스스로 이끌어 내야한다고 한다. 즉 스스로의 선택과 힘과 의지로 자신의 성장과 자기실현을 이뤄나가야 한다고 한다. 이처럼 상담이라는 말에는 상담자와 내담자 모두가 서로에 대해 가지는 따뜻한 애정과 소망, 책임과 한계 등이 담겨 있다. 즉 동반자적 관계가 함의되어 있다.

문학상담은
첫째, 문학을 함께 이뤄가는 과정이다.
둘째, 문학과 함께하는 과정이다.

한편 '문학상담'이라는 용어에는 미술치료, 음악치료, 문학치료, 독서치료, 예술치료 등과 같이 '미술, 음악, 문학, 독서, 예술'에 '치료'라는 말을 붙이지 않는다. 대신 '상담'이라는 용어를 '문학'과 합성하였다. '치료'라는 말은 사실 냉정하고 섬뜩한 느낌뿐만 아니라 위압적인 느낌마저 들기도 하다. 그래서 문학상담의 의도와 목적, 개념과 구현 원리 등과는 어울리지 않다. 하지만 이러한 이유 때문만은 아니다. 본래 상담이라는 말 자체가 가지는 격이 없는 분위기나 관계, 의미가 첫 번째 이유이다. 그리고 두 번째는 각각의 분야가 각각의 독립적이고 독보적인 위상을 고집하는 경향을 조금이나마 벗어버리고 싶은 바람 때문이다.

그렇기 때문에 '문학상담'이라는 용어는 '문학 또는 문학치료'라는 독립적이고 독보적인 위상을 고집하지 않는 경향을 내포하고 있다. 미술치료든, 음악치료든, 문학치료든, 독서치료든, 예술치료든 조금 더 크게 보면 상담에 포함될 수 있기 때문이다. 예컨대, 문학 속에 서정, 서사, 극, 교술 등의 갈래가 있는 것과 같다. 즉 모든 치료 분야도 상담이라는 큰 틀 속의 한 분야라고 할 수 있다.

물론 각각의 치료 분야들이 독특한 매체와 원리, 기법, 치료 모형, 수행 과정 등에 있어서 뚜렷한 차이가 있음은 분명하다. 하지만 대부분의 치료 분야들이 인간의 심리·정신적 문제를 다루는 상담의 기본적인 원리를 바탕으로 수행되고 있음도 분명하다. 실제로 상담의 수행 과정에서는 서로의 영역을 넘나들면서 각 분야의 독특한 매체와 원리, 기법, 치료 모형, 수행과정 등이 각기 다른 다양한 상담 상황에서 활용되고 있다. 그리고 각 치료 분야의 다양한 연구와 수행도 상호보완적으로 상담의 각 치료 분야의 발전에 많은 도움이 되고 있다. 뿐만 아니라 차이를 중심으로 한 배타적인 구별은 오히려 불필요한 논쟁만을 주로 불러일으키고, 각 분야 발전의 원동력을 저하시킬 뿐이다. 따라서 차별점을 바탕으로 한 불필요한 논쟁보다는 상호보완적인 관점을 바탕으로 구체적인 상담의 상황 속에서 공동의 목적에 실질적으로 복무하고, 큰 힘을 발휘하도록 노력하는 것이 바람직한 태도라 할 수 있다.

문학상담은 문학을 함께 이뤄가는 과정이다.

문학상담은 문학을 함께 이뤄가는 과정이다. 이러한 생각은 문학상담의 개념 규정을 담보하는 한 축이다. 물론 내담자와 상담자가 문학상담을 할 때, 중요한 상담 원리이기도 하다. 그렇기 때문에 이러한 생각은 문학상담의 '상황과 장면'에서도 결정적인 영향을 미친다. 왜냐하면, 문학상담에서는 첫째, 문학이 곧 인간이고, 둘째, 인간의 삶, 그 자체가 문학이며, 셋째, 살아가는 그 자체가 작품 활동이기 때문이다. 즉 문학을 이뤄가는 과정이 바로 인간의 삶의 과정인 것이다.

그런데 여기서 더 중요한 점은 첫째, 문학을 이뤄가는 주체가 자기 자신이라는 사실이다. 둘째, 문학작품의 주인공도 자기 자신이라는 사실이다. 이러한 사실은 인간의 삶의 변화 가능성을 내포하기 때문에 문학상담의 원리를 담보하는 핵심적인 사실이기도 하다. 다시 부연하여 설명하면, 첫 번째는 문학을 이뤄가는 주체가 자기 자신이라는 사실이다. 문학을 이뤄가는 주체가 자기 자신이므로 주체의 선택과 의지, 노력에 따라 문학의 내용을 달리 쓸 수 있다는 뜻이다. 어느 누구도, 심지어 어느 것도 자신을 간섭하거나 방해할 수 없다는 뜻이다. 온전히 자신의 선택과 의지, 노력만으로 자신의 문학을 완성해 나갈 수 있다는 것이다. 뿐만 아니라 과거의 상황과 조건, 처지와 입장 등에 구애받음 없이 지금 여기, 있는 그대로의 자신의 선택과 의지, 노력에 따라 삶을 영위해 나갈 수 있다는 뜻이다. 만약 문학을 이뤄가는 주체가 용기와 희망, 의지를 갖고 노력한다면, 얼마든지 새로운 문학을 이뤄나갈 수 있다는 것이다. 즉 주체가 마음만 먹으면, 다른 것에 종속되거나 의존하지 않고, 독립적으로 얼마든지 새로운 삶을 영위해 나갈 수 있다는 뜻이다.

인간은 늘 사랑하며 산다.
한순간도 사랑하며 살지 않는 때가 없다.

두 번째는 문학작품의 주인공도 자기 자신이라는 사실이다. 이 사실은 삶이 언제나 자기긍정성과 자기사랑을 견지하고 있음을 내포하고 있다. 왜냐하면, 한 인간의 삶에서 사랑하지 않는 순간은 없기 때문이다. 그렇기 때문에 숨 쉬는 순간에도 인간은 누군가를 사랑하며 살고 있다고 말할 수 있다. 적어도 자신을 사랑하며 살고 있다. 프로이트의 삶의 본능이나 자기보존 본능을 거론하지 않더라도 그렇다. 최소한 자신을 위해 나름 최선을 선택하며 살고 있는 존재라 할 수 있다. 비록 그 선택이 남들이 보기에는 의아하고, 놀라울지라도 자신의 삶을 위해서는 필요하고 절박하기까지 한 최선이기도 한 것이기 때문이다. 따라서 인간은 삶의 매 순간순간마다 적어도 자신을 사랑하며 살지 않은 적이 없다고 할 수 있다. 사랑하지 않고 살아갈 수 없다는 것이기도 하다. 누구이든지, 무엇이든지 매 순간마다 사랑하며 산다고 할 수 있다. 그러므로 인간은 늘 사랑하며 살고 있는 존재인 것이다.

그리고 인간은 늘 사랑받고 싶어 하는 존재이다. 한순간도 사랑받지 않고는 살 수 없는 존재라고도 말할 수 있다. 뿌리째 뽑힌 꽃이 말라 버려지듯이, 물 밖에 버려진 물고기가 안간힘을 쓰다 이내 죽음을 맞이하는 것처럼, 사랑받지 못하는 인간도 그리움과 외로움의 신음과 고통 속에서 살 수 없게 되고 만다. 버티다 몸부림치다, 결국 쓰러져 버림받은 삶을 스스로든 병으로든 마감하게 되고 만다. 그 사실은 자명하다.

그래서 인간은 사랑받기 위해 노력한다. 더 정확히는 살기 위해 사랑받으려 노력한다고 할 수 있다. 그것도 끊임없이 노력한다. 자신을 괴롭혀서라도, 다른 사람을 괴롭혀서라도 기어이 관심과 사랑을 받고 싶어 한다. 자신의 생명 따위나, 다른 사람의 삶 따위는 보이지 않을 만큼 인간은 관심과 사랑을 받고 싶어 한다. 왜냐하면, 생명의 지향이 오로지 삶이듯이, 사랑도 생명의 순수 지향이기 때문이다. 즉 삶 자체에 그 의미와 가치를 부여하듯이, 사랑도 그 자체에 의미와 가치를 부여하는 것이다. 비록 그것이 정당하지 않을지라도 그렇다. 그러므로 인간의 삶에서 사랑은 떼려야 뗄 수 없다. 한순간도 사랑받지 않고 사랑하지 않고는 살 수 없기 때문이다.

따라서 문학의 주체인 인간은 삶의 자기긍정성과 자기사랑을 견지하고 있음으로 해서 언제나 자신의 문학작품의 주인공에 대해 긍정성과 사랑으로 서사를 이뤄간다. 즉 자기 삶의 긍정성과 자기사랑이 자신의 문학작품의 주인공의 서사에도 영향을 주어, 보다 긍정적인 삶을 지향하는 방향으로 고쳐 쓸 가능성이 크다는 것이다. 그럼으로써 문학의 주체인 인간은 역으로 자신의 문학을 더욱 긍정적인 방향으로 영위해 나갈 수 있는 것이다.

문학을 이뤄가는 과정은 혼자만으로는
감당하기 어려운 경우가 더 많다.

그런데 문학을 이뤄가는 과정은 어려운 과정이다. 혼자만으로는 감당하기 어려운 경우가 더욱 많다. 대부분 경우라고도 할 수 있다. 사실 혼자서만 살아갈 수 없는 존재이기 때문이다. 특히나 심리·정신적으로 미약한 상태에서는 더욱 그렇다. 예컨대, 성경의 코헬렛에 혼자보다는 둘이 낫다는 말이 있다. 자신들의 노고에 대해 좋은 보상을 받기 때문이라고 그 이유를 덧붙인다. 우리나라 속담에도 백짓장도 맞들면 낫다는 말이 있다. 아무리 쉬운 일도 함께 힘을 합하면 더 좋다는 의미다. 혼자 다 할 수 있을 것 같고, 이겨낼 수 있을 것 같아도 혼자 해 내기란 어려움이 따르기 마련이다. 특히나 심리·정신적으로 외롭고, 괴롭고, 슬프고, 어려울 때는 더욱 그렇다. 혼자보다는 둘이 낫고, 둘보다는 셋이 나은 경우가 많다. 아프리카 속담에도 빨리 가려면 혼자 가고, 멀리 가려면 함께 가라는 말이 있다. 이 말을 되새겨보면, 빨리 가야만 하는 경우에는 혼자서도 좋지만, 멀리 갈 수는 없다는 뜻이고, 급하게 서둘러 가야하는 경우를 제외하고는 함께 가는 것이 좋다는 뜻이기도 하고, 특히나 멀리 가는 경우에는 함께 가는 것이 좋다는 말이다. 그런데 인생길이 대부분 멀리 가는 여행길이라고 할 때, 혼자서 빨리 갈 길은 아니다. 결국 이 말은 함께 가라는 뜻이라 할 수 있다. 이렇듯 인간은 여러 삶의 지혜의 말과 같이 외롭고, 괴롭고, 슬프고, 어려운 삶의 길에서 미약하나마 서로의 삶을 위로하고, 북돋우고, 보듬어 함께 이뤄나갈 때, 더욱 건강하고 행복한 삶을 이뤄나갈 수 있다. 즉 건강하고 행복한 문학을 이뤄나갈 수 있다.

이렇듯 문학상담은 인간의 삶 속에서 문학을 함께 이뤄가는 과정이다. 역으로 문학을 함께 이뤄가는 과정이 바로 인간의 삶의 과정이다. 특히나 이러한 생각은 문학상담의 원리를 담보하는 핵심적인 사실이다. 그리고 문학상담의 상황과 장면 속에서 추구하고, 구현되어야할 핵심 과제이기도 하다.

문학상담은 문학이 함께 하는 과정이다.

문학상담은 동시에 문학이 함께 하는 과정이다. 사람과 사람 사이의 관계 맺음 속에서, 즉 문학상담의 '상황과 장면' 속에서 듣기, 말하기, 읽기, 쓰기, 활동하기 등의 문학활동을 통하여 이뤄가는 과정이다. 이러한 문학활동 속에서 문학을 함께 이뤄나가는 과정이다. 즉 모두가 협력자이자 동반자인 관계 속에서 신뢰를 갖고 사랑을 나누며, 서로 소통하는 가운데 문학을 함께 이뤄나가는 과정이다.

그런데 '문학상담'에서는 '문학'이 차지하는 비중이 크다. '문학'의 역할이 문학상담의 상황과 장면에서 매우 중요하고, 핵심적인 임무를 수행하기 때문이다. 물론 이 부분이 결국 문학상담과 상담의 다른 치료 분야와의 차이를 낳는다. 즉 상담의 큰 틀 속에서의 한 분야이지만, 다른 치료 분야와 달리 문학이라는 독특한 매체와 원리, 기법, 치료 모형, 수행과정 등이 있기 때문이다. 이러한 측면에서 볼 때도, '문학상담'에서 '문학'이 차지하는 비중이 매우 크다는 것을 알 수 있다. 하지만 일반적인 문학과는 다르다.

문학상담에서 문학은 첫째, 문학상담의 상황과 장면 속에서 같은 시간과 공간을 함께 공유하는 모든 인간과 인간의 삶 자체이다. 왜냐하면, 문학이 곧 인간이고, 인간의 삶, 그 자체가 문학이며, 살아가는 그 자체가 작품 활동이기 때문이다. 둘째, 문학상담의 상황과 장면 속에서 같은 시간과 공간을 함께 공유하는 모든 인간에 의해 창작된 다양한 문학작품들이다. 즉 내담자와 상담자가 상담의 상황과 장면 속에서 펼친 듣기, 말하기, 읽기, 쓰기, 활동하기 등을 통해 표현된 모든 것을 말한다. 왜냐하면 문학상담에서는 내담자와 상담자가 상담의 상황과 장면 속에서 펼친 그 모든 것이 내담자와 상담자에 의해 창작된 문학작품들이기 때문이다. 그렇기 때문에 '문학상담'의 과정 대부분이 작품 활동의 과정이라 할 수 있다. 셋째, 문학상담의 상황과 장면 속에서 활용된 모든 작가의 문학작품들이다. 물론 작가의 수준, 나이 등도 천차만별이다. 그리고 이들 작가들의 듣기, 말하기, 읽기, 쓰기, 활동하기 등을 통해 표현된 모든 것을 말한다. 즉, 말, 글, 영상, 극, 몸짓 등 모든 유형의 표현물들을 일컫는다.

진실하고 솔직하게 그리고 적극적으로 표현해야 한다.

그런데 이들 문학작품들은 문학상담의 상황과 장면에서 내담자와 상담자의 성찰과 소통의 매개나 환경의 일부가 된다. 새로운 삶, 문학을 위한 태반과 같은 시공간이라고도 할 수 있다. 그렇기 때문에 이 과정 속에서 활동하는 이들은 심리적·정신적 측면에서 다양하고, 새로운 경험을 안전하고 안정된 상태에서 하게 된다. 더 나아가 다양하고 새로운 삶의 지혜와 깨달음을 얻게 된다. 그런데 이러한 과정을 통해 내담자와 상담자가 다양하고 새로운 삶의 지혜와 깨달음에 이르기 위해서는 두 가지를 성실히 수행해 내야 한다.

첫째, 자신의 삶, 문학을 진솔하게 그리고 적극적으로 표현해야 한다. 즉 내담자, 상담자 모두 각자의 삶 속에서 발생하는 다양한 심리적·정신적인 경험들을 문학작품에 진솔하게 담아야 한다. 각자의 성장과 발달의 삶 속에서 누구나 맞닥뜨릴 수밖에 없는 심리적·정신적인 갈등과 문제적 상황뿐만 아니라 개인적으로 독특한 삶의 양상 속에서 발생하는 다양한 심리적·정신적인 갈등과 문제적 상황일지라도 진실하고 솔직하게 표현해야 한다. 그리고 적극적으로 표현해야 한다. 물론 처음부터 그렇게 하지는 못한다. 의지가 없어 안하기도 하지만, 용기가 없어 못한다. 몹시 두렵고 부끄럽기도 하다. 스스로에 대한 자신감뿐만 아니라 내적힘이 턱없이 부족하거나 소진되어 있기 때문이다. 하지만 문학상담의 과정 속에서 이내 극복하기 마련이지만, 반드시 이뤄내야만 하는 과제이기도 하다.

삶을 깊이 있게 성찰해야 한다.

둘째, 자신들의 삶을 깊이 있게 성찰해야 한다. 아주 자질구레하고 사소한 서사일지라도 진지하고, 꼼꼼히, 그리고 깊이 있게 성찰해야 한다. 왜냐하면, 이러한 성찰을 통해서만 자신의 삶을 이해할 수 있게 되며, 통찰로 이어지기 때문이다. 그런데 이러한 삶의 변화 가능성은 자신의 문학, 문학작품뿐만 아니라 상담자나 그 외 타인의 문학, 문학작품 속에도 있다. 물론 스스로 각자의 문학, 문학작품 자체만을 성찰함으로써도 가능하다. 하지만, 더 나아가 서로의 문학, 문학작품을 공유하고, 성찰하는 가운데에서도 더 더욱 가능하다. 오히려 함께 공유하고, 성찰함으로써 더욱 큰 영향을 서로에게 줄 뿐만 아니라 긍정적인 효과가 있다. 뿐만 아니라 이러한 긍정적인 영향과 효과는 삶의 변화 가능성을 실현할 수 있게 하는 원동력으로 작용한다. 그리고 이내 삶의 변화 가능성은 긍정적으로 실현된다.

또한 내담자나 상담자 각각이 진솔하게 드러낸 작품 속에는 우리 인간의 삶에서 있을 법한 모든 희극적인 요소와 비극적인 요소, 긍정적인 정서와 부정적인 정서, 다양한 심리적·정신적 상황 등이 복합적으로 얽혀 펼쳐져 있기 마련이다. 다양하고 복잡한 양상으로 전개되어 있기 때문에 삶의 서사 대부분을 주의 깊게 탐구하지 않으면 이해하기 어렵다. 그 이유가 무엇인지를 주의 깊게 탐구해야만 한다. 왜냐하면, 모든 삶의 서사에는 그

까닭과 근거가 반드시 있기 때문이다. 심리적·정신적 갈등이나 문제적 상황의 연원 또한 반드시 있기 때문이다. 그냥 아무 이유 없이 발생하지는 않기 때문이다. 발생의 근원 또한 만만치 않은 경우가 허다하기 때문이다. 그런데 그 이유도, 연원도 또한 단순하지 않고, 매우 복잡할 때가 많기 때문이다.

그렇기 때문에 이러한 것들을 문학상담의 상황과 장면 속에서 이해하기 위해서는 다양한 상상력을 발휘하여 깊이 있게 다루어야만 한다. 자신의 삶을 되돌아봄으로써, 대상화하여 성찰함으로써, 대상화된 타인의 삶을 함께 성찰함으로써 그 속에 담긴 적응적, 부적응적인 다양한 삶의 지향과 방식 등을 깊이 있게 성찰해야한 한다. 그럴 경우에만, 겨우 각자의 삶과 만나 삶을 이해하게 되고, 자신의 삶 속에서 부정했던 모든 것과 화해하게 되기도 한다. 결국 삶의 통찰에 이르게 된다. 그리고 이러한 성찰의 과정은 또한 더 깊이 있는 성찰로 이끌기 마련이며, 자신의 삶을 더 깊게 이해하고 용서하게 하며, 더 깊은 통찰을 통한 삶의 지혜와 깨달음에 이르게 한다.

건강한 삶을 회복하고, 인격적으로 성숙한다.

이와 같은 과정을 수행하면, 그 결과 첫째, 건강한 삶을 회복한다. 여기서 건강한 삶은 한마디로 튼튼한 삶이다. 심리적·정신적 갈등이나 문제적 상황에 닥치더라도 다시 극복하고 회복할 수 있는 상태이다. 이는 특히나 스스로에 대한 믿음, 즉 자신감과 자기사랑을 토대로 하는 내적힘을 완전히 회복하게 한다. 결국 이러한 자신감과 내적힘은 자신의 삶 속 어떤 상황에서 발생하는 심리적·정신적 갈등이나 문제적 상황을 보다 원만하게 해결할 수 있게 도움을 주기 마련이다. 그리고 자신의 삶을 더욱 긍정적인 관점에서 바라보게 하고, 자신의 삶을 긍정적으로 영위하게 한다. 물론 자신의 삶의 서사 또한 긍정적인 지향과 방식을 담는 방향으로 수정되게 된다.

둘째, 인격적으로 성숙한다. 여기서 인격적으로 성숙한다는 의미는 한마디로 공동체적인 삶의 회복이다. 나뿐만 아니라 너와 우리를 인식하게 되고, 그 안에서 자신의 삶의 지향과 방식을 다시 성찰하여, 수정함으로써 공동체성을 회복 또는 강화되는 수준에 이른다는 의미이다. 더 나아가 자신의 삶이 너의 삶과 우리의 삶, 우주의 모든 것들의 삶과 연결되어 있어 나의 아픔과 슬픔, 고통과 외로움, 두려움이 너의 것이고, 우리의 것이라는 것을 인식하고 나, 너, 우리 공동체를 위해 봉사하는 삶에 이른다는 의미이다. 내담자와 상담자는 문학상담의 상황과 장면에서 문학작품들을 통해 서로의 문학에 공감하고, 등장하는 다양한 인물에 동일시하기도 한다. 그 속에서 자신의 삶을 대상화하여 성찰하고, 용기를 갖고 직면하기도 한다. 결국 상담자와 내담자는 이러한 문학작품을 통해 자신의 삶을 이해하고 수용하며, 용서하기 힘든 삶과 화해할 수 있게 된다. 그럼으로써 자신의 삶을 통합해 나가 심리·정신적 성장과 인격적 성숙을 이뤄나간다. 더 나아가 문학활동을 통해 자신의 삶 속에서 관계 맺어진 타인의 존재를 새롭게 인식하게 되고, 그럼으로써 세계와의 관계와 의미에 대해서도 긍정적인 깨달음을 얻게 된다. 이러한 깨달음은 다시 새로운 관점에서 자신의 삶을 바라볼 수 있게 하고, 또 다른 경지로 이끈다. 이처럼 문학상담 과정 속에서의 활동은 인간을 인격적으로 한 단계 성숙하게 한다.

결국 참된 자아를 찾는 과정이다.

이와 같이 이러한 문학은 인간을 문학적 존재로서 문학 속에서 살게 하고, 문학으로써 서로에게 긍정적인 영향을 주어 스스로 인격적 성숙에 이르게 하고, 인간 본연의 건강한 삶을 회복해 나가게 하는 과정이며, 세계와의 관계와 의미에 대해서도 긍정적인 깨달음을 얻게 한다. 이 속에서 존재의 이유, 의미, 목적 등 존재의 참된 삶의 지향을 찾고 실현해 나가는 과정이다. 결국 참된 자아를 찾는 과정이다.

2. 문학상담의 원리

이 절에서는 문학상담의 핵심 원리에 대해 설명한다. 문학상담의 핵심 원리는 크게 네가지로 구분할 수 있다. 첫째는 자아와 서사주체의 원리, 둘째, 승화와 직면의 원리, 셋째, 동일시와 공감 원리, 넷째, 자아성찰과 통합의 원리 등이다. 하지만 각각의 원리들이 서로 유기적으로 연결되어 작동하기 때문에 통합적인 관점에서 이들 원리를 체득하고 구현해 나가야 한다.

1) 자아와 서사주체

이 절에서는 자아에 대해 먼저 논의한 후에, 각각의 자아와 서사의 관계, 그리고 서사주체의 문제 등에 초점을 맞춰 설명한다. 그런 후 그 갈등의 구조와 해결의 원리를 체계적으로 수립하고자 한다.

인간은 저마다 하나 이상의 자아를 가지고 있다.

인간의 자아가 하나 이상이라는 말은 프로이트와 융을 아는 사람이라면 누구도 부인하지 않는다. 이 사실에 뿌리를 접목시키지 않은 심리학적 논리도 거의 없을 것이기 때문이다. 문학상담에서도 인간의 자아가 하나 이상이라는 사실에 주목한다. 인간 모두 저마다 하나 이상의 자아를 가지고 있다고 본다. 물론 프로이트와 융뿐만 아니라 동양철학적 측면에서 그 뿌리를 접목시키고 있는 것도 사실이다. 하지만 큰 틀에서 다르지 않다.

그런데 문학상담에서는 '자아'라는 개념을 우리말의 어원과 전통을 바탕으로 규정하여 사용한다. 물론 프로이트의 'Ego'와 융의 'Self' 에 대해 비교 고찰하여 규정한다. 아직은 프로이트의 'Ego'을 주로 자아로, 융의

'Self'를 주로 자기로 번역하여 유사한 개념과 의미로 사용하고 있다. 하지만 번역과 역번역에 있어 '자아'와 '자기', 프로이트의 'Ego'와 융의 'Self' 등이 혼용되고 있어 다소 혼란이 초래되고 있는 양상이기도 하다. 그렇기 때문에 문학상담에서는 우리말의 전통과 어원을 바탕으로 새롭게 규정하여 사용한다. 이는 앞으로의 심리학적 논의에서 사용할 자아성찰의 개념 규정을 더욱 엄밀하게 하는 데에 있어서 필수불가결한 논의이다. 뿐만 아니라 자아성찰과 통합의 원리를 밝히는 데에 있어서도 중요하고 핵심적인 개념 규정이다.

우리말 '자아'는 '나, 자신, 자기'등의 의미를 가진다.

먼저 사전에 의하면, 단어 '나'는 인칭대명사로 쓰일 때는 '자기 스스로'의 의미를 나타낸다. 명사로 쓰일 때는 '자신' 또는 '자기 자신' 등의 의미를 가진다. '나'는 한자로 '我', '吾' 등이 있다. '我'와 '吾'는 다른 뜻도 있지만, '我'는 '나, 자신', '吾'는 '나, 자기, 우리' 등의 뜻으로 주로 쓴다. 또한 '기(己)'도 '몸, 자기' 등의 뜻이 있다. 원래 실패를 상형한 문자인데, 가차(假借)하여 '자기 몸'의 뜻을 나타낸다. 직접적으로는 '나'의 의미를 갖지 않지만, 유사하게 쓰고 있다. 한편 '自'는 '몸, 자기, 스스로, 저절로' 등등의 의미를 가진다. 그리고 '自'는 한자의 근원(字源)이 코의 상형문자로 변화하여 '자기, 나'를 뜻한다.

그렇기 때문에 '자아(自我)'는 '스스로 자'자에 '나 아'자가 결합하여 생성된 단어이다. '자(自)'와 '아(我)'가 결합하여 생성된 우리말 '자아'는 '나, 자신, 자기'등의 의미를 가진다. '자아'는 한자로 '自我'이다. 품사는 명사이다. 그리고 '자(自)'와 '기(己)'가 결합하여 생성된 자기는 '제 몸, 나, 자아, 자신' 등을 나타낸다. 한자로 '自己'이다. 품사는 '자아'와 같다. 결국 이러한 점을 고려해 볼 때, 우리말 '자아(自我)'와 자기(自己)가 의미하는 바가 다르지 않음을 범박하게나마 확인할 수 있다. 물론 그 용례가 다른 경우가 있다. 하지만, 본래 그 의미는 유사하다고 할 수 있다. 언어관습적인 측면에서 구별하여 쓰일 뿐이다. 그럼에도 불구하고 자아(自我)에 대한 엄밀한 탐구가 더 필요한 것은 사실이다.

심리학 분야에서는 인간 독립적 존재의 의식 주체로서의
'자아'의 위상과 역할, 기능 등을 나타내고 있다.

그런데 사전에서는 '자아'를 심리학과 철학 분야 두 가지 측면에서 규정한다. 비슷한 말로, '나', '자기' 등이 있다. 심리학 분야에서는 주로 자신에 대한 의식이나 관념이라고 규정한다. 그리고 정신 분석학에서는 이드(id), 초자아(super ego)와 심리를 구성하는 한 요소로, 현실 원리에 따라 이드의 원초적 욕망과 초자아의 요구를 조절하는 주체로 규정한다. 뿐만 아니라 철학 분야에서는 자아가 대상의 세계와 구별된 인식・행위의 주체이다. 체험 내용이 변화와 상관없이 동일성을 유지하여, 작용・반응・체험・사고・의욕의 작용을 하는 의식의 통일체의 의미로 쓰인다. 철학사전에서도 근대 초기 이래 관념론적 주장의 근거가 되었는데, 자아의 실체를 인정하든 부정하든 절대화하든 절대화를 부정하든 인식과 실천에 있어서 지속적으로 한 개체로 존속하며, 자연이나 타인과 구별되는 개개인의 존재를 가리킨다. 마르크스 주의 철학도 자아를 사회적 관계의 총합으로 파악한다. 즉 다시 정리하면, 철학적 의미 규정은 나를 제외한 타자와의 관계 속에서의 상대적인 의미 규정인 반면, 심리학 분야에서의 의미 규정은 인간 독립적 존재의 의식 주체로서의 '자아'의 위상과 역할, 기능 등을 나타내고 있다. 그러므로 사전의 '자아'에 대한 철학분야의 의미 규정은 차치하고서라도 심리학 분야에서의 의미 규정에 주목하면, '자아'의 심리학적 의미 규정이 프로이트의 정신분석학에 바탕을 둔 의미 규정임을 알 수 있다.

자아는 이드의 원초적 욕망과 초자아의 요구를 중재하고
통제, 조절하는 주체로서의 위상과 역할, 기능을 맡는다.

프로이트는 '자아'를 독일어로 'das Ich'로 표현한다. 그러면서 사람의 전체적 자기를 다른 사람들과 구별한다. 즉 각 개인의 정신 과정을 일관성 있게 조직하는 존재이고 의식의 특정부분을 지칭하는 말로 쓴다. 하지만 의식, 전의식, 무의식에 걸쳐 존재한다고 할 수 있다. 왜냐하면, 이는 프로이트가 '자아'를 육체적인 표면에서 나오는 감각에서 유래된 것으로 정신기관의 외관을 대표하는 것 외에 육체적 표면의 정신적 투사라고 간주하고 있기 때문이다. 그렇기 때문에 자아는 이드의 원초적 욕망과 초자아의 요구를 중재하고 통제, 조절하는 주체로서의 위상과 역할, 기능을 맡는다.

다른 사전도, 철학분야에서는 '나, 곧 의식자가 다른 의식자 및 대상으로부터 스스로를 구별하는 지칭'으로 쓰이고, 심리학 분야에서는 앞의 국어사전과 마찬가지로 '자신에 관한 각 개인의 의식 또는 관념' 등을 의미하는 명사로 규정하고 있다. 의식에 국한하고 프로이트의 무의식에 대한 언급이 빠지긴 했지만, 이 사전에서도 프로이트의 'das Ich', 즉 'Ego'의 개념이 일정정도 반영되었음이 틀림없다. 두 사전의 표현이 조금씩 다르기는 하지만, 대동소이함을 알 수 있기 때문이다. 물론 다른 국어사전들도 마찬가지이다. 다만 이 두 사례만을 들었을 뿐이다.

'자기'는 "그 사람 자신"을 의미하는 명사이다.

한편 사전에서 '자기(自己)'는 "그 사람 자신"을 의미하는 명사이다. "어떤 사람을 말할 때, 그를 도로 가리키는 말"을 의미하는 인칭대명사로 규정하고 있다. 그리고 이 사전에서는 '자신(自身)'을 "자기, 제 몸"을 의미하는 명사로 규정하고 있다. 심리학적인 의미로는 따로 언급되어 있지 않다.

추측컨대 프로이트의 'Ego'를 '자아'로 번역하여 받아들인 후 국어사전에 반영하였지만, 융의 독일어 'Selbst' 개념에 대해서는 명확한 규정이 어려웠을 가능성이 크다. 왜냐하면, '자기'로 번역하여 쓰면서도 우리가 언어 관습적으로 쓰고 있는 '자기'라는 단어와 융의 독일어 'Selbst' 개념과는 서로 다른 의미로 쓰이기 때문이다. 즉 용어의 개념과 사용에 있어서 서로의 문화적 차이가 컸기 때문이다. 그래서 그러한 언어 사용 상황에 대한 인위적 변화를 꾀하는 데에 부정적이었을 가능성이 있다.

우리말에서 '자기'는 재귀사라 한다.

그런데 정연창은 우리말에서 '자기'는 재귀사라 한다. 전통적으로 재귀사는 주체어의 행위가 다시 주체어에 되돌아가는 것을 나타내는 요소로 정의하고 있다. 주요 기능으로는 재귀 지시, 강조, 두루 가리킴 등이 있다. 학자에 따라 대명사 또는 대용사의 기능을 지니는 용어이다. 특히나 '자기(自己)'가 대명사로 쓰일 경우, 제 몸, 제 자신(自身), 나, 막연하게 사람을 가리키는 말이다. 용례로는 "영희는 자기 아버지를 사랑한다.", "철수가 자기를 칭찬했다." 등이 있다. 높임말로는 '당신'이 쓰인다. '당신'은 앞에서 이미 말하였거나 나온 바 있는 사람을 도로 가리키는 삼인칭 대명사이다. 용례를 들면, '자기'를 아주 높여 이르는 말로, "할아버지께서는 생전에 당신의 장서를 소중히 다루셨다.", "아버지는 당신과는 아무 상관 없는 사람이라도 강자가 약자를 능멸하는 것을 보면 참지 못하신다." 등과 같이 쓰인다.

하지만 여기서는 재귀사 '자기'의 모든 형태와 기능을 다루지 않는다. 다만, '자기+명사'형태로 결합된 어휘 속 '자기'에 해당하는 것들만을 고찰한다. '자기'가 관형어로써의 기능과 역할을 갖고, 관형격 조사 '의'가 없이 명사적으로 사용되어 새로운 파생어휘를 만들어내는 경우이다. 예컨대, 자기성찰, 자기반성, 자기비하, 자기자비, 자기사랑, 자기소개, 자기 발전, 자기개발, 자기평가, 자기도취, 자기노력, 자기발견, 자기실현, 자기암시, 자기만족, 자기혐오, 자기중심, 자기방치, 자기방어, 자기희생, 자기동생, 자기집, 자기사람, 자기의식 등이다. 이들 어휘는 '자기' 뒤에 명사가 붙음으로써 '자기' 뒤에 붙은 명사가 꾸며주는 주어가 스스로 느끼는 것이나 스스로 행동하는 뜻을 나타낸다. 여기서는 이러한 어휘 속 '자기'만을 대상으로 한다.

'자기'가 꼭 필요한 경우 외에는
'자기자신, 자신, 자아, 나' 등을 활용할 필요가 있다.

그 이유는 첫째, 심리·상담·치료학 분야 논저에서 '자기'라는 개념어가 독립적으로 쓰이는 경우는 융의 '자기'라는 개념을 나타낼 경우 외에는 드물기 때문이다. 둘째, '자기'라는 단어를 적합하고, 정확하게 사용하기 위해서이기도 하다. 예컨대, 자기성찰, 자기반성 등의 어휘는 자신에 대한 성찰, 자기 자신에 대한 반성으로, 자기동생, 자기집, 자기사람, 자기의식 등의 어휘는 자기 소유격 표지 '의'를 써서 자기의 동생, 자기의 집, 자기의 사람, 자기의 의식 등으로 대체할 수 있다. 이런 경우 굳이 '자기'가 꼭 쓰일 필요성이 제기되지 않는 경우에는 다른 단어, 즉 '자기자신, 자신, 자아, 나' 등의 활용 필요성을 제기하고자 하기 때문이다.

특히나 '자기'와 '자신' 등은 나타내는 형식이나 용법에 있어 조금의 차이가 있기도 하지만, 기능에 있어 매우 유사하다. 그리고 모두 앞에서 나온 사람을 도로 가리키는 말로 쓰이고 있다는 공통점도 있다. 뿐만 아니라 '자기자신'은 '자기'와 '자신'의 합성어이고, 이것들은 비교적 많은 경우에서 서로 교체되어 자연스럽게 쓰일 수 있다. 예컨대, "저 투덜이는 자기자신만 아는 사람 같다."라는 문장에서처럼 '자기', '자신'과 같은 의미와 역할을 갖고 있기도 하기 때문이다.

셋째, '자아성찰'의 개념규정과 의미를 더욱 엄밀히 하기 위해서이다.

'자아성찰'의 개념규정과 의미를 분명히 하여 지금까지 '자기성찰', '자기존중', '자기정체' 등의 어휘가 쓰임으로 해서 초래된 '자기'라는 개념어의 혼란스러운 사용을 바로잡고자 한다.

따라서 '자기'라는 단어를 '자아'와 같은 의미로 사용한다면, 굳이 '자기성찰'이라는 용어 표현을 쓸 필요가 있는가 하는 문제가 발생한다. 특히나 심리, 상담, 치료 등의 학문 분야에서 더욱 그렇다. 물론 언어 습관을 하루 만에 바꿀 수는 없지만, 적어도 '자아', '자기' 또는 '자기성찰' 등이 어떤 의미로 쓰이고 있는지를 각각의 논의에 앞서 분명하게 밝혀야만 한다.

문학상담에서는 이러한 논의를 바탕으로 '자아'와 '자기'를 분명하게 구분하여 사용한다. 즉 자아는 프로이트의 정신분석학에 바탕을 둔 의미 규정으로 이드의 원초적 욕망과 초자아의 요구를 중재하고 통제, 조절하는 주체로서의 위상과 역할, 기능을 맡는 관념이다. 또한 자기는 융의 '자기' 개념으로 규정하여 사용하며, 융의 '자기' 개념이 꼭 필요한 경우 외에는 '자기자신, 자신, 자아, 나' 등을 활용한다. 즉 자기는 집단 무의식 속의 중심적 원형이다. 자아의 고유한 것, 중앙의 것이다. 동양의 참자아의 개념과 같다고 할 수 있다. 그래서 문학상담에서는 융의 자기와 동양의 '참자아'를 같은 개념으로 설정한다.

인간은 전체론적 관점에서 통합된 유기체이다.

하지만 이러한 구별은 문학상담 이론을 논리적이고, 체계적으로 전개하기 위한 수단에 불과하다. 문학상담에서는 몸과 마음과 정신, 의식과 무의식, 사고와 감정과 행동, 자아와 자기 등이 하나라고 본다. 예컨대, 바닷물의 물과 소금과 같다. 물과 소금은 서로 구별되지만, 섞이면 특별한 공정을 거치지 않는 한, 나눌 수 없는 하나가 되는 이치다. 물론 따지고 들면, 아들러(Alfred Adler)의 전체론적 인간관과 맥을 같이 한다. 인간을 전체적으로 보아야 한다는 입장이다. 즉 양극성 개념의 환원론적 관점보다는 전체론적 접근을 통해 인간을 주체적이고 능동적인 유기체, 통합된 유기체로 보는 입장이다.

자아는 타고난 자아, 형성된 자아 등으로 구분된다.

문학상담에서는 심리학자 캐머론 웨스트(Cameron West), 리타카터(Rita Carter), 와다 히데키 등과 더불어 하나 이상의 자아를 갖고 있다는 사실에 동의한다. 즉 문학상담에서는 인간의 자아를 형성 시기, 즉 성장과 발달의 과정에 따라 타고난 자아와 인생의 초기 형성된 자아, 그리고 인생의 초기 이후 형성된 자아 등으로 구분한다. 이들 자아가 인간의 성장과 발달 과정에 따라 형성되기 때문이다. 무에서 유가 창조되듯이 자아가 탄생하는 것이 아니라 이전의 자아를 바탕으로 자신을 둘러싼 인간, 사회, 문화, 자연 등 세계와의 관계와 그 속에서의 육체적, 심리적·정신적 경험에 의해 다양하게 형성된다. 물론 이들 자아가 단순히 소멸되는 것도 아니다. 인간이 단절적인 단계에 따라 성장, 발달하지 않는 이치와 같다. 다만 인간은 이들 자아들의 역관계 속에서 자신의 사고, 행동, 감정 등을 주체적이고 능동적으로 결정지으며 살아가고 있다. 연속적인 성장과 발달의 과정이다. 이러한 사고, 행동, 감정 등의 결정이 일정한 흐름을 가질 경우, 한 인간 사고, 행동, 감정 등의 경향이 되고, 이 경향들은 습관을 형성한다. 그리고 이러한 습관은 성격을 형성하고, 인격으로 구성되어 간다.

하지만 이렇게 인격이 구성되기까지는 자아들 간의 많은 갈등이 유발될 것이고, 이것이 심각한 삶의 문제로 들어날 수도 있다. 또한 구성된 인격이 사회적으로 다른 인격들과 갈등을 야기해 반사회적 문제를 유발할 수도 있다. 이처럼 각각의 타고난 자아와 형성된 자아, 구성된 인격 등이 지속적인 성장과 발달의 과정 속에서 환경과 조건에 따라 입장과 처지의 차이가 발생하고, 이로 인해 불가피하게 갈등과 심리·정신적 문제상황에 맞부딪히게 된다.

타고난 자아는 첫째, 인간의 유전자 속에 기억된 경험의 총체
속에서 형성된다. 둘째, 태반 속에서 형성된다.

여기서 타고난 자아는 첫째, 인간의 유전자 속에 기억된 경험의 총체 속에서 형성된다. 둘째, 태반 속에서 형성된다. 인간의 유전자 속에 기억된 경험의 총체 속에서 형성된 타고난 자아는 먼저 프로이트의 생물학적 본능, 비합리적인 힘과 무의식적 동기 등과 관련 있다. 즉 동물인 인간이 가지는 본능적인 자아, 원초적인 자아이다. 뿐만 아니라 이는 융의 집단무의식과도 관련 있다. 집단무의식은 선행 인류에서부터 인류의 삶과 역사와 문화를 통해 공유된 모든 육체적, 심리·정신적 경험의 총체이다. 즉 조상대대로 삶의 경험과 세계와의 관계 속에서 다양하게 학습되어 내려온 결정체이다. 그런데 이러한 집단무의식은 상징을 통해 태어나기도 전에 인간의 무의식에 내재되는데, 이것이 바로 타고난 자아를 형성하는 구성요소로 작동한다.

둘째, 타고난 자아는 태반 속에서 형성된다. 즉 모태 속 삶의 과정에서 형성된다. 태어나기 전, 태반에서의 육체적, 심리·정신적 경험의 총체이다. 물론 직접적인 경험일 수도 있다. 예컨대, 어떤 물리적 힘이 가해져 육체적, 심리·정신적으로 위험을 느끼고 이러한 경험이 자아를 형성하는 구성요소로 작동될 가능성도 있다. 하지만 대부분 탯줄로 연결된 모체로부터 전달된다. 임신부터 출산의 순간까지 탯줄로부터 전달되는 육체적, 심리·정신적 경험이다. 물론 임신부터 출산까지의 기간은 예사로 여길 수 없을 정도로 중대하다. 인간의 삶과 자아에 미치는 영향이 매우 크기 때문이다. 그렇기 때문에 앞에서 타고난 자아에 대해 언급한 내용과 구별하여 논의할 수도 있다. 하지만, 더 이상의 논의는 다음 장으로 미룬다. 분명한 것은 이러한 경험들 모두가 타고난 자아의 구성요소가 된다는 사실이다.

형성된 자아는 인생의 초기에 형성된 자아와
인생의 초기 이후에 형성된 자아로 구분한다.

한편, 형성된 자아는 성장과 발달의 단계에 따라 크게 두 가지로 구분한다. 인생의 초기에 형성된 자아와 인생의 초기 이후에 형성된 자아로 구분한다. 인생의 초기에 형성된 자아는 생후 5~6년 동안에 형성된 자아이다. 즉 생후 5~6년 동안의 경험을 통해 형성된 자아이다. 이는 생의 초기 5~6년 동안의 경험이 인간 행동의 강력한 결정요인이 된다는 프로이트의 주장뿐만 아니라 결정론적인 관점에 동의하지는 않지만 중요하게 다루는 현대심리학의 성과 등을 고려한 설정이다. 대부분의 현대심리학 이론에서도 프로이트의 결정론에 대해 비판적이지만 생의 초기 5~6세 동안의 육체적, 심리·정신적 경험이 미치는 영향에 대해 매우 중요하게 다루기 때문이다. 그렇기 때문에 인생의 초기 경험을 통해 형성된 자아는 인간의 사고, 행동, 감정 등에 지속적으로 작용하고, 영향을 미치므로 매우 중요하게 다뤄져야만 한다. 하지만, 절대적이지는 않다. 인간의 성장과 발달은 내적 성숙 시간표에도 달려 있고, 발달 초기의 실패 경험은 평생의 발달 과정에서 극복될 수 있기 때문이다.

뿐만 아니라 인생 초기에 형성된 자아는 무에서 창조된 것이 아니다. 타고난 자아를 형성한 인간이 태어난 후, 자신을 둘러싼 인간과 사회, 세계 등과의 관계와 그 속에서의 육체적, 심리적·정신적 경험에 의해 형성된다. 물론 하나 이상의 자아가 다양하게 형성된다. 그리하여 이들 자아들의 갈등과 상생의 역관계 속에서 연속적인 성장과 발달을 거듭한다. 특히나 일정한 흐름을 가질 경우, 인간 경향, 습관을 형성하고, 인격으로 구성되기도 한다. 하지만 이렇게 인격이 구성되기까지는 자아들 간의 갈등뿐만 아니라 심각한 문제상황이 발생될 소지가 있다. 사회적으로도 다른 인격들과 갈등을 야기해 반사회적 문제를 유발할 수도 있다.

인생의 초기 이후에 형성된 자아는 타고난 자아나
인생의 초기에 형성된 자아를 바탕으로 형성된다.

또한 인생의 초기 이후에 형성된 자아는 타고난 자아나 인생의 초기에 형성된 자아를 바탕으로 형성된다. 인생의 초기에 형성된 자아와 마찬가지로 자신을 둘러싼 인간과 사회, 세계 등과의 관계와 그 속에서의 육체적, 심리·정신적 경험에 의해 형성된다. 그리고 하나 이상의 자아가 다양하게 형성된다. 융은 이러한 자아를 '자신을 방어하기 위해 쓰는 가면 혹은 공적 얼굴'이라고 하면서 '페르소나'라고 명명한다. 이것은 본래 우리 얼굴이 아닌 역할연극을 위해 가면으로 쓴 것과 같은 개념으로 자아의 인격적 모습일 뿐이지만, 본질적으로 자아이다.

그런데 이렇게 형성된 자아들 중에는 다른 자아들 간의 역관계 속에서 삶의 중심에 있는 경우도 있다. 그런 경우 삶의 중심에 서서 자신의 사고, 행동, 감정 등을 의식적으로 규정한다. 하지만 많은 자아의 경우, 사회적 인간으로서 갖춰야만 할 사회적 역할, 습관, 규범에 의해 형성된 자아이다. 이러한 자아는 삶의 중심에 있지 못하고, 주변에 있다. 뿐만 아니라 완전한 인격체도 아니다. 잠재적으로 구성된 인격체이다. 그러나 끊임없이 삶의 중심에 서서 자아를 실현하려고 한다. 결국 이러한 본능적 동기가 심리·정신적 갈등과 장애, 문제상황 등을 유발하기도 한다.

자아들은 갈등과 문제상황의 역관계 속에서
연속적인 성장과 발달을 거듭한다.

하지만 이들 자아들은 이러한 심리·정신적 갈등과 장애, 문제상황 등의 역관계 속에서 연속적인 성장과 발달을 거듭한다. 특히나 일정한 흐름을 가질 경우, 인간 경향, 습관을 형성하고, 인격으로 구성되기도 한다. 하지만 이렇게 인격이 구성되기까지는 앞에서 언급했듯이 자아들 간의 심리·

정신적 갈등과 장애뿐만 아니라 심각한 문제상황이 발생될 소지가 있다. 사회적으로도 다른 인격들과 갈등을 야기해 반사회적 문제를 유발할 수도 있다. 물론 반사회적인 심리·정신적 갈등과 장애, 문제 상황 등을 유발하는 자아는 건강하지 못하다. 다만 이러한 자아들 간의 심리·정신적 갈등과 장애, 문제상황 등이 반드시 유익하지 못한 상황은 아니다. 이러한 심리·정신적 갈등과 장애, 문제 상황 등을 통해 인간은 성장과 발달을 거듭하기 때문이다.

그렇기 때문에 문학상담에서는 자신을 둘러싼 세계 속에서 각기 다른 특성을 가지고 상호작용한다는 것에 더 주목한다. 즉 자아들의 각각의 삶의 양식, 즉 독특한 사고방식, 행동 및 정서적 습관, 타인과 관계를 맺는 방식 등의 차이에 주목한다. 왜냐하면 문학상담에서 주요하게 다루고자 하는 것이 바로 이러한 상호작용 가운데 일어나는 심리·정신적 갈등과 장애, 문제상황 등이기 때문이다. 심리·정신적 갈등과 장애, 문제상황 등을 함께 대상화하여 성찰함으로써 통찰과 깨달음으로 이끄는 작업이다.

모든 문제상황은 긍정·부정의 양면성과 숙명성, 그리고 의외성 등을 가지게 되지만, 인간의 지향과 선택, 자유의지 등에 달려 있다.

물론 인간의 지향과 선택, 자유의지에 따라 힘의 역관계는 크게 달라지기도 한다. 그래서 이성적인 측면, 합리적이고 논리적인 추론과 설득의 과정 등에 달려 있기도 하지만, 감성적인 측면, 비합리적이고 비논리적인 접근, 영적이고, 정신적인 접근 등이 더 필요한 때도 많다. 이 자아들 간의 역관계는 환경과 조건, 상황에 따라 예측할 수 없는 경우도 많기 때문이다. 인간의 정신적인 영역, 영적인 영역이기도 하고, 신의 영역이기도 하고, 감성적 영역이기도 하고, 본능적 영역, 무의식적 영역이기도 하기 때문이다. 그래서 한 인간의 자아와 그 자아가 지향하는 삶의 양태가 미처 생각할 겨를이 없이 갑작스럽게 바뀌기도 한다. 또한 이러한 점들로 인해 각각의 자아들이 서로 다른 욕구를 실현하는 과정에서 일으키는 심리·정신적 갈등과 장애, 문제상황 등의 속성이 결정된다. 즉 심리·정신적 갈등과 장애, 문제상황 등이 긍정·부정의 양면성과 숙명성, 그리고 의외성 등을 가지게 된다. 하지만 결국 인간의 지향과 선택, 자유의지 등에 달려 있다.

문학상담에서는 자아를 위상과 역관계에 따라
참자아, 중심자아, 주변자아 등 세가지로 나눈다.

따라서 문학상담에서는 자아를 위상과 역관계에 따라 세 가지로 나눈다. 참자아, 중심자아, 주변자아 등이다. 이는 타고난 자아와 인생의 초기, 그 이후에 형성된 자아 등이 다양한 갈등과 장애, 문제상황 등의 속에서 연속적인 성장과 발달을 거듭하며 형성된다. 즉 삶의 다양한 심리·정신적 갈등과 장애, 문제상황 등의 국면 속에서 자아들의 역관계에 따라 결정된다. 그리고 삶의 다양한 갈등과 장애, 문제상황 등의 국면 속에서 역관계에 따라 변경될 수 있다. 물론 대부분은 인간의 지향과 선택, 자유의지 등에 따라 결정된다. 그렇기 때문에 하나 이상의 자아가 연결되거나 통합되었을 가능성은 항상 열려 있다. 자아들의 관계는 아래의 〈그림3〉과 같다.

참자아는 참된 자아이다. 여기서 참은 사실이나 이치에 조금더 어긋남이 없는 어떤 것을 말한다. 지고지순, 즉 더할 수 없이 높고 순수한 것, 완전하게 선한 어떤 것 등을 의미한다. 실체가 없어서 공허하고, 헛된 것도 아니다. 오직 진실하고 바른 어떤 것을 의미한다. 그런데 참자아가 바로 그런 참된 자아이다. 인간의 본래적인 모습, 선한 본성을 의미한다. 인간의 진실하고 바른 본래의 심리 내적 본질이다. 그렇기 때문에 참자아는 인간의 긍정적인 삶과 '선'한 지향을 갖고 있다. 즉 인간은 누구나 인간다운 삶, 참된 삶, 정의로운 삶 등으로 표현되는 '선'한 삶을 지향한다. 종교적인 측면에서 볼 때, 불성, 신성, 성령 등과도 흡사한 개념이다.

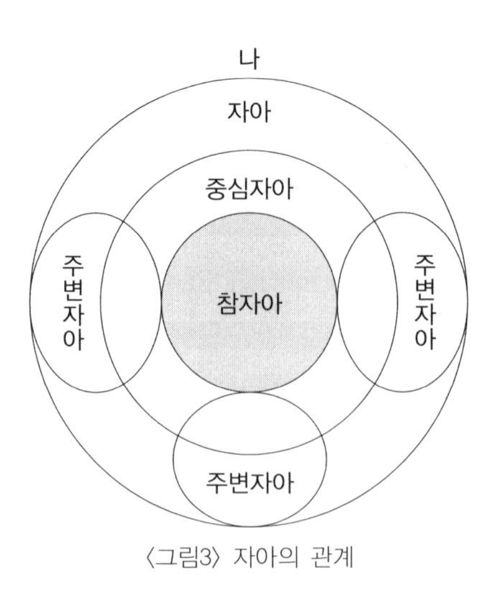

〈그림3〉 자아의 관계

참자아는 인간 내면의 중심에 위치하고,
완전한 구성체로 존재한다.

그런데 참자아는 인간 내면의 중심에 위치한다. 인간 내면의 중심에서 모든 자아들과 상호작용한다. 비록 다른 자아들과의 역관계 속에서 억압되어 드러나 보이지 않는 듯할 지라도 끊임없이 참자아를 실현하기 위해 작용한다. 〈그림3〉과 같이 참자아는 중심자아에 쌓여 있다. 참자아가 중심자아가 될 경우도 있지만, 참자아와 중심자아는 서로 구별된다. 참자아와 중심자아 간의 갈등과 장애, 문제상황 등이 발생하기도 하기 때문이다. 이런 과정을 통해 참자아와 중심자아는 끊임없이 소통하고, 작용하면서 자아를 실현해 나간다. 즉 소통과 작용을 통해 중심자아는 지속적으로 참자아의 영향을 받게 된다. 그럼으로써 인간은 자신의 참자아를 지향하는 삶을 추구하게 된다. 궁극적으로는 이런 과정이 바로 참자아를 찾는 과정이기도 하다. 즉 인간의 삶의 의미나 목적이 참자아를 찾는 과정이기도 하다. 왜냐하면, 참자아는 스스로가 중심자아가 될 경우를 제외하고는 인간 삶, 사고, 행동, 감정 등의 전면으로는 드러나지 않는다. 중심자아와의 관계 속에서 끊임없이 자아실현을 위한 소통과 작용을 통해 실현한다. 그렇기 때문에 참자아를 찾고 실현하려는 인간의 지향과 선택, 자유의지와 노력 등만이 참자아의 실현을 이뤄낼 수 있다.

또한 참자아는 인간의 심리내적 본질로서 완전한 구성체다. 온 우주의 필수불가결한 요소들로 구성된 결정체이다. 즉 완전한 소우주와 같다. 씨앗과 같이 모든 것을 이룰 수 있는 무한한 가능성을 내포한 존재이다. 뿐만 아니라 참자아는 수동적이지도 않다. 주체적이고 능동적으로 자신의 무한한 가능성을 추구한다. 즉 끊임없이 참자아를 실현하기 위해 작용한다. 그래서 참자아는 융의 '자기'와 매우 흡사한 개념이다. '자기'로 대체할 수 있는 개념이다. 융의 '자기'도 자신의 고유한 것이고, 중앙의 것, 완전한 것이다. 그런데 인간의 삶이 온통 자기를 실현하는 과정이다. 자기실현의 역사가 곧 인간 자신의 삶인 것이다. 이렇듯 '자기'는 완전한 자기를 실현하기 위해 끊임없이 인간의 삶에 작용한다. 인간의 삶, 사고, 행동, 감정 등 모든 것에 미치지 않는 구석이 없을 정도다. 참자아와 마찬가지다.

중심자아는 지금 이 순간 자신의 삶을 이끄는 자아이다.
주변자아는 힘에 밀려 주변에 머무르는 자아이다.

한편 중심자아와 주변자아는 상대적인 개념이다. 즉 상대적인 위상의 차이에 의해 구별되는 개념이다. 절대적이고 고정불변의 위상도, 성격도, 영향력도 아니라는 의미이다. 중심자아도, 주변자아도 타고난 자아, 인생 초기 경험을 통해 형성된 자아, 인생의 초기 이후에 형성된 자아 등이 성장과 발달을 거듭하면서 형성된 자아이다. 즉 인간 삶의 과정 속에서 다양하게 형성된 자아들 중 하나이다. 뿐만 아니라 완전한 인격체가 아닌 자아인 경우도 있다. 구성적이고 과정적인 개념이기도 하다. 왜냐하면, 인간의 삶이 대체로 그렇듯이 자아도 그와 더불어 연속적으로 성장과 발달을 거듭하기 때문이다.

먼저 중심자아는 심리 내적 중심에 위치한 자아이다. 그 위상 또한 핵심적이고 중요하다. 인간의 삶, 사고, 행동, 감정 등을 일관되게 이끌어 나가는 역할을 한다. 즉 지금 이 순간 자신의 삶을 이끄는 자아이다. 인간의 다양한 자아들 중 역관계에 따라 결정되기 때문에 갈등과 장애, 문제상황 등에 따라 변경될 수 있는 자아이기도 하다. 그렇기 때문에 얼마든지 참자아도 주변자아도 중심자아가 될 수는 있다. 하지만 독특한 경우를 제외하고는 이 힘에는 인간의 선택과 자유의지, 노력 등이 작용하기 때문에 갈등과 장애, 문제상황 등만의 문제는 아니다. 당시 현재 자신이 의식적으로 지향하는 중심적인 삶이 무엇이냐에 따라 달라지기 때문이다.

반면, 주변자아는 말 그대로 중심에 있지 않은 자아이다. 지금 이 순간의 중심자아의 힘에 밀려 주변에 머무르는 자아이다. 타고난 자아, 인생 초기 경험을 통해 형성된 자아, 인생의 초기 이후에 형성된 자아 등이 성장과 발달을 거듭하면서 형성된 자아이다. 즉 인간 삶의 과정 속에서 다양하게 형성된 자아들이다. 물론 완전한 인격체는 아니다. 일시적으로 존재하는 경우도 있다. 뿐만 아니라 다양한 갈등과 장애, 문제상황 등 속에서 중심자아의 힘에 밀려나 있는 양태이다. 하지만, 구성적이고 과정적인 개념이므로 중심자아의 경우와 같이 인간의 삶과 더불어 연속적으로 성장과 발달을 거듭한다. 그렇기 때문에 시시때때로 갈등과 장애, 문제상황 등 속에서 불안과 두려움 등의 심리를 야기하며, 중심자아의 위상에 도전한다.

중심자아는 주변자아와 끊임없이 상호작용한다.

그럼에도 불구하고 중심자아는 주변자아와 끊임없이 상호작용한다. 이는 성장과 발달을 위한 필연적 과정이다. 중심자아는 성장과 발달을 위해 주체적이고 적극적으로 긴장 관계를 유지하기도 하고, 우호적인 관계를 갖기도 한다. 비록 힘의 역관계에 의해 중심자아와 주변자아가 서로 위치와 역할을 바꾸기도 하지만 서로 끊임없이 상호작용한다.

물론 어느 자아가 인간의 삶의 중심을 이끄는 중심자아가 되는가의 문제는 인간 자신의 신념과 선택, 자유의지, 노력 등에 따라 달라진다. 인간 자신의 신념과 선택, 자유의지, 노력 등의 주체도 자아이고, 그 자체도 자아의 작용이기 때문이다. 뿐만 아니라 어느 자아가 얼마나 큰 힘으로 우위를 점하느냐에 따라 중심자아가 바뀌고 삶의 중심이 바뀐다. 즉 그 신념과 선택, 자유의지, 노력 등이 왜곡된 것일지라도 인간의 중심자아와 삶의 중심은 바뀌게 된다. 이럴 경우 어떤 인간은 자신의 심리·정신적인 갈등과 장애, 문제상황 등으로 인해 자신의 삶이 왜곡될 수 있다. 일정 기간 동안 이전의 중심자아와 주객이 전도된 상황에 도달할 수도 있다. 그 삶이 일정 기간 왜곡되어 본 모습을 잃고 혼돈의 상황에서 방황하게 될 수도 있다. 이러한 경우, 서로 다른 욕구를 가진 자아들 간의 갈등과 장애, 문제상황이 반드시 발생하고, 이로 인해 인간의 삶은 왜곡되고, 피폐하게 되기도 한다. 하지만 심리·정신적 갈등과 장애, 문제상황 등의 긍정·부정의 양면성과 숙명성, 그리고 의외성 등으로 인해 인간은 그럼에도 불구하고 성장과 발달을 거듭한다. 궁극적으로 인간의 지향과 선택, 자유의지 등에 달려 있다. 뿐만 아니라 인간 누구에게나 참자아가 자리 잡고 있다. 참자아와의 소통과 영향을 통해 인간은 긍정적이고 '선'한 삶을 끊임없이 지향하며 살아간다. 쉽지 않은 과정을 겪은 후, 본 모습을 찾고, 예전보다 더욱 성숙한 자아, 참자아에 한 발 더 가까이 다가간 중심자아로 거듭난다.

위와 같은 논의를 통해 알 수 있듯이, 문학상담에서는 자아를 위상과 역관계에 따라 참자아, 중심자아, 주변자아 등으로 나눈다. 이는 타고난 자아와 인생의 초기, 그 이후에 형성된 자아 등이 다양한 갈등과 장애, 문제상황 속에서 연속적인 성장과 발달을 거듭하며 형성된다. 대부분은 인간의 지향과 선택, 자유의지 등에 따라 결정되지만, 당연히 삶의 다양한 심리·정신적 갈등과 장애, 문제상황 등의 국면 속에서 역관계에 따라 변경될 수도 있다.

그런데 이러한 자아들마다 자신의 서사가 존재한다. 각각의 자아들의

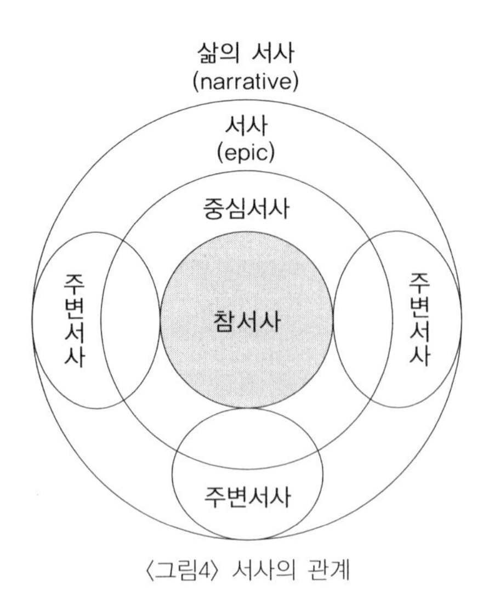

〈그림4〉 서사의 관계

형성 시기, 또는 등장 시기에 따른 삶의 경험, 지향과 목적, 의지와 선택과 노력 등에 따라 각기 다른 서사를 갖고 있다. 각기 형성된 시기도 다를 것이고, 등장 시기도 다를 것이다. 무의식으로 억압되었다가 의식화 되었을 수도 있고, 의식적인 작용에 의해 억지로 등장했을 수도 있다. 다 이루 말할 수 없을 만큼 다양하다. 인간의 삶이 천차만별이기에 자아도, 서사도, 천차만별이다. 다만 문학상담에서는 세 가지로 구별한다. 문학상담에서는 자아를 참자아, 중심자아, 주변자아 등으로 구별하므로 역시나 그에 맞춰, 참서사, 중심서사, 주변서사 등으로 구별하고, 명명한다. 물론 하나 이상의 자아가 연결되거나 통합되었을 가능성은 항상 열려 있기 때문에 하나 이상의 서사가 연결되고, 통합됐을 가능성도 항상 열려 있다. 각 서사들의 관계는 위의 〈그림4〉와 같다.

한편 앞에서도 언급했지만, 인간은 문학적 존재이다. 인간은 이야기 속에서 태어나고, 살아가다 생을 마감하면서 서사를 끝맺는다. 이 서사 속에서 인간은 심리·정신적인 내적 성장과 발달을 이루어 나간다. 즉 이 서사 속에서 직면한 심리·정신적인 갈등과 장애, 문제상황 등을 극복하고 인격적으로 성숙해 나간다. 정운채는 이를 서사의 변화, 즉 서사의 보충·강화, 통합의 과정으로 설명한다. 그렇기 때문에 문학상담에도 인간의 삶은 곧 문학이고, 문학이 곧 삶 그 자체이며, 서사이다. 문학상담의 상황과 장면에서도 문학, 즉 서사는 인간의 성장과 발달과 더불어 이어진다. 삶을 사는 일이 바로 이야기를 만드는 과정이다. 문학을 이뤄나가는 과정이기도 하며, 서사를 만들어 나가는 과정이다. 자신의 성장과 발달의 서사, 깨달음의 여정의 서사이다. 한마디로 다시 정리하면, 삶은 곧 그 자체로 문학이며, 서사이다. 그 역도 성립한다. 그러므로 결국 문학상담도 서사의 변화, 즉 서사의 보충, 강화, 통합의 과정으로 설명한다.

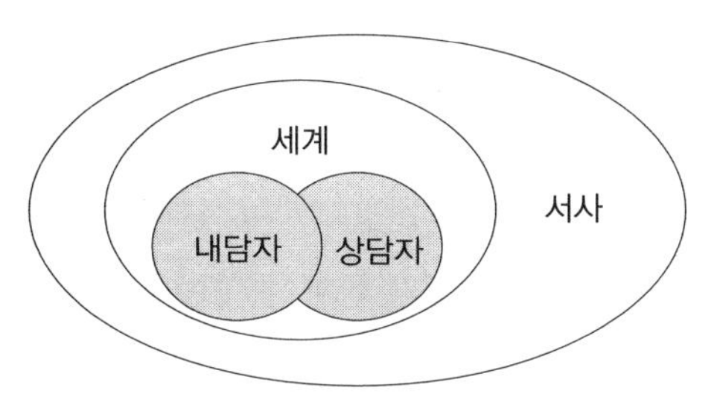

〈그림5〉 인간과 세계와 서사의 관계

그런데 인간은 세계, 즉 사회와 자연 그리고 우주 속에서 삶을 살아간다. 문학상담의 상황과 장면에서 인간, 즉 내담자와 상담자, 세계와 서사의 관계는 위 〈그림5〉와 같다. 그 속에서 인간은 자신 외의 존재와 서로 교류하며 살아간다. 의식·무의식적, 직접·간접적으로 다양한 소통 방식을 통해 서로 영향을 주고받으면서 살아간다. 즉 함께 성장과 발달을 이뤄나간다. 모든 우주의 만물이 연결되어 있고, 하나이기 때문이다. 하나의 생명체, 유기체라고도 할 수 있기 때문이다.

하지만 처음부터 완전한 인간도, 완전히 깨달은 존재도 없다. 다만, 삶의 과정 속에서 서서히 함께 이뤄나가면서 깨달아 가게 한다. 인간의 삶이 이러한 깨달음을 얻는 과정이 삶의 과정이기도 하다. 인간의 중심자아의 강인한 의지, 용기 등 내적힘에 의해서이기도 하고, 참자아의 자아실현의 의지와 노력이기도 하고, 알 수 없는 영적 힘에 의해서이기도 하다. 하지만 오직 운명과 숙명에 맞서 치열한 삶의 과정 속에서만 깨달아 가게 된다. 자신과 타자의 삶과 존재의 의미, 관계를 깨달아가게 된다. 물론 인간의 의지에 의해 바꿀 수 있는 운명과 달리 숙명적인 힘에 의해 이뤄진다고도 할 수 있다. 왜냐하면, 인간의 삶의 적지 않은 부분이 또한 의지와는 상관없는 절대 바꿀 수 없는 이끌림, 즉 숙명적인 힘에 의해 이뤄진 과정이기도 하기 때문이다.

뿐만 아니라 모든 것은 하나로 맺어져 있으며, 모든 것은 연관되어 있다. 인간도 다른 우주 만물과 더불어 하나의 '생명의 직물'의 한 가닥 실에 지나지 않는다. 인간도 세계 속에서 그 일부이고, 우주 만물과 더불어 삶을 살아간다. 즉 인간은 세계 속에서 자신과 타자의 존재와 상호작용하면서 자신과 타자의 삶과 존재의 의미, 그리고 '나와 너, 그리고 우리'의 관계를 깨달아간다. 그러므로 세계와 함께 살아가면서 겪는 갈등과 문제상황 등뿐만 아니라 그 과정 속에서의 고통은 인간의 내적 성장과 발달의 밑거름이 된다. 삶을 풍요롭게 하며, 깨달음을 이끄는 견인차이다. 은혜로운 신의 선물이다. 왜냐하면, 그러한 심리·정신적 갈등과 장애, 문제상황, 그리고 그 과정 속에서의 고통이 인간을 참자아로 인도하기 때문이다. 자신의 참자아를 찾게 되고, 참자아의 실현을 더욱 진실하고 올바르게 추구해 나가게 되기 때문이다.

아들러(Alfred Adler)도 인간을 목표를 향해 일정한 패턴으로 삶을 살아가는 역동적이고 통합된 유기체로 설명한다. 그렇기 때문에 갈등하고, 방황하며, 혼돈 속에서 살아가는 어떤 인간일지라도 자신의 삶의 지향과 목표는 항상 꾸준히 삶에 작용한다고 한다. 뿐만 아니라 이렇게 꾸준히 삶에 작용하는 내적힘이 있기 때문에 삶을 살아가는 동안 주체적이고 적극적으로 자신의 지향과 목표를 실현해 나간다고 한다. 즉 끊임없이 자신의 지향과 목표를 실현해 나가기 위해 자신 외의 존재와 서로 교류하고, 소통하며, 영향을 주고받으면서 성장과 발달을 이뤄간다고 한다. 그래서 인간의 삶이 희망적이라고도 한다.

윌리암 글라써(William Glasser)도 그의 책 『행복의 심리, 선택이론』(Choice theory : A new psychology of personal freedom, 1998)에서 인간의 삶이 큰 테두리 안에서 인간의 의지와 선택에 의한 삶이며, 실질적으로 불행한 느낌을 포함한 모든 것을 선택한다고 말한다. 즉 인간이 자신의 삶의 모든 관계와 상호작용하면서 자신의 서사를 선택하여 살아가고 있음을 의미한다. 당시 자신의 상황과 처지, 입장에 따라 선택하여 살아가고 있는 것이다. 물론 이러한 선택이 불행한 서사를 구성할 수도 행복한 서사를 구성할 수도 있지만, 그 모든 것에 대한 책임과 의무를 인간은 짊어져야 한다. 결국 이러한 과정에서 인간 스스로가 불행한 삶도, 행복한 삶도 선택한다는 것이다. 그리고 상담의 인간 중심 접근을 주장하는 로저스(Carl Rogers)도 인간은 자신을 이해하고 자기 개념, 기본적인 태도, 자기 주도적인 행동을 변화시킬 수 있는 자원을 자신 안에 가지고 있다고 한다. 그래서 어떤 토양이 제공되기만 한다면, 그 자원을 일깨울 수 있다고 말한다

그런데 이러한 사실들은 아들러가 언급되었듯이 개인의 자아의 확장된 개념 속에서 실현되어 가는 과정이다. 왜냐하면, 개인의 자아의 확장된 개념에는 가족, 공동사회, 모든 인류와 전세계, 온 우주, 심지어 신에게까지 이르는 전 영역을 아우르기 때문이다. 결국 모든 것이 개인의 확장된 자아라는 개념 속에 포함된다는 의미이다. 즉 모든 것이 개인의 확장된 자아이기에 하나라는 의미이고, 하나로 통합된다는 의미이다. 그렇기 때문에 아들러는 제한된 자아를 넘어서야 한다고 한다.

인간이 역동적으로 운명을 개척하는
서사의 주체라는 사실이다.

한편, 아들러의 이러한 인간이해는 문학상담의 실현 가능성에 큰 힘을 실어 준다. 왜냐하면, 첫째, 인간의 자유의지와 선택, 그리고 노력 등에

의해 삶이 담보된다고 하기 때문이다. 즉 어떤 인간일지라도 자신의 삶의 지향과 목표를 오로지 자신의 자유의지와 선택에 의해 결정하기 때문이다. 이는 자신의 삶의 모든 것을 자유의지로 선택, 결정한다는 의미이다. 자신 외의 존재와의 교류, 소통, 영향관계, 성장과 발달 등 뿐만 아니라 자신의 삶, 사고, 행동, 감정 등 모든 것을 스스로의 자유의지로 판단하고, 선택한다는 사실이다. 누구의 선택도 아니고 숙명도 아닌 자신만이 선택할 수 있다는 사실이다. 그래서 주체적이고 능동적으로 자신의 삶, 지향과 목표를 실현하면서 살아간다는 사실이다. 이는 문학상담의 상황과 장면에서 인간의 주체적이고 적극적인 삶의 선택, 즉 서사의 선택을 설명할 수 있게 한다. 즉 인간이 수동적으로 숙명의 삶을 받아들이기만 하는 존재가 아니라 역동적으로 운명을 개척하는 서사의 주체라는 사실을 함의하고 있다. 서사의 주체이기 때문에 인간이 마음만 먹으면, 생각을 달리 하면, 다른 시각과 관점으로 바라 볼 수만 있다면, 이윽고 서사는 달라 질 수 있다는 의미이다.

문학상담에서는 이러한 점에 착안하여 인간 스스로가 자신의 삶의 서사를 긍정적으로 써나갈 수 있도록 긍정적인 변화를 유도하려 한다. 이는 모든 인간이 자신의 삶의 서사의 주체이기에 가능하다. 자신의 삶의 서사를 주도적으로 바꿔나갈 수 있는 가능성이 열려 있기에 가능하다. 이것은 인간 스스로가 스스로의 내적힘으로 자신의 삶의 서사를 변화시켜낼 수 있고, 어떤 인간의 신념과 의지, 선택으로 어떤 인간의 삶을 변화시킬 수 있다는 것을 의미한다. 물론 내담자의 주체적인 태도와 역할이 관건이다. 왜냐하면 내담자만이 진정으로 자신의 심리·정신적 갈등과 장애, 문제상황 등에 맞닥뜨릴 수 있기 때문이다. 그리고 내담자 스스로만이 자신의 삶을 성찰하면서 자신의 내면세계와 깊이 있게 만날 수 있기 때문이다. 이처럼 문학상담은 인간 스스로의 내적힘을 바탕으로 하는 의지와 선택에 달려 있다. 이런 의지와 선택으로 내담자의 삶의 이야기, 즉 서사를 새롭게 구성해 나갈 수 있게 하는 것이 문학상담의 과정이다.

부분을 통해 전체를 찾을 수도 있다.

물론 인간의 끊임없는 노력에 의해 가능하다.

둘째, 갈등하고, 방황하며, 혼돈 속에서 살아가는 어떤 인간일지라도 자신의 삶의 지향과 목표는 항상 꾸준히 삶에 작용한다고 하기 때문이다. 즉 역동적이고 통합된 유기체로 자신의 삶의 지향과 목표가 항상 꾸준히 삶에 작용한다는 것이다. 그런데 이러한 삶의 지향과 목표는 참자아, 중심자아, 주변자아 모두가 실현하고자 한다. 다만 당장의 중심자아가 주도권을 잡고 삶을 영위해 나가며, 영향을 주고 있을 뿐이다. 하지만, 다른 자아들도 수동적으로 대응하지는 않는다. 인간의 선택과 의지, 노력 등에 의한 자아들의 역관계에 따라 다를 수 있지만, 대체로 역동적이다. 그렇기 때문에 자아들의 모든 서사가 전체를 지향하기도 하고, 전체에 통합되어 전개될 수도 있으며, 부분을 통해 전체를 실현해 나갈 수 있는 가능성을 찾을 수도 있다. 물론 인간의 끊임없는 노력에 의해 가능하다.

그러므로 먼저, 인간과 더불어 존재하는 다양한 서사들이 모두 자신의 삶의 일부분이기 때문에 모든 서사의 어느 부분일지라도 중심서사에 영향을 받지 않는 서사가 없다. 이러한 사실은 문학상담의 과정을 인간의 자유의지와 선택, 그리고 노력 등에 의한 중심서사가 지향하는 삶이 전체를 지향하고, 나머지 서사들이 전체에 통합되어 가는 과정으로 설명할 수 있게 한다. 역으로 자질구레하고, 사소한 서사일지라도 중심서사에 영향을 미친다. 이러한 사실은 지금 당장은 주변서사에 머물러 중심서사가 아니지만, 인간의 삶, 자유의지와 선택, 그리고 노력 등에 의해 얼마든지 바뀔 수 있음을 의미한다. 뿐만 아니라 참서사의 실현 의지와 힘을 믿고, 의지하면서 문학상담을 실현할 수 있게도 한다. 이는 인간 내면의 중심에 있으면서 선한 의지인 참자아가 자신의 지향과 목적을 실현하기 위해 언제나 추동력을 발휘하여 중심서사와 주변서사에 긍정적인 영향을 미칠 수 있기 때문이다.

갈등과 문제 상황에는 긍정·부정의 양면성과
숙명성, 그리고 의외성 등이 있다.

셋째, 갈등과 장애, 문제상황 등의 긍정·부정의 양면성과 숙명성, 그리고 의외성 등 때문이다. 인간은 끊임없는 성장과 발달 속에서 그리고 인격적 성숙과 깨달음의 과정 속에서 자신의 서사를 풍부히 하고, 역으로 자신의 서사를 통해 성장과 발달, 인격적 성숙과 깨달음을 추구해 나간다. 인간의 삶에는 헤아릴 수 없을 정도의 다양한 서사들이 얽히고설켜 살아간다. 이로 인해 너무나 다양하고 기상천외한 서사가 탄생할 수 있다. 장기적으로 어느 서사가 긍정적이고, 어느 서사가 부정적이라고 속단할 수도 없고, 또 어느 서사가 유익하고, 어느 서사가 손해인지 아무도 예측할 수 없다. 왜냐하면, 인간의 삶은 알 수 없기 때문이다. 도무지 헤아릴 수 없다. 처음에는 좋은 영향을 미치는 서사라고 생각했지만, 결과는 그렇지 않은 서사도 있고, 그 반대의 경우도 있기 때문이다. 그것이 바로 인생이기도 하다. 예컨대, "인간만사가 새옹지마.(人間萬事 塞翁之馬.)"라는 말도 있듯이 변방의 늙은이의 경우처럼 인간의 모든 일의 미래를 미리 예측하여 살 수는 없다. 이는 거의 신의 영역이기도 하기 때문이다. 즉 숙명적인 힘, 인간으로서는 알 수도, 헤아릴 수도, 이해할 수도 없는 힘에 의해 이끌린 서사들도 적지 않기 때문이다. 그런데 이렇게 얽히고설킨 서사들이 세계를 이루고, 또 예측할 수 없는 서사들이 느닷없이 다가와 영향을 주고받는다. 자질구레하고 사소한 서사일 수도 있고, 중요한 서사일 수도 있고, 그 속도, 영향 범위, 지속 기간 등도 천차만별이다.

각자의 처지와 입장에 따라 공감하여 받아들이는 깊이와 넓이,
무게가 다르기 때문에 독특할 수도 있는 영향을 받는다.

이 과정에서 어떤 인간의 삶은 자신의 전체 삶에서는 아주 자질구레하

고 사소한 경험인데도 그리고 아주 짧은 순간이거나 예고 없는 사건인데도 크게 변화할 수 있다. 이는 인간마다 자신의 서사가 다르기 때문이다. 즉 자신 외의 존재와의 교류, 소통, 영향관계 등에 의해 성장과 발달이 너무나 다양하게 이뤄지기 때문이다. 전혀 일반적이거나 보편적이지 않을뿐더러 유일한 서사일 가능성도 있기 때문이다. 뿐만 아니라 자신에게 다가온 서사의 각 장면이나 인물들에 대한 자신의 생각과 느낌이 다르기 때문이다. 각자의 처지와 입장에 따라 공감하여 받아들이는 깊이와 넓이, 무게가 다르기 때문에 독특할 수도 있는 영향을 받는다.

따라서 정리해 보면, 문학상담은 인간의 삶이 곧 문학이고, 문학이 곧 삶 그 자체이며, 삶도 문학도 서사이기에 가능하다. 이러한 가능성은 첫째, 인간이 자신의 서사의 주체이기 때문이다. 즉 인간의 삶의 주체가 자신이듯이 서사의 주체도 인간이기 때문이다. 그러므로 이러한 사실은 자신의 삶의 서사를 주도적으로 써나갈 수 있는 가능성을 열리게 한다. 둘째, 갈등하고, 방황하며, 혼돈 속에서 살아가는 어떤 인간일지라도 자신의 삶의 지향과 목표는 항상 꾸준히 삶에 작용한다고 하기 때문이다. 즉 역동적이고 통합된 유기체로 자신의 삶의 지향과 목표가 항상 꾸준히 삶에 작용한다는 것이다. 그렇기 때문에 자아들의 모든 서사가 전체를 지향하기도 하고, 전체에 통합되어 전개될 수도 있으며, 부분을 통해 전체를 실현해 나갈 수 있는 가능성을 찾을 수 있다. 물론 인간의 끊임없는 노력에 의해 가능하다. 셋째, 이런 모든 과정 속에는 긍정·부정의 양면성과 숙명성, 그리고 의외성 등이 있기 때문이다. 그러므로 지금 이 순간 행복한 선택을 최선을 다해 살아가면 된다. 과정 속에서 행복하고, 결과는 염두에 두지 않으면 된다. 왜냐하면, 오직 지금만이 나의 것이고, 결과는 신의 것이기도 하기 때문이다.

그렇기 때문에 문학상담은 내담자 스스로의 내적힘을 바탕으로 한 자유의지와 선택, 그리고 노력 등만으로 이뤄지지는 않는다. 인간 외적 의지와 힘의 작용을 차치하고서라도 대체로 내담자와 내담자서사, 상담자와 상담자서사, 문학작품과 작품서사 등이 물리적, 심리·정신적 시공간 속에서 융합하여 활발한 교류와 상호작용이 이뤄지는 것은 필수불가결한 과정이다. 문학상담의 실현 가능성을 담보할 뿐만 아니라 성패와도 관련된다. 즉 내담자와 내담자서사가 상담자와 상담자서사, 문학작품과 작품서사 등과 얼마만큼 융합하여 활발히 교류하고 소통하며, 상호작용하느냐에 문학상담의 성패가 달려 있다는 의미이다. 왜냐하면, 이러한 과정을 통해 내담자의 내적힘이 활성화되고, 긍정적이고 건강한 서사의 선택을 유도해 낼 수 있기 때문이다. 실제로 내담자는 상담자와의 교류와 소통, 상호작용을 받아 서사 속의 인물과 동일시하는 속에서 자신이 삶을 대상화하여 성찰하기도 하고, 공감하며, 자신의 삶을 이해하고, 화해해 나간다. 이 속에서 분열되어 심리·정신적 갈등과 장애, 문제상황 등을 야기하고 있는 자아들을 조금씩 통합해 나가게 된다.

한편, 문학상담의 수행과정에서는 나타나는 서사는 크게 두 가지로 나뉠 수 있다. 하나는 내담자나 상담자에 의해 선택된 것으로 대체로 소위 '작품'이라고 불리는 수준의 문학작품이다. 이를 작품서사라고 명명한다. 이는 내담자나 상담자에 의해 지속적으로 제공되고, 상호작용하는 매우 중요한 매체이기도 하다. 그러므로 문학상담의 수행과정에서 문학작품의 선정은 매우 중요한 요소이다. 같은 문학 작품일지라도 내담자의 서사에 따라 다르게 이해되고, 공감과 동일시가 입장과 처지에 따라 다르게 나타나기 때문이다. 즉 내담자서사의 특성이 내담자마다 각각 다르기 때문이다. 이러한 점은 내담자의 반응과 상호작용의 정도를 각기 다르게 나타내게 한다. 그런 경우 내담자는 예기치 않은 곳에서 투사와 전이를 일으키고, 갈등과 분노 등을 표출하여, 심리·정신적 갈등과 장애, 문제상황 등을 발생시킨다. 내담자서사의 특성에 따라 아주 자질구레하고 사소한 서사인데도 그리고 아주 짧은 순간인데도 매우 큰 상처나 응어리와 관련이 있을 수 있기 때문이다. 그렇기 때문에 내담자는 주요 등장인물뿐 아니라 그 외, 다양한 등장인물이나 상징과 은유로 표현된 다양한 작품 요소나 상황, 분위기 등에 영향을 받기도 한다. 그러므로 문학 작품의 선정에는 내담자서사의 특성, 즉 발달적 특성, 성격, 문제적 상황, 향유 수준 및 방법 등을 고려해야 한다.

또 하나는 문학상담 수행과정에서 내담자와 상담자에 의해 구성된 문학작품이다. 이 문학작품도 작품서사이기는 마찬가지이다. 하지만, 그 수준이 다양할 수 있다. 예컨대, 예술적 가치가 있을 수도 있고, 전혀 없을 수도 있다. 장난이나 낙서 수준일 수도 있다. 다만, 문학상담의 상황과 장면에서 내담자나 상담자의 생각과 마음, 의식과 무의식, 감정 등이 진솔하게 표현하기만 하면 된다. 그러므로 문학상담의 수행과정에서 다양하게 표출된 모든 것이 이에 해당한다. 왜냐하면, 문학상담의 수행과정에서는 대체로 문학적 성격과 형식, 내용 등을 가지지만, 수단일 뿐, 목적이 아니기 때문이다. 그래서 굳이 고집하지 않으며, 그 수준도 다양할 수 있다. 이것은 모든 인간이 각기 그들만의 서사를 갖고 있기 때문이다. 또한 그것들이 반드시 언어적일 필요도 없다. 비언어적이든지, 상상이든지 아니든지, 크든지 사소한 것이든지 모두 문학작품이다. 물론 인간의 모든 문화와 문명에는 어떤 성격과 형식으로 되었든지 간에 서사가 담겨있다. 이 서사들 모두 서사적 요소들의 적절한 선택과 혼합으로 이뤄져 있기도 하다. 그러므로 문학상담에서는 내담자와 상담자에 의해 구성된 다양한 수준의 문학작품도 중요한 매체로써 다뤄지고 있다.

2) 동일시와 공감

한 심리학 소사전에는 동일시가 정신분석학에서 쓰이는 말이라고 소개한다. 그러면서 동일시를 통해 소설을 읽을 때 마치 소설의 주인공이 된 것처럼 느끼게 되어 품은 원망(願望)을 가공(架空)의 세계에서 만족시키게 되며, 어머니를 사랑하는 청년은 어머니를 닮은 여성과 결혼함으로써 마음속에 숨은 욕구를 실현한다고 설명한다. 즉 문학작품 속의 주인공이 된 것처럼 느끼고, 서로 다른 것들을 자신과 같다고 여기는 심리를 동일시라

한다. 물론 이러한 정의에는 프로이트의 오이디프스 콤플렉스와 관련 있다. 오이디푸스 콤플렉스의 개념과 맥락에서 그 의미를 더욱 분명하게 살펴봐야 한다. 따라서 이 사전의 정의를 의미 있게 나누어 정리하면, 다음과 같다. 첫째, 소설의 주인공이 된 것처럼 느낀다. 둘째, 욕망을 가공의 세계에서 만족시킨다. 셋째, 사랑의 대상과의 관계에서 일어난다. 넷째, 사랑의 대상에게서 얻지 못한 것을 다른 사랑의 대상을 통해 욕구를 실현한다.

첫째, 소설의 주인공이 된 것처럼 느낀다.

첫째, 소설의 주인공이 된 것처럼 느낀다. 가공의 세계, 허구의 세계에서라는 단서가 있지만, 이는 한 자아가 다른 자아에 동화(同化)된 결과이다. 즉 한 자아가 다른 자아와 심리·정신적인 측면에서 닮아간 결과이다. 이 과정을 통해 마치 자신이 작품서사의 주인공, 즉 그 대상이 된 것처럼 느끼게 되기 때문이다. 예컨대, 소설 속 주인공의 고통, 슬픔, 외로움, 아픔 등의 심리·정신적 상황과 장면에서는 자신도 주인공과 유사한 고통, 슬픔, 외로움, 아픔 등을 느끼게 된다. 뿐만 아니라 고난을 극복한 성공과 명예, 사랑 등을 함께 느끼고, 즐겁고 행복해 한다. 물론 이러한 동화는 굳이 주인공이 아니더라도 문학작품의 모든 등장인물들과의 관계에서도 발생할 수도 있다. 자신의 상황과 조건, 처지와 입장 등과 유사할수록 강하게 발생하기 때문이다. 그렇기 때문에 실제 문학상담의 상황과 장면에서는 상상하지도 못한 등장인물들과 동일시하는 경우도 많다.

둘째, 욕망을 가공의 세계에서 만족시킨다.

둘째, 욕망을 가공의 세계에서 만족시킨다. 이 말은 사실 인간의 품은 욕망을 가공의 세계, 허구의 세계, 상상의 세계 등에서만 실현시킬 수밖에 없는 현실을 반영한다. 만약 현실의 세계에서 인간 각각의 모든 욕망을 실현시킨다면, 인간의 공동체가 온전히 존재하기는 어렵기 때문이다. 예컨대, 프로이트의 오이디프스 콤플렉스와 같은 욕망도 마찬가지이다. 현실의 세계에서는 불가능하다.

그렇기 때문에 아리스토텔레스도 "비극은 드라마적 형식을 취하고 서술적 형식을 취하지 않으며, 연민과 공포를 환기시키는 사건에 의하여 바로 이러한 정서의 카타르시스를 행한다."라고 말한다. 특히나 이는 이성적 생활의 혼란을 제거하기 위한 방책이다. 쓸데없이 인간의 감정을 건드려 평정심을 잃게 하여 이성적 생활을 방해한다는 플라톤과 달리 감정을 오히려 적절히 표출하고 배설해야 한다는 주장이다. 그럼으로써 억압된 감정을 해소하고, 심리적 안정감, 균형감 등을 얻을 수 있다고 한다. 프로이트도 아리스토텔레스 시대 이래로 극(劇)의 목적은 관객의 마음속에 '공포와 연민'을 불러일으켜 '감정을 정화(靜化)'시키는 데 있다고 말한다. 그리고 극의 즐거움을 말하면서 관객이 스스로를 주인공과 '동일시'함으로써 자신의 욕망을 충족시키며, 서정시는 춤과 같이 다양한 종류의 강렬한 감정이 분출될 수 있는 통로이며, 서사시는 영웅적 인물이 누리는 즐거움을 똑같이 누릴 수 있게 한다고 말한다.

물론 이는 당연하게도 자신의 욕망을 대신 충족하는 인물을 통한 대리만족이기도 하다. 예컨대, 소설의 주인공이나 그 외 다른 등장인물 등을 통해 대리만족을 느끼는 경우이다. 즉 자신의 욕망을 가공의 세계, 허구의 세계에서 만족시키는 경우이다. 소설 속의 주인공이나 등장인물 들의 모험과 역경 극복, 아름다운 사랑, 부와 명예 등을 통해 자신의 욕망을 실현한 듯한 만족을 얻는 경우이다. 또한 이러한 대리만족은 현실 세계에서의 관계에서도 발생할 수도 있다. 현실의 특정한 연예인 및 방송인, 정치가, 과학자 등을 통해 대리만족을 느끼는 경우도 많다. 이 경우도 현실의 세계에서 실현할 수 없는 자신의 욕망을 상상의 세계에서 대리만족시킨다. 결국 이러한 점들은 가공의 세계에서든 허구의 세계에서든 현실 세계에서든 자신에게 결핍된 것을 충족한 모든 인물과의 관계에서 동일시가 발생한다는 것을 의미한다. 물론 이 경우는 무의식적 방어 차원의 동일시이다. 즉 동일시를 통해 자신의 가치감을 고양시키고, 자신의 실패감, 상실감, 열등감 등으로부터 자신을 보호하려는 경향이다. 이 또한 자신의 심리·정신적 결핍을 대리만족시키기 위한 동일시의 하나이다.

이와 같이 인간은 가공의 세계이든 허구의 세계이든 상상의 세계이든 자신이 욕망하는 것을 실현시켰거나 실현시켜 나가는 인물과 동일시함으로써 자신의 삶 속에서는 불가능했거나 불만족스러웠던 자신의 욕구를 충족시켜 나갈 수 있다. 적어도 자신의 결핍을 충족한 것들과 동일시함으로써, 자신의 다양하고 강렬한 감정을 분출시킬 수 있다. 그럼으로써 정서의 카타르시스를 얻을 수 있다. 그러나 이러한 동일시는 상상에 기초하기에 자신의 심리·정신적 갈등과 문제적 상황을 근본적으로 해결하는 것으로는 나아가지 못할 가능성이 많다. 잠시나마 감정을 정화하거나 해소하여, 내담자의 심리적 여유를 갖게 하는 정도에 그칠 가능성이 많다.

하지만, 동일시는 라플란체와 폰테일스(Laplanche & Pontalis)의 『정신분석사전』에서처럼, 어떤 주체가 타인의 속성이나 모습을 동화시켜 전체적으로나 부분적으로 그 사람을 모델로 자신을 변화시키는 심리 과정이라는 적극적인 의미까지도 갖고 있다. 이는 동일시가 단지 자신의 다양하고 강렬한 감정의 분출, 억압된 욕망의 충족 등만을 의미하지는 않는다는 뜻이다. 즉 동일시를 통해 어떤 인간의 삶의 서사, 심리·정신적 변화를 꾀할 수 있다는 뜻이다. 이는 결국 이러한 동일시 과정을 통해 작품서사 속의 등장인물들에 동화된다면, 그 등장인물들을 모델로 하여 자신의 내면세계를 성찰하고, 이해하는 과정을 경험하게 하고, 자신의 삶의 변화, 심리·정신적 변화를 갖게 한다는 의미를 내포한다.

셋째, 사랑의 대상과의 관계에서 일어난다.

셋째, 사랑의 대상과의 관계에서 일어난다. 즉 다른 사람에 대한 애착의 형태에서 일어난다. 동일시가 사랑의 대상과의 관계에서 일어난다는 의미이다. 이를 통해 자신의 욕망을 실현한다. 예컨대, 부모, 부모와 같은 양육자, 그 외의 인물 등과의 동일시이다. 애착 관계가 형성된 모든 대상에게서 일어난다. 특히나 부모와의 관계에서 발생할 가능성이 크다. 다시 말하면, 부모와 함께하는 생활 속에서 동일시 현상이 발생하는데, 남자아이든지 여자아이든지 동일 성이든지, 다른 성이든지 사랑의 대상과의 동일시 현상이 발생한다. 사랑하는 대상에게 동화되며, 닮아가는 현상이다. 자신의 사고, 행동, 감정, 관계 등 모든 것을 동일시한다.

오이디푸스 콤플렉스의 경우에는 두 가지로 나뉠 수 있다. 하나는 사랑의 대상이 다른 성인 경우이고, 또 하나는 사랑의 대상이 동일 성인 경우이다. 먼저, 그 사랑의 대상이 다른 성인 경우에는 사랑의 대상을 욕망하는 가운데 발생하는 경우이다. 예컨대, 남자아이가 어머니를, 여자아이가 아버지를 성애하는 경우다. 이 경우에도 사랑의 대상과의 동일시 현상이 발생한다. 즉 사랑하는 대상에게 동화되며, 닮아간다. 상대의 사고, 행동, 감정, 관계 등 모든 것을 동일시한다. 다음으로 동일 성의 부모에 대한 동일시이다. 이는 억압에 의한, 두려움과 불안 등을 회피하기 위한 경우이다. 예컨대, 남자아이가 어머니와의 관계에서 아버지의 거세에 대한 위협과 두려움, 불안 등을 회피하기 위해 어머니에 대한 욕망을 억압하고, 아버지와의 동일시를 꾀하는 경우이다. 이 경우도 물론 이유가 앞의 경우와 다르지만, 사랑의 대상에 대한 동일시이다. 마찬가지로 사랑하는 대상에게 동화되며, 닮아간다. 상대의 사고, 행동, 감정, 관계 등 모든 것을 동일시한다.

넷째, 사랑의 대상에게서 얻지 못한 것을
다른 사랑의 대상을 통해 욕구를 실현한다.

넷째, 사랑의 대상에게서 얻지 못한 것을 다른 사랑의 대상을 통해 욕구를 실현한다. 이는 자신의 사랑의 대상에서 채울 수 없는 욕구를 새로운 관계를 통해 충족할 수 있는 상황에서 발생한다. 즉 이전의 사랑의 대상에게서 얻지 못한 것을 현재의 사랑의 대상을 통해 추구하는 경우이다. 이전의 자아와 비슷한 인물을 대상으로 자신의 욕망을 실현시켜 간다는 의미이다. 다만, 사랑의 관계에서 일어난다.

물론 이전의 사랑의 대상과의 동일시를 통해 자신이 갈망하는 바를 성취할 수 있을 경우에는 그 사랑의 대상이 변하지는 않는다. 하지만, 사랑의 대상을 잃게 된 경우, 또는 사랑의 대상에게서 얻지 못할 경우는 다르다. 그러한 경우 다른 사랑의 대상을 통해 욕구를 실현하기 마련이다. 가장 먼저 나타나는 반응은 자신을 이전의 사랑의 대상과 심리·정신적 측면에서 흡사한 다른 것으로 사랑의 대상을 대체하고, 동일시하는 것이다. 말하자면, 그것을 내부로부터의 동일화에 의해 대체하는 것이다. 즉 새로운 사랑의 대상에 대한 동일시로 대신한다. 그 결과 변화된 새로운 관계에서 자신의 욕구를 성취하게 된다. 예컨대, 어머니를 사랑하는 청년이 어머니를 닮은 여성과 결혼하는 경우와 같다. 청년은 자신의 마음속에 숨은 욕구를 실현하기 위해 어머니와 최대한 닮은 여성과 결혼한다. 물론 그 여성이 사랑하는 대상이 아니라는 말은 아니다. 하지만, 무의식적으로 이전의 사랑의 대상과 가장 가까운 대상과 결혼하여 다른 인물과 동일시하는 경우이다. 그 속에서 자신의 무의식적인 욕망을 실현한다.

여기서 중요한 사실은 첫째, 동일시가 사랑의 대상과의 관계에서 일어난다는 것, 둘째, 한 자아가 다른 자아에 동화되는 것, 셋째, 자신의 사랑의 대상에서 채울 수 없는 욕구를 새로운 관계를 통해 충족할 수 있는 상황에서도 발생한다는 것 등이다. 따라서 이 사실들을 바탕으로 동일시(同一視, Identification)의 개념을 종합해 보면, 동일시는 사랑의 대상과의 관계에서 일어나고, 한 자아가 다른 자아에 동화되는 과정이며, 자신의 욕구를 실현시킬 수 있거나 자신에게 결핍된 것을 충족한 인물과의 관계에서 발생하는 개념으로 정의할 수 있다. 그런데 이러한 정의는 앞으로 논의할 공감의 개념과 밀접히 관련 되어 있어, 문학상담에 동일시라는 개념을 공감과 더불어 적극적이고 유용하게 활용할 수 있게 하는 의미 있는 단서를 제공한다.

공감(empathy)은 1909년 미국의 심리학자
에드워드 티치너(Edward Titchener)가 도입한 용어이다.

한편, 공감(empathy)은 1909년 미국의 심리학자 에드워드 티치너(Edward Titchener)가 도입한 용어로, '감정이입'을 뜻하는 독일어 'Einf hlung'의 번역어이다. 문학비평용어사전에서는 자신의 감정을 자연계나 타인에게 무의식적으로 투사하고, 그들이 자신과 같은 감정을 가지고 있는 듯이 느끼는 것을 의미하는 감정이입을 공감이라고 정의한다. 단순하게 정리하면, 공감은 무의식적 투사를 전제로 그것들과 같은 감정을 가지고 있는 듯이 느끼는 것이다. 특히나 이 사전에서는 감정이입과 공감을 동일한 심리적 과정으로 인식한다. 또한 다른 문학비평용어사전에서는 한 예술 작품을 대할 때, 그것과 우리 자신을 동일시하는 것을 감정이입이라 하고, 주로 인간끼리 또는 인격이 부여된 상상적인 행위자에게 동류의식을 갖고 제삼자로서 그의 고민을 동정하고 불쌍히 여기는 감정을 공감이라고 한다.

위 사전들의 관점을 문학예술에 초점을 맞춰 비교해 보면, 감정이입과 공감의 개념을 구별하여 설명하고 있다는 점 외에는 차별성이 없다. 모두 공통된 감정을 함께 느끼는 심리적 과정이다. 그리고 무의식적 투사와 동일시는 같은 심리적 과정이고, 문학작품 속의 모든 것에는 인격이 부여된 상상적인 행위자가 있기 때문이다. 왜냐하면, 인간의 신화나 문학은 인간의 무의식과 밀접한 연관이 있기 때문이다. 무의식이 의식화하는 과정과 결과가 신화나 문학의 창작 과정과 작품이다. 그런데 무의식에는 태어나기 전이나 이후에 자신의 삶 속에서 만족되지 않고 억압된 욕망이 의식으로의 출현을 꿈꾸며 꿈틀거리고 있다. 이것이 인간의 다양한 삶의 모습으로 실현될 수도 있는데, 그 하나가 인간의 신화나 문학이다. 그러므로 인간의 신화나 문학은 인간의 억압된 무의식적 욕망의 대리 충족의 결과이다.

작품에는 작가의 삶의 욕망이 반영되어 있고, 작가의 삶의 욕망이
문학 창조로 승화되어 나타난다

그렇기 때문에 작품에는 작가의 삶의 욕망이 반영되어 있고, 작가의 삶의 욕망이 문학 창조로 승화되어 나타난다고 볼 수 있다. 프로이트도 창조적인 작가들과 꿈꾸는 자들을 동일시하여 문학 창조와 낮에 꾸는 꿈을 동일시한다. 인간은 보통 현실 속에서 실현하고 싶은 자신의 삶의 욕망을 꿈속에서라도 실현하고자 하는데, 작가는 삶의 욕망을 문학작품 속에서 실현한다. 그럼으로써 작가는 자신의 삶의 욕망을 문학작품의 창조 속에서 충족한다.

이러한 작가와 작품과의 관계는 작품 속에서 작가의 삶을 관찰할 수도 있음을 의미한다. 작가의 삶과 작품 속의 등장인물들이나 사건이나 배경과의 관계도 밀접히 관련되어 있다. 즉 작품들 속에는 당연히 작가 자신의 내면세계의 다양한 상황, 즉 심리·정신적 갈등이나 문제상황 등이 무의식적·의식적으로 투사된다는 것이다. 그러므로 작품을 통해 작가의 삶과 자아들의 다양한 갈등을 엿볼 수 있는 여지는 풍부하다. 물론 문학 작품들이 최종 완성되기까지 많은 변이의 과정을 거쳤음을 간과해서는 안 된다. 시대정신과 세태, 독자의 기호, 문학적 완성도 등을 반영해 변형의 과정을 거쳤을 가능성이 높기 때문이다. 이러한 과정을 거쳐 결국 현실과 문학작품 속 허구의 세계는 똑같지 않은 구석이 많아지기 마련이다.

따라서 '무의식적 투사를 전제로 같은 감정을 가지고 있는 듯 느끼는 것', '문학작품과 우리 자신을 동일시하는 것'과 '인격이 부여된 상상적인 행위자에게 동류의식을 갖고 그의 고민을 동정하고 불쌍히 여기는 감정'

등과의 차별성이 뚜렷하지 않다. 왜냐하면, 문학작품 속 모든 것이 결국 작가가 인격을 부여한 상상적인 행위자일 가능성이 크기 때문이다. 그러므로 문학작품을 대할 때, 무의식적 투사를 전제로 같은 감정을 가지고 있는 듯 느끼는 것, 우리 자신을 동일시하는 것, 인격이 부여된 상상적인 행위자에게 동류의식을 갖고 그의 고민을 동정하고 불쌍히 여기는 감정 등은 동일한 심리적 과정을 달리 표현했을 뿐이다. 예컨대, 백석의 시 〈멧새소리〉에서 시적화자는 처마 끝에 달린 명태, 꽁꽁 언 명태 등과 동일시하여, 결국 '나도 길다랗고 파리한 명태다'라고 고백한다. 또 그 길다랗고 파리한 명태, 꽁꽁 얼어서 가슴에 기다란 고드름이 달린 명태의 처지와 입장에 공감한다. 서러움과 차가운 마음 별의 마음 같은 명태에 공감한다.

공감은 동일시를 바탕으로 일어난다

결국 문학작품 속의 등장인물에 공감한다는 것, 동일시한다는 것 또는 동일시를 바탕으로 한다는 것, 감정이 대상과 완전하게 결합되는 것 또는 등장인물의 입장이 되어 감정의 변화를 경험하는 것 등은 동일한 심리적 과정이다. 따라서 공감은 동일시를 바탕으로 일어난다고 말할 수 있고, 역으로 동일시 또한 공감을 전제로 이뤄진다고 말할 수 있다. 즉 공감과 동일시는 주체와 대상의 상황과 조건, 처지와 입장 등에 따라 약간의 차이는 있지만, 심리·정신적인 측면에서 볼 때, 동일한 심리·정신적 과정이라 할 수 있다.

아들러도 개인이 자기 자신의 경계를 넘어서서 움직여가는 과정 중에 자아와 타자를 동일시하는 움직임이 생겨나는데, 이러한 정체감을 일으키는 주요 단서가 공감이라 말한다. 그리고 프로이트는 동일시와 모방과 공감은 하나의 길로 이어져 있다고 말한다. 이는 동일시와 공감은 서로 밀접하게 관련되어 유기적인 상호작용을 통해 서로를 보완하여 내담자에게 긍정적 영향을 준다는 것을 의미한다. 그러므로 작품 속의 주인공뿐만 아니라 작품 속에서 살아 꿈틀거리는 모든 것들과의 동일시과 공감이 일어날 수 있다.

사실 공감에 대한 논의는 칼 로저스(Carl Rogers)로부터 시작되었다

사실 공감에 대한 논의는 칼 로저스(Carl Rogers)로부터 시작되었다고 해도 과언이 아니다. 1957년 칼 로저스는 공감적이라는 것 또는 공감의 상태라는 것을 다른 사람의 내적인 기준 틀(frame of reference)을 그리고 거기에 관련된 감정적인 요소와 의미를 마치 자신이 그 사람인 것처럼 정확하게 지각하는 것으로 정의한다. 그런데 여기서 중요한 것은 '마치 ~처럼(as if)'이라는 조건이다. 이 당시 칼 로저스는 이 조건을 잃어버려서는 안 된다고 한다. 즉 상대방의 상처나 즐거움을 상대가 느끼는 것처럼 느끼고 그것의 이유들을 상대가 지각하는 대로 지각하되, 마치 자신이 상처받거나 즐거운 것처럼 '가정'하고 있다는 인식을 결코 잃어버려서는 안 된다는 조건이다. 왜냐하면, '마치 ~처럼(as if)'이라는 특징을 잃어버린다면, 그 상태는 동일시(identification)의 상태가 되기 때문이다.

하지만 1977년 칼 로저스는 공감은 상태가 아니라 과정이라고 하면서 이를 조금 수정한다. 즉 상대방이 개인적으로 지각하고 있는 세계로 들어가서 완전히 익숙해지는 것을 공감이라고 한다. 여기서 '완전히 익숙해지는 것'이라는 말은 이전에 언급한 '마치 ~처럼(as if)'와는 전혀 다르다. 상태가 아니라 과정이다. 즉 공감이 완전히 익숙해지는 과정이다. 결국 완전히 익숙해진 상태는 동일시된 상태와 같다. 그리고 '완전히 익숙해지는 것'에는 상대 안에서 느껴진 의미 변화에 순간순간 민감하고 섬세하게 반응하는 것과 상대가 거의 인식하지 못하고 있는 의미들을 지각하고, 그 삶의 세계에 대한 감정을 표현해 주는 것까지를 포함한다. 최선을 다해 가능한 의미나 감정을 모두 짚어 줘야 한다. 그렇게 해야 상대가 그 의미와 감정들을 보다 충분히 경험하고, 그 속에서 좀 더 성장과 발달을 꾀할 수 있

도록 도와줄 수 있기 때문이다.

하지만, 이 과정에는 두 가지 전제가 있다. 첫째, 두려움, 분노, 부드러움 또는 혼란, 그 무엇이든 상대가 경험하고 있는 모든 것에 대해 판단하지 말아야 한다. 개인적인 편견이나 선입견 등이 개입될 여지가 많기 때문이다. 그럴 경우 자칫 오해나 오류에 빠질 수 있기 때문이다. 둘째, 무의식적인 감정들을 완전히 들춰내지는 말아야 한다. 그것은 너무 위협적일 수 있기 때문이다. 자칫 관계마저도 어긋날 위험이 크기 때문이다.

공감은 오로지 상대의 처지와 입장에서 자신을 완전히 비운
상태에서 한가지로 함께 느끼는 과정이다.

따라서 공감은 오로지 상대의 처지와 입장에서 자신을 완전히 비운 상태에서 한가지로 함께 느끼는 과정이다. 즉 자신을 잠시 젖혀 놓고, 상대의 내면 속으로 들어가 마치 자신이 상대인 것처럼 생각하고, 느끼고 행동하는 것이다. 상대의 눈으로 보는 것처럼 보고, 귀로 듣는 것처럼 듣고, 코로 냄새 맡는 것처럼 맡는 것이다. 그러기 위해서는 모든 편견과 선입견을 버리고, 상대의 이야기를 경청하고, 그 속으로 뛰어들어가야 한다. 예컨대, 편견과 선입견, 자신의 처지와 입장 등을 버리고 상대의 입장에서 느끼고, 생각하고, 행동함으로써 문제를 해결한 제임스 서버(James Thurber)의 〈Many Moon, 달과 공주〉라는 이야기가 있다.

> 어린 공주가 하늘에 떠있는 달을 갖고 싶어서 달을 따다 달라고 보챘다. 왕과 왕비는 공주에게 달은 따올 수 없는 것이라고 열심히 타일렀다. 그러나 공주는 들은 체 만 체, 여전히 달을 따 달라고 졸랐다. 공주가 쉽게 물러서지 않자 왕은 유명하다는 학자들을 불러들이고, 의원도 불러들이는 등 온갖 노력을 다하였다. 그들은 한결같이 공주에게 달은 따올 수 없는 것이라고 말하였다.
>
> "공주님, 달은 너무 멀리 있어서 가까이 다가갈 수도 없습니다. 달을 따온다는 것은 불가능합니다.",

"공주님, 달은 너무 커서 가까이 갔다 하더라고 따올 수 없습니다.",

"공주님, 달에 대해 너무 많이 생각하셔서 병이 든 것 같습니다. 제발 더 이상 달 생각을 하지 마십시오."

그러나 공주는 자기의 뜻을 굽히지 않았다. 달을 따 달라는 요구를 들어주지 않자, 드디어 공주는 단식투쟁에 들어섰다. 왕과 왕비는 속수무책 설득과 협박을 반복했지만, 공주는 서서히 말라가기 시작했다. 이때 공주와 친하게 지내던 광대가 나타났다. 전후 사정을 잘 알고 있는 광대는 공주를 만나자 몇 가지 질문을 던졌다.

광대 : 공주님, 달을 어떻게 생겼나요?
공주 : 달은 동그랗게 생겼지 뭐.
광대 : 그러면 달은 얼마나 큰가요?
공주 : 바보, 그것도 몰라? 달은 내 손톱만하지. 손톱으로 가려지잖아
광대 : 그럼 달은 어떤 색인가요?
공주 : 달이야 황금빛이 나지.
광대 : 알겠어요, 공주님. 제가 가서 달을 따올 테니 조금만 기다리세요.

공주의 방을 나온 광대는 왕에게 아뢰고 손톱 크기만 한 동그란 황금 구슬을 만들어 공주에게 가져다주었다. 공주는 뛸 듯이 기뻐하였다. 단식투쟁까지 하면서 그렇게 원하던 '달'을 드디어 손에 넣은 것이다. 기뻐하는 공주를 바라보며 광대는 슬그머니 걱정이 되었다. 달을 따왔는데 마침 보름달인 오늘 밤 달이 또 뜨면 공주가 뭐라고 할까. 염려가 된 광대가 공주에게 말을 건넸다.

광대 : 공주님, 달을 따왔는데 오늘밤 또 달이 뜨면 어떻게 하지요?
공주 : 이런 바보, 그것을 왜 걱정해. 이를 빼면 새 이가 또 나오지? 그것과 같은 거야. 달은 하나를 빼 오면 또 나오게 되어 있어. 그리고 달이 어디 하나만 있니? 달은 호수에도 떠 있지, 물컵에도 떠 있지 세상천지에 가득 차 있어. 하나쯤 떼어 온다고 문제될 게 없지.

한편, 문학상담에서는 내담자와 내담자서사, 내담자와 상담자서사, 내담자와 작품서사, 상담자와 상담자서사, 상담자와 내담자서사, 상담자와

작품서사 등의 관계에서 동일시와 공감이 주로 일어난다. 물론 작품서사 속에 등장하는 주인공뿐만 아니라 다른 것들과의 관계에서도 동일시와 공감이 일어난다. 특히 자신과 유사한 처지와 입장을 가진 인물이 동일시와 공감의 대상이 되며, 자신의 자아와 당시의 심리적 상황 등이 대상인물의 심리적 상황과 유사할수록 더욱 강하게 일어난다. 왜냐하면 동일시와 공감은 문학상담의 상황과 장면 속에서 존재하는 각각의 모든 등장인물들 간의 사랑관계 또는 애착관계를 바탕으로 일어나기 때문이다.

> "여섯 살 난 남자애와 함께 만화영화 〈인어공주〉를 본 적 있어요. 어떤 장면이 가장 슬펐는지 물었더니 왕자의 결혼식 장면이라고 하더군요. 맞아요. 다른 여자와 결혼함으로써 인어공주의 슬픈 사랑을 완전 깨어져버리잖아요. 그런데 아이가 덧붙였어요. 강아지가 불쌍해. 응? 이건 뭐지? 아이는 인어공주 때문에 슬픈 게 아니었어요. 결혼식에 따라가려는 강아지를 마녀가 발로 차버릴 때, 깨갱하며 나자빠지는 강아지의 모습이 슬펐던 거래요. 같은 것을 보더라도 포착하는 순간은 이렇게 각기 다르네요. 다양한 해석의 여지를 갖고 있다는 것, 그것도 텍스트의 힘이겠죠. (생략)"

예컨대, 위 글의 남자아이의 경우이다. 위 글은 만화 영화 〈인어공주〉를 본 어떤 여섯 살 난 남자아이와 엄마의 대화이다. 남자아이는 〈인어공주〉를 본 후, 어떤 장면이 가장 슬펐는지에 대한 물음에 이렇게 대답한다. "왕자의 결혼식 장면이 제일 슬펐어요." 물론 엄마는 왕자가 다른 여자와 결혼함으로써 인어공주와의 슬픈 사랑은 완전히 물거품이 되버렸으니, 당연하다고 생각한다. 그런데 그것이 아니다. "강아지가 불쌍해."라고, 이어서 남자아이가 대답하기 때문이다. 결국 인어공주 때문에 슬픈 것이 아니다. 결혼식에 따라가려는 강아지를 마녀가 발로 차버릴 때, '깨갱'하며 나자빠지는 강아지의 모습 때문에 슬펐던 것이다. 이처럼 같은 것을 보더라도 포착하는 순간은 자신과 유사한 처지와 입장을 가진 인물이 동일시의 대상이 된다. 자신의 자아와 당시의 심리적 상황 등이 대상인물의 심리적 상황과 유사할수록 더욱 강하게 일어나기 때문이다.

이처럼 실제로 문학상담의 상황과 장면에서는 상상하지도 못한 인물들의 서사와 동일시하고, 공감하는 경우가 많다. 또한 등장인물들의 서사에 대한 강한 호감, 애정 등뿐만 아니라 강한 혐오감, 증오 등으로 나타나기도 한다. 이는 반대급부적인 성격이 강한 측면 때문이다. 자신의 유사한 처지와 입장, 당시의 심리적 상황, 패배감, 죄책감, 두려움, 불안 등으로 인한 서사에 대한 무의식적 심리이다.

문학상담은 다양한 관계에서
서로 간에 총체적이고 역동적으로 이뤄진다.

그래서 문학상담은 내담자, 문학, 상담자 그리고 치료를 위한 제반 환경 등 물리적·심리적·정신적 공간에서 총체적이고 역동적으로 이뤄진다. 내담자와 내담자서사, 내담자와 상담자서사, 내담자와 작품서사, 상담자와 상담자서사, 상담자와 내담자서사, 상담자와 작품서사 등의 다양한 관계에서 서로 간에 역동적인 동일시와 공감이 일어나기 때문이다. 그렇기 때문에 더욱 어느 부분 하나도 소홀히 할 수 없다. 어느 상황에서든 삶의 변화, 심리·정신적 변화, 즉 서사의 변화가 일어날 수 있기 때문이다.

공감(共感, Empathy)은 말 그대로 함께 느끼는 과정이다.

그런데 문학상담에서 공감(共感, Empathy)은 말 그대로 함께 느끼는 과정이다. 함께 머물러 한가지로 느끼는 과정이다. 함께 그 마음에 머물러 생각과 행동, 감정 등을 한가지로 느끼는 과정이다. 기쁨·즐거움·행복함 등의 마음에는 기쁨과 즐거움과 행복함으로 함께 누리고, 슬픔·외로움·고통스러움 등의 마음에는 그 마음 그대로 슬픔과 외로움과 고통스러움으로 함께 나누는 과정이다.

문학상담에서는 상담자나 그 외의 어떤 사람의 훌륭한 조언이나 충고, 안내보다도 단지 그 마음에 함께 머물러 있는 것만으로도 더 크고 긍정적인 영향을 줄 수 있다는 믿음이 있다. 내담자에게는 문제도 있지만, 그 문제의 해결책도 함께 가지고 있기 때문이다. 다만, 내적힘과 용기가 부족할 뿐이다. 그렇기 때문에 단지 내담자와 공감하여, 그 마음에 함께 머물러 내적힘과 용기를 북돋기만 하면 된다. 이 과정에서 내담자는 자신이 존중받고, 지지받고, 사랑받고 있음을 마음으로 느낌으로써 자신의 삶에 대한 긍정성을 회복하게 되고, 희망을 품고, 사랑하게 된다. 즉 자신의 삶을 드러낼 수 있는 내적힘과 용기를 갖게 된다. 그리하여 마침내 내적힘과 용기가 그 문제를 뛰어넘을 정도가 되면, 그 해결책도 스스로 마련할 수 있게 된다. 다시 이러한 과정은 내담자의 내적힘으로 작용하여 문학상담을 더욱 활기차게 한다.

문학상담에서는 공감을 크게
자기공감과 상대공감으로 나누어 설명한다.

한편, 문학상담에서는 공감을 크게 자기공감과 상대공감으로 나누어 설명한다. 첫째, 자기공감(self-empathy)이다. 자기공감은 말 그대로 자기 자신에 대한 공감이다. 자신의 마음과 함께 머물러 한가지로 느끼는 과정이다. 물론 다음의 사례와 같이 자신의 마음과 함께 머무른다는 것이 쉽게 상상되지도 실제로 일어나지도 않을 가능성이 크다. 익숙하지 않기 때문이다. 즉 다른 사람들의 마음을 보는 장면에 익숙하기 때문에 정작 자신의 마음을 보고, 함께 머무른다는 것이 생소하기 때문이다.

내가 나를 부드럽게 돌보아 주는 것이 가능하리라고는 한 번도 생각해 보지 못했어요. 여전히 내가 어떻게 나 자신에게 부드러워지고 나를 돌볼 수 있을까

싫어요. 그들은 하나이고 똑같은 것이 잖아요? 그렇지만 이제 너무 분명하게 느낄 수 있어요. 아시다시피 어린아이를 돌보는 것과 같은 거예요. 사람들은 어린아이에게 이것도 주고 싶고, 저것도 주고 싶어 하지요. 나는 다른 사람을 위해서는 왜 그렇게 해야 하는지 어느 정도 분명하게 볼 수 있어요. 그렇지만 나 자신을 위해서는 그것을 전혀 볼 수가 없어요. 그래서 내가 나를 위해 그렇게 할 수 없는 거예요. 내가 나 자신을 돌보기를 원하게 되고, 그것이 나의 삶의 주된 목적이 되는 것이 가능할까요? 그것은 마치 내가 가장 소중하고 가장 필요한 나의 소유물의 수호자가 되기나 하는 듯이 온 세상을 다뤄야만 한다는 것을 의미해요. 그러고 보니 나는 내가 돌보기를 원하는 소중한 나와 온 세상의 사이에 끼어 있었나 보네요. 마치 내가 나를 사랑했던 것 같아요. 그것 참 이상하군요. 하지만 그게 사실이에요.

위의 사례에서 알 수 있듯이 처음부터 자기공감이 가능하지는 않는다. 많은 경우 자기공감에 대한 경험을 하지 못했을 뿐만 아니라 생각도 하지 못하는 경우도 많기 때문이다. 설령 그러한 경험을 했더라도 위 사례의 내담자처럼 대부분 자신이 자신을 배려해 주고, 매우 가깝게 느끼는 경험을 처음에는 "윽! 이것도 또 이상하네요."라고 한다. 애초에 남들을 돌보듯이 자신에게 부드러워지고 자신의 가장 소중하고 가장 필요한 자신의 수호자가 되는 것이 가능하지 않다고 생각하기 때문이다. 하지만 위 사례의 내담자는 자신을 사랑한 이 경험이 참 이상했지만 사실이었음을 토로한다. 더 나아가 "네, 그래요. 그래도 더 가깝게 맞는 것 같아요. 내가 사랑하는 나, 내가 돌보는 나라는 생각. 아주 좋은 생각이에요. 아주 좋아요."라고 눈에 눈물을 고인채로 말한다. 이처럼 자기공감은 자신의 마음과 함께 머물러 함께 느끼는 과정을 통해 스스로가 스스로에게 감동을 주는 과정이다.

이 세상의 어느 것도 자신만큼
자신의 슬픔과 외로움과 고통스러움을 알 수도 이해할 수도 없다.

왜냐하면, 첫째, 이 세상의 어느 것도 자신만큼 자신의 슬픔과 외로움과 고통스러움을 알 수도 이해할 수도 없기 때문이다. 그 깊이와 넓이도, 그 근원과 과정도, 그 결과도 자신만큼 알 수도 이해할 수도 없다. '천길 물속은 알아도 한 길 사람 속은 모른다'는 속담도 있듯이 한 인간의 심리를 자신이 아닌 타인이 알고, 이해한다는 것은 사실 불가능하다. 왜냐하면, 한 인간의 마음을 알고 이해한다는 것은 한 인간의 삶을 총체적으로 알고 이해한다는 말과 같기 때문이다. 즉 한 인간의 마음을 알고 이해하려면, 한 인간의 삶의 시간과 공간을 거슬러 총체적으로 파악하고 이해해야만 한다는 의미이다. 한 인간의 사고, 행동, 감정이 단순히 당시의 것만이 아니라 많은 경우 무의식과 의식의 경계를 넘나들며, 형성되기 때문이기도 하다. 그만큼 한 인간의 마음을 알고, 이해하는 과정이 매우 어렵다는 의미이다. 어떤 경우에는 자신의 마음조차도 잘 알지도, 이해하지도 못하는 경우도 있다. 즉 자신의 사고, 행동, 감정 등의 깊이와 넓이, 그 근원과 과정, 결과에 대해 잘 모를 경우도 있다.

이 세상의 어느 것도 자신만큼 필요할 때마다 필요한 만큼
자신의 슬픔과 외로움과 고통스러움과 함께 할 수 없다.

둘째, 이 세상의 어느 것도 자신만큼 필요할 때마다 필요한 만큼 자신의 슬픔과 외로움과 고통스러움과 함께 할 수 없기 때문이다. 이 세상의 어느 것도 자신만큼 필요한 만큼의 시간과 공간을 함께 있을 수도, 생각과 마음을 함께 나눌 수도 느낄 수도 없기 때문이다. 자신이 슬프고 외롭고 고통스러울 때마다, 꼭 필요한 만큼 늘 함께 할 수 있는 것은 오직 자신뿐이다. 사랑하는 사람도, 부인도, 어머니도 그렇게 하지 못한다. 오직 자신만이 꼭 필요한 때, 꼭 필요한 만큼 자신을 사랑해 줄 수 있을 뿐이다.

왜냐하면, 각자의 삶이 있기 때문이다. 각자에게 부여된 고유한 삶으로 존재하기 때문이다. 사랑하는 사람도, 부인도, 어머니도 어떠한 존재도 모두 그렇다. 각자의 삶의 유한한 시간과 공간 속에서 자신에게 주어진 삶

의 과제를 겪어내고, 이겨내며 살아가야만 한다. 생성과 발달, 그리고 소멸의 과정 속에서 존재의 삶의 애환이 어느 것에게나 있듯이 인간의 경우도 탄생과 성장, 그리고 죽음의 과정 속에서 삶의 슬픔과 외로움과 고통스러움이 인간이면 누구나 있다.

그렇기 때문에 자신의 그런 마음을 다 비우고, 오로지 상대의 처지와 입장에서 동일시하고, 공감해 줄 수 있는 것은 사실 자신 외에는 아무 것도 없다. 다시 말해 어떤 것이 자신의 그런 마음을 다 비우고, 오로지 상대의 처지와 입장에서 사랑해 줄 수 있는 것은 자신 외에는 아무 것도 없다. 삶 속에서 자신과 늘 함께 있고, 자신을 가장 잘 알고, 이해할 수 있는 존재는 바로 자신뿐이다. 그렇기 때문에 오직 자신만이 꼭 필요한 때, 꼭 필요한 만큼 자신을 사랑해 줄 수 있을 뿐이다. 즉 누구보다도 삶 속에서 가장 많이 자신을 위로하고, 격려하고, 사랑해 줄 수 있는 존재는 바로 자신뿐이다.

자기공감은 인간에게 필수불가결한 심리적 과정이다.

이렇듯 자기 자신에 대한 공감, 자신의 마음과 함께 머물러 한가지로 느끼는 것, 즉 자기공감은 인간에게 필수불가결한 심리적 과정이다. 물론 그 성격과 양상이 다른 문제라고 할 수도 있다. 하지만 자신의 삶에서 자신과 늘 함께 있고, 자신을 가장 잘 알고, 이해할 수 있는 존재는 오로지 자신뿐이다. 그리고 자신의 삶에서 가장 많이, 오래도록, 꼭 필요한 만큼 자신을 위로하고, 격려하고, 사랑해 줄 수 있는 존재도 또한 오로지 자신뿐이다. 그렇기 때문에 자기공감을 통해 자신을 정말로 행복하게 해 줄 수 있는 존재는 오로지 자신뿐이다.

물론 기쁘고, 즐겁고 행복할 때는 스스로 자신의 마음과 함께 머물러 함께 느낄 필요가 없을지도 모른다. 기쁨과 즐거움과 행복감에 도취되어 있기 때문에 자신의 마음을 돌볼 필요조차 느끼지 못하기 때문이다. 더군다나 애써 혹시나 발견될 자신의 마음 속 어두운 그림자를 생각하면 더 그렇다. 들춰내기 두렵다. 벌집을 쑤셔 굳이 도취된 기분을 깨고 싶지도 않다. 그렇기 때문에 자신도 모르게 외면하기 마련이다. 알면서도 모른 척한다.

하지만 인간의 삶에서 기쁨과 즐거움, 행복감은 잠시 스치고 지나가는 정도일 뿐이다. 삶은 늘 예기치 못하는 일들로 당혹스럽기 마련이다. 쉽지 않다. 뿐만 아니라 만약 잠시 스치는 기쁨과 즐거움, 행복감들로 인해 만족스러움을 느끼고, 삶의 슬픔과 외로움, 고통스러움에서 벗어났다면, 아마도 인류는 더 이상의 슬픔도, 외로움도, 고통스러움도 겪지 않았을 것이다. 더 나아가 종교와 철학, 과학, 심리학 등도 전혀 필요치 않을 것이다.

뿐만 아니라 슬프고 외롭고, 고통스러울 때도 자신의 마음과 함께 머물러 한가지로 느끼기보다는 다른 것들을 찾는다. 다른 것들에 의지해 충분치 않은 위로를 받고, 보살핌을 받으려고 한다. 어떤 사람은 친구나 모임, 취미활동, 사회활동 등을 통해 해소하려고 한다. 적어도 이러한 것들을 통해 잊어보려고도 한다. 그래서 친구 관계, 모임, 취미활동, 사회활동 등도 줄기차고, 방대하게 형성해 나간다. 하지만 모두 만족스럽지 않다. 그럴수록 내적인 공허함은 더 커져만 간다. 심지어 마약, 술, 도박, 게임, 성적 쾌락 등에 의지할 경우, 결말은 더 비참하다. 결국 자신의 삶과 공동체마저 위험하게 만들고, 망치게 되기 마련이다.

기쁘고, 즐겁고, 행복할 때도, 슬프고, 외롭고, 고통스러울 때도
스스로 자신의 마음과 함께 머물러 한가지로 느낄 필요가 있다.

그렇기 때문에 기쁘고, 즐겁고, 행복할 때도, 슬프고, 외롭고, 고통스러울 때도 스스로 자신의 마음과 함께 머물러 한가지로 느낄 필요가 있다. 자신의 마음과 깊이 있게 머물러 자신의 기쁨과 즐거움, 행복감에 대해, 슬픔과 외로움, 고통스러움에 대해 진정으로 알고 이해해야만 한다. 그 깊이와 넓이도, 그 근원과 과정도, 그 결과도 파악하고 이해해야 한다. 즉 삶의 시간과 공간을 거슬러 총체적으로 파악하고 이해해야만 한다. 그렇

지 않으면, 자신의 사고, 행동, 감정 등을 잘 알고 이해할 수 없다. 왜냐하면, 자신의 사고, 행동, 감정이 모두 단순히 당시의 심리적 상황과 조건만이 작용한 결과가 아니기 때문이다. 많은 경우 무의식과 의식의 경계를 넘나들며, 형성되기 때문에 더욱 그렇다. 그래서 마냥 기쁘고, 즐겁고, 행복한 듯한 때도 사실 기쁘고, 즐겁고, 행복하지 않은 경우가 발생하고, 슬프고 외롭고, 고통스러울 때마저도 왜 그런지 알지 못하는 경우가 발생한다. 역시나 깊이 있는 내면의 성찰이 이뤄지지 않기 때문이다. 자신과의 만남, 자신의 마음과 함께 머물러 한가지로 느끼는 과정, 즉 자기공감이 이뤄지지 않기 때문이다.

자기공감은 내적힘과 용기가 필요하다.

그런데 자기공감은 내적힘과 용기가 필요하다. 자신을 있는 그대로 보는 과정에서 일어나기 때문이다. 즉 자신의 마음을 용기 있게 들여다볼 때, 자기공감도 일어날 수 있다. 처음에는 누구도 자신의 아픔을 들춰보기가 두렵다. 자신의 아픔과 슬픔과 외로움, 고통 등과 다시 느끼고 싶지 않기 때문이다. 그렇기 때문에 자신의 마음을 들춰보고 머물러 함께 하기 위해서는 내적힘과 용기가 절대적으로 필요하다.

하지만 이 두려움을 이겨낸다면, 자기공감은 더 없는 경험이 된다. 자신을 더욱 잘 이해하고, 사랑할 수 있는 중요한 삶의 경험이 된다. 특히나 이러한 경험은 자신이 외면해 왔던 삶과 더 잘 직면하게 하고, 문제적 상황을 폭넓게 성찰할 수 있게 하며, 더 큰 희망과 용기와 사랑을 가져다준다. 자기공감은 이렇듯 자신의 삶에 대한 이해의 시작이고, 자신에 대한 존중과 배려이며, 보살핌과 위로의 과정이며, 자신의 삶과 자신에 대한 용서와 화해의 과정이고, 자기사랑의 과정이다. 결국 이는 자신의 삶에 대한 만족과 은혜로움에 감사할 수 있게 하는 과정이기도 하다. 뿐만 아니라 이러한 자기사랑은 내적인 삶을 풍요롭게 하고, 그 풍요로움은 자연스럽게 흘러 넘쳐 타인에게도 긍정적인 영향을 미치기 마련이다. 이는 다시 사회적 존재인 한 인간이 공동체 속에서 자신의 삶을 살아가는데 큰 내적힘으로 작용한다. 그렇기 때문에 자기공감은 문학상담에서 매우 중요한 심리적 과정이다.

상대공감은 크게 문학작품 속 대상에 대한 공감과
문학상담 속 상담자와 내담자 간의 공감으로 나뉜다.

둘째, 상대공감(others-empathy)이다. 상대공감은 두 가지로 나누어진다. 첫번째는 내담자 또는 상담자의 문학작품 속 대상에 대한 공감이다. 두번째는 내담자와 상담자 간의 공감이다. 그런데 첫 번째 상대공감은 문학작품의 창작자가 누구냐에 따라 나뉘어진다. 즉 내담자의 창작품이냐, 상담자의 창작품이냐, 작가의 창작품이냐에 따라 나뉘어진다. 따라서 내담자가 자신의 창작품 속 대상에게 공감하는 경우, 내담자가 상담자의 창작품 속 대상에게 공감하는 경우, 상담자가 자신의 창작품 속 대상에게 공감하는 경우, 상담자가 내담자의 창작품 속 대상에게 공감하는 경우, 내담자가 작가의 문학작품 속 대상에게 공감하는 경우, 상담자가 작가의 문학작품 속 대상에게 공감하는 경우 등으로 나뉠 수 있다. 두 번째 상대공감도 내담자가 상담자에게 공감하는 경우, 상담자가 내담자에게 공감하는 경우 등으로 나뉠 수 있다. 하지만 이 경우는 각각이 따로 일어날 수도, 동시에 일어날 수도 있다.

첫 번째 상대공감은 내담자 또는 상담자의
문학작품 속 대상에 대한 공감이다.

그런데 첫 번째 공감에 대한 논의에서 문학상담의 심리적 상황과 장면에 대한 분석이 필요한 경우를 제외하고는 굳이 구분하여 논의할 필요까지는 없다. 왜냐하면, 문학상담에서는 내담자가 자신의 삶을 표현하여 대상화한 작품이나, 상담자가 자신의 삶을 표현하여 대상화한 작품이나, 작가의 작품이나 모두 같은 문학작품으로 간주하기 때문이다. 모두 다 상대공감의 상황과 장면에서는 본질적으로 그 대상과 주체가 다르지 않기 때문이다. 물론 작품의 수준이나 질적인 측면에서는 현격한 차이가 있을 수 있다. 하지만 내담자의 작품이든지, 상담자의 작품이든지, 작가의 작품이든지 공감의 주체는 내담자나 상담자이며, 대상은 작품 속의 다양한 등장인물, 그 인물들을 에워싸고 있는 상황과 장면, 분위기 등일 뿐이다. 그러므로 하나로 통합할 수 있으며, 이들 상대공감은 문학상담의 장에서 창작되거나, 활용되는 작품 속 대상들과의 공감이라고 할 수 있다.

예컨대, 앞에서 언급한 만화영화 〈인어공주〉를 본 남자아이 사례 글에서 알 수 있듯이, 남자아이가 '강아지'에게 공감하는 경우이다. 그런데 여기서 또한 알 수 있는 것은 공감이라는 심리적 과정이 '주인공'에게서만 일어나는 것이 아니라는 사실이다. 즉 남자아이 사례와 같이 비록 주인공은 아니지만, '인어공주'보다 '강아지'에게 공감하고 있다는 점이다. 자신의 심리적 상황, 처지와 입장 등과 같은 '강아지'와 동일시하여 그 마음과 함께 머물러 고통과 슬픔을 한가지로 느끼는 과정 또한 공감이라는 것이다. 결국 이러한 사실은 공감이 문학작품 속 다양한 등장인물, 상황과 장면, 분위기 등에서도 일어날 수 있음을 나타낸다.

작품 속의 대상에 대한 공감,
즉 상대공감은 작품 속의 대상과 동일시하여 그 마음과 함께
머물러 생각과 감정을 한가지로 느끼는 과정이다.

따라서 작품 속의 대상에 대한 공감, 즉 상대공감은 작품 속의 대상과 동일시하여 그 마음과 함께 머물러 생각과 감정을 한가지로 느끼는 과정이다. 작품 속 대상과의 공감에는 동일시된 인물, 특별한 감정이나 생각을 갖게 한 인물 등과의 공감뿐만 아니라 그 인물들을 에워싸고 있는 다양한 상황과 장면, 분위기 등과의 상호작용 속에 일어나는 공감도 포함된다. 왜냐하면, 대상들은 다양한 상황과 장면, 분위기와 동떨어진 어떤 것이 아니라 그것들의 핵이며, 대상들로 집약되어 작품 속에서 꿈틀거리며 살아 작용하기 때문이다. 하지만 앞으로의 논의에서는 '대상들과의 관계 속에서 일어나는 공감'에 포함하여 전개하고자 한다. '인물들을 에워싸고 있는 상황과 장면, 분위기 등과의 상호작용 속에 일어나는 공감'에 대한 더 이상의 언급은 필요하지 않기 때문이다.

내담자와 상담자가 자신의 삶을 표현하여 대상화한 작품과
작가의 작품의 성격에는 그 차이가 분명하다.

하지만 내담자와 상담자가 자신의 삶을 표현하여 대상화한 작품과 작가의 작품의 성격에는 그 차이가 분명하다. 문학상담의 심리적 상황과 장면에 대한 분석이 필요한 경우에는 그 차이가 매우 중요할 때가 있다. 내담자와 상담자의 작품은 내담자와 상담자가 자신의 삶을 표현한 것이다. 내담자와 상담자의 삶 그 자체이다. 어느 것 하나 자신의 삶이 아닌 것이 없고, 자신의 존재의 일부가 아닌 것이 없다. 내담자와 상담자가 자신의 삶을 표현하고 대상화한 것으로 온전히 자기 자신이다. 자신의 삶의 기억과 상상뿐만 아니라 삶 속에서 현재도 살아있고, 미래에도 자신의 일부로 살아 있을 존재들이다. 물론 작가의 작품도 작가의 삶을 표현한 것이므로 작가의 삶 그 자체이며, 작가 자신의 존재의 일부이기도 하다. 그렇지만 문학상담에서 작가의 작품은 공감의 상황에서 동일시한 대상과의 관계에서만 살아있다. 등장인물들과 그 인물들을 에워싸고 있는 상황과 장면, 분위기 등과의 상호작용 속에 일어나는 공감의 장에서만 살아있다. 다만 그것들은 공감하는 내담자와 상담자의 삶에 녹아 존재할 뿐이다.

특히나 내담자와 상담자가 각자 자신의 작품에 스스로 공감하는 경우는

작품 속의 자신에 대한 공감이다. 즉 자기공감과 같은 과정이다. 다만 대상화 된 작품 속 자신과 공감하는 과정이기 때문에 존재 방식이 다를 뿐이다. 오히려 이 과정은 자신을 더욱 더 객관적으로 잘 관찰하고, 이해할 수 있는 계기가 된다. 자신의 삶에 긍정적이든지 부정적이든지 영향을 주었던 모든 것들과 만나 대화할 수 있다. 되돌아보기 두렵고 꺼렸던 모든 것들과의 만남과 대화이다. 어느 정도 거리를 갖고 이뤄지는 만남과 대화이기 때문에 부담도 덜하다. 이를 통해 애써 외면했던 삶에 대한 이해가 이뤄질 수 있다. 자질구레하고, 사소한 것처럼 위장하고, 포장하여 감춰왔던 상처, 불쾌하고 두려운 기억 등과 화해가 이뤄질 수 있다. 결국 자신과 관계 맺었던 모든 것들에 대한 이해가 이뤄질 수 있으며, 자신과 자신의 삶과의 화해이면서 자신과 관계 맺었던 모든 것들과의 화해의 과정이다.

내담자와 상담자가 각자 자신의 작품에 스스로 공감하는 경우는
자기공감과 동전의 양면처럼 밀접히 연관되어 있다.

그렇기 때문에 내담자와 상담자가 각자 자신의 작품에 스스로 공감하는 경우는 자기공감과 동전의 양면처럼 밀접히 연관되어 있다. 자기공감을 통해 자신의 삶에 대한 만족과 은혜로움에 감사하듯이 상대공감을 통해 자신의 삶 속에서 관계 맺은 모든 감사한 것들에 감사하는 과정이기도 하기 때문이다. 그리고 자기공감을 통해 자신의 삶의 아픔에 스스로 함께 위로하고, 자신의 삶과 자신에 대해 용서하고 화해하며 사랑하듯이, 자신의 삶 속에서 관계 맺은 모든 슬픔과 외로움, 고통스러운 것들을 이해하고, 위로하고, 용서하고, 화해하고, 사랑하는 과정이기도 하기 때문이다.

이는 작품 속에 대상화된 상대도 자신과 더불어 부족하고, 약한 존재라는 것을 이해하는 것으로 시작한다. 동시에 상대에 대한 연민을 갖는다. 즉 상대의 삶에 대한 연민을 갖는다. 상대의 삶에도 자신과 같이 무지함이 있고, 슬픔과 외로움과 고통스러움이 있는 연약한 존재임을 느끼는 과정

이다. 그런 순간 자신의 삶 속에 기억된 상대의 삶을 이해하고 용서하고 화해할 수 있다. 동시에 자신의 삶 속에 기억된 많은 것들을 이해하고 용서하고 화해할 수 있다. 그럼으로써 삶은 더욱 풍요로워진다. 새로운 깨달음에 도달하기 때문이다. 삶의 관점이 바뀌고, 이내 세상이 새롭게 보인다. 결국 새로운 세계에서 보다 건강하고 행복한 삶을 계획하고, 살아가게 된다.

두 번째 상대공감은 내담자와 상담자 간의 공감인데,
내담자와 상담자 사이에서 일어나며, 상대의 마음에 함께 머물러
그 마음을 함께 누리고, 함께 나누는 과정이다.

한편, 두 번째 상대공감은 내담자와 상담자 간의 공감인데, 내담자와 상담자 사이에서 일어나며, 상대의 마음에 함께 머물러 그 마음을 함께 누리고, 함께 나누는 과정이다. 물론 로저스(Carl Rogers)의 공감적 이해(共感的理解, Empathic understanding)와 같은 심리적 과정이다. 즉 상대방의 내면 속으로 마치 자신이 상대방인 것처럼 생각하고 느끼는 과정이다. 상대방의 눈으로 보는 것처럼 보고, 귀로 듣는 것처럼 듣고 코로 냄새 맡는 것처럼 냄새 맡는 과정이다. 기쁨도 행복함도, 슬픔과 외로움과 고통스러움도 함께 하는 과정이다. 그렇기에 공감적 이해는 서로 사랑을 나누는 과정이다. 상대에 대한 연민과 존중, 배려의 과정이다. 진실한 사랑의 마음으로 나누는 서로에 대한 연민과 존중과 배려이다.

이는 자신뿐만 아니라 다른 사람을 이해하고 용서하고 사랑할 수 있도록 하는 내적힘이 된다. 즉 내담자가 받고 있다고 느끼는 사랑은 내담자의 자아존중감을 증진시킨다. 그리고 마음으로 자신을 깊이 이해해 주는 사람이 있다는 든든함과 뿌듯함 속에서 외로움과 소외감에서 벗어날 수 있는 힘을 갖게 한다. 이는 결국 관계를 회복할 수 있는 내적힘으로 작용한다. 로저스(Carl Rogers)도 공감적인 분위기의 결과로 첫째, 소외감을 해소

하고, 둘째, 자기 자신이 있는 그대로 가치 있고 존중받으며, 수용된다고 느끼게 하며, 셋째, 가장 높은 수준의 공감적 표현은 수용과 무비판이므로 진정한 공감은 언제나 평가적, 진단적 성격을 배제함에 따라 자기수용의 가능성이 점차 증진된다고 보았다.

로저스(Carl Rogers)는 이러한 공감적 이해를 인격변화를 일으키기고 촉진하는 상담자의 세 가지 조건 가운데 하나로 들었으며, 이는 내담자 스스로 자신의 내면의 문제적 상황을 인식하고 해결하게 하는 힘을 가지게 된다고 보았다. 즉 이러한 경험을 통해 내담자는 자신의 외면해왔던 문제적 상황을 직면할 수 있는 내적힘을 갖게 된다는 것이다. 뿐만 아니라 자신의 삶을 더욱 폭넓게 이해하고, 성찰하여 문제적 상황을 극복할 수 있는 내적 힘을 갖게 된다는 의미이다.

그렇게 되기 위해서는 내담자와 상담자는 먼저 자신의 마음을 비워야 한다. 자신의 모든 선입견을 버리고 온통 상대의 처지와 입장이 되어야 한다. 자신이 말하듯이 듣고 생각하고 느끼고, 자기공감하듯이 공감적 이해를 수행해야 한다. 자신을 잠시 젖혀 놓고, 상대방의 내면 속으로 들어가 한가지로 느껴야 한다. 그럴 때만이 상담자와 내담자는 서로의 마음을 충분히 이해하고, 공유할 수 있다. 동시에 내담자와 상담자는 끊임없이 일어나는 생각과 마음뿐만 아니라 갈등과 장애가 야기된 근본적인 원인까지도 헤아려 줄 수 있다. 그리고 오직 이런 상태에서만이 온전히 자신이 충분히 이해받고 있으며, 존중과 배려 그리고 사랑받고 있음을 느낄 수 있다. 물론 이러한 과정은 상담자에 의해 먼저 이뤄질 가능성이 크다. 하지만 문학상담에서의 상대공감은 내담자와 상담자의 수평적 평등 관계를 지향하고, 이내 동반자적인 관계 속에서 수행된다.

3) 승화와 직면

심리학에서 승화(昇華, sublimation)는 보통 억눌린 충동이나 욕구를 예술 활동, 종교 활동 따위의 사회적·정신적 가치가 있는 것으로 치환하여 충족하는 일이다. 국어사전에서는 "일체의 심리 현상의 근저가 되는 성욕적인 잠재적 의욕이 문화적 활동, 특히 예술, 종교 방면으로 향하여 활동하는 일"이라 정의한다. 심리학 사전에서는 "무의식적인 성적에너지가 예술활동이나 종교활동과 같이 사회적으로 가치 있는 일로 치환(置換)됨을 일컫는다."라고 정의한다. 이는 모두 프로이트의 정신분석학적 개념을 바탕으로 한다. 자기애적 리비도가 대상 리비도로 끊임없이 전환되고, 이러한 전환이 자기희생에까지 이르는 성적 열애 또는 승화적 열애까지 이른다는 관점을 바탕으로 한 정의이다. 하지만 융은 프로이트의 학설이 무의식의 상상된 발톱으로부터 탈출할 목적으로 승화의 개념을 만들었다고 비판한다. 그러면서도 본능은 조절되고 승화되어야 한다고 말한다. 진정으로 존재하는 것은 연금술적으로 승화할 수 없으며, 승화되는 것처럼 보이는 것도 잘못된 해석의 결과라 한다. 즉 결코 승화가 아니라고 한다. 물론 융이 승화 자체에 대해서는 부정하지 않는다. 다만 과도한 해석에 대해 경계할 뿐이다. 진정으로 존재하는 것은 승화할 수 없다고 생각하기 때문이다.

하지만 문학상담에서는 이러한 정의와 융의 비판적 관점을 수용하면서도 내담자와 상담자, 문학작품, 활동 간의 상호작용 속에서 이뤄낸 다양한 창조적·예술적 활동과 종교적 활동뿐만 아니라 그 결과 모두를 승화에 포함시킨다. 즉 내담자와 상담자, 문학작품, 활동 간의 상호작용 속에서의 수행과정과 그 결과 모두를 승화의 한 형태로 간주한다. 여기에는 내담자와 상담자의 말과 글, 몸짓, 표정, 태도, 감정 표현, 노래, 그림, 놀이, 상상 등 모든 창조적·예술적 활동과 종교적 활동을 포함한다. 언어적이든지 비언어적이든지 반언적이든지 음악이든지 미술이든지 극이든지 율동이든지 놀이든지 실물이든지 상상이든지 간에 내담자와 상담자에게서 창조된 모든 것을 포함한다. 왜냐하면, 이 과정에서도 승화와 같은 질적인 변화를 포함하고 있기 때문이다. 물론 예술 활동, 종교 활동 따위의 사회적·정신적 가치가 있는 것으로 치환하여 충족하는 일의 그 과정과 결과도 포함한다.

사실 상처가 있는 사람들뿐만 아니라 보통사람들도 자신의 욕망, 심리적 갈등이나 장애, 문제적 상황 등을 솔직하게 드러내고, 표현하기는 쉽지 않다. 매우 큰 용기가 없이는 어렵고 힘들다. 잘 하지 못한다. 사소한 것조차 드러내기도 표현하기도 두렵고 꺼린다. 상황과 정도에 따라 불가능하기도 하다. 왜냐하면, 직면하기 두렵기 때문이다. 다시 만나 마주하기 두렵기 때문이다. 자신의 상처와 아픔, 외로움, 고통스러움과 맞닥뜨려 다시 그 상처와 아픔, 외로움, 고통스러움을 느끼고 싶지 않기 때문이다. 그렇기 때문에 자신의 욕망, 심리적 갈등이나 장애, 문제적 상황 등을 솔직하게 드러내고, 표현하기는 쉽지 않다. 더군다나 두렵기도 하고 어렵고 힘든 심리·정신적 상황에서는 자신의 삶을 드러내어 표현한다는 것 그 자체가 불가능에 가까운 도전일 수도 있다. 남아있는 내적힘과 용기를 최대한 끌어내어 피워낸 몸부림이고, 당사자 외에는 알 수도, 느낄 수도 없는 절대로 쉽지 않은 도전이다.

그럼에도 불구하고 승화는 이러한 심리·정신적 상황에서도 이뤄진다. 내담자와 상담자의 말과 글, 몸짓, 표정, 태도, 감정 표현, 노래, 그림, 놀이, 상상 등 모든 창조적·예술적 활동과 종교적 활동을 통해서 이뤄진다. 방식이 어떤 것이든 형태가 어떤 것이든지 간에 자신을 드러내어 표현하는 모든 것들 속에서 승화가 일어난다. 즉 스스로의 자유의지와 선택으로 자신의 심리·정신적 상황을 극복하고, 건강하고 행복한 삶을 위해 남아있는 내적힘과 용기를 끌어올려 자기 삶의 서사를 표현하는 모든 것들 속에서 승화가 일어난다. 그 결과뿐만 아니라 과정에서도 승화가 일어난다. 모두가 작품이다. 창작품이다. 내담자와 상담자에 의해 창조된 작품이다. 문학상담에서는 이들 모든 승화를 작품이라고 일컫는다.

이렇게 창작된 작품들에는 내담자와 상담자, 문학작품, 활동 간의 상호작용 속에서 승화된 서사가 있다. 거대한 서사든 미시 서사든 모든 작품들 속에는 서사가 존재한다. 이 서사에는 각자의 삶이 있다. 삶의 욕망이 있고, 갈등과 장애, 문제적 상황 등이 있고, 그것들의 성공과 실패, 실망과 좌절 등이 담겨 있다. 더 나아가 이들 서사에는 자기 삶의 서사에 대한 성찰의 과정에서 성취한 깨달음도 창조적·예술적인 다양한 방식으로 형상화되어 나타난다. 그리고 이러한 창조적·예술적 창작 활동은 다시 내담자와 상담자의 욕망, 심리·정신적 갈등과 장애, 문제적 상황 등을 일정 정도 해소시켜 나간다. 그럼으로써 미세한 부분에서일망정 자신의 삶을 이해하고 화해하며, 깨달음으로 나아간다. 이러한 과정은 다시 내적힘과 용기를 북돋아 더 큰 질적 변화를 추동한다. 그리고 이는 다시 반복되어 더 큰 승화로 이뤄진다. 결국 예술 활동, 종교 활동 따위의 사회적·정신적 가치가 있는 것으로 치환하여 충족하는 일의 그 과정과 결과로까지 이어진다.

승화는 원래 과학 용어로, 고체에 열을 가하면
액체가 되는 일이 없이 곧바로 기체로 변하거나
기체가 직접 고체로 변하는 현상을 일컫는다.

승화는 원래 과학 용어이다. 고체에 열을 가하면 액체가 되는 일이 없이 곧바로 기체로 변하거나 기체가 직접 고체로 변하는 현상을 일컫는다. 예컨대 얼음이 증발하는 경우나 드라이아이스 따위가 고체에서 기체로 변화하는 경우를 이르기도 하고, 거꾸로 날씨가 맑은 겨울밤 기온이 0℃이하로 내려가 빨리 차가워지는 날에 지표 부근의 수증기가 곧바로 얼어 서리가 되는 반대의 변화 현상을 이르기도 한다.

심리적 상처가 있거나 장애나 갈등, 문제적 상황 등을 겪고 있는
사람은 그 마음이 얼음과 같은 상태가 된다.

그런데 심리적 상처가 있거나 장애나 갈등, 문제적 상황 등을 겪고 있는 사람은 그 마음이 얼음과 같은 상태가 된다. 꽁꽁 얼어 차갑고, 딱딱하며,

충격에 의해 부서져버릴 수도 있는 상태이다. 그래서 온 마음을 콱 움켜쥐고 똘똘 뭉치고 말아 어떤 것도 받아들일 수 없을 정도로 위축되어 있다. 뿐만 아니라 그 마음은 살갗을 벗겨낸 맨살 같은 상태이다. 그래서 도저히 아무도 가까이 갈 수조차 없게 만든다. 아무리 부드러운 손길로 어루만진다고 해도 그 아픔에 소스라치게 놀라 도망치고, 숨기 때문이다. 그렇기 때문에 이러한 상태에서는 자신의 심리적 갈등과 장애, 문제적 상황, 그리고 그 속에서의 상처와 아픔, 외로움, 고통스러움 등과 직면한다는 것 자체가 거의 불가능하다고 판단한다. 뿐만 아니라 보통은 이러한 상태에서는 승화가 일어날 수 없다고 생각한다. 즉 억눌린 충동이나 욕구를 예술 활동, 종교 활동 따위의 사회적 · 정신적 가치가 있는 것으로 치환하여 충족될 수 없는 지경이라 생각하기 쉽다.

하지만 자연에서도 고체에서 기체로, 기체에서 고체로 승화가 일어나듯 이러한 심리 · 정신적 상황에서도 마찬가지 현상이 일어난다. 즉 심리 · 정신적 상처가 있거나 장애나 갈등, 문제적 상황 등을 겪고 있어 그 마음이 얼음과 같은 상태인 인간의 심리 · 정신적 상황에서도 꽁꽁 언 얼음이 액체를 거치지 않고, 기체로 증발하는 듯한 승화가 일어난다. 꽁꽁 얼어 차갑고, 딱딱하며, 충격에 의해 부서져버릴 수도 있는 상태이더라도, 온 마음을 콱 움켜쥐고 똘똘 뭉치고 말아 어떤 것도 받아들일 수 없을 정도로 위축되어 있더라도, 그리고 그 마음이 살갗을 벗겨낸 맨살 같은 상태여서 도저히 아무도 가까이 갈 수조차 없더라도, 아무리 부드러운 손길로 어루만진다고 해도 그 아픔에 소스라치게 놀라 도망치고 숨더라도 삶의 어느 순간일지라도 승화가 일어난다. 즉 내담자와 상담자의 말과 글, 몸짓, 표정, 태도, 감정 표현, 노래, 그림, 놀이, 상상 등 모든 창조적 · 예술적 활동과 종교적 활동으로 자신을 드러내어 표현하는 가운데 승화가 일어난다. 왜냐하면, 승화는 생명의 본능적 움직임이기 때문이다. 살기 위해서는 본능적으로 움직여야 하는 몸부림이기 때문이다. 직면하고 싶지 않아, 피하고 감추고 억압하더라도 삶 속에서 아예 배제할 수 없기 때문에 어쩔 수 없이 마주해야 하는 것이 삶이기 때문이다. 예컨대, 사실 모든 것이 삶을 위한 몸부림이었다는 박성우의 시 〈몸부림〉은 이러한 이야기를 이해하는 데 도움이 될 듯하다. 아래는 그 시이다.

몸부림

나의 지독한 몸부림이 누군가의 눈에는 그저
아름다운 풍경으로 비춰질 때가 있다.
가령 물고기가 튈 때다. 해 질 무렵
물고기가 튀어 오르는 것은 붉고 고요한
풍경에 격정적인 아름다움을 더하기
위해서가 아니다.
그것은 비닐 안쪽으로 파고드는 기생충을
덜어내기 위한 물고기의 필사적인 몸부림이다.
농부가 해 지는 들판에서 땅에게 허리를
깊게 숙이는 것 또한 마찬가지, 농부는
엄숙하고도 가장 서정적인 아름다움을
더하기 위해 풍경으로 남아 있는 것이 아니다.
깜깜한 어둠 속에서도 앞다투어 빛나는
학교와 도서관과 공부방 또한 마찬가지

물론 사람마다 관점에 따라 다르기는 하지만, 그 수준의 차이는 있다. 낮은 수준에서의 승화에서 높은 경지의 승화까지 다양하게 일어나기 때문이다. 예컨대, 작가의 작품은 매우 높은 수준의 문학적 승화라 할 수 있다. 하지만 이들 작가의 작품일지라도 상상의 결과로써 허구적이기만 하지는 않다. 모두 자신의 삶을 바탕으로 쓰이기 때문이다. 대부분은 자신의 욕망, 심리적 갈등과 장애, 문제적 상황, 그리고 그 속에서의 상처와 아픔, 외로움, 고통스러움과 직면하여 성찰한 결과이다. 즉 자신의 힘들고, 고통스러운 심경을 솔직하고 적나라하게 토로함으로써 자신의 욕망을 해소하고, 심리적 갈등과 장애, 문제적 상황 등을 적극적으로 극복하려는 의지가 담긴 작품들이다. 다만 문학적 장치를 통해 사실을 더욱 흥미롭고 박진감 넘치게 만들기 때문에 과장이나 축소, 변형, 은폐 등이 일어날 뿐이다.

인간의 신화나 문학은 인간의 무의식과 밀접한 연관이 있다.

그런데 인간의 신화나 문학은 인간의 무의식과 밀접한 연관이 있다. 무의식에는 태어나기 전이나 이후에 자신의 삶 속에서 만족되지 않고 억압된 욕망이 있다. 이 욕망은 항상 의식으로의 출현을 꿈꾸며 꿈틀거리고 있다. 이것이 인간의 다양한 삶의 모습으로 실현될 수도 있는데, 그 하나가 인간의 신화나 문학이다. 무의식이 의식화하는 과정과 결과가 신화나 문학의 창작 과정과 작품이다. 그러므로 인간의 신화나 문학은 인간의 억압된 무의식적 욕망의 대리 충족의 결과라 할 수 있다.

이와 같은 맥락에서 볼 때, 작품에도 작가의 삶의 욕망이 반영되어 있고, 작가의 삶의 욕망이 창조적·예술적 문학작품으로 승화되어 나타난다고 말할 수 있다. 프로이트도 창조적인 작가들과 꿈꾸는 자들을 동일시하여 문학 창조와 낮에 꾸는 꿈을 동일시한다. 즉 인간은 보통 현실 속에서 실현하고 싶은 자신의 삶의 욕망을 꿈속에서라도 실현하고자 하는데, 작가는 삶의 욕망을 문학작품 속에서 실현한다는 것이다. 그럼으로써 작가는 자신의 삶의 욕망을 문학작품의 창조 속에서 충족한다는 것이다.

물론 인간 누구나 이러한 창작을 통해 자신의 삶의 욕망과 문학 창조 속에서의 충족이 어떤 형태로든 추구될 수 있고, 실현 가능하다. 인간 누구나 자신의 삶의 욕망을 갖고 있고, 문학의 심리학적 기원설에 의하면, 표현에 대한 욕망은 본능이기 때문이다. 따라서 내담자와 상담자의 창작품도 자신의 삶의 욕망의 분출이며, 이러한 창작품의 창조 속에서의 충족감을 느끼는 창조적·예술적 승화이다. 즉 모든 예술활동, 봉사활동, 종교적인 귀의 활동 등 이타적인 활동과 더불어 내담자와 상담자의 창작품 모두가 승화의 결과물이다.

이러한 작가와 작품과의 관계는 작품 속에서
작가의 삶을 관찰할 수도 있음을 의미한다.

한편 이러한 작가와 작품과의 관계는 작품 속에서 작가의 삶을 관찰할 수도 있음을 의미한다. 작가의 삶을 바탕으로 한 작품 속에는 작가의 욕망, 심리적 갈등과 장애, 문제적 상황, 그리고 그 속에서의 상처와 아픔, 외로움, 고통스러움과 직면하여 성찰한 결과가 고스란히 잘 담겨 있다. 인물을 통해 자신의 힘들고, 고통스러운 심경을 솔직하고 적나라하게 토로하기도 하고, 자신의 심리적 갈등과 장애, 문제적 상황를 적극적으로 극복하려는 의지를 표현하기도 한다. 당연히 작가의 삶과 작품 속의 등장인물들이나 사건이나 배경과의 관계도 밀접히 관련되어 있다. 즉 작품들 속에는 작가 자신의 내면세계의 다양한 상황, 즉 자신의 욕망, 심리·정신적 갈등과 장애, 문제상황 등이 무의식적·의식적으로 투사되어 나타난다.

그러므로 작품을 통해 작가의 삶과 욕망, 자아들의 다양한 갈등과 장애, 문제적 상황 등을 엿볼 수 있는 여지는 풍부하다. 물론 문학 작품들이 최종 완성되기까지 많은 변이의 과정을 거쳤음을 간과해서는 안 된다. 시대정신과 세태, 독자의 기호, 문학적 완성도 등을 반영해 변형의 과정을 거쳤을 가능성이 높기 때문이다. 이러한 과정을 거쳐 결국 현실과 문학작품 속 허구의 세계는 똑같지 않은 구석이 많아지기 마련이다.

예컨대, 김만중은 『구운몽』과 『사씨남정기』의 창작을 통해 자신의 본능적 욕망 실현의 대리물들을 통해 자신의 본능적 욕망을 해소한다. 뿐만 아니라 자신의 내면세계를 대상화하여 성찰함으로써 자신의 중심자아와 긍정적 주변자아와의 이해, 그리고 용서와 화해의 과정을 수행한다. 그렇게 함으로써 자신의 욕망 추구에 의해 분열된 자아를 통합해 나간다. 물론 세세한 부분까지 모두 자신의 중심자아와 주변자아와의 관계로 설명하기는 어려움이 있다. 다만 거시적인 측면에서 볼 때, 김만중의 심리·정신적 갈등이 글쓰기 초기단계의 인물을 설정하고, 성격을 부여하는 과정에서 그리고 인물과 사건을 형상화해 나가는 과정에 반영되었음은 틀림없다는 의미이다. 왜냐하면, 원래 창작자는 자신의 생각과 마음을 더욱 설득력 있고, 흥미 있게 표현하기 위해 특별한 장치와 서사 전개 과정을 불가피하게 설정하기 때문이다. 『구운몽』과 『사씨남정기』도 예외는 아니다. 분명히 창작 과정에서 필연적으로 당시의 독자에게 설득력 있고 흥미로웠을 장치와 변화가 있기 마련이다. 따라서 이와 같은 이러한 점들을 고려하여 작가들의 작품들을 적합하게 해석하고 분석할 수 있다면, 모든 작가들의 작품들을 통해 인간의 욕망, 심리·정신적 갈등과 장애, 문제적 상황 등을 파악하고 이해할 수 있다.

창작품 자체가 내담자와 상담자의 문제적 상황의
극복 과정의 창조적 변형이며 문학적 승화이다.

뿐만 아니라 문학상담 과정에서의 창작품도 역시나 마찬가지다. 문학상담 과정에서 내담자와 상담자가 창작한 창작품들도 각자의 삶의 욕망, 심리·정신적 갈등과 장애, 문제적 상황 등이 창작 욕구의 분출에 의해 형상화된다. 즉, 창작품 자체가 내담자와 상담자의 삶의 욕망 해소이고, 심리·정신적 갈등과 장애, 문제적 상황 등의 극복 과정의 창조적 변형이며 문학적 승화이다. 물론 문학적 역량의 차이가 존재하는 것이 사실이며, 그 질과 가치의 차이도 분명히 있다. 하지만 내담자와 상담자가 창작한 작품의 가치와 질은 객관적인 기준에 의해 평가될 수 없다. 이는 창작자의 주관에 의해 결정되는 것이기 때문이다. 즉 내담자와 상담자가 각자 자신의 작품과 얼마나 공감하고, 얼마나 자아실현의 의지가 담겨 있느냐에 의해 상대적으로 결정된다. 왜냐하면, 그 가치와 질은 내담자의 심리·정신적 만족과 평안함, 행복감 등과 더 밀접히 관련되어 있기 때문이다. 그렇기 때문에 이러한 창작품 활동도 마찬가지로 내담자와 상담자의 문학적 승화이다. 상담자와 내담자가 문학작품의 감상 및 '창작품'을 구성하는 문학상담 과정에서 자신의 문제상황을 드러내고, 성찰함으로써 얻은 깨달음을 창작품으로 이뤄낸 승화이다. 그러므로 이러한 승화는 내담자와 상담자의 삶의 질적 변화를 가져올 수 있다. 왜냐하면, 내담자와 상담자가 창작한 작품은 자신의 이전 삶의 총체적 반영이기도 하지만, 새로운 삶의 지향과 의지를 담아 실현한 최초의 결과물이기 때문이다. 즉 창작품 자체가 새로운 삶의 의지이자 그 실현이기 때문이다.

문학상담에서는 작가의 작품과 내담자의 창작품을
서로 구분하지 않는다.

따라서 문학상담에서는 작가의 작품과 내담자와 상담자의 창작품을 서로 구분하지 않는다. 작가의 작품이든지 내담자와 상담자의 창작품이든지 모두 삶의 욕망과 문학 창조 속에서의 충족의 결과로 보고 분석한다. 즉 모두 인간의 삶의 욕망, 심리·정신적 갈등과 장애, 문제적 상황 등이 창작 욕구의 분출에 의해 형상화된 창작품으로 보고 분석한다. 이를 통해 문학상담의 상황과 장면 속에서 창작된 작품의 해석과 분석을 더욱 합리적이고 타당성 있게 전개할 수 있게 하여 문학상담의 실현 가능성을 더욱 확충할 수 있다.

대상화는 자신의 주관 안에 있는 것을 객관적인 대상으로
구체화하여 밖에 있는 대상으로 삼아 다루는 과정이다.

그런데 이러한 창조적·예술적 승화는 내담자와 상담자의 삶의 욕망을 창작을 통해 충족하고, 심리·정신적 갈등과 장애, 문제적 상황 등을 해소하는 측면뿐만 아니라 문학상담의 과정에서 자신의 욕망, 심리적 갈등과 장애, 문제적 상황 등을 드러내어 표현하는 과정, 즉 대상화의 과정이기도 하다. 대상화(對象化, Objectification)가 자신의 주관 안에 있는 것을 객관적

인 대상으로 구체화하여 밖에 있는 대상으로 삼아 다루는 것이기 때문이다. 즉 어떤 자아의 심리·정신적인 갈등과 장애, 문제적 상황 등에 대한 생각과 마음, 감정을 드러내어 객관적인 대상으로 구체화하여 다루는 과정이기 때문이다. 물론 내담자와 상담자의 말과 글, 몸짓, 표정, 태도, 감정 표현, 노래, 그림, 놀이, 상상 등 모든 창조적·예술적 활동으로 자신을 드러내어 표현하는 가운데 일어나는 승화의 과정에 한한다.

물론 문학상담의 과정에서 내담자와 상담자가 창작한 작품들에는 처음부터 자신의 욕망, 심리·정신적 갈등과 장애, 문제적 상황 등이 명료하게 드러나지는 않는다. 사실 처음에는 애매하고 모호하게 묘사된다. 자신의 생각이나 마음, 감정을 표현하기를 꺼려하여 표현을 잘 하지 않기도 하고, 표현한다고 하더라도 핵심에서 벗어난 이야기를 하면서 회피하기도 하고, 모호하고, 애매하게 표현하기도 한다. 그래서 처음에는 상징적으로 은유적으로 또는 간접적으로 자신의 욕망, 내적 갈등과 장애, 문제적 상황 등에 대해 형상화해 나간다. 하지만 점차로 자신의 욕망, 내적 갈등과 장애, 문제적 상황 등을 더욱 심층적으로 드러내고 형상화해 나가게 된다.

많은 내담자가 자아존중감(self-esteem)이
저하되어 있는 상태에서 문학상담을 시작한다.

왜냐하면, 많은 내담자가 자아존중감(self-esteem)이 저하되어 있는 상태에서 문학상담을 시작하기 때문이다. 대체로 문학상담 초기에 내담자는 자아존중감이 저하되어 자신의 심리·정신적 갈등과 문제적 상황 등의 극복에 대해 무기력하다. 무기력감에 젖어 있어 자신의 상황을 호소하거나 도움을 요청하거나 하는 의지도, 극복하고자 하는 의지도 박약하다. 단지 자신의 심리·정신적 갈등과 장애, 문제적 상황 등에 대한 의식을 억압한다. 회피하고, 방어하고, 저항하기도 한다. 이는 내담자의 자아가 심리·정신적 갈등과 장애, 문제적 상황 등의 과정 속에서 자신감을 잃고, 위축되어 있기 때문이다. 즉 스스로의 내적힘만으로는 이러한 심리·정신적 갈등과 장애, 문제적 상황 등에 대해 제대로 말할 수 있는 능력조차 감퇴된 상태이다. 그래서 이러한 내담자는 자신의 삶을 거부하며 반항하기도 한다. 무기력함에 젖어 생활을 포기하기도 하고, 심리·정신적으로 도피하여 퇴행 고착하기도 한다. 그렇기 때문에 이 과정이 문학상담의 상황과 장면 속에서 가장 먼저 부딪치는 어렵고 힘겨운 과정이다.

그런데 이러한 상황을 극복하기 위한 첫걸음은 솔직하게 자신의 생각과 마음, 감정을 털어놓는 것이다. 자신의 심리·정신적 갈등과 장애, 문제적 상황 등에 용기 있게 직면하여 자신의 삶을 있는 그대로 되돌아보고, 객관적으로 살펴 드러내어야만 한다. 논리적이지 않더라도, 정리되어 있지 않더라도 자신의 생각과 마음, 감정을 솔직하게 드러내어 표현하는 것이 중요하다. 왜냐하면, 내담자나 상담자가 서로를 의식하여 솔직하게 드러내어 표현하지 않으면, 더욱 어려운 상황에 맞닥뜨리게 되기 때문이다. 즉 의식을 억압하여 무의식에 침잠(沈潛)할수록 그 위험성이 증가하며, 회피하고 방어하고, 저항하면 할수록 자신의 심리·정신적 갈등과 장애, 문제적 상황 등의 극복은 더욱 어려워지기 마련이다. 그렇기 때문에 문학상담에서는 내담자가 표현하는 것만으로도 매우 중요한 한 걸음을 뗐다고 여긴다.

상담자도 내담자의 모범이 되어 솔직하면서도
적극적으로 자신을 드러내어 표현할 수 있어야 한다.

만약, 위와 같은 내담자의 회피·방어·저항 등의 상황이 지속된다면, 더 이상 표현을 하지 않을 뿐만 아니라 상담을 방해하거나 반항하기도 한다. 내담자가 자신의 문제적 상황에 대해 외면하면 할수록 두려움과 불안함, 불편함, 그리고 더 큰 무기력감에 빠져 문학상담을 더욱 어렵게 할 가능성이 크다. 따라서 상담자는 내담자가 자신의 문제적 상황에 용기 있게 직면할 수 있도록 하고, 이를 솔직하게 드러내어 표현할 수 있도록 격려해야 한다. 그리고 상담자도 내담자의 모범이 되어 솔직하면서도 적극적으로 자신을 드러내어 표현할 수 있어야 한다.

물론 이러한 과정 속에서 내담자와 상담자의 생각과 마음과 감정들은 객관적인 대상으로 구체화된다. 한치 앞도 볼 수 없을 것 같던 안개가 조금씩 서서히 걷혀 가는 것과 유사하다. 이렇게 드러난 내담자와 상담자의 생각과 마음과 감정들은 내담자나 상담자가 볼 수 있는 대상이 된다. 이 대상들은 관찰과 성찰을 통해 그리고 문학상담의 전체 과정을 통해 더욱 명료해 진다. 이는 내담자가 더욱 자신의 문제적 상황을 객관적으로 바라볼 수 있게 하고, 더욱 구체적이고, 분명하게 표현할 수 있게 한다. 즉 이 과정을 통해 대상화된 자신의 삶에 대해 성찰이 동시에 이뤄지고 반복된다. 뿐만 아니라 이러한 반복은 문학상담의 전체 과정 속에서 또한 반복된다. 승화와 성찰, 통찰과 깨달음 등의 과정 속에서 상승작용과 더불어 또다시 창작품으로 승화되는 과정이 반복된다. 이를 통해 내담자와 상담자는 자신의 문제적 상황의 원인을 더욱 깊이 있게 파악하고, 이해하게 한다. 그리고 이러한 이해는 내담자 자신의 삶의 이해로 발전하게 되고, 자아성찰과 더불어 자아통합의 내적힘이 된다.

이와 같은 승화와 성찰, 통찰과 깨달음 등 일련의 과정을 통해
자신의 삶의 질적 변화를 꾀한다.

결국 이와 같은 승화와 성찰, 통찰과 깨달음 등 일련의 과정을 통해 내담자와 상담자는 자신의 삶의 질적 변화를 꾀한다. 창작품을 생산하는 자체가 새로운 삶의 의지이자 그 실현의 시작이고, 과정과 결과이기 때문이다. 물론 문학적 역량의 차이가 존재하는 것이 사실이며, 그 질과 가치의 차이도 분명히 있다. 하지만 내담자와 상담자가 창작한 작품의 가치와 질은 창작자, 즉 내담자와 상담자에 의해 상대적으로 결정되는 것이다. 왜냐하면, 그 가치와 질은 내담자와 상담자의 심리·정신적 만족과 평안함, 행

복감 등과 더 밀접히 관련되어 있기 때문이다. 그렇기에 내담자와 상담자가 창작한 작품은 자신의 삶의 총체적 반영이기도 하지만, 새로운 삶의 지향과 의지를 담아 실현한 최초의 결과물인 것이다. 이는 문학상담에서 매우 중요한 사실이다. 내담자와 상담자가 치료 이전에 가졌던 자신의 삶의 이야기를 수정하여 새로운 삶의 이야기, 즉 서사를 창조하기 시작한 지점이기 때문이다. 그리하여 어떤 사람은 더 나아가 자신의 남은 삶을 예술적이나 자기희생적, 또는 종교적으로 승화해 나가게 된다.

마틴 셀리그만(2006)은 특히나 이러한 승화된 삶을 행복한 삶, 의미있는 삶, 숭고한 삶 등으로 구분한다. 행복한 삶은 일상생활에서 자신의 대표 강점을 날마다 발휘하여 행복을 만들어 가는 삶이다. 그리고 의미 있는 삶은 행복한 삶에 한 가지가 더해진다. 각자 자신의 대표 강점을 발휘하되, 지식과 능력과 선을 촉진시키는 데 활용하는 삶이다. 그렇게 하면 참으로 의미 있는 삶이 된다고 한다. 여기에 신을 자기 삶의 궁극적인 목표로 삼으면, 숭고한 삶이 된다고 한다.

사람은 누구나 자신의 행복한 삶을 추구한다.

사람은 누구나 자신의 행복한 삶을 추구한다. 그 방법과 수단은 서로 다를 수 있다. 하지만 누구나 자신의 행복한 삶을 위해 노력하며 살고 있다. 물론 여기서 얻으려는 행복한 삶은 일상생활에서 자신의 대표적인 강점을 발휘하여 풍요로운 '보람과 만족'을 얻는 삶을 말한다. 어떤 사람은 자신이 하고 있던 또는 하고 싶은 일에 전념함으로써 얻는다. 어떤 사람은 취미에 몰입하여, 또 어떤 사람은 예술적인 창작에 전념하고 몰입하여서 보람과 만족을 얻고 행복하게 산다.

그렇지만 문학상담의 과정, 즉 승화와 성찰, 통찰과 깨달음의 과정에서 자유롭고, 순리에 순응하는 삶을 살아가고자 하는 인간은 자신의 행복한 삶에만 머물지 않는다. 자신 외의 존재에게 이바지하는 삶, 바로 의미 있는 삶을 살아가려 노력한다. 즉 자신의 삶에 대한 성찰을 토대로 삶의 의미를 통찰한 인간은 자신의 행복한 삶뿐만 아니라 다른 사람의 삶에도 관심을 기울인다. 다른 사람의 삶도 의미 있으며, 존중과 배려의 마음을 갖기 마련이기 때문이다. 그리고 자신 외의 삶도 소중하게 여기고 보살필 필요가 있음을 알기 때문이다.

예컨대, 채근담을 보면, "길고 짧은 것은 한 생각에 달렸고, 넓고 좁은 것은 마음에 달렸다. 따라서 마음이 한가하면, 하루가 천년보다 길고, 마음이 너그러우면, 좁은 방이 천지 사이보다 넓다."라는 글이 있다. 어떠한 상태나 상황에서도 마음에 달렸음을 강조한다. 마음에 따라 행복과 불행이 교차한다. 그런데 우리의 정신적·심리 갈등과 장애, 문제적 상황 등에 이를 적용해 보면, 우리의 모든 삶의 문제가 마음으로부터 나왔을 가능성이 크다. 그렇기에 그 회복도 마음으로부터 이뤄져야 할 가능성이 크다. 또한 우리는 개인의 성장과 공동사회의 변화를 분리시킬 수 없다. 우리는 개인이 겪는 정체감의 위기와 역사의 발달 속에서 현대의 위기를 분리해서 생각할 수 없다. 왜냐하면 이것들은 서로 영향을 주며, 실제로 서로 관련되어 있기 때문이다. 그러므로 우리들의 정신적·심리적 갈등과 장애, 문제적 상황 등은 사실 나와 너, 우리 모두의 문제이다. 맹자도 마음의 근원을 이루고 있는 성(性)은 모든 사람이 공통으로 가지고 있는 것이므로 마음을 기준으로 판단하면, 사람은 모두 하나라고 말한다. 그렇기 때문에 남을 자기처럼 여기는 마음을 가져야 한다고 강조한다. 즉 겉모습으로 보면 모든 이가 서로 다르지만, 마음을 중심으로 보면, 모두가 하나이다. 그렇기 때문에 다른 사람을 자신처럼 여기고 사랑해야 한다는 논리이다. 결국 나와 너, 우리가 하나이므로 모든 인간의 정신적·심리 갈등과 장애, 문제적 상황 등이 곧 나의 문제, 나의 탓일 가능성이 크다고 할 수 있다.

그렇기 때문에 어떤 사람은 자신의 지식과 능력을 마음껏 발휘하여 선을 행할 곳을 찾는다. 자신의 강점을 발휘하여 자신 외의 것들에게 베풀고 봉사하는 삶을 추구한다. 또한 어떤 사람은 종교에 귀의(歸依)하기도 한다.

종교적 절대자에게 순종하고 신앙하며, 신과 인간에게 봉사하는 삶을 살아가기도 한다. 물론 이러한 삶을 문학상담도 추구한다.

4) 자아성찰과 통합

프로이트는 자아가 자기 스스로를 대상으로 만들 수 있고, 다른 대상들처럼 자신을 다룰 수 있다고 한다. 다른 대상을 보듯이 자신을 관찰하고, 다른 대상에 대해 비판할 수 있다는 말이다. 따라서 이러한 견해는 첫째, 자아가 적어도 일시적으로 나뉠 수 있음을 의미한다. 자신의 여러 가지 기능과 역할, 상황 등에 따라 자아가 분열될 수 있다는 것이다. 이러한 언급에는 물론 자아에 대한 구분이 분명하게 언급되어 있지는 않다. 하지만 융의 페르소나와도 같은 맥락에서 고려할 수 있는 언급이다. 융도 인간이 인간 내면의 각기 다른 모습인 페르소나(persona)를 하나 이상 갖고 있다고 한다. 이는 각각의 상황, 상대에 따라서 각각의 가면을 가지고 있다는 것인데, 타고난 자아와 인생의 초기 체험을 통해 형성된 자아를 바탕으로 자신을 둘러싼 사회, 문화와 자연 등의 환경과의 관계에 의해 다양하게 형성된 자아이다. 이러한 관계 속에서 형성된 자아가 인간이 갖는 또는 가져야만 하는 기능과 역할, 습관, 규범에 의해 형성된 인격적 모습이 페르소나이다.

둘째, 자아가 자아를 대상화할 수 있음을 의미한다. 자아가 자기 스스로를 대상으로 만들 수 있다고 하기 때문이다. 물론 여기에는 자아가 다른 자아도 대상으로 만들 수 있음을 함의한다. 즉 자아가 자기 스스로든지 다른 자아든지 대상화할 수 있다는 의미이다. 그리고 이는 자아가 다른 자아로 분리되어 성찰의 대상이 된다는 의미이기도 하다. 왜냐하면, 대상화가 자신의 주관 안에 있는 것 자아를 객관적인 대상으로 구체화하여 밖에 있는 대상으로 삼아 다루는 과정이기 때문이다. 그리고 어떤 자아의 갈등과 장애, 문제적 상황 등에 대한 생각과 마음, 감정을 드러내어 객관적인 대상으로 구체화하여 다루는 과정이기 때문이다.

셋째, 자아가 다른 대상들처럼 자아를 다룰 수 있음을 의미한다. 즉 자아가 자기 스스로든지 다른 자아든지를 다른 대상을 보듯이 관찰하고, 다른 대상에 대해 비판할 수 있다는 말이다. 그런데 자아가 어떤 분열된 자아를 제3의 위치, 입장과 처지에서 작용할 수 있고, 관찰 및 비판할 수 있기 위해서는 대상화의 과정이 반드시 필요하다. 결국 자아가 다른 대상들처럼 자아를 다룰 수 있다는 말은 자아가 자아를 대상화하여 성찰하는 과정과 같다.

문학상담에서 자아성찰은 인간이 가진 세 가지 자아,
즉 참자아, 중심자아, 주변자아에 대한 성찰을 의미한다.

그런데 문학상담에서 자아성찰의 개념도 자아가 적어도 일시적으로 나뉠 수 있고, 자아가 자기 스스로를 대상으로 만들 수 있고, 다른 대상들처럼 자신을 다룰 수 있고, 자신을 관찰하고, 비판할 수 있다는 프로이트의 견해로부터 출발할 수 있다. 자아가 자기 스스로 또는 다른 자아를 성찰할 수 있기 위해서는 먼저 자아가 나뉠 수 있다는 조건이 전제되어야하기 때문이다. 그리고 이렇게 나뉜 자아가 자기 스스로 또는 다른 자아를 대상화해야만이 성찰이 가능하기 때문이다.

따라서 문학상담에서 자아성찰은 인간이 가진 세 가지 자아, 즉 참자아, 중심자아, 주변자아에 대한 성찰을 의미한다. 앞장에서도 언급했듯이 문학상담에서는 자아를 위상과 역관계에 따라 세 가지로 나눈다. 참자아, 중심자아, 주변자아 등이다. 이는 타고난 자아와 인생의 초기, 그 이후에 형성된 자아 등이 다양한 갈등과 장애, 문제상황 등 속에서 연속적인 성장과 발달을 거듭하며 형성된다. 즉 삶의 다양한 심리·정신적 갈등과 장애, 문제상황 등의 국면 속에서 자아들의 역관계에 따라 결정된다. 그리고 삶의 다양한 심리·정신적 갈등과 장애, 문제상황 등의 국면 속에서 역관계에 따라 변경될 수 있다. 중심자아는 끊임없이 주변자아와 상호작용하면서 긴장 관계를 유지하기도 하고 우호적인 관계를 갖기도 한다. 힘의 역관계에 의해 중심자아와 주변자아는 서로 자리를 바꾸기도 한다. 어느 자아가 인간의 삶의 중심을 이끄는가는 인간의 지향과 선택, 자유의지 등에 따라 결정된다. 그렇기 때문에 하나 이상의 자아가 연결되거나 통합되었을 가능성은 항상 열려 있다.

인간의 지향과 선택, 자유의지 등에 의해
중심자아와 삶의 중심은 바뀔 수 있다.

물론 그 지향과 선택, 자유의지 등이 기만적이고 왜곡된 것일지라도 인간의 중심자아와 삶의 중심은 역관계에 따라 바뀔 수 있게 된다. 그럴 경우, 어떤 인간은 자신의 심리·정신적인 문제상황으로 인해 자신의 삶이 왜곡되어 일정 기간 동안 이전의 중심자아와 주객이 전도된 상황에 도달할 수도 있다. 즉 그 삶이 일정 기간 왜곡되어 본 모습을 잃고 혼돈의 상황에서 방황하게 될 수도 있다. 급기야 이러한 경우, 이들 자아들 간의 서로 다른 욕구에 의해 심리·정신적 갈등과 장애, 문제상황 등이 발생하고, 이로 인해 인간의 삶은 왜곡되고, 피폐하게 되기도 한다.

이 지점에서 문학상담의 자아성찰이 요구된다. 중심자아와 주변자아의 갈등과 삶의 중심의 변화, 삶의 왜곡과 혼돈 등의 문제상황에서 자아성찰은 특히나 절실히 요구된다. 뿐만 아니라 중심자아와 자신의 고유한 삶의 중심, 즉 참자아의 지향과 선택, 자유의지 등에 대한 성찰도 요구된다. 왜냐하면, 참자아와의 소통과 영향을 통해 인간은 긍정적이고 '선'한 삶을 끊임없이 지향하며 살아가기 때문이다. 이는 삶이 자기실현의 역사임을 역설한 융의 논리와 맥락이 유사하다. 참자아의 실현이 곧 자기실현, 자기를 찾는 과정과 대동소이한 측면이 있다는 의미이다. 참자아는 자신의 고유한 것, 중앙의 것, '선'한 삶의 지향과 선택, 자유의지인데, 결국 이러한 과정은 참자아를 찾는 과정이고, 참자아를 실현하는 과정이기도 하기 때문이다. 물론 참자아도 중심자아 속에 있어 자아성찰과 참자아를 찾고 실현하려는 인간의 노력과 의지로만이 실현될 수 있다. 그러므로 문학상담에서 자아성찰은 세 자아에 대한 지속적인 성찰의 과정이다.

우리말에서 성찰은 한자로 '省察'이다.

한편 우리말에서 성찰은 한자로 '省察'이다. 명사로 "자기의 마음을 반성하여 살피다.", "허물이나 저지른 일들을 반성하여 살핀다.", "저지른 죄를 자세히 생각하여 낸다." 등의 뜻이 있다. '省察'은 '省'자와 '察'자가 결합된 단어이다. '省'자는 적을 소 '少'자와 눈 목 '目'자가 결합하여 생긴 회의문자이다. '省察'과 관련한 의미로는 '살피다', '주의하여 알아보다', '자기 몸을 돌보아 살피다' 등이 있어 "작은 것까지 자세히 본다."라는 뜻이 있다. 그리고 살필 찰 '察'자는 집 면 '宀'자와 제사지낼 제 '祭'자가 결합하여 생긴 형성문자이다. '祭'자가 "조상을 모시다.", "친절하게 자잘한 일을 하다.", " 더러움을 깨끗이 하다."라는 뜻이 있고, '宀'자와 결합하여 "제사를 지내기 위해서 집에서 빠짐없이 생각하여 살핀다."라는 의미를 지니고 있다. '省察'과 관련한 의미로는 '살피다', '살펴서 알다', '조사하다' 등이 있다. 따라서 '省察'의 의미에는 '작은 것까지 자세히 철저하게 빠짐없이 살피고 생각하여 더러움을 깨끗이 한다'는 의미가 함축되어 있다.

황주연도 동양에서의 '자기성찰'을 '자기를 갈고 닦아 나가는 자기수양이나 공부방법'이라고 언급한다. 그러면서 공자의 '극기복례(克己復禮)'를 거론한다. '극기복례(克己復禮)'에서의 '克己'를 "자신을 극복한다."라고 해석하고 있기 때문이다. 즉 '극기복례'의 '克己'가 '자신의 감정이나 생각을 이겨낸다'는 의미를 담고 있기 때문이다. 그래서 자신을 극복하는 것이 곧 자신의 감정이나 생각을 이겨내는 것이 곧 자기수양이고 공부라고 하고, 이를 '자기성찰'과 연결시켜 논의를 전개한다. 그 결과 '자기성찰'을 '자신'의 생각이나 감정, 욕구에 대한 이해나 변화, 극복 등으로 구성된 적응적이고 긍적적인 개념으로 본다. 뿐만 아니라 '자기성찰'을 '자신' 또는 '자신의 내면'을 꾸준히 살펴서 자신의 감정이나 생각을 극복한다는 개념으로 규정한다. 물론 이러한 규정에는 한 가지 의문이 있다. '극기복례'의 '극기'의 개념이 자기성찰의 표현이라는 것은 정확하지만, '자기 생각이나 감정을 극복한다'는 의미는 아닐 수 있기 때문이다. 즉 도덕의 마음(仁義之心)으로 조절되지 않은 개인의 욕망 혹은 행동을 도덕적 감정 혹은 도덕적 행동으로 이끌어 내는 것을 의미한다고 할 수 있기 때문이다. 결국 극기가 사적 자아를 공적 자아로 확장시키는 과정이라는 의미이다.

그리고 이재용·박성희도 성리학적 측면에서 인간, 심성, 수양 등과 '자기성찰'을 황주연과 같은 맥락으로 다루고 있다. 하지만 더 이상의 논의는 전개되고 있지는 않다. 정성훈도 황주연, 이재용·박성희과 같은 맥락으로 동서양의 관점에서 '자기성찰(Self-reflection)'을 설명한다. 특이한 점은 동서양의 '자기관'에 대해 언급하면서 동양에서는 '타인'과 구별되는 '자기(self)'보다는 조화를 이루는 '자기관'이 우세하다고 하고, 서양에서는 독립적인 자기의 속성을 찾고 발현하는 개인적 존재로서의 특성을 강조하는 '자기관'이 중시된다고 한다.

김홍주도 동서양의 자기성찰의 정의의 차이점을 살펴본 뒤, 우리 문화적 관점에서의 '자기성찰(Self-reflection)'의 의미를 고찰하였다. 먼저 서양에서의 '자기성찰'을 단지 메타인지, 반성적사고, 비판적 탐구, 자기분석, 경험을 통한 실제적 지식의 습득 등의 지적사고과정 중심으로 규정하고 있다. 이후, 조선시대 유학의 문헌을 통해 성리학 측면에서 '자기성찰'을 탐구한다. 그리고 이를 종합해 '자기성찰'을 마음의 움직임을 자각, 평가, 반성하는 등 자기수양의 과정으로 정의한다.

이처럼 '성찰'의 의미를 황주연, 이재용·박성희, 김홍주 등과 같이 성리학적인 측면에서 찾을 수 있다. 황주연처럼 공자의 '克己復禮'의 '克己'에서 찾을 수도 있다. '克己'가 '자신의 감정이나 생각을 이겨낸다'는 의미를 담고 있기 때문이다. 여기서 자신을 극복하는 것은 자신의 감정이나 생각을 이겨내는 것으로 해석할 수 있다. 성찰이 '자기를 갈고 닦아 나가는 자기수양이나 공부방법인 것이다. 따라서 '성찰'을 '자신' 또는 '자신의 내면'을 꾸준히 살펴서 자신의 감정이나 생각을 극복한다는 개념으로 규정한다. 이재용·박성희도 성리학적 측면에서 인간, 심성, 수양 등과 '자기성찰'을 황주연과 같은 맥락으로 다루고 있다. 하지만 그 이상은 언급하고 있지 않다. 정성훈도 황주연, 이재용·박성희과 같은 맥락으로 동서양의 관점에서 '성찰'을 설명한다. 김홍주도 조선시대 유학의 문헌을 통해 성리학 측면에서 '성찰'을 탐구한다. 그리고 이를 종합해 '성찰'을 마음의 움직임을 자각, 평가, 반성하는 등 자기수양의 과정으로 정의한다.

이들 모두 우리 문화적 관점, 동양의 철학적, 심리학적인 관점에서 '성찰'의 의미를 규정한다. 하지만, '성찰'의 과정을 무엇을 극복해 나가는 과정만으로 보기에는 부족한 면이 있다. 관찰, 반성과 비판, 교정과 습득 등의 수신, 수양의 과정으로 여길 수 있기 때문이다. 서양에서도 메타인지, 반성적사고, 비판적 탐구, 자기분석, 경험을 통한 실제적 지식의 습득 등의 지적사고과정 중심으로 '성찰'을 규정하고 있다. 즉 무엇인가를 '극복'하는 과정으로써의 '성찰'인 것이다. 물론 성찰이라는 의미에 극복한다는 의미가 담겨있다.

동양적 사유 속에서의 성찰은 통합해 나가는 과정을 내포한다.

그러나 그것만은 아니다. 동양적 사유 속에서의 성찰은 통합해 나가는 과정을 내포하기 때문이다. 즉 성찰을 통해 인격의 함양, 성숙 등을 추구하여 궁극적으로 성인이 되는 통합적 과정은 관찰, 반성, 비판, 교정과 습득 등 지적사고과정만으로 이뤄질 수 없는 측면이 있다. 부정적이든 긍정적이든 자신의 삶에서의 감정, 생각, 경험 등 감성적·지적 측면 모두를 성찰하여 통합해 나가는 과정을 내포하기 때문이다. 결국 오래된 마음의 병, 근심, 부끄러움, 허물, 꺼림 등과 화해하고 용서하여 자신의 부정적·

긍정적 측면 모두를 통합해 나가는 과정이기 때문이다. 그러므로 동양적 사유 속에서의 성찰은 극복을 넘은 통합의 경지까지를 함의하고 있는 개념이다.

따라서 문학상담에서는 이들 선행 연구의 계승과 창조의 관점과 맥락에서 '성찰'의 개념과 의미의 어원을 『논어』에서 찾아 그 개념과 의미를 규정한다. 『논어』의 〈안연(顔淵)〉편을 보면, "사마우문군자(司馬牛問君子)한대 자왈군자(子曰君子)는 불우불구(不憂不懼)니라. 왈불우불구(曰不憂不懼)면 사위지군자의호(斯謂之君子矣乎)잇가. 자왈내성불구(子曰內省不疚)어니 부하우하구(夫何憂何懼)리오."라는 대화가 있다. 사마우가 공자에게 묻고, 공자가 답하는 대화 형식의 글이다. 사마우가 묻자 공자는 먼저 "군자는 걱정하지 않으며, 두려워하지 않는다."라고 말한다. 군자는 성숙한 인격을 지닌 사람이기도 하는데, 인격적으로 성숙한 사람은 걱정할 것도 두려울 것도 없다는 뜻이다. 이어서 사마우가 "曰不憂不懼면 斯謂之君子矣乎잇가.", 즉 걱정하지 않으며 두려워하지 않으면 군자라고 할 수 있습니까하고 묻자, 공자는 "內省不疚어니 夫何憂何懼리오."라고 말한다. '內省不疚'를 직역하면, '안으로 반성하여 께름칙하지 아니하다'이므로 "안으로 반성하여 께름칙하지 아니하니 무엇을 걱정하며 무엇을 두려워하겠는가?"라고 해석할 수 있다.

그런데 '內省不疚'에는 '자기 자신을 돌이켜보아 부끄러움이 없다'는 의미가 함의되어 있다. 여기에서 '內省'의 '內'자는 안으로 들어감의 뜻이 있고, '省'자는 작은 것까지 자세히 본다는 뜻이 있으므로 '자신의 내면으로 들어가 작은 것까지 자세히 살핀다'는 의미다. 즉 '자신의 마음을 살피고 스스로 돌이켜 본다'로 해석할 수 있다. 그런데 이러한 의미를 가진 '內省'은 작은 것까지 자세히 철저하게 빠짐없이 살피고 생각하여 더러움을 깨끗이 하는 성찰의 의미와 같다고 할 수 있다. 또한 '不疚'에서 '疚'는 고질병, 오랜 병이라는 뜻도 있지만, 근심하다, 부끄러워하다, 마음에 걸려 언짢은 느낌의 꺼림하다 등의 뜻도 있다. 여기에 부정을 나타내는 '不'이 붙어, '不疚'는 오래된 마음의 병, 근심, 부끄러움, 꺼림 등이 없다는 것을 의미한다. 즉 자신의 마음에 오래된 마음의 병, 근심, 부끄러움, 꺼림 등이 없는 평온한 상태를 의미한다.

따라서 '內省不疚어니'라는 구를 다시 해석하면, '자신의 마음을 살피고 스스로 돌이켜보아 오래된 마음의 병, 근심, 부끄러움, 꺼림 등을 없애니'로 할 수 있다. 그리고 이를 바탕으로 "內省不疚어니 夫何憂何懼리오."라는 절의 해석을 정리하면, 자신의 마음을 살피고 스스로 돌이켜 보아 부끄러움과 허물, 괴로워할 바를 없애니 근심할 것도 두려워할 것도 없다는 의미이다. 다시 말해 자신의 내면에 대한 성찰의 과정을 통해 오래된 심리·정신적 갈등과 장애, 문제적 상황을 해소한다면, 인격적으로 성숙하게 되어 걱정과 두려움 없는 건강한 삶을 살아갈 수 있다는 과정적 의미이다. 이와 같은 성찰의 의미는 문학상담에서도 중요한 의미를 가진다.

그런데 이러한 논리는 실존주의 심리치료의 선구자인 Irvin Yalom에게서도 찾을 수 있다. Irvin Yalom도 두려움, 불안, 걱정, 공포 등이 정신병리의 연료가 되고 있다고 하기 때문이다. 물론 학자 중에는 '內省不疚'가 내적성찰을 통해 감정, 말과 행동 등을 도덕지심(道德之心)으로 고양시키는 것을 의미한다고 말할 수 있다. 즉 도덕의 구현을 통해 내적갈등 혹은 사회적 갈등을 해소할 수 있다는 의미라는 것이다. 그렇기 때문에 이를 실존주의 심리학으로 연결시키는 것은 무리가 있어 보인다고 말할 수 있다. 원시 유학이 추구하는 '극기복례(克己復禮)'는 사적자아(私的自我)를 인의지심(仁義之心)으로 도덕자아로 고양시키는 것인데, 실존주의 심리학에서 개인의 갈등요소는 개인이 가지고 있는 실존적 불안감으로 촉발되는 것이기 때문이다. 또한 동아시아 유교 문화권 안에서의 '나'는 '실존적 불안'의 요소로 논의된 바가 없다고 말할 수도 있다. 도덕에 의해 조절되어야 하는 개인만이 있다는 것이다. 따라서 한자문화권 안에서의 '자아성찰'의 '자아'는 본능적으로 실존적 불안을 야기하는 '자아(自我)'가 아니고, 아직 '도덕지심(道德之心)'에 의해서 통제되지 않은 '사적자아(私的自我)'를 의미한다고 말할 수 있다.

존재론적 두려움, 불안, 걱정, 공포 등도
일반적인 두려움, 불안, 걱정, 공포 등에 의해 야기된다.

하지만, 대부분의 '죽음, 근거없음, 무의미, 소외'속에서 발생하는 실존적인 두려움, 불안, 걱정, 공포 등은 몇 단계를 거쳐 매우 복잡하고, 애매모호한 구조의 심리·정신적 작용으로 변형되어 나타나기 마련이고, 인간이면 누구나 실존적인 두려움, 불안, 걱정, 공포 등을 겪기 마련이다. 그렇기 때문에 각 개개인의 두려움, 불안, 걱정, 공포 등의 양상은 다를 수도 있겠지만, 존재론적 두려움, 불안, 걱정, 공포 등뿐만 아니라 프로이트와 안나 프로이트, 설리반 등의 전통적인 방어기제도 일반적인 두려움, 불안, 걱정, 공포 등에 의해 야기된다고 할 수 있다. 그러므로 사실 프로이트가 만든 심리역동 구조 속에서든, 실존적인 역동 구조 속이든 어느 측면에서는 정신병리의 발생에 대해 동일한 원인을 제시하고 있다고 할 수 있다. 뿐만 아니라 Irvin Yalom도 정신병리를 발생시키는 이러한 정신 작용의 근원을 직면, 탐구하여 자각해야 한다고 한다. 그러면 이러한 정신병리를 극복할 수 있다고 한다. 물론 단순히 말하자면, 프로이트도 억압된 무의식의 의식화를 통한 정신병리의 극복이니 유사하다. 그렇기 때문에 Irvin Yalom이든 프로이트든 그리고 또 다른 심리학자의 경우이든 공자의 "內省不疚"의 과정과 상통한다. 그리고 그러한 직면과 성찰의 과정을 통해 "不憂不懼"의 경지에 도달한다는 점과도 상통한다. 왜냐하면, 이러한 과정 모두가 내면의 의식·무의식적 심리와 직면하여 성찰하는 수양의 과정을 통해 "不憂不懼"의 상태에 도달한다는 것, 즉 근심, 걱정, 불안, 두려움, 공포 등이 사라진다는 것을 의미하기 때문이다.

이렇듯 동양적인 사유를 바탕으로 한 성찰(省察)의 개념은 첫째, 자신의 마음을 반성하여 살피는 과정이다. 즉 자신의 마음을 살피고 스스로 돌이켜 보는 과정이다. 둘째, 작은 것까지 자세히 철저하게 빠짐없이 살피고 생각하는 과정이다. 셋째, 허물이나 저지른 일들을 반성하여 더러움을 깨끗이 하는 과정이다. 그래서 결국 오래된 마음의 병, 근심, 부끄러움, 허물, 꺼림 등을 극복해 나가는 과정이다. 넷째, 오래된 마음의 병, 근심, 부끄러움, 허물, 꺼림 등과 화해하고 용서하여 자신의 부정적·긍정적 측면 모두를 통합해 나가는 과정이다. 즉 부정적이든 긍정적이든 자신의 삶에서의 감정, 생각, 경험 등 감성적·지적 측면 모두를 성찰하여 통합해 나가는 과정을 내포한다.

한편 학교문법에서 '자아성찰'은 '자아'와 '성찰'의 합성어이다. 즉 실질형태소 '자아'와 '성찰'이 결합하여 생성된 단어이다. 그런데 '자아성찰'은 그것을 이루는 요소들 사이의 논리적인 관계로 볼 때, 종속합성어로 분류된다. '자아'와 '성찰'이 대등하게 결합된 듯하지만, 앞의 어근 '자아'가 뒤의 어근 '성찰'을 수식하거나 의미를 제한하기도 해서 서로 주종관계로 연결되기 때문이다. 그렇기 때문에 관용적으로도 '자아성찰'이 '성찰'과 일대일로 대치될 수 있는 의미로 쓰이기도 한다. 하지만 그런 경우 굳이 '자아성찰'이라고 할 이유가 분명하지 않다. '성찰'로도 표현하고자 하는 뜻을 충분히 나타낼 수 있기 때문이다.

따라서 '자아성찰'의 의미는 주로 두 가지로 나뉠 수 있다. 첫째는 '자아가 성찰'한다는 의미이다. 자아가 어떤 것에 대해 성찰한다는 의미이다. 성찰의 주체가 '자아'이다. 물론 여기에는 자아가 자신의 '자아'를 대상으로 성찰한다는 의미도 있고, 자신의 '자아'가 아닌 그 외의 다른 모든 것을 대상으로 성찰한다는 의미도 포함된다. 하지만 '자아'가 자신의 '자아'가 아닌 그 외의 다른 모든 것을 대상으로 성찰한다는 의미는 굳이 '자아성찰'이라는 용어가 아니더라도 표현이 가능하다. 굳이 포함시킬 필요가 없다는 뜻이다. 그러므로 '자아가 성찰'한다는 의미는 '자아'가 자신의 '자아'를 대상으로 성찰한다는 의미로써의 기능과 역할을 한다고 할 수 있다.

둘째, '자아에 대해 성찰'한다는 의미이다. 자신이 자신의 '자아'를 스스로 성찰한다는 의미이다. 여기서 '자아'는 성찰의 주체이면서 대상이다. 스스로를 성찰의 대상으로 삼기 때문이다. 즉 '자아'의 모든 것이 대상이다. '자아'의 행동, 사고, 감정, 정신, 관계 등 삶의 전반이 대상이다. 하지만 타자의 '자아'와 그 외의 모든 것들은 포함되지 않는다. 그럴 경우 다른 형용어나 관형어가 부가될 가능성이 크기 때문이다. 그러므로 '자아성찰'은 '자아'에 대한 성찰이라 할 수 있다.

그런데 이는 '자기성찰'이라고 할 수 없는 이유이기도 하다. 왜냐하면 '자기'는 융의 용어인데, 언어관습적인 위의 논리에 따른다면, '자기성찰'이 '자기'에 대한 성찰을 의미하기 때문이다. 그런데 '자기'는 무의식의 일부이기에 무의식의 의식화 과정을 거친 후에만 성찰할 수 있다. 즉 대상화를 한 후에야 성찰할 수 있다. 다시 말해 융의 무의식 속 '자기'를 의식화 과정을 거치지 않고 성찰할 수는 없다. 그렇기 때문에 '자기'에 대한 성찰, 즉 '자기성찰'이라는 용어는 이러한 개념 규정을 한 후에 사용해야 성립할 수 있다. 다만, '자아성찰', '자기성찰' 등이 분리할 수 없는 하나의 의미단위로 자신에 대한 '성찰'을 의미하는 단어로 사용된다면 일정정도 사용할 수 있는 여지가 있다. 하지만 그러한 취지로 굳이 새로운 단어를 만들어 쓸 필요가 있는가 하는 의문은 남는다. 단지 '성찰'만으로도 그 의미가 충분하게 전달되기 때문이다.

따라서 위와 같은 논의를 종합해 볼 때, '자아성찰(自我省察)'은 '자아(自我)', 즉 다른 사람들과 구별하는 각 개인의 정신 과정을 일관성 있게 조직하는 전체적 존재에 대한 성찰(省察)이라고 할 수 있다. 요컨대, '자아에 대한 성찰', 즉 '자아'가 자신의 '자아'를 스스로 성찰한다는 개념이다. 왜냐하면 성찰이 의식·무의식적 차원의 정신 과정을 일관성 있게 조직하는 존재인 '자아'의 삶에의 실현 양상과 그 내면의 심리적 과정을 살피고 스스로 돌이켜 보는 과정이기 때문이다. 그러므로 '자아성찰(自我省察)'은 '자아'를 대상화하여 작은 것까지 자세히 철저하게 빠짐없이 살피고 스스로 돌이켜보는 과정, 그 속에서 찾은 허물이나 저지른 일들을 반성하여 더러움을 깨끗이 하는 과정 등을 통해 결국 오래된 마음의 병, 근심, 부끄러움, 허물, 꺼림 등을 극복해 나가는 과정, 그리하여 결국 화해와 용서로 자신의 부정적·긍정적 측면 모두를 통합해 나가는 과정으로써의 개념이다.

자아가 다른 자아에 동화되기도 한다.
즉 다른 자아를 모방하고, 자신 안에 받아들이기도 한다.

한편 프로이트는 이러한 과정을 통해 어떤 자아가 다른 자아에 동화되기도 한다고 말한다. 즉 다른 자아를 모방하고, 자신 안에 받아들이기도 한다는 것이다. 다시 말해, 어떤 자아가 다른 자아를 대상화하여 작용하고, 관찰과 비판을 통해 모방하거나 받아들여 동화한다는 의미이다. 여기서 동화는 동일화하는 과정으로 어느 자아가 다른 자아에 통합되어 하나가 되는 과정으로 이해할 수 있다. 융도 인간이 각각의 심리·정신적 상황과 장면, 관계 등에 따라 인간 내면의 각기 다른 모습인 페르소나(persona)를 하나 이상 갖고 있고, 상호작용한다고 한다. 문제는 이러한 상호작용 가운데 있는데, 이들 각각의 페르소나가 서로 다른 이해와 욕구로 인해 심리·정신적 갈등과 장애, 문제상황 등을 일으킬 때이다. 물론 이렇게 초래된 새로운 위기의 해결은 각 페르소나의 통합, 즉 자아의 통합이다.

에릭슨도 자아가 적절하거나 부적절한 적응 방식을 통합해야 함을 강조한다. 인생에서 각 단계의 발달이 긍정·부정의 양측면을 동시에 포함하고 있는데, 이 양측면 모두가 성장에 필요한 요소들이라는 것이다. 즉 인간의 참된 성장을 위해서는 어느 정도 부적응 방식의 경험도 필요하다는 것을 의미한다. 결국 인간은 각 단계마다의 위기에 긍정적 또는 적응적 방식의 대응과 부정적 또는 부적응적 대응 방식 모두를 적당한 비율로 경험하고, 이를 통합해 나갈 때, 정상적인 성격의 발달을 이룰 수 있다는 것이다.

그러므로 자아통합은 어느 하나를 부정하고 억압하는 과정이 아니다. 모두 자신의 자아나 자아정체감 속에 수용하여 자신의 삶을 풍요롭게 하는 거름으로 작용하게 만들어 가는 과정이다. 긍정적이든지 부정적이든지 성찰을 통해 서로 이해하고 화해하여 수용한다. 이 과정을 통해 자신의 성장과 발달, 그리고 깨달음을 얻고 참자아를 찾는 계기로 삼는다.

그런데 이러한 자아의 통합은 자아에 대한 성찰을 통해 이뤄진다. 즉 스스로가 자신의 심리·정신적 갈등과 장애, 문제상황 등을 회피하지 않고 직면하여 성찰할 때 통합할 수 있다. 그러므로 이러한 자아의 성찰은 자아의 통합으로 이어지고 이러한 성찰과 통합 과정은 궁극적으로 삶의 목적, 존재의 의미 등의 깨달음에 이르게 된다.

자아통합은 자신의 삶의 서사를 표현하여 대상화하고,
서사를 성찰한 후, 자신의 서사를 이해하고 화해함으로써 이뤄진다.

이러한 사실은 문학상담에서 자신의 삶의 서사를 표현하여 대상화하고, 서사를 성찰한 후, 자신의 서사를 이해하고 화해함으로써 자아통합에 이르는 과정을 뒷받침한다. 먼저 문학상담도 인간의 자아가 분열되어 있다는 전제에서 출발한다. 앞에서도 설명하였지만 문학상담에서 인간의 자아는 참자아, 중심자아, 주변자아로 분류한다. 이는 타고난 자아, 인생의 초기 경험을 통해 형성된 자아, 그리고 타고난 자아나 인생의 초기 경험을 통해 형성된 자아를 바탕으로 자신을 둘러싼 사회, 문화, 자연 등 세계와의 관계에 의해 다양하게 형성된 자아 등으로 체계에 맞게 분류한다. 뿐만 아니라 문학상담에서도 자아들 간의 상호작용과 소통, 교류를 통해 서로 영향을 주고받는다. 물론 이 과정 속에서 문제가 발생한다. 각각의 자아가 서로 다른 욕구로 인해 일으킨 심리·정신적 갈등과 장애, 문제상황 등이 상호작용과 소통, 교류를 통해 일어난다. 하지만 그럼으로써 각각의 자아가 서로 다른 욕구로 인해 일으킨 심리·정신적 갈등과 장애, 문제상황 등을 상호작용과 소통, 교류를 통해 충분히 성찰하고 이해함으로써 각 자아와 서로 화해하고 받아들여 통합해 나간다. 즉 갈등의 과정이기도 하지만,

하나로 통합되는 과정이기도 하다.

조금 더 상세히 보면, 이러한 심리·정신적 갈등과 장애, 문제상황 등의 극복은 자신의 삶을 되돌아보고, 성찰함으로써 시작한다. 즉 '자신을 있는 그대로' 살펴보고, 자신의 심리·정신적 갈등과 문제적 상황을 구체적으로 드러내 대상화하여 성찰하는 과정으로써이다. 그런데 서사는 인간의 삶을 담는다. 이는 인간의 육체적, 심리·정신적 성장과 발달에 관한 내용이다. 사회와 자연과 우주 속에서 자신 외의 존재와 관계를 맺고 상호작용하면서 자신과 그 외의 존재의 의미와 목적을 깨달아가는 과정이다. 그 속에서 자신의 고유하고 본래적인 모습을 찾아가는 과정이다. 그리고 서사는 인간의 삶 속에서 발생할 수 있는 다양한 고민과 문제들을 모두 다루고 있다. 인간의 삶에 있을 법한 희극적·비극적인 삶과 긍정적·부정적인 정서와 심리적 상황 등이 복합적으로 얽혀 펼쳐져 있다. 그렇기 때문에 인간의 삶에서 나타나는 다양한 고민과 문제들을 극복할 수 있는 실마리를 무의식 혹은 의식 속에 안겨준다.

결국 이러한 서사에 대한 성찰은 인간에게 다양한 삶의 경험과 삶의 깊이 있는 이해에 이르게 한다. 이 과정을 통해 인간은 궁극에는 긍정적인 서사를 가진 자아든 부정적인 서사를 가진 자아든 모두를 이해하게 된다. 즉 자신의 삶에 대한 겸허한 성찰을 통해 '자신의 인생을 다르게 살았더라면'하는 아쉬움과 후회에서 자유로워지며, 혐오스럽든지 절망스럽든지 어떻든지 자신의 인생을 있는 그대로 인정하고 받아들이게 된다. 그리고 문학상담의 상황과 장면 속에서의 만남과 대화를 통해 인간의 삶 속에서 살아 존재하는 적응적·부적응적 삶의 방식을 이해하고, 통합해 나가게 한다. 더 나아가 자신의 삶의 긴 시간 동안 맺었던 사람, 사회, 자연, 우주 등 세계와의 관계를 긍정적인 관계로 새롭게 형성하게 되며, 그것들에 대한 인식의 전환이 이뤄진다. 그렇게 되면 타인들의 서사를 이해하고, 인정하고, 수용함으로써 화해에 이른다. 그러므로 각자가 스스로의 심리·정신적 갈등과 장애, 문제상황 등을 회피하지 않고, 용기 있게 직면하여 성찰한다면, 위기가 바

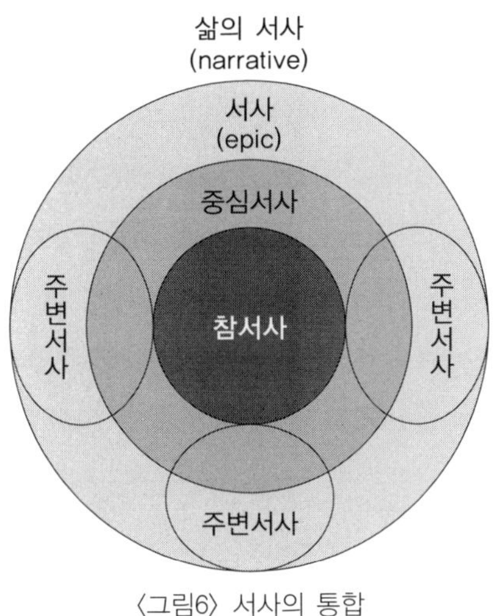

〈그림6〉 서사의 통합

로 인격적으로 성숙한 삶을 위한 기회가 된다. 창조적 원동력으로 작용한다. 결국 이러한 과정은 자아통합으로 이어지고, 궁극적으로 삶과 존재의 목적과 의미, 소중한 가치 등에 대한 깨달음과 더불어 참자아에 이르게 한다. 이것이 바로 우리 인간의 삶 속에서 그리고 문학상담에서 자아통합에 대해 우리가 더욱 적극적으로 사고하고 실현해야 하는 이유이다.

문학상담에서 자아통합은 문학상담의 귀결이다.

따라서 문학상담에서 자아통합은 문학상담의 귀결이라 말할 수 있다. 즉 문학상담에서 자아통합(自我統合, Ego Integrity)은 참자아와 중심자아와 주변자아의 통합을 의미한다. 현재 인간의 삶을 이끌어 가는 중심자아와 주변자아, 중심자아와 참자아, 주변자아와 참자아, 주변자아와 주변자아 간의 갈등과 장애, 문제상황 등을 자아성찰의 과정을 통해 극복하고, 자아들을 있는 그대로 인정하고 받아들이는 과정이다. 먼저 각 자아들에 의해 형성된 삶이 부정적이든지 긍정적이든지 있는 그대로 자신의 삶의 일부로 인정하고 수용하는 과정이다.

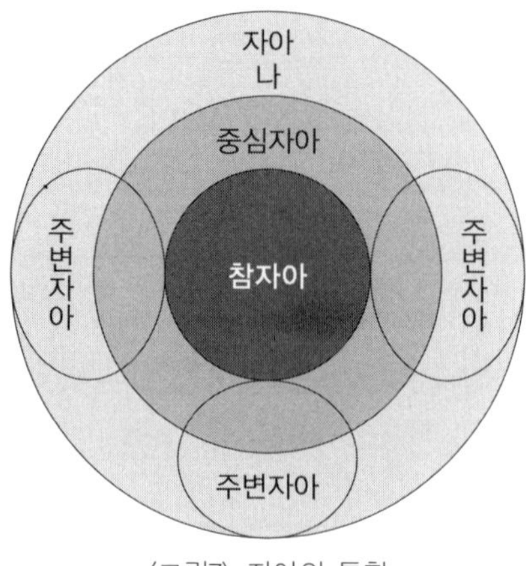

〈그림7〉 자아의 통합

이런 통합의 과정은 부정적인 삶이든지 긍정적인 삶이든지 자아성찰의 과정을 통해 서로 이해하고 용서하고 화해함으로써 이뤄진다. 결국 각 자아에 의해 형성된 삶이 부정적이든지 긍정적이든지 이 모든 것에 감사하게 되는 과정이다. 자신의 삶의 순간순간들이 모두 자신의 삶을 풍요롭게 하고 자신의 깨달음을 위한 예비되고 은혜로운 선물이라는 것을 알아차리는 과정이다.

결국 참자아를 찾아가는 과정이다. 인간의 고유한 중심에 있어 중심자아, 주변자아 등과 끊임없이 소통하지만 드러나지 않는 참자아를 찾아가는 과정이다. 자신의 본래적인 모습을 찾아가는 과정이다. 자아성찰과 자아통합의 과정을 통해 허울을 벗어 버리고, 자신의 진정한 본모습을 찾아가는 과정이다. 그래서 온통 자신의 삶이 긍정적이고 건강한 삶으로 변화되는 과정이다. 온통 인간다운 삶, 참된 삶, 정의로운 삶 등의 '선'한 지향을 품고 살아가는 삶으로 변화되는 과정이다.

에릭슨도 자아통합을 자신의 인생을 있는 그대로 인정하고 받아들이는 과정으로 설명한다. 즉 혐오스럽고 절망스럽든지 그렇지 않든지 간에 자기 인생은 자신의 책임이라는 사실을 받아들이는 과정임을 의미한다. 그리고 이는 자신의 삶에 대한 겸허한 성찰을 통해 자신의 인생을 다르게 살았더라면 하는 아쉬움과 바람, 좌절과 절망에서 자유로워지는 과정이다. 성찰의 과정을 통해 자신의 삶에 대해 이해하고, 자신의 혐오스럽거나 절망스러운 삶과 용서하고 화해하는 과정이다. 이 속에서 자신을 용서하고, 화해하는 것이다. 그럼으로써 자신의 삶 모두를 있는 그대로 수용하게 된다. 또한 이러한 과정은 인생의 긴 시간 동안 맺었던 관계, 즉 사람, 사회, 자연, 환경 등에 대한 새로운 인식전환과 긍정적인 관계 형성을 동반한다.

자아통찰은 전 생애에 걸쳐 이뤄진다.

한편 에릭슨은 8단계 발달이론에서 자아통합이 죽음이라는 것에 절실히 직면하기 시작하는 65세 이후의 노년기의 과제라고 한다. 이 시기가 인생에 대한 무기력감을 느끼게 되는 일이 많아, 궁극적으로 절망에 맞부딪치게 되는 경우가 많기 때문이다. 즉 신체적인 쇠퇴와 사회적 직위나 직업으로부터 은퇴, 형제자매, 친한 친구나 배우자의 죽음 등에 맞부딪치기 때문이다. 그러므로 노년기 삶의 성패는 신체적 쇠퇴, 사회적 은퇴, 그리고 주변 사람들의 죽음을 어떻게 받아들이는가에 달려 있다. 특히나 이로 인해 노년기 인간에게는 보편적으로 외로움과 소외감, 우울증, 좌절감, 상실감, 증오, 원망, 분노, 초조, 두려움 등과 결합된 문제들이 나타난다.

그래서 이 시기는 자신의 삶을 되돌아보거나 검토해보며, 마지막 평가를 하는 숙고의 시간이며, 자아통합을 추구하는 시간이다. 대부분의 경우 노년기에 들어서면 자신이 지금까지 살아온 생애를 돌아보면서 자신의 생애가 가치 있는 삶이었는지를 음미해 보게 된다. 이러한 과정에서, 인생의 성공과 실패에 잘 적응해 왔다고 생각하면서 충족감과 만족감을 느낀다면, 어떤 인간은 자신의 현재와 과거의 삶을 긍정적으로 수용한다. 동시에 자신의 삶을 통합해 나가고 삶의 참다운 지혜(wisdom)에 이르게 된다. 반면에 스스로가 자신의 삶 속에서 일어난 실수에 대해 후회하고, 놓쳐버린 기회에 대해 분노하고, 좌절감과 증오로 자신의 삶을 바라본다면, 자신의 삶이 무의미한 것이었다고 느끼게 되면서 절망에 빠지게 된다. 그로 인해 사소한 일에서도 혐오를 느끼는데, 이는 스스로에 대한 경멸을 의미한다. 그리고 이러한 혐오로 인해 다른 사람의 잘못과 말썽도 참지 못하게 된다. 그러나 이러한 절망 속에서도 자신은 그때 그럴 수밖에 없었으며, 그것을 자신의 생애의 행복했던 일들과 함께 받아들이겠다는 생각을 하면서 자기 나름대로 인생의 의미를 찾고 보람을 느끼게 되면, 인생에 대한 초연함과 함께 참다운 지혜를 획득하게 된다. 두 경우 모두 이러한 지혜를 통하여 앞의 시기동안 이룬 소산을 거두어들일 수 있게 되며, 드디어는 보다 더 차원이 높은 인생철학으로 자아통합을 이루어 나가게 된다.

그렇지만 노년기에만 자아통합이 이뤄지는 것은 아니다. 에릭슨은 각 단계별로 극복해야 할 위기와 성취해야 할 발달과업들이 있는데, 이들이 성취되었을 때와 안 되었을 때를 양극 개념으로 설명하고 있다. 인생주기의 각 단계는 이 단계가 우세하게 출현되는 최적의 시간이 있고, 모든 단계가 계획대로 전개될 때 완전한 기능을 하는 성격이 형성된다고 한다. 또한, 각 단계에 따른 생리적인 성숙과 개인에게 부과된 사회적 요구로부터 발생하는 위기가 수반되며, 성격은 이러한 과업이나 위기가 해결되는 방식에 의해 결정된다고 한다. 즉, 각 단계는 개인의 행동과 심리, 성격에 있어 어떤 변화를 위해 필요한 삶의 전환점인 것이다.

그런데 인간은 이러한 삶의 전환점에서 각각 다르게 대응한다. 즉 심리사회적 각 단계의 위기에 긍정적 또는 적응적 방식의 대응과 부정적 또는 부적응적 대응 방식이 있다. 그리고 인간의 자유의지와 선택에 따라, 각 단계의 위기에 적응 방식과 부적응 방식으로 대응할 수 있다는 것이다. 여기서 에릭슨은 자아가 적절하거나 부적절한 적응 방식을 통합해야 함을 강조한다. 인생에서 각 단계의 발달이 긍정-부정의 양 측면을 동시에 포함하고 있는데, 이 양측면 모두가 성장에 필요한 요소들이기 때문이다. 즉, 긍정적인 성격발달을 위해서는 적당한 비율로 적응 방식과 부적응 방식을 경험해야 한다는 말이다. 결국 인간은 각 단계마다의 위기의 시기에 자아가 적절하거나 부적절한 적응 방법을 통합해야 한다. 이 두 방식이 모두 자아에 통합되어야 각 단계의 위기가 해결되고, 정상적인 성격 발달을 이룰 수 있기 때문이다.

따라서 문학상담에서 자아통합은 전 생애에 걸쳐 이뤄진다고 할 수 있다. 성찰을 통해 세 가지 자아, 즉 참자아, 중심자아, 주변자아 등을 통합해 나가는 과정이며, 서로를 이해하고 용서하고 화해하는 과정이다. 이러한 과정을 통해 긍정적인 삶이든지 부정적인 삶이든지 모두가 있는 그대로 자신의 삶의 일부임을 긍정적으로 수용하고, 감사하는 것이다. 결국 이러한 과정은 자신의 삶을 풍요롭게 하고, 인격적으로 성숙하게 하는 과정으로 참자아를 찾는 과정이기도 하다.

Ⅱ. 문학상담은 어떻게 펼쳐지는가?

이 장에서는 문학상담이 어떠한 단계를 거쳐 수행되는지와 문학상담의 단계별 수행 요소 등에 대해 설명한다. 문학상담의 수행 단계와 단계별 수행 요소 등은 앞장에서 설명했던 문학상담의 개념과 원리를 바탕으로 한다. 먼저 문학상담의 수행 단계에 대해 설명한다. 그런 후 문학상담의 상황과 장면을 단계별로 구분하여 어떻게 수행되는지에 대해 설명한다.

1. 문학상담의 수행 단계

문학상담의 수행 단계는 '1절 문학상담의 개념'과 '2절 문학상담의 원리' 등에서 언급한 내용의 맥락을 잇는다. 다만 문학상담의 수행 단계에서는 그 원리들이 통합되어 작용하기 때문에 역시나 독립적으로 설명하기에는 어려움이 있다. 즉 자아와 서사주체의 원리, 승화와 직면의 원리, 동일시와 공감의 원리, 자아성찰과 통합의 원리 등이 통합되어 작용하기 때문이다. 편의상 순서를 정하면, '대상화하기', '성찰하기', '통찰하기', '통합하기' 등에 따라 수행 전개된다. 따라서 문학상담의 수행 단계를 그림으로 표현하면 다음 〈그림8〉과 같다.

먼저 문학상담의 수행 단계의 핵심은 '성찰하기'이다. 성찰은 말 그대로 첫째, 자신의 마음을 반성하여 살피는 과정이다. 즉 자신의 마음을 살피고 스스로 돌이켜 보는 과정이다. 둘째, 작은 것까지 자세히 철저하게 빠짐없이 살피고 생각하는 과정이다. 어떤 다른 이가 생각하기에는 자질구레할지라도, 사소하다고 치부할 만한 것일지라도 놓치지 않고, 차근차근하게 살피

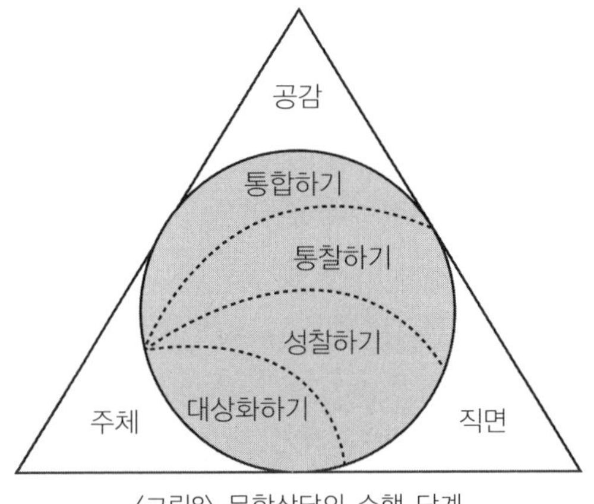

〈그림8〉 문학상담의 수행 단계

고 생각한다. 셋째, 허물이나 잘못 등 부정적인 삶의 일부일지라도 벌어진 일들을 반성하여 새롭고 건강한 삶을 회복하는 과정이다. 그래서 결국 그것으로 인한 오래된 마음의 병, 근심, 부끄러움, 허물, 꺼림 등을 극복해 나가는 과정이다. 넷째, 오래된 마음의 병, 근심, 부끄러움, 허물, 꺼림 등과 화해하고 용서하여 자신의 부정적·긍정적 측면 모두를 통합해 나가는 과정이다. 즉 부정적이든 긍정적이든 자신의 삶에서의 감정, 생각, 경험 등 감성적·지적 측면 모두를 성찰하여 통합해 나가는 과정을 내포한다.

문학상담의 수행 단계의 핵심은 '성찰하기'이다.

물론 이러한 '성찰하기'는 문학상담의 과정에서뿐만 아니라 일반적인 삶에서도 매우 중요한 과제이다. 예컨대, 세계적인 심리학자 에릭 에릭슨에게 "누가 무엇이 당신으로 하여금 그토록 학문에 열중하게 했습니까?"라고 묻자, 그는 뜻밖에 아버지를 찾기 위해서라고 대답했다. 사생아로 태어난 그가 어린 시절 너무 기가 죽어 있자, 어머니와 주위 사람들은 어느 분야에서건 세계적으로 유명해지면 아버지가 반드시 너를 찾아올 거라고 설득했다는 것이다. 에릭슨 박사는 그 말을 가슴에 새기고 공부에 몰두해 당대 최고 심리학자의 명성을 얻었다고 한다. 물론 전해진 말 그대로이지는 않을 것이다. 그것을 계기로 자신의 삶을 성찰하고, 새로운 각오와 의지로 선택했기 때문이다. 또한 월가(Wall Street)의 큰 손 조지 소로스도 자신의 오늘을 만든 인물로 바로 어린 시절에 자신을 괴롭혔던 친형을 지목했다. 형이 얼마나 자신을 괴롭혔던지, 어린 소로스는 친형 같은 사람들이 사는 무서운 세상에서 밀리지 않으려면 목숨 걸고 노력해야겠다고 결심하고서는 정말 죽기 살기로 뛰었다는 것이다. 물론 지금은 형에게 감사한다고 한다. 에릭슨과 마찬가지의 성찰의 과정 속에서 얻은 결론일 것이다.

반면, 심리적 갈등과 장애, 문제상황 등으로 인한 상처를 그대로 안고 조직의 정상에 앉아 수많은 사람들에게 고통을 주는 예도 많다. 예컨대, 부모에 대한 상처가 깊은 연산군이 집권하면서 저지른 폭정이 좋은 사례다. 또 한 예로는 완벽주의자 아버지 밑에서 상처를 받으면서 큰 청년의 경우이다. 물론 그렇게 큰 덕분에 모든 일을 철저하게 하여 젊은 나이에 크게 성공한다. 그러나 문제는 자기가 거느린 직원들에게도 병적인 완벽주의를 요구하며 부담을 주게 되면서부터이다. 결국 이를 견디다 못한 직원들 중에는 정신과 상담을 받아야 했고, 그 중 하나는 권총자살까지 기도한다. 물론 모두 자신의 내면을 성찰하지 않은 결과이다.

유대인들은 안식일에 세 가지를 한다고 한다. 뒤를 보고, 위를 보고, 앞을 본다. 과거를 반성하고, 하느님께 기도하고, 미래를 준비한다는 뜻이다. 아무리 바쁘고 힘들어도 건강하고 행복한 삶을 원한다면 역시나 성찰을 통해 자신의 내면을 돌아보아야 한다.

성찰은 오래된 마음의 병, 근심, 부끄러움, 허물, 꺼림 등과
화해하고 용서하여 자신의 부정적·긍정적 측면 모두를
통합해 나감으로써 건강한 삶을 영위할 수 있게 한다.

이렇듯 성찰은 오래된 마음의 병, 근심, 부끄러움, 허물, 꺼림 등과 화

해하고 용서하여 자신의 부정적·긍정적 측면 모두를 통합해 나감으로써 건강한 삶을 영위할 수 있게 한다. 즉 자신의 내면에 대한 성찰의 과정을 통해 심리·정신적 갈등과 장애, 문제상황 등을 해소함으로써 인격적으로 성숙하게 되고, 자신의 삶을 건강하고 행복하게 영위해 나갈 수 있게 한다. 그러므로 '성찰하기'는 문학상담에서 필수불가결한 핵심과정이다. 물론 문학상담뿐만 아니라 일반적인 삶 속에서도 그렇다. 아무리 바쁘고 힘들어도 성찰의 시간을 갖는 것은 건강하고 행복한 삶을 위해 필수불가결한 핵심과정이기도 하다.

그런데 인간은 모두 자아가 있고, 이 자아는 다시 참자아, 중심자아, 주변자아 등으로 구분된다. 마찬가지로 인간은 누구나 자기 삶의 서사(narrative)를 갖고 있고, 자기 삶의 서사에는 자기 서사(epic)가 내재되어 있다. 이 자기 서사는 다시 참서사, 중심서사, 주변서사 등으로 구분된다. 물론 하나 이상의 자아가 연결되거나 통합되었을 가능성은 항상 열려 있기 때문에 하나 이상의 서사가 연결되고, 통합됐을 가능성도 항상 열려 있다.

문학상담에서의 '성찰하기'는 자기 삶의 서사에 대한 성찰이다.

따라서 문학상담에서의 '성찰하기'는 자기 삶의 서사에 대한 성찰이다. 더 나아가 자기 삶의 서사에 내재된 자기 서사(epic), 즉 참서사, 중심서사, 주변서사 등에 대한 성찰이다. 즉 자신의 삶의 서사를 구석구석 모두 성찰하는 과정이다. 필요하다면, 중요한 서사이든지 아니든지, 자질구레하고 사소한 서사이든지 모든 서사를 성찰하는 과정이다.

그런데 '성찰하기'를 위해서는 '대상화하기' 과정이 전제되어야만 한다. 대상화된 서사만이 성찰할 수 있기 때문이다. 즉 자신의 욕망, 심리적 갈등과 장애, 문제상황 등을 다양한 방식으로 표현할 때만이 가능하기 때문이다. 여기에는 내담자와 상담자의 말과 글, 몸짓, 표정, 태도, 감정 표현,

노래, 그림, 놀이, 상상 등 모든 창조적·예술적 활동과 종교적 활동을 포함한다. 언어적이든지 비언어적이든지 반언적이든지 음악이든지 미술이든지 극이든지 율동이든지 놀이든지 실물이든지 상상이든지 간에 내담자와 상담자에게서 창조된 모든 것을 포함한다. 왜냐하면, 이렇게 표현된 서사, 즉 거대한 서사든 미시 서사든 이들 서사에는 각자의 삶이 오롯이 담겨있기 때문이다. 각자의 삶의 욕망이 있고, 갈등과 장애, 문제상황 등이 있고, 그것들의 성공과 실패, 실망과 좌절 등이 담겨 있다. 긍정적인 면, 부정적인 면, 즐겁고 행복한 면, 괴롭고 불행한 면 등이 펼쳐져 있다. 모든 것이 담겨 있다. 그렇기 때문에 내담자와 상담자, 타인 등에 의해 대상화된 모든 표현들은 성찰의 대상이 된다.

하지만 사실 상처가 있는 사람들뿐만 아니라 보통사람들도 자신의 욕망, 심리적 갈등이나 장애, 문제상황 등을 솔직하게 드러내고, 표현하기는 쉽지 않다. 매우 큰 용기가 없이는 어렵고 힘들다. 잘 하지 못한다. 사소한 것조차 드러내기도 표현하기도 두렵고 꺼린다. 상황과 정도에 따라 불가능하기도 하다. 왜냐하면, 직면하기 두렵기 때문이다. 자신의 상처와 아픔, 외로움, 고통스러움과 맞닥뜨려 다시 그 상처와 아픔, 외로움, 고통스러움을 느끼고 싶지 않기 때문이다. 그렇기 때문에 자신의 욕망, 심리적 갈등이나 장애, 문제상황 등을 솔직하게 드러내고, 표현하기는 쉽지 않다. 더군다나 두렵기도 하고 어렵고 힘든 심리·정신적 상황에서는 자신의 삶을 드러내어 표현한다는 것 그 자체가 불가능에 가까운 도전일 수도 있다. 당사자 외에는 알 수도, 느낄 수도 없는 절대로 쉽지 않은 도전이다.

대체로 문학상담 초기에 내담자는 자아존중감이 저하되어 있다.

뿐만 아니라 대체로 문학상담 초기에 내담자는 자아존중감이 저하되어 있다. 대부분 자신의 심리·정신적 갈등과 장애, 문제상황 등의 극복에 대해 무기력하다. 무기력감에 젖어 있어 자신의 상황을 호소하거나 도움을 요청하거나 하는 의지도, 극복하고자 하는 의지도 박약하다. 그래서 단지 자신의 심리·정신적 갈등과 장애, 문제상황 등에 대한 의식을 억압할 뿐이다. 회피하고, 방어하고, 저항하기도 한다. 이는 내담자의 자아가 심리·정신적 갈등과 장애, 문제상황 등의 과정 속에서 자신감을 잃고, 위축되어 있기 때문이다. 즉 스스로의 내적힘만으로는 이러한 심리·정신적 갈등과 장애, 문제상황 등에 대해 제대로 말할 수 있는 능력조차 감퇴된 상태이기 때문이다. 그래서 이러한 내담자는 자신의 삶을 거부하며 반항하기도 한다. 무기력함에 젖어 생활을 포기하기도 하고, 심리·정신적으로 도피하여 퇴행 고착하기도 한다. 그렇기 때문에 이 과정이 문학상담의 상황과 장면 속에서 가장 먼저 부딪치는 어렵고 힘겨운 과정이다.

논리적이지 않더라도, 정리되어 있지 않더라도 자신의 생각과 마음,
감정을 솔직하게 드러내어 표현하는 것이 중요하다.

그런데 이러한 상황을 극복하기 위한 첫걸음은 '대상화하기'이다. 즉 솔직하게 자신의 생각과 마음, 감정을 털어놓는 과정이다. 논리적이지 않더라도, 정리되어 있지 않더라도 자신의 생각과 마음, 감정을 솔직하게 드러내어 표현하는 것이 중요하다. 왜냐하면, 내담자나 상담자가 서로를 의식하여 솔직하게 드러내어 표현하지 않으면, 더욱 어려운 상황에 맞닥뜨리게 되기 때문이다. 즉 의식을 억압하여 무의식에 침잠(沈潛)할수록 그 위험성이 증가하며, 회피하고 방어하고, 저항하면 할수록 자신의 심리·정신적 갈등과 장애, 문제상황 등의 극복은 더욱 어려워지기 마련이다. 그렇기 때문에 자신의 심리·정신적 갈등과 장애, 문제상황 등에 용기 있게 직면하여 자신의 삶을 있는 그대로 되돌아보고, 객관적으로 살펴 드러내어야만 한다. 하지만 사실 어렵고 힘겨운 과정이다. 그래서 문학상담에서는 내담자가 표현하는 것만으로도 매우 중요한 한 걸음을 뗐다고 여긴다.

이렇듯 '대상화하기' 과정은 '성찰하기' 과정을 실현하기 위한 전제이다.

왜냐하면, 대상화된 서사만이 성찰할 수 있기 때문이다. 즉 '대상화하기' 과정이 전제가 되지 않으면, '성찰하기' 과정이 성립될 수 없기 때문이다. 그러므로 방식이 어떤 것이든 형태가 어떤 것이든지 간에 자신을 드러내어 표현해야 한다. 즉 스스로의 자유의지와 선택으로 자신의 심리·정신적 상황을 극복하고, 건강하고 행복한 삶을 위해 남아있는 내적힘과 용기를 끌어올려 자기 삶의 서사를 표현해야 한다.

'통찰하기'는 이러한 대상화와 성찰하기 과정을 거쳐 이뤄진다.

'통찰하기'는 이러한 대상화와 성찰하기 과정을 거쳐 이뤄진다. 대상화와 성찰하기 등의 과정을 통한 성과이기도 하다. 즉 '통찰하기'는 내담자와 상담자의 욕망, 심리·정신적 갈등과 장애, 문제상황 등을 내포한 서사를 성찰함으로써 이전에 인식하지 못했던 깨달음을 얻는 과정이다. 대상화된 서사에 대한 성찰을 통해 서사의 앞뒤, 위아래의 맥락을 꿰뚫어 봄으로써 자신의 서사의 맥락을 통찰하게 된다. 즉 '아하!'의 과정이다. 서사의 앞뒤, 위아래의 맥락을 꿰뚫어봄으로써 삶을 새로운 관점에서 바라볼 수 있게 한다. 물론 이러한 깨달음의 수준은 천차만별이다. 대상화된 각각의 서사를 얼마나 깊이 있게 성찰했느냐가 관건이기 때문이다.

그런데 이러한 과정 속에서의 통찰, 즉 깨달음은 내담자와 상담자의 욕망, 심리·정신적 갈등과 장애, 문제상황 등을 일정 정도 해소시킬뿐만 아니라 또 다른 창조적·예술적, 종교적인 다양한 방식으로 형상화되어 나타난다. 그리고 이러한 창조적·예술적, 종교적 활동은 미세한 부분에서 일망정 자신의 삶을 이해하고 화해하며, 깨달음으로 나아간다. 결국 이러한 과정은 다시 내적힘과 용기를 북돋아 더 큰 질적 변화를 추동한다. 그리고 이는 다시 반복되어 더 큰 변화로 이뤄진다.

결국 이러한 통찰의 과정은 자신의 삶의 서사를 더 적나라하게 표현하여 대상화하고, 서사를 더 깊이 있게 성찰하게 한 후, 자신의 서사를 더 잘 이해하고 화해함으로써 자아통합에 이르는 과정을 뒷받침한다. 왜냐하면, 이러한 자아의 통합은 각 자아로부터 대상화된 참서사, 중심서사, 주변서사 등에 대한 성찰을 통해 이뤄지기 때문이다. 즉 스스로가 자신의 심리·정신적 갈등과 장애, 문제상황 등을 회피하지 않고 용기 있게 직면하여 성찰할 때, 이들 서사에 대한 통찰을 이룰 수 있다. 그리고 이러한 과정이 다시 자아통합으로 이뤄질 수 있다.

뿐만 아니라 더 나아가 타인들의 서사를 이해하고, 인정하고, 수용함으로써 화해에 이른다. 왜냐하면, 이러한 과정 속에서 자신의 삶의 긴 시간 동안 맺었던 사람, 사회, 자연, 우주 등 세계와의 관계를 긍정적인 관계로 새롭게 형성하게 되며, 그것들에 대한 인식의 전환이 이뤄지기 때문이다. 즉 이러한 서사의 성찰은 자아의 통합으로 이어지고 이러한 성찰과 통합 과정은 궁극적으로 삶의 목적, 존재의 의미 등의 깨달음에 이르게 된다는 것이다. 따라서 각자가 스스로의 심리·정신적 갈등과 장애, 문제상황 등을 회피하지 않고, 용기 있게 직면하여 성찰한다면, 위기가 바로 인격적으로 성숙한 삶을 위한 기회가 된다. 이 기회는 다시 창조적 원동력으로 작용하고 결국 자아통합으로 이어지고, 궁극적으로 삶과 존재의 목적과 의미, 소중한 가치 등에 대한 깨달음과 더불어 참자아에 이르게 한다. 물론 이러한 '대상화하기', '성찰하기', '통찰하기', '통합하기' 등의 과정은 서로 유기적으로 결합되어 있어 통합적으로 수행된다.

2. 문학상담의 수행 과정

문학상담의 수행 과정은 앞 절에서 밝힌 수행 단계를 바탕으로 한다. 이 절에서는 문학상담의 상황과 장면을 단계별로 구분하여 어떻게 수행되는지에 대해 설명한다. 먼저 문학상담의 상황과 장면을 도형으로 구조화하면 다음 그림과 같다. 이 수행 구조는 문학상담의 모든 상황과 장면에서 구현된다.

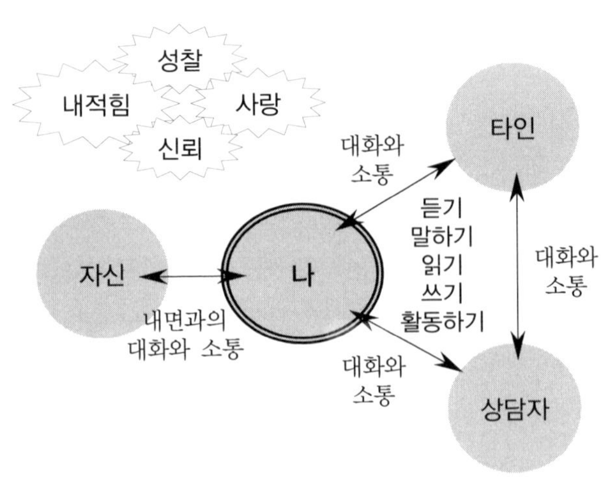

〈그림9〉 문학상담의 수행 구조

〈그림9〉는 내담자와 상담자, 타인과 문학작품 등이 문학상담의 과정에서 상호작용하는 과정을 나타낸 구조도이다. 즉 분열된 자아로 인해 갈등과 장애, 문제상황 등에 처해 있는 내담자가 상담자, 타인 등과 더불어 문학작품의 듣기, 말하기, 읽기, 쓰기, 활동하기 등 대화와 소통을 통해 문학상담을 이뤄내는 과정에 대한 형상화이다. 이 구조도 속에는 첫째, 나와 자신과의 관계, 둘째, 나와 상담자와의 관계, 셋째, 나와 타인과의 관계, 넷째, 상담자와 타인과의 관계 등이 얽혀 있다. 나와 자신과의 관계는 시공간을 초월하여 단독으로도 성립되기도 하지만, 나머지 관계는 시공간적 제한과 함께 상호보완적으로 성립되는 관계이다. 어느 관계가 주된 관계라고도 할 수 없고, 어느 관계가 선행되어야한다고도 할 수 없다. 즉 주종과 선후행의 관계가 따로 설정될 수 없다. 왜냐하면, 내담자와 상담자, 타인과 문학작품 등이 서로 영향을 주고받으면서 완성되는 구조이기 때문이다.

문학상담에서는 이들 모든 관계에서
솔직하고 진지한 대화와 소통이 이뤄지도록 노력한다.

문학상담에서는 이들 모든 관계에서 솔직하고 진지한 대화와 소통이 이뤄지도록 노력한다. 나와 자신과의 관계에서도 마찬가지이다. 있는 그대로 자신과 마주하여 솔직하고 진지한 대화와 소통을 이뤄야한다. 가장 중요한 관계이기도 하고, 정작 가장 영향력 있는 관계이기도 하기 때문이다. 뿐만 아니라 자신의 내면의 '나'와의 만남이 문학상담의 궁극적인 목표이기도 하기 때문이다. 하지만 매우 쉬운 과제인 듯하지만 사실 가장 어려운 과제이다. 평소에는 대부분 자신과의 대화를 잘 하지도 않았기 때문에 막상 쉬워보여도 잘 이뤄지지도, 익숙하지도 않기 때문이다. 그럼에도 불구하고 나와 자신과의 만남은 문학상담의 과정에서 반드시 이뤄야만 하는 과제이다.

물론 다른 관계도 마찬가지이다. 인간은 누구나 서로서로 유기적인 관계를 맺고 살아가는 사회적 존재이기 때문이다. 하지만 역시나 쉽지 않은 과제이다. 비록 다른 사회적 경우와는 달리 문학상담 상황과 장면에서의 관계 대상은 다소 염려스럽지 않는 선에서 구성되지만, 어떤 경우에도 처음에는 심리적·정신적 불안과 두려움이 없을 수 없기 때문이다.

그렇기 때문에 내담자, 상담자, 타인 등 모두에게 필요한 내적 요소들이 있다. 그것은 첫째, 어느 정도의 내적힘이 필요하다는 점이다. 비록 각 관계에 따라 그 수준과 정도가 다르지만, 각자의 삶의 서사, 즉 장애와 갈등, 문제상황 등의 서사에 직면할 수 있는 심리적 힘, 즉 내적힘이 있어야 한다. 이러한 내적힘이 받쳐줘야 불안과 두려움을 이겨내고, 용기와 도전정신으로 심리적·정신적 갈등과 장애, 문제상황 등을 극복할 수 있기 때문이다. 결국 이러한 내적힘은 문학상담을 실현시킬 수 있는 필수불가결한 원동력으로 작용한다. 둘째, 서로에 대한 사랑과 신뢰 등이 필요하다. 물론 여기에도 각 관계에 따라 그 수준과 정도가 다르다. 그리고 처음부터 높은 수준의 사랑과 신뢰는 가능하지 않다. 있는 그대로 서로를 인정할 수도, 수용할 수도 없고, 진정으로 공감할 수도, 격려할 수도 없다. 하지만 적어도 서로에 대한 존중과 배려, 예의, 비밀유지 등이 필요하다. 만약 그렇지 못할 경우, 솔직하고 진지한 대화와 소통은 이뤄질 수 없을 뿐만 아니라 문학상담 자체가 성립되지 않기 때문이다.

문학상담은 듣기, 말하기, 읽기, 쓰기, 활동하기 등
문학활동과 함께 한다.

또한 문학상담은 〈그림9〉와 같이 듣기, 말하기, 읽기, 쓰기, 활동하기 등 문학활동과 함께 한다. 듣기, 말하기, 읽기, 쓰기, 활동하기 등의 문학활동을 통하여 서로 대화와 소통하고, 공감과 사랑 등을 나누는 가운데 문학을 함께 이뤄나가는 과정이기 때문이다. 즉 내담자, 상담자, 타인 등이 문학활동을 통해 표현하고 대화와 소통, 공감과 사랑 등을 함으로써 대상화된 '지금 여기'의 자기 삶의 서사에 대한 성찰과 통찰을 이뤄내는 과정이다. 이 과정에서 이들 서사가 제공하는 실마리는 성찰과 통찰을 통해 각자의 심리적 장애와 갈등, 문제상황 등을 극복할 수 있게 작용하며, 깨달음의 원천이 된다. 결국 이를 통해 건강한 삶을 회복하고, 인격적 성숙과 자아통합을 이뤄나가며, 결국 참된 자아를 찾게 된다.

이렇듯 문학상담은 내담자와 상담자, 타인 등이 문학을 함께 이뤄나가는 과정이다. 즉 내담자와 상담자, 타인 등이 문학을 함께 이뤄나가는 동반자 관계이다. 그리고 건강한 삶을 실현하고, 인격적 성숙과 자아통합을 이뤄나가며, 결국 참된 자아를 찾는 과정은 인생의 전 과정에서 모든 인간이 함께 이뤄야할 과제이다.

한편, 문학상담은 〈그림10〉처럼 앞에서부터 순서대로 4단계의 과정으로 전개된다. 물론 4단계로 나누었지만, 점선으로 구분되어 있고, 하나의 원 속에 각 단계가 포함관계를 가지며 자리 잡고 있는 형상이다. 네 단계 모두 문학상담의 전 과정에서 서로 통합적이고, 유기적으로 관계를 맺고 있기 때문이다. 〈그림10〉에서도 알 수 있듯이 첫째 단계는 둘째 단계를 포함하고 있으며, 둘째 단계는 셋째 단계를, 셋째 단계는 넷째 단계를 포

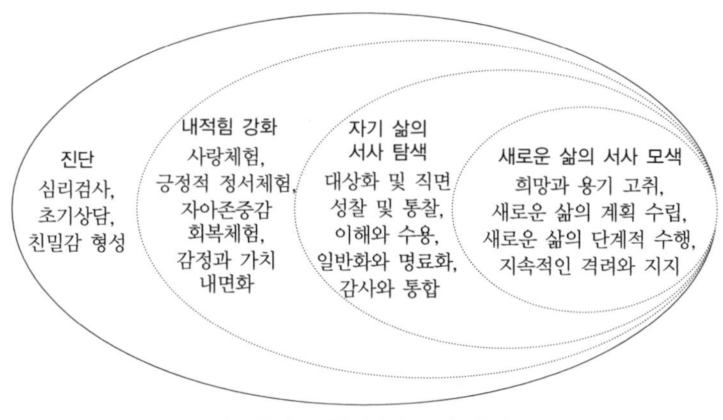

〈그림10〉 문학상담의 수행 단계

함하고 있다. 즉 첫째 단계는 모든 단계의 바탕을 이루고 있고, 둘째 단계는 셋째 단계, 넷째 단계의 바탕을 이루고 있으며, 셋째 단계는 넷째 단계의 바탕을 이루고 있다. 넷째 단계는 모든 단계를 바탕으로 성립되어 있는 형상이다.

물론 완전히 포함관계가 성립하지는 않는다. 각 단계가 명확하게 구분되지도 않는다. 매우 밀접한 관계를 갖고, 서로 보완 작용하고 있으며, 순간적으로 서로 넘나들 수도 있기 때문이다. 뿐만 아니라 Ⅰ, Ⅱ, Ⅲ, Ⅳ단계 모두 내담자와 상담자, 타인 등의 심리 상태에 따라 역동적으로 전개된다. 내담자와 상담자, 타인 등이 모두 문학을 함께 이뤄나가는 동반자이기 때문이다. 그렇기 때문에 네 단계 모두 서로 각각의 단계를 넘나들면서 심리·정신적으로 활동하는 관계이다. 하지만, 설명하기에 편리하기 때문에라도 어느 정도 구분할 필요가 있어 나눈다. 다만 단계가 절대적이지도 않을뿐더러 순차적이고 평면적으로 전개되지도 않는다는 점은 분명하다.

Ⅰ단계는 진단하고, 친밀감을 형성하는 단계이다.

먼저 Ⅰ단계는 〈진단〉 단계이다. 이 단계는 문학상담의 초기 과정이다.

첫째, 내담자의 기본적인 인적사항을 파악하는 과정이다. 내담자의 기본적인 인적사항은 내담자의 심리·정신적 갈등과 장애, 문제상황 등의 요인이 될 소지가 있는 요소들이 있으므로 1차적 점검의 대상이 된다. 둘째, 일차적인 신체검사와 심리검사를 통해 육체적, 심리·정신적 건강 상태를 점검하는 과정이다. 이를 통해 내담자의 심신의 건강을 진단하여 일차적인 문학상담의 자료로 활용하기 위함이다. 셋째, 초기상담 과정이다. 일차적인 신체검사와 심리검사를 통해 파악한 사실을 가지고 내담자의 심리·정신적 상태를 확인하고 조금 더 깊이 있게 파악하기 위한 과정이다. 검사 과정에서의 회피, 거부, 저항 등으로 인해 거짓이 있을 경우도 있고, 상태의 표현 정도를 완곡하게 하는 경우도 있고, 검사 자체가 잘 수행되지 않은 경우도 있기 때문이다. 그렇지만 너무 무리하지 않게 하는 것이 좋다. 본 문학상담에 들어가기도 전에 포기할 수도 있기 때문이다. 넷째, 내담자와 친밀감을 형성하는 과정이다. 상담자와 내담자가 친밀감을 잘 형성하는 것은 문학상담의 성패를 좌우하기 때문에 매우 중요하다. 서서히 조금씩 내담자에게 마음으로 다가가 친구가 되는 과정이다. 신뢰를 쌓아가고, 서로에 대한 존중과 배려, 예의 등을 통해 사랑을 나누는 과정이다.

II단계는 내적힘을 강화하는 단계이다.

Ⅱ단계는 Ⅰ단계를 바탕으로 이뤄진다. Ⅱ단계는 Ⅰ단계를 바탕으로 내적힘을 강화하는 과정이다. 달리 말해 자신에 대한 긍정성의 회복 과정이다. 그러므로 첫째, 사랑체험을 하는 과정이다. 심리·정신적으로 위축되어 있는 내담자에게 자신을 누군가가 진실로 사랑하고 있다는 것을 느끼게 해 주는 과정이다. 이러한 사랑체험은 내담자의 마음을 사랑스럽게 바뀌어 나갈 뿐만 아니라 다른 인간과 세계에 대해서도 사랑할 수 있게 한다. 둘째, 정서적 체험의 과정이다. 심리·정신적으로 꽁꽁 얼어 자신의 감정을 제대로 찾지 못하고, 표현하지 못한 내담자에게 자신의 정서를 되

찾아 주는 과정이다. 신뢰와 사랑을 바탕으로 한 내담자와 상담자, 타인 등과의 대화와 소통을 통해서나 다양한 문학 작품을 통한 활동과 체험을 통해서 자신의 감정을 활성화시켜 내는 과정이다. 셋째, 자아존중감 회복의 과정이다. 자아존중감은 자신의 가치에 대한 느낌이며, 자신에 대한 일반적인 평가이다. 자신의 모든 부분에 대한 전반적인 평가를 포함하는데, 문학상담 초기의 내담자는 자아존중감이 극도로 저하되어 있는 상태이다. 이러한 상태의 내담자는 자신의 생각이나 마음, 감정 등을 제대로 잘 표현해 내지 못하고, 위축된 상태로 자신을 방어하기 급급하기 때문에 새로운 관계를 잘 맺어나가지 못한다. 그러므로 상담 초기부터 상담자는 내담자의 자아존중감을 조금씩이라도 회복할 수 있도록 노력해야 한다. 넷째, 자신의 강점과 가치를 내면화하는 과정이다. 즉 자신의 강점을 찾거나 단점을 지혜롭게 강점화하는 등을 통해 자신의 잠재력을 찾아내어 자신의 가치를 높이는 과정이다. 뿐만 아니라 그 가치를 높이는 과정에서 이를 내면화하여 자신감을 회복하는 과정이다.

II단계 상황속의 내담자도 대부분 그 마음이 얼음과 같은 상태이다.

I 단계와 마찬가지로 Ⅱ단계 상황속의 내담자도 상처가 있거나 장애나 갈등, 문제상황 등을 겪고 있기 때문에 대부분 그 마음이 얼음과 같은 상태이다. 꽁꽁 얼어 차갑고, 딱딱하며, 충격에 의해 부서져버릴 수도 있는 상태이다. 그래서 온 마음을 콱 움켜쥐고 똘똘 뭉치고 말아 어떤 것도 받아들일 수 없을 정도로 위축되어 있다. 뿐만 아니라 그 마음은 살갗을 벗겨낸 맨살 같은 상태이다. 그래서 도저히 아무도 가까이 갈 수조차 없게 만든다. 아무리 부드러운 손길로 어루만진다고 해도 그 아픔에 소스라치게 놀라 도망치고, 숨기 때문이다. 그렇기 때문에 이러한 상태에서는 자신의 심리적 갈등과 장애, 문제상황, 그리고 그 속에서의 상처와 아픔, 외로움, 고통스러움 등과 직면한다는 것 자체가 매우 불안하고 두렵다.

그리고 Ⅱ단계의 내담자는 심리·정신적으로 극도로 위축되어 고통스러운 상태이다. 자아존중감은 극도로 저하되어 있을 뿐만 아니라 정체감도 혼란스러운 상태이다. 즉 자신의 심리·정신적 갈등과 장애, 문제상황 등과 직면할 수 없는 경우가 대부분이다. 뿐만 아니라 내담자는 심리·정신적으로 극도로 위축되어 타인뿐만 아니라 자신도 믿지 못하고 경계하는 경우가 대부분이다. 자신의 상처를 기억조차 하기 싫을 정도로 두렵기도 하다. 설마하고 애써 꺼냈던 자신의 어렵고 힘든 서사가 차갑고 날카롭게 돌아오는 상황을 감내하기가 고통스럽기 때문이다. 피해의식에 사로잡혀 극단적으로 상상하기도 하여 매우 공격적이 되기도 한다. 그렇기 때문에 자신의 생각과 마음, 감정 등을 마음껏 표현하는 경우는 드물다. 더욱 위축되고, 경계하게 된다. 하지만 내담자가 두려움을 이겨내고 용기를 내어 직면하여 맞부딪치지 않는다면, 그것을 극복할 수 없는 것은 당연하다.

라캉도 내담자가 기본적으로 알기를 거부하는 태도를 취한다고 한다. 즉 자신의 신경증의 메커니즘에 관해 아무것도 알고 싶어 하지 않으며, 왜 이런 증상이 나타났는지에 대해 알려고 하지 않는다고 한다. 이는 내담자가 다른 사람에 대한 불신에서 기인하기도 하지만 내담자의 실패와 좌절, 절망의 경험으로 인한 무기력감에서 기인하기도 한다. 그런데 이런 불신과 무기력감은 자신의 심리·정신적 갈등과 장애, 문제상황 등을 극복하려고 하기 보다는 의식을 억압하여 무의식 속에 침잠(沈潛)하게 하려 하기 때문에 위험하다. 억압하면 할수록 무의식의 위험성은 증가하고, 무의식적인 것이 심리·정신적 갈등과 장애, 문제상황 등을 더욱 어렵게 하기 때문이다. 그러므로 이런 위험과 어려움을 대비하기 위해서는 이후 수정하였지만, '가능한 한 상세하게 사건을 묘사하고 감정을 말로 표현한다면, 그 증상은 즉각적으로 그리고 영원히 사라질 것'이라고 한 프로이트의 말을 새겨볼 필요가 있다.

하지만 이러한 것들은 자신을 보호하기 위한 몸부림일 수도 있다. 살기 위해 발버둥치는 몸부림일 수도 있다. 좌절과 절망 속에서 자포자기하여 극단적인 행동을 결심하는 경우는 이런 몸부림도 실패했기 때문이다.

II단계에서는 이렇게 바닥난 내적힘을 북돋아 줘야 한다.

그러므로 Ⅱ단계에서는 이렇게 바닥난 내적힘을 북돋아 줘야 한다. 내담자의 내적힘만이 자신의 심리·정신적 갈등과 장애, 문제상황 등을 극복해 나가는 긴 여정을 헤쳐 나갈 수 있기 때문이다. 그렇기 때문에 Ⅱ단계에서 상담자는 밝은 햇빛이 아니라 따스한 햇볕이 되어야 한다. 광명을 찾아주는 것이 아니라 사랑이어야 한다. 이렇게 언 상태인 내담자를 녹이고 마음을 열기 위해서는 사랑의 마음이 우선 필요하다. 즉 내적힘을 북돋아 줄 수 있는 가장 좋은 방법은 사랑체험이다.

왜냐하면, 인간은 누구나 사랑받기를 원하기 때문이다. 관심, 보살핌, 배려, 존중 등은 사랑의 마음에서 발현된 것이다. 이런 사랑을 받기 싫어하는 인간은 없다. 오히려 인간은 이런 사랑을 받기 위해서 불철주야 노력하며 살아간다. 심지어 자신을 학대하면서까지 사랑받기를 원한다. 그렇기 때문에 사랑이 인간의 성격과 인격, 그리고 삶의 방향과 질에 미치는 영향이 큰 것이다. 즉 이토록 사랑받고 싶은 인간이 사랑받지 못했을 때, 상처받지 않을 수는 없는 것이다.

내담자의 경우도 대부분 그렇다고 할 수 있다. 내담자 스스로 생각하기에 절실하고 절박하게도 그리고 그토록 사랑 받고 싶었는데 아무도 진실로 사랑해 주지 않았기 때문이다. 뿐만 아니라 거절과 거부, 소외 등으로 인해 사랑해 주려고 해도 사랑할 수 없기 때문에 실망감과 좌절감으로 인해 이제는 더 이상 사랑하려고도 하지 않게 되기 때문이다. 그래서 버림받아 내팽개쳐졌다고 마음먹은 상태이다.

문학상담에서는 사랑체험이 더욱 절실히 필요한 과정이다.

그렇기 때문에 문학상담에서는 사랑체험이 더욱 절실히 필요한 과정이다. 사랑을 받은 만큼 내담자의 마음도 사랑스럽게 바뀌기 때문이다. 받은 만큼 쌓이고, 쌓여 가득차면, 흘러 갈 수 있기 때문이다. 그래서 그 마음이 생각과 행동을 바꾸어 나갈 수 있는 원동력이 되고, 오로지 자신만을 보호하기 위한 관심과 사랑에서 다른 사람이나 세계에 대한 관심과 사랑으로 바뀔 수 있는 원동력이 되기 때문이다. 보살핌도, 배려함도, 존중함도 나타나기 때문이다. 결국 자신뿐만 아니라 인간과 세계에 대한 사랑으로 점차 바뀔 수 있기 때문이다.

이렇듯 내담자에서 사랑체험은 자신의 심리·정신적 갈등과 장애, 문제상황 등을 극복하는데 있어서 매우 강력하고 핵심적인 경험이다. 이는 내담자의 내적힘만이 자신의 심리·정신적 갈등과 장애, 문제상황 등을 극복해 나가는 긴 여정을 헤쳐 나갈 수 있기 때문이다. 즉 오직 내담자의 자유의지와 선택으로 심리·정신적 갈등과 장애, 문제상황 등을 극복해 나갈 수 있기 때문이다.

그런데 내담자의 이러한 사랑체험은 내담자의 내적힘을 충분히 북돋을 수 있다. 과거이든지 현재이든지 물론 관계없다. 현재에 사랑을 느끼는 체험을 하는 것이 더 좋겠지만 그렇지 않다면 과거에 사랑체험을 찾아 떠올려 다시 마음속에서 체험하는 것도 좋은 사랑체험이다. 과거에 서로 사랑하면서 행복했고, 감사했던 시간과 기억들을 상기하여 마음속에서 재체험하는 것도 내담자의 내적힘을 충분히 북돋을 수 있기 때문이다.

이러한 사랑체험에는 동물에 의한 사랑체험, 인간에 의한 사랑체험과 신에 의한 사랑체험 등이 있다. 동물에 의한 사랑체험은 동물들과의 친밀감과 교감을 통해 서로 사랑을 나누는 과정이다. 각종 애완동물이나 가축들과의 관계에서도 어떤 경우에는 야생동물과의 관계에서도 이뤄질 수 있다. 인간에 의한 사랑체험은 자기사랑과 자기공감을 통해서 체험할 수 있다. 이 체험은 자신의 마음과 함께 머물러 한가지로 느낌으로써 그리고 자신을 있는 그대로 인정·수용하고, 이해·공감함으로써 체험할 수 있다.

뿐만 아니라 상담자의 공감적 이해를 통해서뿐만 아니라 부모, 친척, 친구, 지인, 호인 등의 관심과 배려, 보살핌, 존중을 통해서 이뤄질 수 있다. 그리고 신에 의한 사랑체험은 자신을 지극히 사랑하시는 신의 존재와의 만남을 통해 이뤄질 수 있다. 이전에는 알지 못한 사랑이 있음을 알아차리는 체험이다. 삶의 모든 것이 신의 은혜로운 선물임을 깨닫는 소중한 체험이기도 하다. 그러므로 이러한 사랑체험은 Ⅱ단계의 내담자에게 큰 위안을 주고, 자신의 심리·정신적 갈등과 장애, 문제상황 등을 극복해 나갈 수 있는 내적힘을 북돋는다. 즉 사랑체험을 통해 내적힘을 북돋은 내담자는 다시 용기와 희망을 내어 자신이 들춰내어 표현한 삶과 맞서게 된다.

II단계에서는 극도로 위축된 내담자의 생각과
마음, 감정 등을 활성화시킬 필요가 있다.

한편, Ⅱ단계에서는 먼저 극도로 위축된 내담자의 생각과 마음, 감정 등을 활성화시킬 필요가 있다. 숨기거나 억압하지 않고, 마음껏 기뻐하고, 좋아하고, 슬퍼하고, 분노하고, 괴로워하고, 외로워할 수 있도록 해야 한다. 더 나아가 거리낌 없이 드러내고 표현할 수 있도록 해야 한다. 내담자의 생각과 마음, 감정 등을 적극적으로 표현할 수 있도록 도와주어야 한다. 아무도 믿지 못하는 상황에서 수치스럽거나 죄스럽게 느껴지지 않도록 도와주어야 한다. 자신의 생각과 마음, 감정에 집중하여 다른 사람을 의식하지 말고 솔직하게 자신을 드러내어 표현하도록 격려해야 한다. 왜냐하면, 처음부터 솔직하게 드러내어 표현하기는 어렵다. 처음에는 "잘 기억이 안 난다.", "모르겠다."라고 하거나 자신의 이야기에서 벗어나 엉뚱하고 황당한 이야기를 하면서 회피하기도 하고 아예 거부하는 경우도 있다.

이때, 상담자는 적극적인 도움과 격려로 이러한 고통스러운 과정을 감내할 수 있도록 북돋아야 한다. 상담자는 자신을 개방하기도 하고, 개방된 질문이나 다른 이야기를 첨가함으로써 어떤 식으로든 내담자의 생각과 마음, 감정 등을 드러내고 표현할 수 있도록 적극적으로 시도하고, 노력해야 한다.

이러한 과정 속에서 내담자는 꼭꼭 감춰두어 왔던 자신의 생각과 마음, 감정을 조금씩 꺼내어 드러낼 수 있다. 그러면서 자신의 생각과 마음, 감정 등을 하나씩 찾아 확인하게 된다. 즉 내담자가 어렵게 표현한 자신의 생각과 마음, 감정 등은 바로 대상화되어 내담자 앞에 다시 나타난다. 이 과정에서 자신도 모르게 동일시를 통해 공감하게 되고, 대상화된 이러한 생각과 마음, 감정 등과 직면하여 성찰과 통찰을 이뤄낼 수 있는 계기를 마련하게 된다.

물론 이렇게 드러내고 표현된 것들이 언어적일 수도 있고, 비언어적일 수도 있다. 그리고 매우 엉뚱할 수도 있고, 서툴 수도 있다. 어떤 경우에는 애써 꺼낸 이야기 자체도 상대의 반응을 염려하면서 '진실함'의 수위를 조절하여 적절하게 포장해 말하기도 한다. 그래서 내담자의 표현들은 상징과 은유로 되어 있는 경우가 많다. 모호하고, 다의적이며, 다층적인 성격을 가지고 있는 표현들이다. 하지만, 모두가 내담자의 진솔한 삶을 반영하고 있다. 그러므로 상담자는 내담자의 생각과 마음, 감정 등을 드러내고 표현한 모든 것들 하나하나에 대해 애정을 갖고 접근해야 하고, 주의 깊은 이해와 분석이 필요하다.

> 극도로 위축된 내담자의 생각과 마음, 감정 등을 활성화시킬 수 있는 방법은 내담자의 심리·정신적 상태에 따라 다를 수 있다.

그런데 이렇게 극도로 위축된 내담자의 생각과 마음, 감정 등을 활성화시킬 수 있는 방법은 내담자의 심리·정신적 상태에 따라 다를 수 있다. 단지 내담자가 상담자와 타인 등과의 대화와 소통만을 통해서 자신의 생각과 마음, 감정 등을 거리낌 없이 드러내고 표현할 수 있을 수도 있고, 문학작품을 통한 문학활동을 통해서도 할 수 있다. 물론 이 두 가지 방식이 서로 균형과 조화를 이룬다면 더할 나위 없이 좋다. 서로 간의 생각과 마음, 감정 등을 사랑과 신뢰를 바탕으로 한 대화와 소통 속에서 나눌 뿐만 아니라 문학작품을 통해 인간 삶의 '희노애락'을 다양하게 경험하고, 감정을 환기할 수 있다면, 더 나은 결과도 기대할 수 있기 때문이다.

Ⅲ단계는 자기 삶의 서사를 탐색하는 단계이다.

Ⅲ단계는 자기 삶의 서사를 탐색하는 단계이다. 내담자 자신에 대한 긍정성의 회복, 즉 내적힘 강화를 바탕으로 자기 삶의 서사에 대한 탐색 과정이다. Ⅰ단계, Ⅱ단계를 바탕으로 이뤄지는 단계이고 유기적으로 결합되어 있다. 분리될 수도 없을뿐더러 다시 반복되기도 한다. 그러므로 Ⅲ단계는 Ⅰ단계, Ⅱ단계의 요소들과 더불어 총체적이고 통합적으로 논의할 필요가 있다.

Ⅱ단계에서 내담자는 어렵게 표현한 자신의 생각과 마음, 감정 등들과 만난다. 그리고 용기를 내어 표현하고, 대상화된 자신의 삶에 직면한다. 하지만 Ⅱ단계에서 표현된 자신의 생각과 마음, 감정 등들은 상대의 반응을 염려하면서 '진실함'의 수위를 조절하여 적절하게 포장된 것이다. 모호하고 다의적이며, 다층적인 성격을 가지고 있는 상징과 은유로 되어 있는 경우가 대부분이다. 물론 모두가 내담자의 진솔한 삶을 반영하고 있다. 하지만 내담자의 마음은 아직도 두렵다. 그리고 싫다. 그리고 애써 태연한 척, 아무렇지도 않은 척하지만 고통스럽다. 그렇기 때문에 Ⅲ단계에서는 조금 더 용기를 가지고 과감하게 자기 삶의 서사를 대상화하고 직면하여 성찰하는 과정을 갖는다.

Ⅲ단계에서는 조금 더 용기를 가지고 과감하게
자기 삶의 서사를 대상화하고 직면하여 성찰하는 과정을 갖는다.

그러므로 Ⅲ단계에서는 첫째, 대상화 및 직면의 과정이다. 즉 자신의 내면의 상처들과 만나는 과정이다. 이 과정에서는 이전의 단계에서 쉽사리 드러낼 수 없었던 서사를 드러내어 마주하도록 한다. 불안하고 두려웠던 서사, 슬프고 외롭고 고통스러웠던 서사, 부끄럽고 창피했던 서사 등을 용기 있고 과감하게 드러내어 직면하도록 한다. 둘째, 성찰 및 통찰의 과정이다. 자신의 여러 서사들을 꼼꼼히, 곰곰이 들여다보며, 내면의 상처들과 대화하는 과정이다. 대상화된 자신의 심리·정신적 갈등과 장애, 문제상황 등으로 인한 상처들과 만난 성찰하는 과정이다. 이 속에서 작을지라도 자신의 삶의 서사를 이해하고, 수용하도록 한다. 그럼으로써 자신의 삶의 서사에서 드러난 심리·정신적 갈등과 장애, 문제상황 등의 본질을 더욱 명료화하도록 한다. 더 나아가 명료화된 심리·정신적 갈등과 장애, 문제상황 등을 다시 성찰하여 통찰에 이르도록 한다. 이는 내담자의 심리·정신적 갈등과 장애, 문제상황 등으로 인한 상처가 자신만의 것이 아니라는 인식에 도달하게 한다. 즉 다른 사람들도 똑같이 인간이기에 성장과 발달의 과정 속에서 가질 수 있음을 이해할 수 있게 한다. 그리하여 결국 자신의 삶의 서사들을 용서하고 화해할 수 있도록 한다. 이러한 과정은 또 다시 자신의 상처를 더욱 깊이 있게 직면하여 성찰할 수 있는 용기와 힘을 북돋는다.

셋째, 통합과정이다. 즉 자신의 긍정적·부정적 삶 모두가 자신의 성장과 발달을 위한 은혜로운 선물임을 아는 과정이다. 이 과정에서는 자신의 심리·정신적 갈등과 장애, 문제상황 등을 더욱 깊이 있게 성찰하여 이해하고, 긍정적·부정적 삶 모두를 자신의 삶으로 받아들이도록 한다. 더 나아가 자신의 삶의 긍정적·부정적 삶 속에서 드러난 모든 것들이 자신의 성장과 발달을 위한 은혜로운 선물임을 이해하고, 부정적인 그 모든 것들을 용서하고, 그것들과 화해하도록 한다. 결국 이러한 과정 속에서 내담자는 모든 것에 감사한다. 자신의 삶의 긍정적·부정적 삶 속에서 드러난 모든 것들이 자신의 성장과 발달을 위한 은혜로운 선물임을 이해하고, 자신의 삶을 둘러싼 모든 것들에 감사하게 된다.

특히나 이 Ⅲ단계에서 내담자에게 필요한 의식의 과정이 일반화이다. 일반화는 꽃이 필 때나 꽃이 질 때나, 열매를 맺을 때나 그 모든 과정에는 아픔이 있다는 것을 이해하고 인정하는 의식과정이다. 이 과정을 통해 누구나 슬프고 외롭고, 고통스러운 삶의 과정을 견뎌내면서 싹을 틔어내고, 꽃을 피워내고, 열매를 맺어낸다는 것을 깨닫도록 한다. 슬프고 외롭고, 고통스럽지 않은 사람이 없고, 상처가 없는 사람도 없다는 것을 알아차리도록 한다. 그리고 인간의 삶은 덜 아픈 사람이 더 아픈 사람을 서로 안아주고 보듬어 주며 살아가는 것임을 알도록 한다.

누구나 외로운 인생길에 있다. 누구도 이해 해주지 못하고, 누구도 나의 슬픔을 나눌 수 없는 상황이 자주 일어나곤 한다. 하지만 그것은 바로 나의 기회, 너의 기회, 우리의 기회인 것이다. 슬프다고, 이해해주지 않는다고 여기서 포기할 것인가? 아니면 다시 "한 번 더"를 외치며 앞으로 나아갈 것인가? 그것은 오직 나와 너와 우리의 선택인 것이다. 오직 나의 선택이기에 용기와 힘을 내어 다시 일어설 수 있다. 그러므로 이러한 과정의 일반화는 다시 한 번 더 용기와 힘을 내어 자신의 심리·정신적 갈등과 장애, 문제상황 등을 극복해 나가야 함을 다짐하고 격려하는 과정이다.

이렇게 대상화된 자신의 삶에 직면하여 주저하고 두려웠던 내담자가 일반화의 과정을 거치면서 용기와 힘을 내어 각오와 의지를 다짐한 후에는 자신의 삶에 대한 더 깊이 있는 성찰의 과정을 거친다. 내담자와 상담자, 타인 등과 듣기, 말하기, 읽기, 쓰기, 활동하기 등의 문학활동을 통해 자신의 더 적극적이고 능동적으로 대상화하여 깊이 있게 재탐색하여 이해해보는 과정이다. 예를 들어 설명하면, 다음과 같다.

소중한 TV

박00

사람　　나에게는 소중한 것들이 매우 많이 있지만, 오늘은 너 TV를 선택했어.

	왜냐하면 너(TV) 안에는 나와 비슷한 인물과 비슷한 마음을 가지고 있는 사람이 있기 때문이야. 난 네가 나에게는 소중해.
TV	그렇게 생각한다면 정말 고마워 그런데 ①나를 장시간을 보게 되면 건강에 해롭기 때문에 너무 많이는 보지마^^
사람	응. 알았어. 내 몸 건강까지 생각해 줘서 정말 고마워
TV	뭘^^ 근데 있지 ②너는 주로 뭘 즐겨보니?
사람	③나는 드라마 같은 것을 매우 좋아해 꼭 내가 말하고 대화하는 것 같거든. 그리고 사극 같은 것도 좋아해 내가 전혀 알지 못했던 역사들이 내 눈에 속속히 다보이고 더 많이 알게 돼서 ④그리고 뉴스도 가끔씩 보기도해. 옛날에는 뉴스가 재미없었는데 요즘은 세상을 좀더 알아가는 것 같아서 말이야.
TV	그렇구나. 너 나를 통해 알아가는 것이 많은 걸^^ 근데 요즘 뉴스는 사건 같은 게 많이 일어나잖아. 가끔은 폭력도 일어나고, 감옥에서 탈옥도 하고, 그래서 하는 말인데, ⑤너는 그런 짓을 하지 않았으면 좋겠어. 왜냐하면, 그런 것은 나쁜거니깐^^
사람	⑥응^^ 나는 절대 그런 짓 안해. 왜냐하면, 나는 착하니까^^
TV, 사람	하하하하…

느낌. ⑦나를 다시 돌아본다는 느낌이 든다. 왜냐하면, 옛날에 보지 않았던 뉴스를 지금 현재는 보고 있다는 것이 그리고 ⑧나를 변화하게 만든다는 것이 느껴진다. 위의 것과 같이 뉴스를 보고 저것은 하면 안 되고, 해서는 안 된다는 것. ⑨자기 판단 어릴 때는 안될 것 같았는데, 이제는 할 수 있다.

위의 글은 사실상 자신과의 대화이다. 이는 TV를 통해 자신의 삶의 편린(片鱗)을 대상화하여 들여다보고 성찰하는 과정이다. 비록 자신의 삶의 서사를 투명하고 세세하게 드러내고 있진 않지만, 여기서 박00은 '사람'과 'TV'의 대화를 통해 상징적이고 은유적으로 자신의 삶을 표현하고 있다. 그러면서 자신의 삶을 대상화하여 성찰하고 있다.

먼저 박00가 자신의 생각과 마음, 감정을 표현할 수 있는 상태임을 알 수 있다. '소중한 것'이 있어 '선택'을 할 수도 있고, 고마운 마음과 좋아하는 마음이 있어 '고마워', '좋아해'라고 표현할 수 있기 때문이다. 그리고 '나와 비슷한 인물과 비슷한 마음을 가지고 있는 사람'이 있기 때문에 대화의 대상으로 TV를 선택했다는 이유를 통해서 박00이 TV 속의 인물들 중에 동일시하고, 공감하는 사람이 있다는 것을 알 수 있다. 뿐만 아니라 ①과 같이 자신의 삶에서 염려하고 있는 점을 언급하면서 건강한 삶을 실현해 나가고자 하는 의지도 드러내고 있다.

그런 후, ②와 같이 자신에게 물음을 던진다. 자신의 삶을 되돌아보게 하는 물음이다. 그러고 나서 ③, ④와 같이 응답한다. 박00은 드라마를 매우 좋아한다고 하면서 그 이유를 '꼭 내가 말하고 대화하는 것'같기 때문이라고 한다. 이는 드라마를 보면서 자신의 삶을 대상화하고 있음을 의미한다. 즉 등장인물에게 공감하고 동일시하면서 자신의 삶을 대상화하여 성찰하는 과정이다. 또한 ④를 통해 알 수 있듯이 자신의 TV 시청 프로그램에 대한 기호의 변화에 대해 말한다. "전혀 알지 못했던 역사들이 내 눈에 속속히 다보이고", "옛날에는 뉴스가 재미없었는데, 세상을 좀더 알아가는 것 같아서"라고 하며, 자신의 생각과 마음의 변화에 대해 언급하고 있다. 이는 박00이 자신의 내적문제나 불만족스러운 욕구에 대한 관심에서 조금씩 벗어나 타인과 세상에 대한 관심으로 나가고 있음을 나타내고 있다.

그런데 여기서 그치지 않고, 박00이는 ⑤에서처럼 자신에게 삶의 지향에 대한 확인과 다짐을 요청한다. TV가 "너 나를 통해 알아가는 것이 많은걸^^"라고 말하듯이, 박00이는 TV를 통해 자신의 삶을 성찰하기도 하고, 타인과 세계를 경험하고 성찰하고 있다. 그 속에서 자신의 삶뿐만 아니라 타인과 세계에 대해 이해하고 있다. 그 결과 TV는 '폭력', '감옥', '탈옥' 등에 대해 부정적인 인식을 피력한다. 그리고 ⑤에서처럼 '그런 짓'을 하지 않았으면 좋겠다는 바람을 말한다. 여기에서 '그런 짓'이라고 하는 것은 아마도 박00이의 삶 속에서 전개 되었을 여러 경험들도 포함했으리라 본다. 자신의 삶을 이 시간을 통해 성찰하면서 자신의 삶의 지향을 확인하고 다짐하고 있다. 또한 ⑥에서는 "나는 절대 그런 짓 안해 왜냐하면 나는 착하니까"라고 하면서 자신의 삶의 지향에 대해 재확인한다.

그리고 '느낌' 이하의 글은 글을 쓰고 나서 자신의 글을 보면서 드는 느낌을 적은 것이다. 박00은 ⑦에서 언급한 것처럼 자신을 돌아보면서 성찰하는 시간을 가졌다. 사람과 TV를 통해 자신의 생각과 마음, 감정을 드러내고, 사람과 TV와의 대화를 통해 자신의 삶을 대상화하여 공감하고, 성찰한 결과이다. 그리하여 ⑧과 같이 자신의 변화했다는 것을 알게 되었고, ⑨에서처럼 어렸을 때는 안 되었던 '자기 판단'도 '이제는 할 수 있'게 된 것을 확인하고 다짐하게 된다. 뿐만 아니라 이 과정은 자신의 삶의 방황이나 심리·정신적 갈등과 장애, 문제상황 등에 대한 인식을 조금 더 명료하게 한다. 이러한 명료화는 자신의 삶을 더욱 진지하고, 깊고 넓게 바라보고 이해할 수 있는 바탕을 마련하게 한다.

이처럼 박00은 자신의 삶을 표현함으로써 대상화하고, 성찰함으로써 자신의 삶의 바람과 지향을 확인하고 다짐하기에 다다른다. 물론 이러한 확인과 다짐은 자신의 심리·정신적 갈등과 장애, 문제상황 등을 일정 정도 해소했을 뿐만 아니라 자신의 삶의 서사에 대한 이해와 수용, 용서와 화해 등이 동반하는 경우에 발생한다. 특히나 이러한 확인과 다짐은 자신의 심리·정신적 갈등과 장애, 문제상황 등의 명료화를 통해, 삶에 대한 더 깊고 넓은 이해의 지평을 열어 나갈 수 있게 하는 힘이 된다. 그러므로 명료화는 내담자를 더욱 깊이 있는 자아성찰의 과정으로 이끌 것이고, 내담자의 삶에 대한 더 깊고 넓은 이해와 수용으로 이어질 것이며, 자신의 삶에 대한 용서와 화해를 촉진할 것이다.

Ⅲ단계에서 용서와 화해, 그리고 감사의 과정은 매우 중요하다.

한편 Ⅲ단계에서 용서와 화해, 그리고 감사의 과정은 매우 중요하다. 삶에 대한 용서와 화해는 삶에 대한 이해와 수용을 바탕으로 이뤄지는데, 이는 바로 감사로 이어진다. 예를 들어 설명하면 다음과 같다.

나에게

00아, ①내 인생이 정말 구리다. 잘 되는 일은 없고 매일 사고만 일어나고 매일 눈치 보고 사는 이 덧없는 인간 정말 불쌍하고 바보 같다. ②너도 그렇게 생각하지. 그래 얼마 전에도 내가 짬이 날 때마다 귀여운 사자를 조각해 만들었는데 어느 누군가 내 조각을 보고 "유치원 장난하고 있다."라는 소리에 큰 충격을 받았던 적이 있었지. ③정말 내 조각이 유치원 장난이었냐? ④그 후는 네가 정말 고맙다. ⑤주위의 많은 사람들이 도와주지만, 특히 힘든 일이 겹쳐와도 끝까지 같이 가는 너의 힘에, 너의 인내력 덕에 나는 꿋꿋하게 살아가고 있다. 앞으로도 잘 부탁한다.

⑥친애하는 00에게 올림

위 글에서 최00은 ①처럼 자신의 삶이 '정말 구리'고, '잘 되는 일은 없고 매일 사고만 일어나'는 삶이라고 말한다. 뿐만 아니라 '매일 눈치 보고 사는' 덧없는 인간으로 자신을 부정적으로 표현하고 있다. 물론 자신의 삶과 자신에 대해 부정적인 감정을 지나칠 정도로 적나라하고 격하게 드러내 놓고 있다. 하지만 이러한 적나라하고 격한 감정의 분출이 부정적인 것만은 아니다. 자신의 생각과 마음, 감정을 분명히 표현하여 분출함으로써 이런 것들의 부정적으로 과잉되고 충동적인 측면을 누그러뜨리고 정화할 수 있기 때문이다. 그러나 자신에 대한 이러한 부정적인 인식은 자아존중감을 저하시키고, 삶의 의욕을 상실하게 함으로써 실패와 좌절과 절망으로 밀어 넣기 때문에 매우 심각하게 다뤄져야 한다.

그런데 최00은 이러한 자신의 생각과 마음, 감정을 확인이라도 하듯이 ②처럼 자신에게 묻는다. 그럼으로써 자신의 비참한 감정을 더욱 드러내어 강조하면서 자신의 감정을 폭발 직전까지 극단적으로 몰아간다. 그러고 나서 자신의 최근의 충격적인 경험을 들춰내어 고백하듯이 말한다. 자신의 자존심을 훼손하여 큰 충격에 휩싸여 이렇게 자신을 '불쌍한 바보'로 만든 것에 대해 토로한다. 이것은 한편으로 자기공감적인 고백이기도 하다. 왜냐하면 자기공감은 자신의 마음과 함께 머물러 함께 느끼는 것이기 때문이다. 즉 최00은 이 지점에서 '불쌍한' 자신의 슬픔에 함께 머물러 함께 슬퍼한다. 물론 이러한 자기공감은 자신의 삶에 대한 이해의 시작이며 위로의 과정이다. 이것은 이후 자신의 삶과 자신에 대한 용서와 화해, 자기사랑으로 이어진다.

그런데 ③에서 '성군'은 돌연 반문한다. 스스로에 대한 자각이다. 자기부정의 부정이다. "정말 내 조각이 유치원 장난이었냐?"라는 물음 속에는 자신의 심리·정신적 갈등과 문제적 상황의 극복에 대한 강한 저항의 의지가 있다. ③의 앞에서 이제껏 폄하하고, 비난하고, 절망했던 자신과 자신의 삶의 모습을 극적으로 부정하고, 스스로의 성찰과 강한 의지로 자신과 자신의 삶을 이해하고 수용한다. 그리고 이 시점에서 '불쌍하고 바보' 같았던 자신과 자신의 삶을 용서하고 화해한다. 그렇기 때문에 ④에서와 같이 결국 자신에게 고마운 것이다.

그러고 나서 ⑤에서처럼 주위 사람의 도움보다 자신의 내적힘과 '인내력' 등을 들며, 자신을 인정하고, 격려한다. 앞으로도 더욱 잘 살아갈 것을 부탁까지 한다. 물론 이는 자신과 자신의 삶에 대한 다짐이고 의지의 천명이기도 하다. 이러한 고마움의 표시, 인정과 격려, 그리고 부탁은 자신과 자신의 삶을 용서하고 화해한 후, 자신과 자신의 삶의 모든 것에 감사한 결과이다. 즉 부정적인 삶에서 오히려 긍정적인 자신과 자신의 삶을 발견하고, 이 모든 것에 감사하고, 통합해 나가는 과정이다. 결국 최00는 ⑥에서 처럼 '친애하는 성군'으로 자신이 다시 새롭게 자리매김한다.

용서와 화해 그리고 감사에 이르기 위해서는 자신과 자신의 삶 속에
대한 공감과 성찰 그리고 이해와 수용의 과정이 필요하다.

이처럼 용서와 화해 그리고 감사에 이르기 위해서는 자신과 자신의 삶

속에 대한 공감과 성찰 그리고 이해와 수용의 과정이 필요하다. 그런데 이 과정에서는 특히나 자기공감이 가장 중요하다. 왜냐하면 자기공감은 바로 자신과 자신의 삶에 대한 연민이고 사랑이기 때문이다. 상대공감의 힘, 즉 상대와 상대의 삶에 대한 연민과 사랑으로 작용하기 때문이다. 이러한 연민과 사랑은 결국 서로를 이해할 수 있게 하고, 서로를 수용하며, 용서하고 화해에 이르는 힘이 되기 때문이다.

그런데 여기서 굳이 용서와 화해를 함께 모아 말하는 것은 이것들이 '바늘과 실'과 같은 관계이기 때문이다. 바늘과 실이 비록 서로 다르지만 함께 결합하여 생산적인 자기 역할을 온전히 실현하듯, 용서와 화해도 함께 어우러져 창조적인 사랑과 건강하고 행복한 삶을 실현하기 때문이다. 용서는 상대에게 대한 사랑이다. 상대의 인격과 삶을 존중하여, 상대와 상대의 삶을 '있는 그대로' 받아들이는 것이 용서의 과정이다. 하지만 일방향적인 것이 아니다. 왜냐하면, 일방적인 용서로는 화해할 수 없기 때문이다. 자신의 삶을 성찰함으로써 인격적으로 성숙하고 깨달은 사람은 용서할 수도 있고, 용서받을 수도 있다. 하지만 그렇지 않은 사람은 용서하는 것도 용서받는 것도 어려울 수 있다. 그러므로 상대의 인격을 존중하여 상대와 상대의 삶을 '있는 그대로' 받아들이는 것이 용서라면, 이것마저도 용서할 수 있어야 한다. 그렇게 하기 위해서는 먼저 자신과 자신의 삶을 용서하고, 과거·현재·미래의 자신뿐만 아니라 자신의 삶과 화해해야 한다. 즉 용서는 자신과 자신의 삶 속의 모든 것들을 '있는 그대로' 받아들이고, 화해함으로써 완성되기 때문이다.

이와 같이 용서와 화해는 바늘과 실과 같이 하나로 작용한다. 그러므로 용서와 화해는 자신과 자신의 삶에서 긍정적인 것이든지 부정적인 것이든, 그 모든 것을 '있는 그대로' 수용하며, 자신의 삶을 풍요롭게 하고 삶의 소중한 경험과 지혜로 받아들이게 된다. 그렇게 함으로써 그 밖의 자신과 타인 그리고 자신을 둘러싼 세계의 모든 것들에 대해 용서를 허락하고, 화해를 간절히 요청하게 된다. 왜냐하면, 자신을 사랑할 수 있을 때, 다른 것들을 사랑할 수 있기 때문이다. 이는 자신을 진정으로 이해하고 존중할 때, 다른 것들을 이해하고 존중할 줄 알게 되며, 자신을 용서하고 화해할 수 있을 때, 다른 것들을 용서하고 화해할 수 있는 힘을 갖게 되는 것과 같은 이치이다.

서로서로 사랑하면, 삶이 행복하다.
삶이 행복하면, 이전의 자신과 자신의 삶에서 긍정적인 것이든지
부정적인 것이든지 모든 것이 감사하기 마련이다.

이렇게 서로서로 사랑하면, 삶이 행복하다. 삶이 행복하면, 이전의 자신과 자신의 삶에서 긍정적인 것이든지 부정적인 것이든지 모든 것이 감사하기 마련이다. 자신의 삶을 풍요롭게 하고 삶의 소중한 경험과 지혜를 얻을 수 있게 하는 은혜로운 선물들이기 때문이다. 결국 이러한 깨달음에 도달한 내담자는 자신의 삶을 더욱 긍정적이고 풍요로운 삶으로 가치 있게 여기며 살아간다.

그러므로 이러한 감사는 내담자의 삶 속의 모든 것들이 자신의 삶의 일부분으로 소중하며, 모든 것들에 감사하는 마음을 갖게 한다. 뿐만 아니라 심리·정신적으로 안정감과 평화를 얻게 하며, 분열된 자아의 통합을 위한 디딤돌을 놓게 한다. 그리하여 궁극적으로 참자아 발견과 자아실현의 과정으로 이어진다. 왜냐하면, 자신과 다른 것들에 대한 사랑은 서로 다른 둘을 향한 것이 아니며, 동시에 하나인 참자아에게 향한 사랑을 발견하고 실현하는 과정이기 때문이다. 그리고 이것이 자신의 가장 근원적이고 중심에 있는 참자아가 자신과 다른 것들에게서 서로 다른 둘이 아니고, 하나임을 깨닫는 과정과 같기 때문이다. 예를 들어 설명하면 다음과 같다.

00 중학교 0학년 0반 송00
안녕하세요? 저는 00중학교에 다니는 송00이라고 합니다. 얼마 전 선생님의

권유로 이번 이벤트를 알게 되었어요. ^^ 평소 글쓰기를 좋아하거든요. 그래서 우편 참여를 하려고 하다가 문득 누군가에게 편지를 쓰고 싶다는 생각이 들었습니다. 그래서 이렇게 누가 읽게 될지도 모르는 편지를 쓰게 됩니다. 평소 쾌활한 성격이지만 이렇게 누군가에게 진심을 전하는 글을 쓰게 되면 저도 모르게 가슴이 두근거립니다. 따뜻한 마음을 전한다는 것은 정말 언제나 설레는 가 봅니다. 얼마 전에 저와 제일 친한 친구가 지원한 고등학교에 진학하지 못하게 되었습니다. 그래서 ①위로해 주고 싶어 방법을 찾던 중 이번 '너처럼 나를' 에 글을 게시하게 되었습니다. 이렇게 마음을 전할 수 있다는 것이 얼마나 행복하던지요. 그래서 이번 이벤트를 만들어주신 분들께도 ②감사드리고 싶었습니다. 요즘은 서로가 서로를 너무 모르고 차가워지는 세상이라고 하잖아요. 그렇지만 이런 기회들이 있기에 우리가 조금이라도 더 사랑을 전할 수 있는 것이 아닐까 생각합니다. ③그리고 나를 이 세상에 보내주신 누군가에게도 고마움을 전하고 싶어요. 제게 이런 행복과 제 주위의 너무나도 착하고 마음 따뜻한 사람들을 많이 알고 지내게 하셨어요.^^ 어쩌면 이 편지를 받으시고 귀찮아하실지도 모르겠습니다. 그래도 제가 용기 내어 보내는 이유는 지금 이 글을 읽고 계시는 누군가에게 잠깐의 미소라도 드리고 싶었습니다. ④누구나 고맙다는 말을 들으면 미소 짓기 마련이잖아요 '너처럼 나를'이란 문구가 참 마음에 듭니다. ⑤내가 너가 되고 너가 내가 된다는 것이 참 기쁜 일이잖아요. 사실 오늘 학교에서 ⑥친구와 약간 다퉜습니다. 그래서 마음이 무거웠는데 열심히 글들을 쓰다 본 그동안 내가 너무 차갑게 살았구나 싶었습니다. 이 글을 읽고 계신, 그리고 이 이벤트를 위해 노력해 주신 ⑦모든 분들께 정말 감사합니다. ⑧제게 오늘은 제 자신을 돌아보고 사랑을 진정으로 알게 되는 기쁜 날이었습니다. 아마도 보물을 찾은 것 같습니다.^^ 여러분! 활짝 웃으세요. ⑨그 웃음으로 또 누군가가 웃고 기뻐합니다. 이 감사함으로 저도 항상 웃으며 살겠습니다.

2007.11.6

- 모든 분들께 감사드리며 한 여중생이 드립니다. -

윗글의 ⑥에서처럼 송00 학생은 친구와 다투고 마음이 무거웠다. 그리고 글을 열심히 쓰면서 그동안 자신이 너무 '차갑게' 살았음을 알게 되었다. 글을 쓰면서 자신의 갈등에 대해 성찰하였고, 이러한 성찰의 과정에서 자신의 삶의 자세와 태도를 반성한다. 그리고 나서 ⑦에서는 이 이벤트를 위해 노력해 주신 모든 분들께 정말 감사한다고 말한다. 그런데 ②에서도 같은 말을 한다. 하지만 그 이유는 다르다.

②에서는 얼마 전 지원한 고등학교에 진학하지 못하게 된 친구를 ①에서처럼 위로해 주고 싶어서였는데, 글을 게재할 수 있는 방법을 찾았기 때문이다. 그래서 ②에서처럼 자신의 마음을 전할 수 있게 되었고, 이것이 행복하였기 때문에 감사한 것이다. 이처럼 처음에는 친구를 위로해 주고 싶어 찾았고, 자신의 마음을 전할 수 있게 되어 행복하였기 때문에 감사한 반면, ⑦에서는 글을 쓰면서 자신의 삶의 자세와 태도를 반성한 후 이러한 과정에서 자신의 삶에 대한 깨달음을 얻었기 때문에 감사한다. ⑧과 같이 자신을 돌아보고, 자신에 대한 사랑과 다른 이들에 대한 사랑을 진정으로 알게 되어 기쁘고 감사한다. 즉 자신의 삶을 성찰하고, 이해하고 수용하면서 그리고 용서하고 화해하면서 감사한다. 그리고 ⑨에서처럼 앞으로 더 나은 삶에 대한 깨달음과 의지를 다지면서 감사한다.

그런데 ②에서의 감사는 ③의 '나를 이 세상에 보내주신 누군가에' 대한 고마움으로 이어진다. 서로서로가 너무 모르고 차가워지는 세상에서 너무나 착하고 마음 따뜻한 사람들을 알게 되었기 때문이다. 그리고 이런 것들이 모두 감사한 것이다. 이처럼 송00은 서로 조금은 다르지만 자신의 삶 속의 많은 것들에 감사한다. 글을 쓰면서 자신의 삶을 성찰하고, 이해하고 수용하면서, 용서하고 화해하면서 감사한다. 그리고 ④에서처럼 자신의 삶의 많은 것들에 대한 진정한 사랑이 모두의 삶을 풍요롭고 행복하게 만드는 '보물'임을 깨닫게 된다. 결국 송00은 ⑤과 같이 '내가 너가 되고 너가 내가 되는 것이 참 기쁜 일'이 된다. 너와 내가 하나가 되는 기쁨에 이른다.

이와 같이 감사는 내담자의 삶 속의 모든 것들이 자신의 삶의 일부분으로 소중하며, 모든 것들에 감사하는 마음을 갖게 한다. 또한 이러한 감사는 궁극적으로 참자아 발견과 자아실현의 과정이 된다. 왜냐하면 참자아를 중심으로 볼 때, 너와 내가 다르지 않고, 하나로 연결되어 있으며, 세계의 일부라는 것을 깨달아가는 과정으로 이어지기 때문이다.

Ⅳ단계는 새로운 삶의 서사를 모색하는 단계이다.

Ⅳ단계는 새로운 삶의 서사를 모색하는 단계이다. Ⅰ단계, Ⅱ단계, Ⅲ단계를 바탕으로 이뤄지는 단계이고 유기적으로 결합되어 있다. 분리될 수도 없을뿐더러 다시 반복되기도 한다. 그러므로 Ⅳ단계는 Ⅰ단계, Ⅱ단계, Ⅲ단계의 요소들과 더불어 총체적이고 통합적으로 논의할 필요가 있다.

Ⅳ단계의 새로운 삶의 서사 모색 단계는 자신의 새롭게 변화된 신념을 바탕으로 새로운 삶을 구상하고 설계하는 과정이다. 첫째, 희망과 용기 고취의 과정이다. 새로운 삶에 대한 의지와 각오를 다짐하고 계획을 수립해 나가는 내담자에게 희망과 용기를 북돋아 새로운 삶을 실천할 수 있도록 힘을 주는 과정이다. 둘째, 새로운 삶의 계획을 수립하는 과정이다. 이전 단계에서의 성과를 바탕으로 새로운 삶에 대한 의지와 각오를 다지고 실천을 준비하는 과정이다. 뿐만 아니라 새로운 삶의 단계적 계획을 하나씩 준비하고, 준비가 되는 대로 수행해나가는 과정이다. 이 과정에서는 상담자의 지속적인 격려와 지지가 필요하다.

셋째, 내담자에 대한 문학상담을 마무리하는 과정이다. 새로운 삶의 계획을 내담자가 잘 실천하고 있는지 확인하는 과정이다. 자신과 자신의 삶에 대해 용서하고 화해한 내담자는 희망을 품고 새로운 각오와 의지로 자신의 인생을 책임져 나가려 한다. '지금 여기'에서 자신이 할 수 있는 것을 찾고, 계획하여 실천해 나가려 한다.

상담자는 내담자가 너무 급하게 서두르거나
무리한 계획을 수립하지 않도록 해야 한다.

이때 상담자는 내담자가 너무 급하게 서두르거나 무리한 계획을 수립하지 않도록 해야 한다. 시급하면서도 가능한 계획을 꼼꼼히 따져, 찬찬히 마련할 수 있도록 세심히 배려하는 것이 좋다. 물론 내담자의 삶의 자세와 태도가 전과 같지는 않지만, 충분히 견디어낼 수 있는 계획이 더욱 좋다.

또한 상담자는 내담자가 새로운 삶의 계획을 잘 실천하는지 그 과정을 관심을 갖고 지켜봐야 한다. 지켜보는 것만으로도 내담자가 자신의 계획을 실천하도록 하는 의지의 원천이 되기도 하기 때문이다. 그러므로 상담자는 정기적·비정기적으로 내담자에게 부담이 되지 않는 선에서 관심을 표명하는 것이 좋다. 뿐만 아니라 지속적인 격려와 지지를 표명해야 한다. 내담자가 새로운 삶의 계획을 잘 실천할 수 있도록 힘을 주고, 희망과 용기를 북돋아 줘야 한다. 충분히 혼자 살아갈 수 있을 때까지 지속적인 관심과 배려, 사랑을 기울일 필요가 있다. 이러한 지속적인 격려와 지지는 내담자가 새로운 삶을 실현하는 데 있어서, 어렵고 힘든 것들을 극복하거나 견뎌낼 수 있도록 하는 원동력이 된다.

> IV단계는 I단계, II단계, III단계의 성과를 바탕으로
> 자아들을 통합해 나가는 과정이기도 하다.

한편 Ⅳ단계는 Ⅰ단계, Ⅱ단계, Ⅲ단계의 성과를 바탕으로 자아들을 통합해 나가는 과정이기도 하다. Ⅰ단계, Ⅱ단계, Ⅲ단계에서의 공감을 바탕으로 한 동일시와 자아성찰은 내담자 자신의 삶 속의 긍정적·부정적인 삶의 요소들을 이해하고, 그 모든 것을 '있는 그대로' 수용하게 한다. 그럼으로써 자신과 자신의 삶 속에 있는 모든 것들과 서로 용서하고 화해한다. 그런데 이 모든 것들은 참자아와 중심자아와 주변자아들 간의 관계 속에서 이루어지는 서사의 요소들이다.

물론 참자아는 자신의 본래적인 모습이므로 중심자아에 끊임없이 영향을 주지만, 드러나지 않으며, 중심자아는 끊임없이 참자아를 지향한다. 그러므로 Ⅰ단계, Ⅱ단계, Ⅲ단계의 심리·정신적 과정을 수행해 나가는

주체는 중심자아와 주변자아이다. 중심자아와 주변자아의 심리·정신적 갈등과 장애, 문제상황 등이거나 주변자아들 간의 것이 야기되어 나타난다. 결국 Ⅳ단계는 내담자의 심리·정신적 갈등과 장애, 문제상황 등을 직면하여, 공감하고 성찰하여 이해와 수용, 용서와 화해를 통해 자아통합을 이뤄내는 과정이다.

그런데 자아통합은 필요에 따라 Ⅰ단계, Ⅱ단계, Ⅲ단계를 반복적으로 수행하는 과정을 통해 완성되어 간다. 왜냐하면, 자아통합은 심리·정신적 갈등과 장애, 문제상황 등뿐만 아니라 내담자 자신의 삶을 두루두루 더욱 깊고 넓게 성찰함으로써 이뤄지기 때문이다. Ⅰ단계, Ⅱ단계, Ⅲ단계의 과정을 반복적으로 수행하여 어느 정도 자아통합에 성공했다고 할지라도 내담자의 삶이 일시에 변화되는 것은 아니다. 이전에 자신의 삶과 맺었던 관계를 새롭게 정립해 나가는 힘겨운 과정이 과제로 남아있기 때문이다. 상담자는 이럴 경우, 실제로 일상생활 속에서 통합된 자아를 실현해 나갈 수 있도록 내담자를 지지하고 격려해야 한다.

위와 같은 과정들을 통해 내담자는
진정한 여유와 안정감, 평화로움과 자유로움을 얻게 된다.

한편 위와 같은 과정들을 통해 내담자는 진정한 여유와 안정감, 평화로움과 자유로움을 얻게 된다. 이는 자신의 삶에 대한 성찰을 바탕으로 자신의 자아들과 서로 용서와 화해하며, 자신의 삶의 모든 것이 은혜로운 선물임을 깨달아 감사하게 되는 과정에서 얻게 되는 깨달음과 지혜에서 비롯된 축복이다. 자신의 삶 속에서 주어진 모든 것들이 자아들을 통합하고, 참자아를 찾는 과정에서 자신을 지혜에 이르게 해준 선물임을 깨달을 때, 내담자는 진정한 여유와 안정감 속에서 평화로움과 자유로움을 만끽할 수 있다.

더군다나 이러한 평화로움과 자유로움은 순리를 따르는 삶으로 통한다.

순리를 따르는 삶은 도리에 순종하여 억지가 없이 마땅한 이치에 순순히 따르는 삶이다. 이는 참자아의 실현이라 할 수 있다. 자신의 고유하고 중앙의 것인 참자아를 중심으로 다른 것들과 조화로운 관계를 갖고 살아가는 것을 말한다. 왜냐하면, 인간의 고유하고 본래적인 모습인 참자아를 중심으로 본다면, 자신과 그 외 모든 우주 만물이 근원적인 차원에서 서로 이어져 있으며, 서로 다르지 않기 때문이다. 즉 모든 것은 하나로 맺어져 있고 모든 것은 연관되어 있으며, 인간도 세계 속에서 그 일부로서 삶을 살아가기 때문이다. 그렇다고 한다면, 결국 인간을 비롯해 모든 우주 만물이 하나인 것이다. 예를 들어 설명하면, 다음과 같다.

너처럼 나를

내가 너가 됩니다.
내가 아닌
항상 웃음 가득한 너의 눈으로
이 세상을 바라보고
행복을 배웁니다.

너가 내가 됩니다.
너가 아닌
항상 즐거움으로 사는 나의 눈으로
이 세상을 바라보고
기쁨을 배웁니다.

너와 내가 하나가 됩니다.
너와 내가 아닌
'우리'라는 하나가 되어
이 세상을 바라보고
사랑을 배웁니다.

너처럼 나를, 너처럼 나를
우리는 그렇게 하나가 되어
행복의 날개 달고
사랑이란 곳으로
힘차게 날개짓합니다.

위의 시의 첫 행과 둘째 행에서는 '나'와 '너'가 둘이 아닌 '하나'임을 강조하고 있다. 서로의 삶 속에서 긍정적으로 세상을 바라보고, 자신의 삶의 희망을 보고 있다. 함께 행복해하고 기뻐하는 삶과 세상을 꿈꾸며, '우리'를 위한 자신의 삶을 그리고 그런 세상에 대한 지향과 열망에 기뻐하고 행복해 하고 있다. 이러한 것은 셋째 행과 넷째 행에서 보듯이 '나와 너'가 없이 단지 '우리' 속에서 세상을 보는 것으로 발전한다. '나와 너'가 없기에 서로 다르지 않기에, 결국 너와 나의 삶 속에서의 모든 심리·정신적 갈등과 장애, 문제상황 등의 원인도 너와 나의 것이며, 우리의 것이다. 이러한 깨달음은 근원적으로 '나와 너'가 '우리'로 이어져 있으며, 서로 다르지 않다는 인식에 도달하는 것을 의미한다.

그러므로 이러한 깨달음에 도달한 내담자는 자신과 타인뿐만 아니라 자신 외의 모든 것에 대한 더욱 깊은 이해를 가진다. 그리고 자신을 용서하고 자신과 화해하듯 자신의 삶과 용서하고 화해할 것이며, 마음속 깊은 곳으로부터의 서로에 대한 감사와 사랑으로 충만할 것이다. 이때, 내담자는 비로소 자신의 삶 속에서 집착했던 모든 것에서 자유롭게 된다. 자신과 세계 속의 어느 것과도 구애됨이 없고, 편중됨도 없는 조화로운 관계가 형성되어 평화롭게 삶을 살아가게 된다. 이것이 곧 자유로운 삶이고, 평화로운 삶이고, 순리에 순응하는 삶이다.

또한, 자신의 남은 삶을 예술적이나 자기희생적으로, 또는 종교적으로 승화해 나가게 된다. 자신의 삶의 의미와 목적을 예술이나 봉사나 종교적 귀의 속에서 찾아 살아가는 경우를 말한다. 특히나 순리에 순응하는 삶을 지향하는 인간은 자신의 행복에 머물지 않는다. 자신 외의 존재에게 이바지하는 삶을 의미 있게 생각하고, 노력한다. 그리하여 자신의 모든 것을 마음껏 발휘하여 선을 행하고자 한다. 종교에 귀의하여 신과 인간에게 봉사하는 삶을 살아가기도 한다.

물론 Ⅰ단계, Ⅱ단계, Ⅲ단계의 과정에서도 예술적이나 자기희생적, 또는 종교적으로 승화해 나가게 되는 경우도 있다. 하지만 그 수준과 의미는 다르다. 그리고 다른 사람을 돌봄으로써 다른 사람들의 삶을 이해할 수 있는 기회를 제공하기 위해 내담자에게 과제를 내는 경우도 있다. 이런 경우에도 내담자의 상황에 따라 다르지만, 자신의 삶을 나누는 과정에서 자신의 삶의 의미를 찾을 수 있는 기회를 갖게 할 때 더욱 긍정적인 영향을 받는다. 이를 통해 내담자는 자신의 삶에 대한 성찰을 긍정적으로 확대 발전시켜 나가기도 한다.

두 번째 마당

문학상담의 실제1, 읽기와 해석하기

• •

문학상담에서 글을 읽는다는 말은 무엇일까? 이 물음에 나는 삶을 읽는다는 말과 같다고 말하고 싶다. 왜냐하면 그 글에는 글쓴이의 삶이 고뇌의 컴컴한 밤을 거쳐 새벽녘 맑은 이슬처럼 알알이 맺혀져 있기 때문이다.

> 그런데 나는 그 글 속에서 나의 삶을 읽는다. 나의 삶으로 글쓴이의 삶을 읽는다. 그리고 그 글 속에 있는 나를 찾는다.
>
> 그 글에는 글쓴이의 삶이 있다. 글쓴이의 땀과 눈물도 있다. 그리고 그 땀과 눈물에 배인 글쓴이의 한숨과 그리움도 있다.
>
> 그래서 나는 그 글에서 나의 땀과 눈물을 읽는다. 한숨과 그리움도 읽는다.
>
> 하지만 글쓴이는 그 마음을 이슬처럼 맑게 빚어 놓았다. 살아있다는 것, 산다는 것, 삶 자체가 아름답기에 늘 이슬처럼 맑을 수 있는 삶을 제 모양 그대로 담아 놓았다.
>
> 그래서 나는 그 글에서 늘 아름다운 삶을 만난다. 지혜로운 이의 아침 소망처럼 기쁜 마음으로 말이다.
>
> 그러니 이렇게 글을 읽는다는 것은 나의 삶을 읽는 것이며, 나를 찾는 것이며, 나의 삶을 만나는 것이다.

〈두 번째 마당 : 문학상담의 실제1, 읽기와 해석하기〉는 문학상담의 이론적 기초를 바탕으로 작품들을 읽는다. 설화와 고전소설, 시조, 한시 등에서 골라 나름대로 의미가 있다고 생각하는 작품들을 읽는다. 굳이 옛것을 읽는 이유는 작가의 생각과 마음을 다른 시대의 작품들보다 쉽게 파악하고 이해할 수 있는 측면이 많기 때문이다. 옛것은 오늘날의 것보다 작품을 더 투명하게 들여다볼 수 있기 때문이다. 특히 설화는 인간 심리의 원형을 재미있으면서도 고스란히 담고 있기 때문이다. 이것은 문학상담에서 설화가 중요한 이유이기도 하다. 앞으로 여러 갈래의 작품들을 찬찬히 읽으면서 문학상담에서는 글을 어떻게 읽는 것이 좋은가에 대해 이야기를 나누고 이해하고자 한다.

인간의 신화나 문학과 예술은 인간의 무의식과 밀접한 연관이 있다. 무의식이 의식화하는 과정과 결과가 신화나 문학과 예술의 창작 과정과 작품이다. 그런데 무의식에는 태어나기 전이나 이후에 자신의 삶 속에서 만족 되지 않고 억압된 욕망이 의식으로의 출현을 꿈꾸며 꿈틀거리고 있다. 이것이 인간의 다양한 삶의 모습으로 실현될 수도 있는데, 그 하나가 인간의 신화나 문학과 예술이다. 그러므로 인간의 신화나 문학이나 예술은 인간의 억압된 무의식적 욕망의 대리 충족의 결과 또는 승화이다.

이렇듯 인간은 보통 현실 속에서 실현하고 싶은 삶의 욕망을 꿈속에서라도 실현하여 충족하고자 한다. 실현될 수 없어 억압된 욕망일수록 더욱 간절한 꿈으로 나타난다. 그런데 프로이트는 창조적인 작가들과 꿈꾸는 자들을 동일시한다. 즉 작가도 꿈과 같은 문학작품의 창조 속에 자신의 삶의 욕망을 반영해 나간다는 것이다. 그럼으로써 의도했든지 의도하지 않았든지 자신의 삶의 욕망을 실현하여 충족해 나간다는 것이다.

물론 문학작품들이 최종 완성되기까지 많은 변이의 과정을 거쳤음을 간과해서는 안된다. 문학적 완성도와 독자의 기호, 시대정신과 세태를 반영했을 가능성도 높기 때문이다. 하지만 그럼에도 불구하고 이러한 작가와 작품과의 관계는 작품 속에서 작가의 삶의 서사를 관찰하고 추론할 수도 있음을 의미한다. 작가의 삶과 작품 속의 등장인물, 사건이나 배경 등과 밀접히 관련되어 있을 가능성이 크기 때문이다. 즉 작품서사 속에는 작가의 내면세계의 다양한 상황, 즉 심리·정신적 갈등과 장애, 문제상황 등이 무의식적으로라도 투영되어 있을 가능성이 높다. 그러므로 작품서사를 통해 작가의 삶과 자아들의 다양한 갈등과 장애, 문제상황 등을 엿볼 수 있는 여지는 풍부하다.

문학상담 과정에서의 창작품도 마찬가지다. 문학을 이뤄가는 과정이기 때문이다. 즉 듣기, 말하기, 읽기, 쓰기, 활동하기 등 다양한 문학활동을 통해 창조적인 작품을 만들어 가는 과정이다. 물론 이 문학상담 과정에서 내담자가 창작한 창작품들도 내담자의 심리·정신적 갈등과 장애, 문제상황 등이 창작 욕구의 분출에 의해 형상화된 결과이다. 뿐만 아니라 창작품 자체가 내담자의 심리·정신적 갈등과 장애, 문제상황 등을 극복하는 과정의 창조적 변형이며 문학적 승화이다. 왜냐하면, 내담자가 창작한 작품은 자신의 이전 삶의 총체적 반영이기도 하지만, 새로운 삶의 지향과 의지를 담아 실현한 최초의 결과물이기 때문이다. 즉 창작품 자체가 새로운 삶의 의지이자 그 실현이다. 그러므로 이러한 승화는 내담자의 삶의 질적 변화를 가져올 수 있다.

하지만, 전문 작가와는 그 문학적 역량 차이가 존재한다. 그 질과 가치의 차이도 분명히 있다. 하지만 내담자가 창작한 작품의 가치와 질은 객관적인 기준에 의해 평가될 것이 아니다. 그것은 오직 창작자의 주관에 의해서만 결정되기 때문이다. 왜냐하면, 이러한 창작품 활동이 내담자의 문학적 승화이기 때문이다. 즉 내담자가 문학작품의 감상과 '창작품'을 구성하는 문학상담 과정에서 자신의 심리·정신적 갈등과 장애, 문제상황 등을 드러내고, 성찰함으로써 얻은 깨달음을 창작품으로 승화한 결과이기 때문이다. 그래서 그 가치와 질은 내담자의 심리·정신적 만족과 평안함, 행복감 등과 더 밀접히 관련되어 있다. 즉 창작자가 자신의 작품에 얼마나 공감하고, 얼마나 많은 자아실현의 의지가 담겨있느냐에 의해 상대적으로 결정된다는 것이다.

그러므로 문학상담에서는 작가의 작품과 내담자의 창작품을 서로 구분하지 않는다. 작가의 작품이든지 내담자의 창작품이든지, 누구의 창작품이든지, 모두 각자의 삶의 욕망과 문학 창조 속에서의 충족의 결과로 보고 분석한다. 즉 모두 인간의 심리·정신적 갈등과 장애, 문제상황 등이 창작욕구의 분출에 의해 형상화된 창작품으로 보고 분석한다.

따라서 위와 같은 이러한 점들을 바탕으로 하여 문학작품을 적합하게 읽고 해석한다면, 모든 문학작품들을 통해 인간의 심리·정신적 갈등과 장애, 문제상황 등을 파악하고 이해할 수 있다. 이것은 문학상담 속에서 창작된 작품의 해석과 분석을 더욱 합리적이고 타당성 있게 전개할 수 있게 하여 문학상담의 가능성을 더욱 확충할 수 있게 한다. 더군다나 문학상담 이론을 적용하여 적합하게 읽고 해석해 나간다면, 문학상담의 이론적·실천적 토대도 강화될 것임이 분명하다.

Ⅰ. 자유로운 문장으로 쓴 글: 읽기와 해석하기

1. 김만중의 욕망과 갈등 : 〈사씨남정기〉

김만중은 1637년(인조 15)~1692년(숙종 18)에 걸쳐 살았다. 호는 서포다. 호는 그가 평안북도 선천에 귀양 갔을 때 그곳의 지명을 따서 스스로 지은 것이다. 서포는 조선조 예학파의 거두인 김장생의 증손이다. 그의 조부는 이조참판에 이르렀으며, 아버지 충정공 김익겸은 성균관 생원으로서 병자호란 때 순절한다. 아버지가 순절한 병자호란 때, 서포는 어머니 뱃속에 있었고, 형 만기는 다섯 살이었다. 후에 형의 딸이 숙종의 비 인경왕후가 된다. 그의 어머니는 해남부원군 윤두수의 4대손이며, 영의정을 지낸 문익공의 증손녀이고 윤신지(新之)의 손녀, 이조참판 윤지의 딸인 해평 윤씨이다.

그는 유복자로 태어나 어머니의 남다른 가정교육에 힘입어 성장한다. 이 윤씨 부인은 본래 집안 대대로 전해 오는 학문을 이루어 여성의 정숙하고 단아한 덕행을 갖추었기에 아들 형제가 아비 없이 자라는 것에 대해 항상 걱정하면서 남부럽지 않게 키우기 위한 모든 정성을 다 쏟는다. 그녀는 궁색한 살림에도 자식들에게 필요한 서책에 대해서는 값을 묻지 않고 구입했으며, 책을 빌려 손수 필사하여 교본을 만들기도 하였으며, 소학, 사략, 당률 등을 직접 가르치기도 한다. 연원있는 부모 집안의 계통과 어머니의 희생적 가르침은 서포의 사상, 학문, 문학에 적지 않은 영향을 끼친 것으로 볼 수 있다.

서포는 14세에 진사초시에 합격하고, 16세에 진사에 장원하여 1665년 정시문과에 급제하여 관료로 첫발을 디딘다. 그러다가 1675년 동부승지로 있을 때 인선대비의 상복문제로 서인이 패배하자 관직을 삭탈 당한다. 이때부터 30대의 득의의 시절이 점차 수난의 길로 들어선다. 그 후로 홍문관 대제학, 지춘추관 성균관사, 오위도총부 도총관 등에 이르기까지 올곧은 문신으로서 정도와 정의에 따라 진퇴가 분명하였고, 목숨을 걸고 비리와 불의를 충간하다가 몇 차례의 귀양살이를 겪으면서도 그 충의를 꺾지 않는다.

이어 1667년에 다시 정숙의 일가를 둘러싼 '언사의 사건'에 연루되어 의금부에 하옥되었다가 선천으로 유배된다. 그 이유는 후궁 장씨가 숙의로서 총애를 받고 있을 때, 장씨의 어미가 조사석의 처의 노비였던 관계로 조사석이 젊었을 때 사통한 일이 있었고, 조사석이 정승 자리를 받은 것은 연줄이라는 소문을 숙종에게 겁 없이 아뢰기 때문이다.

서포연보에 의하면, 이때, 〈구운몽〉이 지어졌다. 〈구운몽〉은 그가 어머니의 근심 걱정을 위로하기 위해 하룻밤에 지은 것이라는 기록이 있다. 반면, 〈사씨남정기〉의 창작시기는 여러 설이 있으나 아직 확인되지 않는다. 더군다나 그 이유도 드러나 있지 않다. 다만, 숙종 13년(1687) 인현왕후 폐출사건과 관련하여 소설화한 목적 소설이라는 주장이 있을 뿐이다.

다만 그 시기를 남해 유배 당시로 추정할 수밖에 없는 실정이다. 왜냐하면, 현실적으로 김만중의 선천 유배 시절인 숙종 13년(1687)에서 숙종 14년 11월 사이에는 아직 인현왕후가 폐출되지 않았으며, 장씨를 희빈(禧嬪)으로 책봉하는 것에 반대하는 상소를 올리는 상황이었고, 숙종 15년(1689) 2월 초 53세 되던 해 김만중은 남해 적소로 귀양 가기 때문이다. 1년이 지난 1688년 11월에 배소에서 풀려나왔지만 3개월 뒤인 1689년 2월 다시 남해에 유배되었던 것이다.

이런 와중에 어머니는 아들의 안위를 걱정하던 끝에 병으로 죽는다. 서포는 모친의 부음을 듣고, 다만 대성통곡하며, 그 눈물의 행장을 지어 바치고, 삼 년 동안 소리를 내어 슬피 울었다고 한다. 그러다가 1692년 남해 적소에서 56세를 일기로 세상을 떠난다.

이러한 김만중의 생애에서 작품과 직접 관련되었다고 할 수 있는 사실은 첫째, 연원있는 부모의 가통과 어머니의 희생적 가르침이 서포의 사상, 학문, 문학에 적지 않은 영향을 끼친 사실이다. 둘째, 올곧은 문신으로서 정도와 정의에 따라 진퇴가 분명하였고, 목숨을 걸고 비리와 불의를 충간하다가 몇 차례의 귀양살이를 겪으면서도 그 충의를 꺾지 않은 사실이다. 이러한 사실들은 서포의 '중심자아'인 유연수의 성격을 규정하고, '초자아'인 사씨와 두부인 같은 인물 성격을 창조한 바탕이기 때문에 작품과 관련된다. 또한 작가의 '중심자아'인 유연수를 통해 관직의 삭탈과 복직의 수난의 삶 속에서도 작가 자신은 끝내 다시 복귀할 수 있다는 믿음과 복귀하겠다는 의지를 반영했다고 할 수 있기 때문이다. 셋째, 정숙의 일가를 둘러싼 '언사의 사건'에 연루된 사실이다. 이는 동청이 김만중의 '원초자아'인 교씨와 사통한 것과 연줄로 벼슬을 하는 과정과 유사하다. 넷째, 인현왕후 폐출사건과 관련한다. 이는 작품의 줄거리와 관련된다. 왜냐하면, 왕후의 폐출과 복위 문제가 사씨의 폐출과 복위와 유사한 측면이 많기 때문이다.

이렇듯 〈사씨남정기〉에도 김만중의 삶과 욕망, 갈등 등이 반영되어 있다. 〈사씨남정기〉도 작가의 삶 속 욕망과 심리·정신적 갈등과 장애, 문제상황 등을 투영해 문학적으로 승화한 결과이기 때문이다. 즉 삶의 욕망에 대한 갈망도, 이로 인한 심리적 갈등도 모두 〈사씨남정기〉의 창작으로 승화되어 나타나기 때문이다. 특히나 〈사씨남정기〉에서는 김만중의 성에 대한 욕망과 갈등을 현실적인 소재와 사실적인 묘사를 통해 형상화되어 있다.

더군다나 김만중은 〈사씨남정기〉 속 등장인물, 사건, 배경 등을 통해 성에 대한 욕망의 본질을 드러내어 자신의 성에 대한 억압된 욕망과 갈등을 대상화하여 성찰과 통찰을 이루고 있다. 즉 김만중은 〈사씨남정기〉를 창작함으로써 자신의 억압된 욕망이나 다양한 심리·정신적 갈등의 해소뿐만 아니라 대상화된 작품에 대한 성찰을 통해 통찰, 즉 새로운 자각의 고취를 이뤄나가게 된다. 이금희도 김만중이 현실과 이상, 의식세계와 무의식세계를 넘나들며 갈등과 조화, 극복과 혼돈 속에서 교묘히 그의 예술세계를 펼쳐나간 작가라고 한다. 즉 김만중은 표면적으로는 당시대의 윤리나 규범을 존중했지마는 이면에는 규격화된 가치관에서 벗어나 개성적인 사유와 삶을 희구했다고 볼 수 있다는 것이다. 그런데 이러한 양면성은 〈사씨남정기〉에 나타난 유연수의 태도와 무관하지 않으며, 표면적으로는 여성의 덕을 숭상하는 한편 개성적으로는 쾌락의 대상으로서의 여성을 희구한 증거라는 것이다.

그렇기 때문에 당연히 김만중과 〈사씨남정기〉 작품 속의 등장인물, 사건, 배경 등과의 관계도 밀접히 관련되어 있다. 물론 〈사씨남정기〉가 최종 완성되기까지 많은 변이의 과정을 거쳤음은 자명하다. 즉 문학적 완성도와 독자의 기호, 시대정신과 세태를 반영했음도 분명하다. 작가는 자신의 생각과 마음을 더욱 설득력 있고, 흥미 있게 표현하기 위해 특별한 서사적 장치와 사건 전개 과정을 불가피하게 설정하기 때문이다. 김만중도 〈사씨남정기〉를 창작하면서 필연적인 작품의 내적 발전 과정에 의해 그 당시의 독자에게 설득력 있고 흥미로웠을 장치와 변화를 꾀했음이 틀림없다. 그러므로 당연히 김만중의 삶의 서사와 똑같지도 않다. 다만, 앞에서 언급한 것과 같이 〈사씨남정기〉를 통해 김만중의 삶의 욕망과 자아들의 다양한 갈등을 엿볼 수는 있다. 특히나 김만중의 욕망과 그로 인한 심리·정신적 갈등이 글쓰기 초기단계의 인물을 설정하고, 성격을 부여하는 과정과 사건을 형상화해 나가는 과정 등에서 영향을 끼쳤을 가능성이 크다. 왜냐하면, 모든 소설 속의 인물들은 창작자의 분신과 같기 때문이다. 작가의 생각과 마음이 여러 인물들과 특정한 사건과 배경 속에서 다양하게 그 인물들의 말과 행동, 사건과 배경 등으로 표현되어 나타나기 때문이다.

사실 김만중의 〈구운몽〉 또한 〈사씨남정기〉와 더불어 유사하게 분석될 가능성이 많다. 구운몽에서도 서술자의 자아로서의 성진, 원초자아로서의 양소유, 초자아로서의 육관대사 등으로 등장인물들의 위치와 역할이 자리매김 될 수 있다. 특히나 등장인물의 인식의 전환을 통한 세 번에 걸친 부정은 서술자 더 나아가서 김만중의 내적 갈등의 소산이다. 즉 김만중의 두 작품은 그가 당대 현실에서 이룰 수 없었던 자신의 욕망을 작품을 통해 실현하려는 꿈이었으며 그 꿈을 통해 억압된 욕망과 심리적 갈등을 해소하려는 과정이다.

그런데 〈구운몽〉보다 시기적으로 뒤에 쓰인 것으로 추정하고 있는 〈사씨남정기〉가 김만중의 내면의 심리 세계를 더욱 세련되게 표현했을 가능성이 크다. 왜냐하면, 〈구운몽〉이 내면세계의 바람과 욕망을 낭만적으로 그렸고, 그 극복에 있어서도 현실도피적인 형상화에 그치기 때문이다. 즉 꿈과 눈물과 허망의 연속인 패배자의 독백같은 기록으로써의 성격, 즉 욕망의 세계 추구, 그리고 좌절에 의한 반대급부로써의 낭만과 현실도피적 성격을 강하게 드러내기 때문이다. 반면, 〈사씨남정기〉는 현실 속에서 나타난 욕망과 갈등의 세계를 보다 사실적으로 그려내려 노력했고, 현실 속에서 그 극복을 구현하려 한다. 그렇기 때문에 현실의 삶을 살아가는 사람들에게 낭만과 현실도피보다는 현실 속에서의 자신의 내면세계를 적나라하게 들춰내어 표현할 수 있도록 하고, 심리·정신적 갈등의 치유 가능성을 현실 속에서의 모색하도록 보여준다.

먼저, 유연수는 김만중의 중심자아이다. 김만중의 중심자아인 유한림은 인간이 대개 그렇듯이 태어나고, 자라나는 과정에서 자신과 주변의 인물, 환경 등에 의해 형성된다. 그 중, 그의 아버지는 유한림에게 가장 큰 영향을 주었던 인물이다. 그러므로 유한림과 그의 아버지는 떼려야 뗄 수 없는 관계이며, 당연히 그의 아버지가 서포의 중심자아인 유한림의 지향점일 수밖에 없다. 자아와 초자아 간 관계의 세부 사항은 보통의 아이의 부모에 대한 관계로 거슬러 올라감으로써 이해될 수 있기 때문이다. 따라서 유한림을 파악하기 위해서는 유한림의 아버지를 먼저 살피는 것이 우선이다.

유한림의 아버지는 사람됨이 현명하고 재덕이 탁월하여 명성이 일세에 날렸고, 소년에 과거 급제하여 벼슬이 이부시랑 참지정사에 이른다. 그리고 소인배들이 권세를 미끼로 하여 권력을 휘두를 때 아버지는 이를 못마땅하게 여기고 벼슬마저도 사양한 청렴결백한 분이다. 유한림의 어머니가 일찍이 돌아가셨기 때문에 아버지는 혼자이고, 누이가 하나 있을 뿐이다. 아버지는 집안을 잘 다스리는 일에만 마음을 두고 연수가 성장하기만을 오매불망 기다리며 자식을 가르치며 세월을 보낸다. 유한림에게 당부하기를 항상 경계하고, 황제에 충성하며, 가정에 충실할 것을 가르치며, 따를 것을 강하게 요구하였을 가능성이 크며, 유한림은 이러한 가정 분위기에서 선비나 성인으로서의 자신의 자아를 형성하려고 노력하였을 가능성도 당연히 크다. 왜냐하면 부모의 영향으로 작용하는 것은 부모의 개인적 존재만이 아니라, 부모에 의해 이어지는 가족, 인종 및 민족의 전통 문화의 영향과 부모가 대변하는 각각의 사회 환경의 요구도 작용하기 때문이다.

유한림의 혼처를 구하는 데 있어서도 유한림의 아버지는 자신의 가치관과 세계관에 의해 혼처와 규수를 고르고 고른다. 물론 청렴한 선비의 집안과 현숙한 규수를 원한다. 왜냐하면 가통을 이어가기를 바라기 때문이다. 즉 자신들과 같은 가치관과 세계관을 가진 규수일 때, 유연수의 초자아로서의 지위와 역할을 지속적으로 유지 발전시켜나갈 수 있기 때문이다. 그래서 관음진상 족자에 쓰인 사소저의 글을 보고, 자신들에게 합당한 사소저를 선택하게 된다. 왜냐하면, 초자아는 직접 자신의 요구를 실현할 수 없고, 항상 자아를 통해 관철시켜 나가며, 이렇듯 매우 밀접히 영향과 작용을 하고 있기 때문이다. 게다가 자아는 초자아뿐만 아니라 원초자아와 뗄 수 없는 관계이며 구별하기도 쉽지 않으며, 심리적 역관계 속에서 자아는 초자아와 원초자아의 요구를 조절·통제 또는 통합해 나간다 할 수 있다.

특히나 〈사씨남정기〉 속에서 김만중의 중심자아의 대상적 실체인 유한림은 이러한 모습을 잘 보여주고 있다. 물론 유연수도 아직은 자아의 욕망을 실현하기보다는 초자아의 요구에 순응할 수밖에 없는 처지이므로 아버지의 여성과 또는 배필관에 따라 마음이 움직일 수밖에 없다. 그래서 유연수도 사소저가 관음진상 족자에 쓴 글을 보고 심중에 기뻐 칭찬한다.

한편, 두부인과 사씨도 김만중의 중심자아인 유한림의 초자아이다. 즉 사씨는 유한림의 아버지, 그리고 아버지의 누이인 두부인과 더불어 초자아의 실체이다. 프로이트도 초자아의 원천은 바로 부모이지만, 초자아는 개인 발달 과정에서 나중에 나타나는 부모의 대체 인물 편에서 오는 기여도 받아들인다고 말한다. 그렇기 때문에 강력하면서도 영향력 있는 초자아이다. 이러한 두부인과 사씨를 통해 김만중은 자신의 중심자아인 유한림의 초자아를 대상화하여 자신의 삶의 서사를 성찰한다.

이러한 사실은 아버지가 살림살이의 대소사를 항상 두부인과 의논하는 서사전개 과정을 봐서도 알 수 있다. 이금희는 〈사씨남정기〉에서 나타난 거스를 수 없는 공포마저도 내재해 있는 숭배의 대상으로서의 여성은 사씨와 유연수의 고모인 두부인이라 한다. 즉 유연수에게 있어서 두부인은 부친의 명도 있었지마는 절대적인 존재라고 말한다. 따라서 김만중의 중심자아인 유한림을 형성하는 데 있어서도 가장 큰 영향을 끼친 사람은 아버지와 두부인이며, 모두 초자아에 해당한다.

두부인은 유한림의 혼처를 구하고, 매파를 통해 규수의 신상을 파악하는 것에도, 통혼의 실질적인 결정을 내리는 데 있어서도 큰 역할을 하며 영향을 미친다. 두부인은 묘희를 시켜 사소저를 시험케 하고, 사소저는 그 시험에서 관음보살의 현시, 하늘의 선녀라는 칭호가 붙을 정도로 높은 점수를 얻게 된다. 그리고 관음진상의 족자를 본 유한림의 아버지가 크게 놀라고, 칭찬함으로써 그리고 유연수가 또한 그것을 보고 심중에 기뻐 칭찬함으로써 사씨는 드디어 서술자의 초자아로서의 지위와 역할을 할 수 있게 된다. 뿐만 아니라 유연수는 나중에 다시 한 번 혼례 의식과 사당에 제사를 지내어 마음속으로 자신의 자아를 의식화한다. 아직은 초자아인 아버지의 서사와 유한림의 서사가 다르지 않기 때문이다. 그래서 두부인과 사소저의 서사가 김만중의 중심자아인 유한림의 서사에 긍정적인 영향관계를 갖고 작용한다.

그런데 사소저는 자신의 지위와 역할, 즉 초자아로서의 지위와 역할을 굳건히 보장 받기 위해 '숙녀의 덕'과 '선인의 청덕'을 일컫지 아니한다는 빌미를 잡아 거절한다. 즉 태수의 방문을 통해 다시 구혼하게 하고, 이를 사소저가 받아들임으로써 사소저는 자신의 위상을 굳건히 한다. 물론 이러한 과정은 김만중의 중심자아인 유한림에게 경고하는 의미도 가진다. 혹시 나중에라도 벌어질 초자아와의 갈등, 즉 욕망의 추구상황에서의 격렬한 갈등에 대비하는 의미도 있다. 그렇기 때문에 더욱 진지하게 육례로써 초자아로서의 자신을 받아들이게 한다.

이것은 시아버지가 "장부의 뜻을 어기오지 않음이 부인의 옳은 일이라 하나, 장부의 과실이 있어도 가히 쫓으랴?"하면서 당부함으로써 더욱 크게 부여된 지위와 역할이다. 그것은 먼 훗날 다시 유한림과 만나서 귀향할 때도 마찬가지의 '예'를 요구하게 되는데, 모두 이와 같은 이유에서이다. 뿐만 아니라 사씨가 "옛말에 이르기를 부부의 도는 오륜의 셋을 겸한다 하오니 군신, 형제, 붕우라."하며 자신의 지위와 역할을 다시 확인한다. 그러면서 "장부가 부인의 말을 들어 유익한 일이 없고 재앙이 있다 하오니, 암탉이 새벽에 울 것을 경계하나이다."라고 하며 초자아로서의 권위뿐만 아니라 유한림을 의식하고, 배려하여 자아의 반발과 배척을 무마하는 현숙함을 보여 무리 없이 자리를 굳힌다.

뿐만 아니라 사씨의 시아버지가 돌아가시면서 유한림에게 황제에 충성하고 고모와 지어미를 중히 대접할 것과 집안에서 마땅히 지켜야 할 도덕적 규범을 창성할 것을 유언한다. 이 유언은 유한림에게는 다시 한 번 자신의 삶의 서사를 가다듬게 한다. 그리하여 고모와 사씨의 초자아로서의 권위를 높인다. 사씨는 이로써 더욱 유한림의 초자아로서 확고한 지위와 역할을 하게 된다.

물론 이러한 과정이 단순히 당시의 독자들에게 설득력 있고 흥미로웠을 서사적 설정일 수도 있다. 하지만 문학상담의 측면에서 볼 때, 이러한 과정은 김만중의 중심자아인 유한림이 초자아의 서사를 적극적으로 이해하고 수용한 결과로 받아들일 수 있다. 즉 이러한 과정을 통해 김만중의 중심자아인 유한림은 자신의 삶의 서사를 의식화하고 있다. 청혼의 과정 속에서의 사소하지 않는 갈등을 통해 그리고 아버지의 유언을 통해 자신의 삶의 태도를 성찰하고, 자신의 건강한 삶의 자세를 고취하고 있다.

이러한 삶의 서사 지향은 실제로 김만중이 자신의 삶 속에서 살아갔던 모습과 닮아있다. 김만중도 올곧은 문신으로서 정도와 정의에 따라 진퇴가 분명하다. 목숨을 걸고 비리와 불의를 충간하다가 몇 차례의 귀양살이를 겪으면서도 그 충의를 꺾지 않는다. 그리고 그런 자신의 소신을 올곧게 지켜내면서 시련을 이겨내는 삶을 산다. 이러한 김만중의 삶을 통해 볼 때, 김만중은 자신의 창작품인 〈사씨남정기〉의 등장인물을 통해, 자신의 삶의 태도를 고취하고 다짐하였을 가능성이 크다. 즉 자신의 중심자아인 유한림과 동일시하고, 초자아인 아버지와 두부인, 사씨 등의 서사를 대상화하여 성찰하면서, 이해·수용하면서 자신의 삶의 태도를 올곧게 바로잡고, 각오와 의지를 새롭게 하였을 가능성이 크다. 물론 이를 써나가는 과정이 문학상담의 상황과 장면 속에서라면, 김만중은 이 부분의 글쓰기 과정을 통해 자신의 자아를 건강하게 하고, 삶에 대한 자각과 통찰을 성취했을 것임이 틀림없다.

그런데 유한림은 성혼 후 10년 동안 자식을 보지 못한다. 이때 김만중의 중심자아인 유한림은 '재취와 후사'에 대한 본능적 욕망의 충족을 억누르면서도, 사부인이 이를 염려하여 첩들이기를 간청하기를 기다렸을지도 모른다. 유한림이 사부인의 간청을 듣지 않은 이유가 싫어서가 아니라 "그 진정을 몰라 의심"하였기 때문이다. 프로이트도 자아와 원초자아의 차이를 지나치게 엄격한 의미로 받아들여서는 안 될 것이며, 자아는 원초자아가 특별히 분화된 일부분이라는 사실을 잊어서도 안 된다고 한다. 또한 원초자아 속에는 무수히 많은 자아의 존재적 잔재물들이 숨겨져 있다고 한다. 그렇기 때문에 유한림도 싫다고 하지 않는 것이다.

하지만 유한림에게 있어서는 항상 경계해야 하고, 황제에 충성하며, 가정에 충실 등 선비나 성인으로서의 자신의 자아를 형성하려고 노력해야만 한다. 즉 유한림으로서는 의식적으로 사부인의 간청을 쉽게 허락하지 않아야 한다. 하지만 유한림의 무의식적 욕망은 그와는 반대이기 때문에 사부인의 의중을 재삼 확인할 필요가 있다. 자신의 욕망에 대한 비난를 예방해야만 하기 때문이다. 방어벽을 마련하여 어찌할 수 없음을 명분으로 삼아야 하기 때문이다. 그래야 자신의 우월성, 즉 체면과 위신을 손상시키지 않고도 자신의 욕망을 성취할 수 있기 때문이다. 그래서 일단 유한림은 초자아의 지위와 역할자인 사씨의 설득과 권유에 마지못해 자아의 의식적 변화를 한 것인 양 사양한다.

그러면서 유한림은 갈등한다. '유씨 집안의 대'와 '투기와 전·후처 간의 쟁투' 등의 미래 상황에 대한 불확실성 때문이다. 프로이트에 의하면, "원초자아가 오로지 쾌락의 획득을 목적으로 하지만, 자아는 안전성의 고려에 의해 지배된다. 그리고 과대한 본능의 강도가 자아에 손상을 입힐 수 있고, 본능의 요구 충족이 외부 세계에서의 위험을 초래할 수 있기 때문에 원초자아는 위험의 원천이 된다."라고 말한다. 그렇기에 유한림은 자아의 위기에 맞서 자신의 존재를 방어 또는 이 내부의 위험을 진압하려 한다. 그러나 이러한 갈등은 유한림의 욕망, 즉 원초자아의 승리로 끝난다. 애써 '사부인의 허약과 혈기 부족, 생산의 어려움 그리고 통상적으로 일처일첩의 사회적 인정' 등의 이유를 들어 자신의 본능적 욕망을 실현한다.

물론 이러한 갈등과 결론은 사부인의 심리적이고 내적인 과정으로 서술되어 있다. 하지만 사실은 김만중의 중심자아인 유한림의 원초자아와 자아와의 갈등과 해결, 그리고 초자아의 영향과 작용, 조정과 통제 등의 적절한 개입으로 이뤄진 과정이다. 뿐만 아니라 유한림의 욕망과 실현 과정의 대상화를 통해 김만중 자신의 욕망을 대상화하여 성찰하는 과정이기도 하다. 즉 자신의 욕망과 갈등을 작품 속의 등장인물을 통해 드러내어 대상화하고 성찰해 보는 과정이기도 하다. 왜냐하면, 이러한 욕망과 갈등의 서사적 전개가 곧 욕망과 갈등의 대상화이며, 성찰의 기반이 되기 때문이다.

한편, 교씨는 김만중의 중심자아인 유한림의 욕망의 대상적 실체이다.

교씨의 여러 면모는 유한림의 원초적 욕망의 성격이 무엇인지를 알게 해준다. 사씨로서는 인품이 순박하고, 생산이나 잘하여 유씨 집안의 대를 이어줄 정도의 존재가 필요하다. 물론 덕과 재색을 겸비한 처자이면 더욱 좋겠지만, 찾기 어렵다는 것을 사씨도 분명히 알고 있다. 그렇기 때문에 덕행이 유순하고 생산이나 잘하는 사람이 필요하다. 물론 유한림의 초자아로서 최선이 선택이다.

그러나 유한림의 원초적 욕망은 재색이 뛰어난 여인을 갈망하고 있다. 유한림의 욕망을 아는지 모르는지 초자아인 사씨는 교씨를 천거한다. 교씨가 사족의 딸이므로 여염집 여자보다 다를 것이라는 근거 없는 낙관론을 펴며, 교씨를 유한림에게 간청한다. 유한림은 "내게 첩 두는 것이 아직 바쁘지 아니하나 부인이 어진 뜻으로 권하니 막기 어렵고, 또한 교씨 그렇듯 아름답다 하니 부인의 뜻대로 하소서."라고 하며 자신의 욕망을 감추지 않고 그대로 드러낸다. 물론 유한림은 애초에 자색이 비할 데 없는 교씨같은 여인이 필요하다. 즉 자신의 욕망을 성취하기 위해서는 희첩으로서의 여인 즉 절대가인이 필요한 것이다. 유한림의 자아는 그동안 초자아로서의 지위와 역할을 하는 사부인과 두부인의 눈치를 살피며, 표면적으로는 덕이 있고, 유씨 집안의 대를 이어줄 대상에 만족하며, 부득이한 처사인 것인 양한다.

하지만, 사실은 그렇지 않다. 이러한 유한림의 심리가 작품 속에 잘 나타나고 있다. 특히나 교씨의 언행을 통해서 유한림의 원초적 욕망에 대해 더욱 잘 알 수 있다. 먼저, 교씨는 총명하고 민첩하여 유한림의 뜻을 받들어 섬기며, 유한림의 초자아인 사부인을 지성으로 섬긴다. 물론 여기서 무엇보다 좋은 것은 교씨가 유한림의 뜻을 받들어 섬긴다는 사실이다. 이로써 유한림의 자아는 어려서부터 받았던, 초자아의 심리·정신적 압박을 조금이나마 해소할 수 있는 통로가 마련되었기 때문이다. '오륜을 고루 겸한 부부의 도'로써 지켜야하고 경계해야 하는 부부 관계에서 잠시라고 벗어날 수 있는 통로이다. 그동안 초자아의 가르침에 따라 자신의 삶을 정결히 지켜야 했던 유한림에게는 유일한 탈출구가 생긴 것이다. 즉 이제야 유한림은 자신의 성적 욕망을 욕망대로 성취할 수 있게 된다.

결국 교씨는 유한림의 원초적 욕망의 대상적 실체이며, 교씨의 언행은 무의식적 욕망에 대한 표출이다. 김만중의 중심자아인 유한림은 초자아의 불신과 원망, 비난 등의 심리·정신적 압박을 피하면서도 자신의 욕망을 실현할 수 있는 교씨같은 여인이 필요했던 것이다. 말 잘 듣고, 덕보다는 성과 음률 등에 있어 자유분방한 여인, 그러면서도 유한림의 초자아인 사부인과도 불협화음을 일으키지 않는 그런 존재를 원했다. 이를 통해 김만중의 중심자아인 유한림은 성과 음률 등이 상징하는 욕망 추구의 자유로움을 교씨를 통해 추구하고 발산한다.

물론 이는 김만중의 욕망이기도 하다. 이금희도 "윤리적인 여성 앞에서의 김만중은 한낱 유약하고 피동적인 인물로 사랑을 하는 것이 아니라 여성들에게 사랑을 받는 존재이나 '거모(巨母)'의 영향권을 벗어난 그의 개성적인 상대 여성은 반드시 덕의 화신이라 불리는 성녀가 아니라 덕보다는 색, 음률 등을 중시하는 여성일 것"이라고 말한다. 그렇기 때문에 김만중의 중심자아인 유한림도 '덕의 화신이라 불리는 성녀'같은 인물보다는 '색, 음률 등을 고루 갖춘 희첩'으로서의 여인이 필요했던 것이다. 김만중도 이를 통해 자유분방한 삶을 허구의 세계에서 실현 성취한다.

하지만 김만중은 이러한 서사 전개 과정을 통해 자신의 삶의 욕망을 대상화하여 성찰하고 있다. 즉 자신의 삶 속에서 만족되지 않고 억압된 욕구를 자신의 작품의 창작을 통해 문학적으로 승화하고 있다. 등장인물을 통해 대리 충족하면서 자신의 억압된 욕망을 해소할 뿐만 아니라, 자신의 삶의 욕망을 직면하여 성찰하고, 새로운 자각의 고취와 통찰 등을 이루어 나가고 있다.

한편, 교씨는 그 후, 사내아이를 낳는다. 이 사건은 두부인이 지속적으로 제기하는 문제점에 대한 교씨의 불편함을 시원스레 떨쳐준다. 자신에게 쏟아지는 심리적 압박감에서 벗어나기 위한 유일한 방법이기 때문이다. 그래서 교씨는 몸부림친다. 절박하게 사내아이만을 추구한다. 오직 사내아이를 낳는 것만이 초자아로부터의 압박을 벗어날 수 있기 때문이기도 하고, 자신의 위상을 높일 수 있는 방법이기 때문이다. 그렇기 때문에 항상 불안하다. 태기가 있어도 두려움이 앞선다. 결국 '십랑의 부적'에 의지할 수밖에는 없다. 정상적인 방법으로는 안심할 수 없다. 절박하기 때문이다.

사실 김만중의 중심자아인 유한림도 물론 마찬가지이다. 왜냐하면, 유한림도 그동안 자신의 욕망을 추구한 자신에 대한 초자아의 불편한 시선에서 탈출하고 싶었기 때문이다. 그런데 이러한 불편한 시선은 사내아이를 낳음으로써 만이 극복할 수 있기 때문이다. 즉 자신의 욕망 추구의 명분이 생기고, 합리화할 수 있기 때문이다. 그렇기 때문에 사내아이의 출산은 유한림의 간절한 열망을 담는 일이기도 하다. 이것으로 이제 유한림은 마음껏 자신의 욕망을 추구할 수 있게 된다.

그러나 유한림의 초자아인 사씨는 그 이상의 욕망 실현을 원하지 않았다. 이는 교씨의 거문고 소리와 노랫소리가 상징하는 원초자아의 욕망에 대한 제재로 드러난다. 교씨의 거문고 소리를 '음란하고, 음탕하게 노는 곡조, 청루 기생의 곡조'로 과장하고 폄하함으로써 심리·정신적인 압박을 가한다. 여기서부터 유한림의 초자아를 대표하는 사씨와 원초자아를 대표하는 교씨가 격돌하기 시작한다.

이에 원초자아인 교씨는 간악한 거짓과 모함으로 유한림의 자아를 충동하여, 초자아의 압박에서 자유롭고자 한다. 유한림도 처음에는 괴이하고 의심쩍어 한다. 화를 내기도 한다. 하지만 차츰차츰 마음이 변하기 시작한다. 왜냐하면, 사실 유한림도 교씨와 마찬가지로 자신의 욕망을 마음껏 추구하고 실현하고 싶기 때문이다. 물론 이는 유한림의 심리·정신적 갈등 속에서 일어나는 것이기도 하다. 직접적인 표현을 하고 있지는 않다. 다만, 서사 전개 과정 속에서 유한림이 보이는 자세와 태도에 의해서만 알 수 있을 뿐이다. 하지만 이 과정 속에서 김만중의 중심자아인 유한림과 원초자아인 교씨는 이제 하나의 마음이 된다.

그러다 사씨의 잉태와 득남이 현실로 다가온다. 다시 한번 유한림과 교씨, 즉 자아와 원초자아를 긴장하게 한다. 자칫 상황에 따라 욕망 추구의 명분이 없어지고, 결국 유한림이 원초자아의 욕망을 추구할 수 없게 작용하기 때문이다. 그렇기 때문에 교씨는 또 불안하다. 자신에게 쏟아지는 심리적 압박감에서 벗어나기 위한 유일한 방법이 무용지물이 되기 때문이다. 그래서 교씨는 또 몸부림친다. 정상적인 방법으로는 또 안심할 수 없다.

여기서 또 다른 유한림의 원초자아인 동청이 등장한다. 동청은 조실부모한 사족이지만 이 작품에서는 주색잡기, 오입과 음란, 협잡의 대명사이다. 이런 탈선의 극치는 모름지기 유한림의 가계에서 본 모범의 극치와 대립된다. 즉 유한림의 초자아에 대립된다. 그렇기 때문에 초자아인 사씨는 당연히 유한림에게 동청을 집안에 두지 말라고 말한다. 그러나 유한림은 원초자아의 욕망을 억제하고 압박하는 초자아에게 더 이상 밀리지 않는다. 더군다나 교씨와 동청을 통해 사부인을 축출하려고 한다. 유한림이 자신의 억압되어 숨겨진 원초자아의 욕망을 거침없이 실행에 옮기는 동청과 같은 탈선의 극치를 욕망하고 있기 때문이다.

이로써 작품의 서사 전개가 욕망을 중심으로 증폭된 갈등 양상으로 진행된다. 즉 유한림과 사씨, 사씨와 교씨, 그리고 동청 등으로 확대된다. 그리하여 여러 우여곡절 끝에 유한림과 교씨는 다시 회복하고, 교씨와 동청 일당은 몰락한다. 결국 김만중의 중심자아인 유한림이 초자아의 서사를 수용하고, 원초자아의 서사를 극복한다. 물론 이를 통해 김만중은 자신의 성적 욕망의 본질을 대상화하여 성찰하고 있다. 뿐만 아니라 그 욕망 추구의 과정 속에서 드러나는 갈등의 전개 양상과 자기파멸적인 결말을 성찰하고 있다. 그럼으로써 새로운 자각의 고취와 통찰 등을 이루어 나가고 있다.

지금까지 앞에서 논의한 것처럼 김만중은 자신의 중심자아인 유한림을 통해, 자신의 초자아를 사부인, 두부인 등을 통해, 자신의 원초자아를 교씨, 동청 등의 무리를 통해 작품을 전개해 나간다. 김만중은 자신의 원초자아인 교씨, 동청 등의 무리를 통해 꿈같은 소설 속에서 자신의 본능적 욕망 실현을 대리한다. 이금희도 이에 대해 교씨가 자유로운 성, 개방된 성, 쾌락적인 성을 희구했으며, 이는 김만중이 교씨를 통해 성의 개방을 주장했으며, 그의 성 옹호 의식의 소산이라 한다. 그리하여 김만중은 이러한 서사 전개 과정을 통해 자신의 삶의 욕망을 대상화하여 성찰한다. 즉 자신의 삶 속에서 만족되지 못하고 억압된 성적 욕망을 작품의 창작을 통해 문학적으로 승화한다. 등장인물을 통해 대리 충족하면서 자신의 억압된 욕망을 해소할 뿐만 아니라, 자신의 삶의 욕망을 직면하여 성찰하고, 새로운 자각의 고취와 통찰 등을 이루어 나간다.

물론 김만중은 애초에 자신의 중심자아와 원초자아의 욕망이 곧 자신의 삶을 더욱 황폐하게 할 것이고, 자신을 불행하게 만들고 말 것임을 잘 알고 있다. 다만 작품 속에서 자신의 욕망을 드러내고, 다시 성찰함으로써 새로운 통찰을 이루고 싶었던 것이다. 즉 그 욕망이 결국 자신의 사랑하는 자식을 죽이게 하고, 남의 자식을 자신의 자식으로 속임을 당하고, 자신을 사랑하며 지켜주는 부인을 잃게 하고, 결국 자신을 유배, 병, 죽음으로 몰고 간다는 것 등을 적나라하게 밝혀 욕망의 자기 파멸적 폭력성을 대상화하여 통찰하고 싶었던 것이다. 그래서 작품의 서사 전개를 자신의 중심자아인 유한림과 초자아의 승리로 매듭짓게 한다. 결국 자신의 자아와 초자아의 이해와 수용, 용서와 화해 등의 선택과 승리로 귀결되게 만들었던 것이다. 뿐만 아니라 이러한 극치의 욕망 추구와 실현의 과정은 자기파멸적 과정이며, 합당한 욕망 추구와 실현을 통해 만족하는 삶이 행복하게 살아가는 길임을 독자들에게 우회적으로 설득하고, 권유하고 싶었던 것이다.

이는 교씨가 갖은 계교를 벌여 유한림에게 사씨를 참소하는 것을 넘어 한림이 지방 백성들의 기민을 구원하기 위해 떠난 후 동청과 정을 통하며 동청과 더불어 사씨를 죽이려고 한 것과 굳이 동청의 자식을 낳게 설정한 것으로도 알 수 있다. 왜냐하면, 사뭇 과도한 설정이기 때문이다. 당시 독자들의 흥미를 돋우기 위한 허구적 설정치고는 지나치기 때문이다.

예컨대 가난한 선비의 아내보다 재상가의 첩이 되고자 한 교채란의 욕망의 실현은 당시의 윤리도덕의 관념으로서도 충분히 이해할 수 있는 부분이다. 그러나 동청과 사통, 자신의 자식을 죽이고, 사씨뿐만 아니라 유한림 마저도 죽이려는 극단적인 행동이다. 더군다나 그 후 기생이 되고 다시 첩이 되는 욕망 추구의 과정은 김만중의 의도적 과장과 성격 창조가 아니고서는 억지로 하려고 하지 않는 한 이해할 수 없는 부분이다. 김현양은 이것에 대해 김만중이 〈사씨남정기〉에서 이처럼 욕망의 공간을 허용하고 있는 것은 교화주의적 의도를 극대화하고자 했기 때문이라고 한다. 즉 본능적 욕망을 적극적으로 실현할 수 있게 허용한 것은 작가의 의도라는 것이다. 본능적 욕망에 대항하는 심리적 방어기제에 의한 적절한 조절과 통제가 이뤄지지 않을 경우, 현실의 질서가 얼마나 훼손될 수 있는가를 적나라하게 보여주기 위한 장치라는 것이다.

결국 김만중은 이러한 글쓰기 과정을 통해 자신의 본능적 욕망 실현의 대리물들을 통해 본능적 욕망을 해소했으며, 내면세계를 성찰하고, 이를 바탕으로 새로운 자각과 통찰, 각오와 의지 등을 갖고 자신의 삶을 다지게 된다. 물론 이러한 점들을 의도하고, 〈사씨남정기〉를 창작하지는 않았을 수도 있다. 그리고 세세한 부분까지 모두 자신의 자아, 초자아, 원초자아의 욕망이 반영되어 나타났다고 할 수도 없다. 예컨대, 사씨가 쫓겨나고서 자살하려는 장면이다. 이 부분의 사씨는 초자아로서의 위상에 걸맞지 않을 행동을 나타낸다. 하지만 초자아가 초자아로서의 역할을 수행하지 못했을 경우 발생하는 자괴감, 좌절과 절망, 그리고 혼란과 포기 등이 원인이 되어 무기력 상태가 될 수도 있다고 해석할 수 있다.

그렇기 때문에 이 장에서는 거시적인 측면에서 김만중의 심리적 갈등이 글쓰기 초기단계의 인물을 설정하고 성격을 부여하는 과정, 인물과 사건을 형상화해 나가는 과정 등에 반영된 측면에 주목하여 고찰한다. 원래 창작자는 자신의 생각과 마음을 더욱 설득력 있고, 흥미 있게 표현하기 위해 특별한 장치와 서사 전개 과정을 불가피하게 설정하기도 하기 때문이다.

〈사씨남정기〉도 예외는 아니다. 창작 과정에서 필연적으로 당시의 독자에게 설득력 있고 흥미로웠을 허구적 장치와 변화 등이 설정되고 작동하기 마련이다.

2. 유씨부인의 한과 치유 : 〈조침문〉

자신의 속마음이나 뜻을 다른 사물에 빗대어 이야기하는 것은 오랜 전통이다. 단도직입적으로 얘기했을 때 돌아오는 부정적인 효과와 영향을 피하고, 오히려 자신의 속마음과 뜻을 더욱 적극적으로 실현시킬 수 있는 적절한 양식이기 때문이다. 더군다나 이야기 성격에 맞는 다양하고 적절한 사물에 빗대어 전개한다면, 작품의 묘미는 이루 말할 수 없이 확장될 것이다. 즉 작품의 내용은 상상력의 날개를 달고 더욱 역동적이고 생동감 있게 살릴 수 있게 되고, 그 감동과 재미와 깨달음은 더욱 풍성해질 수 있기 때문이다. 그렇기에 이런 형식의 글은 고대에서 현대에 이르기까지 다양한 갈래의 많은 문학 작품들 속에 감초처럼 나타난다. 〈조침문〉도 마찬가지이다.

모든 작품은 작가의 삶이 반영된 창작품이고, 작가의 삶과 삶의 욕망은 뗄 수 없는 관계이기에 〈조침문〉에도 작가의 삶과 삶의 욕망이 반영되어 있음은 자명하다. 특히나 〈조침문〉이 수필적 성격의 제문이기에 감정이 풍부하게 담겨질 수 있어 더욱 그렇다. 역시나 〈조침문〉에는 유씨 부인의 감정을 충분히 파악하고 이해할 수 있을 만큼 잘 드러나 있다. 뿐만 아니라 다 알 수는 없지만, 〈조침문〉에는 유씨 부인의 삶의 역정과 내막이 어느 정도는 서술되어 있어 유씨 부인의 마음을 더욱 쉽고 분명하게 헤아릴 수 있다. 더 나아가 〈조침문〉에 나타난 유씨 부인의 심경 변화는 인간의 심리·정신적 갈등과 장애, 문제상황 등이 글쓰기를 통해 어떻게 극복될 수 있는지를 이해할 수 있게 한다.

그러므로 〈조침문〉은 문학상담의 관점에서 매우 적절한 탐구 대상이다.

왜냐하면, 문학상담의 관점이 〈조침문〉에서 잘 실현되어 나타나고 있기 때문이다. 문학상담은 문학의 본래적 기능을 치료로 보고 연구하는 학문 분야이고, 문학의 본래적 기능이 쾌락과 교훈을 동시에 발휘하는 치료라는 관점이다. 그런데 〈조침문〉에는 유씨 부인의 심경의 변화와 극복 양상이 잘 드러나 있다. 그렇기 때문에 이 작품 자체가 문학의 실현을 통한 인간의 정신·심리적 갈등과 장애, 문제상황 등에 대한 치료가 어떻게 가능함을 보여주는 증거 사례가 된다.

〈조침문〉은 조선 순조 때에 유씨 부인이 지은 수필적 성격의 제문으로 알려져 있다. 여성적 문화와 섬세한 감각이 잘 드러나 있는 수필 문학으로서 자리매김된 작품이다. 글쓴이는 일찍 과부가 되어 자식도 없이 27년을 살았는데, 가산도 빈궁한 형편이어서 삯바느질로 생계를 이어나가야만 하는 처지이다. 반면 작품 속에 나타난 '시삼촌'이 동지상사였고, '편작의 신술'이니 '백인'의 고사를 거론하고, '제문의 형식'을 알아 제문을 짓는 것으로 보아 지체가 낮은 가문은 아닐 것이라는 추측이 가능하다.

〈조침문〉은 바늘을 의인화하여 쓴 글로 문자 그대로 해석하면 바늘의 죽음을 애도하는 글이다. 굳이 갈래를 따지자면 고전수필에 해당된다. 여성적인 감각과 감수성으로 비인격체인 '바늘'을 의인화하여 규중 미망인의 심회를 잘 드러낸 작품이다. 또한 자기 고백적 글쓰기의 하나이고, 자기 삶에 대한 위로와 애도의 글이기도 하다. 아끼던 '바늘'이 부러진 사건을 계기로 자신의 삶의 한과 욕망을 결합시켜 진술하고 인간적인 고백이 담긴 작품이다. 즉 바늘을 빗대어 자기 삶의 넋두리를 여성의 감성적인 표현과 더불어 잘 펼쳐 드러내고 있는 작품이다. 남편을 여의고 바느질에 재미를 붙여 나날을 보내 왔던 부인이 자기가 쓰던 바늘이 부러지자 슬픈 마음을 누를 길 없어 이 글을 지은 것이다. 자신의 삶의 애환을 바늘에 빗대어 신세를 한탄하고 위로하고 다음을 기약한 글이다. 이러한 글쓰기 과정 속에서 자기 삶의 긍정성을 회복하고, 완전하지는 않지만 자신의 삶과 평생 품은 한을 문학적 승화와 성찰, 이해와 수용, 통찰 등의 과정으로 극복해 나가고 있는 글이다.

인간은 보통 현실 속에서 실현하고 싶은 자신의 삶의 욕망을 꿈속에서뿐만 아니라 어떠한 형태로라도 실현하고자 한다. 몸으로든지 말로든지 글로든지 몸짓이나 활동으로든지 드러나기 마련이다. 이 속에서 인간은 자신의 삶 속에서 겪는 심리·정신적 갈등과 장애, 문제상황 등을 살아가는 한 어떻게든 극복해 보려고 한다. 즉 그 과정에서 몸과 마음의 병이 치유되고 자연스레 건강을 되찾기도 한다.

모든 병이 그렇듯이 인간은 어느 정도 스스로의 내적힘으로 극복할 수 있다. 이것을 자기치유력 또는 회복 탄력성이라고 한다. 하지만 그렇지 않은 경우 우리는 스스로 이겨낼 수 있는 내적힘을 키우기 위해 다른 것들의 도움을 받아야 한다. 그 가운데 필요하고도 적절한 도움 중의 하나가 문학을 통한 상담과 치료이다. 즉 듣기·말하기·읽기·쓰기 그리고 활동하기 등의 문학활동을 통해 내담자의 심리·정신적 갈등과 장애, 문제상황 등을 극복할 수 있는 내적힘을 북돋는 과정이다.

내담자는 이러한 문학적 창작 활동을 통해 자신의 장애와 갈등을 완전하지는 않지만 극복해내며, 그 과정을 일정 수준의 작품으로 승화시켜 나가게 된다. 문학상담에서는 이러한 의미로 내담자의 문학활동 속에서 창작된 모든 결과들을 작품이라 한다. 이와 같이 문학은 자가 치료적인 특성을 본질적으로 가지고 있다고 말할 수 있으며, 이러한 과정 모두를 문학상담의 치료 과정이라고도 할 수 있다.

따라서 문학상담에서 글을 쓴다는 것은 자신의 삶을 쓴다는 말과 같다. 왜냐하면 내담자의 작품에는 글쓴이의 삶과 삶의 욕망이 절박하게 반영되어 있기 때문이다. 대체로 문학상담의 상황과 장면 속의 내담자도 자신의 삶과 삶의 욕망을 말로든 글로든 활동으로든 표현한다. 그리하여 작품 속에서 자신의 삶과 삶의 욕망을 실현해 나가며, 심리·정신적 갈등과 장애, 문제상황 등을 일정 정도 극복해 나간다.

이는 작가가 작품창작의 과정과 창작품을 통해 자신의 욕망을 실현·해소해 나가며, 한 단계 높은 차원의 성숙과 지혜로움에 이르러, 완전하지는 않지만, 자신의 삶의 욕망을 문학작품의 창조 속에서 충족해 나가는 과정과 유사하다. 작가도 인간이기에 자신의 삶 속에서 심리·정신적 갈등과 장애, 문제상황 등을 겪기 마련이고, 그것의 반대급부적인 다양한 욕망을 갖게 된다. 하지만 작가는 그러한 창작품을 통해서 자신의 욕망을 실현·해소해 나가며, 심리·정신적 갈등과 장애, 문제상황 등을 일정 정도 극복해 나간다.

그러므로 문학상담에서 작품을 창작한다는 것도 이러한 심리·정신적 갈등과 장애, 문제상황 등 속에서의 욕망을 창조적 작품 활동을 통한 실현·해소의 과정으로 설명할 수 있다. 즉 내담자가 상담자와 함께 듣기·말하기·읽기·쓰기, 활동하기 등을 통해 이뤄나가는 과정 속에서 내담자의 삶과 삶의 욕망이 문학 창작으로 승화되어 나타난 결정체가 작품이기 때문이다. 진주조개가 갯벌과 모래를 삼키며 주어진 삶을 감내하는 삶을 통해 진주를 품어 탄생시키듯, 삶의 심리·정신적 갈등과 장애, 문제상황 등 여러 가지 삶의 국면 속에서 가지는 아픔과 슬픔, 두려움과 어려움 등을 이겨내는 성장과 발달을 이루는 과정에서 승화되어 탄생한 창조적 성과이기 때문이다.

물론 문학적 역량의 차이가 존재하는 것이 사실이며, 그 질과 가치의 차이도 분명하다. 하지만 내담자가 창작한 작품의 질과 가치는 객관적인 기준에 의해 평가될 것이 아니다. 이는 창작자인 내담자의 주관에 의해 부여되는 측면이 크고 결정적이다. 즉 내담자가 자신의 작품과 얼마나 공감하고 있고, 자가 치료적 의미가 얼마나 담겨있느냐에 따라 상대적으로 그 질과 가치가 결정된다. 왜냐하면 그 질과 가치는 내담자의 정신·심리적 만족과 평안함, 행복감 등과 더 밀접히 관련되어 있기 때문이다.

〈조침문〉도 마찬가지의 작품이다. 〈조침문〉도 위와 같은 성격을 가진 작품으로 볼 수 있기 때문이다. 왜냐하면, 〈조침문〉도 글쓴이의 삶과 삶의 욕망이 절박하게 반영되어 있기 때문이다. 즉 글쓴이인 유씨 부인이 작품창작의 과정과 창작품을 통해 자신의 한을 승화해 내어 한단계 높은 차원의 성숙과 지혜로움에 이르러, 완전하지는 않지만, 자신의 삶의 욕망을 문학작품의 창조 속에서 충족해 나는 것과 유사한 글 전개 양상을 보이고 있기 때문이다.

(가) 유세차(維歲次) 모년(某年) 모월(某月) 모일(某日)에, 미망인 모씨(某氏)는 두어 자 글로써 침자(針者)에게 고하노니, 인간 부녀의 손 가운데 종요로운 것이 바늘이로대, 세상 사람이 귀히 아니 여기는 것은 도처에 흔한 바이로다. 이 바늘은 한낱 작은 물건이나, 이렇듯이 슬퍼함은 나의 정회(情懷)가 남과 다름이라. 오호 통재(痛哉)라, 아깝고 불쌍하다. 너를 얻어 손 가운데 지닌 지, 우금(于今) 이십칠 년이라. 어이 인정이 그렇지 아니하리요. 슬프다. 눈물을 잠깐 거두고 심신을 겨우 진정하여, 너의 행장(行狀)과 나의 회포(懷抱)를 총총히 적어 영결(永訣)하노라.

(나) 연전(年前)에 우리 시삼촌께옵서 동지상사(冬至上使) 낙점(落點)을 무르와, 북경을 다녀오신 후에, 바늘 여러 쌈을 주시거늘, 친정과 원근 일가에게 보내고, 비복(婢僕)들도 쌈쌈이 나눠 주고, 그중에 너를 택하여 손에 익히고 익히어 지금까지 해포 되었더니, 슬프다, 연분이 비상하여, 너희를 무수히 잃고 부러뜨렸으되, 오직 너 하나를 연구(年久)히 보전하니, 비록 무심한 물건이나 어찌 사랑스럽고 미혹(迷惑)지 아니하리오. 아깝고 불쌍하며, 또한 섭섭하도다.

(다) 나의 신세 박명하여 슬하에 한 자녀 없고, 인명(人命)이 흉완(凶頑)하여 일찍 죽지 못하고, 가산이 빈궁하여 침선(針線)에 마음을 붙여, 널로 하여 생애를 도움이 적지 아니하더니, 오늘날 너를 영결하니, 오호 통재라, 이는 귀신이 시기하고 하늘이 미워하심이로다.

(라) 아깝다 바늘이여, 어여쁘다 바늘이여, 너는 미묘한 품질과 특별한 재치를 가졌으니, 물중(物中)의 명물이요, 철중(鐵中)의 쟁쟁(錚錚)이라. 민첩하고 날래기는 백대의 협객이요, 굳세고 곧기는 만고의 충절이라. 추호(秋毫) 같은 부리는 말하는 듯하고, 두렷한 귀는 소리를 듣는 듯한지라. 능라(綾羅)와 비단에 난봉(鸞鳳)과 공작(孔雀)을 수놓을 제, 그 민첩하고 신기함은 귀신이 돕는 듯하니, 어찌

인력이 미칠 바리요.

(마) 오호 통재라, 자식이 귀하나 손에서 놓일 때도 있고, 비복이 순하나 명을 거스를 때 있나니, 너의 미묘한 재질이 나의 전후에 수응(酬應)함을 생각하면, 자식에게 지나고 비복에게 지나는지라. 천은(天銀)으로 집을 하고, 오색으로 파란을 놓아 곁고름에 채였으니, 부녀의 노리개라. 밥 먹을 적 만져 보고 잠잘 적 만져 보아, 널로 더불어 벗이 되어, 여름 낮에 주렴(珠簾)이며, 겨울밤에 등잔을 상대하여, 누비며, 호며, 감치며, 박으며, 공그릴 때에, 겹실을 꿰었으니 봉미(鳳尾)를 두르는 듯, 땀땀이 떠 갈 적에, 수미(首尾)가 상응하고, 솔솔이 붙여 내매 조화가 무궁하다. 이생에 백년동거 하렸더니, 오호 애재(哀哉)라, 바늘이여.

(바) 금년 시월 초십일 술시에, 희미한 등잔 아래서 관대 깃을 달다가, 무심중간(無心中間)에 자끈동 부러지니 깜짝 놀라와라. 아야 아야 바늘이여, 두 동강이 났구나. 정신이 아득하고 혼백이 산란하여, 마음을 빻아 내는 듯, 두골을 깨쳐 내는 듯, 이윽도록 기색혼절(氣塞昏絶)하였다가 겨우 정신을 차려, 만져 보고 이어 본들 속절없고 하릴없다. 편작의 신술로도 장생불사 못하였네. 동네 장인에게 때이련들 어찌 능히 때일손가. 한 팔을 떼어 낸 듯, 한 다리를 베어 낸 듯, 아깝다 바늘이여, 옷섶을 만져 보니, 꽂혔던 자리 없네.

(사) 오호 통재라, 내 삼가지 못한 탓이로다. 무죄한 너를 마치니, 백인이 유아이사(由我而死)라, 누를 한하며 누를 원망하리요. 능란(能爛)한 성품과 공교(工巧)한 재질을 나의 힘으로 어찌 다시 바라리요. 절묘한 의형(儀形)은 눈 속에 삼삼하고, 특별한 품재(稟才)는 심회가 삭막(索莫)하다. 네 비록 물건이나 무심치 아니하면, 후세에 다시 만나 평생 동거지정(同居之情)을 다시 이어, 백년고락과 일시생사(一時生死)를 한 가지로 하기를 바라노라. 오호 애재라, 바늘이여.

먼저, 〈조침문〉에는 유씨부인의 감정표현이 매우 많이 나타난다. 즉 유씨부인은 이 작품 전체에서 자신의 감정을 매우 많이 적극적으로 드러내고 있다. 이를 위해 유씨부인은 제문이라는 특성을 잘 활용하고 있다.

제문은 죽은 사람을 추모하고 애도하는 글이다. 즉 제문에 죽은 사람에 대한 애틋함과 슬픈 감정을 적극적으로 드러낸다고 하여 허물이 되지 않는 글이다. 오히려 절제한답시고, 담담하거나 냉정한 것이 더욱 어색하다. 왜냐하면, 인간에게서 죽음이라는 것은 대개 인간이 겪을 수 있는 가장 큰 두려움이고 슬픔이기 때문이다. 가장 큰 두려움과 슬픔을 안겨주는 죽음 앞에서 이성과 예의를 차려 감정을 절제해야 하는 평소의 입장과 처지와는 전혀 다를 수 있기 때문이다. 오히려 비통하게 곡을 하고, 머리를 풀어 헤치고 슬피 우는 장면이 자연스러운 장면이 될 수 있다.

그러므로 죽음이라는 상황에서 쓰는 제문은 사회·역사·문화적 제약이 따르는 입장과 처지의 부류에게도 조금 더 자유스럽게 자신의 감정을 발산할 수 있는 기회의 장이 될 수 있다. 이는 격식과 예의를 차려 다른 이를 의식해야 하는 부류의 사람들에게도 감상적인 표현이 허용될 여지가 충분히 있음을 의미한다. 유씨부인이 〈조침문〉에서 충분히 자신의 감정을 노출시킬 수 있었던 것도 이러한 제문의 특성 때문일 가능성이 크다. 즉 이런 제문의 특성으로 인해 정신·심리적 갈등과 장애, 문제상황 등을 직접적으로 충분히 드러낼 수 있으면서도 불편한 관계와 처지에 빠질 수 있는 위험을 피할 수 있다. 예컨대, 자신의 분신 같은 '바늘'이라는 대리물을 통해 자신의 괴롭고, 두렵고, 외로운 심정을 절절하게 쏟아낼 수 있다. 즉 제문이라는 특성이 가져다주는 장점으로 인해 유씨부인은 죽음이라는 인간의 가장 큰 슬픔과 유사한 상황을 '바늘'의 부러짐에 동일시하여 자신의 감정을 마음껏 드러낼 수 있다. 그 속에서 그동안 억누르고 맺혔던 미망인으로서의 한스런 감정을 폭발적으로 발산할 수 있다. 하지만 그럼에도 불구하고 다른 사람의 눈을 의식할 필요는 상대적으로 적다는 것이다.

문학상담에서 이러한 자신의 삶과 감정에 대한 적극적인 표현 과정은 심리·정신적 갈등과 장애, 문제상황 등을 극복하는 첫걸음이다. 이를 통해 어느 정도의 감정의 정화에 이르고, 이렇게 표현된 자신의 삶과 감정들은 제3의 위치에서 객관적으로 바라볼 수 있게 대상화된다. 그럼으로써 내담자는 그때야 비로소 자신의 삶과 감정에 직면하여 심리·정신적 갈등과 장애, 문제상황 등에 대한 성찰로 이어진다.

〈조침문〉의 작품 곳곳에는 유씨부인의 감정 표현들이 알알이 맺혀 있다. 일단 작품 속에 나타난 감정 표현들을 열거해 보면, (가)에서는 "슬퍼하다, 통재라, 아깝다, 불쌍하다, 슬프다", (나)에서는 "슬프다, 사랑스럽다, 미혹하다, 아깝다, 불쌍하다, 섭섭하다", (다)에서는 "통재라", (라)에서는 "아깝다, 어여쁘다", (마)에서는 "통재라, 애재라", (바)에서는 "깜짝 놀라다, 정신이 아득하다, 혼백이 산란하다, 마음을 베어내는 듯하다, 두골을 깨쳐내는 듯하다, 속절없고 할 일 없다, 아깝다, 통재라", (사)에서는 "누구를 한하며 누구를 원하리요, 심회가 삭막하다, 통재라" 등등이다.

이는 글의 분량에 비해 매우 많은 양이다. 각 단락마다 글쓴이의 감정이 흘러넘치도록 풍부히 표현되어 있다. 특히나 슬프고 우울한 감정이 대부분이다. 형식적으로 유사한 이익의 〈제노문(祭奴文)〉과 비교해 보면 더욱 그러한 생각이 든다. 그러므로 이것이 단지 제문의 특수한 성격 때문이라거나 감수성이 풍부하고, 섬세한 여성의 작품이라거나 하는 측면으로 치부하기에는 그 정도가 지나치다고 판단된다. 〈조침문〉에 표현된 이렇게 많은 감정 표현들은 제문과 여성의 특성을 넘어 한 인간의 절규에 가까운 편이다. 그렇기 때문에 글 속에 드러나 있는 글쓴이의 처지와 관련한 표현들과 감정표현들을 되새겨 볼 때, 글쓴이의 풍부하다 못해 과도한 감정 표현만큼 더욱더 그 어렵고 힘든 삶과 마음을 조금이나마 헤아려 볼 수 있다. 뿐만 아니라 그러한 어려움과 힘듦 속에서 겪은 슬픔과 한스러움과 불쌍함이 바늘이라는 분신과 같은 사물에 투영되어 글 속에 나타났음도 헤아려 볼 수 있다.

그렇다면 왜 이렇게 많은 감정 표현들이 한 인간의 절규에 가깝게 표현되고 있는지 궁금해진다. 각별하다고 해도, 한낱 바늘의 부러짐을 두고, 홍수처럼 넘치는 감정 표현이 드러나기는 쉽지 않다. 하지만 그 이유는 먼저 (가), (나)에서 찾을 수 있다. 먼저 (가)에서 유씨부인은 '바늘'에 '남다른 정회'가 있다. 유씨부인이 말한 것처럼 자신의 '남다른 정회'가 작용했음이 틀림없다. '미망인'이라는 자신의 처지와 관련 있을 것이라는 추측도 어렵지 않다. 남편을 여의고, 미망인으로써 27년의 세월을 감내하며 살았으니 더욱 그렇다. 과부로 사는 괴로움과 두려움과 외로움 등은 과부가 되어보지 않고는 정확히 가늠하기 힘들다. 특히나 조선시대 후기의 사회·역사·문화적 배경에서 살아보지 않고서는 더욱 그렇다. 하지만 눈물의 세월이었을 것만 같다.

뿐만 아니라 (나)에서 보면 그 처지가 더욱 서글프게 표현되어 있다. 슬하에 자녀도 없고, 가산이 빈궁하여 삯바느질을 하여 연명하는 처지다. 과부도 서러운데 빈궁한 처지니 그 고통스러운 삶과 세월을 어찌 다 헤아리기는 매우 어렵다. 하지만 이러한 측면들이 글의 감정 표현들과 밀접히 관련이 있을 것이라는 것도 또한 추측하기 그리 어렵지 않다.

더군다나 시간에 대한 표현을 비교해 보면 더욱 그럴 가능성이 더 크다. 〈조침문〉에서 시간 개념은 일반적인 시간 개념과는 사뭇 다르다. (나)에서 보면, 시삼촌이 바늘을 준 것은 '연전'의 일이다. 유씨부인이 쓴 제문의 대상, 즉 부러진 바늘은 동지사로 북경을 다녀온 시삼촌에게서 '몇 해 전'에 받은 것이다. 그런데 유씨부인이 바늘을 손에 익힌 지는 '해포', 즉 한 해가 조금 넘는 동안이다. 물론 '짧지 않는 시간'으로 해석한다면 '연전'이나 '해포'나 별반 다를 것이 없다. 하지만, '연분이 비상하여 너희를 무수히 잃고 부러뜨렸으되 오직 너 하나를 연구히 보전'하였다가 지금에서야 부러뜨렸다는 것이나, 지금에 이르기까지 무려 '이십칠 년' 동안이나 지녔다는 것 등은 앞뒤가 맞지 않다. 앞의 시간과 관련하여 무엇인가 물리적 개념이나 범주로 설명하기 곤란한 측면이 있다.

그렇다면 어떤 측면의 영향과 작용에 의해 이러한 착오가 있었는지 궁금해진다. 물론 이러한 착오의 원인이 심리적인 측면의 작용과 영향일 가능성이 크다. '연분이 비상하여 너희를 무수히 잃고 부러뜨렸으되 오직 너 하나를 연구히 보전'한 이 바늘에 대한 유씨부인과의 관계는 〈조침문〉의 여러 곳에서 말하듯이 남다르기 때문이다. 즉 이 바늘이 유씨부인에게는 '남다른 정회'가 있기 때문이다. 인생의 벗 또는 반려와 같은 존재이다. 그렇기 때문에 이러한 존재와 보낸 시간은 과학적이고 논리적인 시간 개념으로써는 설명할 수 없다. 즉 '남다른 정회'가 있는 이 바늘에는 과학적이고 논리적인 시간이 아니라 유씨부인의 생애에 대한 회상과 기억이 결합된 심리적 시간이 흐르고 있다.

글쓴이에게 바늘은 (마)에서 말한 것처럼 자신의 한스런 삶과 27년을 함께하며, 자신의 어렵고 힘든 삶을 이겨낼 수 있게 한 벗과 같은 존재이다. '자식에게 지나고 비복에게 지나'는 존재이다. 항상 몸에 지녀 함께 따라다니는 존재이다. 또한 (다)에서 말한 것처럼 슬플 때나, 외로울 때나, 괴로울 때나 항상 함께 붙어 다니며 자신을 위로하고, '시름'을 잊게 해준 고마운 존재이다. 그리고 가산이 빈궁한 글쓴이에게 생계를 잇게 해준 은인이다. 그렇기에 글쓴이에게는 바늘과의 이별이 평범한 이별이 아니다. 남다른 관계의 영원한 이별이다. 인간의 힘으로 어찌할 수 없는 큰 힘, 운명의 장난 같은 극복할 수 없는 비극이다. 뭔가 항의도 해 보고, 여차하면 저항도 해 봄직한 것도 아닌 절망적인 상황인 것이다.

마침내 유씨 부인은 그 충격과 슬픔과 괴로움의 원인을 '귀신과 하늘'에 돌린다. 그 누구도 아닌 '귀신과 하늘'이라 한다. 바늘과의 이별이 '귀신과 하늘'의 시기와 미워함이라 말한다. 하지만 이것이 문학적 형상화의 과정에서 거치는 의도적인 장치이거나 수필적 성격의 제문이기에 쓰인 수사적 표현만일 것이라는 생각엔 무엇인가 아쉬움이 많다. 즉 유씨부인이 미망인으로서의 핍진한 삶에 대한 원망과 한스러움을 오히려 역설적으로 차분하게 표현하고 있다는 생각을 떨칠 수가 없다. 그러한 불가항력적인 상황 속, 더 이상의 소소한 욕심조차 부릴 수 없어 다 내려놓을 수밖에 없는 상태에서의 차분함을 바늘의 영결과 결부시켜 마치 자신의 넋두리를 길게 늘어놓듯이 토로하고 있기 때문이다.

물론 그렇게 하지 않고서는 그 고통을 감당할 수 없기 때문일 수도 있다. '귀신과 하늘'이라는 불가항력적인 엄청난 힘에 의한 이별이기에 그저 인정하지 않을 수 없는 것이 죽음이기 때문이다. 그렇지 않고서는 참을 수도 없는 슬픔과 두려움이기 때문이다. 이렇듯 유씨부인은 자신과 유일하게 동고동락했던 그리고 자신의 유일한 벗이었던 바늘과의 이별에 대한 하늘이 무너지는 것과 같은 극도의 슬픔과 분노를 잠재울 수 없는 심정을 은유적으로 표현한다.

특히나 이러한 토로는 (마)에서 말한 것처럼 '백년 동거'에 이어져 두드러진다. 이는 (가)에서 제문을 지은 이를 밝힐 때 '미망인'이라는 말을 굳이 밝힌 사실과 연결된다. 그리고 마지만 단락인 (사)에서 '평생 동거지정'과 '백년 고락'과 '일시 생사' 등과도 이어진다. 그런데 이러한 것들은 유씨부인의 삶에서 가장 큰 욕망이 무엇인지를 알려주는 상징과 은유적인 표현일 가능성이 크다. 왜냐하면 인간은 누구나 자신의 삶에서 충족되지 못한 가장 큰 욕망을 무의식적으로 그것도 가장 먼저 자주 거론하거나 표현하는 경우가 많기 때문이다.

유씨부인도 역시 자신의 삶 속에서의 가장 큰 욕망을 바늘의 영결을 위한 제문을 통해 드러내고 있다. 그것도 (바)에서처럼 수선스럽고 장황하게 드러내고 있다. "자끈동 부러지니 깜짝 놀라와라. 아야 아야 바늘이여", "정신이 아득하고 혼백이 산란하여, 마음을 베어 내는 듯, 두골을 깨쳐 내는 듯, 이윽도록 기색 혼절하였다가 겨우 정신을 차려, 만져 보고 이어 본들 속절없고 하릴없다.", "한 팔을 떼어 낸 듯, 한 다리를 베어 낸 듯, 아깝다 바늘이여, 옷섶을 만져 보니, 꽂혔던 자리 없네." 등등의 표현을 하며 그 안절부절 못하는 마음과 안타까움과 놀라움을 전 단락 중 가장 극적이고 크게 드러내고 있다.

이는 유씨부인의 처지와 신세에 대한 극도의 한스러움과 안타까움과 슬픔이 소중한 벗인 바늘을 잃은 사건에 투사되고 응축되어 폭발적으로 쏟아진 것으로 볼 수 있다. 소중하고 분신과 같은 벗을 잃은 슬픔과 더불어 또 다시 혼자라는 외로움과 슬픔을 바늘의 부러짐에 빗대고 제문에 실어 표현하고 있는 것이다. 그것은 (바)의 끄트머리 문장인 "옷섶을 만져보니 꽂혔던 자리가 없네."라는 문장 속에서 어느 정도 가늠할 수 있다. 드는 자리는 몰라도 나는 자리는 안다는 말처럼 그 허전함은 아마도 당사자가 아니고서는 헤아리기 쉽지 않을 것이다. 결국 (바)의 수선스럽고 장황한 사설 속에서도 결국 글쓴이의 가장 큰 고통스러움은 홀로 남아 남은 생애를 살아가야 한다는 비애에 이른다.

이와 같이 유씨부인은 전체적으로 감정 표현을 매우 많이 드러내어 자신의 삶의 심리·정신적 갈등과 장애, 문제상황 등에 대해 적극적으로 표현하고 있다. 이것은 매우 긍정적이다. 왜냐하면, 문학상담의 과정 속에서 이러한 적극적인 감정 표현은 매우 긍정적으로 작용하기 때문이다. 자신의 감정을 드러냄으로써 어느 정도의 감정의 정화에 이르게 되고, 일정 정도 안정을 취할 수 있게 된다.

더군다나 이를 통해 다시 한번 당면의 심리·정신적 갈등과 장애, 문제상황 등에 대해 차분하게 바라볼 수 있게 하는 내적힘도 축적된다. 또 그럼으로써 내담자는 비로소 자신의 고통스러운 삶을 외면하지 않을 용기를 내게 된다. 그리하여 이렇게 표현된 자신의 삶과 감정들을 대상화하여 바라볼 수 있게 된다. 즉 자신의 삶과 감정들을 성찰하게 된다. 더 나아가 이는 곧 자신의 삶에 대한 이해와 수용, 통찰 등으로 이어지게 된다.

그러므로 이러한 글쓰기를 통해 자신의 감정을 적극적으로 표현하는 것은 매우 의미 있는 과정이다. 〈조침문〉의 유씨부인도 이러한 글쓰기를 통해 표현, 카타르시스, 대상화, 직면 등의 심리적 과정을 거쳐, 성찰, 이해, 수용, 통찰 등의 심리적 과정에 이르고 있기 때문이다. 이처럼 글쓰기가 자신이 가진 심리·정신적 갈등과 장애, 문제상황 등을 극복해 나가는 심리적 과정에서 매우 긍정적인 작용을 하기 때문이다. 이러한 사실에 대해서는 〈조침문〉을 크게 둘로 나누어 분석해 보면 더욱더 분명하게 확인할 수 있다.

첫째 부분은 (가)에서 (마)까지로, 둘째 부분은 (바)와 (사)로 나눌 수 있다. 그 이유는 글쓴이의 시간에 대한 표현 때문이다. 앞에서도 말했지만 글쓴이가 표현한 시간과 관련한 어휘는 글쓴이의 생애와 심리적 측면이 결합하여 작용한 결과이다. 그런데 여기서 주목하고 싶은 것은 (가)에서의 “모년 모월 모일 미망인 모씨”와 (바)의 “금년 시월 초십일 술시 희미한 등잔 아래서 관대 깃을 달다가”이다. 즉 전자는 연월일과 자신의 성까지도 밝히지 않았지만, 후자는 연월일뿐만 아니라 구체적인 시간과 장소 그리고 행동까지도 밝히고 있다는 사실이다.

이 차이는 분명 유씨부인의 심리·정신적 상황과 장면의 차이임에 틀림없다. 그렇지 않고서는 이러한 차이가 명확히 드러나지 않을 가능성이 크기 때문이다. 물론 문학적 글쓰기의 허구적 특성 때문일 수도 있고, 작가가 변화를 통해 독자의 호기심과 흥미를 자아내게 하는 장치일 수도 있다. 하지만 그렇더라도 글쓴이와 작품과는 떼려야 뗄 수 없는 관계이므로 글쓴이의 어떤 변화와 관계없다고는 할 수 없다. 따라서 이러한 변화는 앞에서도 언급했듯이 글쓴이의 심리·정신적 상황과 장면의 변화를 의미한다고 할 수 있다. 더 나아가 글쓰기를 통한 심리적 변화를 의미하기도 한다.

더군다나 글쓴이의 감정 표현에 있어서 (가)에서 (마)까지 단락보다는 (바)와 (사)의 단락에서의 감정 표현이 더욱 구체적이다. (가)에서 (마)까지에서는 ‘슬프다, 통재라, 아깝다, 불쌍하다, 사랑스럽다, 미혹하다, 섭섭하다, 어여쁘다, 애재라’ 등등이다. 반면, (바)에서는 “깜짝 놀라다, 정신이 아득하다, 혼백이 산란하다, 마음을 베어내는 듯하다, 두골을 깨쳐내는 듯하다, 속절없고 할 일 없다, 아깝다, 통재라” 등등이고, (사)에서는 “누구를 한하며 누구를 원하리요, 심회가 삭막하다, 통재라” 등등이다. 이처럼 글쓴이의 감정 표현에 있어서도 앞부분과 뒷부분의 차이가 뚜렷하다. 그러므로 (가)에서 (마)까지의 글쓴이의 심리·정신적 상황과 장면과 (바) 이후의 글쓴이의 심리·정신적 상황과 장면에는 변화가 있다고 할 수 있다.

이러한 점은 또한 바늘의 죽음, 즉 바늘의 부러짐에 대한 글쓴이의 태도 측면에서도 알 수 있다. (다)에서는 바늘의 죽음의 원인을 ‘귀신이 시기하고, 하늘이 미워하심’이라고 한다. 그런데 (사)에서는 ‘내가 삼가지 못한 탓’이라고 말한다. 물론 단순한 문학적 수사일 가능성도 있다. 하지만 어느 단어나 구절 하나하나에 하다못해 토씨 하나하나에 글쓴이의 생각과 마음이 담겨있지 않은 글이 있던가? 그렇기에 이러한 변화는 문학상담의 관점에서 볼 때 매우 중요한 변화이고 이유 있는 변화이다. 즉 그 변화는 과거에의 집착에서 현실로의 회귀이기도 하고, 상처에 대한 회피에서 불행에 대한 직면이기도 하다는 것이다.

미망인인 글쓴이에게는 죽음에 대한 상처가 깊이 숨겨져 있을 가능성이 크다. 죽음이라는 것을 젊었을 때부터 미리미리 준비한 사람은 거의 없기 때문이다. 그리고 미망인인 글쓴이의 인생에 있어서 남편의 죽음은 매우 큰 상처였을 가능성이 크다. 자신의 인생에 절대적으로 영향을 미칠 수 있는 존재의 죽음이었기 때문이다. 뿐만 아니라 자녀도 없고 가산도 궁핍한 상황에서 의지할 것이 없는 미망인에게는 더욱 그랬을 가능성이 크다. 미망인인 글쓴이는 그래서 자신의 벗이고 반려였던 '바늘'의 죽음을 남편의 죽음과 더불어 처음에는 인정할 수 없었다. 망연자실 그 자체였기 때문이다. 그러한 상황에서는 누구도 차분하고 냉정하게 글을 써 나가기 어렵다. 글쓴이도 마찬가지이다. 그러다 (가)에서처럼 '눈물을 잠깐 거두고, 심신을 겨우 진정'하여 '바늘'의 행장과 글쓴이의 회포를 적은 것이다. 눈물어린 마음으로 힘없이 떨리는 손을 애써 다잡으며 적어 나갔을 것이다.

이렇게 글을 써 내려가면서 글쓴이는 자신의 삶을 되돌아보고, '바늘'의 죽음에 대한 슬픔에 자신의 삶을 투사하여 애끊는 심정을 격하게 토로하고 만다. 그러한 과정에서 글쓴이는 자신의 삶을 성찰하고 운명 같은 '남편'의 죽음을 '귀신의 시기와 하늘의 미워함'으로 이해하고 수용하게 된다. 즉 남편이 죽은 것도, 자신이 따라 죽지 못하고 사는 것도 자신의 죄 또는 잘못이 아니라는 깨달음이다. 누구의 잘못도 아니라는 것이다. 그저 어찌하지 못하는 연약한 인간의 삶일 뿐이라는 통찰이다.

하지만 한편으로 어찌할 수 없는 어려운 상황에서도 꿋꿋하게 잘 버티며 열심히 살아왔음을 자랑스레 얘기한다. 물론 '바늘'의 신통한 행장을 통해서 장황하게 얘기하게 된다. 〈조침문〉 전체에서 차지하는 분량도 많은 편이다. (라), (마)에 걸쳐 구구절절이 칭송이다. 그렇지만 이것이 '바늘'만의 이야기일 뿐인가? 아니다. 그렇게 보기에는 아쉬움이 많이 남는다. 왜냐하면 '바늘'과 글쓴이의 관계가 남다르기 때문이다. 글쓴이도 드러내놓고 표현했듯이 '정회'가 남과 다른 존재이다. '자식에게 지나고 비복에게 지나는 존재', 밥 먹을 때나 잠잘 때마저도 항상 함께 지낸 존재이기 때문이다. 글쓴이의 '한' 많은 삶과 동고동락해온 동반자이기에 더욱 그렇다. 그래서 글쓴이에게는 '벗'이고 '백년 동거'하고 싶은 존재이다. 심리적으로 밀접히 결합되어 있어 '바늘'과 글쓴이는 떼려야 뗄 수 없는 동일시 관계이다.

그러므로 글쓴이의 삶과 한이 온전히 배어있는 '바늘'의 행적은 바로 글쓴이의 행적과 같다. '바늘'의 행적을 이야기한다는 것은 글쓴이의 삶을 얘기한다는 것과 같다. 그렇기 때문에 (라), (마)는 '바늘'에 대한 치적과 칭송의 과정일 뿐만 아니라 고단한 자신의 삶을 버티며 열심히 잘 살아온 자신에 대한 위로이자 격려와 칭찬이라 볼 수 있다. 아마도 글쓴이는 이 과정에서 바늘의 행적과 더불어 어렵고 힘든 삶을 잘 이겨내고 견디어 살아온 자신의 삶에 대한 뿌듯함과 자부심을 느꼈을 가능성이 있다. 그리고 힘을 내었을 것이고, 새로운 삶의 의지를 가다듬었을 것이다. 그러면서 글쓴이는 자신의 삶을 성찰하고, 자신의 삶을 긍정적으로 이해하고 수용해나가는 심리적 과정을 거쳤음에 틀림없다.

그렇기 때문에 드디어 (바)에 이르러 현실로 돌아와 불행에 직면할 수 있게 된다. 즉 바늘의 죽음을 이제는 인정하고 '바늘'의 죽음에 구체적으로 그 아픔을 드러낼 수 있게 된다. 이것은 첫째, '바늘'의 죽음과 남편의 죽음으로 인해 불행했던 자신의 삶의 상처와의 분리가 이뤄지고 있다는 것을 의미한다. 글쓴이 과거의 상처에서 벗어나 '바늘'의 죽음을 중심으로 주목한다는 의미이다. 이는 '바늘'의 죽음으로부터 야기된 글쓴이의 상처와 아픔이 이젠 어느 정도 치료의 국면에 접어들었음을 의미한다.

둘째, 글쓴이의 의식이 현실로 돌아왔다는 것을 의미한다. '바늘'의 죽음으로부터 촉발되었던 과거의 상처는 글쓴이를 현실로부터 도피하게 하고, 상상 속에서 자신의 아픈 상처와 동일시하게 한다. 그래서 '바늘'의 죽음을 자신의 잘못이 아닌 '귀신이 시기하고 하늘이 미워하심'으로 착각한다. 이것은 남편의 죽음과 '바늘'의 죽음을 동일시한 결과이기도 하다.

하지만 글을 쓰는 과정에서 글쓴이는 자신의 상처와 '바늘'의 죽음을 분리해 내고, 다시 현실을 인식하게 되는 과정을 겪는다. 결국 글쓴이는 현실을 인식하자마자 '바늘'의 죽음이 자신의 잘못임을 인정한다. 이로써 남편과 동일시된 바늘은 이제 현실의 '바늘'이 되고, 남편의 죽음과 동일시된 '바늘'의 죽음은 이제 현실 속에서 '바늘'의 부러짐이 된다. 그렇기 때문에 27년이라는 많은 세월 동안 원망했던 남편과 남편의 죽음은 '바늘'의 부러짐과 서로 분리되고, 남편과 귀신과 하늘에 대한 원망에서 돌아와 이제 바늘의 죽음을 현실 속에서 바라보게 된다. 그렇기 때문에 그제야 '바늘'이 '무죄한 너'가 되고, 백인의 고사를 들어 '바늘'의 부러짐이 자신의 부주의임을 생각할 수 있게 된다.

글쓴이는 이러한 인식의 변화에 대해 "누를 한하며, 누를 원하리요"라는 선언을 함으로써 다시 확인하고 다짐한다. 그 결과 '바늘'의 부러짐의 원인을 자신이 '삼가지 못한 탓'으로 인정하고, 그럼으로써 현실을 직시하고 받아들이게 된다. 그리고 '바늘'의 죽음으로 인해 발생한 자신의 아픈 상처의 회상과 집착에서 벗어나 현실로 돌아오게 된다.

그런 후, 글쓴이는 자신의 힘으로 어찌할 수는 없지만, '후세'를 기약한다. '후세'를 기약한다는 것은 자신의 삶의 의지를 반영한다는 의미를 가진다. 하지만 이는 그만큼 자신의 삶을 살아낼 '내적힘'이 발생하였기에 가능하다. 왜냐하면 이러한 미래는 자신의 삶에 대한 긍정적 이해와 수용을 바탕으로만 꿈꿀 수 있기 때문이다. 뿐만 아니라 자신의 남편에게 말하듯 '평생 동거지정'과 '백년 고락과 일시 생사'를 소망하며 마지막 석별의 정을 나눈다. 이 속에서 글쓴이는 '바늘'도 남편도 모두 떠나보낸다. 그럼으로써 글쓴이는 자신의 삶 속에서의 가장 큰 상처와 결별하고 있다.

따라서 글쓴이는 전체적으로 자신의 삶의 갈등과 장애에 대한 감정 표현을 적극적으로 드러냄으로써 자신의 감정을 정화하고, 그 감정들을 대상화하여 성찰한다. 그 결과 자신의 고통스러운 삶을 직면하고 성찰하여 자신의 삶에 대한 이해와 더불어 긍정적으로 수용하게 된다. 그럼으로써 통찰을 이뤄나가며 자신의 삶 속에서의 가장 큰 상처를 극복해 나가고 있다.

3. 혜경궁의 상처와 치유 : 〈한중록〉

이 장에서는 혜경궁이 회갑 이후, 자의 반 타의 반으로 10년간에 걸쳐 집필했던 네 편의 〈한중록〉을 혜경궁의 상처를 치유하는 데 도움이 되었던 심리·정신적 약품으로 간주한다. 왜냐하면 혜경궁이 과거 자신의 상처를 〈한중록〉을 통해 고백함으로써, 즉 글쓰기 과정을 통해서 상처가 치유되거나 완화되는 양상을 드러내고 있기 때문이다. 먼저 정조가 재위할 때 친정 조카 홍수영의 청탁으로 쓴 〈한중록1〉에서는 글쓰기를 통해 죄의식에서 벗어나 '건강한 자아'를 회복하고 있음을 알 수 있다. 둘째, 정조가 승하한 후에 쓴 〈한중록2〉에서는 친정 참화의 부당함을 호소함으로써 글을 쓰는 동안 혜경궁의 분노가 차츰 완화되고 있음을 확인할 수 있다. 셋째, 그 후 혜경궁은 좌절과 실의, 불안감 등을 극복하기 위해 다시 〈한중록3〉을 집필한다. 이를 통해 정조의 아들 순조의 효성을 크게 부각시켜 효성을 자극하여 '사도세자의 죽음'의 진상을 모르는 순조로 하여금 정조의 뜻을 좇아 친정 일문이 무죄함을 밝혀 주도록 유도하기도 한다. 적극적이고 능동적인 삶의 자세이다. 넷째, 정순왕후 승하 후에 완성한 〈한중록4〉에서는 궁중의 큰 어른으로서 혜경궁 나름대로 '사도세자의 죽음'을 재진단하고, 그에 따른 맞춤 처방까지도 제시한다.

이렇듯 혜경궁은 자기 삶의 서사를 드러내어 대상화함으로써 성찰을 통해 새로운 자각과 통찰을 이뤄내고 있다. 그럼으로써 자신의 건강한 삶을 회복해 나가고 있다. 이는 〈한중록〉 전체 쓰기 과정 속에서 자연스럽게 이뤄졌고, 작품 속에 혜경궁의 치유 과정이 고스란히 담겨 있다. 특히나 〈한중록4〉에 이르러서는 조금 더 객관적인 위치에서 심리·정신적 갈등과 장애, 문제적 상황 등을 성찰하고, 해소하려 한다. 그렇기 때문에 〈한중록〉 쓰기는 고백과 치유의 과정이 되었고, 혜경궁 홍씨의 상처를 치유하는 데 도움이 되었던 심리·정신적 약품이었다.

먼저, 혜경궁의 상처 치유는 정조 재위 시에 쓴 〈한중록1〉에서 시작한다. 정조 재위 시에 혜경궁이 최초로 쓴 〈한중록1〉에는 육십 평생 겪어온 삶의 상처와 치유의 기쁨이 차분하고 평온하게 펼쳐지고 있다. 즉 그녀의 삶을 통째로 바꾸어 놓은 '가효당'의 상처에 대해서는 감추지 않으면서도 비극의 핵심인 '사도세자의 죽음'에 대해서는 구체적으로 언급하지 않는다. 아직은 혜경궁이 사도세자의 죽음을 대상화하여 성찰하기에는 심리·정신적 부담감과 두려움이 크기 때문이다.

물론 〈한중록1〉이 친정 조카에게 주기 위해 쓴 글의 성격 때문이기도 하다. 그렇기 때문에 그녀의 출생 및 성장과정, 세자빈 간택과정 등 친정과 관련된 일들이 다채롭게 펼쳐진다. 뿐만 아니라 즉위 초와는 달리 친정에 대한 정조의 은혜가 더욱 두터워진 일, 특히 혜경궁의 회갑 때에 정조의 배려로 사도세자의 묘소를 찾은 일, 그녀가 그곳에서 사도세자를 쫓아 죽지 못하고 세손을 성취시킨 일을 직접 고백한 일, 그럼으로써 사도세자에 대한 죄책감을 떨쳐낸 일, 그런 뒤에야 비로소 평정심을 찾은 일, 화성행궁의 회갑연에서 정조의 헌수를 받고 감격한 일 등에 대해서는 기쁜 마음으로 세세히 기록한다.

그런데 혜경궁은 이 〈한중록1〉을 통해 자신의 육십 평생을 돌아보며 자기 삶의 서사를 대상화하여 성찰할 수 있는 기회를 얻는다. 그럼으로써 새로운 자각과 통찰을 이루고, '건강한 자아'로 회복되고 있음을 보여주고 있다. 즉 〈한중록1〉를 쓰는 과정 속에서 혜경궁이 오랜 세월 동안 짊어져야 했던 '가효당'의 상처를 치유해 가고 있음을 확인할 수 있게 한다.

한편, '가효당'은 '사도세자의 죽음'에서 파생된 결과물이다. 그것은 혜경궁에게 두 가지 의미가 있다. 하나는 혜경궁이 지난날 남편 사도세자의 죽음을 묵인한 데 대한 영조의 보상이다. 즉 과거의 사건에 대한 결산이다. 다른 하나는 영조가 세손을 보호하고 성취시켜 준다는 약속이다. 즉 미래에 대한 희망이다. 그렇기 때문에 '가효당'은 늘 혜경궁의 이중적 마음속 갈등의 실체이다. 이 속에서 죽은 남편에 대한 죄의식과 세손 안위에 대한 희망적인 믿음이 상충하며 공존한다.

그런데 정조가 등극한 후 혜경궁에게 '가효당'의 상처는 새롭게 다시 시작된다. 세손 성취에 대한 불안감은 당시 정조가 즉위함으로써 해소된다. 하지만 정조가 즉위하자마자 "아! 과인은 사도세자의 아들이다."라고 선언함으로써 다시 시작되었기 때문이다. 이후, 정조는 사도세자의 참변과 관련된 사람들과 자신의 등극을 저해하려 했던 홍인한, 정후겸 등을 유배보내 죽인다. 화완옹주를 서인으로 폐하고, 숙의 문씨의 작호도 삭탈하고, 문성국을 노비로 전락시킨다. 더군다나 조정에서는 홍봉한 일가에 대한 흉악한 내용의 상소가 계속 이어진다. 반면, 사도세자를 구명하려고 했던 이들에게는 벼슬을 내린다. 그중에는 '임오 대처분' 다음 날 홍봉한이 '대처분'과 관련하여 영조에게 처벌을 청했던 윤숙도 포함된다. 이러한 상황이 되자 혜경궁은 영조로부터 받은 '가효당' 현판이 영조대와는 다른 차원에서 부담이 되지 않을 수 없게 된다. 당시 정조가 부정적으로 본 인물 중에는 홍봉한 일가가 포함되어 있기 때문이다.

이렇듯 세손 성취를 위해 모든 것을 바쳤다고 자부한 친정 가문이 정조가 즉위한 후 오히려 '사도세자의 죽음'과 관련되어 고통을 받게 되자, 이를 지켜본 혜경궁은 '가효당'의 연장선상에서 또다시 큰 상처를 받게 된다. 물론 이때 혜경궁의 상처를 치유해줄 수 있는 유일한 주치의는 아들 정조이다. 하지만 정조는 나라의 병 치료가 급하다 생각하여 어머니 혜경궁의 심리·정신적 병을 알면서도 치료하지 않고 뒤로 미룬다.

그러나 세월이 흘러 정조가 차츰 혜경궁의 심리·정신적 병을 치료함에 따라 혜경궁은 그 효험으로 자신의 삶을 긍정하게 되고, '가효당'의 상처도 아물게 된다. 다시 말하면 정조 8년부터 홍씨 일가에 대한 정조의 태도가 누그러진다. 정조는 외조부 홍봉한에게 시호를 내리고, 종손 수영에게도 벼슬을 내린다. 더군다나 정조 14년에 원자가 혜경궁과 같은 날에 태어나자, 외가에 대한 정조의 은혜로운 말이 더욱 정중해진다. 그러자 이때부터 혜경궁은 자신의 심리·정신적 병에 대한 정조의 정확한 처방으로 '죽고 싶은 마음을 돌리고' 자신의 삶을 긍정적으로 보기 시작하게 된다.

그러던 중 정조가 사도세자의 회갑날, 홍봉한 일가와 정적이었던 정순왕후를 모시고 사도세자의 묘소에 가서 참배한 다. 이것은 당시 궁중의 큰 어른이었던 정순왕후가 공식적으로 사도세자를 인정한 것이 되므로, 혜경궁에게는 큰 위로가 된다. 뿐만 아니라 혜경궁은 자신의 회갑을 맞아 정조와 함께 다시 사도세자의 묘소를 찾아 정조 등극을 눈물로 고백한다. 그럼으로써 육십 평생 자신을 짓눌렀던 '가효당의 멍에'를 비로소 벗어놓게 된다. 이런 혜경궁의 마음은 아래의 〈한듕록〉 속 고백에 담겨있다.

> 원상(園上)에 올라 모자 손을 잡고 분상(墳上)을 두드려 억만지통을 울음으로 고하니…… 스스로 염치없이 살은 줄 부끄럽고 서러운 중 생각하니 천붕지탁(天崩地坼)할 제, 주상(主上)이 10세 갓 넘으신 충년이시러니, 천간만난(千艱萬難) 중 무사히 성장하셔 보위(寶位)에 오르시고…… 내 당신 자녀 성취함을 암암(暗暗)히 고하니, 이 한 마디는 내 살았음이 유광(有)타고도 하리로다. (園所에서) 내려갈 때, 주상이 내 가마 뒤에 바짝 서시고 나라 거동과 위의를 다 내 앞에 세우오셔 찬란한 정기는 풍운을 희롱하고, 진열한 고취(鼓吹)는 산악을 움직이고…… 원소 다녀온 익일에 화성 행궁에 대연을 배설하여 관현을 질주하고 가무교착한데…… 우리 주상이 옥수에 금배(金杯)를 친히 잡아 이 노모에게 헌수(獻壽)하시니…… 주상의 교화 아니 미친 것이 없으니, 우구(憂懼) 불안함과 추모지통 가운데 두긋거움이 중심지회를 이기지 못하리러라.

이렇듯 혜경궁은 화성에 있는 사도세자의 묘소에서 자신이 세손의 성취를 위해 사도세자를 쫓아 죽지 않은 일을 부끄러운 마음으로 고백한다. 그런 후 비로소 마음에 평정심을 회복한다. 더군다나 사도세자의 묘소에서 내려올 때, 정조가 자신을 앞세움으로써 국왕의 위엄을 혜경궁과 함께 공유하도록 배려해 주고, 화성 행궁에서 정조가 마련한 회갑연에서도 정조의 극진한 헌수를 받게 된다. 그러자 혜경궁은 비로소 자신의 심리·정신적 갈등에서 벗어난다. 불안한 마음을 떨쳐버리고 기쁘고 흥겨운 마음을 갖게 된다. 마침내 이러한 과정을 통하여 혜경궁은 육십 평생을 짓눌렀던 '가효당'의 상처를 씻어버리게 된다. 이후 화성 행궁에서 누렸던 회갑연의 기쁨을 유지하면서 '건강한 자아'를 되찾아 간다.

다음으로 혜경궁의 상처 치유는 정조 승하 후 충격과 절망, 분노 드러내기와 순조의 효성 자극하기 등의 양상으로 전개된다. 정조가 승하한 후 정세가 급변하자, 혜경궁은 자신의 정체성에 혼란을 느끼고 자살까지 생각한다. 그러나 이내 자살은 곧 '흉악한 무리들의 마음에 맞추어 주는 일이 될 것'이라 여겨 자살할 마음을 접는다. 대신 자신의 충격과 절망, 분노를 〈한중록2〉에 쏟아낸다. 혜경궁의 표현에 의하면 피눈물을 흘리며 쏟아낸 기록이다. 하지만, 〈한중록2〉를 쓰는 과정에서 혜경궁의 가슴속에 들끓었던 충격과 절망, 분노는 저절로 완화된다.

예컨대, 정조 승하 후의 정세와 혜경궁의 대응이 그것을 입증하고 있다. 정조 승하 후 초기의 혜경궁은 자살을 기도할 정도의 심리 상태였다. 그 충격과 절망, 분노가 극에 달했었기 때문이다. 뿐만 아니라 정조가 승하하자 나이 어린 순조를 대신하여 대왕대비, 즉 영조의 계비 정순왕후가 섭정하게 됨에 따라 그 날부터 혜경궁의 동생 홍낙임이 죄인으로 몰리고, 곧이어 혜경궁의 위상에도 변화가 생겼기 때문이다. 즉 대왕대비가 문안 인사의 순서를 '대왕대비, 왕대비, 혜경궁, 가순궁'의 순으로 하게 한 것이다.

그런데 자신의 이러한 위상 변화는 왕비, 왕대비가 되지 못한 혜경궁의 처지를 부정적인 측면에서 새롭게 각인시키는 계기가 된다. 즉 이는 정치·사회적인 외적 측면에서의 억압뿐만 아니라 심리·정신적 압박과 위축 상태를 불러일으키기 마련이다. 더군다나 부친 홍봉한의 문집, 〈주고〉 또한 간행이 중단되고, 친정 일문에 대한 지속적인 탄핵이 이어진다. 이로 인해 궁중에서도 혜경궁의 처신은 매우 어려워지게 된다. 물론 이 과정에서의 참담함과 굴욕감은 정순왕후 일문에 대한 적개심과 원한, 분노 등을 일으켜 휩싸이게 하고, 심리적 불안 상태에 빠지게 한다.

결국 혜경궁은 이러한 심리적 불안 상태에서 자신을 '돌아갈 데 없는 한 늙은 궁녀, 궁중의 대수롭지 않은 과부'로 비유하며, 정조가 승하했던 '영춘헌'에서 자살을 시도한다. 정조 재위 시 '궁중의 어른'이라는 위상을 누렸던 혜경궁이 정조가 승하한 후에는 외적 힘에 의해 위상이 격하되고 자신의 정체성에 위기를 맞게 되자, 내적 자아의 지지 기반이 무너지게 된 것이다.

그러나 혜경궁은 마음을 돌린다. 동생 홍낙임이 역적으로 몰려 처형되자 정적과 맞서기 위해 '죽지 않고 참고 살기'로 결심했기 때문이다. 이때 혜경궁은 겨우 마음을 가다듬고 후일을 기약하며 〈한중록2〉를 집필한다. 비록 정순왕후 섭정 시에는 자신의 상처를 치유해 줄 사람도 없고, 불가능하겠지만, 반드시 미래에는 자신의 상처를 위로하고 치유해 줄 것이라는 믿음으로 쓴다. 언젠가 순조가 친정할 때에 반드시 치유될 수 있기를 소망하며 피눈물을 흘리며 써내려 간다. 다시 말하면 〈한중록2〉는 언젠가 때가 되면 자신의 상처를 치료해줄 것이라는 믿음과 소망의 발로이다. 물론 이러한 믿음과 소망으로 용기 있게 드러낸 행위만으로도 치유에 긍정적인 영향을 준다. 그렇기 때문에 〈한중록1〉과 마찬가지로 〈한중록2〉 쓰기는 그 자체로 자살을 시도한 혜경궁에게 삶의 의지와 힘을 북돋는 계기가 된다.

뿐만 아니라 뒤이어 혜경궁은 안타까운 마음에 또 한 편의 〈한중록3〉을 내어놓는다. '나 아니면 누가 이 일을 자세히 알며, 누가 이 말을 할 수 있으리오' 하는 탄식과 절규의 심정으로 쓴다. 그리고 〈한중록2〉와 더불어 〈한중록3〉도 순조의 생모 가순궁에게 맡겨진다. 하지만 이때에 쓴 〈한중록3〉에는 혜경궁이 자신의 분노를 집중적으로 드러내지 않는다. 그보다는 자신이 여러 고비 때마다 자결하지 않은 이유와 정조의 효성을 크게 부각시켜 순조로 하여금 정조의 효성을 본받도록 유도한다. 〈한중록2〉 쓰기의 긍정적 효과일 가능성이 크다.

따라서 정조 승하 후에 집필되었던 두 편의 〈한중록2, 3〉은, 모진 참화에도 함몰되지 않고 그것을 극복하고자 했던 혜경궁 자신의 의지의 결과물이다. 즉 혜경궁은 자신의 친정 일문을 급작스럽게 또다시 죄인으로 만들어 죽음에까지 이르도록 한 정순왕후 일문의 부당한 처사에 대한 분노를 이 〈한중록2〉에 담아낸다. 그런데 그 글을 쓰는 동안 혜경궁의 상처는 은연중 완화되어 가는 양상을 나타낸다. 뿐만 아니라 그 후에 쓴 〈한중록3〉에서는 글을 쓰는 방법이 달라진다. 그리고 글을 쓰는 입장과 태도도 사뭇 달라진다. 즉 〈한중록3〉에는 〈한중록2〉와 달리 정조의 효성을 세세히 부각시키고 그럼으로써 자신의 상처받은 자존심을 보상받고자 한다. 또한 순조로 하여금 정조의 효성을 이어받아 정조가 못다 이룬 뜻을 받들도록 한다. 반면, 정순왕후 일문에 대하여 부정적 시각을 갖도록 유도한다.

그런데 마침내 정순왕후가 승하한다. 〈한중록4〉는 이때 완성되어 나온다. 〈한중록4〉는 순조 2년에 순조의 생모의 권유로 초벌을 써 논 것으로 정순왕후가 승하한 뒤에 완성된다. 혜경궁은 순조가 '사도세자의 죽음을 모르게 하고 죽는 것은 인정 밖'이라 여겼기 때문에 피눈물을 흘리며 기록한다고 했다. 왜냐하면 영조 52년에 세손이 영조께 '사도세자의 죽음'에 대한 기록이 있던 정원일기를 없애달라고 상소하여, 순조는 그 기록을 볼 수 없었기 때문이다.

그런데 〈한중록4〉에서는 혜경궁 자신이 직접 상처를 재진단하고, 그에 따른 처방을 내린다. 그렇게 된 것은 정순왕후 승하 후 궁중의 큰 어른이 된 혜경궁은 그동안 정적이었던 대왕대비를 더 이상 의식할 필요가 없었기 때문이다. 즉 정순왕후의 죽음으로 인해 심리적인 불안과 두려움에서 벗어나 안정을 되찾았기 때문이다. 그렇기 때문에 '사도세자의 죽음'을 나름대로 재진단하고, 자신의 뜻대로 처방할 수 있게 된다. 즉 새로운 관점, 입장과 태도 등을 가지고 자기 삶의 서사를 대상화하고 성찰하여 새로운 자각과 통찰을 이뤄나가는 계기가 된다.

〈한중록4〉에서는 앞서 나온 〈한중록1, 2, 3〉들보다 혜경궁이 영조와 정순왕후 등의 굴레에서 벗어나 자유로운 심정으로 영조와 사도세자와의 관계를 드러낸다. '사도세자의 죽음'도 먼 원인, 가까운 원인 등으로 나누어 언급한다. 혜경궁은 '사도세자의 죽음''에 대하여 먼 원인으로는 영조의 양육 문제 및 부자간의 성격 차이 등을 제시하고, 가까운 원인으로는 사도세자의 질병을 언급한다. 그럼으로써 '사도세자의 죽음'의 원인이 혜경궁의 입궐 훨씬 전부터 시작되었다고 진단한다.

결국 〈한중록4〉에서는 영조의 양육 문제와 부자간의 성격차이를 거론함으로써 '사도세자의 죽음'의 시초를 '영조의 탓'으로 돌린다. 뿐만 아니라 '사도세자의 죽음'에 대한 가까운 원인으로는 궐내의 상황으로 인하여 세자의 질병이 더욱 악화되어 마침내는 종사에 위협을 주게 되는 상황에까지 이르게 되었던 사실을 제기한다. 혜경궁은 이러한 사도세자의 병 증세로 '화증'과 '의대증', '살인' 등을 든다.

이처럼 정순왕후 승하 후에 집필되었던 이 〈한중록4〉에는 영조와 사도세자와의 관계, 사도세자의 질환으로 인한 염려와 폐해, 세손의 성장과 영조의 세손에 대한 기대, 혜경궁이 세손을 보호하기 위해 사도세자에게 보일 영조의 연설을 고치게 한 것, 세손빈 간택, 화완옹주의 행동, 김한구 등의 사주를 받은 '나경언의 상소' 등을 순차적으로 상세하게 기록한다. 또한 사도세자의 병세와 궁중의 흉한 소문으로 인한 선희궁의 '대처분' 및 '세손 모자의 안위' 주청 등이 상세하게 드러나 있다. 즉 대처분 날 혜경궁이 세손에게 '무슨 일이 있어도 놀라지 말고 마음 단단히 먹으라'고 이른 점, 세자가 혜경궁에게 불만을 품고 '아무래도 괴이하니 자네는 좋게 살겠네, 그 뜻들이 무섭다'고 한 것 등도 과감하게 드러낸다. 그리고 대처분이 끝나고 세손과 함께 친정으로 돌아온 후에, 혜경궁이 세손에게 한 말, 사도세자가 사망한 다음날 사도세자가 복위되어 시호가 내려진 것, 부친이 사도세자의 예장 도감 도제조를 맡은 것, 인산 때에는 영조가 몸소 사도세자의 묘소에 가서 친히 신주에 글자까지 쓴 것, 대처분 후 7월에 세손이 완전히 왕세자(國本)가 된 것, 가효당 현판, 갑신처분, 선희궁 사망 등이 순차적으로 기술되어 있다. 더 나아가 혜경궁이 세손을 보호하기 위해서 사도세자의 눈을 속이고, 사도세자 또한 혜경궁의 그러한 속마음을 환하게 알고 있었음을 은연중 드러낸다. 그럼으로써 자신의 행위에 대한 정당함을 확인한다.

뿐만 아니라 혜경궁은 당시 '사도세자의 죽음'에 대한 두 가지 관점을 모두 옳지 않다고 주장한다. 하나는 '영조의 대처분이 광명정대했다'는 것과, 다른 하나는 '영조가 참언을 듣고 잘못 처리했다'는 관점이다. 이에 대해 혜경궁은 "영묘의 처분이 훌륭했다 하면서 부친에게만 죄를 씌우려 하는 놈은, 영묘께 정성인가, 경모궁께 충절인가?"라고 반문한다. 심지어 정조 즉위 후에 행해졌던 정조의 처사까지도 거론한다. 즉 신하들이 선왕께 '모년 일을 위한 것'이라 하면 동서남북 어떤 말을 막론하고 보아주시고, 또 '모년 모일에 시비 있다' 하면 죄가 있고 없고를 막론하고, 선왕 당신의 입으로 '그렇지 않다'고 못하시는 줄 알고 '모년의 일'을 이용하는 기회로 삼았었는데도, 선왕이 즉위 초에는 시비를 가리지 못했다고 비판한다.

이로 볼 때 〈한중록4〉에서는 당시 상처가 되었었던 일들을 좀더 과감하고 구체적으로 드러내는 양상을 나타낸다. 즉 〈한중록1, 2, 3〉에서 나타낸 것처럼 정조 등극 후 정조가 행한 처사로 인해 받았던 마음의 상처도 컸음에도 불구하고 단지 피상적으로만 밝힌 것에 비해 상대적으로 상세한 기술이다. 더 나아가 모든 것을 자신의 관점에서 진단한다. 이는 사뭇 제3자의 입장으로 보이기도 하다. 하지만 이는 이제 '사도세자의 죽음'과 '가효당'의 상처에서 벗어나고자 하는 의지의 발로이다. 지난 과거를 관조하듯 자신의 관점에서 재진단함으로써 과거로 인한 고통에서 벗어나고자 하는 심리이다.

예컨대, 혜경궁은 정조 승하 후에 집필되었던 〈한중록2, 3〉에서 토로했던 것과 마찬가지로 '사도세자의 죽음' 이후 40년 동안 '충신과 역적'이 어지럽게 뒤섞였고, 옳고 그름이 뒤바뀌어 그때까지 바로 놓이지 못한 것을 반복해서 한탄한다. 더군다나 몇 번이나 반복하여 '일물'은 부친이 아니라 영조께서 생각해내신 것이었다고 주장한다. 그리고 '후세 사람들은 그때 여러 신하들이 어쩔 수 없어 말했던 것을 상상하여 그런 때를 만났음을 불행히 여겨야 할 따름'이라면서, 홍봉한이 영조에게 했던 문제가 될만한 말들을 '세손 성취'를 위한 명분으로 합리화시킨다. 홍봉한이 혜경궁의 말과 달리 당시에 좌의정으로 있었으면서도 세자를 구하기 위해 노력하지 않았음에도 그렇게 진단한다.

이렇듯 혜경궁은 홍봉한의 행위가 세손을 성취시키기 위한 불가피한 일이었다고 적극적으로 변호한다. 그런데 혜경궁의 이러한 변호는 사실을 '왜곡'해서라도 자신과 홍봉한을 방어하려 했던 심리 상태의 발로에서 비롯된 것이라고 보아야 한다. 사실 '왜곡'은 방어기제의 하나이다. 왜곡은 비현실적 과대망상적 신념, 환각, 소망 충족 망상 등에서 오는 마음 내부의 필요에 맞추려고 외부 현실을 대폭 새로 짜고, 그래서 망상적 우월감을 유지해 나간다. 이렇듯 혜경궁도 역사적 사실을 '자기 내부의 소망'에 맞추어 새로 짜면서까지 자신과 홍봉한을 보호하려고 한다.

위에서 본 바와 같이 〈한중록 1, 2, 3, 4〉는 역사적 사실 여부를 떠나 혜경궁에게는 지난 과거의 상처에 대한 심리적 보상품이 되기에 충분하다. 그리고 〈한중록〉을 쓰는 과정에서 혜경궁은 사도세자에 대한 죄의식에서 벗어나 좌절과 실의를 극복하고 상처를 치유하여, 손상된 자아를 회복하고 건강한 삶을 영위해 나갈 수 있었다.

4. 선화공주의 콤플렉스 : 〈서동과 선화공주〉

"역사란 역사가와 사실 사이의 부단한 상호작용의 과정이며, 현재와 과거 사이의 끊임없는 대화이다."라고 E. H. Carr는 그의 명저 '역사란 무엇인가'에서 역사를 정의한다. 그리고 G. Barraclough는 "우리가 읽고 있는 역사는 분명히 사실을 바탕으로 하고 있으나 엄밀히 말하면 그것은 결코 사실이 아니라 선택되어 광범위하게 인정되고 있는 일련의 판단이다."라고 말한다. 『삼국유사』 또한 사실과 선택으로 이뤄졌음이 틀림없고, 현대 우리와의 대화가 끊임없이 일어나고 있는 살아있는 역사이다. 역사는 과거를 위해 있는 것이 아니라 현재를 알고 미래를 준비하는 데 그 가치가 발휘되는 것이기 때문이다. 특히나 역사가 나의 삶, 우리의 삶에 어떠한 의미를 가지는가가 더욱 중요하다.

그러므로 〈서동과 선화공주〉를 읽고 해석하는 의미는 역사 속에서 살았던 한 인간과 그 삶의 편린을 통해 나의 삶, 우리의 삶의 의미를 드려다 보는 데에 있다. 더군다나 이 이야기는 많은 시간을 흘러 우리 삶과 더불어 덧붙여져 설화적으로 내용이 풍부하게 채워지고 발전된 서사적 양상을 취하고 있어 그 의미가 더욱 깊다. 그러하기에 당대의 삶뿐만 아니라 지금의 달라진 삶의 양상 속에서도 인생의 폭과 사유의 깊이를 확장시켜 주고 있다.

이를 위해서는 먼저 〈미녀와 야수〉 속에 나타난 상징[1]과 은유[2]들을 꺼내어 살펴보는 것이 좋겠다. 왜냐하면, 〈서동과 선화공주〉 속에 나타난 상징과 은유들이 〈미녀와 야수〉의 그것들과 매우 흡사하기 때문이다. 따라서 〈미녀와 야수〉 속의 상징과 은유에 대한 심리학적 해석과 의미를 바탕으로 〈서동과 선화공주〉가 나의 삶, 우리의 삶에 어떠한 의미를 전해주려 하고 있는지를 되새김해 보려 한다.

비록 낭만적이고 환상적인 표현의 풍부함을 지닌 〈미녀와 야수〉에 비하

---

1 프로이트에 의하면, 무의식 내에 존재하는 욕구가 자아에 받아들여지기 어렵거나, 그대로 표현하는 것이 자아의 존재를 위협하는 경우 위장된 표상으로 자아에게 의식되어지는데, 이 위장된 표상을 상징이라 하고, 이러한 상징은 꿈에 잘 나타난다고 한다.

2 Donald E. Polkinghornes는 "은유는 가장 오래되었고, 우리의 의식 속에 가장 깊이 흐르며, 어떤 것을 아는 데 있어서 필수불가결한 방법으로 쓰인다. 은유는 우리가 잘 알고 있는 것을 통해서 잘 모르는 것을 이해하고 분별하는 인식의 과정과 방법이다."라고 말한다. 또 Sallie McFague는 "우리가 새로운 것을 이해하기 위해서는 은유나 상징 혹은 이미지가 불가피한 것이다. 왜냐하면 한 개념적인 것을 가지고 다른 개념적인 것을 알 수 있도록 연결시켜 주는 기능을 하기 때문이다."라고 말한다.

면, 〈서동과 선화공주〉는 원석의 형태라 할 수 있다. 야수와 서동의 정체성과 작품 속에서 차지하는 비중의 차이가 존재하는 것도 사실이다. 그럼에도 불구하고 〈서동과 선화공주〉의 심리학적 이해를 통해 고전의 이해와 감상을 폭넓고 깊게 하여, 현재 우리들의 삶을 열어나가는 작은 자료 또는 지침과 교훈을 찾을 수 있다면 그것 또한 의미 있다고 생각한다.

동물신랑 이야기들 중에서 〈미녀와 야수〉는 우리들에게 매우 친숙한 이야기이다. 그림 동화책이나 연극, 뮤지컬, 애니메이션으로도 재창작되어 우리에게 즐거움과 깨달음을 안겨주고 있다. 그런데 이렇게 오래도록 다양한 모습으로 우리의 곁에 머물 수 있게 하는 것에는 특별한 의미를 우리에게 안겨 주기 때문이지 않을까하는 생각을 품게 한다.

이에 대해 배텔하임은 이 이야기가 오이디푸스적 문제의 본질을 이해하고 극복할 수 있게 도와준다고 한다. 이 말은 이들 이야기에서 등장하는 동물신랑이 무엇을 상징하고 있고, 왜 그런가에 대한 의문에 한 가지 실마리를 주고 있다. 이야기의 향유가 단지 의식적인 차원에서만 이뤄지는 것은 아니기 때문이다. 즉 무의식적인 차원에서의 즐거움과 깨달음이 오히려 이야기의 진정한 힘일 가능성이 더 크기 때문이다.

따라서 동물신랑은 인간의 어떤 무의식적 또는 심리적 상황을 상징적으로 표현하여 전달하고자 창조되고 선택된 인물이라고 말할 수 있다. 그렇다면 동물신랑 이야기에서는 무엇을 상징적으로 그리려고 했을까? 배텔하임은 성적 파트너가 상징적으로 동물로 그려져 있다고 한다. 즉 이들 동물을 통해 추하고 흉측하게 느껴지는 성, 위험하고 혐오스럽고 피해야 할 무엇으로 느껴지는 성이라는 무의식적 또는 심리적 상황을 상징적으로 표현한 것이다. 물론 이는 성에 대한 뿌리 깊은 왜곡과 억압의 역사를 반영하고 있다. 미성숙한 상태에서 사회·역사적으로 받은 성에 대한 인식이 인간의 성적인 성장과 발달에 있어서 건강하지 못한 성적 경험으로 간직되고 있음을 나타낸다.

그런데 이들 이야기는 성에 대한 이러한 왜곡과 억압으로 인한 인식을 성숙한 상태의 성적 경험으로 아름다운 경험으로 그 모습을 바꾸어 우리가 건강한 삶을 살기를 바란다. 뿐만 아니라 이를 가능하게 하는 것이 사랑이다. 마녀의 마법에 걸린 동물신랑이 한 여성의 진정한 사랑을 통해서만 그 마법에서 풀리게 되듯 마법과 같은 기적은 사랑을 통해서 실현된다는 것을 보여주고 있다. 〈미녀와 야수〉에서도 이러한 억압과 왜곡은 동물신랑을 통해 상징적으로 드러나 있으며, 미녀의 오이디푸스적 집착과 극복을 통해 새로운 삶의 희망을 꿈꾼다.

먼저, 〈미녀와 야수〉의 내용을 살펴보는 것이 좋겠다. 간략히 적어보면 아래와 같다.

(가) 아버지는 부자 상인이었는데, 갑자기 모든 재산을 잃어 회복하기 위해 여행을 떠난다.
(나) 아버지가 무슨 선물을 원하느냐고 물었을 때 미녀는 장미꽃을 부탁한다.
(다) 아버지는 실패하고 절망 상태에서 길을 잃는다.
(라) 다음날 아침아버지는 야수의 성에서 미녀에게 줄 장미꽃을 꺾었고, 그 때문에 야수는 아버지를 죽이려 한다.
(마) 야수는 아버지의 목숨대신 딸의 목숨을 요구한 후 황금이 가득한 상자를 아버지에게 주었다.
(바) 막내딸인 미녀는 아버지 대신 죽기를 원한다.
(사) 아무리 만류해도 듣지 않자, 아버지는 미녀와 함께 야수의 궁전으로 간다.
(아) 미녀는 차츰 야수에게 애정을 느끼지만 자기와 결혼해 달라는 야수의 부탁만은 거절한다.
(자) 마술 거울을 통해 아버지가 병에 걸린 것을 알게 된 미녀는 고민 끝에 아버지에게 가기로 결심한다.
(차) 미녀가 아버지를 돌보러 떠나자 야수가 병으로 죽어 간다.
(카) 미녀는 꿈속에서 신음하는 야수의 모습을 보고 그에게로 돌아가기를 소원한다.
(타) 소원은 이루어지고, 미녀는 자기가 야수를 얼마나 사랑하고 있는지를 깨닫는다.
(파) 그녀는 눈물을 흘리며 그가 없으면 살 수 없으니 결혼을 하자고 말한다.
(하) 그 순간 야수는 왕자로 변한다.

미녀는 언니들과 달리 겸손하고 매력적이며, 누구에게나 상냥하다. 하지만, 언니들처럼 결혼 상대를 사귀지도 않고, 항상 집에 있으면서 아버지와 살겠다고만 한다. 그리고 얼마 후, 모든 재산을 갑자기 잃은 아버지가 재기하기 위해 여행을 떠나려 할 때에도 무슨 선물을 원하느냐는 아버지의 물음에 장미꽃만을 부탁한다. 다른 언니들과는 달리 '장미꽃'만을 바란다.

그런데 미녀는 왜 그토록 장미꽃을 원하는가? 〈미녀와 야수〉에서 나오는 '장미꽃'의 의미는 무엇인가? 아버지에게 부담이 가지 않는 다른 많은 선물을 제쳐두고, 왜 꼭 장미꽃이어야 하는가? 그리고 아버지는 왜 장미꽃 한 송이를 얻기 위해 목숨을 거는 위험을 감수하는가? 이러한 물음에 대한 답은 앞에서도 얼핏 언급하였듯이 미녀의 아버지에 대한 오이디푸스적인 사랑의 상징과 은유라는 관점에서 비로소 찾을 수 있다. 즉 미녀가 장미꽃 한 송이를 오로지 부탁하고, 그것을 아버지와 주고받고자 하는 소망은 다름 아닌 미녀와 아버지의 오이디푸스적인 사랑인 것이다. 그러한 심리·정신적인 연유로 미녀는 언니들과 달리 겸손하고 매력적이며, 누구에게나 상냥했지만, 결혼 상대를 사귀지도 않고 항상 집에 있으면서 아버지와 살겠다고만 한다. 오직 아버지에 대한 사랑만을 지향한다.

하지만 미녀에게 주어지는 장미꽃은 사실 아버지의 것이 아니다. 야수의 것이다. 아버지는 미녀에게 줄 장미꽃이 없는 존재이다. 미녀에 대한 야수의 사랑과 같은 장미꽃은 아버지에게는 없다. 즉 장미꽃은 야수에게만 존재하고 아버지에게는 존재하지 않는 사랑이다. 미녀에 대한 아버지의 사랑이고 미녀의 아버지에 대한 사랑의 끈일 뿐이다. 그러므로 미녀가 바라는 장미꽃과 같은 사랑은 야수에게서밖에 얻을 수 없다. 야수만이 줄 수 있는 사랑인 것이다. 그렇기에 미녀가 야수의 성에 가고자 한 것은 미녀의 무의식적 욕망의 발로이다. 즉 사랑에 대한 무의식적 욕망의 의지 때문이다.

그런데 부를 되찾으려는 아버지의 희망은 수포로 돌아간다. 뿐만 아니라 돌아오는 길에 숲에서 길을 잃고 절망적인 상황에 빠져버린다. 그러면서도 아버지는 미녀의 장미꽃을 결코 잊지 않는다. 몰래 장미꽃을 꺾고 만 아버지는 결국 야수에게 들키고, 벌로 목숨을 잃을 지경에 이르기도 한다. 이때, 아버지는 위기를 모면하기 위해 딸과의 혼인을 거짓으로 약속하고, 야수가 준 황금을 가지고 집으로 돌아온다. 그런데 그 사실을 안 미녀는 오로지 아버지에 대한 사랑 때문에 무슨 말을 해도 마음을 돌리지 않고, 기어이 야수에게로 간다.

자칫 이러한 이야기는 효심이 깊은 딸이 몸을 바쳐 아버지를 구하고, 이후에 귀인이 되어 돌아온다는 심청이의 이야기와 같은 꼴로 동치될 수 있다. 하지만 심청전의 '연꽃'과 〈미녀와 야수〉에서의 '장미꽃'의 상징을 생각해 보면 그렇지 않다. 심청이가 타고 물속에서 나온 연꽃은 성스러움으로 임금에게 바쳐지지만, 아버지의 장미꽃은 아버지에게는 없는 야수의 꽃이기 때문이다. 하지만 '장미꽃'은 아버지에 대한 그리고 미녀에 대한 목숨 건 진실한 사랑이 아닐 수 없다. 물론 이 사랑이 청춘 남녀 간의 애인관계에서 일어난 것이라면 우리는 너무나 자연스러운 과정이라 생각할 것이다. 아니 부녀간의 사랑도 이렇게 서로를 위해 자신의 목숨을 아낌없이 줄 수도 있다. 그러나 아버지에 대한 사랑으로 결혼 상대를 사귀지도 않고, 항상 집에 있으면서 아버지와 살겠다고만 하는 미녀의 생각은 오이디푸스적 집착이라고 할 수 밖에 없다. 이렇듯 '장미꽃'은 미녀와 아버지의 사랑과 오이디푸스적 집착을 상징적으로 보여주고 있다.

하지만 이야기는 여기서 그치지 않는다. 미녀는 야수의 궁전으로 가자, 차츰 야수에게 애정을 느낀다. 그러나 자기와 결혼해 달라는 야수의 부탁만은 거절한다. 아버지를 떠나 아버지가 아닌 남성, 즉 야수를 만나 애정을 느끼게 되지만 아버지에 대한 오이디푸스적 집착을 떨쳐버리지 못하고 야수를 받아들이지 못한다. 그러나 야수는 기다린다. 자신을 있는 그대로의 모습으로 사랑해 주기를 바라면서 기다린다. 그러다 아버지와 야수가 미녀에 대한 사랑으로 인한 병을 얻어 앓게 되고, 선택해야 하는 심리적 갈등 속에서 괴로워한다.

한편, 아버지는 자신의 딸과 결혼시킬 만큼까지의 믿음을 갖게 하지는 못하지만, 황금을 줄만큼 능력이 있는 야수에게 어느 정도의 믿음을 가지고 있다. 이는 세 명의 자식들이 야수를 찾아서 죽여 버리겠다고 하는 것을 아버지가 허락하지 않는다는 사실에서 확인할 수 있다. 물론 모두 죽임을 당할 게 확실했기 때문이기도 하다. 하지만, 그것만은 아니다. 대부분의 아버지처럼 그것이 인간 삶의 자연스러운 과정이며 순리라는 생각이다. 비록 떠나보내고 싶지는 않지만, 보낼 수밖에 없다고 마음먹고 있기 때문이다. 사실 아버지로서는 아직 야수가 미덥지 않기 때문이다. 미녀를 야수와 결혼시켜 자신의 품에서 떠나보내기에는 불안하다. 확신이 서지 않는다. 딸도 마찬가지이다. 그렇기 때문에 자신의 병간호를 핑계로 온 미녀를 아버지는 석 달이 지난 뒤에도 꼭 붙잡아 두고 싶다. 물론 이런 생각과 마음은 언니들의 계획으로 상징과 은유로 표현된다. 즉 미녀를 일주일이 넘도록 붙잡아 두려는 언니들의 계획으로 아버지의 무의식 속의 욕망이 표출된다.

하지만 미녀는 결국 신음하는 야수의 모습을 보고 돌아간다. 야수에 대한 사랑을 깨닫고, 눈물을 흘리며 야수에게 결혼하자고 말한다. 비로소 야수의 있는 그대로의 모습을 진실로 사랑하게 된다. 이렇게 미녀는 오이디푸스적 속박에서 자유롭게 되었으며, 성적 결합을 받아들이지 못했던 미성숙한 상태에서 벗어나 성을 아름답게 본다. 더 나아가 미녀는 아버지에게도 건강한 사랑을 쏟을 수 있게 됨으로써 한 단계 성숙한 삶, 행복한 삶을 살게 된다. 뿐만 아니라 아버지의 심리적·정신적 건강도 되찾게 된다. 즉 미녀가 야수를 진실로 사랑하게 되자, 야수는 성공한 인물, 훌륭한 왕자로 변신하게 되고, 아버지는 그제야 진정한 결합을 축복한다. 심리적·정신적 불안에서 벗어난다. 아버지도 다시 돌아가는 미녀를 마음으로 떠나보내면서, 비로소 건강한 모습으로 자신의 삶을 살게 된다.

다시 정리하면, 〈미녀와 야수〉 이야기에서 야수에게 걸린 마법을 푸는 힘은 미녀의 진실한 사랑이다. 그런데 미녀가 야수를 진실로 사랑하기 위해서는 아버지에 대한 유아적 집착에서 벗어나야 한다. 그것을 이 이야기에서는 야수가 확인한다. 즉 미녀가 야수에게 처음에 왔을 때 야수는 미녀에게 자신의 자유의지로 왔느냐고 묻는다. 하지만 미녀는 사실 그렇지 않다. 미녀가 비록 그렇다고 대답은 하였지만, 그것은 완전한 자유의지가 아니었다. 아버지의 동의가 있어야 한다. 아버지도 처음에는 자신 때문이라 생각하여 동의하지 않다가, 미녀가 진정으로 원한다는 확신이 생기자 아버지는 미녀가 야수의 궁전으로 가는 것에 동의한다. 그러고 나서 여러 가지 갈등과 고민을 극복한다. 이 과정을 통해 미녀는 오이디푸스적인 사랑을 자유롭고 행복하게 아버지에게서 야수에게로 옮길 수 있었고, 자신의 삶을 찾게 된다. 이렇듯 성숙의 과정에서 그 대상이 부모로부터 애인으로 바뀌어나감으로써 성숙한 심리와 성 의식을 갖게 된다면, 그것은 자신과 부모 모두의 건강한 사랑을 꽃피우고 삶을 풍요롭게 하는 거름이 된다. 즉 아버지와 미녀와 야수는 서로에 대한 진실한 사랑을 통해 건강하고 행복한 삶을 찾게 된다.

그러면 이제 〈미녀와 야수〉 속 오이디푸스 콤플렉스에 관한 이야기를 바탕으로 〈서동과 선화공주〉에 숨겨져 있는 오디프스적인 상징과 은유를 하나씩 들추어 보자. 먼저, 〈서동과 선화공주〉의 내용은 다음과 같이 구분한다. 단락 구분은 밀접히 관련된 오이디푸스적 상징과 은유에 따라, 필요에 따라 구분한다.

(가) 무왕(옛 책에는 무강이라고 했으나 잘못이다. 백제에는 무강왕이 없다.) 제30대 무왕의 이름은 장(璋)이다. 그의 어머니는 홀로 서울 남쪽 못가에 집을 짓고 살면서 못속의 용과 관계를 맺어 장을 낳았다. 어릴 때의 이름은 서동이며, 재주와 도량이 헤아리지 못할 정도였다. 항상 마를 캐다가 파는 것을 생업으로 삼았으므로 나라 사람들은 이로 인해 이름을 삼았다.

(나) 신라 진평왕의 셋째공주 선화가 아름답다는 말을 듣고는 머리를 깎고 신라의 서울로 가서 마를 나누어주면서 아이들과 친하게 지냈다. 이에 노래를

지어 아이들을 꾀어 부르게 했는데 그 노래는 다음과 같다.

(다) 선화 공주님은 남몰래 짝지어 두고 서동방을 밤에 알안고 간다.

(라) 동요는 서울에 가득 퍼져 궁궐에까지 알려지게 되었다. 백관들은 힘껏 간하여 공주를 먼 곳으로 유배 보내게 하였다. 공주가 떠날 때, 왕후는 순금 한 말을 여비로 주었다. 공주가 유배지에 도착할 즈음, 가는 길에 서동이 나와 절을 하고 모시고 가겠다고 하였다. 공주는 비록 그가 어디서 온 사람인지는 몰랐으나, 우연한 만남을 기뻐하며 그를 믿고 따라가 몰래 정을 통하였다. 그런 후에야 서동의 이름을 알고, 동요의 징험을 믿게 되었다.

(마) 그리고는 함께 백제에 도착하여, 어머니가 준 금을 내어 앞으로 살아갈 계책을 세우려 하였다. 서동이 크게 웃으며 말하였다.

"이것이 무슨 물건이오?" 공주는 말하였다. "이것은 황금인데, 백 년 동안 부를 이룰 수 있습니다." 서동이 말하였다. "내가 어려서부터 마를 캐던 곳에는 이런 것이 흙덩이처럼 쌓여 있소." 공주는 그 말을 듣고는 매우 놀라며 말하였다.

"이것은 천하의 지극한 보물입니다. 당신이 지금 금이 있는 곳을 아신다면 이 보물을 부모님의 궁궐로 옮기는 것이 어떻겠습니까?" 서동이 말했다.

"좋소." 그래서 금을 모았는데, 마치 구릉처럼 쌓였다.

(바) 용화산 사자사의 지명법사가 있는 곳으로 가서 금을 운반할 방법을 물었다. "내가 신통력으로 옮겨줄 수 있으니 금을 가져오시오." 공주는 편지를 써 금과 함께 사자사 앞에 갖다 놓으니 법사는 신통력으로 하룻밤 사이에 신라의 궁궐에다 금을 날라다 놓았다. 진평왕은 그 신비스런 변화를 이상하게 여겨 서동을 더욱 존경하였고, 항상 글을 보내어 안부를 물었다. 서동은 이 일로 말미암아 인심을 얻어 왕위에 올랐다.

(사) 어느 날, 무왕이 부인과 함께 사자사에 행차하려고 용화산 아래 큰 못 가에 도착하니, 미륵삼존이 못 속에서 나와 수레를 멈추고 경의를 표하였다. 왕비가 왕에게 말하였다. "이 곳에 큰절을 세우는 것이 제 간곡한 소원입니다."

왕은 그것을 허락하고 지명법사에게 가서 못을 메우는 일을 물으니, 신통력으로 하룻밤 사이에 산을 허물어 못을 메워 평지를 만들었다. 미륵법상 세 개와 회전·탑·낭무를 각각 세 곳에 세우고 절 이름을 미륵사라 하였다. 진평왕이 여러 공인을 보내 돕게 했는데, 지금까지 그 절이 남아 있다.(『삼국사』에 "이는 법왕의 아들이다"라고 했는데, 이 전기에서는 과부의 아들이라고 했으니 알 수 없는 일이다.)

먼저 서동은 어떤 인물인가? (가)에서 보면, 서동은 용의 아들이다. 그런데, 어머니는 홀로 사는 과부이다. 과부는 남편이 죽고 배우자 없이 혼자 사는 여자이다.[3] 게다가 용이 밤에 찾아오는 손님이었는지는 나와 있지 않지만, 정상적인 관계를 가질 수 없는 남녀 관계에서 발생하는 상황이 (가)의 상황이다.[4] 자칫 몰래한 애정 행각, 불륜성 시비에 휘말림직한 상황이다. 즉 아버지가 누군지도 모르는 비정상적인 남녀 관계에서 출생한 처지다. 뿐만 아니라 서동이 재주와 도량이 헤아리지 못할 정도였다고는 하나 겨우 마(薯蕷)를 캐다가 파는 것을 생업으로 삼는 가난한 집의 남자이다.

이러한 모습은 〈미녀와 야수〉에서 야수의 모습과 견주어봄 직하다. 야수는 우리의 상상력에 맡겨지지만 대체로 우리는 혐오스럽고, 추한 몰골에 사나운 성격의 소유자로 상상한다. 여기서 서동은 야수와 같이 위험하지는 않지만 혐오스럽고 피해야 할 무엇으로 느껴지거나 아니면 적어도 호감이 갈 만하지는 않다. 추한 몰골의 야수처럼 가난한 마장수 서동은 상대인 선화공주와 부모들을 믿게 하지도 만족시키지도 못한 인물이다. 즉 야수와 같이 서동도 선화공주에게는 아직 결혼할 남자로서의 대상이 되기

---

3 과수(寡守) 또는 미망인이라고도 하는데, 이전의 법률상으로 과부는 남편의 사망일로부터 6개월이 지나기 전에는 재혼할 수 없으나 친가(親家)에는 언제든지 복적(復籍)할 수 있게 되어 있다. 2005년 3월 31일 민법개정으로 재혼금지기간이 삭제되었고, 친가(親家)에는 언제든지 복적(復籍)할 수 있다.

4 설화문학에서는 밤에 찾아오는 손님이 소재가 되는 설화를 야래자 설화라 한다. 여기서 손님은 정상적인 관계를 가질 수 없는 남녀관계에서 남자를 가리킨다. 남자는 당대의 영웅이거나 기이한 인물이면서도, 사랑하는 여인을 밤에만 남몰래 찾아들어야 할 운명이며, 여자는 드러내 놓고 할 수 없는 비극적인 사랑을 받아들이고, 거기서부터 시작될 실제 이야기의 주인공을 낳게 된다.

에는 믿음직스럽지도 만족스럽지도 못하다는 의미이다. 결혼을 통한 행복한 삶을 위해서는 아직 수준 미달인 상태이다. 아마도 평범한 아버지라면 사랑하는 공주같은 딸을 이런 남자와 결혼시키려 하지는 더욱 않을 것이며, 사랑의 콩깍지를 쓰지 않는 한 여자에게 있어서도 결혼은 쉽게 결정하여 일생을 맡길 수 없는 위험한 모험이기 때문이다. 이렇듯 서동의 처지와 조건이 야수의 그것과 별로 다르지 않다. (가)에서 나타난 서동의 탄생과 가정환경, 그리고 인간 됨됨이와 생업에 관한 내용들도 왕인 아버지와 선화공주의 첫 번째 오이디푸스적 상징과 은유라고 추측할 수 있는 심리적 상태를 극복하기에는 턱없이 모자라기 때문이다.

하지만, (나)에서 서동은 야수와 같이 치밀하게 계획하고 준비한다. 선화공주에 대한 사랑을 위해 머리도 깎고, 생업도 포기한다. 오로지 선화공주에 대한 사랑에 몰두한다. 선화공주에 비하면 국적도 신분도 부도 비교가 되지 않는다. 그러나 서동은 자신의 장점과 가치를 인정해 주고, 자신의 모습 그대로를 선화공주가 사랑해 주기를 바라면서 서울로 간다.

그런데 (나)에서 서동이 머리를 깎고 생업을 포기했다는 행위가 매우 의미심장하다. A 반 겐넵도 『통과의례』라는 책에서 체발(剃髮)은 새로운 이름의 명명과 마찬가지로 입사의례의 마지막 단계에서 행해지는 의식이며 다른 인생단계에 진입했음을 보여주는 표지라고 말한다. 그러므로 머리를 깎았다는 것은 생업을 포기했다는 것과 같은 맥락이다. 이는 둘 다 새로운 인식에 도달하여 새로운 출발을 한다는 의미이기 때문이다. 즉 삶의 각박하고 치열함을 모두 내려놓고, 숭고한 가치를 향해 길을 간다거나 무소유를 말하거나, 아무것도 감싸고 있지 않은 상태, 자신을 있는 그대로 드러내 놓은 상태를 말하거나, 모든 것을 걸었다는 것들 중 몇 개이거나, 이 모두 다를 말한다고 할 수 있기 때문이다. 그래서 서동은 길을 떠난다.

그런 후, 야수가 길을 잃게 하고, 아름다운 장미꽃으로 미녀의 아버지를 유혹했던 것처럼, 마법을 부리듯 마와 〈서동요〉를 이용하여 야수와 비슷한 함정을 놓는다. 먼저 마를 나누어주어 친하게 지내고 이어서 미리 지어 놓은 노래를 아이들에게 부르게 한다. 그런데 여기서 마와 〈서동요〉는 〈미녀와 야수〉 이야기에서의 '장미꽃'과 같은 의미와 작용을 하는 상징이다. 즉 '장미꽃'과 같은 함정과 유혹이다. 장미꽃으로 인해 아버지가 위기에 처하고 미녀를 야수에게로 보낼 수밖에 없게 만든 것처럼 마와 〈서동요〉도 마찬가지이다. 왜냐하면, 어떻게 보면 황홀한 로맨스의 내용인 〈서동요〉가 선화공주의 무의식적 욕망이기 때문이다.

더군다나 아버지 왕에게서 받고 싶지만 받을 수 없는 사랑이다. 왕을 난처하게 만들고, 자신을 유배가게 만드는 야수 같은 서동의 욕망을 표현한 것이기도 하다. 그렇기 때문에 〈서동요〉는 야수 같은 서동의 간절한 소망을 성취하기 위한 기도와 같은 노래이기도 하다. 이는 문학의 전(前) 형식이 제의였고, 주술행위의 일부분이었다는 사실에서도 알 수 있다. 시의 리듬과 율동 또한 원시적 마법의 여운이라고 할 수 있기 때문이다. 그것들이 정착되어 오늘날 시, 설화 등이 되었기 때문이다. 『삼국유사』 권2 〈수로부인조〉에 보면 "여러 사람의 말은 무쇠도 녹인다고 하면서 경내의 백성들을 모아 노래를 지어 부르게 하여 수로부인을 구출하는 내용이 있고, 또한 수로부인이 절세미인이어서 깊은 산이나 큰 못 가를 지날 때마다 신물에게 빼앗겼으므로 여러 사람이 해가를 불렀다는 내용이 있다. 이 같은 내용은 우리가 〈서동요〉의 주술적이고 제의적인 역할을 얘기하기에 매우 중요한 사실이다.

유비항은 〈서동요〉라는 일종의 참요를 만들어 퍼지게 한 것을 꿈으로 볼 때, 노래는 감정, 사상, 명성 등의 일을 상징하는 것이며, 마음을 움직이고, 행동화할 수 있는 신념의 마력이 노래 부름에서 생겨난다고 한다. 또한 박노준은 〈서동요〉가 서동 이전에 신라의 아동들에게서 널리 불리던 '얼래껄래 얼래껄래'류의 동요이며, 이 동요를 서동이 듣고 자기 이름과 선화공주의 이름을 넣어서, 마치 두 사람 사이의 로맨스가 당시에 일어나고 있는 것처럼 표현하여 퍼뜨린 것이라 말한다. 또한 이능우는 〈서동요〉가 자신의 소원을 향가로 부르되 그 희망을 이미 성취한 것처럼 불러 버리는 태도를 가진 노래이어서, 어떤 마력이 붙어 있는 것과 같은 느낌을 준다고 했으며, 임기중은 연애 주가적인 효험이 나타난 것이라고 하고, 김열규는 주술적인 궤계(詭計)다고 말한다.

이 외에도 윤영옥은 〈서동요〉에 사랑의 주가이며, '소문'은 곧 '사실'이라는 일종의 언어 주술적 심리가 작용하고 있다고 하고, 김병욱은 주술적 의지가 있다고 하며, 김승찬은 주가적 성격을 띤 동요다고 말한다. 마찬가지로 이러한 기능은 고대시가인 〈구지가〉와 향가인 〈혜성가〉, 〈제망매가〉, 〈도천수대비가〉, 〈도솔가〉, 〈처용가〉 등에서도 나타난다. 〈서동과 선화공주〉에서도 마찬가지로 사람들에게 마법을 걸기 위해 주문(呪文) 즉 〈서동요〉를 창작하고 노래하게 했던 것이다.

이러한 측면의 주장들은 〈서동요〉가 서동의 욕망과 의지의 실현과 밀접한 관계가 있으며, 야수와 같은 서동의 마법적, 주술적 장치로서의 역할을 수행한 것으로 볼 수 있게 한다. 이는 선화공주가 〈서동요〉에서 행위의 주체로서 등장하여 선화공주의 주체적 의지를 생성시키고자 하는 간절한 바람을 내포하고 있다는 것에서도 알 수 있다. 이를 통해 선화공주의 삶의 변화, 성의식의 성장과 변화를 소망하고 결국 서동의 욕망과 의지를 실현하고자 함을 알 수 있다. 즉 〈서동요〉의 제의적이고 주술적인 마력을 통해 신하들이 강권하게 하고, 그 결과 선화공주를 궁에서 쫓겨나게 하는 등은 마법의 장미를 이용해 아버지를 올가미에 걸리게 하고, 협박을 통해 아버지가 딸을 보낼 수밖에 없게 만든 상황과 본질적으로 동일한 역할과 작용이다.

그런데 정운채는 〈서동과 선화공주〉를 〈삼공본풀이〉나 〈온달설화〉와 동일한 맥락에 놓고 검토하면서 이들 설화에 없던 〈서동요〉가 출현하게 된 계기를 밝히려고 했다. 그리하여 서동 중심의 시각에서 선화공주 중심의 시각으로 전환해야 하며 〈서동요〉에는 기존의 체제보다 우월한 새로운 세계를 창조할 수 있는 남녀 결연의 측면이 반영되었다고 한다. 그리고 선화공주의 모습이 전체적으로 소극적이고 수동적이어서 감은장애기나 평강공주에 견줄 때 어린애에 불과하지만, 그런 가운데서도 이야기가 진행

됨에 따라 차츰차츰 어른스런 모습으로 성숙해 가고 있는 것에 주목할 필요가 있다고 말한다. 간단히 말하면, 〈서동과 선화공주〉가 잠든 의식으로부터 깨어나서 평강공주의 속성들로부터 감은장애기의 속성들로 성숙해 가는 '선화공주'의 모습을 보여주고 있다는 것이다.

이것은 참으로 놀라운 탁견(卓見)이다. 그러나 아쉬운 것은 선화공주의 잠든 의식과 감은장애기나 평강공주의 어떠한 속성으로 성숙해 가느냐에 대한 구체적인 해답으로는 조금은 추상적이고 모호한 측면이 있다는 점이다. 앞의 이야기들을 바탕으로 말해 보면, 정운채가 말하는 성숙 즉, '삶의 본질'이나 '체제의 원리'의 자각이 바로 선화공주의 오이디푸스 콤플렉스의 극복과 성숙한 성의식이라고 말할 수 있다.

이러한 맥락에서 〈서동요〉 또한 선화공주의 잠재된 무의식 속의 성적·심리적 욕구나 욕망을 노래로써 표현한 것으로 볼 수 있다. 김병욱도 주술의 핵심은 주사에 있으며, 주사에는 인간의 강한 욕망이 있다고 한다. 즉 자기 욕망을 극적으로 표출하고 있다고 한다. 더군다나 무의식 속에 있는 욕망은 억압되었을 때에 더 말하고 싶어 한다. 그리고 현실 원칙에 막혀 있을 때는 다른 모양 예를 들면, 〈서동요〉와 같은 모양으로 욕망을 표현한다. 이것은 이후 서동과 만났을 때 큰 반항이나, 놀람과 두려움 등의 거부 반응이 나타나지 않고 대체로 순순히 받아들이는 태도를 취하고 있다는 점에서 더욱 잘 알 수 있다.

정운채도 〈서동요〉가 선화공주의 말은 아니라 해도 결과적으로 선화공주의 속마음에 부합하고 있음을 주목해야 한다고 말한다. 그 근거로 위의 〈서동과 선화공주〉의 (라)에서 공주가 귀양지에 이르게 되었을 때 서동이 도중에 나와 절하며 모시고 가고 싶다고 하였는데, 공주는 서동이 어디서 왔는지 알지 못하면서도 까닭 없이 미덥고 기뻤고, 따라가서 남몰래 정을 통했다는 것을 들고 있다. 그러면서 선화공주의 마음속에는 이미 〈서동요〉와 같은 생각이 내재해 있었다고 할 수 있다고 말한다.

따라서 〈서동요〉는 위와 같은 맥락에서 보면, 선화공주의 무의식 속에 깊이 자리하고 있는 선화공주의 성적 욕망 그리고 오이디푸스 콤플렉스의 극복과 인격적 성숙을 소망하며, 주문을 외듯이 그것을 노래로 표현된 것으로 볼 수 있다. 즉, 〈서동요〉는 선화공주의 의식이 잠들어 있는 상황에서 선화공주가 하고 싶은 말, 선화공주의 욕망에 근거한 말, 성적인 '애정'과 밀접한 말, 새로운 삶과 세계에 대한 지향을 담은 말 또는 노래이다.

결론적으로 말하면, 〈서동요〉는 야수와 같은 서동의 욕망의 표현이며, 그 욕망 실현을 위한 주술이며, 마법의 기능을 한다. 또한 〈서동요〉는 선화공주의 무의식 속에 있는 욕망이며 성숙을 위한 통과 제의적 주가(呪歌)이다. 따라서 〈서동과 선화공주〉 속에서 〈서동요〉는 제의적 기능 그리고 주술적이고 마법적인 기능을 한다고 말할 수 있다.

한편 (라)에서는 〈서동요〉가 서울에 가득 퍼져 궁궐에까지 알려지게 된다. 그러자 백관들은 힘껏 간하고, 공주는 먼 곳으로 유배 가게 된다. 여기서 백관들의 말은 미녀의 아버지가 미녀를 야수에게 어쩔 수 없이 보내야만 했던 것처럼 왕이 야수 같은 서동에게 자신의 사랑하는 선화공주를 보내게 한다. 물론 선화공주는 자신의 결백을 주장하며, 백관들의 요구를 묵살하도록 아버지에게 호소할 수도 있다. 그러면 아버지도 백관들의 요구를 묵살했을 가능성이 크다. 아버지는 당연히 보내고 싶지 않기 때문이다. 그러나 선화공주는 아무 말 없이 궁궐을 떠난다. 『삼국유사』 권2 〈무왕조〉에는 나타나 있지 않지만, 사실 선화공주도 〈미녀와 야수〉의 미녀처럼 언니들과 달리 겸손하고 매력적이며, 누구에게나 상냥했을 것이고, 결혼 상대를 사귀지도 않고 항상 집에 있으면서 아버지와 살겠다고만 했을 지도 모른다. 그렇지만 오직 아버지에 대한 사랑에 선화공주도 〈미녀와 야수〉의 미녀처럼 아버지를 위해 떠나고 만다. 물론 이 장면은 사실 선화공주 자신의 무의식적 욕망에 의한 발로이기도 하다. 어찌할 수 없는 상황을 운명처럼 가장하여 숙명적인 만남을 위해 떠나게 된 것이 분명하기 때문이다.

그런데 공주가 떠날 때, 왕후(王后)는 순금 한 말을 여비로 준다. 황금은 가치 있고 고귀함의 상징이다. 부귀영화를 누리게 하는 것으로 욕구 충족을 상징한다. 〈서동요〉에서도 욕구 충족의 수단으로 상징화된 것으로 본다. 그리고 여기서 왕후의 역할은 아버지의 대리자로서의 역할이다. 즉 여기서의 '어머니'는 사실 이야기 속의 하나의 장치이다. '역할 나누기'일 뿐이며, 아버지를 상징하는 심리적 대리물이다. 그러므로 아버지의 마음은 백관이나 주위의 시선에 아랑곳하지 않고, 죄를 지어 유배를 가는 선화공주에게 순금 한말씩이나 여비로 주는 왕후로써 나타난다. 물론 이러한 상징을 〈미녀와 야수〉에게서도 찾을 수 있다. 야수의 성에서 꺾은 장미꽃 한 송이가 바로 그것이다. 그러므로 순금 한말과 장미꽃 한 송이에는 공통된 어떤 의미가 분명히 있다. 그것은 선화공주와 아버지의 오이디푸스적 사랑을 상징한다.

〈미녀와 야수〉에서도 미녀는 두려움에 떨면서 야수의 궁궐로 가지만 야수의 친절로 인해 이내 익숙하고 평안하게 살게 된다. 그러나 매일 반복되는 야수의 결혼 요구에는 응하지 않는다. 아버지에 대한 오이디푸스적 사랑을 극복하지 못하고 있기 때문이다. 즉 아직은 새로운 남성의 사랑을 받아들이지 못하고 있는 심리적 상태이다. 마찬가지로 선화공주의 무의식속에서도 아직은 아버지에 대한 오이디푸스적인 의존의 끈, 관계를 끊지 않고, 자신의 삶을 아버지에 대한 오이디푸스적인 사랑에 맡기는 비주체적인 삶의 태도를 지니고 있다. 이러한 점은 (마)에서 서동과 함께 백제에 도착했을 때, 어머니가 준 금을 내어 앞으로 살아갈 계책을 세우려 한 장면에서도 나타난다. 물론 무엇이든지 시중드는 사람들이 다해주던 왕궁에서 공주로 살았을 때보다는 적극적이고, 능동적인 모습을 보이고 있다. 하지만 선화공주는 백제에 도착하자마자 어머니가 준 금을 내어 그것을 토대로 살아갈 계획을 세우려 했다. 서동의 입장과 처지, 환경과 상황을 중심으로 고려하여 미래의 삶을 계획하려 한 것이 아니다. 결국 이는 근본적으로 선화공주의 무의식에는 아직도 아버지의 오이디푸스적 사랑을 중심에 두고 있음을 말해 준다.

하지만 유배지에 도착할 즈음, 선화공주는 가는 길에서 드디어 서동을 만난다. 그리고 서동이 나와 절을 하고 모시고 가겠다고 하였을 때, 공주는 서동이 어디서 온 사람인지도 모르면서 우연한 만남을 기뻐하며, 믿고 따라간다. 게다가 몰래 정을 통한다. 그런 후에야 서동의 이름을 안다. 그리고 동요의 징험을 믿게 된다.

여기에서 이름을 안다는 것은 새로운 인식, 깨달음, 탄생을 상징한다. 비에른느도 "새로운 탄생을 의미하는 또 다른 방식은 개명으로서, 이것은 모든 문화와 통과제의에서 입증된다. 현대사회에서 개명이란 마치 인격을 바꾸는 것처럼 느껴진다."고 말한다. 따라서 이름을 안다는 것은 선화공주가 서동의 존재를 의미 있게 생각한다는 것이며, 서동의 삶을 있는 그대로 존중하고 수용한다는 것을 말한다. 그리고 〈서동요〉 속에서처럼 무의식 속에서 욕망했던 일들, "서동을 만나고, 기뻐하고, 믿고, 따라가, 몰래, 정을 통하고"하는 것들을 하나씩 차례대로 경험한다. 이를 통해 선화공주는 새로운 삶의 세계를 경험하게 되었고, 자신의 내면세계를 이해하기 시작했으며, 자신의 과거의 삶을 통찰하기 시작하고 있음을 말하고 있다. 그러고 나서 자신이 가졌던 왜곡된 성관념, 즉 오이디푸스 콤플렉스, 미성숙한 성의식 등을 서서히 깨뜨리고 성숙한 성의식, 주체적인 삶을 인식하게 된다.

〈미녀와 야수〉에서도 미녀는 이전에 가졌던 야수에 대한 선입견을 깨뜨리고 일단 야수와 친구로서 우정을 나눈다. 하지만 남녀사이에 우정이란 것이 제대로 지켜지거나 그리 흔한 것은 아니다. 미녀도 속으로는 야수를 서서히 남성으로서 여기며, 선화공주와 비슷한 심리적 변화와 갈등을 겪고 있었던 것이다. 이렇듯 선화공주가 이때야 비로소 서동의 이름을 알게 되고 동요의 효험을 알게 된 것은 이와 같은 이유에서이다.

그래도 선화공주는 아직까지 아버지에 대한 사랑이 간절하다. 이는 그렇게 해서 함께 살던 선화공주가 (마)에서처럼 서동이 어려서 마를 캐던 곳에 금이 흙덩이처럼 쌓여 있다는 말을 듣고 매우 놀라워하고 나서, 그 금을 자기 부모님의 궁궐로 옮기고 싶다고 서동에게 말한 장면 때문이다. 물론 서동은 흔쾌히 (바)에서처럼 용화산 사자사의 지명법사에게 가서 금을 운반할 방법을 묻는 내용과, 법사가 신통력으로 하룻밤 사이에 신라의 궁궐에다 금을 날라다 놓는다.

이는 〈미녀와 야수〉에서 미녀가 야수의 허락을 받아 야수를 떠나 병든 아버지에게 가서 아버지의 병간호를 하다가 돌아오는 부분과 그 상징하는 의미가 유사하다. 〈미녀와 야수〉에서 미녀의 병간호로 아버지의 병환은 차츰 나아지지만 야수는 그때부터 아프기 시작한다. 이때, 미녀는 선택해야만 하는 기로에 선다.

아버지는 왜 병이 났을까? 바로 미녀에 대한 아버지의 사랑 때문이다. 미녀에 대한 사랑과 걱정이 아버지 병의 원인이 된다. 아버지는 아직도 미녀의 결혼 상대로서, 자신의 소중한 딸의 행복한 삶의 동반자로서 야수를 믿지 못하고 있다. 미녀도 마찬가지로 사랑하는 아버지만한 남성으로서 야수를 느낄 수 없었다. 그래서 미녀는 아버지에 대한 그리움으로 아버지의 병간호를 핑계로 야수의 곁을 떠난다. 미녀를 가까이 두고 싶은 아버지의 마음을 대변하는 언니들의 권유를 못이기는 척하고 들어주며, 야수와의 약속을 애써 잊는다. 그러다 야수도 자신을 그리워하며 죽어가는 것을 꿈으로 알게 된다. 그제야 야수의 마음을 절실히 느끼며, 미녀 자신의 마음속 깊은 곳에서도 야수를 사랑함을 깨닫는다. 그리고 바로 미녀는 아버지에게서 야수에게 돌아간다. 드디어 미녀는 진정한 사랑을 통해 변신이라는 인격적 성숙과 성장을 이룬다.

선화공주는 어떠한가? 백제에 도착하자마자 어머니가 준 순금을 내어 앞으로 살아갈 계책을 세우려 한다. 순금 한 말은 앞에서도 말했듯이 선화공주와 아버지의 무의식 속에 있는 오이디푸스적 사랑의 끈을 상징한다. 그런데 선화공주는 서동이 이것이 무엇이냐고 물었을 때, 이것은 황금인데 백 년 동안 부를 이룰 수 있다고 말한다. 이것은 죽을 때까지 아무 걱정 없이 먹고 살 수 있는 재산이다. 그리고 서동은 이제 선화공주 덕에 편안히 먹고 살 수 있는 것이며, 서동보다 선화공주 자신의 아버지에 대한 오이디푸스적인 사랑에 의존하여 살면 편안하게 또는 행복하게 살 수 있다는 선화공주의 무의식의 표현이다. 그렇기 때문에 한편으로 선화공주는 왕인 자신의 아버지와 같은 대단한 남성을 만나고 싶었는데, 그렇지 못한 것에 대한 죄책감과 미안함이 있었을 것이다. 아마도 그것이 아버지의 사랑에 보답이며, 아버지에 대한 사랑의 배신에 대한 죄책감에서 조금이나마 벗어날 수 있다는 심리적 위안 때문이다. 그래서 선화공주는 서동이 어려서부터 마를 캐던 곳에 흙덩이처럼 쌓여 있다는 말에 '매우 기뻐'하기보다는 서동에게서는 얻을 수 없을 것 같던 의외의 사실에 대해 '매우 놀라'는 것이다.

깜짝 놀란 선화공주는 구세주를 만난 듯, 이것을 통해 죄책감과 미안함에 보답하려는 급한 마음에 부모님의 궁궐로 보물을 어떻게 옮길 것인가를 바로 묻는다. 즉 이런 선화공주의 죄책감과 미안함에 보답하려는 급한 마음에 서동과 시어미와 자신의 살아갈 미래보다도 먼저 떠올리고 서동에게 요구한 것이다. 김병욱도 황금을 찾아 그것을 여자의 부모에게 보낸다는 것은 그들이 비합법적 결합을 합법화시키는데 결정적인 요인이 된다고 한다.

또한, (바)에서는 서동이 법사의 신통력으로 신라의 궁궐로 금을 옮길 때, 선화공주는 편지를 써서 함께 보낸다. 아마도 편지에는 아버지의 사랑에 감사하며, 서동에 대한 아버지의 걱정과 우려는 기우일 뿐이며, 야수 같던 서동이 아버지만큼 훌륭한 사람이며, 이젠 서동을 진정으로 믿고 사랑하며 함께 행복한 삶을 살겠다는 다짐 등의 내용이 담긴 간곡하고 절절한 편지였을 것이다. 이런 내용의 편지를 아버지께 보내면서 금의환향한 선화공주는 비로소 아버지에 대한 심리적인 빚을 갚고, 오이디푸스적 사랑의 대상인 아버지로부터 완전히 벗어나 독립을 한다.

이 시점에서 선화공주가 아버지에게 황금을 보내는 것은 야수가 아버지에게 황금을 보내는 것과 같은 상징을 띤다고 할 수 있다. 그러자 선화공주의 아버지는 이 신비스런 변화를 이상히 여겨 그제야 서동을 존경하게 된다. 이로써 서동은 합법적이고 완전한 인정을 받는다. 그 후 선화공주의 아버지는 항상 글을 보내 안부를 묻기도 한다. 그리고 얼마 후, 드디어 서동은 이로 말미암아 인심을 얻어 왕위에 오른다. 아니 선화공주와 그녀의 아버지의 눈에는 드디어 야수와 같던 서동이 왕처럼 보였던 것이다.

끝으로 (사)에서는 어느 날, 무왕이 부인과 함께 사자사에 행차하려고 용화산 아래 큰 못 가에 도착하는데, 미륵삼존이 못 속에서 나와 수레를 멈추고 경의를 표한다. 왕비가 왕에게 이곳에 큰절을 세우는 것이 소원이라고 말한다. 왕은 그것을 허락한다. 진평왕도 여러 공인을 보내 돕게 한다. 미륵사는 이렇게 창건되었다고 한다.

〈서동과 선화공주〉는 (사)에서도 우리에게 보다 많은 의미를 안겨주고 있다. 여기에서는 무왕, 왕비, 진평왕 등 의미 있는 세 인물이 동시에 등장한다. 미륵삼존이 못에서 솟아오르자 무왕이 수레를 멈추고 절을 했고, 이것을 목격한 왕비가 절을 세울 것을 간청했고, 왕이 허락했으며, 진평왕까지도 도움을 주었다. 세 사람은 서로를 염려하며, 배려하고 존중하며, 서로를 위해 아낌없이 자신의 것을 주고 있다. 서로의 마음을 헤아려 미리 말로 표현해 주는 상황이다. 이렇게 세 사람이 동시에 같은 뜻을 세워 하나의 절, 미륵사를 창건한다는 것은 매우 의미심장한 일이다.

이것은 서로를 믿지 못하고 진정한 사랑을 이루지 못했던 옛 모습을 극복하고, 서로를 믿고 사랑하며, 이러한 믿음과 사랑을 종교적으로 승화한 결과물이다. 즉 이 세 사람의 서로에 대한 사랑이 육체적 사랑에서 정신적·영적 사랑으로, 이기적 사랑에서 이타적 사랑으로, 세속적 사랑에서 종교적 사랑으로의 승화 발전되었음을 상징하는 결과물이다.

이는 대몽항전의 소용돌이 속에서 고통 속에서 항전을 버티어 이끌어 나가던 민중의 바람과 애처로움에 대한 연민을 승려 일연이 민중불교적 시각에서 〈서동과 선화공주〉에 담고자 한 측면도 있다. 『삼국유사』 권5 「의해」의 〈사복불언〉에 보면 고승 원효의 축문을 번거롭다고 나무라며 "사생고혜"라고 고쳐 짓게 하는 것에서도 알 수 있다. 일연은 주인공인 무왕, 왕비, 진평왕을 통해 육체적이고, 이기적이고, 세속적인 자신들의 사랑 또는 욕심을 고통받는 민중들에 대한 사랑으로, 종교적이고 이타적인 사랑으로 승화하여 지혜와 자비의 화신인 미륵불 신앙으로 새롭고 평화로운 세계를 만들어 가야 함을 역설하려 했던 것이다.

Ⅱ. 운율을 지닌 글 : 읽기와 해석하기

운율을 지닌 한시, 시조 등은 소설과는 달리 고도로 절제된 형식으로 창작자의 생각과 마음이 간결하게 압축되어 나타난다. 고도로 절제된 형식이기 때문에 창작자는 의식·무의식적인 측면에서 자신의 생각과 마음을 직접적이고 장황하게 설명하지 않고, 대체로 상징적이고 은유적인 어휘나 기법을 사용하여 표현한다. 그래서 창작자의 생각과 마음이 잘 드러나지 않을 수는 있다. 즉 간결하고 압축된 형식의 제약이 따르고, 상징과 은유로써 표현하기 때문에 쉽게 파악하고 이해하기는 어려움이 있다. 하지만 이들 갈래의 문학작품에도 다른 갈래의 문학작품과 같이 창작자의 욕망, 심리·정신적 갈등과 장애, 문제상황 등이 담겨있기 마련이다.

특히나 연시조는 두 개 이상의 평시조가 엮어져 있는 시조이므로 자신의 욕망, 심리·정신적 갈등과 장애, 문제상황 등의 앞뒤 생각과 마음 모두를 드러낼 수 있다는 장점이 있다. 더 나아가 이는 자신의 욕망, 심리·정신적 갈등과 장애, 문제상황 등을 보다 깊이 있게 자기공감하고 성찰할 수 있는 기회를 갖게 한다. 이를 통해 창작자는 자신의 삶을 이해·수용하고, 통찰함으로써 자신의 자아들을 통합해 나갈 수 있게 된다. 그러므로 연시조는 다른 시조와 달리 문학상담의 이론을 적용하여 분석하기가 용이한 측면이 있다. 물론 직접적이고, 장황하게 설명되어 있지는 않지만, 상대적으로 한시, 평시조 등에 비해 창작자의 욕망, 심리·정신적 갈등과 장애, 문제상황 등을 파악하고 이해하기가 보다 쉽다.

그래서 이 장에서는 늙음이라는 입장과 처지에 놓여 있는 두 창작자들의 연시조를 먼저 분석한다. 연시조 창작을 통해 어떻게 자신의 삶에 대해 공감하고 성찰하는지 그리고 어떻게 문학적으로 승화해 나가는지를 문학상담의 관점에서 논의한다. 물론 이 두 창작자들의 연시조만으로 늙음에 대한 논의를 전개하기에는 부족할 수도 있다. 늙음에 관련한 이야기가 일관되게 전개되지 않은 점도 있고, 적나라하게 드러나지 않은 점도 있다. 그리고 사대부의 창작품으로서 다른 이들을 의식하고 지어진 것이기에 모든 심리적 상황에 대한 분석이 한계를 지닐 수도 있다. 하지만 이 두 작품은 나름대로 연시조만의 장점을 충분히 가지고 있다. 작가의 늙음에 대한 심리·정신적 갈등과 장애, 문제상황 등과 정서를 단계적으로 풀어내어 형상화하였기 때문에 문학상담의 이론을 적용하여 분석하기 용이하다.

다음으로 황진이의 〈시조 6수와 한시 8수〉를 분석하고자 한다. 그럼으로써 인간 황진이에 대해 이해하고자 한다. 이제까지는 황진이의 아름다움과 훌륭한 재주, 시조와 한시의 아름다움에 대해서는 익히 알고 있지만, 그 아름다움 속에 감춰진 고통과 눈물에 대해 헤아려보려는 노력은 그에 비해 부족했다. 그래서 여기서는 황진이의 아름다움과 아름다운 시조와 한시 등에 감춰진 황진이의 고통을 이해해 보려고 한다. 그녀의 내면의 상처와 그 속에서의 욕망을 들춰보고자 한다. 자신의 출생과 신분으로 인한 상처, 기생이기 때문에 가지는 불안한 사랑의 상처 그래서 결국 저항할 수밖에 없는 그녀의 욕망을 살펴보고자 한다. 특히나 황진이 '시조 6수와 한시 8수'에 나타나는 '청산과 물과 시간과 님' 이미지를 통해 황진이의 슬픔과 한, 치유 받고 싶은 상처와 그 속에서의 욕망을 들춰본다. 그 안에서 황진이 자신의 신분으로부터 가지는 극복할 수 없는 한계와 자유롭고 행복하고, 진실한 사랑을 실현하고자 하는 삶의 갈망과의 모순과 갈등이 결국 저항이 되었음을 이해하고자 한다.

더 나아가 나름 여성의 입장에서 황진이의 생각과 마음을 헤아려보려고 한다. 최소한 남성 중심의 입장을 탈피해보고자 한다. 그리하여 기존의 미화된 황진이를 벗어나 자유와 행복을 갈구하는 한 인간으로서의 황진이를 찾아보려고 한다. 자유롭지도 행복하지도 않았던 삶을 산 황진이의 고통을 찾으려고 한다. 천한 기생이라는 신분의 입장, 여성의 성과 사랑이라는 입장에서 그 생각과 마음을 헤아려보려고 한다.

1. 장복겸의 시름앓이 : 〈고산별곡〉

장복겸(張復謙, 1617~1703)은 조선 중기 광해군 9년 전북 임실군 지사면 영천리(남원부 거녕현)에서 태어나 숙종 29년까지 87세를 살았던 문인이다. 본관은 흥성이고, 자는 익재, 호는 옥경헌이다. 아버지 장일첨과 어머니 전주이씨 사이에서 1617년 11월 23일에 태어났다. 그리고 그는 〈옥경헌유고〉를 남겼는데, 이 작품집은 1931년 그의 7대손 장진욱이 종가에 소장된 문헌과 남원 지역 여러 유림들의 문집에서 수록된 시문을 수집하여 간행한 것이다.

장복겸은 관직에 나가 명예를 얻고 치부를 하는 것에 관심이 없었다. 그는 과거 응시에 대한 관심보다 시와 술을 즐겼다. 어려서 외조모 밑에서 자란 그는 독학으로 학문을 성취하였으며, 과거에 미련을 두지 않았다. 그리고 일생 동안 학문을 연마하면서도 자신이 경험했던 일과 자연의 아름다움을 시로 지어 노래하였고 친한 벗과 술로 여생을 마치려는 의지가 강했다.

소동파의 '도산불고(道山不孤)'라는 고사를 모방하여 집 앞에 불고정이란 집을 지어 거주하였고, 만년에는 서호위에 옥경헌이란 집을 지었다. 옥경헌은 물이 수정같이 맑고 호수 위에 비친 달은 마치 거울 속의 밝은 달과 같기 때문에 붙여진 이름이었다. 장복겸은 이곳에서 인근의 선비들과 더불어 술을 마시며 우국 애민의 시를 지어 음송하였고, 문란해진 시국과 퇴락되어 가는 풍속을 한탄하였다. 어떤 때 술을 마시고 흥취하면 서너 명의 동자들로 하여금 노래하게 하는 등 풍류를 즐겼는데, 지나가는 사람들이 산 위에 우뚝 솟은 옥경헌을 바라보고 마치 "신선이 하늘에서 내려와 속세에 머무르는 풍경이다."라고 말했다고 전한다. 물론 이와 같은 말은 그가 고독한 학자로서 이상을 꿈꾸는 고고한 삶을 사랑했기 때문으로 보인다.

한편 그가 자제나 학동을 가르칠 때는 반드시 성현의 교훈을 주제로 삼았으며, 주위의 사람들에게는 자제들의 훈육 지침을 정해 주었다. 또한 학생들이 찾아오면 부모와 형제를 섬기는 도리에 치중하여 강의하였다. 이러한 방침은 문인과 무인, 농부와 양반에 대한 차별 없이, 지위와 신분에 알맞게 교육지도하는 데 초점을 맞췄기 때문이다. 또한 어떤 사람이 옳지 못한 행위를 해도 즉시 질책하지 않았다. 만약 많은 사람이 주위에 있는데도 불구하고 비난을 하는 사람이 있으면, 장복겸은 눈을 지그시 감고, "그대는 〈소학〉에서 무엇을 배웠는가? 남의 과실을 들으면 귀로는 들어도 입으로는 가히 말할 수 없는 것이니, 옛 성현이 남긴 말로도 하루 해를 보낼 수 있을 것인데, 하필이면 험담으로 입을 더럽힐 것이 무엇인가?"라고 말했다고 한다. 이러한 일화는 그의 학문적 깊이와 신중한 마음을 알 수 있게 한다.

〈고산별곡〉은 장복겸의 문집에 실려 있는 작품이다. 문집에는 가사 작품으로 분류되어 있으나, 실은 10수의 시조 작품이다. 〈고산별곡〉은 장수군 산서면 신창리에 있는 불고정을 배경으로 지은 작품이다. 고산은 장복겸이 살던 집 앞의 동쪽 산 이름으로, 그는 이곳에 불고정을 짓고, 과거 공부보다는 시와 술을 즐기고 자연을 사랑하며 유유자적한 삶을 살았다. 〈고산별곡〉은 이러한 자신의 삶과 강호 자연에 대한 사랑을 10수의 시조로 표현하고 있다.

이러한 장복겸의 〈고산별곡〉은 자신의 삶에 대한 직면과 대상화, 즉 문학적 승화의 산물이다. 자신의 삶에 직면하여 자신의 삶과 욕망을 과감히 적극적으로 표현하여 드러내고 있다. 그 속에서 자신의 삶의 자아와 자기 공감하면서 부정적인 정서와 심리적 갈등을 명료화하고, 자아성찰을 통해 이를 통합해 나가고 있다. 다시 말해, 장복겸의 〈고산별곡〉은 늙음의 상황 속에서 자신의 심리적 갈등에 직면하여 자신의 문제적 상황을 창작품을 통해 표현하고 이를 대상화한 결과이다. 이 과정에서 객관적으로 자신의 자아를 성찰하고, 이를 통해 자신의 삶의 긍정적인 변화와 부정적인 주변 자아의 중심자아로의 통합을 이뤄내고 있다.

(1)

青山은 에워들고 綠水는 도라가고
夕陽이 거들 ᄯᅢ예 新月이 소사난다
眼前의 一尊酒 가지고 시ᄅᆞᆷ 프자 ᄒᆞ도다.

(2)

山林의 늘근 몸이 詩酒에 病이 되니
안쟈면 盞을 ᄎᆞᆺ고 醉ᄒᆞ면 붓을 잡ᄂᆡ
이 밧긔 녀나믄 人事ᄂᆞᆫ 全未全未 ᄒᆞ노라.

(3)

江山의 눈이 닉고 世路의 ᄂᆞᆺ치 서니
어ᄃᆡ 뉘 門의 이 허리 굽닐손고
一尊酒 三尺琴 가지고 百年 消日 호리라.

(4)

ᄂᆡ 말도 ᄂᆞᆷ이 마소 ᄂᆞᆷ의 말도 ᄂᆡ 아닌ᄂᆡ
孤山 不孤亭의 죠히 늘ᄂᆞᆫ 몸이로쇠
어듸셔 妄佞의 손이 검다 셰다 ᄒᆞ나니.

(5)

玉鏡軒 즘을 ᄭᅴ여 嫩柳莊 안니다가
背溪石 홋드ᄃᆡ여 不孤亭을 나가니
아ᄒᆡ야 一壺酒 가지고 나을 ᄎᆞ자 오ᄂᆞ라.

(6)

엇그제 비즌 술이 다만 세 甁 ᄲᅮᆫ이로다
ᄒᆞᆫ 甁은 믈의 놀고 ᄯᅩ ᄒᆞᆫ 甁은 뫼희 노셔
이 밧긔 나믄 甁 가지고 달의 논들 엇더리.

(7)

生涯도 苦楚ᄒᆞ고 世味도 淡白ᄒᆞ다

흰 술 ᄒᆞᆫ 두 잔의 프른 글귀 ᄲᅮᆫ이로쇠
玉鏡軒 平生 行狀이 이 밧긔ᄂᆞᆫ 업셰라.

(8)
人生이 百年 內예 憂患의 ᄊᆞ여스니
盞 잡고 웃ᄂᆞᆫ 날이 ᄒᆞᆫ 달의 몃 적일고
술 두고 벗 만ᄂᆞᆫ 날이야 아니 ᄂᆞᆯ고 어이리.

(9)
七絃이 冷冷ᄒᆞ니 네 소ᄅᆡᄂᆞᆫ 잇다마ᄂᆞᆫ
鍾期를 못 맛나니 이 曲調 게 뉘 알이
碧空의 一輪明月이 ᄂᆡ 버진가 ᄒᆞ노라.

(10)
국 安酒 깁픈 盞은 坐上ᄭᅴ 나소오고
노ᄅᆡ 춤 당고 붑픈 져므니 맛겨 두고
아히야 조히 붓 먹 드려라 聯句 ᄒᆞᆫ 작 ᄒᆞ압새.

시조 (1)에서는 시조의 선경후정의 특징이 잘 드러난다. 종장의 시름과 관련한 정서적 분위기가 점진적이면서 점층적인 흐름으로 표현되어 있다. 일차적으로 자신의 삶 속의 '시름'에 직면하고, 이를 드러내어 표현하는 과정이다. 초장의 자신을 둘러싼 청산과 활달히 돌아가는 녹수는 이내 중장의 지는 해와 솟아오르는 달의 이미지로 차분하게 가라앉고 있다. 겹겹이 쌓아 두었던 것을 애써 꺼내 놓듯이 분위기를 가라앉히고, 뜸을 들이며 서서히 마음속의 시름이 드러내고 있는 장면이다. 결국 종장에서는 시름이 있음을 털어 놓고야 만다. 그리고 한잔 술에 실어 시름을 풀어보고자 한다. 이는 시조 (1)에서 초장이 주는 심리적 상황과 중장이 나타내는 심리적 상황의 역동적인 변화가 '시름'이라 표현된 창작자의 심리적 갈등을 더욱 심화시켜내는 방향으로 흐름이 조성되고 있기 때문이다. 그러한 흐름은 마침내 종장에서 창작자 자신에게 심리·정신적 갈등이나 장애, 문제상황 등이 있음을 인정하고 표현하기에 이른다. 그런데 종장에서 이러한 인정과 표현이 중요한 것은 압축되고 절제된 시적 공간 속에서 자신의 심리·정신적 갈등이나 장애, 문제상황 등을 표출하여 시름을 풀어보고자 하는 간절한 의지를 시적청자에게 드러내고 있다는 사실이다. 창작자가 자신의 심리·정신적 갈등이나 장애, 문제상황 등을 해결하고자 하는 의지가 있음을 나타낸 첫걸음이기 때문이다.

항상 많은 사람들은 자신의 심리·정신적 갈등이나 장애, 문제상황 등을 처음에는 부정하기 마련이다. 그리고 그것을 마음 깊숙한 곳에 꾹꾹 눌러 묻어두려고 하고 애써 잊어버리려고 하면서 그 문제적 상황 자체를 부정한다. 그런데 이것은 결국 더 큰 심리·정신적 갈등이나 장애, 문제상황 등을 일으켜 신체적인 장애까지로 이르게 된다. 그런데 시조 (1)에서는 이러한 심리적 과정을 창작자가 극복했음을 말해 준다. 또한 자신의 심리적 상황을 성찰하고 이해하며, 극복할 수 있는 디딤돌을 놓았음을 의미한다. 하지만 창작자는 '눈앞의 한잔 술'의 힘을 빌려 풀고자 한다. 즉 표현하여 대상화하였지만 아직은 자신의 갈등이나 문제적 상황을 용기 있게 직면하지는 못하고 있다.

한편 시조 (2), (3), (4)는 대상화된 자신의 문제적 상황을 성찰하는 과정이다. 시조 (1)에서 찾은 창작자의 심리·정신적 갈등이나 장애, 문제상황 등을 구체적으로 대상화하고 성찰하는 과정이다. 이러한 과정을 통해 창작자는 결국 시조 (3)에서와 같이 자신의 문제적 상황에 대해 명료하게 제시하여 성찰한다. 이것은 창작자가 시조 (2), (3), (4)의 창작을 통해 자신의 외로움과 한탄, 상실감과 분노 등의 부정적인 정서를 점차적이고 심각한 양상으로 나타내고 있음을 의미한다. 뿐만 아니라 '눈앞의 한잔 술'의 힘을 빌려 소극적으로 드러냈던 것과 달리 매우 적극적으로 표현하고 있다.

물론 사대부들의 일반적인 취향과 관습적인 표현이라 여길 수도 있다. 하지만 사대부들이기에 그 이면의 심리를 모두 들어내지 않았음이 분명하다. 하지만 표현된 것만으로도 창작품 속의 자신과의 자기공감은 충분히 일어나기 마련이다. 압축적이고 간결한 표현, 상징과 은유 만으로도 모든 사고, 행동, 감정 등을 환기시켜낼 수 있기 때문이다. 즉 이것만으로도 감춰두었던 자신의 감정에 직면하여 대상화하고 성찰하면서 자신의 감정에 충실히 머물러 공감할 수 있다.

시조 (2)의 초장과 중장에서 보면 창작자는 '산림에 외로운 몸' 또는 '산림과 하나가 된 몸'이 늙어 버린 상태이다. '시주(詩酒)에 병(病)' 즉 '시병과 주병'을 앓고 있어서 앉으면 잔을 찾고 취하면 붓을 잡는다. 세상과 분리되어 이제는 자연과 하나가 된 작가에게는 '시와 주'만이 자신의 낭만과 멋이며, 삶의 전부이다. 그런데 문제는 그 밖에는 "全未全未 ᄒᆞ노라."라는 것이다. 즉 전혀 알지 못한다고 말한다. 이는 자신과 세상을 분리시켜 이를 재차 확인하고, 강하게 외면하거나 부정하는 창작자의 태도이다. 그러면서 '시주'에만 집착하여 의존하고 있는 상태이다.

이는 시조 (2)의 작가가 아직은 자신의 마음을 괴롭히는 핵심적인 요인에 대해 말할 준비가 안 되었음을 의미한다. 그렇지만 '세상과 분리된', '시주에 집착하고 있는', '그밖에 아무것도 신경 쓰고 있지 않는' 자신에 대해 인식하고 있다. 물론 시조 (1)보다는 자신의 심리·정신적 갈등이나 장애, 문제상황 등에 대한 명료화가 진행되고 있다.

그런데 시조 (3)에서는 그 양상이 새로운 국면을 맞이한다. 이는 부정적인 정서의 분명한 표현뿐만 아니라 작가의 분열된 주변자아를 확인할 수도 있다는 점에서도 그렇다. 시조 (1)에서 '시름'으로 자신의 심리적 갈등을 애써 들춰냈다면, 시조 (2)에서는 그 시름에 대해 더 솔직하게 드러내어 '세상과 분리된', '시주(詩酒)에 집착하고 있는', '그밖에 아무것도 신경 쓰고 있지 않는' 자신에 대해 표현한다. 이 속에서 자신의 외로움과 한탄, 상실감 등의 부정적인 정서를 표현한다. 그런데 시조 (3)에서는 처음으로 한탄, 상실감, 혐오감, 분노, 좌절감 등 자신의 심리·정신적 갈등이나 장애, 문제상황 등의 요인에 대해 구체적으로 말하고 있다.

초장에서 창작자는 강호에 온지 오래고 마음이 세상을 떠난 지 오래이다. 이제는 자신의 삶과 멀어져 낯이 선 상황을 드러내고 있다. 더 나아가 대구 형식의 유사한 구조의 구를 반복함으로써 자신의 처지와 상황뿐만 아니라 자신의 입장과 의지를 강하게 표출하고 있다. 즉 시조 (2)에서 언급했던 '세상과 분리된 자신'이 아닌 '강산과 하나 된 자신'을 강조하고 있다. 그러면서 중장에서는 '강산과 하나된' 자신이 '시주' 외에 아무것도 신경 쓰고 있지 않는 이유에 대해 분명하게 말하고 있다. 그 이유는 바로 "뉘門의 이 허리 굽닐손고"에서 알 수 있다.

더군다나 중장의 '어듸'라는 어휘에서 알 수 있듯이 창작자는 허리를 굽실거리는 '세로(世路)'에 대해 상당히 부정적인 인식을 갖고 있음을 알 수 있다. 그리고 '어듸'라는 어휘는 자신을 향한 세상의 억압으로 인한 심리적 압박에 적극적으로 저항하기 위해 자신의 의기(義氣)를 더욱 강조한 표현이다. 이참에 자신의 자주적인 삶을 올곧게 지키려는 강한 의지의 표명이기도 하다.

이러한 의기는 종장에서도 이어진다. 창작자는 허리를 굽실거릴 바에는 '백년(百年) 소일(消日)'하겠다고 한다. 이러한 부정적인 인식은 창작자를 더욱 '강산과 하나 된 자신'을 추구하게 한다. 그리고 이는 '주(酒)와 금(琴)'의 낭만과 멋을 누리도록 부추기고 있는 요인으로 작용하고 있다. 이처럼 창작자는 자신의 의기를 꺾는, 자신을 비굴하게 만드는 '세로'에 대해 강하게 부정하고 있다. 즉 창작자는 이것으로 인해 심리·정신적 갈등이나 장애, 문제상황 등을 겪고 있는 것이다. 그러면서 자신을 스스로 위로하고 자기공감하고 있는 것이다.

그러므로 표면적으로는 시조 (3)에서 창작자가 '주와 금'으로 세월을 유유자적하며 살아보겠다는 여유를 표현했을지도 모르지만, 그 속에는 창작자의 좌절된 욕망이 반대급부적으로 치달아 표현된 것은 아닌지 의심하지 않을 수 없다. 이것은 초장의 '강산'과 '세로'의 대조에서 비롯되어 중장의 '어듸'와 '이 허리'의 '이'에서 증폭되었고, 종장에 이르러 야기된다. 왜냐하면, 중장의 '어듸'와 '이 허리'의 '이'가 창작자가 자신의 자존감이나 자의식을 강조하고자 하여 의도된 표현일 가능성이 있기 때문이다. '어듸'에 대해서는 앞에서도 언급했지만 자신의 의기와 의지의 표현이다. 그런데 창작자는 여기에 '이'라는 어휘를 첨가하여 자신의 자존감과 자의식을 더욱 강조하여 드러내려 했다고 볼 수 있다.

이는 중장이 강한 어조를 띤 것을 통해서도 알 수 있다. 창작자의 정서적 분출이 앞의 시조 (1), (2)에 비하면 시조 (3)이 조금은 과도하게 흘러넘친 면이 없지 않기 때문이다. 그렇기 때문에 이 부분이 오히려 창작자의 좌절된 욕망에 대한 심리적 갈등을 반대로 표출하고 있는 것이 아닌가 하는 의심을 갖게 한다. 즉 자신의 좌절된 욕망을 숨긴 채, '강산'에 머무를 수밖에 없는 자신의 처지와 상황을 방어하고 합리화하는 방어기제가 작용하고 있다는 것이다. 자신의 강호에 머물러야 할 수 밖에 없는 처지를 애써 "허리 굽닐"로 세상일을 폄하함으로써 자신의 처지와 상황을 애써 더욱 드높여보려는 의도가 담겼다는 것이다. 이렇듯 창작자는 이 속에서 자신의 한탄, 상실감, 혐오감, 분노, 좌절감 등에서 오는 자신의 심리·정신적 갈등이나 장애, 문제상황 등을 시조라는 문학적 형식을 빌려 명료하게 드러내고 있다.

그런데 시조 (3)과 같은 양상은 시조 (4)에 이어진다. 초장에서 보면 창작자는 이미 자신에 대한 남들의 평가에 대해 알고 있다. 물론 그것에 대해 창작자는 이전부터 불편해 왔다. 이런 불편했던 마음을 꾹 눌러 참고 있었는데, 시조 (3)을 통해서야 비로소 토로한 것이다. 자신의 생각과 마음을 알아주지 않고, 자신에 대한 부정적인 말들에 대해 답답하였음을 드러내어 불평한다. 자신에 대한 평가가 심리적 부담이었음을 더 이상 참을 수 없었던 것이다.

창작자는 이러한 말들이 시조 (3)에서 표현한 '세로'보다는 '강산'을 택한 자신의 거취에 대한 것이라는 점을 알고 있다. 자신의 의기나 의지 등에 대한 진실 왜곡이나 회의(懷疑)의 말일 가능성이 많다는 것도 알고 있다. 그런데 창작자는 자신이 '세로'보다는 '강산'을 택한 것이 자신의 욕망에도 불구하고 세상의 쓰임에 적합하지 않거나 뒤떨어져 떠밀려난 것이 아니라고 항변하고 싶다. 자신이 '강산'을 택한 것은 자신의 의기를 꺾게 하는 그리고 허리를 굽히게 해 자신을 비굴하게 만드는 '세로'에 대한 당당한 저항이기 때문이다. 그런데 이것에 대해 이러쿵저러쿵 자신을 깎아 내리려고만 하니 그것이 불만이다. 괴롭기까지 한다.

그래서 창작자는 결국 (4)의 종장에서 강한 어조로 자신의 감정을 드러낸다. 중장의 표현처럼 자신은 "죠히 늙는 몸"인데 어디서 망령되이 말하느냐고 강한 어조로 호통을 친다. 더 이상 참을 수 없을 지경의 심리·정신적 상태이다. 참고 또 참아왔던 속내를 마침내 토로하고 있다. 물론 이 참에 창작자는 자신이 낡은 퇴물이 아니라 명예롭게 물러나 '산림'과 '시와 주와 금'의 낭만과 멋을 즐기며, 아름답게 늙는 몸임을 분명히 하고 싶다. 그럼으로써 손상된 자존감과 자아이상을 고취하고 싶다.

그래서 창작자는 초장에서는 먼저 "놈의 말도 닉 아닌닉"하며 타이르듯 사뭇 부드러운 어조로 부탁한다. 자신도 남의 말을 하지 않으니, 자신에 대한 불편한 판단도 섣불리 하지 말아 달라고 완곡하게 표현한다. 뿐만 아니라 중장에서는 자신이 명예롭게 물러나 낭만과 멋을 즐기며 아름답게 늙고 있는 몸임을 강조한다. '고산(孤山)', 즉 외로이 있는 산 또는 외로운 산에서 '불고(不孤)', 즉 외롭지 않게 좋게 늙고 있는 몸임을 강조하고 있다. 하지만 종장에서는 결국 자신의 차오르는 감정을 드러내고야 만다. 강하게 언성을 높이고 격하게 감정을 드러낸다. "어듸셔"라는 어휘가 그것을 말해 준다. 더군다나 "망령(妄佞)의 손"이라면서 강하고 거침없이 자신의 분노가 담긴 말을 내뱉고야 만다.

이렇듯 시조 (4)에 와서 창작자는 자신의 늙음의 심리적 갈등을 격하게 드러내고 있고, 이를 명료화하여 성찰하고 있다. 물론 창작자는 여기서 드디어 자신의 심리·정신적 갈등이나 장애, 문제상황 등의 근본 원인인 '낡음과 늙음'에 직면하게 되었다고 말할 수 있다. 왜냐하면, 인간의 황혼의 나이에 있어 '낡음과 늙음'의 대립은 자신의 인생의 의미와 밀접히 연관되어 있기 때문이다. 그리고 황혼의 시기에 시조 (2), (3), (4)의 여러 가지 심리적 갈등은 인생의 선택의 '옳고 그름'과 관련되어 있기 때문이다. 그러기 때문에 자신의 인생을 되돌아보고 성찰해 보면서 자신의 주변자아를 통합해 가는 시기에서 '낡음과 늙음'에 대한 물음과 심리·정신적 갈등이나 장애, 문제상황 등은 우리 모두에게 뿐만 아니라 작가에게도 매우 크고 중요하게 다가오기 마련이다.

한편 문학상담에서는 인간의 삶이 큰 테두리 내에서 인간의 의지와 선택에 의한 삶이라고 생각한다. 그리고 문학상담은 모든 인간의 삶이 궁극적으로 긍정적 변화와 성숙을 지향한다는 것을 믿는 것에서부터 시작하며, 그 모든 과정이 당사자의 내적 힘을 바탕으로 내적 힘에 의해서 이뤄진다고 본다. 그런데 시조 (4)에서는 앞의 시조 (2), (3)에서 잘 드러나지 않았던 긍정의 힘이 보인다. 예컨대, "죠히 늙는 몸이로쇠"에서 이전의 부정적 느낌을 긍정적으로 바꿔내려 하는 창작자의 의지가 보인다. 이는 전체적으로 자신의 심리적 갈등을 표출하고 명료화하여 성찰하는 과정에서 부분적으로 자신의 삶과 늙음에 대한 긍정적인 태도가 내비쳐지고 있음을 의미한다. 이것은 다른 이들의 평가가 어떻든 자신에 대한 긍정성이다. 이러한 긍정성은 자신의 삶에 대한 긍정적 변화를 의미한다.

물론 이러한 긍정성은 시조 (4)에서 더 찾을 수 있다. 즉 '내말'도 '남의 말'도 서로 할 필요도 이유도 없으며, '검을 것도 흴 것'도 없다는 작가의 태도에서 알 수 있다. 어떠한 편견이나 편향적인 사고 모두 헛된 것이며, 그 모든 것에서 벗어나 자유롭고 싶어 하는 깨달음, 즉 통찰에 조금씩 이르고 있음에서 알 수 있다. 이러한 통찰은 작가가 '낡음과 늙음'이라는 심리적 갈등에 처해 있는 자신을 있는 그대로 이해하고 받아들일 수 있게 하는 원동력으로 작용될 수 있다. 즉 자아성찰의 과정에서 부정적이든 긍정적이든 모든 것이 이해될 수 있고, 충분히 수용할 수 있음을 나타낸다.

시조 (5) 이후의 시조들에서도 이를 확인할 수 있다. 즉 시조 (5) 이후의 시조들에서는 이러한 긍정성을 더욱 잘 드러내고 있다. 특히 시조 (5)에서는 심리적 갈등 상황의 전환을 보여주고 있다. 이 단계는 아마도 성찰의 과정을 통한 이해와 수용의 단계에서 갈등 극복 단계에 들어서는 경계쯤이라 할 수 있다.

시조 (5)에서 창작자는 옥경헌에서 잠을 자다 깬 후, 잠시 앉아 정신을 추스르며, 머뭇거리다가 이내 청계석(淸溪石)을 흩어 디디며 불고정으로 올라간다. 그러고 나서 '아희'에게 술 한 항아리를 가지고 자신을 찾아오게 한다. 그런데 시조(5)에서 창작자는 자신의 생각과 마음을 상징과 은유로 표현했을 가능성이 높다. 그러므로 창작자가 시적으로 표현해 놓은 것들을 세밀하게 분석해 볼 필요가 있다.

먼저 '잠을 깼다'이다. 잠을 깼다는 것은 어떤 전환을 상징할 수 있다. 그 전환이 실현 가능성이 없는 꿈에서 현실로의 전환일 수도 있고, 이 세상에서 저 세상으로의 전환일 수도 있다. 하지만, 시조 (5)에서는 현실 인식에 대한 태도, 가치관이나 생각, 신념 등의 전환일 가능성이 크다. 그러므로 여기서 잠을 깼다는 것은 이전의 자신의 생각과 삶에 대한 태도에서 벗어나 새롭게 변화했음을 말하는 것이며, 그 변화의 순간이 바로 '잠을 깬' 순간임을 의미한다. 이처럼 시조 (5)에서는 작가의 새로운 변화를 드러내고 있다.

둘째, 옥경헌의 '옥경(玉鏡)'과 눈유장(嫩柳莊)에서의 '눈유', 그리고 '배계석(背溪石)'과 불고정의 '불고'이다. '옥'은 아름다운 돌, 소중히 여기는 사물에 대한 미칭 등의 의미로 쓰이고, '경'은 거울, 모범·경계가 될 만한 것 등의 의미로 쓰인다. 여기서 옥경(玉鏡)은 말 그대로 옥으로 만든 거울이거나 옥같이 소중한 거울일 수도 있지만, 거울은 대체로 자신의 삶을 되돌아보는 성찰의 과정이나 도구를 상징하기도 한다. 그러므로 옥경헌에서 잠을 깼다는 것은 자신의 삶을 되돌아보는 성찰의 과정에서 자신의 삶에 대한 인식이 전환되었음을 상징한다.

그리고 '눈유'에서 '눈'은 어리고 연약함, 어리고 아름다움 등의 의미로 쓰이고, '류'는 버드나무, 가늘고 긴 가지가 죽죽 늘어짐, 별이름 등의 의미로 쓰인다. 그러므로 '눈유장에서 앉았다가'는 어리고 아름답게 가지가 죽죽 늘어진 버드나무에 앉았다가 어디론가 갈 듯 한 상황이나 상태를 말한다. 이는 성찰의 과정에서 자신의 삶의 의미를 깨닫고, 삶에 대한 인식의 전환의 시점에서 오는 여유로움과 심리적 안정감을 드러내고 있는 것이다. 이는 또한 중장의 냇물 즉 또 하나의 경계를 건너기 위한 움츠림이나 잠시 휴식과 같다고도 할 수 있다. 왜냐하면 냇물을 건넌다는 것도 이편에서 저편으로의 뛰어넘음을 상징한다고 할 수 있기 때문이다.

그런 후 배계석(背溪石) 즉 시냇물을 건너기 위해 깔아 놓은 돌징검다리를 흩어 디디며 또 내를 건넌다. 그리하여 불고정의 '불고(不孤)'에 이른다. 여기서 '불고'는 말 그대로 외롭지 않다는 말이다. 이 말은 참 의미심장한 말이다. 왜냐하면, 성찰의 과정을 거쳐 자신의 삶의 의미를 깨닫고, 삶에 대한 인식의 전환을 한 사람만이 심리적 안정감과 여유로움을 누릴 수 있는데, 이 때 우리 인간은 진정으로 외롭지 않기 때문이다.

이렇듯 이러한 깨달음의 과정을 시조 (5)는 우리에게 보여주고 있다. 그런데 이러한 과정이 자신의 심리적 갈등이나 문제적 상황을 극복하고 자아의 통합을 이루는 길의 시작이다. 즉 시조 (5)에서는 심리적 갈등 상황의 전환을 보여주고 있으며, 이 단계는 성찰의 과정을 통한 이해와 수용의 단계에서 갈등 극복 단계에 들어서는 과정이라 할 수 있다. 이러한 과정 속에서 심리·정신적 여유를 찾은 창작자는 시조 (5)의 중장에서처럼 아희에게 술 한 항아리를 가져오게 한다. 자신의 흥겨움을 더욱 도드라지게 드러내고 있는 것이다.

물론 이러한 여유로움과 흥겨움은 시조 (6)으로 이어진다. 시조 (6)에서 작가는 갓 빚은 술과 함께 물과 산과 달과 어울려 논다. 자신과 자연이 일체가 되어 무아의 경지에서 여유로움과 흥겨움을 표현하고 있다. 이제 모든 '시름'에서 벗어나 자연과 더불어 행복한 삶을 추구하고자 하는 바람을 담고 있는 것이기도 하다. 이는 시조 (4) 이전의 시조들에서 볼 수 없는 새로운 삶의 태도이고 전환이며, 작가의 긍정성이다.

한편, 시조 (7), (8), (9)는 나이가 들면서 직면하게 되는 죽음과 작아지는 자신을 발견하고 자신의 지난 삶과 화해하고 있으며, 이러한 과정을 통해 인생의 무상함과 만나고 있다. 시조 (7)의 초장에서는 자신의 생애가 고통스러웠고, 먹는 음식도 풍요롭지 못함을, 시조 (8)의 초장에서는 인생이 온통 우환에 싸였음을, 옛 소리는 있지만 곡조를 알아 줄 벗이 없음을 말한다. 그렇지만 이들 시조의 작가는 이젠 욕심이 없다. 이제는 치열한 쟁탈 속에서 우환에 쌓여 몸부림치던 삶도 고통스럽게 느껴지고, 온갖 음식뿐만 아니라 세상 유혹의 달콤함 맛에도 끌리지 않는다. 다만 시조 (7)의 중장에서처럼 '흰술 ᄒᆞᆫ 두잔의 프ᄅᆞᆫ 글귀 뿐'인 것이 바로 인생이라고 말하며, 스스로 만족하는 삶을 살고자 한다.

그렇기 때문에 시조 (9)에서는 부질없이 누가 알아주기를 바라는 욕심을 버리고 하늘에 두둥실 떠있는 둥글고 밝은 달과 벗하며 자연과의 합일을 추구하고자 한다. 작가는 이러한 창작 과정을 통해 다시 한 번 자신의 삶을 돌아보며 성찰하고 있다. 이 속에서 욕심을 버리고 자족할 줄 알게 되고, 자연과 더불어 하나됨을 추구한다. 그러면서 이전의 '시ᄅᆞᆷ' 속에서 갈등하였던 자신의 삶과 무상의 경지에서 화해하며, 자신의 주변자아를 통합해 나가고 있는 것이다.

이것은 마침내 시조 (10)에서처럼 자신의 삶에서의 긍정적 또는 부정적 측면을 통합하는 과정에서 나타날 수 있는 문학적 승화로 드러난다. 자신보다 더 늙은 '좌상(座上)'께는 '국과 안주와 깊은 잔'을 바쳐 대접하고, 젊은이에게는 "노ᄅᆡ와 춤과 댱고와 붑"을 맡겨 두어 흥겹게 놀게 한다. 그렇지만 정작 자신은 그 속에서 벗어나 "조히와 붓과 먹"을 들이게 해 "연구(聯句) ᄒᆞᆫ 작"을 하고자 한다. 물론 이것이 '한시일수도 있고, 대구나 화답시, 연구시(聯句詩)'와 같이 상대가 필요한 시창작일 수도 있다. 그렇지만 이것이 무엇이든지 간에 이제 자신이 술과 노래와 춤보다도 상대적으로 "연구 ᄒᆞᆫ 작", 즉 문학 작품의 창작에 더 큰 의미를 두고 있음을 말하고 있다.

물론 이러한 말을 하는 순간에도 창작자는 시조를 창작하고 있다. 그러나 이전의 창작과 이 말을 한 후의 창작의 의미는 사뭇 다르다. 왜냐하면 이는 창작자가 만년의 삶에 들어서서 연시조를 창작하면서 자신의 내면의 심리적 갈등을 드러내 놓고, "생애(生涯)도 고초(苦楚)ᄒᆞ고 세미(世味)도 담백(淡白)"한 자신의 삶을 성찰하면서 "프른 글귀 ᄡᅳᆫ"이라고 말하고 있기 때문이다. 이는 자신의 한평생을 성찰하면서 나머지 삶에 있어서 "연구 ᄒᆞᆫ 작"의 의미가 크다는 생각에 다다른 것이고, 자신의 나머지 삶에 대한 의미를 실현해 나가려는 다짐이기 때문이다.

따라서 종합해 보면, 시조 (1)의 과정은 자신에 심리적 갈등이나 문제적 상황이 있음을 표현하여 직면한 과정이다. 시조 (2), (3), (4)는 부정적 정서와 심리적 갈등의 명료화와 성찰의 과정이었으며, 시조 (5), (6)은 심리적 갈등 상황의 전환을 보여주고 있는데, 새로운 삶의 태도이고 전환이며, 작가의 긍정성 회복의 과정이다. 시조 (7), (8), (9)는 나이가 들면서 직면하게 되는 죽음과 작아지는 자신을 발견하고 자신의 지난 삶과 화해하고 있으며, 자신의 주변자아를 통합해 나가고 있는 과정이다. 끝으로 시조 (10)은 자신의 삶에서의 긍정적 또는 부정적 측면을 통합하는 과정에서 나타날 수 있는 문학적 승화의 과정이다.

2. 최학령의 한풀이 : 〈속문산육가〉

율정 최학령(崔鶴齡, 1512~1562)은 조선 중종 7년, 전라도 나주 초동(옛, 장성군 진원)에서 태어났다. 고기라고는 입에 넣어보지 못하는 가난한 가정이었다. 하지만 부모는 아들을 위해 정성을 다했다. 그래서 최학령은 그런 부모에 대한 고마움을 알고, 그 은혜에 보답해야겠다는 마음이 늘 가졌다. 그는 어두운 밤에 아버지가 집에 들어오시지 않을 때는 평소에 다니시는 험한 고갯길이며 논두렁길로 마중을 나가기도 하고, 아버지께서 주무실 때면 노곤해진 팔다리를 주물러 드렸다. 또한 새벽닭 울음소리와 함께 일어나 오늘 해야 할 집안일을 어떻게 할 것인가 계획을 세우기도 했다.

그는 열심히 공부를 하여 16세 때 향시에, 23세 사마시 때 진사에 차례로 합격하고, 29세 때는 정시에 장원급제한다. 그러나 홍패에 글자 한 자가 잘못 쓰인 것 때문에 장원급제가 무효가 된다. 그 후, 그는 벼슬길이 막힌 채 일생을 초야에 묻혀 산다. 그 이유에 대해 탐진최씨종회청년화수회에서는 최학령이 벼슬자리에 나가기를 사양하였기 때문이라고 한다. 집을 떠나게 되면 어버이를 가까이서 섬길 시간과 기회를 빼앗기게 된다는 생각 때문이었다고 한다. 효성이 남다른 최학령은 이토록 정성으로 부모님을 섬겼다. 그런데 병이 악화되어 어머니가 그만 세상을 떠나자, 그는 무덤 옆에 움막을 짓고 살면서 한시도 떠나지 않았다. 뿐만 아니라 아침저녁으로 음식을 정결하게 하기 위해 장독까지 묘 옆에 가져갔다.

그러던 어느 날 그가 어머니 무덤 옆 움막에서 며칠째 밤을 세며, 집에 돌아오지 않자, 아버지가 근심이 되어 산으로 가 보았다고 한다. 이 때 최학령은 아버지를 위하여 맛있는 음식을 대접하지 못함을 근심하던 끝에 계속 눈물을 훌쩍거리고 있었다고 한다. 그런데 그때, 아버지를 따라 온 개가 감동이나 한 듯 어디 가서 꿩을 물고 왔다고 한다. 그리하여 최학령은 개가 잡아 온 꿩으로 국물을 만들고 서툰 요리솜씨로나마 아버지를 잘 대접하였다고 한다. 이 소문을 들은 마을 사람들은 "저렇게 부모를 봉양하니 하늘인들 감동하지 아니하겠는가! 아마 꿩은 하늘이 감동하여 보냈을 것이다."라고 감탄해 마지않았다고 한다.

최학령의 〈속문산육가〉에서는 이러한 자신의 삶 속에서 발생한 억울한 사연을 토로하고 있다. 자신의 29세 청년 시절, 홍패에 글자 한 자가 잘못 쓰인 탓에 장원급제가 무효가 되어버린 과거를 되돌아보면서 안타깝고 서글픈 마음을 드러내고 있다. 그동안 마음속에만 간직했던 억울함을 백발이 다 된 뒤에나 연시조 창작을 통해 하소연하고 있다. 이제껏 억눌러 감춰왔던 자신의 심리·정신적 갈등이나 장애, 문제상황 등을 용기 있게 창작품을 통해 드러내고 있다. 이를 통해 창작자는 자신의 삶을 다시 한 번 되돌아보면서 성찰하여 자신의 억울한 삶을 이해하고 수용하면서 심리적 안정을 찾아가고 있다.

하지만 이 경우는 자아성찰을 통해 통합되는 과정으로는 이어지지 못하고, 그 전 단계에서 머물고 만다. 즉 앞 절에서 논의한 장복겸의 〈고산별곡〉처럼 자아통합과 승화의 과정에 이르렀다고 보기에는 부족하다. 하지만, 자신이 삶의 어려움을 직면하여 성찰하는 과정에서 심리적 안정을 찾아갔음을 볼 수 있는 연시조이다. 그리고 이러한 심리적 안정은 한 단계 뛰어 넘는 성찰과 깨달음을 얻을 수 있게 하는 디딤돌이나 힘으로 작용하기 때문에 문학상담에서는 중요한 과정이다.

따라서 이 연시조는 작가가 백발이 다된 늙은 사람으로 자신의 가장 큰 심리·정신적 갈등이나 장애, 문제상황 등을 드러내고 이를 극복해가는 과정을 문학적으로 형상화한 것이라 할 수 있다. 만년이 되어 가장 마음속 깊은 곳에 묻어 두었던 한을 표출하고, 이를 어떻게든 스스로 위로하며, 극복하고자 하는 심리적 욕구가 창작의 원동력인 작품이다. 그러므로 아래 연시조는 시조 (1)과 (2), 시조 (3)과 (4), 시조 (5)와 (6)와 같이 세 부분으로 나누어 질 수 있다. 왜냐하면 주로 시조 (1)과 (2)는 자신의 심리적 갈등이나 문제적 상황을 표출하여 자기공감하고 있는 과정이고, 시조 (3)과 (4)는 성찰의 과정을 통하여 적극적이고 긍정적인 삶의 태도로 변화하고 있는 과정이며, 시조 (5)와 (6)은 심리적으로 안정감을 갖게 되고, 여유롭고 평안한 마음을 표현하는 과정이므로 서로 구분할 수 있기 때문이다.

(1)

平生애 悶望ᄒᆞᆫ ᄠᅳᆮ 上帝ᄭᅴ 묻ᄌᆞᆸ뇌이다.

壯元 科第乙 주ᄂᆞᆫ ᄃᆞᆺ 아ᄉᆞ신가

至今에 蓼莪人니 되여 가ᄂᆞᆫ 길히 어두엥니다.

(2)

上帝 니르샤ᄃᆡ 네 정도 올커니와

古今 人物리 다 ᄀᆞᆺ지 몯ᄒᆞ니

科第로 壽命을 밧과 子孫榮華을 보게호라.

(3)

내 말ᄉᆞᆷ 삼가디 몯ᄒᆞ예 白髮孤囚 도언댜

本心을 도라보게댄 번 구홀 분이로다

두어라 ᄆᆞᄋᆞ미 니러커니 몸 가티믈 슬허ᄒᆞ랴.

(4)

몸은 가도와도 ᄆᆞ음은 몯 가도ᄂᆡ

안자셔 셰여ᄒᆞ니 是非 昭然히

千載後 仲弓縲紲을 다시 만낫 듯ᄒᆞ여라.

(5)

白髮이 다 늘근 주를 風情은 젼혀 닛고

花林을 向ᄒᆞ야 倒千觴을 ᄒᆞ만댜이고

少年들하 웃디 말라 너도 이리 ᄒᆞ리라.

(6)

青年도 귀커니와 白髮도 더욱 어려우리

貴코도 어려운 주를 아ᄂᆞᆫ다 모로ᄂᆞᆫ다

少長이 咸集ᄒᆞ야 長醉不醒을 ᄒᆞ쟈.

먼저 시조 (1)과 (2)에서 작가는 '임금님 귀는 당나귀 귀' 이야기에서처럼 자신의 삶에서 가장 크고 충격적인 사건에 대해 이야기하고 있다. '상제'만은 알아 줄 이야기, '상제'께만 이라도 하지 않고는 못 견딜 이야기이다. 그것은 마음 속 깊은 곳에 억압하여 감춰두었던 상처이고, 작가 자신의 분노와 원망이 담긴 이야기이다.

이런 이야기에 대해 창작자는 시조 (1)에서 "평생애 민망ᄒᆞᆫ", 즉 '평생 동안 민망'한 이야기라고 말한다. 여기서 '민망한'은 '답답하고 딱해 걱정스러운'이라는 뜻이다. 그런데 박을수는 이런 '민망한' 이야기가 창작자가 정시에 장원급제하였으나, 무효 처리되고 이듬해 재시험을 치르도록 한 조치라고 한다. 그러므로 작가가 평생 동안이나 '답답하고 딱해 걱정스러웠던' 사건이 바로 이런 중차대한 사건이었던 것이다. 뿐만 아니라 작가는 이때 부모를 여의었기 때문에, 더 이상 입신양명으로 효도를 하려해도 하지 못하게 된 사연도 함께 가지고 있었다.

그런데 그 '쁠', 즉 뜻을 시조라는 문학적 형식을 통해 이제야 겨우 상제께 여쭙고 있다. 암울한 지금에서야 비로소 그 상처를 들춰내어 원망할 수밖에 없었던 것이다. 그 원망의 마음은 중장의 "주ᄂᆞᆫ ᄃᆞᆺ 아ᄉᆞ신가"에서 드러나는 어조, 즉 "주었다가 곧 빼앗습니까"라는 작가의 원망과 항의의 태도에서 알 수 있듯이 매우 큼을 알 수 있다.

더군다나 종장의 "료아인(蓼莪人)이 되어"에서 '료아'는 자신의 형색(形色)을 나타낸 단어일 수도 있고 부모의 봉양을 뜻대로 하지 못하는 자신의 처지와 입장을 드러낸 단어일 수도 있다. 하지만, 모두 작가가 자신이 느끼는 깊은 슬픔을 표출하고 있음을 알 수 있다. 뿐만 아니라 뒤이은 작가의 어둡고 우울한 마음을 "어두엥니다."를 통해 직설적으로 드러내 놓고 있다. 그러면서 자신의 슬프고 어두운 삶의 일면을 스스로 애도하고 있다. 그럼으로써 겨우 작품 속에서나마 드러낸 깊은 슬픔에 공감하고 있다.

하지만 창작자는 시조 (2)에서 스스로 위로의 장을 펼치고 있다. 즉 창작자는 자신을 위로하시는 내면의 소리, 즉 "네 정도 올커니와", "과제(科第)로 수명(壽命)을 밧과 자손영화(子孫榮華)을 보게호라"라는 상제의 말을 빌려 자신의 슬프고 어두운 삶의 일면을 수용하여 감싸 안음으로써 희망의 싹을 틔우고 있다. 환상 속에서나마 위로하며, 희망을 꿈꾸고 있다. 비록 현실에서는 가능하지 않겠지만, 보이지 않는 것을 믿는 믿음과 희망 속에서는 가능하기 때문이다. 이렇듯 창작자는 '상제'를 등장시켜 현실에서 성취하기 어려운 난제(難題)를 내세 또는 후세를 위한 희망적인 약속으로 위로하면서 극복하고자 한다. 즉 자신의 심리적 갈등이나 문제적 상황을 기대와 희망으로 대체해 나가고 있다. 그리고 이러한 기대와 희망을 문학적으로 형상화해 내고 있다.

한편, 시조 (3)에서도 시조 (1)에서와 같이 작가의 마음속에 간직된 또 하나의 상처가 위안과 위로와 희망을 고대하며 드러나 있다. 그것은 초장의 "백발고수(白髮孤囚) 도언다"와 중장의 "번 구홀 분이로다"라는 말 속에서 가늠할 수 있다. 말을 조심하지 못해서 백발이 되도록 또는 백발이 되어 자유를 박탈당한 창작자는 외로움을 호소하고 있다. 하지만, 자신의 본심은 거짓이 없으며, 단지 벗이 없게 된 처지만이 외로울 뿐임을 강조하고 있다. 그리고 이러한 것은 종장의 "몸 가티믈 슬허ᄒᆞ랴"에서도 알 수 있다. 즉 작가는 자신의 지난 삶을 성찰하면서, 자신의 본심이 거짓이 없다는 것에 위안을 삼고 있으며, 몸이 갇혀 있는 것은 슬퍼할 일이 아니라고 하면서 스스로를 또 위로하고 있다.

이와 같은 심리적 과정은 시조 (4)로 이어지는데, 시조 (4)에서는 시조 (3)에서 보여주었던 작가의 소극적인 삶의 태도가 조금은 적극적이고 긍정적인 삶의 태도로 변화하고 있음을 보여준다. 시조 (3)에서는 비록 외로움을 호소하고 있지만, 결백하기 때문에 몸이 갇혀있는 것쯤은 슬퍼할 일도 아니라고 말하고 있다. 반면에, 시조 (4)의 초장에서는 몸은 가둬도 마음은 가두지 못함을, 즉 육체는 구속되어 있지만 정신적으로는 자유로움을 강조하고 있다. 그리고 시조 (4)의 중장에서는 앉아서 헤아려보니 옳고 그름이 분명하다고 하며, 시조 (4)의 종장에서는 억울한 옥살이로 역사에 기억될 것임을 적극적으로 주장한다.

이와 같이 시조 (4)에서는 비록 말을 삼가지 못하여 '백발고수'가 되었지만, 자신의 '본심'은 거짓이 없기에, 오히려 정신적으로 자유롭고, 자신의 후세에는 자신의 삶을 긍정적으로 바라봐 줄 것이라는 희망을 간직하게 되었음을 보여 준다. 이는 작가가 자신의 삶을 드러내어 대상화하고, 성찰하는 과정에서 자신의 삶의 태도가 긍정적이고 적극적으로 변화되었음을 나타낸다. 작가는 이러한 수정된 자신의 삶의 태도를 문학적 형상화를 통해 드러내고 있는 것이다.

결국 시조 (5)와 (6)에서는 시조 (3)과 (4)에서 변화된 삶에 대한 적극적이고 긍정적인 태도와 새로운 인식을 바탕으로 자신의 인생을 긍정적으로 성찰하고 있다. 그리고 앞 시조들에서와는 달리 상대적으로 심리적 안정감 속에서의 여유로움과 평안함을 드러내고 있다. 시조 (5)에서는 작가를 지칭하는 '백발'보다 '풍정'이 주체가 되어 있음을 알 수 있다. 그리고 자신이 늙은 것도 잊고 꽃밭에서 취하도록 술을 먹고 있는 장면을 떠올리게 한다. 앞 시조들의 갈등 속 긴장감은 애초에 있지도 않은 것처럼 흠뻑 취해 늘어져 있는 느낌을 자아내고 있다. 이는 앞 시조에서의 삶에 대한 긍정적이고 새로운 인식에 의해 긴장감이 해소됨으로써, 심리적 안정감 속에서의 여유로움과 평안함을 갖게 되었음을 드러내고 있는 것이다.

하지만 자신의 부정적인 삶을 통합하는 데까지는 깨달음이 이르지 못하고 있다. 왜냐하면, 시조 (5)에서는 백발의 작가가 "화림(花林)을 향하야 도천상(倒千觴)"의 실현을 갈구하고 자신의 행위를 "너도 이리"할 것이라 확언하면서 합리화하고 있음을 나타내고 있기 때문이다. 즉 이러한 것은 자신의 행위가 소년들에게 웃음거리가 될 수도 있을 만큼 부정적이라는 인식이 깔려있음을 암시하는 것이기 때문이다.

물론 이러한 인식은 시조 (6)으로 이어진다. 작가는 시조 (6)의 초장에서 비록 젊음이 귀하지만 늙음은 더욱 어렵다고 말한다. 여기서 작가는 귀한 것과 어려움은 비교할 수 없는 것임에도 불구하고 대구형식을 빌려 서로의 경중을 비교하고 있다. 그런데 시조 (6)의 중장에서 작가는 "귀(貴)코도 어려운 주를 아는다 모로는다"라고 한다. 이 말에는 청년이 귀하기는 하지만 백발은 귀하기도 하고 어렵기도 하다라는 의미를 가지고 있는 것이다. 결국 백발이 더욱 어렵다는 것을 의미한다. 그렇기 때문에 창작자는 시조 (6)의 종장에서 "소장(少長)이 함집(咸集)ᄒᆞ야 장취불성(長醉不醒)을 ᄒᆞ쟈."라고 말한다. 더욱 깊이 있는 성찰과 깨달음의 과정을 잠시 제쳐두고 여유롭고 평안한 시간을 취하고자 한다.

이처럼 창작자는 비록 시조 (5)에서와 같이 자신의 부정적인 삶을 통합하는 데까지는 깨달음이 이르지 못하고 있다. 하지만 시조 (6)에서와 같은 여유롭고 평안한 시간은 적극적이고 긍정적인 삶을 위한 숨고르기이고 휴식일 수 있다. 그리고 이러한 숨고르기와 휴식은 한 단계 뛰어 넘는 성찰과 깨달음을 얻을 수 있게 하는 디딤돌과 힘이 된다.

3. 황진이의 트라우마와 욕망 : 〈시조 6수와 한시 8수〉

인디언 속담에 '어떤 사람을 이해하려면 그 사람의 신을 신고 1마일, 약 1.6km를 걸어보아야 한다.'라는 말이 있다. 남의 신을 신고 1마일을 걸어본다는 것은 쉬운 일이 아니다. 그만큼 다른 사람을 이해한다는 것이 어렵다는 것을 알 수 있다.

황진이에 대한 이해도 마찬가지다. 황진이를 이해하고, 그녀의 작품을 이해하기 위해서는 그녀의 신을 신어봐야 한다. 하지만 그것은 불가능하다. 그렇기에 황진이를 이해하기 위해서는 최대한 그녀의 입장과 처지, 생각과 마음이 돼봐야 한다. 하지만 그것이 말처럼 쉽지는 않다. 황진이의 발자취가 뚜렷이 남아 있는 것도 아니고, 그녀의 작품 또한 몇 수 안 될뿐더러, 오늘날 남은 황진이의 작품은 황진이 자신이 남기고 싶은 작품만은 아닐 것이기 때문이다. 자신의 뜻과 상관없이 남성에 의해 그들 각각의 의도와 목적을 가지고 취사선택된 작품들이기 때문이다. "욕망은 인간의 본질이다."라는 스피노자의 말처럼 저술의 의도와 목적에 따라, 해당 저자의 이념과 욕망에 따라 선택된 작품들이기 때문이다. 그 과정 속에서 그녀의 모습 그대로 보여지기 보다는 남성들에 의해 재단되고 꾸며진 모습이 대부분일 가능성도 크다. 그리하여 '성녀(性女)' 황진이가 '성녀(聖女)', '사랑의 화신'으로 변모되었을 가능성이 크다고도 할 수 있다.

이렇게 추측하는 까닭은 분명하다. 이 세상에 상처 또는 트라우마 없는 영혼은 없기 때문이다. 그 속에서 욕망하지 않는 인간도 없기 때문이다. 우리 모두는 세상에 태어난 그 순간부터 삶이 끝나는 날까지 수많은 마음의 상처를 주고받으며 산다. 성장 과정에서 부모님이 아무리 많은 사랑으로 어린 우리를 보호하고 돌보아 주신다고 하더라도 우리는 어떤 식으로든 상처를 받는다. 간혹 그 사랑에 의해 상처를 받기도 한다. 자신과 상대의 비교를 통해, 자기중심적이고 이기적인 자신과 상대를 통해, 미성숙한 자신과 상대를 통해 상처를 주고받는다. 이러한 것들이 한편으로는 인격적 장애를 갖게 하기도 하고, 한편으로는 반성과 성찰을 통해 인격적 성장에 긍정적인 영향을 주기도 하다. 즉 부정적인 영향관계일 경우도 많지만, 긍정적인 경우도 많다는 것이다. 결국 상처와 그 속에서의 욕망의 지향은 그 상처를 스스로가 어떠한 관점으로 바라보고, 자신의 인격적 성장과 발달에 도움이 되는 방향으로 활용하느냐에 달려 있다.

황진이의 문학과 삶도 만찬가지다. 그렇기에 황진이에 대한 이해와 황진이에 대한 서사와 작품들도 이러한 맥락에서 이해되어야 마땅하다고 본다. 황진이의 서사와 작품 속의 황진이와 내용이 아무리 '성녀(聖女)', '사랑의 화신'일지라도 인간으로서 가지는 삶의 굴곡과 그 속에서의 상처와 욕망은 벗어나기 어렵기 때문이다. 우리 인간이 때론 모든 것을 내려놓고, 또는 초월하여 무한한 시간과 공간 속에서 초연하게 살기도 하지만, 대부분 인간 삶속의 고뇌는 현실 속에 뿌리를 내리고 꿈틀거리기 때문이다.

이 절에서는 이러한 맥락에서 황진이의 시조 6수와 한시 8수 등을 통합하여 탐색해 보려 한다. 물론 이 작품들 중에는 황진이의 작품인지 아닌지에 대한 논란이 있는 작품도 있다. 하지만 누군가에 의해 황진이의 작품이라고 한 작품도 황진이 삶속의 처지와 입장을 반영하여 표상하였다고 할 만하기에 생긴 논란일 수 있다. 그러므로 여기에서는 이들 모든 작품이 황진이의 삶 속의 처지와 입장, 생각과 마음, 깨달음 등을 반영하였고, 그 당시의 어떠한 계기를 통해 그녀 자신의 총체적인 생각과 감정, 깨달음 등을 표현했음을 전제로 논의하고자 한다.

특히나 이 절에서는 황진이 작품 속에서 큰 비중을 차지하고 있고 대립되는 이미지인 '청산', '물' '시간', '님' 등의 이미지를 중심으로 살펴보려 한다. 이는 이러한 이미지들에 그녀 자신의 자아와 상대의 자아가 투영되어 있다고 보기 때문이다. '청산' 이미지에는 그녀의 자아가, '물'과 '시간', '님' 등의 이미지에는 상대의 자아가 절실하게 투영되어 있다고 보기 때문이다. 그렇기 때문에 그 이미지들의 관계 속에서 '나'와 '님'의 상황과 관계 속에 담긴 보통 인간이면서 여성인 황진의 상처와 욕망에 대해 논의하고자 한다.

뿐만 아니라 이 절에서는 낱낱의 작품들에 초점을 두지 않고, 황진이 전체 작품 속에 담긴 저자의 생각과 마음을 이해해 보려고 한다. 황진이 작품을 유기적인 관계로 파악하고, 조망하는 글이다. 즉 작품 전체의 면면을 총체적으로 파악하고 통합하여 황진의 삶과 상처, 욕망의 추구 등을 파악하고, 이해함으로써 황진이 문학을 다른 차원에서 이해하고 감상하고자 한다.

아래의 작품들은 황진이의 작품이라고 확인된 작품들과 황진이의 작품이라고 언급된 '시조 6수와 한시 8수'이다. 강전섭(1985)과 조애란(2003)의 논문들을 중심으로 기타 선행연구 논문을 참고하여 대상 작품을 선정하였다. 물론 수록되는 긴 과정에서 기록자에 따라, 각 시대의 언어적 환경에 따라 기록물 마다 달리 표현되어 기재된 작품들이 있다. 그래서 자칫 그녀의 생각과 마음과 멀어질 수도 있다.

하지만 모든 작품들의 이본과 작품 진위에 관한 논의 등을 전개하다보면, 첫째, 장황한 논문이 되어 '배보다 배꼽이 더 커지'는 결과만 초래될 가능성이 클 수가 있고, 둘째, 많은 세월 속에서 기록자의 취향에 의한 취사선택과 수정 등이 이뤄졌을 가능성이 클 수도 있고, 셋째, 작품을 선정하지 않고는 황진이의 생각과 마음, 상처와 욕망 등을 총체적이고, 일관되게 탐색하는 데에 장애를 초래하게 될 가능성이 크기 때문에 부득이 아래의 작품들을 선정하여 탐색의 대상으로 삼고자 한다.

(1)

青山裏 碧溪水ㅣ야 수이 감을 쟈(ᄌᆞ)랑마라
一到滄海ᄒᆞ면 도라(다시)오기 어려오니
明月이 滿空山ᄒᆞ니 수이(쉬여) 간들 엇더리.
(金天澤編 :『原本青丘永言』黃眞 ①)

(2)

冬至ㅅᄃᆞᆯ 기나 긴 밤을 한 허리를 버혀내여
春風 니불 아래 서리서리 너헛다가
어른 님 오신 날 밤이여든 구뷔구뷔 펴리라.
(金天澤編 :『原本青丘永言』黃眞 ②)

(3)

내 언제 無信ᄒᆞ여 님을 언제 소겻관ᄃᆡ
月沈三更에 온뜻이 전혀 업ᄂᆡ
秋風에 지ᄂᆞᆫ 닙소릐야 낸들 어이 ᄒᆞ리오.
(金天澤編 :『原本青丘永言』黃眞 ③)

(4)

山은 옛 山이로되 물은 옛물 아니로다
晝夜에 흐르이(니) 옛물이 이실쏜야
人傑도 물과 ᄀᆞᆺ도다 가고 아니 오노ᄆᆡ라.
(金壽長編 :『原本海東歌謠』眞伊)

(5)

어져 내 일이야 그릴 줄을 모로ᄃᆞ냐
이시라 ᄒᆞ더면 가랴마ᄂᆞᆫ 제 구ᄐᆡ야
보내고 그리ᄂᆞᆫ 情은 나도 몰라 ᄒᆞ노라.
(金天澤編 :『原本青丘永言』無名氏)

(6)

青山은 내 뜻이오 綠水ᄂᆞᆫ 님의 情이

綠水 흘너간들 靑山이야 變홀손가
綠水도 靑山을 못니져 우러예어 가는고.
(金喬軒編 :『大東風雅』眞伊)

(7) 松都

雪中前朝色　눈 가운데 옛 고려의 빛 떠돌고
寒鐘故國聲　차디찬 종소리는 옛 나라의 소리 같네
南樓愁獨立　남루에 수심 겨워 홀로 섰노라니
殘廓暮烟香　남은 성터에 저녁연기 피어 오르네.

(8) 詠半月

誰斷崑山(斷崑崙)玉　누가 곤륜산 옥을 깎아 내어
裁成織女梳　직녀의 빗을 만들었던고
牽牛離別(一去)後　견우와 이별한 후에
謾(愁)擲壁空虛　슬픔에 겨워 벽공에 던졌다오.

(9) 奉別蘇判書世讓

月下庭梧(梧桐)盡　달빛 아래 뜰 오동잎 모두 지고
霜中野菊黃　서리 맞은 들국화는 노랗게 피었구나.
樓高天一尺　누각은 높아 하늘에 닿고
人醉酒千(三)觴　오가는 술잔은 취하여도 끝이 없네.
流水和(如)琴冷　흐르는 물은 거문고와 어울려 차고
梅花入笛香　매화는 피리에 서려 향기로워라
明朝相別後　내일 아침 님 보내고 나면
情與碧波長　사무치는(그리운) 정 물결처럼 끝이 없으리.

(10) 相思夢

相思相見只憑夢　그리워라, 만날 길은 꿈길밖에 없는데
儂訪歡時歡訪儂　내가 님 찾아 떠났을 때 님도 나를 찾아왔네
願使遙遙他夜夢　바라거니, 언제일까 다음날 밤 꿈에는
時同作路中逢　오가는 그 길에서 우리 함께 만나기를.

(11) 小栢舟

汎彼中流小柏舟　저 물 가운데 떠 있는 조그만 잣나무 배
幾年閑繫碧波頭　몇 해나 이 물가에 한가로이 매였던고
後人若問誰先渡　뒷 사람이 누가 먼저 건넜느냐 묻는다면
文武兼全萬戶侯　문무를 모두 갖춘 만호후라 하리.

(12) 別金慶元

三世金緣成燕尾　삼세의 굳은 인연 좋은 짝이 되니
此中生死兩心知　이 중에서 생사는 두 마음만 알리로다
楊州芳約吾無負　양주의 꽃다운 언약 내 아니 저버렸는데
恐子還如杜牧之　다만 그대가 두목지처럼 한량일까 두려울 뿐.

(13) 朴淵瀑布

一派長川(天)噴壑礱　한 줄기 긴 물줄기가 바위에서 뿜어나와
龍湫百仞水潨潨　백길 넘는 폭포수 물소리 우렁차다
飛泉倒瀉疑銀(雲)漢　나는 듯 거꾸로 솟아 은하수 같고
怒瀑橫垂宛白虹　성난 폭포 가로 드리우니 흰 무지개 완연하다
雹亂霆馳彌洞府　어지러운 물방울이 골짜기에 가득하니
珠舂玉碎徹晴空　구슬 방아에 부서진 옥 허공에 치솟는 듯하네
遊人莫道廬山勝　노니는 사람들아 여산이 좋다고 말하지 말라
須識天磨冠海東　천마산야말로 해동에서 으뜸이네.

(14) 滿月臺懷古

五月終南餘古寺　오월 말 남쪽에 옛 절만 남아
(古寺蕭然傍御溝)　(옛 절은 어구 옆에 쓸쓸하고)
夕陽喬木使人愁　저녁 해가 교목에 비치니 서럽구나
煙霞冷落殘僧夢　연기 같은 놀(태평세월)은 스러지고 중의 꿈만 남았는데
歲月崢嶸破塔頭　영화롭던 그 시절이 탑머리에 부서졌네
黃鳳羽歸飛鳥雀　황봉은 어디가고 새들만 날아들고
杜鵑花發牧羊牛　진달래꽃 핀 성터에는 소와 양이 풀을 먹네
神松憶得繁華日　송악의 번화롭던 날을 생각하니
豈意如今春似秋　어찌 봄이 온들 가을 같을 줄 알았으랴

먼저 황진이는 관기다. 자신의 의지와는 상관없이 자신의 삶이 좌지우지 될 수밖에 없는 신분이다. 그런데 이것은 태생적 한계다. 어머니가 천인, 즉 기생이었기에 그 신분을 물려받을 수밖에 없었기 때문이다. 뿐만 아니라 어머니가 맹인이라고도 한다. 장애를 갖고 있다. 그러니 아버지의 사랑도 어머니의 돌봄도 잘 이뤄질 수 없었을 가능성이 농후하다. 즉 부모의 사랑을 온전히 받고 자랐을 리가 만무하다. 물론 맹인이 아니라고 할지라도 천인이었던 어머니, 아버지의 부재는 황진이의 삶에 적어도 긍정적이지 않은 영향을 주었으리라는 것은 자명하다. 그렇기에 적어도 얼마쯤은 성장과 발달 속에서 겪는 심적 갈등을 거쳤음은 추정하기 그리 어렵지 않다. 황진이도 인간이기에 하늘을 원망하였을 것이고, 세상을 원망하였을 것이고, 부모를 원망하였을 것이고, 심지어 자신을 원망했을 지도 모른다.

하지만 황진이는 이내 자신의 운명을 받아들인다. 옆 집 총각의 죽음이 실존적 변화의 계기가 되었을지도 모른다. 자신에 대한 사모의 병을 앓다 생사를 달리한 인간과의 만남이 자신의 운명과 맞닥뜨린 황진이에게 새로운 삶의 관점을 깨닫게 한 연원이었을지도 모른다.

물론 출생과 신분으로 인해 아픈 상처를 가진 황진이도 꿈 많은 소녀이기에 어엿한 사내가 자신을 사랑한다는 것이 나쁘진 않았을 것이다. 그러나 상처 깊은 자신의 처지와 입장에서는 그 사랑을 받을 수 없었던 것이다. 한 사내의 사랑을 온전히 받으며, 사랑하며 지극히 평범한 가정을 꾸리며 살아가는 것이 자신에게는 허락되지 않는다고 판단했을 듯하다. 혹은 자신의 신분과 처지에는 어울릴지는 모르지만, 자신의 욕망에는 성에 차지 않았던 것일 가능성도 있다. 평범한 옆집 총각과의 삶에는 만족할 수 없다는 판단을 최종적으로 했을 가능성도 있다. 이러한 판단은 결국 그녀가 기생이라는 운명을 받아들이게 한다.

그렇지만, 황진이는 사람을 가리고 싶다. 관기이기에 아무하고나 시키는 대로 인연을 맺고 싶지는 않다. 처음에는 그럴 수 없는 자신인 줄 알지만, 자신의 의지에 따라 사람을 가려서 인연을 맺고 싶다. 한시 (11)의 '소백주'의 마음이 그렇다. 조그만 잣나무 배, 물결 따라 바람결 따라 흔들리며 기다려야만 하는 운명이다. 황진이 자신과 같다. 시대의 운명 앞에서, 그 운명 속의 처지 속에서 작아지기만 하는 것은 어찌할 수 없다.

그래서 이제 몇 해나 한가롭게 매일 수 있는 때에서야 비로소 황진이는 이제 진짜 자신이 욕망하는 인연을 만나고 싶다. 자신의 의지를 떠나 의무나 책임에 의해 인연을 맺고 싶지는 않다. 얼마쯤 있다가 싫어지면, 가버리는 그런 냉혹한 인연, 자신에게는 너무도 가혹한 그런 인연은 맺고 싶지 않다. 그래서 혹 "누가 먼저 건넜느냐"하고 묻는다면, 대답하겠다고 한다. "문무를 모두 갖춘 만호라"라고 하겠다고 다짐한다. 즉 이제는 그런 인연과 맺고 싶지 않은 마음에 강하게 이야기한다. 비록 이제껏 상처 받은 자신의 삶에 대한 애정으로 실현되지 못할 수도 있지만, 한시 (11)에서는 당당하게 자신의 욕망을 공표한다. 주저하거나 망설이지 않는다. 적극적으로 자신이 욕망하는 바를 털어 놓는다. 그럴 때였던 것이다. 자신의 욕망이 현실에서는 도저히 실현될 수 없다는 것을 처절히 깨달은 때였던 것이다.

이러한 황진이의 욕망은 그 외의 작품에서도 드러나고 있다. 그녀의 욕망이 몇 남지 않은 시조와 한시의 대상 인물들의 면모 속에도 담겨있다고 할 수 있다. 비록 자신의 선택으로 남겨진 작품들은 아니지만, 황진이의 욕망을 파악하고 이해하기에는 충분하다. 그런 작품들 중에는 시조 (1), (4) 등과 한시 (8), (9), (11), (12) 등이 있다. 즉, 시조 (1)의 '벽계수'도 그렇고, (4)의 '서경덕'도 그렇고, 한시 (8)의 '견우'도 그렇고, 한시 (9)의 '소세양'도 그렇고, 한시 (11)의 '문무를 모두 갖춘 만호후'도 그렇고, 한시 (12)의 '김경원'도 그렇다. 모두 황진이가 욕망하는 '님'들이다.

성락희도 황진이 여섯 시조에 '물'이 9회(녹수 3회, 벽계수 1회, 물 4회, 창해 1회), '山'이 7회(청산 3회, 山 3회, 공산 1회)로써 대명사 '나' 5회, '너' 3회와 함께 가장 많이 나온다고 한다. 그러면서 시적화자와 대상이 '청산'과 '녹수'로 상징되었고, 꿈(詩)에서나마 황진이 자신이 '청산'으로 우뚝 솟아 뭇 명문사대부들을 발아래 산기슭이나 치며 울고 가는 산골 물로 오연히 굽어보고 싶었을 것이라고 말한다. 이와 같이 황진이의 굽어보고 싶은 욕망이 여섯 시조에 걸쳐 어려 있음을 알 수 있다.

하지만 황진이는 이룰 수 없다. 갖고 싶지만 가질 수 없는 사랑이다. 시조 (4)의 '님'을 제외하곤 쉬었다 떠나가는 '님'들이다. 사무치는 정에 간절히 기다려도 꿈에서나마 볼까 말까한 '님'들이다. 황진이도 오직 그 사랑을 자신만이 받고 싶다. 그러나 '님'은 그렇지 않다. 잠시 머물 뿐이다. 황진이는 '청산'이 되어 늘 기다리지만 '님'은 오직 잠시 머물 뿐이다.

그래서 황진이는 '어론 님 오신 날'이면 언제든지 맞이할 동지달 긴 밤을 마련해 놓고 기다린다. 오래도록 그 사랑 간직되기를 바란다. 긴 시간 오직 자신만을 사랑해 주는 '님'이기를 욕망한다. 그러나 황진이는 이내 깨닫는다. 그 '님'들이 돌아올 수 없는 '녹수'들임을 깨닫는다. 아니 결코 돌아오지 않는 '녹수'들임을 깨닫게 된다.

하지만 황진이는 그렇더라도 애절하게 욕망한다. 돌아오지 않는 '녹수'인 줄 알면서도 간절하게 욕망한다. 자신이 그토록 바라는 '님'과의 사랑을 실현할 수 있을 때가 오기를 욕망한다. 그러다 결국 시조 (3)에서와 같이 사랑에 집착한다. 그 집착이 '언제', '무신하여', '전혀', '없ᄂᆡ', '낸들', '어이 ᄒᆞ리오' 등의 부정적 시어들로 표현되고, 이를 통해 시적화자의 부정적인 정서를 드러내고 있다. 결국 '님'이 돌아오지 않는 것이 무슨 자신이 '무신'하여서 이거나, 아니면, '님'을 언제 속였을 자신의 잘못으로 인해서인 것처럼 자책하는 듯하다. 혹은 자신이 붙잡지 않아서 '님'이 오지 않아 사단이 난 것인 양 자신에게 모든 잘 못을 돌리고 있다. 그러면서도 그녀는 끊임없이 '님'의 사랑을 애절하게 욕망한다. '추풍' 낙엽지는 소리에도 놀라 가슴을 쓸어내리며, 자신이 '무신'하여 '님'을 속였기에 '님'의 올 뜻이 전혀 없다고 하소연하는 등 피해의식에 사로잡혀 가면서도 오직 갈망한다.

얼핏 보면, 이런 지극한 사랑을 욕망하는 황진이가 '성녀(聖女)'처럼 보일지도 모른다. '사랑의 화신'처럼 보일지도 모른다. 혹은 그렇게 액자 속의 '사진'이나 '그림'처럼 틀의 장면처럼 취사선택 되고 보기 흉한 배경이 제거되어 나타나니 황진이는 '성녀'처럼 보이게 된다. '사랑의 화신'처럼 보이게 된다. '청산'으로 늘 기다리는 사랑, 언제 오든 긴 밤으로 맞이하는 사랑, '님'에게 부담이 될까봐 잡지도 않는 사랑, 꿈에서도 늘 '님' 그리는 사랑, '님'의 마음을 그토록 잘 헤아려주는 사랑, 떠나는 '님'과 밤새도록 석별의 정을 나누는 사랑 등등 항상 그리워하고, 기다리고, 목말라하는 여인이 되고 만다.

그러나 김경연은 이것이 조선조 남성에 의해 이상적으로 재구성된 이미지라고 한다. 황진이의 육체성을 철저히 지우고 탈성화한 근대계몽기 모성민족주의의 발로라고 한다. 황진이를 의도적으로 탈성화하여 이상화하고, 고결한 예술가적 품격을 지닌 여자의 이미지로 탈바꿈했다는 것이다. 그 결과 황진이의 상처와 고통과 욕망 등은 가려진다.

하지만 황진이는 출생과 신분에 의해 상처받은 보통의 여성이며, 그 상처로 인해 욕망하는 보통의 인간이다. 황진이도 '님'이 온전히 자신만을 사랑하기를 원한다. 모든 여인 또는 사람이 그렇듯이 '님'만은 온전히 자신만을 앙망하기를 원한다. 행복한 가정을 함께 꾸리고 싶고, 사랑스런 아이들을 낳아 키우고 싶다. 황진이도 마찬가지다. 자신만을 지극한 눈으로 봐주길 원할 것은 자명하다. 사랑하는 사람을 나누어 갖기를 원하는 사람은 아무도 없기 때문이다. 그렇지만 황진이는 그럴 수 없었다. 그럴 수 없다는 사실 또한 누구보다 너무나 잘 안다. 황진이의 삶 전체를 통해 온몸으로 겪으며 살아낸 그녀였기에 그렇다.

그래서 가정은 황진이의 가장 큰 이루고 싶은 꿈같은 욕망이다. 황진이는 그렇게 늘 안정된 가정을 가지고 싶다. 자신의 울타리 안에서 자신만의 사랑을 실현하고 싶다. 시조 (1)의 '명월이 만공산'하고 싶은 것도, 자신이 가득찬 '산'이고 싶은 것도, 밝은 달빛 같은 사랑이 가득한 '산'이고 싶은 것도, 시조 (4)와 (6)에서처럼 '산'이고 싶은 것도 그렇다. 많은 나무와 새와 들짐승들과 물 등 많은 것들이 가득히 살아 숨 쉬는 그런 '청산'이고 싶다. '녹수 흘러간들' 절대로 변하지 않는 그런 '청산'이 되고 싶어 한다. 그야말로 자신의 울타리 안에서 안정적인 사랑과 가정을 꾸리고 싶은 욕망이다.

급기야 황진이는 이사종과의 3년 계약 결혼을 한다. 살림살이며, 생활비 등을 모두 부담하며, 당당하게 결혼해서 산다. 그런 후, 다시 이사종이 3년을 황진이와 함께 똑같은 방식으로 산다. 그런 후, 냉정하게 헤어진다. 자신이 먼저 정한 동거기간을 하루도 어기지 않는다.

그런데 과연 황진이가 이 6년 동안 행복했을까? 진정으로 자신이 바라는 가정을 이뤘다면, 행복했을 것이다. 그렇지만 의문이 든다. 아니 행복하지 않았다. 진정으로 살지는 못했을 가능성이 크기 때문이다. 왜냐하면, 진실한 가족 관계를 이루어 살지는 못했을 것이기에 그렇다. 황진이 자신과 이사종의 욕망 실현이 아무리 시대적 상황과 이념적 배경 속에서 합리적일지라도 이사종의 아내를 비롯하여 다른 가족들 모두를 설복시키기에는 인간적으로, 감정적으로 이기적인 처사로 치부될 수도 있기 때문이다. 무리가 따를 수밖에 없기 때문이다.

또한 어차피 3년이든 10년, 20년, 30년이든 계약은 계약이다. 계약에는 늘 조건이 있기 마련이다. 제약 조건 있는 어떤 것도 만족스럽지는 못하다는 것은 분명하다. 자유롭지 못하기에 완전하지도 못할 뿐만 아니라 기한이 있기에 서로의 진실된 가족 관계가 이뤄졌다고도 할 수 없기 때문이다. 무엇인가 한쪽이 채워지지 않은 허전함이 슬프게 했을 가능성도 있다.

그렇기에 황진이는 계약 기간이 끝나자 냉정하게 돌아설 수밖에 없었을 것이다. 그 기간의 허망함에, 그리고 그 이후의 관계나 이야기 속에서 상처받지 않기 위해서 필사적으로 냉정할 수밖에 없었을 것이다. 마음 한편으로는 자신의 욕망을 감추고 억제하고, 떠날 수밖에 없는 '한과 설움' 때문 이었을 것이다. 출생과 신분에 의한 열등감의 반대급부일 가능성도 크다. 구차하게, 구질구질하게, 애걸하고 싶지 않은 것이다. 꿋꿋하고 당당하게 뿌리치고 나와 다른 이의 구설에 휘말리고 싶지도 않았을 것이다.

요즘에 빗대면, 유명 연예인급이기에 더욱 초라할 수 없다. 이러한 것이 바로 열등감에 의한 욕망이다. 출생과 신분으로 인한 상처에 의한 욕망이다. 한 인간으로서 관계 맺고 싶은 열망이기도 하다. 다행히 이사종이 3년을 다시 제안하여 약간의 위로는 되었을 것이다. 하지만 역시나 행복하지는 않았을 것이다. 그런 관계로는 채워지지 않은 공허함이 해결될 수 없기에 그렇다. 결국 3년 뒤, 냉정하게 헤어졌다.

물론 이것은 지금까지 남은 황진이의 작품들과 전해지는 황진이 관련 이야기만을 가지고 논의한 것이므로 매우 아쉬움이 남는다. 죽어서도 자신의 의지와 달리 그토록 욕망했던 남성들에 의해 자신들의 의도와 목적에 맞는 작품들과 서사, 저자들의 욕망이 투사되어 변개된 서사들이기 때문이다. 하지만 남성들이 읽고 느끼기에 그러한 점이 있다면, 아마도 황진이가 의도했던 의도하지 않았던 그러한 마음과 생각은 묻어있기 마련이다. 프로이트와 라캉을 애써 꺼내 놓지 않더라도 그렇다.

한편 황진이는 늘 불안정한 사랑에 대한 상처와 욕망이 있다. 황진이의 사랑은 늘 불안하다. 스스로는 머물 수 없는 사랑이다. 지속 가능한 사랑이 아니다. 스스로의 힘과 의지로는 유지할 수 없는 불완전한 사랑이다. 그래서 황진이는 늘 헤어짐을 준비한다. 마음의 준비를 해 둔다.

시조 (4)에서처럼 '산'은 언제나 그대로인데 '물'은 언제나 예전 같지 않다. 밤낮으로 흐르기 때문이다. 항상 흐른다. 그러니 흘러가고야 마는 '물'이다. 그것이 자연이다. 그래서 시조 (5)에서처럼 잡을 수는 있지만, 그것은 일시적이다. 있으라고 하면, '제 구틔야' 가겠냐마는 그것도 한계가 있음을 황진이는 안다. 그러니 기어코 잡지 못한다. 잡지 못하고선 자책한다. '님'을 잡고 싶은 간절한 마음과 갈등, 고통스러움을 여유와 멋을 부려 표현함으로써 외적으론 자못 초연한 듯하게 보일 수도 있지만, 내적갈등은 도저히 어쩔 수 없다. 가슴을 치며, 슬픈 마음에 어쩔 줄을 몰라 한다. 자신의 처지에 가당치 않은 일일 수 있기에 언제나 체념의 상태를 만들어 내고야 말지만, 자신의 마음을 드러내지 않기에는 너무나 힘겹다. 자신도 모르겠다. 이 주체할 수 없는 마음을, 보내고 그리는 '정'을 어찌할 수 없다.

그렇지만 여자의 자존심 때문만은 아닐 것이다. 황진이도 여자다. 남성보다 현실적인 여자다. 그렇기에 너무나도 잘 안다. 자신이 처한 사회의 현실을, 그 속에서의 자신의 위치를 온 몸으로 뼈아프게 겪은 여성이다. 그러니 잡고 싶어도 잡을 수 없다. 애써 체념하고 만다. 달관한 척한다. 하지만 자신의 마음을 드러내지 않고는 못 배긴다. 먼저 고백했다고, 책이 잡혀도 모르겠다. 그저 드러내지 않고는 이 마음을 감당할 수 없다.

이러한 점은 시조 (6)에서처럼 황진이가 누구보다도 안다. 변하지 않는 '청산' 같은 마음은 나의 것이지만, 흘러가면 돌아오지 않는 '녹수' 같은 마음은 '님'의 것이다. 그것이 '님'의 정이기에 '님'의 정인 줄 알지만, "님의 정이"로 안타깝게 끝맺지 못 한다. 그것도 확신하고 싶지 않다. 확실히 그렇다고 말하기 싫은 것도 있다. 그것은 도저히 허락되지 않는다.

그러니 시조 (5)의 시작이 "어져"이다. 감탄으로 시작한다. 감탄이 부지불식간에 툭하니 튀어나왔다. 한스럽고 안타까운 마음이 도저히 참을 수 없어 터져 나오고야 만다. '아', '아이고', '아이쿠' "내 일이야"라고 하며, 토해내고 만다. 이렇게 떠날 줄을 몰랐던가. 마음을 단속하고, 단속하였건만 사랑했던, 사랑할 수밖에 없는 '님'과의 이별에 다시 자신의 아물지 못한 상처에 생채기를 내고 말았다고 자책하는 듯 토해낸다. 조애란도 '어져'가 후회나 안타까움의 부정적 탄식어이며, '어져'가 'ㅓ, ㅕ'의 음성모음으로 되어 있어 더 무거운 분위기를 자아낸다고 한다. 성락희도 시조 (5)에 대해 황진이 자신의 목소리가 들려온다고 말한다. 자신만의 실감(實感), 실정(實情)을 표현했기 때문이라 한다. 소월의 〈진달래꽃〉으로 이어지는 자기절제의 정서이지만 생생한 육성으로 피해받는 자들로서의 비극적인 자아를 숨김없이 드러낸 것이라 한다. 이렇듯 시조 (5)에서는 긴 세월 동안 단련된 그래서 자못 '산'과 같이 늘 변함없이 우뚝 서 있는 황진이가 자존심을 다 버리고 자신의 속마음, 억제된 욕망을 드러내고 나서 어쩔 줄 몰라 한다.

하지만 마지막 자존심은 있다. 시조 (6)의 "녹수도 청산을 못니져 우러 예어 가는고."처럼 '님'도 자신을 못 잊어 울면서 간다고 스스로 위안한다. 나도 아파 울지만, '님'도 울기 때문이다. 나도 못 잊지만, '님'도 못 잊어 울면서 가기 때문이다. 하지만 확신할 수 있는 것은 아니다. '청산'이야 '녹수'가 흘러간들 변하겠는가하며, 강한 의지를 내비치지만, '녹수'에 대해서는 장담할 수 없기에 그렇다. 변하지 않을 것이리라고 확신할 수 없기에 그렇다. 아니 변할 것이라는 것을 알기에 더욱 강조하며 스스로 위안을 삼는다. 그렇기에 시조 (6)의 초장에서는 '님의 정이'라고 말을 끝맺지 못한다. 확신할 수 없는 처지이지만, 그러지 않기를 간절히 바라는 마음에 의도적으로 말끝을 흐리고 있다. 생략해 버리고 있다.

이러한 불안한 심경은 황진이가 '님'을 만나는 시간에서도 드러난다. 기생이라는 생존의 토대의 영향일 것이기도 하겠지만, 황진이 작품의 시간적 배경은 주로 어두운 '밤'이다. 먼저 시조들에서 보면, 황진이의 시적 시간, 시상이 머무는 시간들은 대부분 '밤'이다. 시조 (1)의 '명월이 만공산'도 그렇고, 시조 (2)의 '어른 님 오신 날 밤'이 그렇고, 시조 (3)의 '월침삼경'도 그렇다. 그리고 한시를 봐도 그렇다. 한시 (7)의 '저녁'도 그렇고, 한시 (8)의 '직녀의 빗'도 그렇고, 한시 (9)의 '달빛'도 그렇고, 한시 (10)의 '꿈길'도 그렇고, 한시 (14)의 '저녁, 놀'도 그렇다.

그런데 이들 '밤' 모두 '님'과 함께한 '밤'이 아니다. '님'을 그리는 밤이거나 홀로 수심에 겨운 시간들이다. 그러니 쓸쓸한 심경이 주로 풍겨난다. 하지만 잡을 수 없는 '시간'이기에 더욱 애달프다. 그 '밤'을 '님'과 함께 붙잡고 놓지 않으려 안간힘을 쓰고 있다고 생각하니 더욱 애처롭게 느껴진다.

먼저, 시조 (1), (2), (3) 등을 보자. (1), (2), (3) 등의 시조 모두 시간적 배경이 '밤'이다. '밤'을 배경으로 시상이 전개된다. 시조 (1)의 종장을 보면, '명월'이 있는 밤이다. 밝은 달빛만이 빈산에 가득한 밤이다. '달'만이 '님'을 기다리며, 밝은 빛을 내비추고 있다. 마치 〈정읍사〉의 "달하 노피곰 도다샤/ 어긔야 머리곰 비취오시라"라고 말하는 시적화자의 마음과 흡사하다. 그러나 '님'에 대한 이런 애절한 연정과 달리 역설적이게도 '산'은 텅 비어있다. '님'이 없기에 더욱 허전한 마음이다. 오직 '달빛' 같은 황진이의 '님' 사랑하는 마음만이 텅 빈 산에 가득하다.

하지만 시조 (1)에서는 '님'마저 오래 머물러 있지 않는다. '님'은 '명월', 즉 환한 밤에 만나 잠시 '쉬어' 갈 뿐이다. '달' 밝은 시절에만 잠시 '쉬었다' 간다. '물'이기 때문이다. 오직 먼 바다를 향해 가는 '청산리 벽계수'이기 때문이다. 그렇기에 황진이도 잠시뿐인 줄 안다. 흘러가는 '물'과 같은 '님'이라는 것도 안다. 그리고 다시 돌아오기' 어려운 '님'인줄도 안다. 이렇듯 시조 (1)의 '밤'은 '물'과 '님' 이미지와 더불어 쓸쓸한 시간들이다. 그리고 잡을 수도 없고, 잡히지도 않는 시간들이다. 늘 흘러가버리는 '물'과 같다. 가끔 볼까 말까한 '님'마저도 돌아오지 않는 '님'이다.

그렇기에 할 수 없이 잠시 쉬었다만 가라고 밖에 할 수 없다. 그리고 시조 (2)에서처럼 "동지ㅅ돌" 기나긴 밤을 '님' 오신 밤에 붙여 '구뷔구뷔' 펴야만 한다. 그렇게 해서라도 '님'과의 함께 하고픈 시간을 연장시키려 한다. 어떻게든 '님'과 함께 오래오래 있고 싶은 마음이 반영되었다. 또한 혼자 있기에 더욱 추운 동짓달 밤은 너무나 길고 길다. 높은 달빛 가득히 빈산 비추어내도 '님'이 없는 '밤'은 견디기 어렵다. 그러니 더욱 '님' 오신 날 밤은 한시각 한시각이 아깝고, 안타깝다. 그래서 더욱 그때만이라도 붙잡고 싶은 심리가 적극적으로 반영되었다.

이처럼 황진이는 늘 안타깝고, 불안하고, 불안정하다. 이러한 것들은 당연히 황진이 자신의 신분과 처지 속에서 발생할 수밖에 없다. 황진이 자신의 신분과 처지를 기반으로 하는 관계이기 때문에 그렇다. 그러니 결국 황진이 자신과 '님'과의 관계에 대한 안타까움과 불안함과 불안정함이다. 그래서 더욱 황진이는 그의 작품 속에서 이러한 안타까움과 불안함과 불안정함 등을 떨쳐버리기 위해서라도 강한 의지를 드러낸다. 발생하는 부정적인 정서를 적극적으로 떨쳐버리고 극복해 보려는 심리이다.

특히나 이러한 심리는 시조 (2)의 종장, "구뷔구뷔 펴리라."에 강하게 반영되었다고 할 수 있다. 그리고 시조 (1), (3) 등의 종장의 어구 "수이 간들 엇더리.", "낸들 어이 ᄒᆞ리오." 등에서도 '님'을 향해 끝없이 구애하고 있고, 자신도 진정할 수 없어 어쩔 줄 모르는 심경들 속에 담겨있다고 볼 수 있다.

하지만 이러한 시적화자의 심경들은 시조 (3)에 이르러 조금 과장해서 자기비하와 자책으로 이어진다. 시조 (3)에서 황진이는 자신의 욕망과 다르게 흘러가는 현실에 실망하여 급기야 자기비하와 자책에 이르고 만다고 할 수 있다. 그 모든 것이 자신의 잘 못이다. '님'이 전혀 올 뜻이 없는데도 가을바람에 지는 잎소리에도 귀를 쫑긋, 온 몸의 신경을 쭈뼛 세우고 온통 밖의 소리에만 신경을 곤두세우고 있다. 그러니 지는 잎이 자신을 속이는 줄도 모르고, 자신을 속이고 있다. 그것에 속고 나서 오히려 성을 낸다. 내가 언제 '무신'하였나, 나는 절대 무신하지 않았다고 강조한다. 그리고 황진이는 '내가 언제 속였기에 자신을 속이는 것인가'하고 항변도 해 본다. 하지만, 이내 '월침삼경', 달빛조차 전혀 없는 깊은 밤에 올 뜻이 전혀 없는 '님'을 원망하기 보다는 그 원인을 자신에게 돌리고 있다. "혹 내가 언제 '무신'하였을까?", "혹 내가 언제 속였을까?", "그래서 올 뜻이 전혀 없나?" 등의 생각에 사로잡혀 있다. 자못 수세적인 자아의식이나 피해의식이라 할 만하다. 이렇듯 스산할지도 모르는 '추풍'에 잎 떨어져 구르는 소리에도 깜짝 놀라 온몸과 귀를 쫑긋 세우는 토끼처럼 간절한 것이 황진이의 마음이다.

이렇듯 황진이는 늘 '님'을 '밤'에 만나고, '꿈'에서 만나고, 밤새 이별의 슬픔에 젖어 지세우곤 하지만, 결국 아침 이슬처럼 해와 함께 헤어지고 만다. 그러니 항상 불만족스럽고, 불안하고, 불안정하다. 아침 해에 밀려나야 하는 '달'의 신세여서 더욱 한스러운 '밤'이다.

이러한 황진이의 심경은 한시에서도 드러난다. 한시 (7), (8), (9), (10), (14) 등은 어떤가? 마찬가지라 할 수 있다. 먼저 한시 (7)에서는 차가운 '눈', 차디찬 '종소리', '남은 성터'에 시적화자의 감정이 이입되어 있다. 수심 겨워 홀로 서서 풍경을 바라보고 있는 시적화자의 쓸쓸하고 외로운 심경이 녹아 있다. 특히나 저녁연기 피어오르는 것을 홀로 보는 심정이야 더욱 황진이에게는 슬픔을 자극했을 법하다. 그토록 원했던 평범한 가정 속에서의 삶, 저녁 밥 짓는 아낙과 가정에 대한 욕망이 간절했기에 더욱 그렇다. 그래서 더욱 쓸쓸하고 외롭게 느껴진다. 물론 송도삼절(松都三絕)로 자부했던 황진이의 '송도'에 대한 남다른 애정과 애착, 자긍심 등을 담은 한시이기에 그럴 수도 있다. 하지만 그것과 더불어 더욱 간절한 황진이의 심경이 드러나고 있다고 할 수 있다. 이는 한시 (14) 〈만월대 회고〉 와 한시 (13) 〈박연폭포〉를 더불어 비교해 보면 더욱 더 잘 이해 할 수 있다.

한시 (14) 〈만월대 회고〉의 첫 구와 두 번째 구에서 '옛 절'과 저물녘 해가 비치는 '교목'에 감정이입하여 시적화자의 쓸쓸하고 서러운 심경을 드러내고 있다. 그리고 아무렇지 않게 옛 왕조의 화려했던 시절와 망국으로 인한 허망함을 말하는 듯하면서도 그 풍경과 분위기에 자신의 삶의 한 자락을 중첩시키고 있다. 즉 황진이 자신의 영화롭던 시절과 자신의 삶의 무상함을 중첩시키고 있다고 볼 수 있다. 그 속에 봄이 왔는데도 스산하고 쓸쓸한 가을 같은 자신의 삶에 대한 심정을 드러내고 있다. 연기 같이 스러지고, 부서져버린 전 왕조의 옛 절을 보면서 드는 황진이 자신의 삶의 회한을 절실하게 담고 있다.

물론 송도가 망국의 수도였고, 퇴락한 성터를 보면서 그러한 심경이 한시로써 드러났을 수도 있다. 하지만, 유득공(1974~1807)의 한시 '송도회고'는 황지이의 한시와 사뭇 다르다. 쓸쓸한 이십팔왕의 능, 비바람에 허물어져 가는 능을 보면서 전조 왕에 대한 가련함을 환기시키며 부각하는 선에서 그치고 만다. 제3자의 위치에서 풍경의 쓸쓸함과 전조에 대한 옅은 연민뿐이다. 오히려 마지막 구, "白雲飛盡見三峰(백운비진현삼봉)"처럼 '삼각산'으로 상징된 현 조선왕조를 앙망하는 시상의 전개를 보인다. 또한 조선 전기의 문신 이승소의 『삼탄집』에 실린 〈송도회고〉도 유득공의 시상전개와 유사하며, 황진이의 한시와는 다르다고 말 할 수 있다. 뿐만 아니라 황진이의 한시 (13) 〈박연폭포〉를 비교해 보더라도 한시 (7) 〈송도〉와는 다르다. 황진이의 한시 (13)은 박연폭포의 경관을 담담하고, 조용한 어조로 박연 폭포의 풍경을 있는 그대로 묘사하였다고 할 수 있으며, 시적화자의 생각과 감정이 절제되어 일곱 번째 구와 여덟 번째 구에서 겨우 드러나 보일 뿐이다.

이러한 측면은 한시 (8)도 마찬가지다. '반월'을 보면서 견우와 이별한 직녀에 동일시하면서 자신의 슬픔을 이입시켜 '반달'을 슬픔에 겨워 던진 '빗'이라 말한다. 특히나 '명월'도 아니고 '보름달'도 아니고 겨우 '반달'이다. 게다가 슬픔을 참지 못해 던져버린 '빗'이 '반달'이 된 형상이다. 서종남도 반달이 암시하듯 그녀의 운명은 반달처럼 완전한 사랑을 이룰 수 없는 것이라 말한다. 이러한 시상 전개는 마지막 구의 '譟(조)'를 '愁(수)'로 바꾸어 보면, 더욱 그러한 감정이 도드라져 나타난다. 1년에 한 번, 칠월 칠석날에만 만날 수밖에 없는 처지, 이별은 정해진 처지, 절대 오래도록 함께할 수 없는 처지, 멀리 헤어진 '님'을 늘 그리움에 차 바라보고 기다려야만 하는 서글픈 처지 등이 '빗'을 던질 정도로 격하게 드러난 양상이다. 이와 같이 이 한시 (8)에서도 직녀의 삶에 빗대어 자신의 삶과 그 속에서의 감정을 적극적으로 드러내고 있다.

그리고 한시 (10)의 '상사몽'에서와 같이 그리워도 만날 길은 오직 꿈길밖에 없는 것이기에 더 그렇다. 그 꿈에서나마 '님'이 먼저 찾지 못하고, '내가 님 찾아 떠났을 때'만이라도 '님'도 나를 찾아오기를 간절히 바라고 바라는 마음이다. 그리고 '오늘 꿈'에 만나지 못하는 것은 '님'도 나를 찾아 떠나 꿈길마저도 엇갈렸기 때문이라고 돌리며, "다음날 꿈에는" 꼭 만나기를 바라는 황진이의 간절한 마음이다.

이는 한시 (12)의 '별김경원'에서도 마찬가지다. 결국 황진이는 네 번째 구에서처럼 불안하고 두렵다. '님'이 두목지처럼 한량일까 불안하고 두렵다. 자신은 '청산'과 같이 변함없이 '꽃다운 언약'을 지키지만, 늘 불안하고 두려운 것은 자신의 사랑을 잠시 취하고 떠나버리는 '님'의 '녹수' 같은 마음이다. 처음에는 '삼세'의 굳은 인연이라 호언하며, '좋은 짝'이 '삼세'에 걸쳐 이어짐을 장담하지만, 그러한 인연의 생명은 오직 두 사람의 마음에 달려있다. 그런데 그 언약을 황진이 자신은 저버리지 않았지만, 늘 불안하고, 두렵다. '님'은 늘 그렇지 않았기에 그렇다. 한 여인을 꺽은 한량의 무용담 한 가지로 기억될까 불안하고, 두렵다. 실연의 아픈 상처에 다시 깊은 생채기를 내는 아픔에 불안하고, 두렵다.

그런데 이러한 황진이의 욕망은 저항이 된다. 앞에서 언급한 것처럼 황진이는 출생과 신분, 그리고 그로 인한 늘 불안한 사랑에 삶이 두렵다. 하지만 황진이는 불안하고 두려움에 떨고만 있지 않다. 한시 시조 (1)과 한시 (9), (12) 등과 관련 이야기를 보면 짐작할 수 있다. 김동욱도 황진이 시조에 나타난 면면한 정서가 한사람의 남성에 대한 감정이 아니며, 남성에 대한 반기를 들고 신랄한 척결(剔抉)을 일삼은 것이라 말한다. 이것이 바로 황진이의 숨겨놓은 가시이고 발톱이다. 화려하고, 매혹적인 문학 작품과 노래와 미모 등을 통해 발산된 교방(敎坊)적 감정 속에 자신의 진심, 즉 저항이 된 욕망을 교묘히 숨겨 표현했을 뿐이다. 이러한 측면들은 몇몇의 작품 속에서 명확히 확인할 수 있다.

먼저 시조 (1)과 관련한 이야기가 서유영의 〈금계필담〉에 있다. 이를 요약하면, 종실 벽계수가 황진이의 미모와 재주가 뛰어나다는 말을 듣고 만나기를 원했으나 '풍류명사'가 아니면 어렵다기에 손곡 이달에게 방법을 물어 결행을 했지만, 황진이가 읊조리는 시조 (1)을 듣고 고개를 돌리다 나귀에서 떨어져 실패한 이야기다. 벽계수는 이 때 황진이가 "이 사람은 명사가 아니라 단지 풍류랑일 뿐이다."라고 말하며 가버리자 매우 부끄럽고 한스러워했다고 한다. 그리고 또 다른 이야기로는 벽계수가 평소 결코 황진이의 유혹에 넘어가지 않는다고 말해왔는데 이 시조를 듣고 달빛 아래 나타난 고운 음성과 아름다운 자태에 놀라 나귀에서 떨어졌다는 이야기가 있다.

물론 이들 이야기가 기록한 저자의 의도와 목적에 의해 변개되었을지도 모른다. 만약 변개되었다면, 저자 자신의 욕망이 투사되어 취사선택되고 변개되었을 가능성이 크다. 그래서 모두 다 사실이고, 있었던 일이라 말하기는 어렵다. 하지만 이 시조와 서사에는 분명히 황진이의 생각과 마음이 담겨있을 가능성도 크다. 그렇다고 한다면, 그러한 시조와 서사에는 황진이의 양가감정이 있음을 확인할 수 있다.

한편으로 황진이는 당연히 인연을 맺고 싶다. 자신이 평생 노력해도 가질 수 없는 종실이라는 신분과 지위를 가지고 있는 인물과 관계를 맺고 싶다. 그래서 태생적으로 낙인찍힌 채 여태껏 지워버릴 수 없는 큰 상처, 출생 신분으로 인한 상처에서 벗어나고픈 욕망을 실현하고 싶다. 물론 그렇게 될 수 없을 지라도 황진이에게는 그다지 나쁘지는 않다. 종실의 인물과의 관계 맺음, 교유는 그 자체로 자신의 위치를 드높일 수 있는 기회이기 때문이다. 비록 자신의 욕망을 완전히 실현할 수 없지만, 어느 정도 해소해 줄 수 있을 것만으로도 꽤 괜찮다 싶었다. 그래서 시조 (1)처럼 나름 고상하고 우아하게 유혹한다. 달빛을 머금어 더욱 아름다운 목소리와 교태로 유혹한다.

하지만 황진이는 안다. 그 '님'이 잠시 쉬었다가는 '물'임을 안다. 그 '님'이 자신과 오래오래 사랑을 나누지 않는다는 것도 안다. 그래서 온전히 자신만의 사랑을 지킬 수 없다는 것도 안다. 뿐만 아니라 그 '님'이 자신을 두고 '속물'이 아님을 천명한다. 황진이 자신과의 성스러운 관계가 상대는 오명이라고 말한다. 너무나 속상하고 비참하다. 자신과 자신의 삶이 모두 싫다. 황진이의 모멸감, 수치심은 아마도 극도의 분노로 화한다.

그러나 황진이는 그런 속상하고, 비참하고, 싫은 감정에 젖어 자신의 삶을 버리거나 망치지 않는다. 어리석지 않다. 결코 지지 않는다. 오히려 저항한다. 자신과 자신의 삶이 속상하고, 비참하고, 싫은 만큼 온갖 교태와 기교를 부려 상대의 말과 신념을 꺾어 놓고 만다. 적어도 '여우의 신포도'로 만들었다. 그것으로 황진이는 산다. '벽계수'를 제물 삼아 분노를 삭이고, 상처를 달랜다.

이러한 것은 모두 자유로움을 위한 싸움과 저항이다. 살기 위한 몸부림이다. 황진이의 저항도 살기 위한 몸부림이다. 내재된 욕망, 내적 욕망의 반대급부, 반항적 욕망 실현은 모두 살기위한 몸부림일 가능성이 크기 때문이다. 그렇기에 황진이의 몇몇의 시조나 한시는 황진이의 저항의 부르짖음이다. 그렇게 하지 않고서는 살 수 없는 부르짖음이다. 살기 위해 기생이 되었고, 살기 위해 시를 짓고, 살기 위해 몸부림 친, 한 상처 입은 가련한 여인이다. 단지 미모가 뛰어났고, 재능이 뛰어났을 뿐이다.

이렇듯 벽계수에 대한 복수는 세상에 대한 분노이고 저항이며, 복수이기도 하다. 그리고 황진이 자신의 살기 위한 몸부림이고 부르짖음이다. 그렇기에 황진이의 몇몇의 시조뿐만 아니라 한시들에서도 이러한 기조는 대체로 유지된다. 특히 한시 (9) 〈봉별소판서세양〉으로 이어진다. 이러한 기조를 보다 잘 확인할 수 있는 작품은 한시 (9) 〈봉별소판서세양〉이다. 소세양과 관련한 서사도 있기에 이 한시에서 보다 잘 확인할 수 있다.

한시 (9) 〈봉별소판서세양〉은 서세양과의 이별을 노래한 시이다. 먼저 이 한시 (9)의 〈봉별소판서세양〉에서도 달빛 아래 높은 누각에서 황진이는 밤을 지새우면서 '다음날 아침' 때문에 구슬프게 노래한다. '님' 떠나고 나면, 홀로 남아 사무치는 이별의 아픔을 견뎌내야 하는 자신의 처지가 서글프기 때문이다. 그리움이 사무쳐 끝이 없다고 한다. 그것이 자신을 괴롭게 할 것에 슬프고 두려워 잠 못 이루고 있다.

그래서 첫 번째 구와 두 번째 구에서와 같이 더욱 달빛 아래 뜰 오동잎은 모두 져 앙상한 가지 마냥 황량하고, 서리 맞은 들국화는 축 처져 있다. 황량하고 쓸쓸한 정경이다. '님'과의 이별을 앞둔 시적화자의 심경과 같은 분위기다. 그렇기 때문에 비록 누각은 하늘 높이 닿은 듯하고, 술잔은 끝도 없이 흥취를 돋우는 데도 흐르는 '물'은 거문고와 어울려 찰뿐이다. 그러니 취하지 못하고 정신은 말짱하다. 내일이면 흐르는 '물'과 같이 떠나갈 '님'을 생각하니 정신이 번쩍 들고, 거문고 소리와 더불어 싸늘하게 느껴지는 것이다. 하지만 시적화자는 '매화' 같이 오직 애타는 마음 향기롭게 피워낼 뿐이라고 말한다. 여러 가지 상징과 은유들을 통해 시적화자의 절제된 간절하고 애절한 마음을 극대화하고 있다.

그렇기 때문에 듣는 이의 안타까움은 이루 말할 수 없을 것임에 틀림없다. 지극한 사랑이다. 이어지는 결구와 더불어 이렇게 간절하고 애절한 사랑에 넘어가지 않을 '님'은 없다. '님'의 마음을 송두리째 빼앗고도 남을 만하다. 붙잡지 않아도 도저히 발을 뗄 수 없게 만든다. 그래서 결국 소세양은 남아 그 사랑에 화답한다.

하지만 역시나 이 한시에서도 황진이의 저항이 된 욕망은 어김없이 서려 있다. 물론 한 측면에서는 간절하고 애절한 사랑이 넘치도록 있다. 그러나 다른 측면에서는 자신의 상처가 투사된 '남성'에 대한 애증이 있다. 결국 저항인 것이다. 더 나아가 세상에 대한 저항인 것이다. 자신이 가질 수 없기에 꺾어버리는 영화 〈나쁜 남자〉 속의 주인공 '나쁜 남자'와 같지는 않을지라도 자신이 할 수 있는 최대한의 몸부림이다.

소세양은 소싯적에 이르기를 "여색에 미혹되면 남자가 아니다."라고 했다고 한다. 특히나 황진이의 재주와 얼굴이 뛰어나다는 말을 듣고는 친구들에게 약속까지 했다고 한다. "내가 황진이와 한 달을 지낸다 해도 마음이 움직이지 않을 자신이 있네. 하루라도 더 묵는다면 사람이 아니네."라고 호언장담을 했다고 한다. 그랬던 소세양이 드디어 황진이와 한 달을 산 후, 떠나려 하니 황진이가 이 한시를 읊었다고 한다.

이러한 저간의 상황에 주목한다면, 한스러움에 대한 반대급부로 가질 수 없는 욕망에 대한 희화화를 작정한 것은 아닐까하는 의구심을 갖게 한다. 일단 황진이는 어떤 '님'이 살고자 한다면 싫더라도 살아야만 하는 처지와 입장이기 때문이다. 그것에 황진이의 근원적 상처와 욕망이 이어져 있다. 그것으로부터 황진이의 한스러움은 불쑥불쑥 용솟음친다. 그런 상황에서 소세양이 등장한다. 세인의 관심이 집중되어 있는 황진이가 소세양의 이러한 호언장담을 어떻게든 들었을 가능성도 크다고 할 수 있다. 아마도 황진이는 벼르고 있었을 지도 모른다.

드디어 기회가 왔을 때, 황진이는 소세양과의 관계에서도 자극된 그 한스러움을 떨치지 못하고 자신의 미모와 재주를 한껏 부려 저항한다. 그것은 바로 상대의 위엄에 대한 공격이다. 스스로가 스스로를 옥쇄(玉碎)하게 하고 부정하게 하면서도 품위를 잃지 않는 지능적인 공격이다. 그것의 결정체가 바로 한시 (9) 〈봉별소판서세양〉이라고 할 수 있다. 결국 소세양은 "나는 사람이 아니다."라고 탄식 선언하며, 더 머물렀기 때문이다. 과하게 얘기하면, 스스로를 비천한 짐승으로 전락시키면서 자신의 말과 신념을 부정하고 꺾어버렸기 때문이다.

이러한 기조는 한시 (12) 〈별김경원〉에서 더욱 신랄하게 드러난다. 첫 구와 두 번째 구에서는 김경원과의 관계에 대해 '삼세'의 굳은 인연, 좋은 짝임을 반복, 강조한다. 과거, 현재, 미래를 두고 오래도록 변하지 않는 좋은 인연, 짝임을 크게 부각하여 드러낸다. 그러고 나서는 갑자기 시상 전개를 자신과 김경원의 '생사'에 접근 시켜 긴장감과 위기감을 준다. 뿐만 아니라 그 '생사'가 자신과 김경원 두 사람만의 문제로 축소되어 분위기를 더욱 침체시킨다. 두 번째 구에서의 이러한 긴장감과 위기감은 세 번째 구의 불안한 정서로 이어지다 "내 아니 저버렸는데"에서 증폭된다. 그러다 그 불안함의 이유는 망설임을 넘어 터져 나온다. '그대'가 '한량'이기에 발생하는 두려움이 폭로된다. 그러자마자 그 불안함은 이젠 현실의 두려움으로 변한다. '그대'의 거짓과 위선을 직설적으로 적나라하게 들춰내고 있기 때문이다.

하지만 진정한 '님'에게는 그렇지 않다. 진실한 마음으로 사랑하고 존경하는 '님'에 대한 태도는 다르다. 황진이의 시조 (4)에서 그러한 측면을 확인할 수 있다. 시적화자인 '산'은 옛 '산' 그대로이지만, '님'을 상징하는 '물'은 옛 물이 아니다. 그런데 문제는 이 시조 시적화자의 이러한 '물'에 대한 태도이다. 당연하다는 투다. '물'이라는 것이 주야에 흐르는 것이기 때문에 당연히 옛 물이 있겠느냐는 태도이다. 조애란도 시조 (4)의 종장에서 "곳도다"가 의미상 '곳아서'로 해석되는 데도 굳이 "곳도다"라고 단정적 표현을 씀으로써 대상에 대한 깨달음과 깊은 탄식의 의미가 부여되었기 때문이라 한다. 그러니 또 당연하게도 '인걸'도 '물'과 같이 가고 아니 올 수밖에 없다는 체념이기도 하고 달관의 분위기를 자아내기도 하다. 뿐만 아니라 그냥 '물'도 아니다. '人傑(인걸)'이다. 뛰어난 사람이다. 흠모하기에 존경하기에 시적화자 자신에게는 누구보다 '인걸'이다.

물론 이 시조가 건조하지는 않다. 아쉬움과 안타까움이 물밑에서 흐른다. 아쉬움과 안타까움과 애잔한 심정이 깊숙한 물밑에서는 큰 강물처럼 흐르고 있는 듯도 하기 때문이다. 하지만 자신보다 '님'을 먼저 생각하기에 아무렇지도 않은 표정으로 사랑하는 '님'을 보내는 심정의 발로인 수선스러움도 느껴진다. '인걸'이 가고 오지 않은 것은 '물'이 주야로 흐르기 때문에 가서는 오지 않는 것과 같다고 변호해 주는 듯하기 때문이다. 그리고 '물'의 자연스런 특성과도 같다고 혹시 다칠세라 감싸 안고 보호해 주는 듯도 한 시적 분위기와 시적화자의 태도 때문이다. 이렇듯 시조 (4)에서 황진이는 자신의 진정한 '님'에 대한 태도가 다른 '님'에 대한 그것과는 다르다. 이 시조에서는 결코 '님'을 걸고 넘어뜨리지 않는다. 그 모든 그리움과 아쉬움과 안타까움과 애잔함을 기어코 감당하려 한다.

이러한 측면들은 '인걸'의 주인공이 '서경덕'이기에 더욱 이해가 간다. 황진이와 관련한 그의 서사가 말해 주기 때문이다. 서경덕과 황진이와 관련한 서사는 벽계수나 소세양의 서사와 다르다. 황진이를 두고 호언장담하지 않는다. 한 번쯤 꺾어 놀고 마는 '노리개'로 생각하지 않는다. 오히려 황진이가 서경덕의 존엄과 위엄과 신념 등을 꺾어보려고 한다. 여러 해 동안 관기로서 온 몸으로 겪은 위선과 허위, 사랑에 속고 배신에 좌절했던 황진이로서는 '님'에 대한 분노이고 복수이자, 세상에 대한 복수이고 분노이기도 하다. '님'들이 존경하고 세상이 인정하는 '놈'의 위선과 허위 등을 깨뜨려 보기 좋게 웃음거리로 만들고 싶다.

하지만 서경덕은 황진이가 "《예기》에 男鞶革(남반혁), 女鞶絲(여반사)라고 하여 저도 학문에 뜻을 두고자 하여 허리에 실을 두르고 왔습니다."라고 하는 말에 웃으며 맞이하여 가르쳤다고 한다. 그러다 밤이 되고 서로 가까이 있게 되었지만, 서경덕은 끝내 황진이를 범하지 않았다고 한다. 그리고 10여 일간 머물며, 미모와 재주를 앞세워 갖은 교태를 부렸지만 실패했다고 한다. 그렇게 황진이와 서경덕은 '인격적인 만남'을 이루었다. 인간과 인간으로, 스승과 제자로, 친구로 동반자로 만나 서로 가르치고 배우며 '님'이 되었다. 황진이의 한시 (12) 〈별김경원〉 속의 한량과 같은 '님'과 전혀 다른 진실한 '님'이 되었다.

그리고 이 같은 진실한 '님'을 만난 황진이는 이 인격적인 만남을 통해 변화되었을 가능성이 크다. 진정으로 자신의 삶을 되돌아보고, 자신의 상처를 치유하며 삶을 새롭게 보고 영위해 나갔을 가능성이 크다. 그리고 이러한 성찰을 통해 자신의 삶 속에서 일어난 여러 가지 것들을 이해하고, 수용하며, 용서하고, 화해해 나갔을 가능성도 크다. 그 속에서 황진이는 자신의 상처로 인한 욕망과 저항이 된 욕망으로 인해 많은 사람들이 또한 상처 입었음을 깨달았을 가능성도 크다. 고위급 남성들을 쥐락펴락하며 파란만장한 삶을 산 이면에 발생한 뭇 사람들이 받은 상처를 생각하며 가슴아파했을 가능성도 크다.

그러기에 〈송양기구전〉에 의하면, 황진이가 죽을 무렵에 집 안 사람에게 "나는 천하 남자를 위해 스스로 사랑하지 못하고, 이 지경에 이르렀으니, 내가 죽거든 관을 쓰지 말고, 동문 밖 모래와 물이 있는 곳에 시신을 버려 갖은 미물들이 내 몸을 뜯어 먹게 하라. 그리하여 천하의 여자들로 하여금 진이로써 경계를 하도록 하라."고 하였다. 물론 저자가 황진이의 유언에 자신의 욕망을 투사하여 변개했을 수도 있을 것이다. 그리고 저자 자신이 하고 싶은 말을 황진이의 유언처럼 꾸며 썼을 수도 있다.

하지만 황진이의 작품 속에 드러난 상처와 저항으로 변한 욕망에 관한 고찰을 볼 때, 그리고 진정한 '님' 서경덕을 만나 배움과 깨달음에 이르렀다면, 그렇게 얘기했을 수도 있다. 기록에 의하면, 43세의 서경덕과의 만남이 황진이 나이 30세가 넘은 때였고, 서경덕과의 교유가 10년 내외였으며, 황진이가 40세 미만에 죽었을 것으로 추정한다. 기록 속의 여러 정황을 보면 아마도 이 추측이 맞을 가능성이 크다고 할 수 있다. 물론 어느 정도는 과장되어 후세에 경계로 삼고자 하는 측면도 있다. 하지만 개연성이 전혀 없지는 않다. '스스로를 사랑하지 못'하고, 또는 '스스로 남자를 진정으로 사랑하지 못'했던 황진이로써 자신을 자학하면서 가혹한 형벌로 자기 징치했을 가능성도 있기 때문이다. 그래서 자신과 같은 욕망의 화신, 복수의 화신, 저항의 화신이 되지 말고, 스스로를 사랑하면서 자신의 삶을 이해하고, 자신의 삶을 용서하고 화해하여 행복한 삶에 이르기를 진심으로 바라는 것일 수도 있다.

또한 이러한 측면은 〈성옹지소록〉에서도 확인할 수 있다. 〈성옹지소록〉에 의하면, 황진이는 죽을 무렵에 집안사람들에게 "출상할 때, 제발 곡하지 말고 풍악을 잡혀서 인도하라."고 말한다. 설움과 한 많은 인생이기에 그런 인생이 이제 마감하니 그럴 수도 있고, 파란만장한 삶 속에서 상처받은 불특정 사람들에 대한 속죄일 수도 있고, 죽고 사는 것이 슬플 것도 없기에 그럴 수도 있고, 자신의 삶에 대한 성찰과 더불어 깨달음에 이르러 죽음에 초연하기에 그럴 수도 있다. 하지만 죽어서까지 슬픔에 젖어 있고 싶지 않아서일 수도 있겠다. 살아서 늘 자신만의 서러움과 한, 슬픔 속에 살았던 황진이기에 죽어서 묻히는 순간까지도 '곡'이 아닌 '풍악'에 묻혀 슬픔을 잊고 싶어서일 수도 있겠다.

세 번째 마당

문학상담의 실제2, 쓰기와 활동하기

• • •

문학상담에서 글을 쓴다는 말은 무엇일까? 이 물음에 나는 삶을 쓴다는 말과 같다고 말하고 싶다. 왜냐하면 그 글에는 글쓴이의 삶이 강물처럼 흘러 지면을 가득 메우고 흠뻑 적시며, 우리 마음으로 흐르고 있기 때문이다.

이렇게 우리도 매일매일 글을 쓰고 있다. 자신의 삶이 다 닳아 기억 속에서 조차 찾을 수 없을 때까지 우리는 우리의 삶을 쓰고 있다. 원하지 않더라도 말이다.

그래서 그 글에는 늘 내가 있다. 나의 슬픔과 그리움과 괴로움, 그리고 눈물이 있다. 또 나의 기쁨과 즐거움과 꿈과 희망, 그리고 사랑도 있다. 그래서 그 글에는 늘 내가 살아 숨쉬고 있다.

그리고 나는 그 글을 가끔 꺼내어 읽어 보곤 한다. 읽어보고 싶지 않을 때도 있지만 주체할 수 없는 힘에 어쩔 수 없이 볼 때도 많다. 그 글에서 늘 나는 나를 본다.

그 안에서 나는 나를 이해하고, 용서하고, 화해하고 사랑하며, 새롭게 나의 삶과 나를 쓰고, 또 나를 본다.

이렇듯 글을 쓴다는 것은 나의 삶을 새롭게 쓴다는 것이며, 나를 새롭게 쓴다는 것이며, 나를 새롭게 보는 것이며, 나를 사랑하는 것이다.

〈세 번째 마당 : 문학상담의 실제2, 쓰기와 활동하기〉는 문학상담의 이해를 바탕으로 쓰기와 활동하기에 대해 이해하는 과정이다. 사물과의 대화록 쓰기, 자기 탄생 설화 쓰기 프로그램, 애도하는 글쓰기 프로그램, '나처럼 너를' 글쓰기 프로그램, 그림그리기 활용 글쓰기 프로그램 등을 하나씩 살펴보고 알아봄으로써 문학상담이 실제로 어떻게 구현되는지에 대해 조금이나마 헤아려보고 이해하고자 한다.

Ⅰ. 사물과의 대화록 쓰기 프로그램

인간의 모든 삶의 행위에는 이유가 있다. 삶의 모든 것에 '그냥'은 없다. 어떤 현상이든 그 원인이나 동기가 반드시 있기 마련이다. 뿐만 아니라 그 원인이나 동기의 흔적이 행동으로, 말로, 글로, 그림으로, 표정으로, 몸짓으로, 옷차림으로, 숨소리 조차에서도 남는다. 적나라하게 드러나든지, 은유와 상징으로 표현되든지 솔직한 생각과 마음, 기쁨과 슬픔, 즐거움과 고통스러움이 담기기 마련이다.

읽기와 쓰기는 궁극적으로 '자기발견'이고, '자기계발'이다. 글을 읽는 것도 기존의 자기 삶의 서사를 바탕으로 이해하고, 수용하기도 하고, 성찰하기도 하고, 변화하기도 한다. 글을 쓰는 것은 더욱 그렇다. 자기 삶의 서사를 바탕으로 자신의 삶을 성찰하고, 그 삶을 이해하고 수용하고, 깨달은 만큼 써지는 과정이다.

사물과의 대화록도 마찬가지이다. 이 글 속에서는 분명히 글쓴이의 생각과 마음을 찾을 수 있다. 찾기만 하면 된다. 방법은 단순하다. 간단히 사물과의 대화에 대해 설명하고 나서 바로 실시하면 된다. 장소는 탁 트인 곳이 좋다. 그 곳에서 자연물, 조형물 등 각자에게 끌리는 사물과 만나 대화를 나누면 된다. 시간은 약 20~30분 정도로 약속한다. 너무 길면 지루하게 느껴진다. 물론 사물과의 대화가 진솔하게 이뤄지면 매우 짧은 시간으로 느껴진다. 그런 후, 잠시 휴식을 취하고 나서 자신의 대화록을 다시 읽어 본 뒤 느낀 점을 쓰게 한다. 사물과 대화하면서 혹은 대화록을 쓰면서, 대화록을 다시 읽으면서 들었던 느낀 점을 솔직하게 쓰도록 한다. 그러고 나서 모두 함께 모인 자리에서 나눈다. 자신의 대화록을 읽기도 하

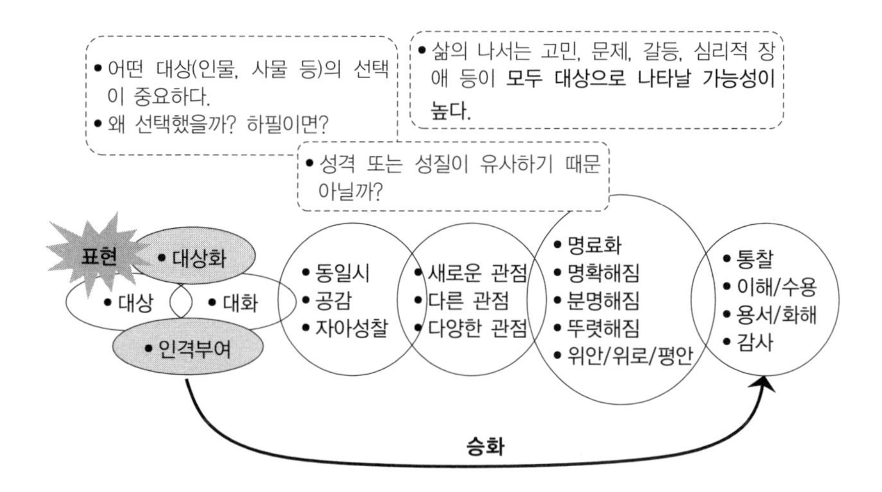

고, 다른 사람이 나눈 대화를 들으면서 성찰하는 시간을 갖는다. 더 나아가 다른 사람의 대화에 대해 긍정적인 피드백한다. 물론 부정적인 말과 글은 '하지 않거나 쓰지 않는다'는 제한을 둔다. 글쓴이의 생각과 마음을 존중하고 배려하기 위함일 뿐만 아니라 글쓰기를 통해 얻는 긍정적인 효과를 떨어뜨리지 않기 위해서이다. 이후, '소중한 사물과의 대화'를 한다.

그런데 이 과정에서 제일 중요하면서도 어려운 과정이 있다. 마음을 여는 것이다. 물론 마음을 열면 된다. 그러고 나서 대상에 인격을 부여하고 대화를 하면 된다. 하지만 사실 마음을 여는 것이 제일 어려운 과제이다. 마음을 여는 것이 바로 마음을 비우는 과정이기 때문이다. 즉 마음을 비워야 대상을 받아들일 수 있고, 대상과의 동일시 과정도 함께 일어나기 때문이다. 그러면 자연스럽게 공감과 성찰의 과정으로 전개된다. 결국 자신과의 대화가 전개된다. 어떤 대상일지라도 자기 삶의 서사를 바탕으로 한 자신의 생각과 마음이 드러나기 마련이다. 그렇기 때문에 사물과의 대화는 결국 자신과의 대화이고, 자신의 삶의 서사, 생각과 마음 등을 이끌어내는 데 있어 좋은 방법이다.

아래의 글은 사례1의 '사물과의 대화록' 중 일부다. '나'는 '나무'와 대화한다.

나	안녕하세요.
나무	허허, 너는 1학기 때 대화가 안 되는 무덤이랑 대화했던 꼬맹이구나. 그런데 무덤하고는 대화가 잘 됐니?
나	아니요. 대화가 잘 안 돼서 요번에는 나무님하고 대화를 하려고요.
나무	그렇지, 무덤보다는 내가 더 대화가 잘 통하지, 자! 말해 보거라.
나	아까 전부터 궁금했는데 왜 자꾸 절 꼬맹이라고 말씀하시나요.
나무	그건 말이다 너는 내 앞에서는 키도 작고 나이가 어리기 때문이지. 그니까 나한테 너는 꼬맹이에 불과하지, 껄껄...
나	조금 기분이 더럽지만 나무님이 제 궁금증을 해결해 주셔서 참~ 고맙네요. 참~ 고맙습니다.

윗글에서 사례1은 자신을 '꼬맹이'로 불리는 것에 불만이 있다. '꼬맹이'는 자신의 못난 자아상이다. 뜯어내고 싶고, 벗어나고 싶은 꼬리표다. 그래서 나무가 질문하라고 하자마자 "왜 자꾸 절 꼬맹이"라고 하는지에 대해 묻는다. 약간 반항기가 묻어있는 말투다. 그것은 나무의 답변 뒤의 말에 이어진다. 꼬맹이에 불과하다는 나무의 말에 '나'는 기분이 '더럽다'고 말한다. 뿐만 아니라 "참~ 고맙네요."를 두 번 반복하면서 강조하면서 비아냥거린다. 대체로 강한 거부감을 드러내고 있다.

그런데 이러한 감정과 태도는 이후 과제로 제출한 '소중한 사물과의 대화록'에서도 나타난다. 다음 대화록은 '나'와 '소설 책'과의 대화의 일부다.

나	알았어, 나 내일 일해야 해서 자야 돼.
소설 책	알았어, 홍,
나	잘 자.
소설 책	웅 너도, 잘 잘 때 이불 잘 덮고 자고
나	알았어, 내가 어린애도 아니고...

위의 대화록에서도 '나'는 마지막 말을 퉁명스럽게 맺는다. '소설 책'이 아버지나, 어머니나 형처럼 평소 하던 말에 벌컥 냉담하게 반응하고 있다.

물론 이것은 앞의 '나무'가 '꼬맹이'라고 불렀던 것에 대한 감정 토로처럼 '나'가 평소에 가졌던 내적 갈등의 충동적 표현이다. 어린애 취급당하는 데에서 오는 반발이 무의식적으로 표현되었다고 볼 수 있다. 사례1은 이렇게 '나무'와 '소설 책'과의 대화록 작성하기를 통해 이러한 평소 가졌던 감정을 토로하면서 자신의 마음속에 쌓여두었던 악감정을 해소하고 있다.

아래의 글은 사례2가 자신의 침대와 나눈 대화이다. 이 대화에서 사례2는 자신의 마음속에 감춰두었던 고민을 털어 놓는다. 아무에게도 내색하지 못했던 자신만의 고민이다. 아래의 글은 사례2의 '자신의 소중한 사물과의 대화록' 중 일부다.

나	그럼 당연하지~ 침대야 사실 오래 전부터 너한테 하고 싶었던 말이 있었어 뭔지 궁금하지 않니?
침대	응응 무슨 말이야? 심각한 거야? 좋은 거야? 무슨 일인데 어서 말해줘~~~
나	성격 급하기는 역시 너 성격 급한 건 알아줘야 한다니까 그게 무슨 말이...냐...면..^^ 안 말해 줄 거다 메롱
침대	장난치지 말고 나 진짜 숨 넘어 간단 말이야
나	알았어 알았어 말해줄게~
	(중략)
침대	나에게는 특별한 능력이 있다니까!!! 그런데 민경아 혹시 요즘 무슨 고민 있어? 매일 밤마다 누워서 혼자 이런저런 얘기 하는 것 같던데?
나	사실 내가 1년 휴학을 해서 2학년이긴 하지만 나이 상으로는 다음 년에 4학년이 되는 거잖아.. 취업에 대한 고민이랑 이제 앞으로 무엇을 하면서 살아가야 할지 마음이 무거워서 혼자 스트레스도 많이 받고 울기도 많이 우는 것 같아... 아무에게도 말하지 못하는 이야기를 혼자 누워서 중얼중얼 거리기도 하고...
침대	00아 하지만 네가 지금 노력하는 것처럼 앞으로도 계속해서 노력한다면 하늘이 너를 도울 거야 너무 힘들어 하지 마! 너 옆에는 언제나 내가 있잖아
나	응응 고마워 그리고 내가 밤마다 이렇게 스트레스 받으면서 슬퍼하는 거

가족들에게는 비밀로 해줘~ 아마 부모님께서 이런 이야기를 아신다면 많이 걱정하시고 속상해 하실 테니깐

침대 알았어 너 마음 이해하니깐 나 믿고 힘내! 무슨 일 있으면 나한테 얘기하고~

나 웅웅 앞으로도 나에게 좋은 친구가 되어줘

침대 당연하지 항상 나는 이 자리에서 너를 응원할게~ 00아 이 말은 꼭 기억해 네가 다른 사람들보다 좀 늦게 피더라도 조급해 하지 마 모든 꽃은 다 피는 시기가 다를 뿐 그것이 꽃의 잘못은 아니니깐.

위 글에서 사례2는 현재 가장 큰 고민을 애써 털어 놓는다. 오래 전부터 털어 놓고 싶었던 말이다. 말하고 싶어 먼저 "궁금하지 않니?"라고 묻는다. 하지만 '침대'가 되묻자 딴 청을 부린다. 망설인다. 쉽게 나오지 않는 마음 속 깊은 고민이기 때문이다. 그래서 사례2는 "성격 급하기는 역시 너 성격 급한 건 알아줘야 한다니까" 하면서 잠시 말을 돌린다.

사례2는 이렇게 뜸을 들이다가 자기가 하고 싶은 대로 결국 털어 놓는다. 매일 밤마다 혼자 누워서 혼잣말로 걱정하던 얘기를 하고 만다. 그 얘기 속에는 자신이 1년 휴학을 했다는 것, 나이 상으로는 내년에 4학년이 된다는 것, 취업에 대한 것, 더 나아가 앞으로 무엇을 하면서 살아가야 할지 모르겠다는 것, 그래서 마음이 무거워서 혼자 스트레스도 많이 받았다는 것, 울기도 많이 울었다는 것, 아무에게도 말하지 못했다는 것, 혼자 침대에 누워서 단지 중얼중얼 거릴 수밖에 없었다는 것 등등이 담겨 있다. 이는 사례2의 어렵고 힘들었던 마음이 세 번의 "…"과 더불어 고스란히 담겨있는 글이다. 사실 사례2의 이러한 어렵고 힘들었던 마음 깊은 곳에는 어렸을 때의 상처가 자리하고 있다.

세 번째 사례3은 '이름 모를 풀꽃'과의 대화록이다.

나 안녕? 난 너에게 마음을 열고 대화를 해보려고 해

꽃 그래, 안녕. 넌 왜 많은 것들 중에 나에게 관심을 가진 거니?

나　난 원래 흔한 걸 좋아하지 않아. 남들과 다른 대상에 교감하는 걸 좋아해.

꽃　그럼 난 흔하지 않다는 뜻이구나?

나　그럼! 넌 노란색의 작은 꽃과 남들보다 큰 키를 가지고 있잖아.

꽃　하지만 나보다 더 큰 키와 예쁜 꽃을 가진 것도 많아.

나　하지만 넌 그런 꽃과는 다른 면이 뛰어나다고 생각해.

꽃　예를 들면?

나　넌 한 줄기에서 수많은 예쁜 꽃을 피우며 척박한 땅에서도 자라잖아.

꽃　난 그런 게 흔치 않다는 걸 처음 알았어. 난 그냥 주변 꽃들과 같다고 생각했거든.

나　난 모든 존재는 각자가 가진 개성이 있고, 이 세상에 태어난 건 이유가 있다고 생각해. 물론 나도 이 활동을 하기 전까진 너에게 관심을 가지지 않았어. 하지만 너를 보기 위해 시선을 낮추고 마음을 열려고 노력했지. 너도 이제 마음을 열고 다른 대상을 봤으면 좋겠어.

꽃　너가 날 이렇게 생각해 준다는 게 고마워. 난 그동안 수많은 사람에게 밟히며 상처받았고, 그래서 키를 키웠어. 게다가 아무도 날 바라봐주지 않아서 남들보다 예쁜 꽃을 피우려 노력했고, 남들과 다르게 많은 꽃을 피웠던 거야.

나　난 너의 노력들을 알 것 같아. 너의 행동들이 나에게 다가와 새롭게 대상들을 바라보게 도와주었어.

꽃　넌 나처럼 상처 있니?

나　나도 상처가 있었어. 그 상처를 이겨내고자 너처럼 노력을 했지. 목소리를 더 키우고, 제스처도 많아지고, 상대방의 말에 공감하며 시선을 맞추기 위해 부단히 노력했어. 나도 그렇게 바뀌며 너처럼 변해 왔던 것 같아.

꽃　어쩌면 나와 너는 비슷한 것이 많은 것 같아. 우리 둘 다 상처를 이겨내려고 노력하며 스스로를 변해 왔던 거 같지. 언제 또 한 번 대화하자 안녕.

나　너도 그때까지 잘 버티고 있어. 꼭 다시 올 게 안녕.

네 번째 사례4는 '소나무'와의 대화록이다.

나　소나무야 안녕?

소나무　안녕!

나	오늘 바람이 많이 부네. 춥지 않니?
소나무	나는 단단한 옷을 입고 있어서 춥지 않아. 오히려 시원한 걸
나	너는 요새 고민이 되는 일이 있니?
소나무	글쎄, 먼저 너의 고민을 털어놔 볼래?
나	나는 요새 취업에 대해 걱정이 많아.
소나무	너가 벌써 4학년이구나?
나	응. 나는 이제껏 준비한 스펙도 없거든. 너무 우울해
소나무	모두가 같은 마음일 거야. 조급하게 생각하기보다는 지금부터 준비할 수 있는 것들을 차례대로 준비해 보는 건 어떨까?
나	고마워, 정말 큰 위로가 돼
소나무	다른 걱정거리는 없니?
나	최근에 남자친구를 만나고 있는데
소나무	응. 그런데?
나	처음엔 마냥 좋기만 했는데, 점점 안 좋은 것들도 눈에 들어와
소나무	남자친구의 그런 모습 때문에 싫어진 거야?
나	아니 싫은 건 아니야. 다만 내가 그런 부분을 직접 그 친구한테 털어놓았다가 그 친구가 맘이 상하면 어쩌나 하고 걱정돼
소나무	혼자 끙끙 앓고 썩히다가 나중에 정말 안 좋아지기 전에 먼저 털어놓고 개선할 점을 같이 찾아보는 건 어때?
나	그래 그게 맞는 것 같다.
소나무	응. 고민이 해결이 됐니?
나	응 정말 큰 위로가 되었어. 고마워
소나무	항상 이 자리에서 널 응원할 게
나	고마워 잘 있어.
소나무	안녕!

Ⅱ. 자기 탄생설화 쓰기 프로그램

'자기 탄생설화 쓰기'는 자신의 탄생설화를 쓰는 과정이다. 자신의 탄생을 중심으로 가족과 조상의 탄생과 삶을 상서롭게 하기도 하고, 비범한 자신의 탄생과 삶을 영웅적으로 또는 신격화하여 이야기를 꾸며 쓰는 과정이다. 하지만 마냥 근거 없이 상상하여 꾸며 쓰는 과정은 아니다. 사전에 알아본 자신의 가계도와 가족의 태몽을 바탕으로 꾸며 쓰는 과정이다. 가계도와 가족의 태몽을 알지 못하거나 알아보기 어려운 글쓴이는 상상하여 쓰면 된다.

가계도와 가족의 태몽의 활용은 자신의 뿌리를 생각하고 느끼게 하는 매우 의미 있는 활동이다. 이 활동을 통해 자신의 자아에 대해 긍정적인 생각과 마음을 가질 수 있을뿐더러, 가족과의 대화가 이뤄질 수도 있고, 자신의 삶의 의지를 고취시킬 수도 있고, 자신의 정체성에 대해서도 한 번쯤 생각해 볼 수도 있을 것이다.

특히나 태몽은 그러한 매개고리가 되기에 충분하다. 왜냐하면, 태몽이라는 것이 삼신할미의 계시일지도 모르지만, 탄생에 대한 인간의 사랑과 바람이 꿈으로 전화하여 나타난 것일 수도 있기 때문이다. 간절한 가족의 사랑과 바람이 꿈으로 나타난 것일 수도 있다는 것이다.

그렇게 본다면, 사람은 누구나 사랑과 바람을 안고 태어난다. 태어날 당시의 상황이 아무리 어렵고 힘든 형편일지라도 한 생명의 잉태와 탄생에는 신비로운 힘과 사랑과 바람이 깃들기 마련이다. 인간적이든, 우주적이든, 신적이든 말이다. 그런데 그러한 것은 누구나 가지고 있는 이름에도 반영된다. 예를 들면, '다솜', '희선', '보름' '나라', '예진', '우주', '진주'

등도 그렇다. 부모나 이름 지어준 이의 애틋한 사랑과 간절한 바람이 담겨 있다. 그러니 이름에도 생명의 건강한 삶, 행복한 삶 등을 기원하는 부모의 사랑과 바람이 담기거나, 주변 인물들의 사랑과 바람이 담기기 마련이다. 이렇듯 한 인간 탄생은 그 부모나 주변 인물들의 애틋한 사랑과 간절한 바람으로 이뤄진다. 자신을 중심으로 한 많은 존재들의 사랑과 바람의 실현이다. 그리고 이것이 태몽으로 집약되어 있다.

이러한 측면에서 볼 때, 태몽과 관련한 활동은 그 자체만으로도 뿌듯하다. 자신의 탄생에 부모뿐만 아니라 그 외 주변의 많은 것들의 관심과 사랑, 바람이 깃들어 있음을 이해한다면, 아마도 굉장히 기분이 좋을 것이다. 행복할 것이다. 혹시나 겪고 있을 자신의 어렵고 힘든 삶에도 큰 힘으로 작용할 것이다. 이러한 느낌을 받고 자신의 탄생을 이해한 사람은 자신의 고단하고, 힘든 삶의 문제들을 이겨내고 건강하고 행복한 삶을 살려는 의지를 되살릴 것이다. 그러므로 이 활동은 자신이 어딘가에서 방출되어 툭 떨어져 홀로된 존재가 아닌 사랑과 바람의 결정체이고, 자신에게는 꽤 오래전부터 이어져 내려와 존재하는 가족이 있다는 것을 느끼고 이해하는 과정이다.

이렇듯 가계도와 태몽을 바탕으로 한 '자기 탄생설화 쓰기'는 한 인간의 자아관과 정체성에 긍정적인 영향을 주는 글쓰기 과정이다. 미리 알아본 가계도와 가족의 태몽을 바탕으로 꾸며 쓰는 과정이기에 더욱 그렇다. 뿐만 아니라 '자기 탄생설화 쓰기' 과정에서는 자신의 고·외 증조부모까지의 가계도, 자신과 부모, 형제자매까지의 태몽, 자신의 성격, 가치관·인생관·세계관 작성해 보기 등을 바탕으로 한다. 이는 온통 자신을 중심으로 삶과 자기 삶의 서사의 많은 것들을 생각하게끔 한다. 과거, 현재, 미래를 조망해 보고, 자신의 삶을 추스르고, 삶의 지향 또는 길을 모색하는 과정이 된다.

'자기 탄생설화 쓰기'는 총 4회에 걸쳐 수행된다. 반구조화된 글쓰기와 더불어 자유로운 토론과 발표를 통한 글쓰기이다. 반구조화된 글쓰기는 주로 설화의 이해와 감상을 위한 기초적인 자료이다. 설화의 내용을 파악하고 기초적인 자신의 생각과 느낌을 정리함으로써 원활한 토론의 토대를 형성하고자 함이다.

'자기 탄생설화 쓰기'의 수행 과정은 다음 표와 같다.

〈표1〉 '자기 탄생설화 쓰기'의 수행 과정

회	주제	주요 활동 내용	사전 과제 및 준비물
1	'자기 탄생설화 쓰기' 과정 안내	•자신이 이 시간을 통해 얻고 싶은 것 나누기 •조 나누기 및 조별 자기소개 하기 •'자기 탄생설화 쓰기' 전체 과정 소개 •읽기 과제 및 활동 과제 안내	•자신이 이 시간을 통해 얻고 싶은 것 생각해 오기
2	탄생설화 감상 및 탐색	•설화 함께 읽기(단군신화, 주몽신화) •인물 평가 토론 자료 작성하기 •조별 토론 ㉠ 자신의 가계도, 태몽, 성격, 가치관, 인생관, 세계관 등 발표하기 ㉡ 인물 평가 및 토론 ㉢ 주제 토론 •조별 토론 내용 발표 •과제 안내	•가계도(자신의 고·외 증조부까지) 그려오기 •태몽(부모, 형제자매까지) 적어오기 •자신의 성격, 가치관·인생관·세계관 작성해 오기
3	'자기 탄생설화' 발표	•'자기 탄생설화' 조별 발표하기 •조별 대표작 발표하기	•'자기 탄생설화' 써오기
4	'자기 탄생설화 쓰기' 과정에 대한 성찰	•탄생설화 쓰기 과정과 '자신의 탄생 설화 창작'에 대한 자신의 생각과 느낌 나누기	•탄생설화 쓰기와 '자신의 탄생 설화 창작'에 대한 자신의 생각 써오기

1회기는 '자기 탄생설화 쓰기' 과정을 안내하는 시간이다. 먼저 사전에 공지한 과제를 나누면서 첫 이야기를 나누기 시작한다. 과제는 '자신이 이 시간을 통해 얻고 싶은 것을 생각해 오기'이다. 이 활동은 아직은 서로를 잘 알지 못하는 긴장 상황이기에 긴장을 풀기 위한 시간이다. 그럼으로써 참여자 각자의 생각과 마음을 조금이나마 풀어 보이며, 자신의 삶의 이야기의 열린 장으로 한 발 내딛어 보는 과정이다.

그런 후, '조 나누기'를 하고 조별로 '자기소개'를 하는 시간을 가진다. 일정한 시간 동안 함께 동행할 사람들에 대한 작지만 도움과 위안이 되는 배움의 공동체를 형성하는 시간이다. 1개조에 6~7명으로 구성하면 된다. 물론 전체 집단은 친밀한 관계가 어느 정도 형성된 집단이다. 조를 나눈 다음에는 각 조원끼리 '자기소개'를 한다. 조금 더 화기애애한 분위기를 창출하기 위해서다. 이를 통해 되도록 거리감을 줄이고, 거리낌 없이 말하고 행동할 수 있는 장을 형성한다.

다음으로 '자기 탄생설화 쓰기'의 전체 과정을 소개하고 다음 시간에 읽고 감상하고 토론할 설화를 간단히 소개한다. 모두 고등학교 이전에 읽거나 들어본 설화였기에 별로 어렵지 않을 것이다. 바로 이어 활동 과제에 대해 안내한다. 과제는 '가계도 그려오기', '태몽 적어오기', '자신의 성격, 가치관·인생관·세계관 작성해 오기' 등이다. '가계도 그려오기'는 자신의 고·증조부까지 그려오게 한다. 나를 중심으로 하여 친·외가를 모두 그려오게 한다. 크기와 모양은 아무렇더라도 상관없다. 가계도의 예는 아래와 같다.

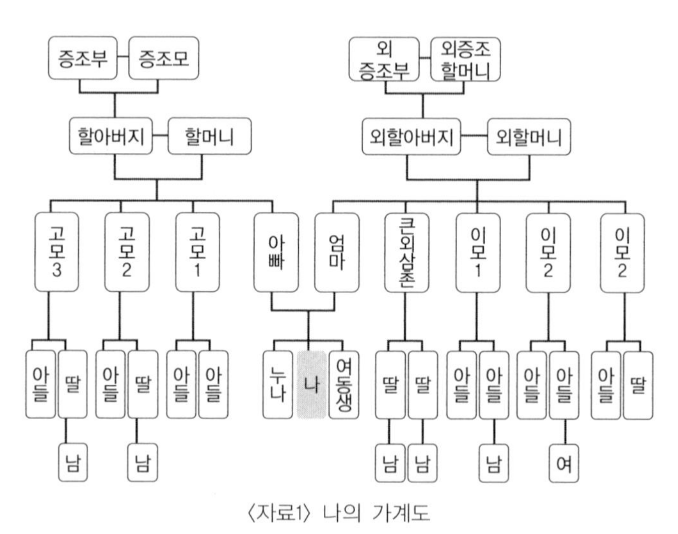

〈자료1〉 나의 가계도

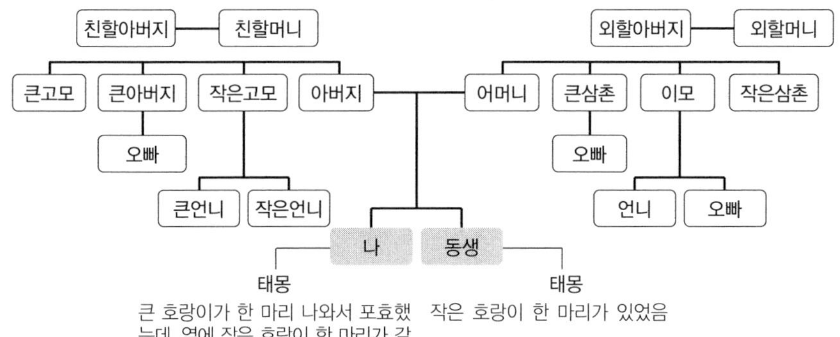

〈자료2〉 가계도 및 태몽 적어오기

'태몽 적어오기'는 부모와 형제자매의 태몽까지도 알아오게 한다. 이는 자신의 탄생설화를 창작하는 기초적인 자료로 활용하기 위해서이다. 글쓰기를 원활히 하기 위해서는 자신이 쓰고자 하는 글과 관련한 자신의 생각이나 글감 등의 내용을 풍부히 생성하는 것이 중요한 관건일 수 있기 때문이다. 즉 부모나 형제자매의 태몽이 자신의 탄생설화에 유사한 화소로 차용될 수도 있고, 자신의 탄생설화를 상하좌우로 확장시킬 수 있는 여지가 많아지기 때문이다. 예컨대, 아래와 같다.

나 : 구렁이보다 큰 뱀이 엄마의 앞에서 똬리를 틀고서 가만히 올려다보았다고 한다.

동생 : 외할머니께서 물고기를 잔뜩 잡아 오셨는데, 그 물고기가 민물고기였다. 그리고 엄마의 앞에 아주 큰 복숭아가 달린 나무가 보이셨다고 한다.

형 : 나무 그늘에서 쉬고 있다가 옆에 이불이 있는걸 보고 이불을 덮으니 이불이 양털 같은 것으로 변했고 너무 따뜻해서 잠들었다.

엄마 : 울창한 숲 한가운데 햇빛이 들어오는 공간이 있었는데 그곳에 다양한 과일이 아주 많았다고 한다. 그중에 딸기가 가장 빛나 보였으며 그 과일 위에서 많은 동물들이 과일을 먹으며 뛰어놀고 있었다고 한다.

아빠: 길을 가던 중 꽃밭이 나왔는데 할머니 바로 앞에 빨간 꽃 8송이가 피어 있었다고 한다. 그리고 그중에서 5번째 꽃이 가장 크고 빛났다고 한다.

할아버지 : 안개꽃이 만발한 아카시아나무 밑에서 아이를 안고 있었다.

할머니 : 뱀의 무리 중에 흰 뱀 한 마리가 자신을 따라온다.

외할아버지 : 새빨간 나비 한 마리가 날아와 자신의 옷자락 끝에 앉을까 말까 망설이고 있다.

외할머니 : 물고기 두 마리 중에서 한 마리는 내버리고 한 마리는 연못에 넣는다.

큰아버지 : 바닷가에서 할아버지와 할머니가 쉬고 있었는데 갑자기 비가 왔다.

고모 : 너무 목이 말라 물을 계속 마셨는데도 목이 말라서 마실 수 있는 것을 모두 마셨다.

'자신의 성격, 가치관·인생관·세계관 작성해 오기'는 설화를 읽고 이해하고 감상하는데 있어서 자신의 성격과 가치관·인생관·세계관 등을 미리 파악하고 이해해 보기 위한 목적이다. 그렇게 하면, 설화의 이해와 감상의 폭과 깊이는 넓고 깊어진다. 왜냐하면, 문학의 이해와 감상이 무릇 자신에 대한 이해로부터 시작되기 때문이다. 자신의 성격, 가치관·인생관·세계관 등을 파악하고 이해함의 그 정도를 바탕으로 문학 작품 속의 인물들의 성격과 가치관·인생관·세계관 등을 그만큼 파악하고 이해할 수 있게 하기 때문이다.

물론 서로 영향을 주고받으면서 변증법적인 성장과 발전을 이룸은 말할 것도 없다. 하지만 자신만큼 잘 파악하고 이해할 만한 것은 아마도 없다. 자신의 성격, 가치관·인생관·세계관 등을 있는 그대로 파악하고 이해하지 못하면서 다른 인물의 그것들을 파악하고 이해한다는 것은 어불성설이다. 이렇듯 인간은 자신과 자신의 삶을 파악하고 이해한 만큼, 딱 고만큼 문학을 파악하고 이해할 수 있다. 그러므로 자신의 성격, 가치관·인생관·세계관 등을 먼저 파악해 보고, 이해하고 정리해 보는 것이 중요하다. 설화를 이해하고 감상하는데 있어서 매우 큰 도움을 줄 수 있다.

〈표2〉 자신의 성격은 무엇인가요?

1. 가식적이다.	44. 삭막하다.	87. 파격적이다.	129. 반항적이다.
2. 거칠다.	45. 생각이깊다.	88. 판단력이좋다.	130. 내향적이다.
3. 거만하다.	46. 선하다.	89. 편견이 심하다.	131. 외향적이다.
4. 고리타분하다.	47. 섬세하다.	90. 폼생폼사한다.	132. 이성적이다

5. 구질구질하다.
6. 의심이많다.
7. 곧다.
8. 겸손하다.
9. 너저분하다.
10. 낙천적이다.
11. 낭만적이다.
12. 낯을 가린다.
13. 급하다.
14. 느긋하다.
15. 나긋나긋하다.
16. 남다르다.
17. 도전적이다.
18. 단호하다.
19. 덤벙거린다.
20. 드세다.
21. 대쪽같다.
22. 당당하다.
23. 과묵하다.
24. 뒤끝이 없다.
25. 답답하다.
26. 만만하다.
27. 멋대로다.
28. 못된성격이다.
29. 목석같다.
30. 망나니같다.
31. 믿을만하다.
32. 문제가 많다.
33. 바보같다.
34. 밝다.
35. 방정맞다.
36. 번잡하다.
37. 별볼일없다.
38. 변변찮다.
39. 불같다.
40. 착하다.
41. 반듯하다.
42. 사악하다.
43. 산만하다.
48. 소심하다.
49. 솔직하다.
50. 서두르는편이다.
51. 순진하다.
52. 숙맥같다.
53. 시시하다.
54. 악질같다.
55. 엉뚱하다.
56. 어벙하다.
57. 억세다.
58. 온화하다.
59. 올바르다.
60. 강직하다.
61. 욱하는성격이다.
62. 이상하다.
63. 익살스럽다.
64. 인자하다.
65. 일방적이다.
66. 정직하다.
67. 자기중심적이다.
68. 좀스럽다.
69. 졸장부같다.
70. 정떨어진다.
71. 정신사납다.
72. 저질이다.
73. 자유롭다.
74. 치사하다.
75. 철면피같다.
76. 차갑다.
77. 착하다.
78. 촐싹맞다.
79. 칙칙하다.
80. 칠칠맞다.
81. 철두철미하다.
82. 크게생각한다.
83. 대범하다.
84. 태연하다.
85. 명랑하다.
86. 털털하다.
91. 품위가 있다.
92. 한심하다.
93. 한 성격 한다.
94. 하면한다.
95. 험악하다.
96. 희한한성격이다.
97. 훌륭하다.
98. 훈훈하다.
99. 호탕하다.
100. 기분파다.
101. 충동적이다.
102. 감정적이다.
103. 강박적이다.
104. 집착한다.
105. 완벽주의적이다.
106. 겁이 많다.
107. 겁이 없다.
108. 긍정적이다.
109. 부정적이다.
110. 순종적이다.
111. 적극적이다.
112. 능동적이다.
113. 수동적이다.
114. 의존적이다.
115. 소극적이다.
116. 소심하다.
117. 냉철하다.
118. 놀기좋아한다.
119. 놀기싫어한다.
120. 성실하다.
121. 불성실하다.
122. 활발하다.
123. 순하고 무던하다.
124. 수더분하다.
125. 우울하다.
126. 새침하다.
127. 온순하다.
128. 타인을먼저 생각한다.
133. 호기심이 많다.
134. 책임감이 투철하다.
135. 당당하다.
136. 현실적이다.
137. 난폭하다.
138. 호전적이다.
139. 털털하다.
140. 옹졸하다.
141. 얌전하다.
142. 다정다감하다.
143. 다혈질이다.
144. 어디서나잘어울린다.
145. 의지가 강하다.
146. 간섭을 싫어한다.
147. 끈기있고인내심이강하다.
148. 예민하다.
149. 적응력이 빠르다.
150. 몽상적이다.
151. 이상적이다.
152. 정열적이다.
153. 말이없다.
154. 혼자있기를 좋아한다.
155. 조용하다.
156. 자신을잘드러내지않는다.
157. 신중하다.
158. 침착하다.
159. 차분하다.
160. 괴팍하다.
161. 쌀쌀맞다.

또한 '자신의 성격, 가치관·인생관·세계관 작성해 오기'는 자신의 삶을 성찰하고, 이해하는데 매우 긍정적인 영향을 준다. 이 과정을 통해 자기 삶의 서사를 성찰하고, 이해하는 출발점이 되기 때문이다. 물론 자신의 성격, 가치관·인생관·세계관 등을 모두 완벽하게 파악하고 이해하면서 서술한 사람은 아마 극소수일 것이다. 많은 고민과 세월의 산물이기 때문이다. 하지만 최소한 각자의 삶을 살아오면서 겪은 경험과 배움과 생각을 축약하고 정리해 보는 계기는 된다. 더불어 자신의 삶을 성찰해 보는 계기도 된다.

그렇기에 자신의 성격, 가치관·인생관·세계관 등에 관해 생각해 보고 서술해 보는 그 자체만으로도 매우 소중한 경험이 된다. 그 활동의 결과로 각자의 수준으로 정리된 자신의 성격, 가치관·인생관·세계관 등을 간직할 수 있게 되기 때문이다. 또한 이렇게 정리된 자신의 성격, 가치관·인생관·세계관 등은 각자의 삶을 새롭게 규정하고, 자기 삶의 서사를 새롭게 구성하는 중요한 요소로 작용할 것이기 때문이다.

먼저 '자신의 성격'에 대해 써오기는 〈표2〉를 참고하여 하면 된다. 이 중에서 자신의 성격에 해당하는 말이라고 생각하는 것들을 모아 자신의 성격을 나열하면 된다. 물론 이 표의 성격 외에도 다양한 성격들이 있을 수 있다. 그러한 성격들 중에도 자신의 성격과 부합하는 것들이 있다면, 함께 나열하는 것이 좋다. 더 나아가 자신의 성격과 관련한 이야기를 기억나는 대로 적어오면 더 좋다.

다음으로 '가치관·인생관·세계관 작성해 오기'도 〈표3〉의 내용을 참고하여 작성해 오면 된다. 물론 이 표의 내용을 모두 잘 이해하지는 못할 수도 있다. 삶의 경험과 성찰을 통한 깨달음으로 이해될 수 있기 때문이다. 다만, 각자의 경험과 성찰, 그리고 각자가 얻은 깨달음 정도만큼 이해하고 작성할 것이다. 그렇더라도 그 의미는 충분하다.

〈표3〉 가치관·인생관·세계관은 무엇인가요?

• 자신의 가치관은 무엇인가요?
(참고 : 인간이 자기를 포함한 세계나 그 속의 어떤 대상에 대하여 가지는 평가의 근본적 태도나 관점을 말한다. 즉, 가치관이란 인간이 삶이나 세계에 대하여 옳고 그름, 좋고 나쁨 등의 가치를 매기는 관점이나 기준이다. 쉽게 말하여 옳은 것, 바람직한 것, 해야 할 것 또는 하지 말아야 할 것 등에 관한 일반적인 생각을 말한다.)

• 자신의 인생관은 무엇인가요?
(참고 : 인생관이란 인생의 목적, 의의, 가치 및 그 의미를 이해, 해석, 평가 하는 전체적인 사고 방법, 곧, 인생에 대한 관념 또는 사상적 태도를 말한다.)

• 자신의 세계관은 무엇인가요?
(참고 ; 세계라는 것은 무엇인가, 어떻게 존재한 것일까, 어떻게 되어있는 것일까, 그중에서 인간은 어떤 위치를 차지하고, 자신은 어디에 있는 것일까, 자신에게 부과된 사명은 무엇이며, 자신에게 가능한 것은 무엇인가 등의 문제에 대한 태도를 말한다. 특히 세계라는 것은 무엇인가, 인간이라는 것은 무엇인가라는 질문은 자신에게 무엇이 가능한가, 무엇을 해야 할 것이냐는 문제에 대한 태도를 말한다.)

세계관은 말 그대로 세계를 바라보는 관점입니다. 세계관은 세계와 나와의 관계 그리고 관계의 총체라고 할 수 있습니다. 단, 여기서 세계는 지구뿐만 아니라 우주와 유사한 개념입니다.

예를 들면 불교 세계관, 기독교 세계관, 유교 세계관 등도 다르겠고요, 천상과 천하, 지하세계, 수중세계가 공존하는 고대 세계관과 현대 세계관, 영혼과 육체가 분리된 세계관, 과학적 세계관, 종교적 세계관, 비과학적 세계관, 비종교적 세계관 등은 서로 다른 점이 있겠지요!

• 세계 속에 나가 있고, 내 안에 세계가 있는데, 세계와 나와의 관계는 어떤 관계인가?
• 내가 바라보는 세계는?
• 세계는 존재하는가?
• 어떻게 존재하는가?
• 나를 위해 존재하는가? 아니면, 내가 세계를 위해 존재하는가?
• 세계와 나는 어떤 존재이고 관계를 갖는가? 그래서 세계는 나에게 선한 존재인가 악한 존재인가?
• 나는 세계에 어떤 존재인가?
• 나에게 어떤 영향을 주는가? 부정적, 긍정적, 발전적, 퇴보적 등등.
• 나는 세계에 어떤 영향을 주는가?
• 세계는 긍정적/부정적으로 변화하는가?
• 세계는 발전하는가?
• 세계는 종말하고 마는가? 아니면 끝없이 이어지는가?
• 세계는 무엇으로 이뤄져 있는가?
• 세계는 어떤 원리로 운행되는가?

이러한 세계와 나와 관련한 많은 질문에 대한 관점이 자신의 세계관이라 할 수 있습니다.

2회기는 '자기 탄생설화 쓰기'를 성공적으로 이끌기 위한 과정이다. 기반을 형성하기 위한 작업이다. 먼저 단군신화와 주몽신화를 함께 읽는다. 이 회기에서 사용된 주몽신화만을 예로 들면, 아래와 같다.

주몽신화

처음 주몽을 낳을 때 왼편 겨드랑이로 한 알을 낳았는데 크기가 닷 되 들이쯤 되었다. 금와왕이 이를 괴이하게 여겨 말하되,

"사람이 새 알을 낳은 것은 상서롭지 못하다."

하고 사람을 시켜서 이 알을 마구간에 버렸으나 여러 말들이 밟지 않았고, 깊은 산에 버렸으나 짐승들이 모두 보호했다. 구름이 낀 날에도 그 알 위에는 언제나 햇빛이 있으므로 왕은 알을 가져다가 그 어미에게 보내고 기르도록 했다.

알은 마침내 열리고 한 사내아이를 얻었는데, 낳은 지 한 달 이 못 되어 말을 하였다. 주몽은 어머니에게 파리들이 눈을 물어 잠을 잘 수 없으니 나를 위하여 활과 화살을 만들어 달라고 했다. 어머니가 갈대로 활과 화살을 만들어 주자, 이것으로 물레 위의 파리를 쏘아서 모두 맞혔다. 부여에서는 활 잘 쏘는 사람을 주몽이라고 하였는데, 그 후로 주몽이 되었다.

금와왕에게 아들 일곱이 있었는데 항상 주몽과 같이 사냥하였다. 왕자 및 종자 사십여 인은 겨우 사슴 한 마리를 잡았다. 그러나 주몽은 아주 많았다. 왕자는 이를 질투해서 주몽을 잡아 나무에 매어 놓고 사슴을 빼앗아가 버렸다. 하지만, 주몽은 나무를 뽑아서 돌아왔다. 태자인 대소가 왕에게 말하되,

"주몽은 남다른 신의 용력이 있는 사람이니 만약 일찍 도모하지 않으면 반드시 후환이 있을 것입니다."

하였다. 왕은 주몽에게 말을 기르게 하여 그 뜻을 시험코자 하였다. 주몽은 속으로 한을 품고 어머니에게 말하되,

"나는 천제의 손으로 다른 사람을 위해서 말을 먹이고 있으니 사는 것이 죽는 것만 못합니다. 남쪽 땅으로 가서 국가를 세우고자 하나 어머니가 계시니 감히 마음대로 못합니다."

하였다.

그 어머니가 말하되,

"그것이 바로 내가 밤낮으로 속상해하는 것이다. 내가 듣기로는 먼 길을 가는 사람은 모름지기 좋은 말에 힘입는다고 했으니 내가 말을 골라 주겠다."

하고, 말 기르는 곳으로 갔다. 어머니는 긴 채찍으로 말을 마구 내리쳤다. 그러자 말들이 모두 놀라 달리는데 한 누른 말이 두 길이나 되는 난간을 뛰어넘었다. 주몽은 그 말이 준마임을 알고 말의 혀끝에 몰래 바늘을 찔러 놓았다. 그 후, 그 말은 혀가 아파서 물과 풀을 먹지 못하고 야위어 갔다.

어느 날 왕이 마구간을 순행하다가 여러 말이 모두 살찐 것을 보고 크게 기뻐하였다. 그래서 왕은 마른 말을 주몽에게 상으로 주었다. 그제야 주몽은 바늘을 뽑고 더욱 잘 먹였다. 주몽은 오이, 마리, 협보 등 세 사람과 같이 남쪽으로 향하여 개사수에 이르렀으나 건널 배가 없었다. 주몽은 추격하는 병사들이 닥칠까 두려워서 채찍으로 하늘을 가리키며 탄식하였다.

"나는 천제의 손이요 하백의 외손으로서 지금 난을 피해 여기 이르렀으니 하늘과 땅의 신들은 나를 불쌍히 여겨 급히 배를 보내소서."

하고 활로써 물을 치니 고기와 자라들이 떠올라 다리를 이루었다. 그리하여 주몽은 건널 수가 있었다. 얼마 안 있어 추격병이 이르자 물고기와 자라들의 다리는 곧 없어졌다. 이미 다리로 올라갔던 자들은 모두 물에 빠져 죽었다.

물론 이 자료를 함께 읽으면서 '인물 평가 토론 자료'를 작성하도록 한다. 이는 자칫 무성의한 태도로 죽 훑어 읽고 마는 것을 조금이나마 극복해 보려는 장치이다. 주요 등장인물을 중심으로 주어진 설화를 파악하고 이해하기 위해 몇 가지 질문을 던져 놓은 것이다.

더군다나 단군신화와 주몽신화는 우리 민족의 신성시 되는 역사이기도 하고, 문학이기도 하다. 영웅의 탄생과 건국 과정 등의 역사적 사실을 상상력을 통해 신비롭게 형상화한 서사이기도 하고, 문학적으로 형상화된 신성한 민족의 역사이기도 하기에 그렇다. 그래서 이 두 신화는 민족의 정체성과 자긍심을 고양시키는 측면에서도, 고전 문학의 이해와 감상, 창작 등의 문학 활동 측면에서도 빼놓을 수 없는 작품이다.

뿐만 아니라 어렵고 힘든 시련을 극복하고, 결국 자신의 꿈을 이루는 영웅들의 삶이기에 '자기 탄생설화 쓰기'에서 더욱 긍정적인 영향을 준다. 민족의 정체성과 자긍심 등이 충만한 서사를 감상하고 이해함으로써 신성한 민족의 역사와 영웅들의 끈기와 인내의 삶, 시련 극복의 삶을 느끼고 배울 수 있기 때문이다. 그리고 그것이 '자기 탄생설화 쓰기'를 통해서 자신의 꿈, 자신의 정체성, 자신의 자긍심, 자신의 끈기와 인내의 삶, 시련 극복의 삶 등을 다짐할 가능성도 있기 때문이다. 이 과정을 위해서는 〈표4〉와 같은 인물 평가 토론 자료를 활용한다.

〈표4〉 인물 평가 토론 자료

작품 제목		제출자 (성명, 과, 학번)	
주요 등장인물			
1. 인물이 어떤 행동과 말과 생각을 하는가?			
2. 다른 사람들이 그 인물을 어떻게 생각하는가?			
3. 인물의 성격, 가치관, 인생관, 세계관은 무엇이라 생각하는가?			
4. 인물에 대한 자신의 느낌은 어떠한가?			
5. 인물에 대한 자신의 생각은 어떠한가?			

첫 번째 질문 "1. 인물이 어떤 행동과 말과 생각을 하는가?"는 설화를 읽은 후, 자신이 보기에 주요인물이라고 생각하거나 자신에게 가장 인상 깊은 인물을 선택하여 그 인물이 어떻게 행동하고 말하고, 생각하는가를 정리해 보라는 것이다. 이는 인물을 따라 이야기를 파악하고 이해하는 방법 중에 한 가지이다. 인물의 행동과 말과 생각을 정리해 보면, 이야기의 내용과 흐름을 잘 파악하고 이해할 수 있다.

그런데 꼭 주인공을 선택할 필요는 없다. 물론 주인공을 선정하면 전체적인 이야기의 내용과 흐름을 잘 파악하고 이해할 수 있다. 그렇지만 주인공을 선택하지 않더라도 등장하는 대부분의 인물들을 탐색할 수밖에 없게 된다. 대부분의 인물이 얽혀 있기 때문이다. 그러므로 주인공을 선택하지 않더라도 이야기 속의 어떤 인물에 대한 탐색은 이야기를 잘 파악하고 이해하는 데에는 역시나 큰 도움이 된다.

인물 평가 토론 자료

작품 제목		제출자(성명, 과, 학번)	
주요 등장인물	웅녀, 유화, 단군왕검, 해모수, 주몽		
1. 인물이 어떤 행동과 말과 생각을 하는가? 에 대해 토론했습니다	1. 웅녀(단군신화)에서 · 환웅은 자주 천하에 뜻을 두고 인간세상을 탐냄. 천부인 3개를 받아 다스리게 됨. 풍백, 우사, 운사를 거느림. 주곡, 주명, 주병 등 인간세상의 360여가지 일을 주관하여 세상을 다스리며 교화함 · 신웅: 곰과 범에게 "너희들이 이것을 먹고 100일만 햇빛을 보지 않으면 사람의 모습을 얻으리라"라고 말했습니다 · 웅녀(곰): 여자로 변함. 단군왕검을 낳음 2. 유화(주몽신화)에서 · 유화: 해모수와 [illegible] 그의 주몽을 낳음 · 주몽: "나는 천제의 아들이요 하백의 손자다"라고 말함		
2. 다른 사람들이 그 인물을 어떻게 생각하는가? 에 대해 토론했습니다 이에 따른 저희의 대답은	1. 웅녀(단군신화)에서 · 환웅: 단군왕검의 아버지, 신이라 생각함 · 단군왕검: 환웅의 아들로서 조선의 왕, 신선이라 생각합니다 2. 유화(주몽신화) · 많은 동네사람: 주몽은 사람의 자식이 아니라며 만약 없애지 않으면 후환이 있을까 염려된다고 함 · 유화: 부모의 중매없이 해모수와 정을 통하여 임신한 유화를 이상하게 생각함		
3. 인물의 성격, 가치관, 인생관, 세계관은 무엇이라 생각하는가?	1 웅녀(단군신화)에서 대범함, 인지함, 비범함 · 환웅: 자주 천하에 뜻을 두고 인간세상을 탐낸 인물로서 욕심이 많고 큰 뜻을 품고 있는 인물인 것 같다. · 웅녀(곰): 인간이 되길 간절히 바라고 그것을 이루어 낸 것으로 보아, 인간이 되기 위한 큰 목표가 있는 것 같다 (인내심↑) 2. 유화(주몽신화) · 주몽: 큰 뜻을 이루고자 하는 포부가 있는 것 같다		
4. 인물에 대한 자신의 느낌은 어떠한가? → 인물에 대한 저희의 느낌은	1. 웅녀(단군신화): '환웅'에 대해서는 보통의 정치인들이 떠오르고, 웅녀는 비현실성이 강하여 황당하다. 2. 유화(주몽신화): 알에서 태어나고 들짐승이 그 어떤 짐승도 알을 건드리지 않으며, 주몽이 '어찌하면 좋겠냐'라는 말에 자라와 물고기가 다리를 만든 것은 너무 황당하다.		
5. 인물에 대한 자신의 생각은 어떠한가? 저희들	1. 웅녀(단군신화): '환웅'은 한편으로는 신화에서 큰 업적을 이루어낸 대단한 인물 같지만 이익을 추구하는 현대의 정치인 같습니다. '웅녀'는 [illegible] 수험생들의 끈질김, 근면성인 것 같습니다 2. 유화(주몽신화): '주몽'이라는 인물이 고생 끝에 나라를 세우고 고난과 역경을 극복해나가는 것에 대해 대단하다고 생각합니다		

→ · 어디서든 [illegible] '유화'라는 인물에게서의 마음을 조금씩 느낄 수 있었다

〈자료3〉 인물 평가 토론 자료

두 번째 질문 “2. 다른 사람들이 그 인물을 어떻게 생각하는가?”는 자신이 선택한 주요인물에 대한 관점을 넘어 다른 인물의 다른 시각을 통해 인식의 범위를 확장하고자 하는 의도이다. 그리고 너무 부차적인 주변인물을 선택했을 때, 다양한 인물들의 생각과 마음을 헤아려보면서 자신의 생각과 마음을 넓히기를 바라는 측면에서 고안된 질문이다.

세 번째 질문 “3. 인물의 성격, 가치관·인생관·세계관은 무엇이라 생각하는가?”는 인물의 행동과 말과 생각에 대해 피상적인 파악과 이해에 그치지 말고, 더 깊은 사고를 위한 질문이다. 사전에 적어본 자신의 성격, 가치관·인생관·세계관 등을 토대로 등장인물들의 성격과 가치관·인생관·세계관 등을 이해해 보기 위한 물음이다. 이렇게 함으로써 자신의 성격과 가치관·인생관·세계관 등을 더욱 세련되게 다듬을 수 있는 계기를 마련하기 위함이다. 이는 네 번째와 다섯 번째 질문과 이어질 수 있다.

네 번째, 다섯 번째 질문은 “4. 인물에 대한 자신의 느낌은 어떠한가? 5. 인물에 대한 자신의 생각은 어떠한가?”이다. 인물에 대한 자신의 느낌과 생각을 정리해 보는 과정이다. 세 번째까지의 질문은 대상화된 인물들을 나름대로 제3의 위치에서 파악하고, 이해하고, 평가하는 측면이 강한 사고 과정인 반면에 네 번째와 다섯 번째는 이러한 이해를 내면화하는 과정이다. 자신이 인물의 행동과 말과 생각의 흐름을 파악하고 이해하고, 평가해 봄으로써 자신의 행동과 말과 생각을 비롯하여 자신의 성격과 가치관·인생관·세계관 등을 제고해 보는 물음이다.

이러한 의도로 기획된 ‘인물 평가 토론 자료 작성하기’ 과정은 고도의 사고 과정이기에 꽤 많은 시간이 소요될 수 있다. 두 설화 작품을 읽고 토론 자료를 작성하는 것이므로 그렇다. 아마도 이러한 과정을 통해 각자는 적게는 수차례에서 많게는 십 수차례에 걸쳐 작품을 반복하여 탐색하게 된다.

그런 다음 조별 토론을 수행한다. 먼저 ‘인물 평가 토론 자료’를 바탕으로 인물에 대한 평가 및 토론을 수행하도록 한다. 그런 후, 사전에 제의된 주제를 가지고 토론을 수행하도록 한다.

인물에 대한 평가 및 토론은 각자가 작성한 '인물 평가 토론 자료'를 토대로 한 사람이 어떤 인물에 대해 자신의 견해를 발표하면, 똑같은 인물에 대해 '인물 평가 토론 자료'를 작성한 다른 사람이 이어서 그 인물에 대해 자신의 견해를 발표하는 방식으로 진행되도록 한다. 이는 각자에게 인물에 대한 다양한 측면을 생각할 수 있는 장과 계기를 갖게 하기 위함이다. 그리고 설화에 대한 폭넓고 깊은 이해에 도달할 수 있도록 하기 위함이다.

그런 후, 주제 토론을 하도록 한다. 주제는 세 가지로 한다. 첫 번째 주제와 두 번째 주제는 공통으로 정해진 대로 한다. 세 번째 주제는 조별로 각각 제안하여 토론하도록 한다. 공통으로 제안된 주제는 "탄생설화는 왜 필요했을까/필요한가?", "곰과 호랑이는 왜 사람이 되고 싶었을까? 곰은 왜 아이를 갖고 싶었을까?" 등이다.

첫 번째 물음은 탄생설화의 창작 의도, 목적, 배경 등에 대한 물음이다. 일반적이거나 평범한 대답이 나올 수도 있지만, 이것을 토대로 자신의 탄생설화를 짓는 의도, 목적, 배경 등에 대한 고민을 가질 수도 있다. 그러한 고민과 생각이 결국 자신의 탄생설화를 짓는데 궁극적 지향으로 작용할 수도 있다. 그랬을 때, 더욱 자신의 삶과 밀접한 '자기 탄생설화'가 창작될 수 있기 때문이다.

두 번째 물음도 마찬가지이다. 지극히 일반적이고 평범한 대답이 나올 수도 있다. 하지만 이 물음을 통해 인간의 삶이 삼칠일을 마늘과 쑥만 먹으며 인내할 만큼 가치 있고 의미 있는가에 대해 고민하고 생각해 보게 하기 위한 의도이다. 그토록 갈구할 만큼 가치롭고 소중한 삶인가에 대한 물음이다. 그래서 만약 인간의 삶이 그렇게 갈구할 만큼 가치롭고 소중한 삶이라는 생각에 이른다면, 자신의 삶도 그와 같지 않겠는가라는 생각이 담긴 물음이다.

세 번째 토론 주제는 각 조별로 나누고 싶은 주제를 제안하여 토론하도록 한다. 이전에 제안된 주제들을 모두 나열하면 다음과 같다.

안녕하세요. 컴퓨터데이터정보학과 입니다.
저희 6조에서 세가지 토론 주제에 대한 토론한 내용을 발표하겠습니다
첫번째 토론 주제 '왜 탄생설화가 필요했을까?'
탄생설화는 그 당시 한나라를 건국할때 명칭의 뿌리를 만들기 위해 역사적인 인물을
신격화시켜 그인물에게 조금 더 강한 힘을 실어주기위해 라는 의견과,
종교와 같이 복을 기원하는 기도나 자기 치유 등 의지할 곳이 필요했기때문이라는 의견
그리고 선조 혹은 역사에대한 자부심을 갖게 하기 위해서, 과거와 현재에
사람들이 살아가는데 필요한 교훈을 주기 위해서라는 의견이 나왔습니다.

두번째 토론주제 '왜 곰과 호랑이는 사람이 되고 싶어했을까'
곰과 호랑이는 인간처럼 사회속에서 관계를 맺으며 살아가고 '부자가 되고 싶다.
예뻐지고 싶다'와 같이 개인의 욕망을 채우고 싶어했기 때문.
또한 인간만이 누리고 인간만이 할수있는 것에대한 동경, 한편으로는 인간들의
괴롭힘 때문에 곰과 호랑이가 사람이 되고 싶어했다는 의견이 나왔습니다

세번째 저희 조만의 개별 토론 주제는 '환웅은 왜 자신이 나라를 계속 다스리지
않고, 아들인 단군왕검에게 나라를 세우고 다스리게 했을까?' 입니다.
여러가지 주장을 중 저희는 4가지로 압축했습니다
첫번째 환웅은 하늘에서 내려온 하늘사람이고 단군왕검은 인간세계에서
나고 자랐기때문에 인간세상을 더 잘 다스릴거 같았다는 의견
두번째 환웅은 환인이 다스리던 하늘나라를 다스리고 환웅은 단군왕검에게
인간세계를 다스리도록 시켰다는 의견
세번째 인간에게 신망과 신뢰를 받아서 네번째 환웅이 자신의
아들인 단군왕검의 지도자적이었는지 시험하기 위해서라는
의견이었습니다
감사합니다. 이상 6조였습니다.

〈자료4〉 주제 토론 자료

- 주몽은 왜 알에서 태어났을까?
- 왜 설화에서는 역경과 시련이 존재하는가?
- 왜 하필 마늘과 쑥을 먹었는가?
- 왜 사람은 사람들마다 성격이 다른가?
- 환웅은 왜 곰에게 접근하려 했는가?
- 환웅은 왜 자신이 계속해 나라를 다스리지 않고, 아들인 단군왕검에게 나라를 세우고 다스리게 했을까?

- 나와 가장 비슷하다고 생각되는 인물은?
- 자신이 바라는 인물상은? 자신이 그 인물이라면 어떻게 했을까?

위와 같은 세 가지 토론 주제는 주어진 설화에 대한 다각적인 탐색뿐만 아니라 이해와 감상을 이뤄지게 한다. 이러한 과정을 통해 탄생설화에 대한 이해와 감상의 폭과 넓이를 양질 모든 측면에서 더 확장시키는 과정이다.

이렇게 토론을 마친 후, 다시 전체가 모여 조별 토론한 내용을 발표하는 시간을 가진다. 조별로 나와서 발표한다. 발표를 마치고 과제에 대해 안내를 한다. 1, 2회기에 걸쳐 경험했던 것을 토대로 '자기 탄생설화'를 창작하도록 한다. 시간은 1주일이고, 분량은 A4용지 두 쪽 이상이다. 각자가 과제로 제출한 가계도, 태몽 등을 활용하여 '자기 탄생설화'를 창작하도록 한다. 자신을 영웅으로 만들어 보든 신격화해 보든, 고대적인 분위기든 현대적인 분위기든 상관없이 자유롭게 상상하여 창작하도록 한다.

그런데 이때, 글쓰기를 원활히 수행하기 위해서 영웅신화의 서사 구조를 적당히 언급하는 것은 좋다. 물론 이 과정에서 설화의 서사 구조나, 서사의 의미, 서사 전개 방법 등을 과도하게 설명하거나 지도해서는 안 된다. 되도록 자신의 삶과 그 의미를 연관시켜 영웅들의 삶을 통해 조망하도록 하면 된다. 왜냐하면, 오랜 기간에 걸쳐 전승되어 온 원초적인 신화의 서사 구조의 경험이 특히나 유효하게 작용할 가능성이 크기 때문이다. 신화가 상상력을 통해 신비롭게 꾸며 형상화한 서사이므로, 이 두 신화를 감상하고 이해함으로써 우회적으로 자신의 삶을 드러낼 수 있는 서사전개 방식을 습득할 수 있게 된다. 복잡하지 않은 간결한 구조, 천상계와 지상계로의 설정으로 인한 서사 전개의 평이함 등으로 인해 '자기 탄생설화 쓰기'에 매우 도움이 될 가능성이 있다. 즉 직접적으로 자신을 드러내기 어려운 자기 삶의 서사의 일부를 신화적인 방식으로, 은유로, 상징으로 표현할 수 있는 서사 전개 방법을 자연스럽게 습득할 수 있게 된다. 제공된 영웅신화의 서사 구조는 〈자료5〉와 같다.

〈자료5〉 영웅신화의 서사 구조

3회기는 과제로 창작해오기로 했던 '자기 탄생설화'를 발표하는 시간이다. 다음은 '자기 탄생설화 쓰기'의 예이다.

나의 태몽으로 설화 쓰기

오늘의 과제는 나의 탄생설화를 만들어 보는 것이다. 나는 나의 태몽과 동생의 태몽을 기초로 상상력을 더하여 우리 남매에 대한 설화를 만들 것이다.

한 나라의 왕이 병에 들어 더 이상 나라를 돌볼 수 없게 되자 그의 왕은 영특한 자신의 아들인 근에게 이 나라를 맡기기로 했다. 그는 아들을 불러 "아들아, 이제 나는 이 나라를 이끌 수 없으니 이 나라를 잘 이끌기 바란다"라며 자리에서 물러나게 되었다. 아들 근은 자신이 사랑하던 여인인 노해와 결혼하고 왕위에 올랐다. 그러던 어느 날 노해는 꿈을 꾸게 되었다. 노해는 꿈에서 한 산신령을 만나게 되고 그 산신령은 노해에게 다가가 나무 두 그루를 주고는 사라졌다. 다음날 노해는 신기하게도 입덧을 하게 되고 왕실사람들과 근은 이것이 아이를 잉태한 꿈이라 생각하게 되었다. 근은 이 꿈을 해석하기 위해 유명한 무당을 찾았고 그 무당은 "나무란 원래 사내아이를 가리키는 것입니다. 거기다 두 그루가 나왔다는 것은 누군가와 쌍벽을 이루는 훌륭한 왕자님이 탄생 하실 겁니다." 하자 근과 노해 그리고 왕실사람들 모두 기뻐하고 왕자를 맞을 준비를 하였다. 그러나 10달이 지나고 노해가 출산을 하자 사내아이가 아닌 계집아이가 태어났고 사람들은 크게 실망하고 말았다. 근 역시 매우 실망하였고 그 무당을 다시 찾았으나 이미 사라지고 없었다. 근은 아들이 아닌 자신의 아이에게 눈길조차 주지 않았고 노해는 매우 슬퍼하였다. 노해는 왕실사람들의 눈초리에 못 이겨 결국 자신의 아이를 산에 버리기로 하였다. "미안하다 아가야… 이렇게 살아가기엔 어미도 너도 힘들 것 같구나… 부디 좋은 부모 만나 행복하게 잘 살거라." 하고 아이를 뒷산에 버렸다. 그리고 그 아이는 어떤 여인에 의해 자라게 되었다. 그 여인은 아이를 마치 자신의 친자식처럼 키우고 보살폈으며 아이의 이름을 윤빈으로 지었다. 여인은 아이에게 "이 나라에선 계집이 살아남기 힘들다. 너는 계집아이이지만 무술을 익혀 사내 행세를 하거라" 하였다. 윤빈은 그 여인을 어머니처럼 따랐기에 여인의 말을 들어 무술을 익히고 사내행세를 하며 다니었다. 윤빈의 무예실력은 다른 사내아이들보다 훨씬 뛰어났고 심지어 그녀의 스승마저 그녀를 이길 수 없는 지경에 이르렀다. 한편 윤빈이 떠난 5년 후 왕실엔 왕자아이가 태어났고 아이의 이름은 훈이었다. 왕자가 17살이 되자 나라에 외세가 쳐들어와 전쟁이 났다. 훈은 어린나이에 사신의 병사들을 지휘하며 나라를 이끌었다. 윤빈 역시 남자행세를 하고 전쟁에 참가하여 직진을 누비었다. 그러던 어느 날 밤이 되어 전쟁을 잠시 멈추고 쉬던 중 갑작스런 급습에 왕자의 군대가 위태로운 상황이 되었다. 왕자 역시 당황하여 그 곳을 빠져나오지 못하고 있었다. 그 때 윤빈이 왕자 훈을 구하기 위해 뛰어들었고 왕자 훈은 윤빈에 의해 겨우 빠져나와 목숨을 구하였다. 왕자 훈은 윤빈을 궁으로 데려가 왕과 왕비에게 소개해 주었다. "아바마마 어마마마 이 아이가 저를 불구덩이 속에서 구해내었습니다." 왕은 윤빈에게 물었다. "처음보는 아이구나 너는 누구인가?" 윤빈은 "저하 저는 어렸을 적 부모에게 버림받고 지금 저를 키워주시는 어머니께서 저를 데려와 산속에서 숨어 살며 친 아이처럼 키우셨습니다." 왕비는 자신이 버린 딸이 생각나 눈물을 흘리며 물었다. "너는 어디에 버려져있느냐?" 그러나 윤빈은 "저는 이 왕실의 뒷산에 버려졌습니다. 송구하게도 저는 사실 계집아이입니다. 저의 어머니께서 계집아이로 사는 것은 힘들기에 저에게 무예를 익히고 사내행세를 하라고 하셔서 이렇게 사내행세를 하고 전쟁에 참가하게 되었습니다." 이 말에 왕과 왕비 모두 놀라며 윤빈에게 키워주신 어머니를 데려오라 했다. 윤빈과 윤빈의 어머니가 들어오자 왕과 왕비와 왕실 사람들 모두 놀람을 감추지 못했다. 바로 윤빈을 지금까지 키워준 어미가 윤빈을 사내아이라 말한 그 무당이었기 때문이다. 그녀는 윤빈에게 무릎을 꿇고 말했다. "공주마마 송구하옵니다. 저의 한 마디로 인하여 공주마마께서 이런 고난을 겪게 되셨습니다. 저로 인해 모두의 기대가 실망으로 바뀌고 공주마마께서 모든 책임으로 버려지게 되었습니다." 하며 눈물을 흘리며 사죄하였다. 윤빈은 자신이 공주의 신분이었고 자신의 앞에 있는 왕과 왕비가 자신의 부모라는 것과 자신이 구해준 왕자가 자신의 동생이라는 것에 당황스러웠다. "누님 누님께서 저를 구해주셨습니다. 이것이 누님과 제가 만날 운명이 아니라면 무엇을 운명이라 하겠습니까?" 하며 훈은 눈물을 흘렸다. 왕과 왕비역시 눈물을 흘리며 윤빈에게 과거의 일을 사죄하였다. 왕과 왕비는 윤빈을 키워준 무당을 궁으로 데려와 윤빈과 함께 지낼 수 있게 해주고 윤빈과 훈은 전장에서 함께 적들을 휩쓸며 서로 도우며 승리를 이끌었다. 결국 나무 두 그루의 쌍벽은 전장을 휩쓸며 승리를 이끄는 윤빈과 훈이었던 것이다.

〈자료6〉 자기 탄생설화 쓰기

먼저 '자기 탄생설화'를 조별로 발표하게 한다. 일단 친숙한 배움의 공동체에서의 발표를 통해 쑥스러움과 두려움을 보다 완화하기 위함이다. 그리고 발표와 대화를 통해 더욱 깊이 있는 자기 이해와 성장을 꾀하기 위해서이다. 물론 자신의 탄생설화를 발표하는 것만으로도 중요한 의미를 찾을 수 있겠지만, 다른 이의 탄생설화를 나눔으로써 자신의 삶을 이해하고, 성장할 수 있는 계기가 주어지기 때문이다. 이렇게 조별로 '자기 탄생설화'를 나눈 후, 조별 대표작을 선정하도록 한다. 그래서 전체가 모인 공간에서 발표하게 한다.

다음으로 '탄생설화 쓰기와 자신의 탄생설화 창작에 대한 자신의 생각 써오기' 과제를 안내한다. 이는 '자기 탄생설화' 쓰기 과정에 대한 성찰을 유도하는 과정이다. 3회기에 걸쳐 이뤄진 '자기 탄생설화' 쓰기 과정을 되돌아보고, 이 시간들 속에서 자신이 배우고, 얻고, 깨달은 것들을 확인하고 추수하는 과정이다. 그럼으로써 자신의 배움과 깨달음을 공고히 하는 과정이기도 하다. 특별한 제약 없이 자유롭게 자신의 견해를 서술하도록 한다. 각자의 생각을 큰 제약 없이 기술할 수 있게 하는 것은 더욱 솔직하고, 다양한 각자의 생각과 마음을 표현하는 것이 무엇보다 중요하기 때문이다.

4회기는 과제로 작성해 온 생각을 전체가 모인 공간에서 나누는 시간이다. 조별로 나눌 수도 있고, 전체가 한자리에 모여 나눌 수도 있다. 자원자에 한해 몇몇만 발표할 수도 있다. 상황에 따라 좋은 방법을 찾는 것이 좋겠다. 꺼리는 구석 없이 각자의 솔직한 생각과 느낌, 평가가 이뤄질 수 있도록 하는 방향이 좋겠다.

다음으로 '자기 탄생설화 쓰기'의 사례이다. 한결이의 '자기 탄생설화'이다. 한결이는 딸만 둘인 집에서 막내이다. 아버지는 3남매, 어머니는 5남매 중 한 사람이다. 친·외가를 통틀어 자녀들까지 다 모이면 꽤 많은 편이다. 이 가운데서 한결이는 자랐다. 그래서인지는 정확히 알 수 없으나 한결이는 주어진 성격들을 선택하여 문장으로 만들고, 나름 순서와 배열을 새롭게 하였다. 다소 적극적이고 능동적인 면이 있음직하다. 한결이가 말하는 자신의 성격은 다음과 같다.

> 나의 성격은 착하고 명랑하다. 어디서나 잘 어울리고 다정다감하여 대인관계가 좋다. 인자하고 온화하여 주변 사람들을 잘 챙긴다. 타인을 먼저 생각하며 반듯하고 겸손하여 믿을 만하다. 매사에 적극적이고 도전적이며 능동적이다. 낙천적이고, 급하여 덤벙거리기도 하지만 정직하고 성실하다. 엉뚱하고 순진하며 솔직하다. 외향적이고 호기심이 많으며 놀기 좋아한다. 서두르는 성격이라 칠칠맞기도 하지만 적응력이 빠르고, 크게 생각하며 대범하다. 털털하고 호탕하며 훈훈하다. 가끔 충동적이고 기분파일 때도 있지만, 책임감이 투철하여 맡은 일은 최선을 다한다. 항상 밝고 자유롭지만, 그것이 지나치면 방정맞고 바보 같아 보이기도 한다. 의지가 강하고, 자신을 잘 드러내지 않으며 겁이 많다. 예민하고 소심할 때도 있지만, 하고자 하는 일에는 정열적이다. 당당하고 뒤끝이 없으며, 생각이 깊다.

대체로 자신을 긍정적으로 생각하고 있다. 자신의 성격이 '착하고 명랑하다'로 시작해서 '하고자 하는 일에는 정열적이다. 당당하고 뒤끝이 없으며, 생각이 깊다'로 끝난다. 물론 중간 중간에 '덤벙거리기도 하'고, '칠칠맞기도 하'고, '서두르는 성격이기도 하'고, '지나치면 방정맞고 바보 같아 보이기도 하'고, '겁이 많고, 예민하고 소심'할 때도 있다고 말한다. 하지만, 각 문장은 긍정적인 말로 끝맺고 있다. 이는 오히려 자신의 부정적인 성격을 뛰어넘는 긍정성이 있음을 강조하는 효과마저 있다. 아마도 이러한 효과까지를 한결이가 의도하지는 않았을지도 모른다. 그렇지만 이미 이러한 문장 속에서 한결이는 자신의 긍정적인 성격을 드러내고 있다. 이와 같은 자신의 성격에 대한 한결이의 생각은 자신과 자신의 삶을 긍정적으로 생각하고 있음을 반증한다. 또한 한결이가 자기 삶의 서사를 매우 긍정적으로 규정해 나갈 가능성이 큼을 예견할 수 있게 한다.

한편 한결이는 "자신의 가치관은 무엇인가요, 자신의 인생관은 무엇인가요, 자신의 세계관은 무엇인가요."라는 질문에 다음과 같이 답한다. 질문의 순서에 따라 (가), (나), (다)를 부여한다.

(가) 하루하루 성실하게 살고 현재에 충실해야 한다. 과거에 연연하다 보면, 현재가 행복하지 않고, 현재에 최선을 다하지 않으면, 미래가 불행할 수도 있다. 그러므로 현재를 열심히 살면서 나중에 후회할 일을 만들지 않아야 한다. 하고자 하는 일에 미친 듯이 매진할 정도의 열정을 가지고 목표를 위해 끊임없이 노력하는 자세가 필요하다. 그래서 꿈을 크게 가지고 그것을 이루기 위해 노력하여 나의 무한한 가능성을 발휘해야 한다. 남들과 조화를 이루며 살아야하고, 주변 이웃들을 돌아보고 서로 도와야 한다. 남을 속이거나 내 자신의 이익만을 추구하는 등 남에게 피해주는 일은 하지 말아야 하고, 도덕적으로 살아야 한다. 자신의 행동에 책임감을 가지고 끝까지 최선을 다하며, 누구에게 쉽게 의지해서는 안 된다. 남들에게는 너그럽고 나 자신에게는 엄격할 수 있어야 한다. 내 일도 중요하지만, 가족을 우선으로 생각해야 한다. 가족이 있기에 내가 있으므로 서로 아끼고 사랑해야 한다. 물질적인 것에만 집착하거나 욕심내지 않아야 하며 유혹에 쉽게 넘어가면 안 된다. 합리화하지 않아야 하며, 굳은 의지와 단단한 각오를 가지고 몸도 마음도 건강해야 한다.

(나) 나의 인생에서 하고자 하는 일과 목표를 정하고 그것을 이루기 위해 노력하면서 살아야한다. 물론 시련과 고난을 겪을 수도 있지만, 그 과정을 극복하면서 얻는 성취감과 만족감은 나를 더 성장하게 한다. 단계적으로 목표를 이루고 하나하나씩 도전하는 과정이 성공한 결과만큼 중요하다. 어디에서도 필요한 사람이 되어야한다. 가정이나 사회 등에서 내 자리를 분명하게 찾아야 하고, 누군가에게

귀찮은 존재가 아닌 필요한 존재여야 한다. 많은 사람들이 나를 좋아하고 기억할 수 있게 해야 한다. 살면서 가장 우선시 하는 것은 행복이다. 작은 것에서도 행복을 느낄 수 있으므로 욕심내지 않아야 하고, 나의 행복뿐만 아니라 가족, 주변 이웃들 등의 행복도 존중하여 함께 더불어 살아가야 한다. 인생을 살면서 사고와 감정의 균형을 잘 맞추고, 항상 진실하고, 지혜로워야 한다. 내 꿈을 위해 최선을 다하고 부모님께 효도하며, 사물이든 사람이든 마음껏 사랑하고 감사해야한다.

(다) 세계란 커다란 하나의 공동체이다. 멀리 떨어져 있는 것처럼 보여도 결국 하나로 연결되어있다. 서로 다른 환경에서 살고 있지만, 결국 뿌리는 같고 말이 통하지 않아도 진심이 통한다. 그러므로 세계는 우리가 가장 돌보아야 하고 관심 가져야 하는 이웃이다. 세계 안에서 서로 존중하고 이해해야 하며 요즈음 대두되고 있는 기아문제, 환경오염문제, 전쟁 등을 함께 해결하기 위해 노력해야 한다. 이러한 문제를 해결하기 위해서는 나의 일이 아닌 남의 일이라는 인식을 바꾸고 쓰레기를 줄이고 작은 행동으로부터 실천해야 한다. 세계가 있어서 국가가 있고, 사회가 있고, 인간은 그 중심에 있다. 근본을 바로 잡고, 자신들만의 이익을 내세우기 보다는 함께 문제를 해결하려 하는 자세가 필요하다.

(가)에서 한결이는 '하루하루 성실하게 살'고자 한다. 맨 먼저 쓴 말이다. 맨 먼저 쓴 말이기에 가장 먼저 떠올려 쓴 것일 가능성도 있는 말이다. 그렇기 때문에 한결이가 자신의 삶을 규정하는 가장 큰 원칙일 가능성도 크다. 이러한 자기 삶을 규정하는 원칙은 자기 삶의 서사를 구성하는 사항이다. 왜냐하면, 자기 삶의 서사는 어떤 인간이 그의 조상으로부터 물려받은 선천적인 기질과 이러한 기질을 바탕으로 성장하는 가운데 형성·발달된 후천적 성격에 의한 총체적 결과이기 때문이다. 그러므로 자신의 삶을 규정하는 한결이의 가장 큰 원칙은 자기 삶의 서사를 구성하는 크고 핵심적인 사항일 수 있다.

또한 한결이는 '남들과 조화를 이루며 살'고자 한다. 자신과 더불어 세계의 모든 것들과 함께 조화를 이루고, 행복한 삶을 살고자 하는 자기 삶의 서사를 가지고 있다. 이는 (나), (다)에서도 확인할 수 있는 사항이다. (나)에서는 살면서 가장 우선시하는 것을 행복이라고 하면서, 가족, 주변

인물 평가 토론 자료

작품 제목	단군신화, 주몽신화	제출자(성명, 과, 학번)	
주요 등장인물	환웅, 곰(웅녀), 유화, 주몽, 금와		
1. 인물이 어떤 행동과 말과 생각을 하는가?	• 환웅은 자주 천하에 뜻을 두고 인간 세상을 탐내어 3천명의 무리를 거느리고 내려와 인간세상을 다스리며 교화하였다. 곰(웅녀)은 사람이 되기를 원하여 환웅에게 빌었고 범과 함께 쑥과 마늘을 먹으며 백일동안 햇빛을 보지 못하게 되었다. 범은 참지 못하여 사람이 되지 못했지만 곰(웅녀)은 여자가 되었다 곰이 여자가 된 후 수태하기를 원했고 환웅이 거짓 변하여 단군을 낳았다 • 금와는 유화를 만나 신분을 물으니, 유화는 해모수를 만나 부모님 몰래 혼인하여 유배되었다고 말한다 유화를 이상하게 여겨 방에 가두니 햇빛이 따라 비추고 알 하나를 낳았다 그 알 속에서 비범한 아이가 태어났고 활을 잘쏘아 주몽이라 이름 지었다. 주몽은 금와의 아들의 시기와 질투를 받았지만 모두 극복했고 후에 '고구려'라는 나라를 세웠다		
2. 다른 사람들이 그 인물을 어떻게 생각하는가?	• 유화의 부모님은 중매도 없이 결혼했다고 생각하여 유화를 유배보낸다 • 활도 잘 쏘고 영특한 주몽은 금와의 관심을 독차지하였다. 금와는 주몽을 비범한 아이로 생각하여 곁에 두려고 했으나 금와의 아들들이 시기하고 질투하여 주몽을 죽이려 한다.		
3. 인물의 성격, 가치관, 인생관, 세계관은 무엇이라 생각하는가?	곰(웅녀)의 성격은 인내심이 강하고 끈기가 있다. 사람이 되기를 간절히 원하며 사람으로 사는 것을 중요시 여긴다. 또 사람이 되고 난 후에도 자식을 낳기를 원한다. 하고자 하는 일을 열심히 노력하고 이루어 내는 자세가 가지 있다		
4. 인물에 대한 자신의 느낌은 어떠한가?	다른 사람의 시기와 질투를 받으며 시련을 겪는 주몽의 모습이 불쌍했고 고난을 극복해 나가면서 위대한 업적을 이룬 것이 감동적이었다		
5. 인물에 대한 자신의 생각은 어떠한가?	인내심이 강하고 끈기가 있는 곰(웅녀)이 대단하고 존경스럽다. 주몽의 용기와 씩씩함을 본받고 싶다		

〈자료7〉 한결이의 인물 평가 토론

이웃들의 행복도 존중하여 함께 더불어 살아가야 함을 역설하고 있다. 뿐만 아니라 사물이든 사람이든 마음껏 사랑하고 감사해야 한다고 말한다. 나에게서 가족에게서 주변 이웃들에게서 사물까지, 즉 세계의 모든 것에 사랑과 감사함으로 살아가고자 한다.

이는 (다)의 세계관과 맞닿아 있다. 한결이에게 '세계란 하나의 공동체'

이다. 멀리 떨어져 있는 것처럼 보여도 결국 하나로 연결되어있는 세계이다. 그러므로 열정을 가지고 끊임없이 노력하며, 성실하게 살면서도 '남들과 조화'를 이루며 살고자 한다.

하지만 한결이는 낭만적이지만은 않다. (나)에서 언급한 것처럼, 삶에 있어서 '시련과 고난'을 겪을 수 있음을 알고 있다. 자신에게도 그러한 '시련과 고난'이 닥칠 수도 있음도 인정하고 있다. 그래서 '단계적으로 목표'를 설정하여 이뤄나가야 한다고 말하기도 하고, '도전하는 과정이 성공한 결과'보다 소중함도 말한다. 뿐만 아니라 이러한 모든 과정이 자신을 성장시키는 경험들임을 말한다. 이것들은 한결이가 결국 인생의 굴곡진 과정을 긍정적으로 이해하고, 최선을 다하는 삶을 살고자 하는 자기 삶의 서사를 갖고 있음을 의미한다.

한편, 한결이의 이러한 생각과 마음은 '인물 평가 토론 자료'에서도 보인다. 다음은 한결이의 인물 평가 토론 자료이다.

한결이는 인물의 성격, 가치관·인생관·세계관은 무엇이라 생각하는가라는 질문에 "곰(웅녀)의 성격은 인내심이 강하고 끈기가 있다. (중략) 하고자 하는 일을 열심히 노력하고 이루어 내는 자세가 가치 있다"라고 답한다. 그런데 한결이가 이 물음에 굳이 곰(웅녀)를 택해 서술하고 있는 이유는 무엇인가라는 궁금함이 생긴다. 주요 등장인물로 '환웅, 곰(웅녀), 유화, 주몽, 금와'를 선택했고, 첫 번째 질문에서는 주요 등장인물 모두를 거론하였고, 두 번째 질문에서는 '유화, 주몽, 금와, 금와의 아들'을 거론하였다.

그런데 세 번째 질문에서는 곰(웅녀)만 거론되었다. 웅녀의 삶에 대한 자세와 태도에 끌리는 것이 있기 때문은 아닐까? 다시 말해 웅녀의 삶에 대한 자세와 태도가 자신의 삶에 대한 자세와 태도와 부합되었기 때문일 가능성이 있다는 의미일 것이다. 현실에 충실하게 하루하루 성실하게 살고자 하고, 열정을 가지고 노력하며 살고자 하는 자기 삶의 서사를 가진 한결이기에 웅녀의 삶의 자세와 태도가 새삼 가치 있게 부각되는 것일 가능성이 크다고 할 수 있다.

또한 "인물에 대한 자신의 느낌은 어떠한가?"라는 네 번째 질문에서는 주몽을 거론하면서 "다른 사람의 시기와 질투를 받으며 시련을 겪는 주몽의 모습이 불쌍했고, 고난을 극복해 나가면서 위대한 업적을 이룬 것이 감동적이었다."라고 말한다. 뿐만 아니라 "인물에 대한 자신의 생각은 어떠한가?"라는 다섯 번째 질문에서는 "인내심이 강하고 끈기가 있는 곰(웅녀)이 대단하고 존경스럽다. 주몽의 용기와 씩씩함을 본받고 싶다."라고 말한다. 모두 인내와 끈기로 자신의 삶의 시련과 고난을 극복하고, 자신이 바라는 목표를 성공적으로 이룬 인물들이다.

한결이도 자신의 인생관 (나)에서도 언급했듯이 인생에서 자신이 하고자 하는 일과 목표를 정하고, 그것을 이루기 위해 노력하면서 살아야 한다고 하면서, 그 과정이 평탄하지만은 않음을 알고 있다. 그 속에서의 시련과 고난을 겪을 수 있음을 인정하고 있다. 하지만 한결이는 그 과정 자체가 자신의 성장을 위한 밑거름임을 이해하고 있다. 뿐만 아니라 그 시련과 고난의 과정을 극복하면서 얻는 성취감과 만족감을 더욱 소중히 여기며, 그 과정이 성공한 결과보다 중요함을 역설한다. 그렇기에 인내심이 강하고 끈기가 있는 웅녀가 대단하고 존경스럽고, 주몽의 용기와 씩씩함을 본받고 싶다. 이렇듯 여기서도 한결이는 자기 삶의 서사와 부합되는 주몽과 웅녀의 삶을 찾고, 이를 통해 자기 삶의 서사를 확인하고, 다짐하고 있다. 이와 같은 한결이의 자기 삶의 서사는 탄생설화 속에서도 유사하게 나타난다. 다음은 한결이의 탄생설화이다.

〈나의 탄생설화〉

(가) 1994년, 슬하에 1녀를 두고 있던 김 씨네 부부는 듬직하고 씩씩한 아이를 갖길 원하였고, 매일 산신령님께 간절히 기도하였다. 그러던 어느 날, 김 씨의 아내는 이상한 꿈을 꾸었다. 꿈속에서 환하게 빛이 나는 집에 들어갔는데, 거기에는 화려하고 오색찬란한 보석으로 가득 차 있었다. 김 씨의 아내는 기뻐하며

반지도 껴보고 귀걸이도 걸어보고 하다가 그 집 가운데에서 금 구슬이 반짝이며 굴러오는 것을 보고 그 금 구슬을 주운 뒤 꿈에서 깨어났다. 김 씨의 아내는 꿈을 기이하게 여기며 태몽이라 생각했다.

(나) 며칠 뒤, 김 씨의 아내는 건강하고 우람한 여자아이를 낳았는데, 그 아이가 꿈속에서 주웠던 금 구슬을 손에 꼭 쥐고 태어났다. 김 씨네 부부는 이를 신기하게 여기며, 그 아이를 비범하게 생각했고, 착하고 아름답게 살라하여 '한별'이라 이름 지었다. 한별은 어릴 때부터 똑 부러져 한글과 숫자를 금방 깨우쳤고, 심성이 곱고 사교성이 좋아 친구들이 많았다. 시키지 않아도 알아서 일을 척척 해냈고, 항상 주변 사람들의 기분을 좋게 만들었다.

(다) 한별이 부모님의 사랑을 독차지하자 5살 위 언니는 질투했고, 한별을 몰래 산 속에 버렸다. 어두운 산 속에서도 한별은 울지 않았고, 씩씩하게 집을 찾아 나섰다. 한별이 산 속에서 벌벌 떨고 있을 때, 곰과 호랑이가 나타나 안아주었고, 사슴과 새들이 먹을거리를 갖다 주었다. 그렇게 동물들의 도움을 받아 무사히 집에 도착한 한별은 언니를 원망하지 않았고, 따뜻하게 안아주었다. 그제야 언니는 자신의 잘못을 깨닫고 눈물을 흘렸다. 그 이후로 자매는 사이좋게 지냈고, 우애가 돈독해졌다.

(라) 한별이 7살이 되던 해, 아버지 김 씨는 원인모를 병에 걸려 앓아누웠다. 김 씨네 가족은 이를 걱정하며 김 씨의 병을 낫게 하기 위해 몸에 좋다는 약은 다 구해왔고, 수단과 방법을 가리지 않았다. 그래도 김 씨의 병은 낫지 않고 점점 더 악화되었다. 이 때, 산신령님이 내려와 북한산 꼭대기에 무지개 색 꽃을 먹이면, 김 씨의 병이 나를 거라며 일러주었고, 한별은 무지개색 꽃을 찾기 위해 길을 나섰다. 놀이터의 친구들과 분식점의 떡볶이들이 한별을 유혹했지만, 한결은 유혹에 흔들리지 않았고, 꿋꿋이 북한산을 찾아갔다. 북한산 입구에 도착했을 때쯤 갑자기 새하얀 토끼가 나타났다. 토끼는 한별에게 빨간 열매와 포크를 주고 정상에 오르는 길을 안내해주었다. 토끼의 도움을 받아 올바른 길로 산을 오르던 중 늑대가 나타나 날카로운 이빨을 드러내며 한별을 위협했다. 한별은 겁을 먹었지만, 곧 용감하게 늑대에게 다가갔고, 토끼에게 첫 번째로 받았던 빨간 열매를 먹였다 빨간 열매를 먹은 늑대는 온순해졌고, 한별에게 등을 내주었다. 그렇게 한별은 늑대를 타고 무사히 정상에 도착했고, 무지개색 꽃을 찾았다. 하지만 무지

개색 꽃은 커다란 비단뱀이 지키고 있어 함부로 다가갈 수가 없었다. 그 순간 토끼에게 두 번째로 받았던 포크가 갑자기 삼지창으로 변했고, 한별은 그 삼지창으로 비단뱀과 싸웠다. 치열한 격투 끝에 한별은 결국 비단뱀을 제압했고, 무지개색 꽃을 가져올 수 있었다. 힘들고 험난했던 과정 끝에 얻은 무지개색 꽃을 가지고 집으로 돌아가 아버지께 먹이자 김 씨는 언제 그랬냐는 듯 금방 병이 나았다 가족들은 한별을 안고, 덩실덩실 춤을 추며 같이 기뻐하였다

(마) 이러한 한별의 용맹함은 마을 전체로 퍼졌고, 이 이야기를 들은 임금은 어린나이임에도 불구하고, 아버지를 구하기 위해 무지개색 꽃을 찾으러 간 용기와 효심을 크게 칭찬하며, 마을 입구에 한별의 동상을 세웠다. 그 후로 한별은 어린 시절 용기와 지혜를 잃지 않고, 어떤 일이든 적극적으로 열심히 했다. 공부도 열심히 하고, 친구들, 이웃들을 도우며, 예쁘고 바르게 자랐다.

우선 (가)는 자신의 태몽을 잘 활용하였다. 어머니께서 꾸신 태몽에다 반짝이며 굴어오는 '금 구슬'을 설정하여 자신의 탄생을 특별하게 꾸며 썼다. 자신의 태몽에서는 없지만, 다른 가족들에게서 보이는 아버지의 '커다란 황금으로 변한 밤송이' 꿈, 어머니의 '사람보다 크고 빛깔이 화려한 잉어' 꿈, 언니의 '커다란 뱀' 꿈 등의 영향과 작용일 것이다. 뿐만 아니라 부모의 간절한 바람과 기도에 의해 탄생했음을 말한다. 매일 산신령님께 듬직하고 씩씩한 아이를 갖게 해달라는 간절한 소망을 실어 드디어 자신이 태어났음을 말한다. 설화이기에 가능한 설정이다. 아마도 한결이는 (가)를 쓴 것만으로도 자신의 탄생이 매우 특별한 것으로 다가왔음이 틀림없다. 자신의 탄생이 매우 기이하고, 신비롭고, 사랑스럽게 바뀌었기 때문이다.

며칠 뒤, (나)에서처럼 건강하고 우람한 여자아이가 태어났다. 꿈에서 본 '금 구슬'을 쥐고 건강하고 우람하게 태어났다. 부부의 소망대로 이뤄졌다. 그러니 자신의 탄생 자체가 사랑이고 기쁨이고 행복 그 자체이다. 한결이는 이렇게 쓰고 나서 아마도 입가에 미소가 그득 머금어졌을 것임이 분명하다. 자신의 탄생이 부부의 간절한 소망으로 이뤄졌기에 부부의

사랑스런 딸이 된 것임이 분명하기 때문이다.

뿐만 아니라 자신의 탄생에 대한 자부심과 뿌듯함은 이루 말할 수 없을 것이다. 그리하여 내친김에 한결이는 한별의 이름에 착하고 아름다움을 부여한다. 부부가 비범하게 생각하여 착하고 아름답게 살라는 소망을 담은 것이다. 그런데 한결이는 "자신의 성격은 무엇인가?"라는 질문에 대한 답의 첫 문장으로 "나의 성격은 착하고 명랑하다."를 적었다. 소망이 이뤄진 것일까? 아니면 자신의 삶과 자기 삶의 서사의 투영일까? 물론 소망이기도 하고, 자신의 삶과 자기 삶의 서사의 투영이기도 하다. 왜냐하면 자기 삶의 서사는 자신과 주변의 상호작용에 의한 산물이기 때문이다. 선천적으로 가지고 태어난 기질과 후천적으로 형성·발달한 성질의 변증법적인 통합이기 때문이다. 그 과정에 부모의 영향과 작용은 절대적일 가능성이 크기 때문이다.

그 후, 한별은 한글과 숫자를 금방 깨우치고, 심성도 곱고, 사교성도 좋은 아이, 시키지 않아도 알아서 일을 척척 해내는 아이, 주변 사람들을 항상 기분 좋게 만드는 아이로 성장한다. 그런데 (다)에서는 이런 한별을 언니가 질투한다. 언니와의 갈등이다. 5살 위인 언니가 한별을 몰래 산에 버린 것이다. 한별에게는 첫 시련과 고난이 닥친 것이다. 하지만 한별은 어두운 산속에서도 울지 않고, 씩씩하게 집을 찾아 나선다. 뿐만 아니라 한별이 추워서 벌벌 떨고 있을 때는 곰과 호랑이가 안아주고, 사슴과 새들도 먹을거리를 가져다준다. 모든 것들이 자신을 보살펴 주고 있는 것이다. 그래서 결국 집으로 돌아온다. 그런데 이렇게 무사히 집에 도착한 한별은 언니를 원망하지 않고, 오히려 따뜻하게 안아준다. 용서를 통해 화해하고, 관계를 회복한다. 그 과정을 통해 두 자매의 관계는 우애가 돈독해진다. 참으로 착하고, 시련과 극복의 감동적인 서사이다.

그런데 여기에는 한결이의 성격, 인생관·가치관·세계관이 고스란히 녹아있다. 한결이에게 세계는 결국 뿌리가 하나로 연결되어있는 하나의 공동체인 세계, 그러기에 서로 돌봐야 하고, 관심 가져야 하는 이웃이 있는 세계이다. 서로 존중하고 이해하며 살아야 하는 세계이다. 이렇게 한결이는 자신의 탄생설화에 자신의 삶과 자기 삶의 서사를 적극적으로 반영하고 있다.

이러한 양상은 (라)에서 또 다른 상황 속에서 드러나고 있다. 아버지의 병환이다. 김 씨가 원인 모를 병에 걸려 앓아눕자, 한별은 산신령님의 말을 듣고, 길을 나선다. 무지개색 꽃을 찾아 떠난다. 그런 한별에게 많은 유혹이 따른다. 친구들과 떡볶이 등이 유혹한다. 하지만 한별은 흔들리지 않는다. 꿋꿋이 길을 간다. 그러다 한별은 (다)에서처럼 토끼를 만나 도움을 받는다. 위협하는 늑대에게 용감하게 다가가 토끼가 준 빨간 열매로 늑대를 온순하게 하고, 늑대를 타고 정상에 도착해 무지개색 꽃을 드디어 찾았다. 하지만 또다른 위험이 도사리고 있었다. 비단뱀이었다. 하지만 한별은 물러서지 않고 용감하게 비단뱀과 싸웠다. 치열한 전투가 벌어졌고, 결국 한별이 비단뱀을 제압하였다. 이렇게 힘들고 험난한 과정 끝에 한별은 무지개색 꽃을 가지고 집으로 돌아와 아버지의 병을 낫게 한다. 가족들은 한별을 안고 덩실덩실 춤을 추며 기뻐한다.

한결이는 이렇게 자신의 삶과 자기서사를 적극적으로 투영하고 있다. 부모에 대한 효심과 역경을 극복하고자 하는 용감함과 의지가 돋보이는 부분이다. 특히나 이러한 과정의 탄생설화는 자부심, 긍지 있는 인간으로서의 성장과 발달, 삶의 지향이 담겨 마무리 된다. 한별의 효심과 용맹함으로 인해 마을 입구에 동상이 세워지고, 그 이후의 삶도 용기와 지혜롭게, 열심히 산다. 공부도 열심히 하고, 친구들과 이웃들을 도우며, 예쁘고 바르게 자란다. 이 부분을 통해 한결이는 자부심과 긍지를 가슴 속 깊이 품게 되었을 것이고, 자신의 삶의 지향을 더욱 곧추 세우며 다짐을 하였을 것이다.

이와 같이 한결이 자신의 삶과 자기 삶의 서사를 투영하여 자신의 탄생설화를 꾸며 썼다. 이를 통해 이전에 간직한 자신의 삶과 자기 삶의 서사를 드러내 성찰하였다. 이전엔 찾지 안했거나 못했던 자기 삶의 서사를 발견하고, 성찰하면서 이해할 수 있었던 과정인 것이다. 뿐만 아니라 채워지지 않았던 자기 삶의 서사를 상상력을 동원하여 꾸며 쓰는 과정에서 수정·보완하기도 하고, 통합해 나가는 과정을 나름대로 경험할 수 있었던 과정인 것이다. 비록 아직 완전하게 완성되지 못했을지라도 지금의 수준에서 자기 삶의 서사를 찾고, 성찰하고, 이해하고, 수정·보완하고, 통합해 나가는 과정은 인간의 삶에서 매우 중요하고 핵심적인 삶의 과정이다. 그러므로 이러한 '자기 탄생설화 쓰기' 과정은 자기 삶의 서사를 찾고, 성찰하고, 이해하고, 수정·보완하고, 통합해 나가는 과정이다. 이러한 가능성은 한결이의 '탄생설화 쓰기와 자신의 탄생 설화 창작에 대한 자신의 생각'에서 확인할 수 있다.

나의 탄생설화를 쓰면서 나를 되돌아 볼 수 있고, 고난과 역경을 헤쳐 행복한 결말을 맞이하는 것을 보며, 앞으로 힘든 일은 모두 극복할 수 있을 것 같고, 희망적인 미래를 기대할 수 있게 한다. 또 부모님의 고생과 수고를 느끼고 효도의 필요성을 되새기게 된다.

나를 신격화하고, 영웅적 인물로 만들어 자긍심을 가지게 되고, 나도 무언가 할 수 있다는 도전 정신을 심어주며, 부모님에게 효도하는 마음가짐이 생기게 되는 것이 탄생설화 쓰기 활동을 하는 이유이고, 목적이다.

위에서 한결이는 '자기 탄생설화 쓰기'가 자신을 되돌아 볼 수 있게 하고, 고난과 역경을 헤쳐 행복한 결말을 맞이하는 자신의 탄생설화를 쓰면서 앞으로 자신의 삶에서 일어날 수도 있는 힘들고 어려운 일들을 극복할 수 있을 것 같은 자신감과 희망적인 미래를 기대하게 한다고 말한다. 또한 자신이 영웅적인 인물로 표현된 자신의 탄생설화를 통해 자긍심과 도전정신을 갖게 할뿐만 아니라 '자기 탄생설화 쓰기'가 부모님의 힘든 삶을 이해하고, 효도해야겠다는 생각도 또한 가지게 한다고 말한다.

또한 "탄생설화를 쓰고 나서 나에 대한 생각이 좀 더 긍정적으로 바뀌었고, 자신감이 생겨 무엇이든 해낼 수 있을 것 같다."라고 답한다. 하지만 부모님께 효도하는 것을 잘 실천하지 못하고 있음을 반성하면서 탄생설화 쓰기의 의미와 목적이 실제 삶에서 완전히 실현되지는 않았다고 한다. 그래서 한결이는 앞으로는 작은 것부터 부모님께 효도하고 주어진 일을 열심히 하여 영웅이 될 수 있도록 노력할 것을 다짐하기도 한다. 이처럼 한결이는 설화 속에서만이 아니라 실제의 삶 속에서도 자신의 탄생설화 속의 자신처럼 살고자 한다.

이와 같은 점에서 한결이에게 있어 '자기 탄생설화 쓰기' 과정이 자신의 삶의 지향과 서사의 변화와 맞물려 있음을 추측할 수 있다. 이러한 점은 다음 글에서도 알 수 있다.

> 나의 탄생설화를 쓰고 난 후, 설화 속에서 영웅이 되는 내 자신을 보면서 자랑스러웠고, 뿌듯함을 느꼈다. 내가 정말 영웅이 된 것 같은 기분이 들었고, 흐뭇하기도 했다. 나를 비범하고 다재다능한 주인공으로 만들어 시련을 극복하고 해피엔딩이 되는 것을 보며, 스스로 자긍심을 느꼈고, 현실에서도 실천해야겠다는 각오를 가지게 되었다. 설화 속 내가 아버지를 구하고, 마을 사람들에게 찬양 받은 것처럼 부모님께 효도하고, 어느 곳에서든 필요한 사람이 될 수 있도록 노력할 것이다. 나 자신에 대해 긍정적이고 희망적으로 생각하게 되고 자신감을 가지에 된다.

이처럼 한결이는 비록 설화 속에서 영웅이 된 것이지만, 그런 자신을 보면서 자랑스러움과 뿌듯함을 느낀다. 자신이 정말 영웅이 된 것 같은 기분이 들어 흐뭇해하기도 한다.

하지만 이것은 설화 속에서 그치지 않는다. 한결이는 스스로 자긍심을 느끼며, 현실에서도 실천해야겠다는 각오를 밝힌다. 특히나 부모님께 효도하고, 어느 곳에서든 필요한 사람이 될 수 있도록 노력하겠다고 다짐한다. 뿐만 아니라 자신에 대한 긍정적이고 희망적인 생각과 마음, 자신감 등을 갖게 되었다고 말한다. 이처럼 한결이는 '자기 탄생설화 쓰기' 과정 속에서 자신의 삶과 자기 삶의 서사에 대한 성찰을 바탕으로 자신의 삶의 지향과 서사의 추구하는 바의 변화를 이뤄내 가고 있다. 뿐만 아니라 자신에 대해 긍정적이고 희망적인 생각과 마음, 자신감 등을 갖게 되었다. 그렇기 때문에 한결이는 "재미있고 유익한 경험이었다."라는 말로 자신의 글을 마칠 수 있었다.

Ⅲ. 애도하는 글쓰기 프로그램

대부분의 인간은 죽음 앞에서 자신의 삶을 성찰한다. 어떤 인간이든 대부분의 인간은 자신의 죽음이든지, 다른 이의 죽음이든지, 그리고 가상이든지, 실제이든지 간에 죽음 앞에서 자신의 삶의 기억을 되짚어 보며 성찰하는 과정을 거치기 마련이다. 자신이든지 자신에게 소중한 사람이든지, 그렇지 않든지 간에 죽음이라는 것은 대부분의 인간에겐 매우 충격적인 사건이기 때문이다.

누구나 죽음 후에는 더이상은 만질 수도, 볼 수도, 느낄 수도, 함께 할 수도 없기에 당혹스럽고, 받아들이기가 고통스럽기만 하다. '하필 내가 왜, 그 사람이, 하필 이때, 그렇게' 가야만 하는지 쉽게 받아들일 수 없는 사건이다. 하지만 피할 수 없기에, 어찌할 수 없기에, 숙명이기에 받아들일 수밖에 없는 충격이다. 그래서 더욱 죽음 앞에 선 인간은 숙연해진다. 더 이상 만질 수도, 볼 수도, 느낄 수도, 함께 할 수도 없는 절망적인 상황이 시시각각 다가오는 시간 속에서는 대부분 자신의 삶에 더욱 절실해진다. 그렇기 때문에 대부분의 인간은 이때 간절한 마음으로 소박한 마음으로 자신의 삶을 되돌아보기 마련이며, 못 다한 삶을 투박하게나마 채우기 위해 노력하며 남은 삶을 살다 죽는다.

이렇든 '애도하는 글'은 죽음과 관련한 글쓰기이다. 자신의 죽음을 가정하거나, 가까운 주변인의 죽음을 경험한 경우에 그 죽음을 애도하며 쓰는 글이다. 쓰기는 궁극적으로 '자기발견'이고, '자기계발'이다. 기존의 자기 삶을 바탕으로 성찰하고 그 삶을 이해·수용하며, 깨달은 만큼 써지는 과정이기도 하지만, 그 글쓰기 과정 속에서 다시 자신의 삶의 서사를 성찰하고, 이해·수용하기도 하고, 통찰에 이르러 변화하기도 한다. 그리고 그 과정 속에서 마음 속 깊은 위로와 위안, 힘과 용기, 자신감 등을 스스로 북돋는 심리적 과정이다.

그런데 이 애도하는 글쓰기는 '사물과의 대화록 쓰기'와 〈조침문〉같은 제문의 감상을 바탕으로 한다. 즉 '사물과의 대화록 쓰기'와 〈조침문〉같은 제문의 감상을 먼저 한다. 그런 후 애도하는 글을 쓴다. 애도하는 글을 쓴 후에는 휴식을 가진 뒤 소감문을 작성하게 하고, 함께 모여 나눔과 피드백하는 시간을 갖는다.

사물과의 대화는 '바늘'을 의인화한 〈조침문〉을 감상한다는 측면에서 사물과의 대화는 중요한 사전 문학경험으로 고려된 중요한 활동이다. 모든 문학이 자기 삶의 서사, 즉 자신의 삶, 생각과 마음으로부터 나오며, 그 이해도 자신의 삶, 생각과 마음의 이해로부터 비롯되기 때문이다. 사물과의 대화는 결국 자신과의 대화이고, 자신의 삶의 서사, 생각과 마음 등을 이끌어내는 데 있어 좋은 방법이다. 또한 특히나 〈조침문〉이 바늘을 의인화한 작품이며, 바늘과의 대화이기에 더욱 그렇다.

그리고 글쓰기의 바탕이 되는 작품을 잘 이해하고 감상하는 것이 글쓰기의 핵심적인 토대가 될 수 있기 때문이다. 즉 사물과의 대화는 〈조침문〉과 유사한 '애도하는 글' 쓰기를 위한 돋움판 역할을 한다. 이는 〈조침문〉의 이해와 감상 활동만으로는 '애도하는 글' 쓰기가 쉽게 이뤄질 수 없었던 실천적 경험 때문이다. 그래서 사물과의 대화는 '애도하는 글' 쓰기를 위한 촉매이며, 필요조건이 된다.

이렇게 수행된 사물과의 대화 후, 대화록을 작성하게 한다. 그런 후 잠시 휴식을 취하고 나서 자신의 느낌을 쓰게 한다. 사물과 대화하면서 혹은 대화록을 쓰면서 혹은 대화록을 다시 읽으면서 느낀 점을 솔직하게 쓰도록 한다. 그러고 나서 조원들끼리 돌려가면서 읽도록 한다. 읽고 난 후, 각자의 느낀 점을 쓰도록 한다. 물론 이 활동에서도 부정적인 말과 글은 '하지 않거나 쓰지 않는다'는 제한을 둔다. 글쓴이의 생각과 마음을 존중하고 배려하기 위함이고, 글쓰기를 통해 얻은 긍정적인 효과를 떨어뜨리지 않기 위해서이다.

그런 다음 과제를 준다. 과제는 두 가지이다. 하나는 '자신의 소중한 사물과의 대화록' 작성해 오기이고, 다른 하나는 '인생 100대 사건 써오기'이다. '자신의 소중한 사물과의 대화록' 작성해 오기는 앞의 '사물과의 대화'에 이은 심층적 활동을 꾀하는 목적과 의의뿐만 아니라, 그다음 활동인 〈조침문〉을 이해하고 감상할 수 있는 폭과 깊이를 더욱 넓히기 위한 활동이기도 하다.

뿐만 아니라 '인생 100대 사건 써오기'는 각자 자신의 짧은 생애를 무겁지 않게 되돌아보는 계기를 갖고자 함이고, 자기 자신의 짧은 삶을 마감하면서 그 삶을 애도하는 글을 쓰는 데에 도움을 주려는 부가적인 활동이기도 하다. 자신의 삶 속에서 기뻤던 일, 분노했던 일, 슬펐던 일, 즐거웠던 일, 사랑했던 일, 증오했던 일, 욕심 부렸던 일 등 사소한 것이라도 작성하게 한다. 이 후 '애도적 글쓰기' 과정 속에서 쓸거리로 선택되거나 내용을 생성하는 재료로 쓰일 수도 있기 때문이다

그 다음에는 〈조침문〉에 대한 이해와 감상 시간을 가진다. 〈조침문〉 자료는 원문에서 한자를 대부분 삭제하고, 생소한 어휘는 현대어로 바꿔 괄호에 기재하여 제시한다. 이해와 감상에 불필요한 어려움을 최소한으로 줄이고, 죽음에 대한 측면을 부각하여 잘 이해하고, 감상할 수 있도록 한다. 인간의 매우 큰 슬픔 중 하나인 소중한 것들과의 이별, 그 중에서도 가장 크게 다가올 수 있는 죽음에 대해 생각해 볼 수 있는 계기가 되기 위해서이다. 이 세상과 저 세상이 있다면, 연결되지 않는 세상으로부터의 단절과 분리, 더 이상 볼 수 없고, 들을 수 없고, 냄새 맡을 수 없고, 만질 수도 느낄 수 없는 충격적 상황을 〈조침문〉의 이해와 감상을 통해 최소한이나마 경험하고 생각해 보도록 한다. 〈조침문〉 원문은 별도로 게시하면 참고가 된다.

그리고 이 과정에서도 〈조침문〉 감상 및 토론 자료를 작성하게 한다. 그 〈조침문〉 감상 및 토론 자료는 아래와 같다.

〈조침문〉 감상 및 토론 자료

1. 제문 또는 조문은 어떤 글인가?(자신의 생각을 적어보세요.)
2. 유씨부인에게서 바늘은 어떤 존재였나? 유씨부인과 바늘은 어떤 관계였나? 그 이유와 근거는?
3. 유씨부인의 죽은 남편에 대한 생각과 마음은 어떠했는가? 그 이유와 근거는?
4. 바늘과 남편과의 관계는 무엇인가? 그 이유와 근거는?
5. 각색해서 연극으로 대화를 꾸며보세요.
6. 죽음이란? 죽음 이후의 세계는 있을까?
7. 자신의 삶에서 기억되는 분 중, 돌아가신 분이 있다면, 그 분이 살아있다면 해드리고 싶거나 하고 싶은 것, 말, 행동 등등은 무엇인가?
8. 자신의 소중한 사람 또는 동물 등등이 시한부라고 할 때 자신이 해주고 싶은 것, 말, 행동 등등은 무엇인가?
9. 자신이 시한부라고 할 때, 다른 사람들이 자신에게 해 주었으면 하는 것, 말, 행동 등등은 무엇인가?
10. 잘 죽는 다는 것에 대해 자신의 생각은?
11. 본인이 잘 죽으려면, 어떻게 살아야 할까?

그런 후 조별 발표 및 토론을 수행한다. 이 조별 발표 및 토론 과정에서는 먼저 과제인 '자신의 소중한 물건과의 대화록'을 조별로 발표하도록 한다. 그리고 가장 좋다고 생각하는 작품을 선정하여 전체가 모인 자리에서 발표하도록 한다.

여기까지의 과정을 마친 후, 이제 마지막 과제를 준다. 과제는 '자기 자신의 짧은 삶을 마감하면서 그 삶을 애도하는 글'을 쓰거나 '자신과 가장 가까웠던 부모, 조부모, 형제자매, 친척, 지인 등의 죽음을 애도하는 글'을 써오도록 하는 것이다. 이 때 〈조침문〉과 유사한 제문 형식을 제시한다. 처음 써보는 제문쓰기의 어려움을 다소 해소하기 위한 방편으로 고안된 형식이다. 그리고 이러한 제문 형식으로 쓴 예시를 게시하여 본보기로 한다. 제시된 제문 형식은 다음과 같다.

제문 형식

어떤 제문을 읽어 보면, 우리가 제문의 주인공들과 아무런 관련이 없음에도 불고하고, 가슴 뭉클하게 느낄 때가 많습니다. 그 애틋함과 애잔함이 말도 못할 때가 많습니다. 아마도 그것은 그만큼 진솔하게 쓰였음을 말해 준다고 생각합니다. 단지 제문을 형식에 따라 형식적으로 쓴다면, 과연 우리의 마음을 움직일 수 있을까요? 아마도 없을 겁니다. 자 이제 여러분이 한 번 해 보십시오. 기대해 봅니다.

	제문형식	조침문	예
서사	'유세차'로 시작하여 제문의 취지를 밝힘	•'유세차 모년 모월 모일 모시'로 시작 •바늘에 대한 조문을 짓는 취지를 밝힘(바늘을 영결함을 밝힘)	유세차 모년 모월 모일 모시 000의 죽음을 애도하며, 그 애통한 마음을 남기고자 합니다.
본사	고인을 회고하며 심정을 서술함	•바늘을 얻게 된 내력(만남의 과정) •작자의 처지와 바늘의 소중한 쓰임(바늘의 효용) •바늘의 신묘한 재주(바늘의 행장을 의인화) •바늘과의 각별한 인연 •바늘의 부러진 경위와 슬픔 •부러진 바늘에 대한 회포(마음속에 품은 생각이나 정)를 적음	오호 통재라(슬프고 애석하구나) 오호 애재라(슬프고 가엾구나) •탄생의 과정 •성장의 과정 (다른 사람, 사물과의 관계(사이 좋음)) •인격, 성격, 마음, 생각, 행실, 발전가능성, 포부, 의지, 꿈, 계획 •좋은/훌륭한/기쁜/슬픈/깨달음 일화 •업적(행장, 소중한 쓰임, 강점, 칭찬 받은 것, 봉사, 신묘한 재주, 기술, 자격, 능력, 소질, 가족이나 사회에의 기여 및 공헌, 발전 가능성, 표창장 등) •죽음에 대한 경위와 슬픈 마음
결사	고인의 명복을 빌고, '상향'으로 끝남	•애도의 심정(다시 만나 정을 나누기를 원함) •후세를 기약함	•애도의 심정 재강조 •후세를 기약하는 말 상향(적지만 흠향하옵소서)

마지막으로 자신의 과제 말미에 "이 과정이 자신에게 도움이 되었는가? 어떤 점에 도움이 되었는가? 자신에게 유용했던 점은 어떤 것이었나? 자신에게 긍정적으로 영향을 주었던/줄 수 있을 것 같은 점은 어떤 것이 있었나? 어려웠던 점이나 비판할 점은 무엇이 있었나?"라는 질문에 답하도록 하였다. 질문에 답한 후, 과제로 써온 '애도하는 글'을 발표하는 시간을 가진다. 발표는 자원자에 한해서 수행한다.

다음으로 '애도하는 글' 쓰기의 두 가지 사례이다. 먼저 사례1이다. 아래의 글은 사례1의 '사물과의 대화록' 중 일부다. '나'는 '나무'와 대화한다.

나　　안녕하세요.

나무　허허, 너는 1학기 때 대화가 안 되는 무덤이랑 대화했던 꼬맹이구나. 그런데 무덤하고는 대화가 잘 됐니?

나　　아니요. 대화가 잘 안 돼서 요번에는 나무님하고 대화를 하려고요.

나무　그렇지, 무덤보다는 내가 더 대화가 잘 통하지, 자! 말해 보거라.

나　　<u>아까 전부터 궁금했는데 왜 자꾸 절 꼬맹이라고 말씀하시나요.</u>

나무　그건 말이다 너는 내 앞에서는 키도 작고 나이가 어리기 때문이지. 그니까 나한테 너는 꼬맹이에 불과하지, 껄껄...

나　　<u>조금 기분이 더럽지만 나무님이 제 궁금증을 해결해 주셔서 참~ 고맙네요. 참~ 고맙습니다.</u>

윗글에서 사례1은 자신을 '꼬맹이'로 불리는 것에 불만이 있다. '꼬맹이'는 자신의 못난 자아상이다. 뜯어내고 싶고, 벗어나고 싶은 꼬리표다. 그래서 나무가 질문하라고 하자마자 "왜 자꾸 절 꼬맹이"라고 하는지에 대해 묻는다. 약간 반항기가 묻어있는 말투다. 그것은 나무의 답변 뒤의 말에 이어진다. 꼬맹이에 불과하다는 나무의 말에 '나'는 기분이 '더럽다'고 말한다. 뿐만 아니라 "참~ 고맙네요."를 두 번 반복하면서 강조하면서 비아냥거린다. 대체로 강한 거부감을 드러내고 있다.

그런데 이러한 감정과 태도는 이후 과제로 제출한 '소중한 사물과의 대화록'에서도 나타난다. 다음 대화록은 '나'와 '소설 책'과의 대화의 일부다.

나　　　알았어, 나 내일 일해야 해서 자야 돼.
소설 책 알았어, 흥,
나　　　잘 자.
소설 책 응 너도, 잘 잘 때 이불 잘 덮고 자고
나　　　알았어, 내가 어린애도 아니고...

위의 대화록에서도 '나'는 마지막 말을 퉁명스럽게 맺는다. '소설 책'이 아버지나, 어머니나 형처럼 평소 하던 말에 벌컥 냉담하게 반응하고 있다. 물론 이것은 앞의 '나무'가 '꼬맹이'라고 불렀던 것에 대한 감정 토로처럼 '나'가 평소에 가졌던 내적 갈등의 충동적 표현이다. 어린애 취급당하는 데에서 오는 반발이 무의식적으로 표현되었다고 볼 수 있다. 사례1은 이렇게 '나무'와 '소설 책'과의 대화록 작성하기를 통해 이러한 평소 가졌던 감정을 토로하면서 자신의 마음속에 쌓여두었던 악감정을 해소하고 있다.

또한 사례1은 '자기 자신의 짧은 삶을 마감하며'라는 제목의 '애도하는 글'을 쓴다. 그 속에서 사례1은 자신의 삶을 되돌아보면서 자신의 삶의 서사와 지향을 새롭게 조망해 보고 있다. 다음은 사례1의 '애도하는 글'의 일부다.

> 유세차 모년 모월 모일 모시에 000의 죽음을 애도하며, 그 애통한 마음을 남기고자 합니다. 고인 000은 비록 실수가 많고 못났지만 항상 밝고 열심히 살았습니다. 그래서 저는 고인을 존경했습니다. 다시 말하지만 그 분은 열심히 성실하게 살았습니다. 그리고 많은 사람들에게 기부를 했습니다. 저는 그런 고인의 모습을 우상으로 생각했습니다. 저는 그 분의 생각을 이어 앞으로도 기부와 같은 불우이웃을 도울 것입니다. 그 분의 가족과 친인척분들에게 위로의 말씀을 어떻게 해야 할지 모르겠지만 그 분을 생각하면서 제문을 읽겠습니다.
>
> 그 분은 00시 산부인과에서 건강하게 다른 아이들과 다르게 0.3kg 태어나셨습니다. (중략) 고인 000은 여러 가지 시련이 있었지만 다 해쳐나갔습니다.
>
> 첫 시작은 그 분이 유년기를 보내실 때, 부모님과 조부모님이 못 보는 사이에 집안에 나와서 한 동안 돌아다녔습니다. 그런데 너무 돌아다닌 나머지 길을 찾지 못했습니다. (중략) 미아가 될 뻔했습니다. (중략) 유치원을 입학을 하시고 유치원 친구들과 친하게 지내셨습니다. 하지만 고인의 생애 중 가장 기억에 남았다고

한 시련이 있습니다. 유치원 발표회에서 고인은 긴장을 너무 많이 하여 외웠던 시를 까먹어 울었습니다. 고인에게는 가장 슬프지만 기쁜 날이라고 말씀하셨습니다.

유치원을 다니는 도중 고인의 부모님이 처음으로 고인에게 심부름한 이야기를 저한테 들려주셔서 잠시 이야기를 하겠습니다. 고인은 고인의 어머니에게 박카스라는 옛날 애는 약국에서만 팔던 음료를 심부름을 받았습니다. 하지만 고인은 박카스를 들고 오는 도중 장난으로 박카스 병을 담은 비닐주머니를 돌리다가 깨져서 고인의 어머니한테 매우 혼났다고 했습니다. (중략)

그 분에게 가장 최악이라고 생각했던 추억은 한글을 잘 이해를 못하여 아버지한테 혼나 새벽까지 한글공부를 한 것과 그의 형과 어머니랑 같이 장을 보는 도중 계단에서 굴러서 머리를 수술을 했던 기억이 유치원시절 좋지 않았던 추억이라고 하셨습니다.

(중략) 고인은 초등학교에서 받아쓰기를 50점을 받고 점수를 못 받아 친구들에게 놀림 받았습니다. 그렇게 좋지 않은 초등학교 저학년 생활을 하시고 고학년에 들어가셨지만 여전히 공부를 못하셨습니다. 그렇지만 열심히 사는 모습이 다른 사람들 보다 좋았습니다. (중략) 그런 사건들을 겪으시면서 세월이 지나 초등학교를 졸업하시고 중학교에 입학을 하셨습니다.

그 분의 인생 중 격동의 시기라고 한다면 중학교 시절이라고 저는 생각합니다. 하지만 그 분은 격동의 시기를 견디고 보내므로 행복하게 졸업을 하셨습니다. 고등학교에 입학을 하신 뒤 (중략) 수능을 준비하시는데 많이 실패하고 절망을 했지만, 그 분은 어렵게 대학을 합격하셔서 그 동안 몸무게가 100Kg가 넘은 몸을 80Kg로 근성으로 감량을 하셨습니다. (중략)

저는 아직도 그 분이 제 마음 속에 살아 계신다고 생각합니다. 그 분이 다시 태어나셨으면 다시 만나 회포를 풀고 싶네요. 또한 그 분은 여러분들의 마음속에서 추억으로 존재할 것입니다.

사례1은 '자기 인생 100대 사건'에 기록한 여러 가지 사건들을 잘 활용하여 윗글을 쓴다. '미아가 될 뻔한 일, 심부름 도중 병 깨뜨린 일, 새벽까지 강제로 한글 공부, 계단에서 굴러서 머리수술한 일, 받아쓰기 50점 받은 일, 80Kg 감량' 등등이다. 실수투성이 자신의 삶을 낱낱이 적고 있다. 하지만 거기서 그치지 않는다. 실수가 많았던 자신의 못난 삶을 되돌아보고 나서 자신의 삶을 긍정적으로 자리매김해 나간 글이다.

이 글에서 사례1은 먼저 "비록 실수가 많고 못났지만, 항상 밝고 열심히 살았다."라고 자신의 인생을 한 줄로 정리한다. 더 나아가 '존경'했다고 말한다. 그러고 나서 다시 "열심히 성실하게 살았습니다."라고 한 번 더 강조한다. 덧붙여 '불우이웃'을 돕는 자신의 삶의 지향을 밝힌다. 이렇게 살아 갈 것을 다짐하는 것이다. 즉 자신의 삶의 서사의 큰 흐름을 찾은 것이다. 그래서 이렇게 사례1은 애도의 글의 서두에 자신에게 가장 중요하고 의미 있는 자신의 삶의 지향과 서사를 먼저 밝히고 있는 것이다. 죽은 자신이 아닌 현재의 자신에게 다짐하듯이 강조한다.

또한 사례1은 자신의 과거의 삶 중 일부를 '있는 그대로' 받아들인다. "긴장을 너무 많이 하여 외웠던 시를 모두 까먹어" 울었던 부끄러운 기억이 그 일이다. 아직 자신의 과거 모두를 기꺼이 받아들이지는 못하지만, '가장' 슬펐던 날이 기쁜 날이 되었다고 회고한다. 자신의 유치원 시절에 있었던 부끄럽고 무서웠던 일, 십 수 년 마음속에 간직했던 상처에 대해 이제 어느 정도 담담하게 말 할 수 있게 된 것이다.

뿐만 아니라 사례1은 앞의 글 속에서 "고인 000은 여러 가지 시련이 있었지만, 다 헤쳐 나갔습니다."라고 말한다. 사례1이 자신의 과거 회상을 빌어 현재의 삶의 시련을 해쳐나갈 것을 다짐한다고 말할 수 있다. 과거에서도 어렵고 힘든 삶을 헤쳐 나갔듯이 자신이 정말 죽을 때까지 어떠한 일 '다' 헤쳐 나갈 것을 다짐하는 것이다. 이는 '〈조침문〉 감상 및 토론 자료' 열 번째 질문, "본인이 잘 죽으려면, 어떻게 살아야 할까?"에 대한 답에서도 확인할 수 있다. 사례1의 답은 "앞으로 최선을 다하고, 성실하게 살아야겠다. 그리고 남에게 친절하고 항상 잘 해주려고 노력해야 한다."이다.

다음으로 사례2이다. 아래의 글은 사례2가 자신의 침대와 나눈 대화이다. 이 대화에서 사례2는 자신의 마음속에 감춰두었던 고민을 털어놓는다. 아무에게도 내색하지 못했던 자신만의 고민이다.

나	그럼 당연하지~ 침대야 사실 오래 전부터 너한테 하고 싶었던 말이 있었어 뭔지 궁금하지 않니?
침대	응응 무슨 말이야? 심각한 거야? 좋은 거야? 무슨 일인데 어서 말해줘~~~
나	성격 급하기는 역시 너 성격 급한 건 알아줘야 한다니까 그게 무슨 말이...냐...면..^^ 안 말해 줄 거다 메롱
침대	장난치지 말고 나 진짜 숨 넘어 간단 말이야
나	알았어 알았어 말해줄게~

(중략)

침대	나에게는 특별한 능력이 있다니까!!! 그런데 민경아 혹시 요즘 무슨 고민 있어? 매일 밤마다 누워서 혼자 이런저런 얘기 하는 것 같던데?
나	사실 내가 1년 휴학을 해서 2학년이긴 하지만 나이 상으로는 다음 년에 4학년이 되는 거잖아.. 취업에 대한 고민이랑 이제 앞으로 무엇을 하면서 살아가야 할지 마음이 무거워서 혼자 스트레스도 많이 받고 울기도 많이 우는 것 같아... 아무에게도 말하지 못하는 이야기를 혼자 누워서 중얼중얼 거리기도 하고...
침대	00아 하지만 네가 지금 노력하는 것처럼 앞으로도 계속해서 노력한다면 하늘이 너를 도울 거야 너무 힘들어 하지 마! 너 옆에는 언제나 내가 있잖아
나	응응 고마워 그리고 내가 밤마다 이렇게 스트레스 받으면서 슬퍼하는 거 가족들에게는 비밀로 해줘~ 아마 부모님께서 이런 이야기를 아신다면 많이 걱정하시고 속상해 하실 테니깐
침대	알았어 너 마음 이해하니깐 나 믿고 힘내! 무슨 일 있으면 나한테 얘기하고~
나	응응 앞으로도 나에게 좋은 친구가 되어줘
침대	당연하지 항상 나는 이 자리에서 너를 응원할게~ 00아 이 말은 꼭 기억해 네가 다른 사람들보다 좀 늦게 피더라도 조급해 하지 마 모든 꽃은 다 피는 시기가 다를 뿐 그것이 꽃의 잘못은 아니니깐,

윗글에서 사례2는 현재 가장 큰 고민을 애써 털어놓는다. 오래전부터 털어놓고 싶었던 말이다. 말하고 싶어 먼저 "궁금하지 않니?"하고 묻는다. 하지만 '침대'가 되묻자 딴청을 부린다. 망설인다. 쉽게 나오지 않는 마음

속 깊은 고민이기 때문이다. 그래서 사례2는 "성격 급하기는 역시 너 성격 급한 건 알아줘야 한다니까" 하면서 잠시 말을 돌린다.

사례2는 이렇게 뜸을 들이다가 자기가 하고 싶은 대로 결국 털어놓는다. 매일 밤마다 혼자 누워서 혼잣말로 걱정하던 얘기를 하고 만다. 그 얘기 속에는 자신이 1년 휴학을 했다는 것, 나이상으로는 내년에 4학년이 된다는 것, 취업에 대한 것, 더 나아가 앞으로 무엇을 하면서 살아가야 할지 모르겠다는 것, 그래서 마음이 무거워서 혼자 스트레스도 많이 받았다는 것, 울기도 많이 울었다는 것, 아무에게도 말하지 못했다는 것, 혼자 침대에 누워서 단지 중얼중얼 거릴 수밖에 없었다는 것 등등이 담겨 있다. 이는 사례2의 어렵고 힘들었던 마음이 세 번의 "..."과 더불어 고스란히 담겨 있는 글이다.

사실 사례2의 이러한 어렵고 힘들었던 마음 깊은 곳에는 어렸을 때의 상처가 자리하고 있다. '자기 인생 100대 사건' 기록을 보면, 초등학교 시절 과학실험 도중 화상을 입은 사건이 있다. 이 사건으로 인해 사례2는 6개월간의 병원생활 및 통원치료를 해야 했고, 6개월 뒤에야 다시 학교로 복학하게 되었다. 이 사건은 사례2의 삶에 큰 영향을 주었던 것으로 기록되어 있는데, 이로 인해 같은 반 남자친구들로부터의 놀림을 받았던 것이다. 그것이 사례2에게는 '상처'로 남았다고 기록하였다. 그런 후 사례2는 2차에 걸친 화상 레이저 수술, 대학교 입학 전 1차 화상 수술 등을 받았고, 입학 후 2차 화상 수술을 받기 위해 휴학을 했던 것이다.

하지만 사례2는 아직도 '두려워'한다. 그래서 더욱 사례2는 침대에게 더욱 의지한다. "너 마음 이해하니깐 나 믿고 힘내! 무슨 일 있으면 나한테 얘기 하고"라고 말할 정도로 친한 친구, 항상 자신을 응원해 주는 좋은 친구도 갈망한다. 아직까지는 자신의 상처와 갈등, 장애 등을 적극적으로 극복해 내기에는 역부족이라고 할 수 있다.

하지만 사례2의 '제문'에서는 사뭇 다르게 전개되어 이어진다. 다음은 사례2의 제문이다. 제목은 '고 000을 추모하며...'이다.

00아 네가 아주 어렸을 때부터 같이 지내 온 00 친구들과 헤어짐의 아쉬움을 뒤로 한 채 00시로 이사 오던 날 기억나니? 아마 너무 오래 전 일이라 희미하게 기억에 남아 있을 수도 있겠다. 99년 갑작스런 부모님의 발령으로 00에서의 생활을 정리하고 00시로 이사 오게 되었잖아. 처음에는 많이 낯설고 힘든 점도 많았는데, 너는 활발한 성격 덕분에 친구들과 금방 친해 질 수 있었지. 그렇게 하루하루 즐겁게 생활하고 있었는데,,,

너도 알고 있듯, 항상 인생이란 항상 달콤할 수만은 없기에 아픔도 찾아왔어. 초등학교 5학년 과학실험 도중 불의의 사로고 네 몸과 마음에는 씻을 수 없는 상처를 입게 되었잖아. 그게 내 생각에는 너에게 처음으로 찾아 온 가장 큰 아픔일 수도 있었을 거야 그 사고로 방황도 많이 하고 눈물도 참 많이 흘렸는데,,, 하지만 "비 온 뒤 땅이 굳어진다."는 말이 있듯이 너는 그 아픔을 이겨 내고 한층 더 성숙해 질 수 있었지

진로에 대해 많이 고민하던 고등학교 시절도 생각이 나는구나...(중략) 고등학교 2학년, 당시 00000로 일하고 있던 친척언니의 소개로 00000라는 직업을 알게 되었고, 너는 그 직업의 매력에 빠져들게 되었잖아. 그렇게 너는 00대학교 00학과에 입학하게 되었고... 그 때 네가 00학과에 지원한 걸 혹시 후회한 적이 있었던 건 아니지? 나는 아닐 꺼라 생각해... 네가 그 당시 그 쪽 길을 선택하였기에 어쩌면 우물 안 개구리로 살아왔을지도 모르는 너에게 세상이 네가 생각해오던 것에 비해 너무나도 넓다는 것도 알게 되었고 좋은 사람들도 많이 만나 볼 수 있는 계기가 되었으니깐...

00아 이렇게 너에게 조문을 쓰고 있자니 너와 함께 했던 기억들이 새록새록 떠오르네... 힘든 상황에서도 웃음으로 이겨내던 너... 그 어느 누구보다 떳떳하게 행동했던 너.. 그럽구나 날씨가 추워지는 요즘 너의 온기마저 사라지진 않을까 염려된다. 그 세상은 많이 평화롭지? 아프지도 않고... 마음은 따뜻하고? 많이 보고 싶구려..

이 제문에서도 사례2는 자신의 삶에서 가장 크고 아픈 상처와 당면의 가장 큰 고민거리인 진로에 대해 가장 주요하게 언급한다. 하지만 그 모든 것을 오랜 과거의 일처럼 표현한다. "그 사고로 방황도 많이 하고, 눈물도 참 많이 흘렸는데,,, 하지만 "비 온 뒤 땅이 굳어진다."는 말이 있듯이 너는 아픔을 이겨내고 한층 더 성숙해 질 수 있었지."라고 말한다. 제문이기

에 그러한 표현이 가능한 것일 뿐이라고도 할 수 있지만, 그렇지 않다. 사례2에게는 벌써 극복한 상처와 고민이 된 것일 가능성이 더 크다. 그러면서 자신에 대한 위로와 위안의 말들과 더불어 격려하고 의지를 다짐한다.

물론 지난 세월 속에서 그러한 과정이었음을 단순히 회고하는 차원에서 한 말일 수도 있을 것이다. 하지만 앞의 글 '소중한 사물과의 대화록'에서 "당연하지 항상 나는 이 자리에서 너를 응원할게~ OO아 이 말은 꼭 기억해 네가 다른 사람들보다 좀 늦게 피더라도 조급해 하지마 모든 꽃은 다 피는 시기가 다를 뿐 그것이 꽃의 잘못은 아니니깐"이라고 자신을 위로하고 격려했던 말과는 전혀 다르다. 이 말은 단지 위로와 위안이 되기 위해, 용기와 힘을 주기 위해 억지로 하는 피상적이고 상투적인 말과는 전혀 다르다. 왜냐하면, 그것에 그치지 않기 때문이다. 아픔의 극복 과정에서 나오는 진솔한 고백이기 때문이다.

그러므로 사례2에게는 이러한 제문을 쓰는 과정이 첫째, 자신의 아픔을 회고·성찰하게 하였으며, 둘째, 그러한 회고·성찰 속에서 얻은 깨달음들을 재확인하고, 재다짐하는 과정이 되었으며, 셋째, 다시 마음 속 깊은 위로와 위안, 힘과 용기, 자신감 등을 스스로 북돋는 심리적 과정이었다.

Ⅳ. '나처럼 너를' 글쓰기 프로그램

이 장에서는 '나처럼 너를' 인터넷 글쓰기 과정 속에서 창작된 작품들을 가지고 앞에서 다뤄왔던 문학상담 이론을 적용해 이야기하고자 한다. 인터넷에서의 글은 모두 참여자의 창작된 작품이다. 그 형식적 틀이 거의 없이 자유롭게 쓴 글이다. 그렇기 때문에 인터넷을 활용한 글쓰기 작품에 문학상담 이론을 적용함으로써 그 가능성을 밝히는 것은 매우 유용하고 의미있다. 그리고 다양한 갈래의 활용이라는 측면에서도 그 의미가 충분하다.

'나처럼 너를'은 인터넷을 통해 벌인 글쓰기 활동명이다. '나처럼 너를' 인터넷 글쓰기 활동은 청소년을 대상으로 인터넷 글쓰기를 통한 심리치료 방법으로써의 가치가 충분하다. 왜냐하면 이 글쓰기 활동이 청소년기의 건강한 삶과 성장에 중요하고 핵심적인 요소인 자아존중감 신장과 정체감의 형성·발달에 밀접히 관련되어 있기 때문이다.

이 과정에 참여한 청소년들은 자신과 친구의 강점을 찾고 자신이나 친구들에게 편지를 쓰면서 자신의 삶을 되돌아보았다. 그리하여 자신의 삶을 칭찬하기도 하고, 자신의 마음을 위로하기도 하면서 용기와 힘을 얻었다. 그리고 자신의 삶을 반성하기도 하고, 자신의 마음을 채근(採根)하기도 하면서 새로운 삶을 다짐하였다. 이러한 과정을 통해 자신의 삶 속에서 일어났던 심리·정신적 갈등이나 장애, 문제상황 등에 직면하여 성찰함으로써 자신의 삶에 대해 조금 더 깊이 있는 이해와 수용에 이를 수 있었다. 뿐만 아니라 이러한 자신의 삶에 대한 이해와 수용은 자신과 타인에 대한 용서와 화해에 이를 수 있었다.

이렇듯 이 작품들은 자신의 심리·정신적 갈등이나 문제적 상황에 직면하여 용기와 힘을 얻고, 성찰의 과정 속에서 자신의 삶을 이해하고 수용하면서, 용서와 화해에 이르러 자신의 삶의 긍정성을 회복하고 자신의 삶을 통합해 나가기까지의 과정을 잘 보여 주고 있다. 그리고 이 글쓰기 활동이 참여 청소년들의 자아존중감 신장과 정체감 형성·발달에 긍정적인 영향을 미쳤음을 보여주고 있다. 그러므로 '나처럼 너를' 인터넷 글쓰기 과정에서 쓴 글들은 문학상담의 측면에서 볼 때, 충분히 가치 있는 자료이다.

여기서는 이 글들을 크게 나의 보물찾기, 친구의 보물찾기, '나/처/럼/너/를/' 5행시 짓기 등 세 가지로 나누어 이야기하고자 한다. 첫째, 나의 보물찾기이다. 나의 보물찾기는 말 그대로 자신의 보물을 찾아 쓰는 과정이다. 자신 안에 숨겨진 보물을 찾아내어 '나'에게 칭찬해 주고, '나'에게 사랑의 편지를 쓰는 과정의 글이다. 자신의 보물이란 자신의 강점을 말한다. 물론 자신의 생각과 마음, 행동 등에서 좋은 점, 잘하는 점, 하고 싶은 점 등은 당연히 강점이고 보물이다. 하지만 좋지 않은 점, 잘 못하는 점, 하고 싶지 않은 점 등도 강점이 될 수 있다. 왜냐하면, 그러한 것들도 마음만 먹으면, 새롭게 의미를 부여하고 해석하여 강점으로 만들 수 있는 여지가 충분히 있기 때문이다. 그러므로 강점은 생각과 마음에 따라 무궁무진하다. 찾으면 찾을수록, 찾으려는 생각과 마음이 있으면, 얼마든지 찾을 수 있는 보물이다.

이 장에서는 세 편의 글을 가지고 이야기한다. 첫 번째와 두 번째 글은 동일 청소년의 글이다. 첫 번째와 두 번째 글은 총 29쪽에 달하는 분량의 '나처럼 너를' 인터넷 글쓰기 글 중에서 발췌한 글이다. 그리고 세 번째 글은 필자의 '나에게 쓰는 편지' 중 발췌한 글이다. 아래의 글은 그 중 첫 번째이다.

'나처럼 너를' 그 첫 번째 07.10.16. 화

프롤로그(?)

①숱하게 행복과 성공에 관한 책을 읽고, 더 만족스럽고 즐거운 삶을 찾아 해맨지 어언 3개월. 나름대로 부단히 노력해왔으니 진전이 없어 사실은 지금 엄청난 좌절의 구렁텅이 속에 빠져있다. 원하는 대로, 목표에 걸맞게 발전된 나도 없고, 더 중요한 것은 예전과 다를 바 없이, 친구를 진심으로 좋아하지 못하고, 단지 '내게 필요한', 어찌보면 '수단으로서의' 친구들 사이에 둘러싸여있는..... 아직도 결코 행복하지 못한 나. 특히 너무나도 좌절했던 오늘 내겐 특히나 너무나도 특별한 것을 알게 되었다. '나처럼 너를'. 실장이 포스터를 붙이는 순간 나는 생각했다. '그래! 저거다!' 그리고 다시금 떠오른 나의 좌우명, "Heaven helps those who help themselves" 나와, 모두의 행복으로 가는 길. 오늘부터 정말 중대한 프로젝트를 시작해 보리라! ②변화, 변화 외치던 게 중학교 2학년 때부터였으니까, 이제 4년이 다 되어 가는데, 난 언제나 '현실과 이상의 괴리' 라는 말만 허탈히 되풀이하며 또 하나의 위대한 프로젝트를 계획했었다. ③'완전비상'을 위한. 항상 실패로 끝나고 흐지부지해져버렸는데, 이 그 이유 중 하나가 '나만 생각해서' 인 것 같다. 친구문제로 너무나도 큰 상처를 받았던 중학교 1학년, 그때부터 내게 친구는 '경쟁자'였고 '적'이었다. 그렇게 마음의 문을 열지 못하다가 정말 꼭 맞는 친구를 만나 3년 정도 아주 친하게 지냈는데 고등학교 2학년이 되면서 우린 더 이상 진정한 친구가 될 수 없게 되었다.

④그러나 나는 안다. 밉게만 보이는 친구에게, 사실은 장점이 훨씬 더 많다는 것을 그리고 친구의 장점을 앎으로 인해 그 친구를 진심으로 좋아하게 될 수 있고 또, 나의 장점을 앎으로 인해 나 자신을 좀 더 사랑할 수 있다는 걸. 친구의 미운점만 보고 '친구 따윈 필요 없어'. '인생 혼자 사는 거지' 하고 위안을 하는 대신 오늘부터는 친구의 좋은 점을 보고 진심으로 그 친구를 사랑하는 것이다. 해보자. 할 수 있다. '입시에만 매달려 있어야 할' 고등학생이라고만 생각 할 게 아니라, 내게 훨씬 더 중요한 이것. 정말로 시작해보자!

글이 너무 뒤죽박죽 이다 ^^; 하지만 '본말전도'방지를 위한 위의 글은 나의 새 프로젝트의 성공에 큰 도움을 줄 것이다. Way to go!

윗글의 필자는 ①에서 '지금 여기'의 자신의 삶의 이야기에 직면하여 표현하고 있다. 자신이 이 글을 쓰게 된 계기를 서술하면서 자신의 고민, 즉 심리적 갈등을 드러내고 있다. '행복과 성공'에 대한 갈망으로 '더 만족스럽고 즐거운 삶'을 찾아 3개월을 헤맸다고 한다. 행복과 성공에 관한 책도 읽고, 부단히 노력도 했다고 한다. 그런데도 불구하고 진전이 없어 지금은 '엄청난 좌절의 구렁텅이'에 빠져 있다고 한다.

여기서 필자는 크게 두 가지 바람이 있다. 첫째, 필자는 원하는 대로, 목표에 걸맞게 발전하고 싶다. 둘째, 좋은 친구관계를 갖고 싶다. 그 중에서 필자는 두 번째의 좋은 친구관계에 대한 소망을 더 중요하게 생각하고 있다. 지금까지의 친구관계에 대해 필자는 예전과 다를 바 없이 친구를 진심으로 좋아하지 못하고 있다고 고백한다. 단지 자신에게 필요한 수단으로서의 친구관계였음을 고백한다. 그리고 그런 친구들 사이에 둘러싸여 있다고 말한다. 그래서 필자는 "오늘" 엄청난 좌절의 구렁텅이에 빠졌고, 행복하지 못하다고 말하는 것이다.

그렇지만 필자는 ②에서처럼 중학교 2학년 때부터 변화를 외치며 지금까지 4년이 다 되어 가도록 노력했다고 한다. 매번 '위대한 프로젝트'를 계획했지만 실패했던 것이다. '현실과 이상의 괴리'라는 말만 허탈하게 되풀이하면서 항상 실패로 끝나고 흐지부지되어 버렸다는 것이다. 그런데 필자가 생각하기에 그 이유 중 하나가 "나만 생각해서"라고 말한다. 중학교 1학년 때 친구문제로 너무나 큰 상처를 받았다고 하는 필자는 그때부터 친구가 '경쟁자'고 '적'이었다고 한다. 필자가 받은 이런 큰 상처로 인해 자신만을 생각할 수밖에 없었던 것이 실패의 큰 이유라는 것이다.

이렇듯 윗글의 필자는 자신의 삶의 이야기를 직면하여 표현하면서 자신의 삶을 되돌아본다. 그리하여 자신의 삶을 반성하기도 하고, 자신의 마음을 채근(採根)하기도 하면서 "오늘부터 중대한" 프로젝트를 다짐하고 있다. 그리고 이 프로젝트는 "나와 모두의 행복으로 가는 길"이다. 그 길은 ④에서와 같이 자신의 강점을 앎으로 인해 자신을 조금 더 사랑할 수 있는 길이고, 친구의 미운점만 보고 "친구 따윈 필요 없어", "인생 혼자 사는 거지"하며 위안했던 자신의 삶을 바꿔 진심으로 친구를 사랑할 수 있는 길이다. 필자는 이 속에서 자신과 친구 모두를 사랑하는 길이 우리 모두를 행복하게 하는 중요한 길임을 깨닫고 있다. 그리고 이러한 과정을 통해 필자는 자신의 삶에 대한 이해와 수용이 조금 더 깊게 이루어질 수 있는 가능성을 열고 있다.

그런데 여기서 알 수 있는 또 하나의 중요한 것은 ④에서 말하듯이 누가 알려주지 않더라도 자신의 심리·정신적 갈등과 갈등해결의 방향에 대해서 모르지 않을 가능성이 많다는 사실이다. '문제 속에 답이 있다'는 말도 있듯이, 심리·정신적 갈등을 가지고 있는 자신이 그 해결책에 대해서도 잘 알 가능성이 많다는 사실이다. 이는 자신의 심리·정신적 갈등을 솔직하게 드러내고 또 그것을 깊이 있게 드려다 보고 고민하는 과정, 즉 성찰하는 과정에서 그 해결책도 찾아진다는 것을 의미한다. 즉 위와 같은 글쓰기 통해 자신의 심리·정신적 갈등이나 문제적 상황을 직면하여 표현하고 또 그것을 성찰할 수 있도록 기회를 부여한다면, 그 문제의 해결의 방책도 자신의 내면에서 찾을 수 있도록 도와줄 수 있다는 것이다.

아래의 글은 두 번째 글이다. 이 글은 첫 번째 글의 필자가 엄청난 좌절의 구렁텅이에 빠졌고, 행복하지 못했던 자신의 삶을 반성하기도 하고, 자신의 마음을 채근하기도 하면서 다짐했던 "오늘부터 중대한" 프로젝트 중 나의 보물을 찾는 첫 번째 글이다.

> ☆나의 보물찾기_1
>
> "도전정신이 강한 7전8기 인생. 자랑스러운 나의 보물"
>
> ①'의지가 약해 자꾸 좌절되고, 쉽게 포기해 버린 나'만 자책하며 후회스럽고 불행한 인생을 살아왔다. 허구한 날 "어렸을 때로 돌아가고 싶다"는 말만 연발했던 나.
>
> ②그래, 충분히 반성해야 할 점이지만 부정적인 것으로만 보고 좌절할 필요는 없다. ③많은 실패를 경험했지만 그것이 '온전한 실패'뿐인 것만은 아니었다. 그 속에서 나는 많은 교훈을 얻었다. ④그치만 무엇보다 중요한 것은 내가 그 절망 속에서도 꿋꿋하게, 일곱 번 넘어지고도 여덟 번 일어났다는 점이다. ⑤나는 아직 내 목표를 향해 달리고 있고, 포기할 마음은 죽어도 없다. 결국 나는 이룰

것이다. 그리고 나는 좌절 속에서도 행복하다. 다시 일어날 것이기 때문에. 자랑스럽고 아름다운 나의 도전정신과 칠전팔기인생, 나는 나를 사랑한다.

윗글 '☆나의 보물찾기_1'의 필자는 "도전정신이 강한 7전8기 인생"이 자신의 보물이다. 그런 보물을 가진 만큼 위 글의 필자는 여러 번의 실패와 좌절을 겪었으며, 그것이 마음속의 상처로 간직되어 있다. 필자는 ①에서 자신의 의지가 약해 '자꾸 좌절'된 경험에 대해 말한다. 그런 경험 속에서 쉽게 포기해 버린 자신을 책망하며 후회했다고 한다. "허구한 날", 어렸을 때로 돌아가고 싶을 정도로 필자의 자신에 대한 실망감, 패배감, 좌절감은 컸다. 그래서 불행한 인생이라고 말한다. 이처럼 필자는 극도로 자존감이 상실된 상태로 살아왔고, 이로 인해 퇴행적 욕구를 가질 정도로 후회스럽고 불행한 인생이었음을 솔직하게 고백하고 있다.

그런데 여기서 중요한 것은 자신의 부끄러운 모습을 솔직하게 드러내고 있다는 점이다. 자신의 상처를 솔직하게 드러낸다는 것은 많은 용기가 필요하다. 많은 사람들은 여러 가지 이유로 꺼낼 엄두를 내지 못하고 세월이 약이라 하며 속으로 앓다가 자신도 모르게 더 큰 심리적 장애를 평생 간직하면서 살아간다. 그러므로 자신의 상처를 솔직하게 드러낸다는 것은 자신의 상처를 아물게 하여 극복하는데 있어서 획기적인 전환점을 시사한다. 그리고 자신의 상처를 밖으로 꺼내 놓는 과정에서 필자는 오로지 자신의 상처에만 집착했던 입장과 태도에서 조금씩 벗어나게 된다. 즉 편협하고 단편적인 입장과 태도에서 개방적이고 허용적인 입장과 태도로 변화되고 있음을 나타내고 있다.

그렇기 때문에 필자는 윗글을 쓰기 시작하면서 그리고 쓰는 과정에서 자신의 삶의 상처를 딛고 진취적으로 자신의 삶을 영위해 나가려고 하는 의지를 보인다. 그것은 ②, ③에서 알 수 있다. 필자는 이전에는 ①에서 기술된 것처럼 자책과 후회, 좌절 속에서 퇴행적 욕구를 가질 정도로 자신의 삶을 후회스럽고 불행한 인생으로 낙인하면서 살아왔다. 그러나 필자는 ①에서처럼 자신의 상처를 솔직하게 드러내 직면하고 성찰함으로써 새로운 인식의 전환에 이르러 자신의 삶에 대한 새로운 입장과 태도를 갖게 된다.

뿐만 아니라 이러한 인식의 전환과 삶에 대한 입장과 태도의 변화는 ②, ③에서와 같이 부정적인 많은 실패 속에서 많은 교훈을 얻을 수 있다는 깨달음에 이른다. 그렇기에 부정적인 것으로만 보고 좌절할 필요도 없다고 한다. 이는 필자가 '☆나의 보물찾기_1'을 통하여 자신의 삶의 부정적인 측면을 자신의 삶 전체 속에서 이해하고 수용하여 긍정적이고 유익한 삶으로 변화시키고 있음을 알 수 있는 부분이다. 즉 자신이 스스로 에워쌓아 감춰뒀던 상처를 자신의 삶 전체 속에서 성찰함으로써 이해하고 수용하여 자신의 삶의 긍정성을 회복하고 있는 과정이다. 이러한 과정은 한 단계 높은 단계에서 이뤄지는 자신과 타인에 대한 용서와 화해가 허락됨으로써 통합된 자아를 이루게 하는 디딤돌을 놓는 과정이기도 하다.

그런데 필자는 ④에서와 같이 절망 속에서도 꿋꿋한 '7전8기 인생'이라는 보물 즉 실패와 지혜가 통합된 자아를 형성해 가고 있다. 왜냐하면 이 과정 속에서 필자는 실패와 좌절이든 성공과 행복이든 즉 부정적인 것이든 긍정적인 것이든 모든 것이 자신의 삶을 풍요롭게 하고 삶의 소중한 경험과 지혜로써 다가오기 때문이다. 그렇기 때문에 ⑤에서 알 수 있듯이 필자는 강한 결의를 다지며 삶의 원동력을 회복하였고, '좌절 속에서도 행복'함을 느끼게 된다. 결국 이는 자신의 삶에 대한 자긍심과 자아존중감을 회복시켜 자신의 삶을 자랑스럽고 아름답게 생각하게 하고, 자신을 사랑한다고 말할 수 있게 한다. 물론 이것이 바로 문학상담에서 언급한 '자아'의 통합을 이루는 과정이다.

아래의 글은 세 번째 글이다. 이 글은 드디어 자신의 삶에 대한 이해와 수용을 바탕으로 용서와 화해 그리고 감사로 이어진다.

> 나에게
> 00아, ①<u>내 인생이 정말 구리다. 잘 되는 일은 없고 매일 사고만 일어나고 매</u>

일 눈치 보고 사는 이 덧없는 인간 정말 불쌍하고 바보 같다. ②너도 그렇게 생각하지. 그래 얼마전에도 내가 짬이 날 때 마다 귀여운 사자를 조각해 만들었는데 어느 누군가 내 조각을 보고 "유치원 장난하고 있다."라는 소리에 큰 충격을 받았던 적이 있었지. ③정말 내 조각이 유치원 장난이었냐? ④그후는 네가 정말 고맙다. ⑤주위의 많은 사람들이 도와주지만 특히 힘든 일이 겹쳐와도 끝까지 같이 가는 너의 힘에, 너의 인내력 덕에 나는 꿋꿋하게 살아가고 있다. 앞으로도 잘 부탁한다.

⑥친애하는 00에게 올림

윗글에서 최00은 ①처럼 자신의 삶이 '정말 구리'고, '잘 되는 일은 없고 매일 사고만 일어나'는 삶이라고 말한다. 뿐만 아니라 '매일 눈치 보고 사는' 덧없는 인간으로 자신을 부정적으로 표현하고 있다. 자신의 삶과 자신에 대해 부정적인 감정을 지나칠 정도로 적나라하고 격하게 드러내 놓고 있다. 물론 이러한 적나라하고 격한 감정의 분출이 부정적인 것만은 아니다. 자신의 생각과 마음, 감정을 분명히 표현하여 분출함으로써 이런 것들의 부정적으로 과잉되고 충동적인 측면을 누그러뜨리고 정화할 수 있기 때문이다. 하지만 자신에 대한 이러한 부정적인 인식은 자아존중감을 저하시키고, 삶의 의욕을 상실하게 함으로써 실패와 좌절과 절망으로 밀어 넣기 때문에 매우 심각하게 다뤄져야 한다. 그런데 최00은 이러한 자신의 생각과 마음, 감정을 확인이라도 하듯이 ②처럼 자신에게 묻는다. 그럼으로써 자신의 비참한 감정을 더욱 드러내어 강조하면서 자신의 감정을 폭발 직전까지 극단적으로 몰아간다. 그러고 나서 자신의 최근의 충격적인 경험을 들춰내어 고백하듯 말한다. 자신의 자존심을 훼손하여 큰 충격에 휩싸여 이렇게 자신을 '불쌍한 바보'로 만든 것에 대해 토로한다. 이것은 한편으로 자기공감적인 고백이기도 하다. 왜냐하면 자기공감은 자신의 마음과 함께 머물러 함께 느끼는 것이기 때문이다. 최00은 이 지점에서 '불쌍한' 자신의 슬픔에 함께 머물러 함께 슬퍼한 것이다. 이러한 자기공감은 자신의 삶에 대한 이해의 시작이며 위로의 과정이다. 이것은 이후 자신의 삶과 자신에 대한 용서와 화해, 자기사랑으로 이어지기 마련이다.

그런데 ③에서 '성군'은 돌연 반문한다. 스스로에 대한 자각인 것이다. 자기 부정의 부정인 것이다. "정말 내 조각이 유치원 장난이었냐?"라는 물음 속에는 자신의 심리·정신적 갈등과 문제적 상황의 극복에 대한 강한 저항의 의지가 있다. ③의 앞에서 이제껏 폄하하고, 비난하고, 절망했던 자신과 자신의 삶의 모습을 극적으로 부정하고, 스스로의 성찰과 강한 의지로 자신과 자신의 삶을 이해, 수용하고 있는 것이다. 동시에 '불쌍하고 바보' 같았던 자신과 자신의 삶을 용서, 화해하고 있는 것이다.

그렇기 때문에 ④에서와 같이 필자는 이제 자신에게 고맙다. 더 나아가 ⑤에서처럼 주위 사람의 도움보다 자신의 내적힘과 '인내력' 등을 들며, 자신을 인정하고, 격려한다. 그러면서 앞으로도 더욱 잘 살아갈 것을 부탁까지 한다. 물론 이는 자신과 자신의 삶에 대한 다짐이고 의지의 천명이기도 하다. 이러한 고마움의 표시, 인정과 격려, 그리고 부탁은 자신과 자신의 삶을 용서하고 화해한 후, 자신과 자신의 삶의 모든 것에 감사한 덕분이다. 부정적인 삶에서 오히려 긍정적인 자신과 자신의 삶을 발견하고, 이 모든 것에 감사하고, 통합해 나가는 과정인 것이다. 그런 후 결국 ⑥과 같이 '친애하는 성군'으로 자신이 다시 새롭게 자리매김 된다.

이처럼 용서와 화해, 감사에 이르기 위해서는 자신과 자신의 삶 속에 대한 공감과 성찰, 이해와 수용의 과정이 필수불가결하다. 그런데 이 과정에서는 특히나 자기공감이 가장 중요하다. 왜냐하면 자기공감은 바로 자신과 자신의 삶에 대한 연민이고 사랑이기 때문이다 상대공감의 힘, 즉 상대와 상대의 삶에 대한 연민과 사랑으로 작용하기 때문이다. 이러한 연민과 사랑은 결국 서로를 이해할 수 있게 하고, 서로를 수용하며, 용서하고 화해에 이르는 힘이 되기 때문이다.

둘째, 친구의 보물찾기이다. 친구의 보물찾기도 말 그대로 친구의 보물을 찾아 쓰는 과정이다. 친구에게 숨겨진 보물을 찾아내어 친구에게 칭찬해 주고, 친구에게 우정의 편지를 쓰는 과정의 글이다. 친구의 보물이란 친구의 강점을 말한다. 물론 친구의 생각과 마음, 행동 등에서 좋은 점, 잘하는 점, 하고 싶은 점 등은 당연히 강점이고 보물이다. 하지만 좋지 않은 점, 잘 못하는 점, 하고 싶지 않은 점 등도 강점이 될 수 있다. 왜냐하면, 그러한 것들도 마음만 먹으면, 새롭게 의미를 부여하고 해석하여 강점으로 만들 수 있는 여지가 충분히 있기 때문이다. 그러므로 강점은 생각과 마음에 따라 무궁무진하다. 찾으면 찾을수록, 찾으려는 생각과 마음이 있으면, 얼마든지 찾을 수 있는 보물이다.

여기서는 두 참여자의 글을 가지고 이야기한다. 첫 번째 참여자의 글은 '친구의 보물찾기'를 통해 자신의 삶의 정체성을 형성해 나가는 글이다. 먼저 친구의 삶의 모습을 통해 자신의 삶을 성찰하고 있다. 그리고 자신의 삶을 반성적으로 성찰하면서 자신의 삶의 정체성을 확립해 나가고 있는 과정이다.

(가) 별일이 없었던 오늘은.. 사소하지만 참 여러 가지 지나칠뻔한 친구의 모습들을 잡아냈다! 〉ㅁ〈 일단 오늘 내가 사야할 게 있어 00이 에게 시내를 가야한다 했는데 같이 가준다 했다. 00이 와는 2년째 하교길을 같이한 친구라, 어딜 간다면 간다고 말을 해야 했다. ①첫 번째.. 사소하지만 고마웠던 시내같이 가주기, 시험기간엔 아무도 같이 가주지 않는 시내를 같이 가주는 것만으로 고마웠다♡

같이 버스를 타고 가는데 버스 안엔 학생들 (특히 울학교)이 많았다. 시내로 곧장 가는 버스라서 그런지 아줌마. 아저씨. 대학생 정말 사람이 많았다. ②우산동에서 할머니들이 많이 탔다, 정말 힘들어 보이는 할머니가 탔는데 00이가 바로 자리를 양보했다. 이건 뭐 당연한거라고 생각될 수도 있지만 우리 학교 애들은 다들 자기들 수다 떨기에만 바쁘고 할머니들에게 자리를 양보할 기미가 없었다...

그걸 보고 00이 마음씨가 젤 착하고 사람 됨됨이가 되있는것 같아 참 훈훈해졌당^-^ㅋ 게다가 00이는 허리수술로 인해 버스에 오래 서 있는 건 힘들 것 같은데..ㅠㅠ

아무튼 이게 두 번째 보물... 내 볼일을 다 보고 고마운 마음에 이삭토스트를 먹으러 가서 하나 사준 다음에 먹으면서 버스를 타러 갔다.

그런데 어느새 보니까 00이 손엔 이삭토스트 종이가 쥐어져 있었다. 다 먹고 쓰레기를 쥐고 있었던 것이다.

내 손엔 덩그러니 버스비 천원만 쥐어져 있었다. ③그런데 00이는 그걸 버스 정류장까지 쥐고, 계속 관찰해 보니 버스정류장 모퉁이에 쓰레기통에 버렸다. ④휴... 참 쑥스러워졌다~ 정말 정말 어찌 보면 너무 사소해 보일지는 몰라도 남은 실천하지 않는 조금한 일도 다 실천하고 있는 00이 모습에 마음이 따뜻하고 본받아야겠단 생각이 절로 들었다. 그리고 내 자신을 반성 할 기회도 온 것 같아서 기분도 좋다♡ 아마 00이는 내가 이렇게 자신을 관찰하고 이런 글을 쓰고 있을지 모르고 있을 거다.

(생략)

(나) ①요즘 날씨가 추워지는 것 같다. 시험도 다가오는 게... 아주 힘든 하루하루다. ㅜ_ㅜ

아침에 일어나는 것부터 학교로 가서 공부하는 집으로 하교하는 것까지 너무 짜증나고 귀찮다~! 내가 너무 귀찮고 힘든 만큼 애들도 많이 예민해져 있을 것이다. 그래서 서로를 배려하면서 지내야 하는 게 옳은 일이지만 나는 애들이 시끄러우면 너무 짜증나서 소리를 지르고 욕도 좀했다ㅜ_ㅜ 내가 이럴수록 애들도 불쾌했을 텐데, 그리고 난 세치기도 막했다. 배가 많이 고프지도 않지만 춥고 줄스는 게 너무 귀찮아서.. 이때까지는 그냥 나도 짜증나죽겠는데~ 나만 편하면 되지!란 생각으로 별 문제없다고 생각했다. 그런데 00이는 달라도 너무 달랐다. 나와 확연히 달랐다. 그래서인지 00이의 또 다른 보물이구나! 하며 단번에 찾아 버렸다. ②00이는 친구들을 배려할 줄 아는 마음이 참 컸다. 5교시 음악 이동수업 시간에 음악실에 갔다. 피아노가 있기 때문에 가자마자 앉아서 치곤했다. 그 때가 수업종치기 15분전이라 음악실까지 와서 공부를 하던 애들이 있었다. ③난 아무생각 없이 피아노를 쳤다. 잘 치는 것도 아니고 그냥 막~ 스트레스 풀듯이..

그런데 00이도 같이 쳤는데 어느 순간 나에게 그만하자~^^고 말하며 피아노 뚜껑을 닫아버렸다. ④처음엔 왜 그런지 몰랐지만 뒤에서 공부하던 친구들에게 "그만칠 게 집중이나 해~~" 라며 웃음 지었다. 조금한 행동이지만 남을 배려하는 마음이 내 눈에 보였다, 나도 친구들이 뒤에서 공부하고 있는 거 알았는데, 왜 그런 배려해야겠단 생각을 못했을까?

내 친구 00이는 이것 말고도 배려를 참 잘한다. 급식소에서도(김치 받을 때), 교실에서도 친구들에게 아마 조금한 배려라 유심히 보지 않으면 지나칠 수도 있지만 이젠 내 눈엔 한눈에 보인다. 그 만큼 배려심 강한 내 친구다! ⑤그리고 나와 다르게 또 칭찬할 점은, 모든 것을 긍정적이게 보는 모습이다. 오늘 하루

불쾌했던 나로선 00이의 긍정적인 태도, 생각이 부러울 따름이다. 모든 것을 긍정적이게 보는 건 00의 좋은 점 중 가장 좋은 점이다, 내가 무슨 말. 행동을 해도 모두 긍정적이게 생각해서인지 나도 기분 좋고, 00이랑 말도 잘 통하고^ ^ 다른 친구에게 말하면 부정적이게 말하고, 받아들이는 애들이 있는데... 난 참 그게 싫다. ⑥그래서인지 긍정적인 00이의 모습이 00이 만에 최고의 보물이라고 생각한다. 오늘 친구가 나에게 보여준 보물은 남을 배려하는 마음, 긍정적인 생각이 잔뜩 있는 성격의 보물 〉_〈, 오늘도 너무 값진 보물을 찾게 되어서 기쁘다~

⑦내일부턴 제발 긍정적인 생각!!! 파이팅~

(다) 마음 속 보물찾기

오늘도 친구의 마음 속 보물을 찾았네,
하루에 한 개씩.... 소중한 보물을 찾네...

①미처 몰랐던 보물을 찾았을 땐
한 번 더 깊게 생각하게 되고...
친구 소중함 더 느끼게 되구나...

어젠 미웠던 친구에게서
숨겨진 보물을 찾고 나니 미안한 마음...
친구 소중함이 더 느끼게 되구나...

②내 마음엔 긍정의 싹이 피어오르고...
마음 한켠엔 친구 소중함도
커져가는구나…….

윗글의 필자는 글쓰기를 통해 자신과 친구의 삶의 모습을 대상화하여 성찰한다. 친구의 보물찾기 속에서 친구의 올바른 모습을 찾고, 마음 속으로 칭찬하면서 자신의 삶을 반성적으로 성찰하고 있다. 위 글은 이런 성찰을 통해 친구의 긍정적인 측면을 자신의 중심자아에 반영하는 과정의 글쓰기이다. 그럼으로써 자신의 정체성을 긍정적인 방향으로 수정해 나가고 있다.

00이라는 친구는 위 글들 외에도 필자의 다른 여섯 개의 '친구의 보물찾기' 글에서도 주인공으로 등장한다. 그만큼 가깝게 여기고 있고, 자신의 모범으로서의 역할을 하는 소중한 친구이다. (가), (나)에서 알 수 있듯이 00이는 필자의 삶을 반성하게 하고, 필자가 본받아야겠다고 생각하는 친구이다. (가)의 ①, ②, ③에서는 '아무도 같이 가주지 않을 때', 친구를 배려해 시간을 내주는 모습, '아무도 하지 않을 때', 허리수술을 받았음에도 불구하고 할머니께 자리를 양보하는 모습과 자신의 쓰레기를 버리지 않고 가지고 있다가 쓰레기통에 버리는 모습 등을 나열하면서 친구의 삶의 모습을 대상화하여 성찰하고 있다.

그리고 (나)의 ①, ③에서 필자는 추위에 하루 종일 짜증나고 귀찮아 애들이 시끄러우면, 소리를 지르고 욕도 한다. 뿐만 아니라 배가 많이 고프지도 않으면서 춥고 줄 서는 것이 귀찮아 새치기도 막 한다. 그리고 음악실에 가서는 스트레스 풀듯이 '아무 생각 없이' 피아노를 쳤다. 반면, 친구의 모습은 확연히 달랐다고 말한다. 친구는 (나)의 ②, ④와 같이 자신의 충동적인 말과 행위를 절제하고, 상대적으로 친구들을 배려하였다. 그리고 (가)의 ①, ②, ③과 (나)의 ①, ③ 뿐만 아니라 다른 여섯 개의 글에서도 위 글의 필자는 친구의 말과 행동을 자신의 말과 행동 더 나아가 삶의 모범으로 여기고 있음을 알 수 있다.

그런데 여기서 중요한 사실은 윗글에 나타난 필자의 심리·정신적 갈등이나 장애, 문제상황 등이 에릭슨의 말처럼 이 시기 청소년들의 자아정체감의 문제와 관련된다는 사실이다. 왜냐하면, 청소년 시기 이전 단계까지는 회의 없이 받아들였던 자기존재에 대해 다시 되돌아보고, 새로운 경험과 탐색이 시작되는 시기가 청소년 시기이기 때문이다. 이 시기에는 동아리나 모임, 위인들이나 주변의 존경할 만한 인물, 문학이나 예술 속에 나타난 인물, 연예인 등의 개인이나 소속 집단에 대한 동일시의 현상이 나타난다고 한다. 이러한 동일시로 청소년들은 개인의 자아 정체감을 형성·발달시켜 나가는 것이다. 따라서 윗글의 필자는 '친구의 보물찾기'를 통해 자신의 존재에 대해 새로운 경험과 탐색을 수행하고 있으며, 주변의 모범적인 친구와의 동일시를 통해 자신의 자아 정체감을 형성·발달시켜 나가고 있으며, 자신의 중심자아를 수정해 나가고 있다고 할 수 있다.

또한 필자는 친구의 모범적인 삶의 모습을 통해 자신의 삶의 모습을 반성적으로 성찰하면서 결국 (나)의 ⑦에서처럼 긍정적인 삶의 태도의 전환을 다짐하기에 이른다. (나)의 ⑤에서와 같이 친구의 또 하나의 칭찬할 점을 이야기하면서 친구의 긍정적인 삶의 태도를 '가장 좋은 점'이라고 말한다. 그러고 나서 (나)의 ⑥에서와 같이 긍정적이지 않게 말하는 친구들에 대해 부정적인 감정을 드러내면서 자신의 삶의 태도에 대한 지향을 분명히 한다. 이러한 지향은 (나)의 ⑦에서뿐만 아니라 (다)로 이어진다. 먼저 필자는 (다)의 ①에서와 같이 '친구의 보물찾기'를 통해 자신을 한 번 더 깊이 있게 생각하게 되고, 친구에 대한 소중함을 간직하게 되었다고 말한다. 즉 친구의 보물 같은 삶의 모습을 보면서 자신의 삶을 반성적으로 성찰한 필자는 자신의 삶을 되돌아보게 하고, 긍정적인 삶의 태도에 대한 지향을 갖게 한 친구가 더욱 소중하게 다가 온 것이다. 이는 (다)의 ②에서도 알 수 있다. 이제 필자의 마음속에는 '긍정의 싹'이 피어오르고 있고, 그와 더불어 친구의 소중함도 커져가고 있는 과정이다.

다음 두 번째 참여자의 글은 '친구의 보물찾기'를 하면서 자신의 삶을 반성적으로 성찰하면서, 자기공감과 상대공감을 바탕으로 용서와 화해를 이뤄나가는 과정이 드러나 있는 글이다. 이는 자아성찰과 공감을 통해 부정적인 자신의 삶의 모습에 대한 용서와 화해의 과정을 거쳐 '자아'를 수정하며, 결국 통합해 나가는 과정에 도달한 글이라 할 수 있다.

☆친구의 보물찾기_1

"남을 배려해주고, 관심 가져주는, 속 깊은 친구, 자랑스러운 보물"

평소 내가 별로 맘에 들어 하지 않았던 학원 친구. 그 애가 중얼거리는 말에 난 무슨 말을 하는지 귀를 기울이지도 않았고 아무 대답도 하지 않고 못들은 척했다. 뭐라고 하는 지 잘 못 알아들었을 때가 많았고. ①<u>그러나 그 애는 항상</u>

내 말에 귀 기울려주고, 반응해주고, 웃어주고, 답변해주었다. 그렇게 불친절했던 나에게 하는 것 같지 않게. 내가 그러든 말든 그 애는 시종일관 내게 관심을 가져주었다.

②생각해보니 ③내가 그 애를 마음에 들어 하지 않았던 이유는 그 애의 '외모'나 '인지도'때문이었다. ④평소 내가 그런 경향이 많다고 생각을 했었지만, 정말 고쳐야 할 것이라고 생각한다. 나의 '이유 없는' 그런 태도에 그 친구는 얼마나 상처를 받았을까. 사실은 속으로 얼마나 마음 상해했을까. ⑤내일부터 당장 그 친구에게 '그동안 미안했다'고 용서를 구하고 잘 대해 주어야겠다. ⑥착하디착한 그 친구를 생각하니 너무 마음이 아프다. 사실, 그 친구 정말 좋은 친구인데…….
"⑦정말 정말 정말 미안해. 그리고 고마워ㅇㅇ야!"

윗글 '☆친구의 보물찾기_1'은 친구와의 관계의 문제를 드러내어 성찰하고, 친구에 대한 상대공감을 통해 그 관계를 회복해 가는 과정을 나타내고 있다. 먼저 필자는 자신이 평소에 맘에 들어 하지 않았던 학원 친구와의 관계에 대해 솔직하게 서술하고 있다. 말을 해도 귀 기울이지 않았고, 대답도 하지 않았으며, 못들은 척 무시했던 자신에 대해 고백한다. 반면에 ①에서처럼 항상 자신의 말에 귀 기우려 주고, 웃어주고, 답변해 주었던 친구에 대해 이야기하고 있다. 그러면서 그런 친구에 대해 무시와 무관심으로 일관했던 자신의 모습을 애써 꺼내어 놓고 성찰해 본다. ②에서처럼 생각해본 것이다.

그러고 나서 ③에서처럼 그 이유에 대해 나름대로 밝히고 있다. 친구의 외모나 인지도 때문이다. 친구에 비해 상대적으로 그렇지 못한 자신의 모습과 위상은 자신을 스스로 괴롭혔다. 그리고 그 반대급부로 상대에게 상처를 주었다. 물론 '무엇이라고 하는지 잘 못 알아들었을 때가 많았'다고 하지만, 필자는 자신의 열등감과 피해의식을 상대에게 상처를 주는 행동을 함으로서 스스로 위안을 삼았다. 그러나 그것이 더 큰 죄의식과 공허함으로 돌아왔기 때문에 윗글에서 밝히고 있다.

그런데 결국 이것은 자아에 대한 존중감의 저하와 정체감의 부재에 의해 비롯된다. 끊임없이 타인과 비교하면서 가지는 열등감과 피해의식, 그리고 자신이 스스로 해결할 수 없다고 생각하는 삶에 대한 불만족스러움이 자신의 삶을 왜곡하고 있는 것이다. 이것은 다시 있는 그대로의 자신의 삶에 만족하지 못하게 하고, 자신의 삶을 이해하고 수용하지 못하게 한다. 그럼으로써 자신을 더욱 부정적으로 인식하고, 자신을 비하하고 비난하게 된다. 이러한 것들이 순환하면서 더욱 자신을 어렵고 힘들고 고통스러운 나락으로 떨어뜨리며, 자아존중감의 급격한 저하와 정체감의 상실을 초래한다. 물론 이러한 모습은 윗글의 필자뿐만 아니라 많은 청소년들에게서 나타난다. 자신의 심리·정신적 갈등이나 문제적 상황으로 인한 어려움과 힘듦과 고통스러움을 타인이나 다른 매개체 즉 동식물이나 자신의 주변에 있는 사물에 폭력적인 행위를 하는 것에서 나타난다.

그런데 윗글의 필자는 이러한 글쓰기 과정에서 ④에서처럼 자신의 삶을 반성적으로 성찰하고 친구의 상처를 헤아려 염려하고 공감하게 된다. "얼마나 상처를 받았을까. 사실은 속으로 얼마나 마음 상해했을까."라고 하면서 친구의 마음에 공감하고 있다. 동시에 필자는 ⑥에서처럼 "착하디착한 그 친구를 생각하니 너무 마음이 아프다."라고 하며 자신의 마음에도 공감한다. 결국 필자는 ⑤와 같이 용서를 구하고, 화해의 결심을 하게 된다. 뿐만 아니라 ⑦에서처럼 이런 깨달음을 준 친구에게 미안하면서도 고마움을 전한다.

실제로 윗글의 필자는 "이렇게 실천을 해보니 참 보람있고 즐겁다. 앞으로 '사랑하는' 내가 되어야지. '미워하는' 나는 버리고, '사랑하는' 내가 되어야지!"라고 후기를 쓴다. 그리고 "얼마나 효과가 있겠어 싶어서 그 전까진 그냥 지나쳤었죠. 그런데 해보니까 정말 좋은 거예요. (생략) 제 자신에게 자신감도 생기고 더 행복해 지더라구요"라는 후기를 쓴다. 그렇기 때문에 위의 글은 자신의 삶을 성찰하면서, 친구의 상처에 대해 공감하고, 이러한 상대공감을 바탕으로 친구에게 용서와 화해를 구하는 글이다. 또한 이 글은 자아에 대한 존중감과 정체감을 형성하는 데에 긍정적인 영향을 주고 있고, '자아'의 통합에 발돋움할 수 있는 디딤돌을 놓는 과정이라고 할 수 있다.

셋째, '나/처/럼/너/를/' 5행시 짓기이다. '나/처/럼/너/를/ 5행시 짓기'는 '나의 보물찾기'와 '친구의 보물찾기'를 마치고 이어서 쓰는 과정의 글이다. 즉 '나/처/럼/너/를/ 5행시 짓기'는 '나의 보물찾기'와 '친구의 보물찾기'를 통해 깨달은 자신과 친구의 소중함과 자신의 삶의 지향을 5행시의 형식으로 형상화한 글이다.

필자들은 앞선 '나의 보물찾기'와 '친구의 보물찾기'의 과정에서 자신의 심리·정신적 갈등이나 문제상황 등을 드러내어 표현하여 대상화하였다. 그리고 공감하면서 자신의 삶을 성찰하였다. 이 속에서 자신의 삶에 대한 이해와 수용의 지평을 넓혔으며, 자신의 삶의 긍정적인 측면과 부정적인 측면 모두를 용서하고 화해하여 자신의 삶으로 통합해 나갔고, 그럼으로써 자신의 자아정체감을 형성·발달 시켜나갔다. '나/처/럼/너/를/ 5행시 짓기'는 이러한 성과를 다시 한 번 확인하고, 자신의 의지를 다지는 과정의 글쓰기이다.

다음의 글들도 통합된 자아를 형성해 나가는 과정을 문학적으로 승화해 나타낸 글들이다. '자신의 보물찾기' 글인 (가)와 '친구의 보물찾기' 글인 (나)를 쓴 뒤에 (다)를 이어서 지은 것이다. '나/처/럼/너/를/ 5행시 짓기' 글인 (다)는 (가)와 (나)의 글을 통해 더 잘 이해할 수 있다.

(가) 허약한 나에게...

안녕? 00군.

①넌 가끔 네 자신의 단점을 과장하면서 불만을 키워나가기도 했지. 왜소한 몸, 작은키, 가끔씩 소심해지고 우울해하는 성격이 내 전부인것 마냥 생각하기도 했지. 물론 그때는 그럴만한 이유가 있었어. 키 큰 친구들에게 ②놀림도 당했었고 그것을 극복하느라 무리하게 운동을 해보다가 코피가 나기도 했었지. ③하지만 너는 극복하려고 애를 썼어. 약한 체력을 억지로 강하게 하는것 보다는 건강한 몸을 지키기 위해 적당한 휴식을 취하고 규칙적인 생활을 하기로 마음 먹어지 그리고 스스로 일처리를 해나가고 관심있는 분야와 좋아하는 일에는 미친듯이 빠지는 열정을 갖게 되었지. ④그런점이 넌 참 대단해. 앞으로 너의 단점을 좀

더 보완하고 장점을 잘 살려서 체력과 정신을 바르고 유익한 곳에 쓰게 되는 날이 꼭 올거야. 그날을 위해 오늘부터 차근차근 건강하고 적극적인 네가 되기위해 ⑤노력할거라고 믿어. 그럼 잘지네. 안녕.

(나) 00에게

안녕?00아...

언젠가 수업시간에 너를 보았을때 ⑥눈빛이 하도 강해서 차갑고 냉정한 아이라고 생각했어. 거기다가 전교1등까지 하는 아이라고 하니 무섭게도 보였지 ⑦그런데 한 반에서 같이 생활해 보니 과묵하지만 친구들에게 친절하고 상대편이 기분 좋아지는 말도 해주어서 좋은 인상을 받게 되었어. 나는 가끔 점심시간에 혼자 식당에 가기도 하는데 너는 기다리면서 까지 나랑같이 가주었지. 참 의리가 좋은것 같아. ⑧많이 친해지진 못했지만 너와 함께 지내면 배울점도 많은 든든한 친구가 될것같다.

⑨나도 너처럼 의리있고 친구들에게 언제나 친절하게 대해주는 사람이 되고 싶다. ⑩다음에 같이 움직일 일이 있을때 나만 혼자 훌쩍 자리를 뜨지 않고 기다려 줄께. 그리고 공부도 최고인 만큼 건강도 잘 챙기길 바래. 건강이 무너지면 모든것이 무너져. 그럼 우리 내일 밝은 얼굴로 다시 보자. 안녕.

(다)

나 : 나홀로 험한 길을 가는 것은 아니다

처 : 처음부터 우리는 모두 거친 황야에서 길을 찾고 있었다

럼 : 넘어지고, 부딪칠 이 길목에서

너 : 너와 내가 주저앉아 있다면

를 : 늘 서로의 어깨를 일으켜주는 친구가 되고 싶다.

위의 오행시의 필자는 (가)의 첫 어구에서 보듯이 허약한 외모들 가지고 있다. 왜소한 몸, 작은 키로 인해 매우 불만이다. 그런데 (가)의 ①, ②에서처럼 이런 불만을 스스로 과장하면서 필자의 심리·정신적인 갈등은 가끔씩 소심해지고 우울해하는 성격으로 발전한다. 그 후, 이런 것들이 자신의 전부인 것 마냥 생각하게 된 사연을 고백하고 있다. 또한 이렇게 된 이유가 키 큰 친구들에 의한 놀림 때문이었다고 말한다. 놀림을 당하기 싫어

무리하게 운동을 하다가 코피가 나기도 했을 정도로 신경을 많이 썼던 것이다. 그래서 더욱 필자의 불만과 심리·정신적인 갈등이 증폭되었던 것이다.

그렇지만 (가)의 ③에서처럼 필자는 강하게 자신의 그런 노력이 의미가 없지 않았음을 주장한다. 자신의 지난 삶을 직면하여 성찰하면서 자신의 불만과 심리·정신적인 갈등을 적극적으로, 그리고 의지를 갖고 극복하려고 노력했던 자신과 만난 것이다. 자신의 부정적인 삶의 단면에서 자신의 삶의 긍정성과 만난 것이다. 그래서 필자는 네 줄에 걸쳐 자신의 노력했고, 노력함으로써 얻었던 성과에 대해 길게 서술하고 있는 것이다.

결국 이러한 과정은 ④와 ⑤에서처럼 자신에 대한 긍정성의 회복과 믿음으로 이어지고 있다. "넌 참 대단해."라고 하면서 자신을 긍정적인 존재로 인정하고 있다. 더불어 자신에 대한 존중감을 회복하고 있다. 이것을 바탕으로 자신의 삶의 지향을 긍정적 방향으로 설정하고 자신의 의지를 다짐하고 끝으로 자신에 대한 신뢰를 보내고 있다.

이와 같은 과정을 통해 필자는 자신의 부정적인 삶을 통합할 수 있는 내적힘을 갖게 된다. 이 내적힘이 바로 자신에 대한 긍정성이다. 그런데 이러한 긍정성은 (나)의 ⑦, ⑧, ⑨, ⑩에서처럼 친구를 긍정적으로 볼 수 있게 하여 친구와의 관계를 긍정적으로 변화시켜내는 힘이 된다. 비록 (나)에서 등장하는 친구는 처음에는 차갑고 냉정한 아이라 생각했고, 무섭게 보이기도 했던 인물이다. 그렇지만 친구의 보물을 찾는 글쓰기 (나)의 과정에서 필자는 ⑨에서와 같이 '너처럼 의리 있고 친구들에게 언제나 친절하게 대해주는 사람'이 되고자 한다. 뿐만 아니라 ⑩에서처럼 '혼자 훌쩍 자리를 뜨지 않고 기다려' 주는 자신의 삶의 태도를 밝히고 의지를 다짐한다. 이처럼 자신에 대한 긍정성은 친구를 이해하고 화해할 수 있도록 하는 힘이 되는 것이다.

이는 다시 '나/처/럼/너/를/ 5행시 짓기' 속에서 문학 작품으로 승화되고 있다. 오행시의 첫 행에서는 자신이 고백했던 그러한 삶이 비단 자신만의 '험한 길'이 아니었음을 말한다. (가)에서 드러냈던 자신의 불만과 심리·정신적인 갈등이 자신만이 겪는 아픔이 아니라 성장의 과정에서 누구나 겪을 수 있는 과정임을 깨달았기 때문이다. 즉 필자는 자신의 삶을 되돌아봄으로써 자신뿐만 아니라 우리 모두의 삶의 질곡과 의미를 성찰하고 통찰에 이른다. 그러한 과정 속에서 필자의 인생에 대한 인식이 본질적 측면으로 확대되고, 전환된 것이다. 이를 통해 필자는 용기와 희망을 갖게 된 것이다.

그러한 용기와 희망을 갖게 된 필자는 "넘어지고, 부딪칠 이 길목"이라는 너와 나, 우리의 인생길에서 항상 같은 마음으로 서로의 어깨를 감싸 일으켜 주는 친구가 되고 싶다고 한다. 그리하여 함께 어려움을 극복하고 함께 행복한 삶을 살기를 바라는 것이다. 이렇듯 필자는 (가), (나)의 글쓰기 과정에서 총체적으로 성찰한 자신의 삶과 지향을 (다)의 글쓰기 과정에서 압축적이고 간결한 형식에 담아 자신의 생각과 마음을 더욱 심화시켜내고 있다. 그럼으로써 자신의 삶 속의 부정적인 측면을 긍정적으로 받아들이고 이를 모두 통합해 나가고 있다.

이는 자신의 삶에서 나타나는 긍정적·부정적인 측면들을 자아성찰을 통해 이해함으로써 이러한 모든 삶의 경험을 자신의 성장과 발달, 그리고 깨달음을 위한 하나의 기회와 계기를 삼아 나가고 있음을 의미한다. 그런 과정에서 필자는 자신의 삶을 있는 그대로 수용하며, 자신의 삶을 용서하고 비로소 화해해 나갈 수 있게 된다. 예를 들면 다음의 두 짧은 오행시를 예로 들 수 있다.

(가)
나 : 나에게 하고 싶은 말
처 : "처음 처럼만"
럼 : 엄밀히 말해서, 나는 지키지 못하고 있다. 그래도!
너 : 너에게는 꼭 해주고 싶은 그 한마디,
를 : "늘 처음 마음가짐 그대로!"

(나)

나 : 나비는 애벌레의 끝에서 부터 시작되었습니다.

처 : 처음은 언제나 어떤것의 끝에서 부터 시작합니다.

럼 : 엄마의 뱃속에서 나와 처음으로 빛을 본 순간, 우리의 이야기는 시작됩니다.

너 : 너무나도 값진 끝에서의 시작과 행복한 삶.

를 : 늘 감사하는 마음으로 나와 친구들을 사랑하며 오늘 하루도 헛되이 보내지 않고 소중하게 살아 가겠습니다.

먼저 위의 오행시 중 (가)는 자신의 삶을 되돌아보고 나서, 자신의 열정적인 삶 그리고 승리와 패배 속에서 느꼈던 기쁨과 아픔 모두가 자신을 성장시키는 원동력이 되었음을 깨닫고, 자신을 자랑스럽다는 글과 함께 쓴 것이다. (가)에서 '나'는 '나'에게 하고 싶은 말이 있다. 그것은 '나'의 삶의 이야기를 성찰하면서 '꼭 해주고 싶은' 한마디이다. 물론 이것은 자신이 그것을 지키지 못했기에 하는 말이기도 하다. 그렇지만 한 동안이나마 그렇게 살았던 삶을 자랑스럽게 되뇌며, 용기와 의지를 가져보고 하는 말이기도 하다. 그 말은 두 번째 행에서처럼 큰따옴표를 써서 "처음 처럼만"이다. 필자는 여기에서 큰따옴표를 써서 힘주어 강조하며, 다시 자신의 마음을 다지고 격려하고 있다. 그리고 지금까지 자신의 인생에서 가장 큰 도움을 준 소중한 친구에게도 마찬가지로 큰따옴표를 써서 힘주어 강조하며, "늘 처음 마음가짐 그대로!"라고 말한다.

그렇지만 세 번째 행에서 필자가 자신의 삶을 성찰해 볼 때, 그 말을 지키지 못했다고 말한다. 그리고 지금도 지키지 못하고 있다고 말한다. 그러나 '그래도' 하고 싶은 말인 것이다. 비록 지키지 못했던 자신의 삶 속의 다짐이나 약속일지라도 너에게 뿐만 아니라 '나'에게도 하고 싶은 가장 소중하고 중요한 '한마디' 말이기 때문이다. 그리고 자신의 삶을 반성하고 얻은 깨달음을 가장 소중한 친구에게 선포함으로써 자신의 의지를 더욱 확고히 하여 내면화하려는 의도인 것이다. 또한 가장 큰 도움을 준 친구이기에 자신이 가장 해주고 싶은 말을 함께 실천하여 함께 행복해지고 싶은 마음도 담겨있다.

이러한 과정 속에서 '나'는 자신의 삶 속의 아쉬움과 바람 그리고 자신에 대한 질타에서 벗어나 자기 삶에 대한 이해와 수용, 그리고 새로운 삶의 의지에 이르게 된다. 그러므로 이러한 자신의 삶의 이야기 속의 여러 가지 부족하고 못난 자신의 삶을 이해하고 수용하는 것은 자신의 성장과 발달, 그리고 깨달음의 기회이다. 즉 자신의 다양한 삶의 이야기가 자신의 인생을 의미 있게 형성하고 있거나 형성하였고, 모두 자신의 삶의 일부분으로 소중하다는 깨달음의 과정이다. 그리고 자신의 삶을 더욱 긍정적이며, 풍요롭게 가꾸는 과정이다.

다음으로 위의 오행시 중 (나)는 자신과 친구들을 사랑하고, 자신의 삶을 소중하게 살겠다고 다짐하고 있다. 위의 오행시 (나)에서는 '나비'가 나오고, '시작'이라는 단어가 세 번 나온다. '애벌레'의 끝에서 시작하는 나비는 여러 가지로 해석될 수 있다. 어떤 때는 '환생', '각성 또는 깨어남', 어떤 때는 '자유와 해방' 그리고 어떤 때는 '연약함과 희생', '남성성' 등을 의미하기도 한다. 그런데 여기서는 막에 둘러싸여 어둡고 외로운 곳에서 성장하기만을 애타게 기다리는 애벌레의 끝에서 시작하는 나비이므로 이전과는 새롭고 다른 그리고 희망찬 의미를 가진다. 뿐만 아니라 위의 오행시 (나)의 네 번째 행 '너무나도 값진 끝'에서의 '시작과 행복한 삶'과 연결시켜보면 아마도 깨달음을 통한 삶의 질곡으로 부터의 자유와 해방과 밀접히 관련 있음을 알 수 있다.

이러한 것은 위의 오행시 (나)의 필자가 쓴 '나처럼 너를' 인터넷 글쓰기 참가 체험담을 통해 더욱 잘 알 수 있다. 위의 오행시 (나)의 필자는 적응하지 못하는 고등학교 생활과 열심히 해도 잘 되지 않는 공부로 비관적인 삶을 살아 왔다. 그리고 친구들과의 경쟁 속에서 부모님의 기대에 미치지 못한다는 좌절감과 열등감에 젖어 혼자 있을 때는 어김없이 눈물을 흘렸다. 그리고 자신의 성장과 미래에 대한 불확신에 우울한 나날을 보내던 학생이다. 그러나 '나의 보물찾기'를 통해 자신이 '큰 보물'이며, '소중하다'

는 것을 깨달으며 미래에 대한 목표의식이 뚜렷해졌다고 한다. 또한 '친구의 보물찾기'를 통해 친구에 대한 고마움과 소중함을 느꼈으며, 자신이 친구들에게 준 상처에 대해 미안함과 자책감을 느꼈다고 한다.

이와 같은 과정에서 위의 오행시 (나)의 필자는 '너무나도 값진 끝'을 경험한다. 나비가 애벌레의 끝에서 시작했듯이 이제 자신의 삶의 갈등이나 문제적 상황에서 벗어나 나비처럼 가볍게 훨훨 날아갈 것 같은 마음이다. 또한 엄마의 뱃속처럼 어둡고 밀폐된 상태에서 처음으로 빛을 보듯이 새롭게 시작된다. 물론 필자는 이러한 시작이 행복한 삶이다. 그래서 위의 오행시 (나)의 오행에서처럼 '늘 감사하는 마음'으로 '나와 친구'들을 사랑하며, 하루하루를 헛되이 보내지 않고 소중하게 살아가겠다고 다짐하는 것이다.

그러므로 위의 오행시 (나)의 필자는 자신의 부정적 삶을 이해하고 수용하며, 용서와 화해를 통해 자신의 자아를 통합해 가는 단계에 이르렀다고 할 수 있다. 왜냐하면 이러한 '자아'의 통합 단계에서는 자신의 삶 속의 많은 것들에 고마움과 소중함을 느끼며, 자신의 삶을 더욱 긍정적이며, 풍요로운 삶으로 가치 있게 여길 수 있기 때문이다. 즉 다양한 삶의 이야기가 자신의 인생을 의미 있게 형성하고 있거나 형성하였고, 모두 자신의 삶의 일부분으로 소중하다는 것을 깨닫는 과정이기 때문이다. 이러한 과정에서는 자신의 긍정적·부정적인 모든 것들에 대해 용서와 화해를 청하게 되고, 결국 모든 것들에 대해 감사하는 마음을 갖게 된다. 이것은 자신의 삶에 대한 용서와 화해를 바탕으로 분열된 자아들의 통합과정에서 발생하는 감사함인 것이다.

한편 위와 같은 과정은 궁극적으로 삶에 대한 지혜로움을 안겨준다. 자신의 삶 모두를 이해하고 그 속에서 일어난 갈등과 자신을 고통스럽게 했던 여러 가지를 용서하고 받아들이면서, 그리고 화해하는 과정을 통해 인생에 대한 지혜로움에 도달할 수 있게 한다. 또한 진정한 여유와 안정감, 자유로움을 갖게 된다. 자신의 삶에 대한 성찰을 토대로 통찰을 이뤄내고,

자신의 삶과 화해하며, 지혜로움에 도달한 내담자는 드디어 통합된 자아, 즉 '자기'와 더 가까이 만날 수 있게 된다.

이때 이런 과정에서는 평화로움을 얻게 된다. 모든 갈등이 잠잠해진 고요함 속에서 자신의 삶의 평화를 누리게 된다. 그리고 이러한 평화로움 속에서 진정한 여유와 안정감과 더불어 자유로움을 얻게 된다. 이러한 자유로움은 인생에 대한 초연함 속에서 싹이 튼다. 왜냐하면, 자신의 삶 속의 모든 갈등이 결국 자신의 삶을 위한 선물이었기 때문에 이후의 삶 속에 주어진 모든 것들 또한 자신의 행복한 삶을 위한 것이며, 깨달음의 과정이므로 꺼릴 것이 아무것도 없기 때문이다. 이렇듯 아무런 부정도, 억압도 없는 자유로운 삶을 살아가게 된다.

그리고 이러한 자유로운 삶은 곧 순리에 순응하는 삶과 맥을 같이 한다. 순리란 도리에 순종하는 것을 말하는데, 억지가 없이 마땅한 도리나 이치에 순순히 따르는 것이다. 이는 자신의 고유한 것, 중앙의 것, 즉 자기와 자기 외의 것들과의 조화로운 관계를 갖고 살아가는 것을 말한다. 왜냐하면 순리에 순응하는 삶은 자신과 타인뿐만 아니라 자신 외의 모든 것이 근원적인 차원에서 서로 이어져 있으며, 서로 다르지 않다는 자각에서 비롯되기 때문이다. 즉, 온 우주의 만물이 자신과 근원적인 차원에서 이어져 있으며, 서로 다르지 않다면, 결국 자신의 마음속에서 일어났던 모든 갈등이나 문제적 상황의 원인도 자기이며, 그 과정도 자기와의 문제였으며, 그 결과도 자기와의 해결이었기 때문이다. 예를 들면, 아래의 시들을 예로 들 수 있다.

(가) 너처럼 나를
내가 너가 됩니다.
내가 아닌
항상 웃음 가득한 너의 눈으로
이 세상을 바라보고
행복을 배웁니다.

너가 내가 됩니다.
너가 아닌
항상 즐거움으로 사는 나의 눈으로
이 세상을 바라보고
기쁨을 배웁니다.

너와 내가 하나가 됩니다.
너와 내가 아닌
'우리'라는 하나가 되어
이 세상을 바라보고
사랑을 배웁니다.

너처럼 나를, 너처럼 나를
우리는 그렇게 하나가 되어
행복의 날개 달고
사랑이란 곳으로
힘차게 날개짓합니다.

(나)
나 : 나는 알고 있었습니다.
처 : 처음부터 알고 있었는지도 모르겠습니다.
럼 : 넘기 힘든 벽 앞에서 힘들어하는 나에게 손 내밀어준
너 : 너를 보면서
를 : 늘 누군가에게도 손 내밀 수 있는 사람이 되겠다는 것을…….

위의 시 (가)의 첫 행과 둘째 행에서는 '나'와 '너'가 둘이 아닌 '하나'임을 강조하고 있다. 그리고 '항상 웃음 가득한 너의 눈'과 '항상 즐거움으로 사는 나의 눈'으로 세상을 보고 있다. 그 속에서 행복을 배우고 기쁨을 배우고 있다고 말한다. 이렇게 필자는 서로의 삶 속에서 긍정적으로 세상을 바라보고, 자신의 삶의 희망을 보고 있다. 함께 행복해하고 기뻐하는 삶과 세상을 꿈꾸며, '우리'를 위한 자신의 삶을 그리고 그런 세상에 대한 지향

과 전망에 기뻐하고 행복해 하고 있다.

그런데 이러한 것에서 필자는 이제 위의 시 (가)의 셋째 행에서 보듯이 '나와 너'가 없이 단지 '우리' 속에서 세상을 보고 있다. 너와 내가 아닌 우리라는 '하나'가 되어 세상을 보고 있는 것이다. 꿈꾸고 있는 것이다. 그 속에서 사랑을 배우는 세상을 상상하고 있는 것이다. 이러한 시적 전개는 필자의 깨달음이 근원적으로 '나와 너'가 '우리'로 이어져 있으며, 서로 다르지 않다는 인식에 도달하고 있음을 의미한다.

결국 '나와 너'가 없기에 서로 다르지 않기에, 자신의 삶 속의 심리·정신적 갈등이나 문제적 상황의 모든 원인이 다 우리의 것이며, 자기의 것이 된다. 왜냐하면, 온 우주의 만물이 자신과 근원적인 차원에서 이어져 있으며, 서로 다르지 않다면, 결국 자신의 마음속에서 일어났던 모든 갈등이나 문제적 상황의 원인도 자기이며, 그 과정도 자기와의 문제였으며, 그 결과도 자기와의 해결이었기 때문이다. 그러므로 위의 시 (가)의 필자는 하나가 되어 행복의 날개 달고 사랑이란 곳으로 힘차게 날개짓 하는 장면을 상상한다. 사랑이 넘치는 세상을 바라며 자신의 삶의 지향을 다짐하며 힘차게 나아가고자 한다. 그 삶이 하나 된 우리의 행복한 삶이기에 함께 만들어나가자고 한다.

그러므로 위의 시 (가)의 세 번째 네 번째 행에서도 알 수 있듯이 이러한 깨달음에 도달한 내담자는 자신뿐만 아니라 자기 외의 모든 것에 대한 더욱 깊은 이해를 가진다. 그리고 자신을 용서하고 자신과 화해하듯 자신의 삶 속의 모든 것과 용서하고, 화해할 것이며, 마음 속 깊은 곳으로부터의 서로에 대한 감사와 사랑으로 충만할 것이다. 그러할 때, 비로소 자신의 삶 속에서 집착했던 모든 것에서 자유롭게 되며, 어느 것과도 구애됨이 없고, 편중됨도 없는 관계가 된다. 그리하여 조화로운 관계가 형성되어 평화롭고 안정감 있게 유지되는 삶을 살아갈 수 있는 힘을 갖게 된다. 이것이 곧 자유로운 삶이고, 순리에 순응하는 삶이다.

한편 위의 오행시 (나)도 자신에게 손 내밀어준 친구와 같이 자신도 어려울 때 손 내밀어 함께 어려움을 나누고 극복하여 함께 행복한 삶을 꿈꾸고자 하는 생각과 마음으로 자신의 의지를 다지고 있다. 필자는 이러한 생각과 마음을 처음부터 알고 있었는지도 모르겠다고 한다. 자신의 삶을 되돌아보기 전에도 알고 있었을 지도 모르겠다는 것이다. '넘기 힘든 벽 앞에서 힘들어 하는' 필자에게 손을 내밀어 준 것처럼 자신도 누군가에게 손 내밀 수 있는 따뜻한 사람이었다는 것을 알고 있었다는 것이다. 하지만 필자는 그렇게 하지 못했던 것이다. '넘기 힘든 벽 앞'처럼 자신의 삶이 힘들었기에 자신의 진정한 참모습을 잃어버렸던 것이다.

그런데 자신만 그리고 앞만 보고 달리고 있었던 필자는 이제 위의 오행시 (나)의 오행에서처럼 그렇게 살지 않겠다고 선언하고 다짐한다. 이처럼 필자는 '나처럼 너를' 인터넷 글쓰기를 통해 자신이 삶과 우리의 삶을 성찰해 보고, '넘기 힘든 벽 앞'에서 힘들어 하는 자신과 그런 자신에게 도움을 준 '너'를 볼 수 있게 된 것이다. 그 속에서 자신의 존재와 희망을 찾게 되었으며, 자신의 삶의 의미와 존재의 의미를 타인에게 도움을 주는 삶에서 찾게 된 것이다.

이와 같이 '나처럼 너를' 인터넷 글쓰기 과정이 자신의 삶의 문제들을 다시 한 번 성찰할 수 있게 하고, 자신의 자아에 대한 긍정과 존중의 태도뿐만 아니라 정체성을 형성하고 발달시키는데 긍정적인 영향을 주고 있음을 알 수 있다.

Ⅴ. 그림 그리기를 활용한 글쓰기 프로그램

그림 그리기를 활용한 글쓰기 프로그램은 문학작품뿐만 아니라 사용된 그리기 재료나 도구 등의 특성을 활용한다. 물론 그 활용 방법이나 기법 등에서 서로 다른 점이 많다. 하지만 각각의 과정이 적합하게 어우러져 효과적인 문학상담의 상황과 장면을 창출할 수 있다.

특히나 이 프로그램은 특정한 심리·정신적 갈등이나 장애, 문제상황 등을 겪는 대상이 아닌 경우에도 활용 가능하다. 특히나 이 프로그램은 '자아존중감'이라는 심리적 측면에 집중되어 고안된 프로그램이다. 그림 그리기를 활용한 글쓰기 프로그램은 〈표5〉와 같다.

〈표5〉 그림 그리기를 활용한 글쓰기 프로그램

회기	주제	목표	회기별 주요 활동내용	사전 과제	준비물
1 회기	마음 열기	•친밀감 형성하기	•모둠 구성하기 •이름 그리기	•프로그램을 통해 얻고 싶은 점 생각해 오기	A4용지, 색연필
2 회기	자아 탐색 및 발견	•자아 개념 대상화 및 성찰하기	•KHTP 그리기 •첫 번째 자료 읽고 느낌 생각 나누기	•지금까지의 삶에서 행복/불행했던 글을 받았거나 썼던 사연 쓰기	A4용지, 색연필
3 회기		•가족과의 관계 대상화 및 성찰하기	•물고기 가족화 그리기 및 가족에 대한 글쓰기	•자기 삶의 서사 찾아 쓰기 안내	A4용지, 색연필
4 회기		•자신의 심리적 상황 대상화 및 성찰하기	•풍경 구성하기 및 자기 심리 소개 글쓰기		A4용지, 색연필
5 회기		•자신의 모습 대상화 및 성찰하기	•9분할법 자기 특징 그리기	•풍경 구성을 바탕으로 이야기 쓰기	A4용지, 색연필

			•두 번째 자료를 읽고 느낌 생각 쓰기		
6회기	새로운 자아 탐색 및 발견	•자신의 강점 대상화 및 성찰하기	•자신의 보물 쓰고 그리기	•자신의 보물 100가지 찾아오기	A4용지, 색연필
7회기		•자기 삶의 서사 새롭게 구성하기	•자신을 소개하며 칭찬/격려하는 글쓰기		A4용지, 필기도구
8회기	자기 삶의 서사 재인식	•과거 회상 및 성찰하기 •삶의 긍정성 회복 및 강화하기 •용서와 화해하기	•4분할 과거 영상 그리기 •세 번째 자료 읽고 느낌 생각 쓰기		
9회기			•자기 삶의 서사 찾아 쓰기 발표하기	•자기 삶의 서사 찾아 쓰기	A4용지, 색연필
10회기	미래에 대한 긍정성 함양	•미래 상황이나 장면, 사람 등을 통한 자기 삶의 긍정성 회복 및 강화하기 •자기 삶의 소망 구체화하기	•4분할 미래 영상 그리기	•자신의 90세까지의 인생 계획서 작성하기 안내	A4용지, 색연필
11회기		•자기 삶의 서사 대상화 및 성찰하기 •자기 인생의 의미와 목적 발견하기 •희망 찾기 •자기 삶의 서사 통합하기	•자기 인생 100대 사건 쓰기 •네 번째 자료 읽고 느낌 생각 쓰기		A4용지, 필기도구
12회기			•자기 인생 곡선 그리기 •특별한 사건에 대해 한마디 쓰기		B4용지, 색연필
13회기		•새로운 자아 개념 형성하기 •새로운 정체성 수립하기	•자신의 90세까지의 인생 계획서 나누기 •KHTP 그리기	•자신의 90세까지의 인생 계획서 작성하기	A4용지, 색연필
14회기	마음 정리 및 마무리	•전체 과정에 대한 회고 및 성찰하기	•편지 돌려가며 쓰기 •전체 과정에 대한 느낌 생각 쓰기 및 나누기		A4용지, 필기도구

이 프로그램은 각 회기의 성취 목표에 따라 여섯 단계로 나뉜다. 이 여섯 단계에서는 그림 그리기 활동과 글쓰기 활동이 통합되어 전개되고, 총

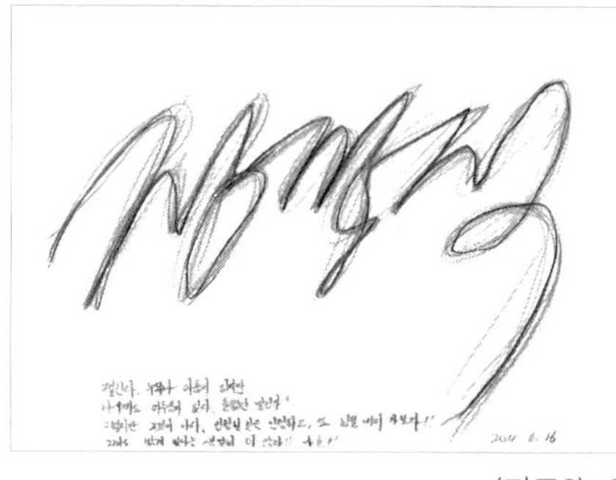

〈자료8〉 이름 그리기

체적으로 작용하여 영향을 주도록 설계되어 있다. 그리고 이들 활동의 긍정적인 영향 관계를 지속시키고, 시간에 구애됨 없는 원활한 프로그램 전개를 위해 사전과제를 제시하고 있다.

첫 번째 단계는 마음을 여는 과정이다. 프로그램에 대한 거부반응과 저항 등을 최소화하여 자연스러운 분위기를 창출하기 위해 다양한 친교 활동과 자신을 소개하는 등 친밀감을 형성하는 단계이다. 또한 프로그램을 소개하고 각자가 프로그램에서 얻고 싶은 바람을 이야기하면서 서로 첫 만남을 이룬다.

이 단계에서는 친밀감을 형성하게 하는 다양한 친교 활동과 자기소개 등뿐만 아니라 특별히 〈이름 그리기〉 활동을 한다. 〈이름 그리기〉 활동은 모둠을 구성하여 인사를 하고, 사전과제 '프로그램을 통해 얻고 싶은 점'을 가볍게 나눈 뒤에 한다. 모둠은 7~8명이 적당하다. 〈이름 그리기〉 활동은 각자의 이름을 자유롭게 그리고 난 후, 각자의 그림을 오른쪽 한 방향으로 돌려가면서 상대의 이름을 따라 그리는 활동이다. 이때 그리기 전에 해당 이름의 학생에게 어울리는 색을 선택하여 그려진 이름을 따라 그리면 된다. 이렇게 한 바퀴 돌아 자신의 이름을 받은 후에는 각자의 관찰을 통해 얻은 느낌이나 생각 등을 적는 시간을 가진다.

이를 통해 각자는 대상화된 자신을 보고 느끼게 된다. 스스로가 바라본 자신뿐만 아니라 다른 이의 눈으로 본 자신을 보고 느끼게 된다. 즉 각자

〈자료9〉 KHTP 그리기

는 이 과정 속에서 이제껏 자신에 대해 느끼지 못했거나 생각지 못했던 느낌이나 생각을 조금 더 풍부하게 이해할 수 있다. 그렇기 때문에 자신을 더 잘 볼 수 있는 소중한 기회이기도 하다. 자신에 대한 주관적인 느낌과 생각을 다른 사람들의 색을 통해 더욱 객관적으로 성찰하여 넓게 이해할 수 있는 계기이다.

더 나아가 자신의 이름을 풀어 해석해 봄으로써 자신의 이름을 지어주신 분의 마음을 헤아려볼 수 있는 계기도 된다. 이 과정 속에서 각자는 자신의 이름에 담긴 의미, 소망, 사랑 등을 생각하고 느낄 수 있는 시간을 갖게 된다. 이는 자신과 타인을 조금 더 잘 이해할 수 있게 하고, 서로에 대한 친밀감을 더욱 신장시킬 수 있는 계기가 된다. 이에는 1회기가 해당된다.

두 번째 단계는 자아를 탐색하고 발견하는 과정이다. 이 단계에서는 〈KHTP 그리기〉, 〈사연 나누기〉, 〈첫 번째 자료 나누기〉, 〈물고기 가족화 그리기〉, 〈풍경구성하고 이야기 쓰기〉, 〈9분할법 자기 특징 그리기〉 등의 활동을 한다. 2회기 이후부터 5회기가 이에 해당된다. 이 단계에서도 가능한 경우, 각자의 활동 속에서 창작된 그림에 대해 돌려가면서 각자의 관찰, 느낌, 생각 등을 적는 시간을 가질 수도 있다.

〈KHTP 그리기〉 활동은 활동지에 집과 나무와 사람을 차례로 그리는 활동이다. 물론 집과 나무와 사람 모두 자기 자신의 심리적 상황과 밀접히 관련되어 있다. 각자의 심리적 상황을 상징적인 그림으로 표현하는 활동이다. 각자가 자신의 그림을 다 그린 후에는 색을 칠하고 감상한 후 제출한다. 이 과정에서 별다른 언급은 자제한다. 다만, 자신의 그림이나 다른 이의 그림을 조용히 감상한다. 물론 돌려보면서 그 느낌이나 생각을 나눌 수도 있다. 뿐만 아니라 KHTP그림과 연관되어 연상된 느낌과 생각이 떠오른다면, 그림 위에 쓰고 나눈다.

그런 후, 〈사연 나누기〉 활동을 한다. 사전과제로 제시되었던 '지금까지의 삶에서 행복 또는 불행했던 글을 썼거나 받았던 사연'을 각자 돌아가면서 발표하고, 추억을 나눈다. 이를 통해 자신의 감정을 표현하는 것에 익숙해질 수 있도록 한다. 〈사연 나누기〉는 예를 들면 다음과 같다.

> 제 작년 겨울쯤이었다. 한참 경기가 좋지 않은 때였다. 그래서 많은 사람들이 일자리를 잃었고, 가게들은 하나씩 문을 닫기 시작했다. 물론 남의 일로만 생각했었는데, 우리 집 역시 피해 갈 수는 없었다. 당시 회사원이셨던 아버지는 어려운 경기로 인해서 많이 힘들어 하셨다. 집에도 거의 매일 늦으셨다 불 꺼진 집을 들어오시는 아버지는 수척해진 얼굴과 함께 한숨을 달고 다니셨다.
>
> 그러던 어느 날 새벽에 목이 말라 물을 마시려고 부엌으로 가려던 중 나는 발걸음을 멈출 수밖에 없었다. 부엌에는 불이 켜져 있었고, 아버지가 식탁에 혼자 앉아계셨다. 그날도 한숨을 쉬시면 홀로 술을 마시고 계셨다. 그 모습을 본 나는 아버지 옆에 앉아 술을 따라드리며 함께 대화를 했다. 얘기가 끝나고선 나오려는 눈물을 참고 방으로 들어갔다.
>
> 다음날 학교에 가려고 준비하고 있는 중에 책상 위에 편지봉투가 놓여 있는 것을 발견하였다. 편지를 뜯어 내용을 읽어 내려가던 나는 결국 참았던 눈물을 터뜨리고 말았다. 편지의 내용은 이렇다.
>
> "태연아, 아빠는 한 가정의 가장으로써 솔직히 짊어져야 할 짐이 많구나. 너에게 어제 보인 내 모습이 마음에 자꾸 걸리는구나. 한편으로는 보이지 말았어야 할 모습에 부끄럽기도 하단다. 말없이 다가와 술을 따라주던 너를 보니 이제 너도 어린아이가 아니라는 걸 새삼 느끼게 되었단다. 그리고 너의 눈에 가득 찬 눈물을 나는 보았단다. 미안하구나. 이런 힘없는 모습을 보여서 정말 미안하구나. 아버지로써 너희들에게 기둥이 되어야 하는 데, 그러지 못한 것 같아 부끄럽

단다. 어제 네가 방에 들어간 뒤 많은 생각이 들었단다. 솔직히 말하면 요즘 회사 사정이 좋지는 않단다. 그래서 매일 밤늦게 들어오게 되고, 가족들과 얘기 할 시간도 없었던 것 같구나. 우리 조금만 참고 견디자. 세상을 살면서 이런저런 힘든 일이 있는 것이고, 그 모든 고비를 넘기고 나면, 그 다음엔 행복이 오는 것이니까 말이다. 오늘은 너의 위로가 힘이 되어 웃는 얼굴로 일할 수 있을 것 같구나. 우리 이번 주말에 다 같이 산에 가자꾸나. 가서 깨끗하고 맑은 공기도 마시고, 마음도 비우고 내려오자꾸나. 태연아 바르게 잘 자라줘서 고맙구나. 태연이를 사랑하는 아빠가"

이 편지를 다시 읽게 되니, 아버지께 평소 잘하지 못했던 내가 죄송스러워졌다. 이 날의 일을 까마득히 잊고 있었던 내가 원망스럽기도 하다. 한 가정의 가장으로써 아버지가 겪었을 부담감을 다시 생각하니 그때의 일이 생각나 또 울컥한다. 이제 나도 성인이 되었으니 아버지가 짊어지고 있는 가장이라는 무겁고 큰 짐을 덜어드려야겠다.

특히 이 단계에서는 첫 번째로 제시된 자료를 읽고 느낌과 생각을 나누는 시간을 갖는다. 앞의 활동을 통해 조금 서먹하지 않고, 이야기 나눔이 익숙해질 무렵 〈첫 번째 자료 나누기〉 활동을 한다. 사전에 자료를 게시하여 읽고 느낌과 생각을 써오게 하면 더욱 좋고, 그렇지 않고 함께 읽고 느낌과 생각을 쓰는 시간을 갖는 것도 좋다. 물론 구조화된 질문지를 바탕으로 사전에 읽고 느낌과 생각을 써오면, 작품에 대한 이해와 감상의 폭과 깊이가 더 넓어지고 깊어지기 마련이다.

첫 번째 자료는, 〈모든 순간이 꽃봉오리인 것을〉, 〈황금부처〉, 〈눈부처〉, 〈하늘 독수리〉, 〈구할 만한 가치가 있는 삶〉 등이다. 이는 주로 자신의 존재 가치에 대한 고취를 목적으로 한다. 자아존중감이 떨어져 있을수록 자기 존재에 대한 잘못된 지각이나 왜곡된 신념 등을 가지기 마련이다. 그런데 이러한 잘못된 지각이나 왜곡된 신념 등은 자신의 삶의 원동력이 되는 존재 가치, 삶의 의미와 목적 등을 잃게 한다. 이는 바로 낙담하게 만들어 실망과 절망 속에서 방황하게 하거나 급기야 심리·정신적 갈등과 장애, 문제상황 등에 처하게 한다. 그러나 위와 같은 어떤 글이나 경험을

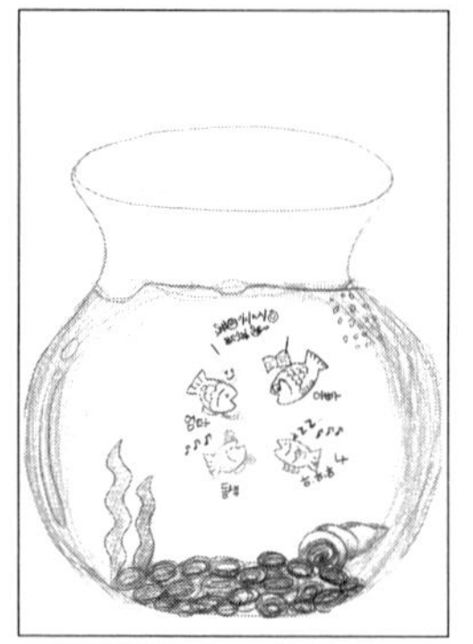 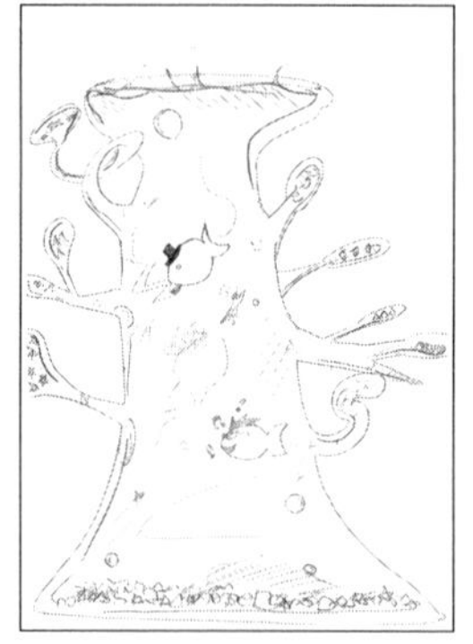 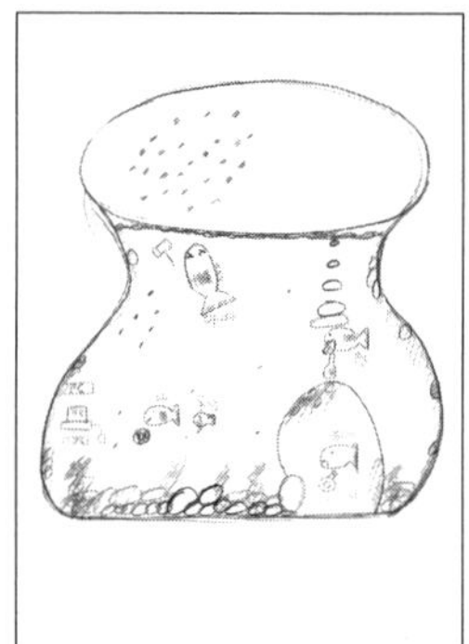

〈자료10〉 물고기 가족화 그리기

통해 자신의 존재에 대한 숨겨진 가치, 삶의 의미와 목적 등을 새롭게 깨닫는 순간, 많은 사람들은 자신의 삶을 다시 한번 더 되돌아보게 된다. 더 나아가 마음을 돌이켜 새로운 자신의 삶을 꿈꿀 수 있게 하는 내적 힘을 갖게 한다.

이 프로그램에서 이들 작품을 맨 먼저 제시한 이유는 모든 문학상담의 상황과 장면, 즉 심리·정신적 갈등과 장애, 문제상황 등에서의 성공이 자신의 내적힘을 바탕으로만이 이뤄질 수 있다는 믿음 때문이다. 그런데 이러한 내적힘은 자신에 대한 새로운 가치, 삶의 의미와 목적 등의 발견으로 인해 발생하기 때문이다. 즉 자신에 대한 새로운 가치, 삶의 의미와 목적 등의 발견은 자신에 대한 새로운 지각과 신념 등의 발견으로 이어지고, 자신에 대한 잘못된 지각이나 왜곡된 신념에서 벗어날 수 있는 내적힘을 북돋아 자신의 삶을 변화시킬 수 있는 힘과 사랑, 희망으로 작용하기 때문이다. 결국 이러한 내적힘은 자신의 삶을 변화시키고, 삶의 변화는 다시 자신에 대한 새로운 지각과 신념 등의 변화를 일으키며 건강한 자아를 회복해 나가게 한다.

〈물고기 가족화 그리기〉 활동은 활동지에 어항을 그리고 나서 자신의 가족을 물고기로 대체하여 가족 개개인의 특징적인 모습이나 활동을 상징적으로 그리는 활동이다. 이 활동은 자신의 삶에서 가장 가까운 가족을 대상화함으로써 자신과 가족의 삶을 성찰해보는 과정이다. 이 활동도 자기 삶의 모습과 심리적 상황 등을 대상화하여, 이해하고 수용하는 과정이다. 단지 가족 속에서의 자신을 대상화한다는 측면에서 조금 다를 뿐이다. 인간은 누구나 태어날 때부터 관계를 형성하며 살아가는 존재이기도 하다. 그 관계의 건강한 형성과 유지, 갈등과 소멸 등은 한 인간의 삶에 중요한 흔적을 남긴다. 특히나 가족과의 관계는 더 말할 필요조차 없다. 그렇기 때문에 〈물고기 가족화 그리기〉 활동을 한 후, 색을 입히고, 각자의 관찰과 느낌과 생각을 쓰고 나누는 활동은 자신과 가장 밀접히 관계 맺고 있는 가족을 대상화하여 이해하고 수용하는 과정이다.

특히나 이어서 〈가족에 대한 글쓰기〉를 함으로써 가족 속에서의 자신과 가족의 심리·정신적 상황과 관계 등을 더 깊이 있는 성찰하여 이해할 수 있는 계기가 된다. 즉 자신과 가족의 심리·정신적 상황과 관계 등을 의식·무의식적으로 대상화하여 살펴볼 수 있는 과정이다. 그럼으로써 자신의 삶을 가족이라는 확장된 관계 속에서 성찰하고 이해할 수 있는 기회를 갖는다. 가족에 대한 글쓰기〉를 함으로써 자자신과 가족의 심리·정신적 상황과 관계 등을 더 깊이 있게 성찰할 수 있는 계기가 되기 때문이다.

〈풍경 구성하기〉 활동은 강, 산, 밭 또는 논, 길, 집, 나무, 사람, 꽃, 동물, 돌 등을 차례로 그려 풍경을 구성하는 활동이다. 〈풍경 구성하기〉 활동은 4면이 테두리로 그어져 있는 구조화된 공간에 통합적 지향성을 지닌 하나의 전체를 구성하는 구성적 표상을 기초로 하는 방법이다. 〈풍경 구성하기〉 활동을 한 후, 이 그림 활동을 바탕으로 〈자기 심리 이야기 쓰기〉 활동을 이어서 한다.

이 활동은 자신의 심리·정신적 상황을 의식·무의식적으로 대상화하여 살펴볼 수 있는 과정이다. 즉 상징을 통해 나타난 풍경 그림을 통해 자신의 심리·정신적 상황을 파악하고 이해할 수 있다. 특히나 구성된 풍경 그림을 가지고 하나의 이야기를 만들어 보는 시간을 갖는데 더 큰 의의가 있다. 하나의 이야기를 만들어 봄으로써 자신의 의식·무의식적 심리·정

〈자료11〉 풍경 구성하기

신적 상황을 더 깊이 있게 성찰할 수 있는 계기가 되기 때문이다.

하나의 이야기는 어떤 인물이 주어진 배경 속에서 어떤 사건을 일으키거나 인물을 중심으로 일어난다. 또 그 사건을 어떤 인물이 해결하면서 마무리된다. 그런데 구성된 풍경 속에는 이러한 요소들 중 인물과 배경이 제시되어 있다. 여기에 각자의 심리·정신적 상황, 상상력과 의지와 노력이면 충분히 이야기가 구성될 수 있다. 물론 이러한 이야기의 창작과 향유만으로도 각자의 심리·정신적 상황을 해소하는 데에 어느 정도 일조한다는 사실은 분명하다. 그러므로 〈풍경구성하기〉 활동을 바탕으로 한 〈이야기 쓰기〉 활동은 바로 자신의 심리적 갈등이나 장애, 문제상황 등을 상상력을 가미하여 대상화하여 성찰할 수 있는 의미 있는 활동이다.

세 번째 단계는 새로운 자아를 탐색하고, 발견해 나가는 과정이다. 특히나 내적힘을 강화하는 단계이다. 〈두 번째 자료 나누기〉, 〈자신의 보물 찾기〉, 〈자신을 칭찬/격려하는 글쓰기〉 활동 등을 한다. 6회기에서 7회기가 이에 해당된다. 이 단계에서도 가능한 경우, 각자의 활동 속에서 창작된 그림에 대해 돌려가면서 각자의 관찰, 느낌, 생각 등을 적는 시간을 가질 수도 있다.

〈두 번째 자료 나누기〉 활동은 사전에 자료를 게시하여 읽고 느낌과 생각을 써오게 하면 더욱 좋다. 구조화된 질문지를 바탕으로 사전에 읽고 느낌과 생각을 써오면, 작품에 대한 이해와 감상의 폭과 깊이가 더 넓어지고 깊어지기 마련이다. 물론 그렇지 않고 함께 읽고 느낌과 생각을 쓰는 시간을 갖는 것도 좋다. 여기서의 활동은 읽고 가볍게 나누는 것에서부터 읽고 나서 이해하고 느낀 점, 깨달은 점 등을 쓰는 시간을 갖고 나누는 것까지의 활동을 포괄한다.

두 번째 자료는, 〈나는 나답게〉, 〈일등육〉, 〈너 자신이 되라〉, 〈이빠진 동그라미〉, 〈이슬람의 현자 나스레딘〉, 〈자신이 가진 것의 진정한 가치〉, 〈징기스칸 테무진의 어록〉, 〈청년 정원사〉, 〈바위를 뚫은 화살〉, 〈The Tiger and the Rabbit〉, 〈가지 않는 길〉 등이다. 첫 번째로 제시된 글과 더불어 다른 이로부터 경험되거나 학습된 자신의 왜곡된 존재의 가치, 잘못된 지각, 왜곡된 신념 등을 극복하고, 진정한 자신의 가치를 발현하는 삶을 살아가는데 용기와 힘을 갖게 한다. 특히나 이들 문학작품은 주로 자기 존재 가치와 의미 등에 대한 깨달음과 신념을 더욱 공고히 하는 목적을 가진다.

건강한 삶이 아닌 경우, 인간은 보통 관계 속에서의 비교와 치열한 경쟁, 질투와 시기, 열등감과 낙담, 실망과 자기 비하, 패배와 절망감 등으로 자신의 존재 가치와 삶의 의미를 부정·망각한다. 오로지 타인의 가치와 기준, 시선 등을 과도하게 의식하여 그것에 맞추어 쫓기듯이 살기도 한다. 그럼으로써 한편으로는 자기 존재에 대한 부정적인 인식과 어렵고 힘들고, 고통스럽기까지 한 처지와 입장, 환경 등에 대한 책임을 전가하고

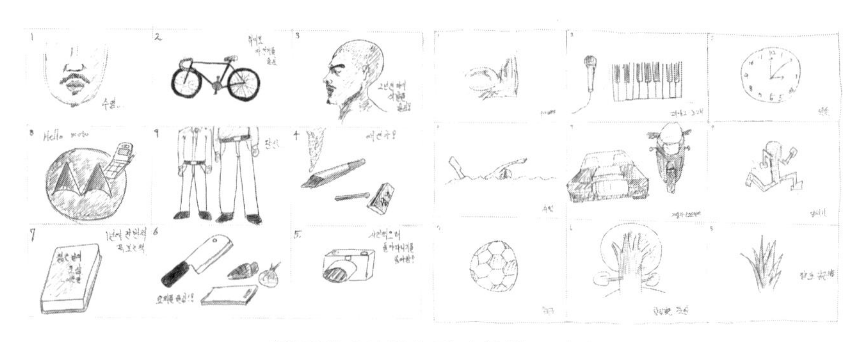

〈자료12〉 9분할법 자기 특징 그리기

자신의 건강한 삶에 대한 책임을 회피하며, 자신의 삶을 더욱 절망스러운 지경에 내팽개치곤 한다. 그런데 이러한 문학활동 경험은 내담자로 하여금 다시 자신의 삶을 되돌아보고 용기와 힘을 얻게 하여 주체적으로 자신의 삶을 영위할 수 있게 북돋는다.

〈9분할법 자기 특징 그리기〉 활동은 활동지를 아홉 개로 나누어 테두리를 그리고 칸마다 번호를 쓴다. 단 번호를 쓰되 맨 왼쪽 상단에서 맨 오른쪽 상단까지 1번에서 3번을 순서대로 쓰고, 거기서 바로 밑으로 4번, 5번을 쓰고, 거기서 왼쪽으로 6번, 7번을 쓴뒤, 거기서 위로 8번을 쓴다. 그런 다음 나머지 한 칸, 즉 가장 가운데 칸은 9번을 쓴다. 이렇게 번호를 부여한 후, 자신의 모습, 성격, 취미, 강점, 습관, 관계, 꿈이나 계획 등 중 자신을 특징적으로 드러낼 수 있는 점들을 상징적인 그림으로 그려 넣는 활동이다. 그리하여 이렇게 대상화된 자신의 다양한 모습들을 성찰함으로써 자신과 자신의 삶을 이해하고 수용하는 시간을 갖는 활동이다.

〈자신의 보물 찾기〉 활동은 자신의 강점을 찾고, 단점을 통해 자기 내면의 어려운 상황을 다른 관점에서 역발상하여 지혜롭게 강점화 하는 과정이다. 그 속에서 자신을 칭찬하고 격려하는 과정이다. 이 활동에서는 자신의 장점이든 단점이든 모든 것이 자신의 강점이 될 수 있다. 왜냐하면 〈자신의 보물 찾기〉 활동이 이전에는 미처 알아채지 못했던 자신의 장점을 더 많이 발견할 수 있는 활동일뿐만 아니라 단점마저도 자신의 강점으로

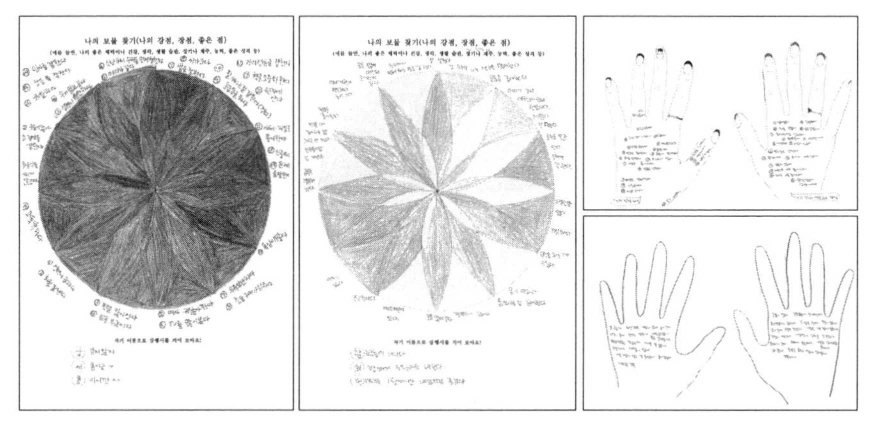

〈자료13〉 자신의 보물찾기

변화시켜내는 과정이기 때문이다. 결국 이 활동은 자신의 모든 것이 강점이 될 수 있다는 것을 발견함으로써 자신과 자신의 삶에 대한 새로운 시각을 갖게 만든다. 더 나아가 자신감을 갖게 하고 내적힘과 용기, 희망 등을 품게 하여 자신의 어렵고 힘든 심리·정신적 갈등과 장애, 문제상황 등에도 능동적으로 도전할 수 있게 한다.

이 활동은 이후 〈자신을 칭찬/격려하는 글쓰기〉 활동과 이어진다. 조금은 쑥스럽고 어색하지만 자신을 칭찬/격려하는 글쓰기를 통해 자신에 대해 자기공감하고 위로하는 경험을 갖게 하는 과정이다. 하지만 그것만은 아니다. 이 활동은 〈자신의 보물 찾기〉 활동으로 얻은 자신감, 용기와 희망 등 내적힘을 바탕으로 심리·정신적 갈등과 장애, 문제상황 등의 어렵고 힘들고, 심지어 고통스러운 자기 삶의 서사에 직면하여 변화를 시도하는 과정이다.

네 번째 단계는 자신의 과거 삶에서 가장 기억에 남는 서사를 재인식하는 과정이다. 즉 자신의 과거 삶을 대상화하고 성찰하여 자기 삶을 새롭게 조망하는 단계이다. 이번 단계는 바로 앞 단계까지에서의 통찰과 깨달음, 자신감과 용기 등 내적힘을 토대로 자신의 지난 삶 속에서 어려움과 힘겨움, 고통스러움 등을 주었던 자기 삶의 서사를 과감히 직면하여 성찰해 보

〈자료14〉 4분할 과거 영상 그리기

는 과정이다. 8회기에서 9회기까지가 이에 해당된다.

이 단계에서는 〈4분할 과거 영상 그리기〉, 〈세 번째 자료 나누기〉, 〈자기 삶의 서사 찾아 쓰기〉 등의 활동을 한다. 이 활동들은 자신의 삶 속에 노정된 긍정적인 자기 삶의 서사뿐만 아니라 부정적 삶의 서사 조차도 대상화하고 성찰하여 모든 것들을 용서·화해할 수 있도록 하는 과정이다. 그리하여 긍정적·부정적 삶의 서사 모두를 있는 그대로 수용할 수 있도록 하는 과정이다. 또한 이를 바탕으로 다시 미래의 삶을 긍정적으로 소망하는 단계이다.

〈4분할 과거 영상 그리기〉는 활동지를 4등분하고 테두리를 그린 다음, 번호를 시계방향으로 1에서 4까지 부여한다. 그런 후, 과거의 영상을 그리도록 한다. 이때 1번에는 가장 인상 깊었던 장면, 기억에 남는 장면을, 2번에는 가장 함께하고 싶었던 일에 대한 장면을, 3번에는 가장 힘들었거나 무서웠던 장면을, 4번에는 가장 하기 싫었거나 우울했던 장면 등을 그리도록 한다. 다 그린 후에는 색을 칠하게 하고, 색을 다 칠한 후에는 각 장면의 인물이나 자기 자신에게 하고 싶은 말을 쓰도록 한다.

〈세 번째 자료 나누기〉 활동은 사전에 자료를 게시하여 읽고 느낌과 생각을 써오게 하면 더욱 좋다. 구조화된 질문지를 바탕으로 사전에 읽고 느낌과 생각을 써오면, 작품에 대한 이해와 감상의 폭과 깊이가 더 넓어지고 깊어지기 마련이다. 물론 그렇지 않고 함께 읽고 느낌과 생각을 쓰는 시간을 갖는 것도 좋다. 여기서의 활동은 읽고 가볍게 나누는 것에서부터 읽고 나서 이해하고 느낀 점, 깨달은 점 등을 쓰는 시간을 갖고 나누는 것까지의 활동을 포괄한다.

세 번째 자료는, 〈이것 또한 지나가리라〉, 〈대추 한 알〉, 〈수선화에게〉, 〈인생 최고의 영양제〉, 〈망치와 못〉, 〈상한 영혼을 위하여〉, 〈친구야 너는 아니〉, 〈그 변소 간의 비밀〉 등이다. 이 글들은 주로 자신과 자신의 삶이 외로운 섬처럼 홀로 고립되어 살아가는 것이 아니라 온 세상과 우주의 보살핌과 사랑으로 이루어진 존재임을 깨닫게 해 준다. 또한 이 글들은 어렵지 않고, 힘들지 않고, 고통스럽지 않은 삶이 없음을 얘기한다. 어렵고 힘들고 고통스럽기까지 한 자신의 삶이 자신만이 겪는 것이 아니라 모든 사람이 예외 없이 겪고 있음을 얘기한다. 그럼으로써 모두가 각자의 어렵고, 힘들고 고통스럽기까지 한 삶을 견디고 버티며 살고 있음을 깨우쳐 준다. 결국 이 과정을 통해 자신만이 어떤 것의 저주로 세상에 홀로 버려져 고통스런 삶을 살고 있다는 절망감과 죄책감, 패배감을 조금이나마 다시 돌이켜 생각해보고, 자신의 왜곡된 삶과 장애를 극복해 나갈 수 있는 내적 힘을 북돋는다.

〈자기 삶의 서사 쓰기〉 활동은 자기 삶의 서사를 찾아 쓰는 과정이다. 1, 2, 3단계에서 했던 활동을 통합하여 자기 긍정성을 추스르고, 더욱 공고히 하는 과정이다. 그리고 앞에서 했던 활동을 통한 자기 관찰을 바탕으로, 자기 자신에 대해 새롭게 쓰는 과정이다. 더군다나 이미 앞의 활동들을 통해 얻은 자기 이해와 깨달음을 정리하고 통합해 나갈 뿐만 아니라 용기와 힘을 북돋는 과정이다.

자기 삶의 서사 쓰기는 대체로 3단 구성이다. 처음 부분은 자신의 성장 과정으로 가정화경, 가족관계, 학교생활, 특기·적성 등을 쓰도록 한다. 이때 일화를 통해 드러나도록 하면 더 좋은 결과가 나온다. 중간 부분은 자신의 성격과 철학 등을 쓰도록 한다. 이 부분에는 자신의 성격, 강점, 가치관, 인생관, 직업관 등을 쓰도록 한다. 이는 앞의 활동을 통해 얻은

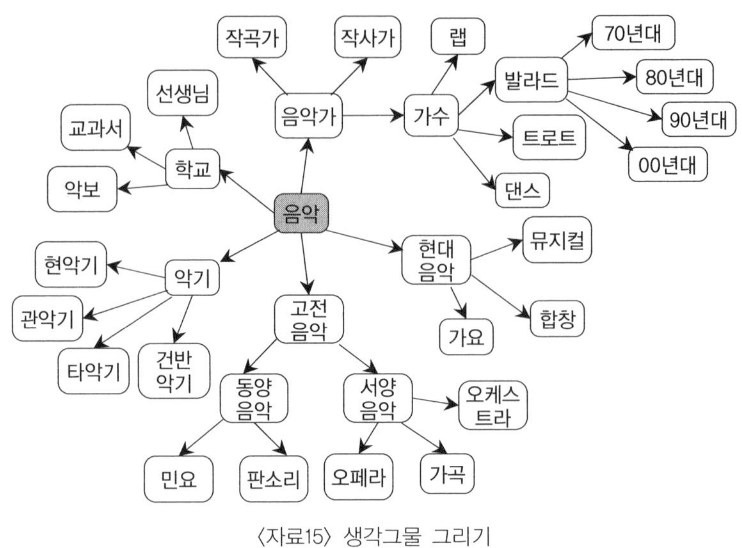

〈자료15〉 생각그물 그리기

자기 이해와 통찰, 깨달음을 바탕으로 정리할 수 있는 계기가 된다. 또한 이전의 자신에 대한 잘못된 지각이나 왜곡된 신념을 수정하고 새롭게 정립해 나갈 수 있는 계기가 된다. 끝 부분은 마무리하는 부분이다. 마무리 부분에는 자신의 포부, 희망, 꿈, 결의, 다짐 등을 쓰도록 한다.

그리고 〈자기 삶의 서사 찾아 쓰기〉 활동은 프로그램 초반부터 안내를 한 과제이다. 이 활동을 하기 위해 중간 회기에 〈자유연상〉 활동과 〈생각그물 그리기〉 활동을 짬짬히 놀이로 한다. 〈자유연상〉 활동과 〈생각그물 그리기〉 활동은 하나로 이어진다. 〈자유연상〉 활동은 단어나 소재를 주고 연상되는 것을 가장 많이 쓴 경우 칭찬과 선물을 주는 활동이다. 이것을 개인별로 모둠별로 나누어 진행하고 취합하여 하나의 자료를 만드는 과정이다.

이어서 〈생각그물 그리기〉 활동을 하는데, 〈생각그물 그리기〉 활동은 자유연상한 자료를 유목화하는 과정이다. 시대별, 분야별, 기호별로 나눠 분류하고, 가장 으뜸이 되는 개념을 이름 붙이는 활동이다. 이것을 통해 '자신과 자신의 삶'을 주제로 한 〈자유연상〉 활동과 〈생각그물 그리기〉 활

〈자료16〉 4분할 미래 영상 그리기

동을 각자 하게 하여 자기 삶의 서사 쓰기를 준비하게 한다. 엄밀한 형식과 내용을 갖출 필요는 없다. 형식과 내용도 자유롭게 구성하도록 하여 되도록 자신을 총체적으로 표현하고 성찰할 수 있는 계기로 삼는다.

다섯 번째 단계는 미래에 대한 긍정성 함양 과정이다. 네 번째 단계에서의 자기 삶 서사에 대한 성찰과 이해, 수용, 미래 삶에 대한 소망 등을 바탕으로 자신의 삶 전체를 조망하고 성찰하면서 자신의 새롭게 변화된 지각과 신념을 다지고 희망찬 미래를 설계해 보는 과정이다. 10회기에서 13회기까지가 이에 해당된다.

이 단계에서는 〈4분할 미래 영상 그리기〉, 〈자기 인생 100대 사건 쓰기〉, 〈네 번째 자료 나누기〉, 〈자기 인생 곡선 그리기〉, 〈자신의 90세까지의 인생 계획서 쓰기〉, 〈KHTP 그리기〉 등의 활동을 한다. 〈4분할 미래 영상 그리기〉 활동은 〈4분할 과거 영상 그리기〉 활동과 방식이 같다. 단지 과거와 미래의 영상을 그린다는 차이가 있을 뿐이다. 다만 1번에는 가장 인상 깊을 것 같은 장면, 기억에 남을 장면을, 2번에는 가장 함께 하고 싶을 것 같은 일에 대한 장면을, 3번에는 가장 힘들거나 무서울 것 같은 장면을, 4번에는 가장 하기 싫을 것 같은 거나 우울할 것 같은 장면을 그리도록 하면 된다. 모두 그린 후에는 색을 칠하게 하고, 색을 다 칠한 후에는 각 장면의 인물이나 자기 자신에게 하고 싶은 말을 쓰도록 한다.

〈자기 인생 100대 사건 쓰기〉 활동은 이제 네 번째 단계에서 조심스럽게 접근했던 자기 인생의 불편하고 어두운 면들조차도 꺼내 볼 수 있는 용기와 힘을 바탕으로 전개된다. 네 번째 단계에서 다루었던 과거 사건과 다섯 번째 단계에서 다루었던 미래 사건들을 전면적으로 꺼내어 대상화하는 과정이다. 이러한 자기 전 생애를 회상하고, 상상력을 동원해 긍정적으로 전망해 보는 활동을 통해 자기 삶의 긍정성을 회복하도록 하고자 한다. 즉 자기 자신의 전 생애를 조망해 봄으로써 삶의 의미와 목적 등과 관련한 깨달음을 얻을 수 있는 계기를 마련하고, 진정한 행복을 추구하고자 한다. 또한 미래에 대해 희망과 용기를 가지고 소망하게 하고, 조금 더 구체적으로 그려봄으로써 건강한 삶을 지향하고자 한다.

〈네 번째 자료 나누기〉 활동은 사전에 자료를 게시하여 읽고 느낌과 생각을 써오게 하면 더욱 좋다. 구조화된 질문지를 바탕으로 사전에 읽고 느낌과 생각을 써오면, 작품에 대한 이해와 감상의 폭과 깊이가 더 넓어지고 깊어지기 마련이다. 물론 그렇지 않고 함께 읽고 느낌과 생각을 쓰는 시간을 갖는 것도 좋다. 여기서의 활동은 읽고 가볍게 나누는 것에서부터 읽고 나서 이해하고 느낀 점, 깨달은 점 등을 쓰는 시간을 갖고 나누는 것까지의 활동을 포괄한다.

네 번째 자료는, 〈생쥐의 마음〉, 〈축복을 찾는 용기〉, 〈내가 사랑하는 사람〉, 〈칭찬과 격려〉, 〈삶을 위해 마음에 담아 두어야 할 격언 몇 가지〉, 〈기도1〉, 〈여자 넝마주의〉 등이다. 이 글들은 주로 자신의 새로운 삶을 적극적으로 영위해 나갈 수 있도록 힘과 용기를 준다. 또한 자신의 새로운 삶 속에서 다른 이들의 고통에 공감하는 삶, 그리고 자신이 받은 배품과 나눔, 사랑을 다시 되돌려 주는 행복한 삶을 고취한다. 그럼으로써 이 세상은 함께 살아가는 것이며, 여유롭고, 풍요로운 행복한 삶은 나누고, 베풀고 사랑하는 삶 속에서 실현될 수 있음을 깨닫게 한다.

〈자기 인생 100대 사건 쓰기〉 활동에 이어서 〈자료17〉과 같은 〈자기 인생 곡선 그리기〉 활동을 한다. 자기 인생 곡선은 좌표축을 설정하여 그리고 가로축은 0부터 자신이 소망하는 수명까지 일정한 간격으로 눈금을 매긴다.

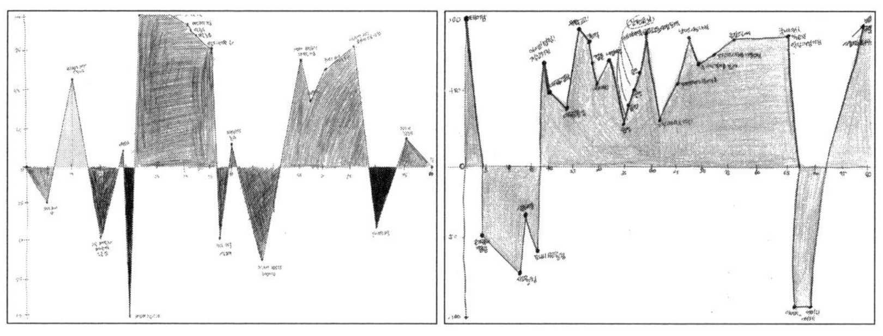

〈자료17〉 자기 인생 곡선 그리기

예를 들어 100세까지 살고 싶다면 0부터 100까지 5년 간격으로 눈금을 표시하면 된다. 그리고 세로축은 -10에서 10까지 척도를 표시한다. 그런 후, 당해 년에 일어났던 사건과 그때의 행복도를 임의로 정하여 좌표점으로 표시한다. 그러고 나서 이를 선으로 이어 형성되는 다각면을 각 좌표점을 경계로 하여 마음에 드는 색으로 색칠하면 된다. 색칠을 모두 마친 후에는 각자가 느끼고 생각했던 것을 잠시 정리해 써보는 시간을 갖고 함께 나눈다.

〈70세까지의 인생 계획서 쓰기〉 활동은 사전과제로 하도록 한 후, 다음 회기에 함께 나누는 과정이다. 서로에 대한 격려 속에서 자신의 새로운 삶의 서사와 결의를 선언하여 다지고 약속하는 과정이다. 즉 많은 사람들 속에서의 선언과 약속을 통해 오래도록 자신이 소망하는 건강하고 행복한 삶을 지킬 수 있도록 지지한다. 그런 후, 〈KHTP 그리기〉를 끝으로 마친다.

여섯 번째 단계는 마음 정리 및 마무리 과정이다. 프로그램 전체를 다시 되돌아보며 정리하는 시간이다. 그리고 이 프로그램을 마무리하며 평가하는 시간이다. 여기서는 프로그램 전체를 다시 되돌아보며 드는 생각이나 느낌, 소망, 각오, 다짐 등뿐만 아니라 서로에 대한 신뢰와 애정, 격려, 감사 등을 나누는 시간이다. 14회기가 이에 해당된다.

〈70세까지의 인생 계획서 쓰기〉 활동은 사전과제로 하도록 한 후, 다음 회기에 함께 나누는 과정이다. 서로에 대한 격려 속에서 자신의 새로운 삶의 서사와 결의를 선언하여 다지고 약속하는 과정이다. 즉 많은 사람들 속에서의 선언과 약속을 통해 오래도록 자신이 소망하는 건강하고 행복한 삶을 지킬 수 있도록 지지한다. 그런 후, 〈KHTP 그리기〉를 끝으로 마친다. 인생 계획서의 예는 아래와 같다.

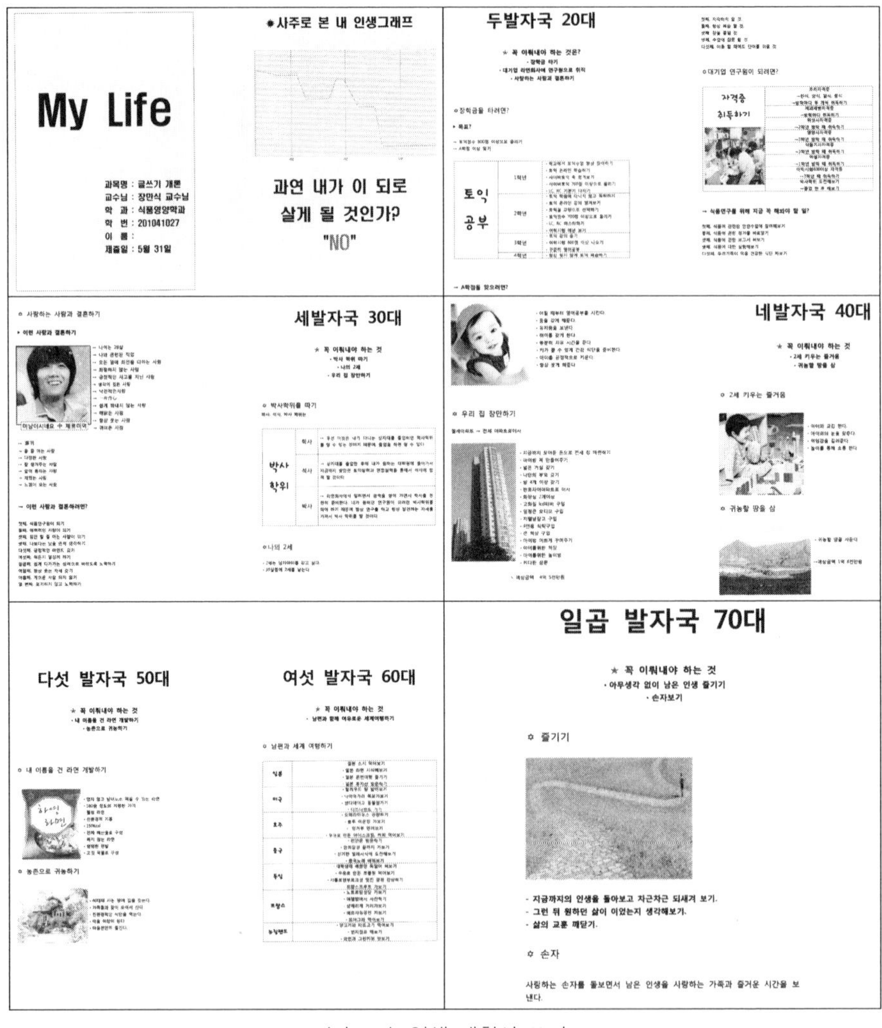

〈자료18〉 인생 계획서 쓰기

여섯 번째 단계는 마음 정리 및 마무리 과정이다. 프로그램 전체를 다시 되돌아보며 정리하는 시간이다. 그리고 이 프로그램을 마무리하며 평가하는 시간이다. 여기서는 프로그램 전체를 다시 되돌아보며 드는 생각이나 느낌, 소망, 각오, 다짐 등뿐만 아니라 서로에 대한 신뢰와 애정, 격려, 감사 등을 나누는 시간이다. 14회기가 이에 해당된다.

참고문헌

▌자료 및 사이트

강원도청소년활동진흥센터, 『2007년 친구사랑 행복한 학교 –'나처럼 너를' 결과 보고서』, 2008.

남원지편찬위원회, 『남원지』, 남원시, 1992.

박을수 편저, 『韓國時調大事典 上·下』, 아세아문화사, 2001.

__________, 『韓國時調大事典 別冊補遺』, 아세아문화사, 2007.

박영희, 「백조 화려하던 시대」, 『조선일보』, 1933.9.13.

_____, 「젊은 심블리즘의 부대」, 『조선일보』, 1933.9.14.

한국일보, 1972. 12. 17일자 신문.

국사편찬위원회, 조선왕조실록 http://sillok.history.go.kr

홍성(홍덕) 장씨의 천년의 역사, http://blog.naver.com/jhan3309/130013351764

탐진최씨종회청년화수회, http://cafe.daum.net/tamjinchoifamily

▌단행본

강전섭, 『황진이 연구』, 창학사, 1986.

고미영, 『이야기 치료와 이야기의 세계』, 청목출판사, 2004.

고운기, 『삼국유사』, 현암사, 2002.

김대행 외, 『문학교육원론』, 서울대 출판부, 2000.

김도환 외, 『청년기의 자기 탐색』, 동인사, 2002.

김동연, 공마리아, 최외선 편저, 『HTP와 KHTP 심리진단법』, 동아문화사, 2006. 1-275면.

김만중 지음, 이래종 옮김, 『사씨남정기』, 태학사, 1999.

_____, 『사씨남정기』, 고려출판문화공사, 1990.

_____, 전규태 주역, 『사씨남정기·서포만필』, 범우사, 1990.

_____ 지음, 설중환 편집위원, 『사씨남정기』, 소담출판사, 2003.

김무조, 『서포소설 연구』, 형설사, 1982.

김병국, 『서포 김만중의 생애와 문학』, 서울대출판부, 2001.

_____, 최재남, 정운채 역, 『서포연보』, 서울대출판부, 1992.

김병선, 김청송 공저, 『통계의 논리와 SPSS/Win』, 교육과학사, 2009. 1-476면.

김용숙, 『조선조 궁중풍속의 연구』, 일지사, 1987.

_____, 『한중록 연구』, 정음사, 1988.

_____, 『조선조 여류문학 연구』, 혜진서관, 1990.

김은철, 『한국 근대시 연구』, 국학자료원, 2000.

_____ 편저, 『나는 왕이로소이다(외)』, 범우사, 2005.

김인자, 『현실요법과 선택이론』, 한국심리상담연구소, 2008.
김학동 편저, 『홍사용 전집』, 현대시인연구, 새문사, 1985.
김현희 외, 『독서치료』, 학지사, 2006.
김춘경, 『아들러 아동상담』, 학지사, 2006.
나경수, 『향가의 해부』, 민속원, 2004.
노안영 외, 『성격심리학』, 학지사, 2003.
민중서림편집국, 이희승 감수, 『엣센스 국어사전』, 민중서림, 2001, 1913-1914면, 1924면.
____________, 『漢韓大字典』, 민중서림, 2002, 1422-1423면.
박두진, 『한국현대시론』, 일조각, 1971.
박을수 편저, 『한국시조대사전 상·하』, 아세아문화사, 1992.
변학수, 『문학치료』, 학지사, 2005.
사단법인 한국심성교육개발원 티스쿨원격교육연수원, 『심성 계발을 위한 독서치료의 이론과 실제』, 사단법인한국심성교육개발원 교원연수부, 2003.
사재동 편저, 『서포 김만중의 문학과 사상 그 문화사적 위 상』, 중앙인문사, 2005.
송민영, 『홀리스틱 교육사상』, 학지사, 2006.
송봉모, 『미움이 그친 바로 그 순간』, 바오로딸, 2010.
송종성, 『신화·설화 그리고 역사』, 서림재, 2005.
신영명, 『사대부시가의 연구』, 국학자료원, 1996.
_____, 『고전문학 사회사의 탐구』, 새문사, 2005.
양유성, 『이야기 치료』, 학지사, 2005.
오탁번, 이남호 공저, 서사문학의 이해, 고려대학교출판부, 1999.
우한용 외, 『서사교육론』, 동아시아출판사, 2001.
윤여탁, 『시 교육론』, 태학사, 1999.
이금희, 『사씨남정기 연구』, 반도사, 1991.
_____, 『한중록 (상)』, 국학자료원, 2001
_____, 『한국과 문학과 전통』, 국학자료원, 2004.
이기동 역해, 『맹자강설』, 성균관대 출판부, 2005.
__________, 『논어강설』, 성균관대 출판부, 2009, 400-401면.
이병기·김동욱 교주, 『한듕록』(『閑中漫錄』), 민중서관, 1971.
이인정·최해경 공저, 『인간행동과 사회환경』,나남, 2003.
이상로 외 4 편저, 『상담이론』, 교육과학사, 1997.
이우성·임형택 편역, 「閔翁傳」, 『李朝漢文短篇集(下)』, 일조각, 1993.
일연, 김원중 옮김, 『삼국유사』, 을유문화사, 2002.
장효현, 「<구운몽>의 주제와 그 수용사」, 『한국고전소설사연구』, 고려대학교 출판부, 2002.
전규태, 『고시조 작가론』, 백산출판사, 1986.
정여주, 『미술치료의 이해 이론과 실제』, 학지사, 2006.

정운채, 『윤선도』, 건국대 출판부, 1995.
_____, 『문학치료의 이론적 기초』, 문학과 치료, 2006.
정은임, 『궁정문학 연구』, 솔터, 1993.
_____, 『혜경궁 홍씨와 왕실 사람들』, 채륜, 2010.
조두영, 『프로이트와 한국문학』, 일조각, 2000.
철학사전편찬위원회, 임석진 외, 『철학사전』, 도서출판 중원문화, 2009, 770-771면.
최성재·장인협, 『노인복지학』, 서울대출판부, 2003.
최현섭 외, 『국어교육학개론』, 삼지원, 2000.
한기연, 『분노 스스로 해결하기』, 학지사, 2001.
홍기삼, 『향가설화문학』, 민음사, 1997.
한용환 지음, 『서사 이론과 그 쟁점들』, 문예출판사, 2002.
한일섭 지음, 『서사의 이론 -이야기와 서술-』, 한국문화 사, 2009.
한국도서관협회 독서문화위원회 편, 김정근 외, 『체험적 독서치료』, 학지사, 2008.
C. G. Jung, 한국융연구원 C. G. 융 저작 번역위원회, 『융 기본 저작집1 정신요법의 기본 문제』, 솔출판사, 2003.
_________, 한국융연구원 C. G. 융 저작 번역위원회, 『융 기본저작집2 원형과 무의식』, 솔출판사, 2006.
_________, 한국융연구원 C. G. 융 저작 번역위원회, 『융 기본저작집 3 인격과 전이』, 솔출판사, 2004.
_________, 한국융연구원 C. G. 융 저작 번역위원회, 『융 기본저작집 9 인간과 문화』, 솔출판사, 2004.
C. R, Rogers, 오제은 역, 『사람 중심 상담』, 학지사, 2007(원전은『A Way of Being』, 1980).
브루노 베텔하임, 김옥순·주옥 옮김, 『옛이야기의 매력1, 2』, 2002.
Erik H. Erikson, 최연석 옮김, 『청년 루터』, 크리스찬 다이제스트, 2000.
_____________, Burrhs F. Skinner, Carl R. Rogers, 한성렬 편역, 『노년기의 의미와 즐거움』, 학지사, 2000.
_____________, 『Identity and the Life Cycle』, International Universities Press, Inc. Third Printing, September 1968(Psychological Issues, Vol. I, No. 1, 1959, Monograph 1).
게오르규 피히트, 이영호 역, 「理論과 省察」, 『哲學 第8輯』, 한국철학회, 1974, 180-182면.
카도노 요시히로 지음, 전영숙, 유신옥 옮김, 『미술치료에서 본 마음의 세계 -풍경구성법과 나무그림검사를 활용한 정신분열병 치료 사례-』, 이문사, 2008. 4-262면
캐머론 웨스트 저, 공경희 역, 『다중인격』, 그린비, 2002.
Kathleen Adams 저, 강은주 외 공역, 『저널치료의 실제』, 학지사, 2008.
군디 가슐러·프랑크 가슐러 지음, 안미라 옮김, 캐서린 한 감수, 『내 아이를 위한 비폭력

대화』, 양철북, 2008.
마태오 린, 데니스 린, 쉐일라 파브리칸트 지음, 김종오 옮김, 『내삶을 변화시키는 치유의 8단계』, 생활성서사, 2008.
마틴 셀리그만 지음, 김인자 옮김, 『긍정심리학』, 도서출판 물푸레, 2006.
미케 발 지음, 한용환, 강덕화 옮김, 『서사란 무엇인가』, 문예출판사, 1999.
브루스 핑크 지음, 맹정현 옮김, 『라캉과 정신의학』, ㈜ 민음사, 2008.
Irvin D. Yalom, 임경수 역, 『실존주의 심리치료』, 학지사, 2016, 16-83면.
잔-마리 르프랭스 드 보몽, 김주경 옮김, 『미녀와 야수』, 베틀북, 2005.
제랄드 프랭스 지음, 최상규 옮김, 『서사학이란 무엇인가』, 예림기획, 1999.
일본홀리스틱교육연구회, 송민영·김현재 옮김, 『홀리스틱 교육의 이해』, 도서출판 책사랑, 2003.
잭 캔필드·마크 빅터 한센, 류시화 옮김, 『영혼을 위한 닭고기 수프1, 2』, 푸른숲, 2009. 3-247면
조셉 골드 지음, 이종인 옮김, 『비블리오테라피』, 북키앙출판사, 2003.
리타카터(Rita carter) 저, 김명남 옮김, 『다중인격의 심리학』, 교양인, 2008.
수잔 윌슨, 권경희 옮김, 『미녀와 야수』, 인북스, 2001.
S, Freud, 박성수 외 옮김, 『정신분석학 개요』, 열린책들, 2003.
________, 윤희기·박찬부 옮김, 『정신분석학의 근본 개념』, 열린책들, 2003.
________, 임홍빈, 홍혜경 옮김, 『새로운 정신분석 강의』, 열린책들, 2003.
________, 김미리혜 옮김, 『히스테리 연구』, 열린책들, 2003.
________, 정장진 옮김, 『예술, 문학, 정신분석』, 열린책들, 2003.
________, 박성수, 한승환 옮김, 『정신분석학 개요』, 열린책들, 2003.
________, 이한우 역, 『일상생활의 정신병리학』, 열린책들, 2003, 24-162면.
________, 김인순 역, 『꿈의 해석』, 열린책들, 2003, 8-559면.
________, 박영신 역, 『집단 심리학』, 학문과 사상사, 1980(원전출판년도 1921).
Yalom, I.D.,최해림, 장성숙 역, 『집단정신치료의 이론과 실제』, 하나의학사, 1993(원전은 The theory and Practice of Group Psychotherapy, 1985).
와다 히데키 저, 이준석 역, 『다중인격』, 학지사, 2004.
William C. Crain, 서봉연 역, 『발달의 이론』, 중앙적성사, 2001.
윌리암 글라써(William Glasser), 김인자, 우래령 옮김, 『행복의 심리, 선택이론』, 한국심리상담연구소, 2008.

▌논문

고정희, 「영화 속 여주인공 '선화'와 〈서동요〉」, 『문학치료연구』 3집, 2005.
김건리, 「豹菴 姜世晃의 ≪松都紀行帖≫ 연구」, 이화여자대학교 대학원 석사논문, 2002, 37-64면.

김미숙, 「종교가 노인의 자아통합감과 죽음태도에 미치는 영향 연구」, 삼육대 보건복지대학원 석사학위논문, 2004.
김병욱, 「서동요고」, 『백제연구』, 1976.
김석회, 「위백규 문학의 평전적 검토 시론」, 『고전문학과 교육 제6집』, 한국고전문학교육학회, 2003.8.
_____, 「문학치료학의 전개와 진로」, 『문학치료 연구 제1집』, 도서 출판 문학과 치료, 2005.
김승찬, 「서동요 연구」, 『국어국문학』 제35집, 1998.
김연희, 「놀이치료자의 성인애착이 치료관계에 미치는 영향에서 공감능력의 조절 효과」, 숙명여대 대학원 석사학위논문, 2007.
김영란, 「공감에 대한 정신분석적 이해」, 『인간이해 21』, 서강대 학생생활상담연구소, 2000, 1-22면.
_____, 연문희, 「상담단계별 상담자 공감과 내담자 체험 및 상담성과의 관계」, 한국심리학회지 제14권 제1 호 19-38면, 한국상담및심리 치료학회, 2002.
김우준, 「서동설화의 신화적 성격 연구」, 경기대 교육대학원 석사학위, 1999.
김은미 외, 「대학생의 자기성찰과 자기통제 간의 관계에서 자아방어 기제의 매개효과」, 상담학연구, Vol.14 No.3, 2013, 한국상담학회, 1940-1945면.
김한별, 「상담자 몰입과 공감, 내담자 몰입과 자기성찰 간의 구조모형 분석」, 한국교원대학교 석사학위논문, 2016, 35-41면.
김해리, 「황진이 시연구」, 국민대학교 대학원 석사논문, 2007.
김현양, 「『사씨남정기』와 욕망의 문제(소설사적 평가와 관련하여)」, 『고전문학 연구 12』, 한국고전문학회, 1997.
김홍년, 「황진이 시문학 연구」, 연세대학교 대학원 석사논문, 2000.
김효주, 「대학생의 자아 성찰과 가치관 정립을 위한 〈구운몽〉교육」, 문학치료연구, Vol.30, 한국문학치료학회, 2014, 260-262면.
김혜미, 「한부모의 이성 관계를 거부하는 아동에 대한 문학 치료 설계」, 건국대 대학원 석사학위논문, 2009.
김혜영, 「내러티브 접근법을 통한 통일의식 함양방안에 관한 연구」, 춘천교육대 교육대학원, 석사학위논문 2003.
민지희, 「자아성찰적 표현활동이 청소년의 자아존중감 및 진로태도성숙에 미치는 영향 : 자서전쓰기와 미래말하기 활동을 중심으로」, 고려대학교 석사학위논문, 2016, 5-10면.
박기석, 「문학치료학 연구 서설」, 『문학치료 연구』 제1집, 한국문학치료학회, 2004.
박중우, 「한·중 재귀사 {자기}와 {自己}의 대조분석을 통한 한국어 교수방안연구」, 남서울대학교 석사학위논문, 2015, 15-26면.
박지언, 「청소년의 불안정 애착, 공감 및 문제행동간의 관계」, 경남대교육대학원, 석사학위논문, 2007.
박해준, 「현진건 소설의 정신분석학적 연구」, 경희대 대학원 박사학위논문, 1988.

백승화, 「황진이 시에 나타난 실존적 경험연구」, 동아대학교 대학원 석사논문, 2009.
봉서윤, 「초등학생과 대학생의 전래동화 인물 특성에 따른 독서치료 원리 반응 비교」, 명지대 대학원 석사학위논문, 2008.
서경숙, 「심성수련과 자기성찰이 중학생의 일탈행동 예방에 미치는 효과」, 한세대 사회복지 대학원 석사학위논문, 2007.
서경희, 「이청준 소설 연구 : 작중 인물의 정신분석학적 연구」, 세종대 대학원 석사학위논문, 1999.
서종남, 「황진이 시가에 나타난 의식구조」, 『시조학논총』 제13호, 1997.
서철원, 「〈서동요〉 전승의 형성과 사상적 배경」, 『고시가연구』 17집, 2006.
성락희, 「황진이의 시조와 한시-〈물〉의 이미지와 관련하여-」, 『청파문학』 제14권, 숙명여자대학교 문리과대학 국어국문학과, 1984, 5-17면.
송외순, 「자기성찰 집단상담이 초등학생의 자아개념 및 친 사회성 발달에 미치는 영향」, 부산교육대학교 석사학위논문, 2002, 6-14면.
송진경, 「텔레비전 드라마 시청에서의 감정적 동일시에 관한 연구」, 숭실대 대학원 석사학위논문, 2009.
신미경, 「황진이 문학 연구」, 한양대학교 대학원 석사논문, 1997.
양민정, 「국문여류수필을 활용한 한국 여성문화교육 방안 연구」, 『국제지역연구』 제13권 2호, 한국외대 국제지역연구센터, 2009.
엄홍준, 「한국어 재귀사 '자기'의 속성」, 『언어 39권 4호』, 한국언어학회, 2014, 899-903면.
유씨부인 외 지음, 구인환 엮음, 『조침문』, 신원문화사, 2004.
윤향기, 「기생문학에 나타난 성」, 경기대학교 대학원 석사논문, 2003.
신유미, 「고전수필 교재화 방안 연구」, 영남대학교 교육대학원 석사학위논문, 2011.
신진주, 「노인의 자아통합감 형성 영향 요인 연구」, 목원대 대학원 석사학위논문, 2008.
신영숙,「육가계 시조 연구」, 충남대 교육대학원 석사학위논문, 2004.
안지은, 「동일시와 거리두기를 활용한 동화 감상 지도 방법연구」, 광주교육대 교육대학원 석사학위논문, 2008.
오진아, 「어머니의 성인애착 및 공감능력에 따른 부모-자녀관계 연구」, 숙명여대 대학원 석사학위논문, 2007.
유비항, 「서동요와 서동설화의 원형적 상징(-영웅출현원리를 중심으로-)」, 『새국어교육』 (한국국어교육학회), 2000.
윤란홍, 「홍사용 시 연구」, 서일공업전문대 논문집 제19권, 1991.
윤미연, 「ADHD 아동을 위한 문학치료 사례 연구」, 『문학치료 연구 제9집』, 도서출판 문학과 치료, 2008.
윤은정, 「문학치료 참여자 간의 공감 연구」, 경북대 대학원 문학치료학 석사학위논문, 2008.
윤인애 외, 「자기성찰지능 향상 프로그램이 초등학생의 심리적 안녕감에 미치는 영향」, 초등상담연구, Vol.14 No.2, 초등상담교육학회, 2015, 191-208면.

이금희, 『한국 문학과 전통』, 국학자료원, 2010.
이상화, 「노인의 자아통합감과 건강상태에 관한 연구」, 충남대 대학원 석사학위논문, 1998.
이순, 「조침문에 나타난 수필성 연구」, 『한국어문학연구』 제16권, 1985.
이순금, 「서동설화 연구(-서동 실체를 중심으로-)」, 전남대 교육대학원석사학위, 1991.
이재용 외, 「다산의 심성론과 수양론을 적용한 자기성찰적 상담」, 초등상담연구, Vol.14 No.3, 한국초등상담교육학회, 2015, 297-298면.
이정연, 「대학생의 자아존중감과 성의식 및 대인관계간의상관연구」, 강원대학교 석사학위논문, 2000.
이주희 외, 「중년기 기혼 남녀의 의사소통유형과 부부친밀감의 관계에서 자기성찰의 조절효과」, 한국심리학회지 여성, Vol.20 No.4, 한국심리학회, 2015, 643-645면.
임성조, 「홍사용의 시세계와 문학사의 의미」, 연세어문학 제12권, 1988.
임승희, 「〈서동요〉 수업 모형 연구」, 『학술마당』, 2003.
임형택, 「17세기 전후 육가 형식의 발전과 시조문학」, 『한국문학사의 논리와 체계』, 창작과비평사, 2002.
장만식, 「자아성찰과 자기성찰 용어 사용 양상 및 제언」, 『한국청소년상담학회지 2권 3호』, 한국청소년상담학회 2017, 37-54면.
장희선, 「고등학생의 자아성찰적 글쓰기를 통한 자아존중감과 대인관계능력의 변화」, 인제대학교 석사학위논문, 2006, 8-49면.
전미정, 「대학생의 자아성찰을 위한 '변형시' 쓰기의 치료적 효능」, 문학치료연구, Vol.26, 한국문학치료학회, 2013, 138-141면.
정명숙, 「규방수필의 풍자성과 회해미에 관한 연구」, 이화여대 교육대학원 석사학위논문, 1975.
정성훈, 「중년 남성의 심리적 위기감과 자기성찰이 심리적 안녕감에 미치는 영향」, 경성대학교 석사학위논문, 2013, 12-16면.
정연창, 「한국어 재귀사 '자기'의 해석과 생략」, 『언어과학 10권 2호』, 한국언어학회 동남지회 2003, 138-140면.
정영혜, 「자기성찰, 자기효능감, 학업성적간의 관계」, 단국대학교 석사학위논문, 2013, 6-12면.
정운채, 「선화공주를 중심으로 본 『무왕설화』의 특성과 『서동요』출현의 계기」, 『건국어문학』, 1995, 350면.
정진권, 「〈조침문〉 고」, 『국어교육』 57호, 한국국어교육연구회, 1986.
조석전, 「한중 재귀사의 대조 연구」, 동국대학교 석사학위 논문, 2013, 20-31면.
조애란, 「황진이 시가에 나타난 시어 연구」, 중앙대학교 석사학위논문, 2003.
조현아, 「자기성찰지능 향상 프로그램이 초등학교 고학년 아동의 자아존중감 및 학습태도에 미치는 영향」, 경인교육대학교 석사학위논문, 2011, 6-16면.
조흥욱, 「〈서동요〉 작가 재론, 『어문학논총』 제24집, 국민대 어문학연구소, 2005.

지해연, 「에니어그램심리역동에 따른 자아성찰을 위한 그림책 읽기 경험 연구」, 에니어그램심리역동연구, Vol.4 No.1, 한국에니어그램역동심리학회, 2017, 117-139면.
최명선, 김광웅, 한현주, 「치료자의 전문적 경험과 공감능력이 내담아동이 지각한 치료관계에 미치는 영향」, 『상담및심리치료 제17권 제3호』, 한국상담심리학회, 2005, 503-521면.
최보가, 전귀연, 「자아존중감 척도」개발에 관한 연구(I)」, 대한가정학회지, 31(2), 1993, 41-54면.
최선경, 「〈서동요〉의 제의적 근거에 관하여」, 『열상고전연구』, 2002.
최윤진. 「우울증에 대한 문학치료 가능성과 소설 활용방안연구」, 서강대 교육대학원 석사학위논문, 2009.
풍윤주, 「한국어와 중국어 재귀사에 대한 대조 연구」, 경희대학교 석사학위 논문, 2015, 15-26면.
허종진, 「이옥의 현실인식과 문학적 수용 연구」, 부산대 교육대학원 석사학위논문, 2000.
황순구, 「황진이론」, 『시조문학』, 가을호, 1988.
황주연, 「자기성찰 척도개발 및 자기관과 자기성찰, 안녕감간의 경로모형 검증」, 가톨릭대학교 박사학위논문, 2011, 10-25면.
황진아, 「상담 전공 대학원생의 자기성찰 및 불확실성에 대한 인내력 부족이 진로적응성에 미치는 영향 : 진로 탐색 효능감의 매개효과」, 건국대학교 석사학위논문, 2015, 10-12면.

이금희

숙명여자대학교 국어국문학과 졸업. 동 대학원 석사, 문학박사. 전 상지대학교 국어국문학과 교수. 현재 상지대학교 한국어문학과 명예교수. 중국 중경 사천외국어대학 명예교수(2014). 저서로는 『사씨남정기 연구』, 『한국 궁중문학 연구 1』, 『한중록(상)』, 『한국 문학과 전통』, 『김인향전 연구』. 『한국노년문학연구』(공저), 『바람과 꿈』 등. 그 외 논문 다수.

장만식

고려대학교 수학교육과 졸업. 동 대학원 석사, 상지대 대학원 문학박사(문학치료 전공). 현재 가톨릭관동대학교 교수. 저서로는 『문학상담』, 『삶을 가꾸는 글쓰기』, 『옛이야기 산책』 등. 그 외 논문 다수.

삶을 가꾸는 문학상담(이론과 실제)

2019년 2월 22일 초판 1쇄 펴냄

지은이 이금희 · 장만식
펴낸이 김흥국
펴낸곳 도서출판 보고사

책임편집 이경민
표지디자인 손정자

등록 1990년 12월 13일 제6-0429호
주소 경기도 파주시 회동길 337-15 보고사 2층
전화 031-955-9797(대표)
02-922-5120~1(편집), 02-922-2246(영업)
팩스 02-922-6990
메일 kanapub3@naver.com/bogosabooks@naver.com
http://www.bogosabooks.co.kr

ISBN 979-11-5516-867-7 03810

정가 18,000원